郭春柱　编著
飞思数字创意出版中心　监制

飞思考试中心
Fecit Examination Center

系统集成项目管理工程师考试

案例梳理、真题透解与强化训练

電子工業出版社
Publishing House of Electronics Industry
北京·BEIJING

内容简介

本书紧扣《系统集成项目管理工程师考试大纲》的考核要求，深入研究了历次真题的命题风格和题型结构，依据考生在学习过程中所关注的 3 个要点：理考试重点、练历年真题和做模拟试卷进行梳理编写，致力于为读者在系统集成项目管理案例分析方面提供务实有效的方法指导。全书共 18 章。第 1 章从考试目标、考试要求、考试形式、真题特点综述、解题指南及备考思路的调整等角度对系统集成项目管理工程师考试的特点进行细致的分析。第 2 章～第 15 章分别介绍了项目管理基础知识、立项管理、整体管理、范围管理、进度管理、成本管理、质量管理、人力资源管理、沟通管理、风险管理、采购管理、合同管理、文档与配置管理等考试热门主题。每章分为备考指南（包括考纲要求、考点统计、命题特点和学习建议等）、知识点清单、真题透解和强化训练 4 个部分。第 16 章紧扣考试大纲，按照近 3 次真题的命题思路提供了两份考前密押试卷，目的是为读者提供考前演练的模拟试题及解答。第 17 章和第 18 章分别给出了 2010 年上半年和下半年系统集成项目管理工程师考试的试卷及考点解析。全书对每一道真题都给出了详细的要点解析，其中不仅对试题进行了解题思路及步骤的讲解，还对其考点及难点进行了扩展剖析。解析细腻、重推理、针对性强，是本书的一大特色。

本书语言通俗易懂，案例内容丰富翔实，每一章都围绕一个主题展开，可帮助读者用最少的时间掌握较多知识及经验技巧，难度适中但非常给力，是广大有志于通过系统集成项目管理工程师考试的考生（尤其对于起点低、基础薄弱的读者）在考前复习用的应试辅导用书，也可供各类高等院校（或培训班）的老师作为案例教学参考用书，各类计算机、软件工程、信息技术等专业的学生，以及从事信息化工作的项目实施人员和管理人员，也可从本书中获取信息系统项目管理的实践经验。

图书在版编目（CIP）数据

系统集成项目管理工程师考试案例梳理、真题透解与强化训练 / 郭春柱编著. -- 北京：电子工业出版社，2011.4
（飞思考试中心）

ISBN 978-7-121-06940-6

Ⅰ.系… Ⅱ.郭… Ⅲ. ①系统集成技术－项目管理－工程技术人员－资格考核－自学参考资料 Ⅳ.①TP311.5

中国版本图书馆 CIP 数据核字（2011）第 028618 号

责任编辑：王树伟
特约编辑：刘红涛
印　　刷：北京天宇星印刷厂
装　　订：三河市鹏成印业有限公司
出版发行：电子工业出版社
　　　　　北京市海淀区万寿路 173 信箱　　邮编：100036
开　　本：850×1168　1/16　印张：25.25　字数：808 千字
印　　次：2011 年 4 月第 1 次印刷
印　　数：4 000 册　　　定价：48.00　元

凡所购买电子工业出版社图书有缺损问题，请向购买书店调换。若书店售缺，请与本社发行部联系，联系电话：（010）68279077；邮购电话：（010）88254888。

质量投诉请发邮件至 zlts@phei.com.cn，盗版侵权举报请发邮件至 dbqq@phei.com.cn。

服务热线：（010）88258888。

前言

本书致力于为一线以及准备成为未来系统集成项目管理工程师的朋友们，在案例分析方面提供务实有效的方法指导；是为有志于通过全国计算机专业技术资格考试（系统集成项目管理工程师）的读者编写的一本针对性强、高效、给力的案例辅导用书，旨在为读者点亮备考行程中的导航灯，使读者更加明确努力的方向，在短时间内把握考试要领、减轻备考负担、增强应试能力、从容应对考题。

本书紧扣《系统集成项目管理工程师考试大纲》的考核要求，深入研究了历次系统集成项目管理工程师考试试卷的命题风格和题型结构，以《系统集成项目管理工程师教程》为基础，系统地分析、总结了真题中所涵盖的重点、常考知识点。对历史考点进行批判性继承，对新增知识点进行科学提炼及命题，旨在帮助读者抓住考试要点，知道“考什么”以及解决“怎么考”等问题。

紧扣考纲、瞄准考点、内容新颖，并利用统计分析的方法科学地预测今后的命题动向，是本书的一大特色。众所周知，系统集成项目管理工程师考试命题并不是面面俱到，而是有所侧重的。通过对重要知识点的贯通，让读者只需花20%的时间，即可掌握考试中80%的考点，达到举一反三、触类旁通的效果，在短时间内明确努力的方向，分清主次、抓住重点，快速提高考试成绩，是编写本书的目标，也是贯穿整个编写过程的主要指导思想。这种忠于读者的写作思想使得本书的特点非常明显。

✦ 本书特色

本书在组织结构和内容写作上，倾注了作者们许多的精力和心血，将每个人的思考心得及体会融入其中，相信能够为考生提高考试通过率及有效地完成考前冲刺提供良好的帮助。本书在写作风格和组织形式上与其他辅导书相比有如下鲜明的特点：

在目标定位上，以读者需求为指导，以提高案例分析试题应试能力、提升实践操作技能为目标，讲求“一书在手，过关无忧”，非常经济和实用。

在内容选取上，源于工程实践，基于历年命题风格和试题结构进行书稿的创作、尽可能覆盖最新、最实用的信息技术。在本书的编写过程中，通过对历年考题的发展和变迁进行细致的分析，对考查的知识点进行精心的归类和总结，凝结成一个个考试知识点，分析了历年考题分布情况和考查要点，为考生的复习清晰地指明了方向。

在内容结构上，把握由浅入深的原则，分层分步骤地讲解信息系统项目管理知识，并融入作者们多年项目管理的实践体会。对书中每一个案例均给出了详细的要点解析，并尽可能地采用图表、横向对比等直观形式，以“读书笔记”和“知识点清单”的形式组织知识点的描述，从而帮助考生有效地提高记忆。全书不仅对试题进行了解题思路及步骤的讲解，还对其考点及难点进行了扩展剖析。解析翔实、细腻、重推理、针对性强，是本书一大特色。

在内容表现形式上，本书以亲切、细腻、创新的撰写角度，力求帮助考生在案例分析过程中理解、巩固和深化各信息系统项目管理知识点，最终达到学习知识、培养能力的目的。本书用生动活泼的语言深入浅出地化解难点，并总结出许多实用、简单的应对方法，能够帮助考生更好地应试，这些内容也在实际培训中获得了良好的效果。

✦ 读者对象

广大有志于通过系统集成项目管理工程师考试的读者，尤其对于起点低、基础薄弱的读者。试题内容针对性强、解题技巧生动细腻，是本书的一大特色。作为一本考试辅导用书，本书作者尽献家珍、精心编著，力求做到既“授之以鱼”，又“授之以渔”。

广大计算机、软件工程、信息技术等专业的高校师生。本书共组编了90个信息系统项目管理领域的实践案例，案例中涉及的概念较丰富、阐述的问题较典型、介绍的经验较实用，力求使读者可以从本书中获取信息系统项目管理的实践经验，并使读者的学习思路能从庞杂的信息系统项目管理知识点中得到升华。

广大具有信息系统基础知识，并乐于学习、不断提升自身知识的读者。本书详细介绍了系统集成项目管理工程师所必备的知识点，对每一道试题均给出了解答问题的详细逻辑推理过程，读者在梳理知识结构的同时还可通过众多案例开拓理论学习及实践操作的视野。

✦ 交流

读者在第一次阅读此书时，或许对书中的某些概念、应用不能完全理解，但不必着急，因为这不是一本读完一遍就可以束之高阁的书。我们希望读者在系统集成项目管理工程师考试备考过程中反复参阅此书，以便感悟其中的奥妙、获取解题的灵感。

本书主要由郭春柱高级工程师编著，其他参与本书编写和资料收集工作的人员有：林晓丽、杨振宇、杨标伟、杨晨皓、谢威、杨尊、陈金、周逸群、王莉莉、李剑锋、苏鹏毅、蒋喜雄、林泉清和陈明等。为了更加有效地帮助读者冲刺系统集成项目管理工程师考试，本书还在 QQ 群（48659004）及主编博客（http://296525818.blog.51cto.com）上实时提供相关章节的辅导资料和勘误表等内容。同时，为了进一步鼓励读者积极参与本书的勘误，将对首个发现错误或积极提供建设性意见的读者酌情赠送纪念品（如最新的考前冲刺试题等）。

本书在筹划阶段试图在案例的选取与分析上涉及系统集成项目管理理论尽可能多的内容，然而由于时间、精力及其他条件的限制，最终选取和分析的案例只覆盖了其中比较重要的若干个部分，对于剩余部分还待寻找机会进一步深入创作与探讨。虽然作者们为本书的完成呕心沥血地倾入了大量的时间和精力，但信息系统项目管理知识领域博大精深，书中涉及的知识点较多，且作者们研究能力有限。因此，本书在结构组织、技术阐述和文字表述等诸多方面难免会存在一些疏漏和不足之处，恳请各位专家和读者在使用过程中予以指点并纠正，也请前辈和同行们多提批评性意见及建议，以利于本书质量的进一步改进和提高。主编的 E-mail 为 guochunzhu@126.com。

✦ 致谢

本书在写作过程中，诸多师长和学术界的朋友给予了热情的鼓励和帮助，开拓了我们的研究思路。特别是易飞思公司各位领导在出版上的指导，以及各位编辑部老师的支持，加快了本书的问世。在此对每一位对本书给予关心、帮助与支持的领导及朋友们表示衷心的感谢。同时感谢众多热心的读者和网友，他们的想法和意见是编写本书的源动力，并使本书能更加贴近读者；感谢父母亲的养育之恩及生活上的照顾，使我们能够在学术的道路上不断进取、孜孜以求。在本书出版之际，还要特别感谢全国计算机专业技术资格考试办公室的命题专家们，本书中引用了历次系统集成项目管理工程师考试真题，使得本书能够尽量方便读者的阅读。在本书的编写过程中，还参考了前辈和同行们的一些相关观点、资料和书籍，在此对相关的作者表示诚挚的感谢。

或许《系统集成项目管理工程师考试案例梳理、真题透解与强化训练》将成为读者朋友们成长历程的一块垫脚石。山再高，缘于对大地的热爱，水再长，终不断对源头的情怀，读者对本书的爱，就像儿女对母亲的爱，山高水长、永驻心灵。

衷心祝愿各位读者早日通过此项考试，成为一名合格的系统集成项目管理工程师，也祝福祖国的计算机技术与软件事业蒸蒸日上。

编 著 者

联系方式

咨询电话：（010）88254160　88254161-67

电子邮件：support@fecit.com.cn

服务网址：http://www.fecit.com.cn　http://www.fecit.net

目 录

CONTENTS

CONTENTS

CONTENTS

CONTENTS

第 1 章 备考指南

系统集成项目管理工程师的考试科目“考什么”、“怎么考”等是考生在参加考试之前首要解决的问题之一。这就要求考生除了按照考试大纲进行复习备考以外，还要深入了解本级每次考试试卷的结构、题型和难度等情况。同时，还应该结合信息系统项目管理领域的发展趋势来进行全面的考前准备，以提高自身的理论知识和基本技能。历年真题是备考的最佳资料，是考生熟悉考试形式、把握考试动态的最好途径。因此，解读历年真题的考核内容、题型的分值比例及题目难易程度等情况，是考生备考过程中的领航灯。

1.1 考试目标

通过本考试的合格人员能够掌握系统集成项目管理的知识体系；具备管理系统集成项目的能力；能够根据需求组织制订可行的项目管理计划；能够组织项目实施对项目进行监控，并能根据实际情况及时做出调整，系统地监督项目实施过程的绩效，保证项目在一定的约束条件下达到既定的项目目标；能分析和评估项目管理计划和成果；能对项目进行风险管理，制定并适时执行风险应对措施；能协调系统集成项目所涉及的相关单位和人员；具有工程师的实际工作能力和业务水平。

1.2 考试要求

（1）掌握计算机软件、网络和信息系统集成知识；
（2）掌握系统集成项目管理知识、方法和工具；
（3）熟悉信息化知识；
（4）熟悉系统集成有关的法律法规、标准、规范；
（5）熟悉系统集成项目管理工程师职业道德要求；
（6）了解信息安全知识与安全管理体系；
（7）了解信息系统工程监理知识；
（8）了解信息系统服务管理、软件过程改进等相关体系；
（9）熟练阅读和正确理解相关领域的英文资料。

1.3 考试形式

系统集成项目管理工程师考试沿袭了计算机技术与软件专业资格（水平）考试之中级资格考试的一贯风格，分为系统集成项目管理基础知识和系统集成项目管理应用技术（案例分析）两个考试科目，如表 1-1 所示。

表 1-1　考试科目分析表

考试科目	系统集成项目管理基础知识	系统集成项目管理应用技术
考试时间	上午 9:30—11:30	下午 14:00—16:30
考试时长	150 分钟	150 分钟
考试形式	笔试	笔试
题型与题量	单项选择题，75 道	简答题，5 道
总分	75	75

通常，本考试的及格线是根据全国同级别考试的总体情况，由人力资源部、社会保障部，以及工业和信息化部共同确定的，一般为 45 分，并且需要两个考试科目均一次性通过才能够取得相应的资格证书，上一次考试各科目的分数不能带入下一次考试。

1.4 综合知识试卷

1.4.1 考核要求

根据考试大纲中相应的考核要求，在“系统集成项目管理基础知识”考试科目中要求考生掌握的内容如表 1-2 所示。

表 1-2　考试科目 1：系统集成项目管理基础知识

知识模块	知识点	
1. 信息化知识	1.1 信息化概念	• 信息与信息化 • 国家信息化体系要素 • 国家信息化发展战略
	1.2 电子政务	• 电子政务的概念和内容 • 电子政务建设的指导思想和原则 • 电子政务建设的目标和主要任务
	1.3 企业信息化与电子商务	• 企业信息化 • 企业资源规划（ERP） • 客户关系管理（CRM） • 供应链管理（SCM） • 企业应用集成 • 电子商务
	1.4 商业智能（BI）	
2. 信息系统服务管理	2.1 信息系统服务业	• 信息系统服务业的内容 • 信息系统集成（概念、类型和发展） • 信息系统工程监理（必要性、概念、内容和发展）
	2.2 信息系统服务管理体系	
	2.3 信息系统集成资质管理	• 信息系统集成资质管理的必要性和意义 • 信息系统集成资质管理办法（原则、管理办法和工作流程） • 信息系统集成资质等级条件 • 信息系统项目管理专业技术人员资质管理

续表

知识模块	知识点	
2．信息系统服务管理	2.4 信息系统工程监理资质管理	• 信息系统工程监理资质管理的必要性、意义和主要内容 • 信息系统工程监理资质管理办法 • 信息系统工程监理资质等级条件 • 信息系统工程监理人员资质管理
3．信息系统集成专业技术知识	3.1 信息系统建设	• 信息系统的生命周期、各阶段目标及其主要工作内容 • 信息系统开发方法
	3.2 信息系统设计	• 方案设计 • 系统架构 • 设备、DBMS 和技术选型
	3.3 软件工程	• 软件需求分析与定义 • 软件设计、测试与维护 • 软件质量保证及质量评价 • 软件配置管理 • 软件过程管理 • 软件开发工具 • 软件复用
	3.4 面向对象系统分析与设计	• 面向对象的基本概念 • 统一建模语言 UML 与可视化建模 • 面向对象系统分析 • 面向对象系统设计
	3.5 软件体系结构（软件架构）	• 软件体系结构定义 • 典型体系结构 • 软件体系结构设计方法 • 软件体系结构分析与评估 • 软件中间件
	3.6 典型应用集成技术	• 数据库与数据仓库技术 • Web Service 技术 • J2EE 架构 • .NET 架构 • 软件引擎技术（流程引擎、Ajax 引擎） • 构件及其在系统集成项目中的重要性 • 常用构件标准（COM/DCOM/COM+、CORBA 和 EJB）
	3.7 计算机网络知识	• 网络技术标准与协议 • Internet 技术及应用 • 网络分类 • 网络管理 • 网络服务器 • 网络交换技术、网络存储技术 • 无线网络技术、光网络技术、网络接入技术 • 综合布线、机房工程 • 网络规划、设计与实施
4．项目管理一般知识	4.1 项目管理的理论基础与体系	• 项目与项目管理的概念 • 系统集成项目的特点 • 项目干系人 • 项目管理知识体系的构成 • 项目管理专业领域关注点

续表

知识模块	知识点	
4. 项目管理一般知识	4.2 项目的组织	• 组织的体系、文化与风格 • 组织结构
	4.3 项目的生命周期	• 项目生命周期的特征 • 项目阶段的特征 • 项目生命周期与产品生命周期的关系
	4.4 典型信息系统项目的生命周期模型	• 瀑布模型 • V 模型 • 原型化模型 • 螺旋模型 • 迭代模型
	4.5 单个项目的管理过程	• 项目过程 • 项目管理过程组 • 过程的交互
5. 立项管理	5.1 立项管理内容	5.1.1 需求分析 • 需求分析的概念 • 需求分析的方法 5.1.2 项目建议书 • 项目建议书的内容 • 项目建议书的编制方法 5.1.3 项目可行性研究报告 • 项目可行性研究报告的内容 • 项目可行性研究报告的编制方法 5.1.4 招投标 • 招投标的主要过程 • 招投标的关键产物
	5.2 建设方的立项管理	5.2.1 立项申请书（项目建议书）的编写、提交和获得批准 5.2.2 项目的可行性研究 • 初步可行性研究、详细可行性研究的方法 • 项目论证评估的过程和方法 • 项目可行性研究报告的编写、提交和获得批准 5.2.3 项目招标 • 招标文件的内容和编制方法 • 招标评分标准的制定 • 评标的过程 • 选定项目承建方的过程和方法
	5.3 承建方的立项管理	5.3.1 项目识别 5.3.2 项目论证 • 承建方技术能力可行性分析的方法 • 承建方人力及其他资源配置能力可行性分析的方法 • 项目财务可行性分析的过程和方法 • 项目风险分析的方法 • 对可能的其他投标者的相关情况分析 5.3.3 投标 • 组建投标小组 • 投标文件的内容和编制方法 • 投标活动的过程 • 投标关注要点
	5.4 签订合同	5.4.1 招标方与候选供应方谈判的要点 5.4.2 建设方与承建方签订合同的过程和要点

续表

知识模块	知识点	
6．项目整体管理	6.1 项目整体管理的含义、作用和过程	
	6.2 项目启动	6.2.1 项目启动所包括的内容 6.2.2 制定项目章程 • 项目章程的作用和内容 • 项目章程制定的依据 • 项目章程制定所采用的技术和工具 • 项目章程制定的成果 6.2.3 选择项目经理
	6.3 编制初步范围说明书	
	6.4 项目计划管理	6.4.1 项目计划的含义和作用 6.4.2 项目计划的内容 • 项目计划的主体内容 • 项目计划的辅助内容 6.4.3 项目计划编制 • 项目计划编制过程所遵循的基本原则 • 项目计划编制过程 • 项目计划编制过程所采用的技术和工具 • 项目计划编制过程的输入、输出 6.4.4 项目计划实施 • 实施项目计划所要求的必备素质 • 项目计划实施所采用的主要技术和工具 • 可交付物的定义和可能的表现形式 • 项目计划实施过程的输入、输出 6.4.5 项目计划实施的监控 • 项目计划实施监控的含义 • 项目计划实施监控的主要内容 • 项目计划实施监控所采用的技术和工具 • 项目计划实施监控的输入、输出
	6.5 项目整体变更管理	6.5.1 项目变更基本概念 • 项目变更的含义 • 项目变更的分类 • 项目变更产生的原因 6.5.2 变更管理的基本原则 6.5.3 变更管理的组织机构 • 项目管理委员会（变更控制委员会） • 项目三方各有专人负责变更管理 6.5.4 变更管理的工作程序 • 提出与接受变更申请 • 对变更的初审 • 变更方案论证 • 项目管理委员会（变更控制委员会）审查 • 发出变更通知并开始实施 • 变更实施的监控 • 变更效果的评估 • 判断发生变更后的项目是否已纳入正常轨道 6.5.5 变更管理的工作内容 • 严格控制项目变更申请的提交 • 对进度、成本、质量和合同变更的控制与协调

续表

知识模块		知识点
6. 项目整体管理	6.5 项目整体变更管理	6.5.6 变更管理所采用的技术和工具 6.5.7 变更管理的输入、输出 6.5.8 变更管理与配置管理之间的关系
	6.6 项目收尾管理	6.6.1 项目收尾的内容 • 项目验收 • 项目总结 • 项目审计 6.6.2 项目收尾所采用的技术和工具 6.6.3 项目收尾的输入、输出 6.6.4 对信息系统后续工作的支持 6.6.5 项目组人员转移
7. 项目范围管理	7.1 项目范围和项目范围管理	7.1.1 项目范围的定义 7.1.2 项目范围管理的作用 7.1.3 项目范围管理的主要过程
	7.2 范围计划编制和范围说明书	7.2.1 范围计划过程所用的技术和工具 7.2.2 范围计划过程的输入、输出
	7.3 范围定义和工作分解结构	7.3.1 范围定义 • 项目范围定义的内容和作用 • 项目范围定义的输入、输出 7.3.2 范围说明书 • 项目论证 • 系统描述 • 项目可交付物的描述 • 项目成功要素的描述 7.3.3 工作分解结构 • WBS 的作用和意义 • WBS 包含的内容 7.3.4 创建 WBS 所采用的方法 • 使用指导方针 • 类比法 • 自顶向下法、自底向上法 7.3.5 WBS 创建工作的输入、输出
	7.4 项目范围确认	7.4.1 项目范围确认的工作要点 • 制定并执行确认程序 • 项目干系人对项目范围的正式承认 • 让系统的使用者有效参与 • 项目各阶段的确认与项目最终验收的确认 7.4.2 项目范围确认所采用的方法 7.4.3 项目范围确认的输入、输出
	7.5 项目范围控制	7.5.1 项目范围控制涉及的主要内容 7.5.2 项目范围控制与项目整体变更管理的联系 7.5.3 项目范围控制与用户需求变更的联系 7.5.4 项目范围控制所用的技术和工具 7.5.5 项目范围控制的输入、输出
8. 项目进度管理	8.1 项目进度管理相关概念	8.1.1 项目进度管理的含义和作用 8.1.2 项目进度管理的主要活动和过程

续表

知识模块		知识点
8．项目进度管理	8.2 活动定义	• 活动定义与工作分解结构的关系 • 里程碑 • 活动定义所采用的技术和工具 • 活动定义的输入、输出
	8.3 活动排序	8.3.1 活动排序采用的技术和工具 8.3.2 活动排序的输入、输出
	8.4 活动资源估算	8.4.1 活动资源估算所遵循的基本原则 8.4.2 活动资源估算所采用的主要方法和技术 • 专家判断 • 按活动自底向上的估算 8.4.3 活动资源估算所采用的工具 8.4.4 活动资源估算的输入、输出
	8.5 活动历时估算	8.5.1 活动历时估算内涵 8.5.2 活动历时估算所采用的主要技术和工具 专家判断、类比估算、基于定量的历时、历时的三点估算。 8.5.3 活动历时估算的输入、输出
	8.6 制定进度计划	8.6.1 进度计划编制工作所包括的主要内容 8.6.2 进度计划编制的主要约束条件 8.6.3 计划编制所采用的主要技术和工具 关键路法（CPM）、计划评审技术（PERT）、历时压缩技术 8.6.4 进度编制计划的输入、输出
	8.7 项目进度控制	8.7.1 项目进度控制概念、主要活动和步骤 8.7.2 项目进度控制的技术和工具 8.7.3 项目进度控制的输入、输出
9．项目成本管理	9.1 项目成本管理概念及相关术语	9.1.1 成本与成本管理要概念 • 项目成本概念及其构成 • 项目成本管理概念、作用和意义 • 项目成本失控的原因 • 项目成本管理的过程 9.1.2 相关术语 • 全生命周期成本 • 可变成本、固定成本、直接成本、间接成本 • 管理储备 • 成本基准 9.1.3 制定项目成本管理计划
	9.2 项目成本估算	9.2.1 项目成本估算的主要相关因素 9.2.2 项目成本估算的主要步骤 • 识别并分析项目成本的构成科目 • 估算每一成本科目的成本大小 • 分析成本估算结果，协调各种成本之间的比例关系 9.2.3 项目成本估算所采用的技术和工具 • 类比估算法（自顶向下估算法）、自底向上估算法 • 参数模型法 9.2.4 项目成本估算的输入、输出
	9.3 项目成本预算	9.3.1 项目成本预算及作用 9.3.2 制定项目成本预算的步骤 • 将项目总成本分摊到项目工作分解结构的各个工作包 • 将各个工作包成本再分配到该工作包所包含的各项活动上 • 确定各项成本预算支出的时间计划及项目成本预算计划

续表

知识模块		知识点
9. 项目成本管理	9.3 项目成本预算	9.3.3 项目成本预算的技术和工具 • 类比估算法（自顶向下估算法）、自底向上估算法 • 参数模型法 9.3.4 项目成本预算的输入、输出
	9.4 项目成本控制	9.4.1 项目成本控制的主要内容 9.4.2 项目成本控制所用的技术和工具 9.4.3 挣值分析 • 挣值管理概念 • 挣值管理的计算方法 • 利用挣值计算结果进行整体控制 9.4.4 项目成本控制的输入、输出
10. 项目质量管理	10.1 质量管理基础	10.1.1 质量、质量管理、质量保证、质量控制 10.1.2 项目质量管理基本原则和目标 10.1.3 项目质量管理主要活动和流程 10.1.4 国际质量标准 ISO9000 系列、全面质量管理（TQM）、六西格玛（6σ） 10.1.5 软件过程改进与能力成熟度模型 • CMM/CMMI • SJT11234/SJT11235
	10.2 制定项目质量计划	10.2.1 制定项目质量计划包含的主要活动 10.2.2 制定项目质量计划所采用的主要技术、工具和方法 • 效益/成本分析 • 基准比较 • 流程图 • 实验设计 • 质量成本分析 10.2.3 制定项目质量计划工作的输入、输出
	10.3 项目质量保证	10.3.1 项目质量保证活动 • 产品、系统、服务的质量保证 • 管理过程的质量保证 10.3.2 项目质量保证的技术、方法 • 项目质量管理通用方法 • 过程分析 • 项目质量审计 10.3.3 项目质量保证工作的输入、输出
	10.4 项目质量控制	10.4.1 项目质量控制的意义、具体的实施过程与组织 10.4.2 项目质量控制的技术、工具和方法 • 测试、检查、统计抽样 • 因果图、帕累托图、控制图、流程图 • 六西格玛（6σ） 10.4.3 项目质量控制的输入、输出
11. 项目人力资源管理	11.1 项目人力资源管理的有关概念	动机、权力、责任、绩效
	11.2 项目人力资源计划的制定	11.2.1 制定人力资源管理计划的技术和工具 • 组织结构图 • 组织分解结构（OBS） • 责任分配矩阵（RAM） • 人力资源模板 • 人际网络

续表

知识模块	知识点	
11．项目人力资源管理	11.2 项目人力资源计划的制定	11.2.2 人员配备管理计划的作用和内容 11.2.3 制定人力资源计划工作的输入、输出
	11.3 项目团队组织建设	11.3.1 组建项目团队 • 人力资源获取 • 人力资源分配 11.3.2 现代激励理论体系和基本概念 11.3.3 项目团队建设 • 项目团队建设的主要目标 • 成功的项目团队的特点 • 项目团队建设的五个阶段 • 项目团队建设活动的可能形式和应用 • 项目团队绩效评估的主要内容和作用
	11.4 项目团队管理	11.4.1 项目团队管理的含义和内容 11.4.2 项目团队管理的方法 11.4.3 冲突管理 11.4.4 项目团队管理的输入、输出
12．项目沟通管理	12.1 项目沟通管理的基本概念	12.1.1 沟通和沟通管理和含义及特点 12.1.2 沟通模型及有效沟通原则
	12.2 沟通管理计划编辑	12.2.1 沟通管理计划的主要内容 • 描述信息收集和文件归档的结构 • 描述信息发送的对象、时间、方式 • 项目进展状态报告的格式 • 用于创建和获得信息的日程表 • 项目干系人沟通分析 • 更新沟通管理计划的方法 12.2.2 沟通管理计划编制的技术和方法 12.2.3 沟通管理计划编制的输入、输出
	12.3 信息分发	12.3.1 常用的沟通方式及其优缺点 12.3.2 用于信息分发的技术和方法 12.3.3 信息分发的输入、输出 12.3.4 组织过程资产的含义和表现形式
	12.4 绩效报告	12.4.1 绩效报告的内容 12.4.2 绩效报告的主要步骤 12.4.3 状态评审会议 12.4.4 绩效报告的技术和工具 12.4.5 绩效报告过程的输入、输出
	12.5 项目干系人管理	12.5.1 项目干系人管理的含义 12.5.2 项目干系人管理的技术和工具 12.5.3 项目干系人管理的输入、输出
13．项目合同管理	13.1 项目合同	13.1.1 合同的概念 • 广义合同概念和狭义合同概念 • 信息系统工程合同 13.1.2 合同的法律特征 • 合同当事人自愿达成 • 合同当事人法律地位平等 • 合同的设立、变更和终止 13.1.3 项目管理中的合同模型及有效合同原则

续表

知识模块	知识点	
13．项目合同管理	13.2　项目合同的分类	13.2.1　按信息系统范围划分 总承包合同、单项任务承包合同、分包合同 13.2.2　按项目付款方式划分 总价合同、单价合同、成本加酬金合同
	13.3　项目合同签订	13.3.1　项目合同的内容 • 当事人各自权利、义务 • 信息系统项目质量的要求 • 建设单位提交有关基础资料的期限 • 承建单位提交阶段性及最终成果的期限 • 项目费用及工程款的支付方式 • 项目变更约定 • 当事人之间的其他协作条件 • 违约责任 13.3.2　项目合同签订的注意事项 • 当事人的法律资格 • 验收时间 • 验收标准 • 技术支持服务 • 损害赔偿 • 保密约定 • 知识产权约定 • 合同附件
	13.4　项目合同管理	13.4.1　合同管理及作用 13.4.2　合同管理的主要内容 • 合同的签订管理、合同的履行管理、合同变更管理、合同档案的管理 • 合同管理的依据、合同管理的工具和技术、合同管理的交付物
	13.5　项目合同索赔处理	13.5.1　索赔概念和类型 13.5.2　索赔构成条件和依据 • 合同索赔构成条件 • 常见合同索赔事由 • 合同索赔依据 13.5.3　索赔的处理 • 索赔程序 • 索赔事件处理的原则 • 索赔意向通知与索赔报告 • 索赔审核 • 赔偿协商、裁决和仲裁 13.5.4　合同违约的管理 对建设单位违约的管理、对承建单位违约的管理、对其他类型违约的管理
14．项目采购管理	14.1　采购管理的相关概念和主要过程	14.1.1　采购的含义和作用 14.1.2　采购管理的主要过程
	14.2　编制采购计划	14.2.1　用于采购计划编制工作的技术、方法 • 自制、外购决策分析 • 向专家进行咨询 14.2.2　采购计划编制工作的输入、输出 14.2.3　工作说明书（SOW） • 工作说明书概念 • 工作说明书编写要求 • 工作说明书内容要点

续表

知识模块		知识点
14．项目采购管理	14.3 编制询价计划	14.3.1 常见的询价文件 • 方案邀请书（RFP） • 报价邀请书（RFQ） • 询价计划编制过程常用到的其他文件 14.3.2 确定对投标的评判标准
	14.4 询价	
	14.5 招标	14.5.1 招标人及权利和义务 14.5.2 招标代理机构 • 招标代理机构的法律地位 • 招标代理机构的权利和义务 14.5.3 招标方式 公开招标、邀请招标 14.5.4 招标程序 14.5.5 投标 14.5.6 开标、评标和中标 14.5.7 相关法律责任 • 法律责任概念 • 招标人的责任 • 投标人的责任 • 其他相关人的责任
	14.6 合同及合同收尾	14.6.1 采购合同管理要点 14.6.2 合同收尾 • 合同收尾的主要内容 • 采购审计 • 合同收尾的输入、输出
15．信息（文档）与配置管理	15.1 信息系统项目相关信息（文档）及其管理	15.1.1 信息系统项目相关信息（文档） • 信息系统项目相关信息（文档）的含义 • 信息系统项目相关信息（文档）的种类 15.1.2 信息系统项目相关信息（文档）管理的规则和方法
	15.2 配置管理	15.2.1 配置管理的有关概念 • 配置项 • 配置库 • 配置管理活动和流程 • 配置管理系统 • 基线 15.2.2 制定配置管理计划 • 配置管理计划编制工作的基本步骤 • 配置管理计划的主要内容 15.2.3 配置识别与建立基线 • 配置识别的基本步骤 • 配置识别的常用方法和原则 • 建立基线的目的及其在项目实施中的应用 15.2.4 建立配置管理系统 • 建立配置管理系统的基本步骤 • 配置库管理系统的基本结构 15.2.5 版本管理 • 配置项状态变迁规则 • 配置项版本号控制 • 配置项版本控制流程

续表

知识模块		知识点
15. 信息（文档）与配置管理	15.2 配置管理	15.2.6 配置状态报告 • 配置状态报告的内容 • 状态说明 15.2.7 配置审核 • 实施配置审核的作用 • 实施配置审核的方法
16. 项目变更管理	16.1 项目变更基本概念	16.1.1 项目变更的含义 16.1.2 项目变更的分类 16.1.3 项目变更产生的原因
	16.2 变更管理的基本原则	
	16.3 变更管理组织机构与工作程序	16.3.1 组织机构 • 项目管理委员会（变更控制委员会） • 变更管理设计的项目三方 16.3.2 工作程序 • 提出与接受变更申请 • 对变更的初审 • 变更方案论证 • 项目管理委员会审查 • 发出变更通知并开始实施 • 变更实施的监控 • 变更效果的评估 • 判断发生变更后的项目是否已经纳入正常轨道
	16.4 项目变更管理的工作内容	16.4.1 严格控制项目变更申请的提交 16.4.2 变更控制 对进度变更的控制、对成本变更的控制、对合同变更的控制 16.4.3 变更管理与其他项目管理要素之间的关系 • 变更管理与整体管理 • 变更管理与配置管理
17. 信息系统安全管理	17.1 信息安全管理	17.1.1 信息安全含义及目标 17.1.2 信息安全管理的内容
	17.2 信息系统安全	17.2.1 信息系统安全概念 17.2.2 信息系统安全属性 17.2.3 信息系统安全管理体系 组织机构体系、管理体系、技术体系
	17.3 物理安全管理	17.3.1 计算机机房与设施安全 • 计算机机房 • 电源 • 计算机设备 • 通信线路 17.3.2 技术控制 • 检查监视系统 • 人员出/入机房和操作权限范围控制 17.3.3 环境与人身安全 17.3.4 电磁泄漏 • 计算机设备的防电磁泄露 • 计算机设备的电磁辐射标准和电磁兼容标准

续表

知识模块	知识点	
17．信息系统安全管理	17.4 人员安全管理	17.4.1 安全组织 17.4.2 岗位安全考核与培训 17.4.3 离岗人员安全管理 17.4.4 软件安全检测与验收
	17.5 应用系统安全管理	17.5.1 应用系统安全概念 • 应用系统的可靠性 • 应用系统的安全问题 • 应用系统安全管理的实施 17.5.2 应用软件开发的质量保证 17.5.3 应用系统运行中的安全管理 • 系统运行安全审核目标 • 系统运行安全与保密的层次构成 • 系统运行安全检查与记录 • 系统运行管理制度 17.5.4 应用软件维护的安全管理 • 应用软件维护活动的类别 • 应用软件维护的安全管理目标 • 应用软件维护的工作项 • 应用软件维护的执行步骤
18．项目风险管理	18.1 风险和风险管理	18.1.1 风险含义和属性 18.1.2 风险管理含义 18.1.3 风险管理的主要活动和流程
	18.2 制定风险管理计划	18.2.1 风险管理计划的内容 • 风险应对计划 • 风险应急措施 • 应急储备 18.2.2 制定风险管理计划的方法与技术 18.2.3 制定风险管理计划的输入、输出
	18.3 风险识别	18.3.1 风险事件和风险识别的含义 18.3.2 风险识别的方法 18.3.3 风险识别的输入、输出
	18.4 定性风险分析	18.4.1 定性风险分析的方法 • 风险概率和影响的评估 • 风险（识别检查）登记表 18.4.2 定性风险分析的输入、输出
	18.5 定量风险分析	• 期望货币值（EMV） • 计算分析因子（DSMC） • 计划评审技术（PERT） • 蒙特卡罗（Monte Carlo）分析 • 风险（识别检查）登记表
	18.6 应对风险的基本措施（规避、接受、减轻、转移）	
	18.7 风险监控	18.7.1 风险监控的目的和主要工作内容 • 分析监控的目的 • 执行风险管理计划和风险管理流程 • 采取应急措施 • 采取权变措施 18.7.2 用于风险监控的技术、方法 18.7.3 风险监控过程的输入、输出

续表

知识模块	知识点	
19. 项目收尾管理	19.1 项目收尾的内容	• 项目验收 • 项目总结 • 项目评估审计
	19.2 对信息系统后续工作的支持	
	19.3 项目组人员转移	
20. 知识产权管理	20.1 知识产权管理概念	
	20.2 知识产权管理的相关法律法规	
	20.3 知识产权管理工作的范围和内容	
	20.4 知识产权管理要项	
21. 法律法规和标准规范	21.1 法律	合同法、招投标法、著作权法、政府采购法
	21.2 软件工程的国家标准	21.2.1 基础标准 • 软件工程术语 GB/T 11457-1995 • 信息处理 数据流程图、程序流程图、系统流程图、程序网络和系统资源图的文件编辑符号及约定 GB/T 1526-1989 • 信息处理系统 计算机系统配置图符号及约定 GB/T 14085-1993 21.2.2 开发标准 • 信息技术 软件生存周期过程 GB/T 8566-2001 • 软件支持环境 GB/T 15853-1995 • 软件维护指南 GB/T 14079-1993 21.2.3 文档标准 • 软件文档管理指南 GB/T 16680-1996 • 计算机软件产品开发文件编制指南 GB/T 8567-1988 • 计算机软件需求说明编制指南 GB/T 9385-1988 21.2.4 管理标准 • 计算机软件配置管理计划规范 GB/T 12505-1990 • 信息技术 软件产品评价 质量特性及其使用指南 GB/T 16260-2002 • 计算机软件质量保证计划规范 GB/T 12504-1990 • 计算机软件可靠性和可维护性管理 GB/T 14394-1993
22. 专业英语	22.1 具有工程师所要求的英语阅读水平	
	22.2 掌握本领域的英语词汇	
23. 系统集成项目管理工程师职业道德规范		

1.4.2 真题特点综述

至2010年12月为止，系统集成项目管理工程师职业资格共举行了4次考试。年年岁岁“题”不同，岁岁年年“质”相似。纵观历年真题，上午试卷以单项选择题的题型出现在试卷中，题量维持在75道题，每题1分，总分为75分。其主要特点是涉及的子学科多、知识面广，考查的内容较细腻。以2010年下半年系统集成项目管理工程师考试上午试卷为例，此次考试遵循了计算机专业技术资格考试中中级资格考试科目模块化出题的风格，严格按考试大纲给出的22个知识模块进行命题。历年真题中暂时未出现与“系统集成项目管理工程师职业道德规范”知识模块相关的试题。各知识模块在试卷中的题号分布、题量及命题趋势等情况如表1-3所示。

表 1-3 2010 年下半年上午试卷考情部析

序号	知识模块	题号	题量/分值	百分比	题量的大致趋势
1	信息化知识	24～27	4	5.33%	→（持平）
2	信息系统服务管理	1～6	6	8.00%	↗（上升）
3	信息系统集成专业技术知识	7～11、17～23、28～31	16	21.33%	→
4	项目管理一般知识	0	0	0.00%	↘（下降）
5	立项管理	0	0	0.00%	↘
6	项目整体管理	0	0	0.00%	↘
7	项目范围管理	41～43	3	4.00%	→
8	项目进度管理	35～40	6	8.00%	↗
9	项目成本管理	44～46	3	4.00%	→
10	项目质量管理	67～70	4	5.33%	→
11	项目人力资源管理	0	0	0.00%	↘
12	项目沟通管理	57～59	3	4.00%	→
13	项目合同管理	50～56	7	9.33%	↗
14	项目采购管理	60、61	2	2.67%	→
15	信息（文档）与配置管理	0	0	0.00%	↘
16	项目变更管理	64～66	3	4.00%	→
17	信息系统安全管理	32～34	3	4.00%	→
18	项目风险管理	47～49	3	4.00%	→
19	项目收尾管理	0	0	0.00%	↘
20	知识产权管理	14	1	1.33%	→
21	法律法规和标准规范	12、13、15、16、62、63	6	8.00%	↗
22	专业英语	71～75	5	6.67%	→
23	总分	1～75	75	100%	→

从表 1-3 可以看出，在本次考试试卷中对项目管理九大知识域部分共出题 24 道，占总分值的 32.0%，与前 3 次考试情况相比考查比重略有下降；而对信息系统服务管理、项目合同管理、法律法规和标准规范三大知识模块共出题 19 道，占总分值的 25.33%，考查比重较前 3 次考试有着明显的加大；对信息系统集成专业技术知识模块共出题 16 道，占总分值的 21.33%，基本上与前 3 次考试持平。总体而言，当次考试试卷基本上是依据考试大纲进行命题，且整体命题思路、试题场景（或案例）更贴近了系统集成项目管理工程师的实际岗位要求，更强调考查对知识点的理解与实践应用能力，并且通过对基础知识点更细化的考查来略微增大当次考试难度。这也成为当次考试试卷区别于往年试卷命题风格的亮点之一。当次考试通过对试题的命题思路、试题的表现形式和考查内容的创新与发展，来体现作为一门中级职业资格考试所应具有的考核深度和广度。因此，提醒读者一定要注意这些命题风格及思路变化，这些新思路将可能会影响并体现在当前及未来一段时间本科目考试的试题中。建议考生一定要在这些知识模块的相关知识点上多下工夫，多阅读相关材料，多动笔做有针对性的练习，并从本书试题中多思考其出题的风格、出发点及形式等，以获取直接的应试经验，以便考试时能灵活变通，节约在这方面知识点的解题思考时间。

随着本科目考试次数的逐年积累，试题的考查风格、考试内容不断被考生所熟悉，从而也会导致试题的命题范围越来越窄，所考查的知识点也越来越细，试题难度（可能同时体现在深度、广度方面）也将随之增大。这就要求考生要紧扣考试大纲，更全面地掌握知识点，在牢记基础知识的基础上仔细分析题干描述、灵活思考，并注意平时多积累信息系统项目管理的实践经验。

纵观 2009 年 5 月～2010 年 11 月 4 次考试上午试卷的答题情况，考生对上午试卷的回答情况整体（至少在统计学意义上）表现出以下几个特点：

- 考生对信息技术的常识性试题等答题正确率较高，但对信息系统项目涉及的专门技术（如结构化综合布线、网络组建、软件开发和数据库设计等），部分考生丢分相对较多。由此分析可以间接看出，大多数考生对信息系统集成专业技术知识的深度掌握仍有不足，对这些相关知识点的理解与灵活掌握还须提高。
- 考生对信息系统项目管理的常识比较了解，例如对项目变更的常识性流程比较了解，答对这一部分试题的考生较多。由此分析可以间接看出，参加考试的考生大多数具备一定的信息系统项目管理的基础知识，能够对项目管理过程中遇到的基本问题做出正确判断。
- 许多考生在“法律法规和标准规范”部分丢分较多，这也反映考生以理工科居多，缺乏必要的人文学科（如法律法规等）的知识积累。而项目管理正是横跨人文与理工的综合性、实践性学科，人文学科中的法律法规知识对管好信息系统项目而言是必不可少的。
- 有很多考生对《系统集成项目管理工程师教程》的基本内容掌握较差。例如，有关项目的可研、论证和立项的试题答题正确率较低；配置管理也是考生的普遍弱项。
- 有相当多的考生在基本的项目管理专业英语试题上，答题正确率较低。由此说明这部分考生既没有熟练掌握专业英语，也没掌握基本的项目管理准则。

另外，从本科目历年真题的命题情况可以看出，作为一门中级资格职称考试，系统集成项目管理工程师考试有一个自成体系的专用题库，试题注重岗位知识和技能（而不是简单的背书），综合性和灵活性强、创意多。试题力求有所创新，所命试题基本上是原创的，而不会直接使用往年中级科目（如信息系统监理师、软件设计师、网络工程师等）考试中与项目管理领域相关的试题，也不会直接引用诸如 PMP（项目管理师）认证考试的相关试题。提醒大家一定要走出这个认识误区，以免耽搁（或浪费）自己宝贵的复习时间。努力修炼自己的内功，打牢基础才是根本。

信息系统项目管理领域是一个交叉学科的领域，博大精深，而本书仅仅是本人于 2009 年 6 月～2011 年 1 月阶段性的研究成果，它仅仅是信息系统项目管理领域所涉及知识点的冰山一角。该书只是为大家提供考前案例分析试题的练习样板，用于考生在复习过程中检查自己对信息系统项目管理领域相关知识点的掌握情况。虽然本书不可能包含信息系统项目管理领域案例分析方面的所有内容，但相信做过这些试卷的读者都会从中得到想要的收获。

1.4.3 解题指南

通常，试题编写的一个基本原则是 4 个选项中的一个选项必须比其他的 3 个好。然而，正确选项的设计不能比其他 3 个选项明显地好，以致解题的难度系数变得太小。从某种意义上讲，命题者构造高质量的迷惑性选项比构造正确选项的难度要大得多。以知识点辨析类试题为例，对于命题者而言，编制此类考题的最大痛苦与挑战不在于如何编制出一个正确答案，而在于如何编制出一个非常像正确答案但又绝对不是正确答案的选项。

通常，在上午试卷中每一道选择题可分为题干、问题和选项 3 部分。解答时首先要审清题干的内容和意义，然后注意问题提出的角度和方式，在此基础上根据所掌握的知识或经验（有时也要通过一定的逻辑推理）对选项进行选择。很多情况下，一道试题的正确答案并不是专业知识背景下或常识中的最佳选项，但只要是 4 个选项中最能实现命题者所提问题目的的选项就可以了，即让考生从 4 个选项中挑选一个相对最好的选项。

考场如战场，在分秒必争的情况下，良好的答题策略，将有助于考生快速准确地获取正确答案。

答题 3 步曲：读取→抽象→择优

（1）快速读取题干与问题。

（2）抽象出题干的信息主线。

（3）根据问题要求，结合题干的关键信息从 4 个选项中过滤（或计算）出答案。

规范思路——答一道上午试题的标准化流程

（1）用不握笔的那只手将整个题目框住（或用铅笔在下一题之前划一道横的分界线）。

（2）耐心阅读题干信息（如果必要，标出重点词语，即标出题眼），弄清因和果（前提和结论），并尽可能在脑子里简化为一句话（准确地提取有用信息）。这是解题最关键的一步。

（3）细看问题，确定解题方向（一定要仔细看，不要漏看或错看）。

（4）快速浏览4个选项。

（5）排除绝对不可能的选项（计算题型除外）。

（6）边看选项边看题干，两相比较，选出最优答案（能否画个图表？是否需要列个箭头推出关系？存在陷阱吗？）。

（7）如果属于计算题型，则要根据计算公式中各个符号的物理意义仔细查找出其所对应的数值，并做细致的运算（是否少写了“0”？小数点是否正确标注？试题背景下的一些常数项是否遗漏？）。

（8）在所选择的选项上画上对勾，或将所选择的选项标注在本小题最显眼的位置。

例外的情形如下：

（1）这题我见过、做过——快速阅读题干、问题及选项，选出最优答案。

（2）题干读了一遍没懂——呼一口气，再读，边读边画。

（3）有两个程度相当的选项——其他选项的排除是否有差错？这两个选项的区别是什么？

（4）没有可选的选项——立刻重读问题，是否将问题理解反了？是否将某个选项的含义理解反了？

1.4.4 专业英语解题思路

纵观历次考试试卷的命题风格，本章知识点以完形填空题型的形式出现在试卷中，题量维持在5小题，所占分值为5分（约占试卷总分值的6.67%）。仔细分析历次专业英语试题，可以发现该部分英语试题具有以下特点：

- 考查题型为完形填空（也称综合填空）。通常，出题者给出一段含有15～50个单词的句子，从中去掉1个单词（或词组），要求考生在一定时间内填完空缺处。从表面上来看，就是要求考生把每个句子中删掉的词恢复。而实际上，这种测试题型综合了词汇、语法结构及阅读理解等测试内容。它不仅测试考生对专业领域相关词汇的掌握程度，还测试考生在句子水平上运用语言结构的能力。
- 通常，在每次考试中，该部分试题内容将涉及一道项目管理的一般知识（如项目生命周期、PMO等），以及项目管理9个知识领域中的某4个知识领域的内容。
- 从历次考题观察，该部分试题内容更侧重于考查计算机专业词汇，而对语法结构的考查有所弱化（即没有特意设立专项的语法选项），但要求考生能掌握常见的英语语法知识，且能读懂长句。

众多考生在面对该部分英语题目时，往往有如下反应：

- 看到长长的英语句子有了畏难情绪。
- 在仔细阅读英语文章段落时，发现有众多不认识的专业词汇，且对文章的专业背景似曾相识而又不熟知。通读一遍文章后不知所云、无从下手。

从备考的角度来看，完形填空的题目在设计时并非简单地从一段句子随便去掉1个词，出题者要遵循一定的要求和准则，以保证测试的效度和信度。这种测试题型所填的词是与句子的前后词汇、背景知识有着紧密的联系。因此，要做好专业英语的完形填空，必须要在通读全句、把握结构与大意的前提下，根据所提供的选项及句子的结构、语法等信息，通过逻辑推理、对比等手段来确定答案。作者根据自己的应试经验，建议读者在处理这类试题时参考以下方法来解决相关问题。

- 了解大意：即通读整段句子，弄清句子的大意和结构，确立其所处的专业背景（如该句属于项目管理哪个知识领域的内容），为接下来的选择填空做好准备。可能很多考生担心自己的阅读水平差，有的甚至在碰到空格的地方会产生莫名的紧张感。其实换个角度思考一下，既然短句中的空格不是随便可以去掉的，从考查考生语言的综合能力这一可信度为出发点，则在出题时就有了这样一条原则：去掉空格中的单词后不会影响考生对整个句子大意的了解。因此，考生在进行填选时，大可不必为理解上的障碍而省略了这至关重要的一步。
- 学会断句：即在通读过程中遇到长句时，要用笔标上断句的符号（例如“|”）。断句时，不仅遇到“,”、“;”要断，而且遇到 and、or、but、however 等表示前半句与后半句关系的并列连词要断；遇到从属连词 that、if、as if 等要断；遇到 which、who、whom、what 等连接代词也要断。断句的目的是为了方便翻译，待各部分翻译好后再进行合并，以便理解句意，从而更好地把握答案的选择。
- 初选答案：即将短句通读一遍，了解大意后，就可以开始填空了。在填选每个空格答案时，可以从出题者的出题思路着手，初步做出每个题的答案。总的来说，在本级别专业英语考查中出题人有以下 4 种出题思路：
    - ◆ 词义与词形的辨析。选项与选项之间构成同义词、形近词、反义词的关系。有时出题者也借助选项，考查考生对某些单词词义的精确理解。这种出题思路在本级别专业英语考查中均占有一定的比重，约有 2～4 个小题。
    - ◆ 上下文逻辑关系的考查，即所填空格的句子，与上下文构成指代、列举、因果、比较、对比、让步、补充和递进等逻辑关系。
    - ◆ 动词的用法。考生应从动词的时态、语态（被动语态和主动语态）及非谓语动词（不定式、动名词、现在分词、过去分词）几个角度逐一考虑。
    - ◆ 对短句大意的了解是做题的前提条件，答案的初选是做题的核心。在这一过程中，除了逻辑关系以外，其余两种出题思路主要针对考生平时的积累和记忆的程度，考查考生专业英语的语言功底。除了按照以上思路从正面逐一解题之外，还可以从逆向思维入手，利用排除法获得正确答案。例如，利用“同性元素排除法”能够快速地缩小可选范围，找到正确答案。
- 寻找线索：在选择答案时不仅要考虑专业知识，还要结合动词时态、形态和短语固定搭配等语法知识，同时要考虑上下文的关联。有时上文和下文都会对选择答案有所启发，特别是在下文中能找到该空缺处相关选项的内容时，该选项成为正确答案的概率比较大。从某种意义上来说，“寻找线索”不仅可以考查考生的语言知识，而且更强调对句子内容的整体把握。
- 回头补缺：即在做题时，如果自己一时做不出来，判断为难题的选项时，应立刻跳过此小题，继续往下做。只要坚持往下做，随着空缺处变得越来越少，考生的解题负担也会越来越小，有时还能在释放负担的同时，获得解答前面空缺处的思路（或灵感），这样可再回过头来填上答案。
- 核实答案：建议将所选择的选项内容填入正文，然后再次通读整个句子。通读的目的是通过“语感”来核实答案，修正填错的单词。

1.5 案例分析试卷

1.5.1 考核要求

根据考试大纲中相应的考核要求，在“系统集成项目管理应用技术”考试科目中要求考生掌握的内容如表 1-4 所示。

表 1-4 考试科目 2：系统集成项目管理应用技术

知 识 模 块	知 识 点	题量及分值(分)
1. 可行性研究	• 项目的机会选择 • 初步可行性研究 • 详细可行性研究	0～10
2. 项目立项	• 立项管理过程 • 建设方的立项管理 • 承建方的立项管理	0～15
3. 合同管理	• 合同及合同的要件 • 合同谈判 • 合同签订 • 合同履行 • 合同变更 • 合同终止 • 合同收尾	0～15
4. 项目启动	• 项目启动的过程和技术 • 项目章程的制订 • 项目的约束条件 • 对项目的假定	0～10
5. 项目管理计划	• 项目管理计划的内容 • 项目管理计划的制订	0～10
6. 项目实施	• 项目管理对项目管理工程师领导力和管理水平的要求 • 项目实施阶段项目管理工程师任务和作用 • 项目实施	0～6
7. 项目监督与控制	• 项目监督与控制过程 • 整体变更控制 • 范围变化控制 • 进度控制 • 成本控制 • 质量控制 • 技术评审与管理评审 • 绩效和状态报告	15～45
8. 项目收尾	• 项目收尾的内容 • 项目验收 • 项目总结与后评估	0～10
9. 信息系统的运营	• 信息系统的运行维护的意义 • 信息系统的运行维护管理计划的制定 • 信息系统的运行维护管理计划的执行 • 信息系统的运行维护过程的监控 • 信息系统的运行维护过程的程序改进 • 变更管理	0～15
10. 信息（文档）与配置管理	• 信息（文档）管理过程 • 制定配置管理计划 • 配置识别与建立基线 • 建立配置管理系统 • 版本管理 • 配置状态报告 • 配置审核	0～15

续表

知识模块	知识点	题量及分值(分)
11. 信息系统安全管理	• 信息安全管理的组织 • 信息安全管理计划的制订 • 信息安全管理计划的执行 • 信心安全管理过程的监控与改进	0～15

1.5.2 真题特点综述

项目管理的理论知识来自工程实践，经总结提高形成一套理论体系后，又反过来指导工程实践，然后通过实践进一步丰富理论知识。这是一个从实践到理论不断反馈提高的过程。纵观历次真题的命题风格，下午试卷通常以简答题、计算题、填空题、选择题、判断题和连线题等题型出现在试卷中，题量维持在5道题，每题15分，总分为75分。其主要特点是：考核考生分析问题、解决问题的能力。通常，案例分析试题涉及的知识面宽，并且可能涉及项目管理的整个生命周期，是对考生经验、知识和能力的综合考查。历次考试各知识模块的题量分布情况如表1-5所示。

表 1-5 历次考试各知识模块题量分布情况部析

序号	知识模块	2009.5	2009.11	2009.5	2010.11	累计分值
1	项目管理一般知识	9	0	0	0	9
2	项目立项管理	0	0	0	0	0
3	项目整体管理	21	0	15	6	42
4	项目范围管理	0	15	0	15	30
5	项目进度管理	30	15	0	11	56
6	项目成本管理	0	15	15	13	43
7	项目质量管理	15	15	15	0	45
8	项目人力资源管理	0	0	0	0	0
9	项目沟通管理	0	0	0	0	0
10	项目风险管理	0	0	0	15	15
11	项目采购管理	0	0	0	0	0
12	项目合同管理	0	15	15	0	30
13	文档及配置管理	0	0	15	15	30
14	总分	75	75	75	75	

纵观表1-5所示的历年真题可知，本科目考试遵循计算机专业技术资格考试中的中级资格下午考试科目主观性案例分析试题的模块化出题风格，重点突出项目管理九大知识领域（特别是对考试大纲中“项目监督与控制”知识模块）的考核。案例分析试题侧重考查考生发现问题、理解问题和解决问题的能力，这正是一名项目经理必须具备的基本素质。具体而言，下午试卷对于考生的基本要求反映在以下几个方面：

（1）需要具有一定的信息系统项目管理实践经验的积累，有较好的判断和分析能力。

（2）对信息系统项目管理九大知识领域的若干主要方面有较广博而坚实的知识（或见解）。

（3）善于从一段书面叙述中提取出关键性信息，懂得舍弃一些无用的叙述或似是而非的内容。

（4）对应用的背景、事实和因果关系等有较强的理解能力和归纳能力。

（5）对于只能定性分析的问题能用简练的语言抓住要点进行表达，对于一些可以定量分析的问题能进行相关计算。

纵观2009年5月～2010年11月4次考试下午试卷的答题情况，大多数考生对定量分析与计算试题的答题得分率较高，说明大多数考生比较善于计算。但对定性分析试题的解答往往是答非所问、不能切中要点，特别是在项目整体管理、配置管理等知识模块上的案例解答较不理想，说明这部分考生缺乏配置管理经验、不太了解常见的 IT 项目生命期模型的特点，从而影响对项目整体的管理。对于以案例分析为特点的下午试卷，考生还普遍存在以下问题：

（1）没有认真阅读案例描述的问题，许多回答都与案例描述不符。

（2）缺乏对知识点的深入理解，不能结合案例实际，灵活使用对应的知识点解决问题，思维比较僵化。

（3）缺乏对系统集成项目管理工程师考试案例分析试题解题方法的掌握。

换个角度看待这 3 个问题，对于下午案例分析试题，考生首先需要加强对信息系统项目管理过程基础知识的掌握。在此基础上，需要冷静且认真地阅读题干说明部分的案例描述，抽象出题干想要表达的主题思想、含义和问题，特别是隐藏在字里行间的一些思想和问题，确定考题的关键考点。定位问题后，需要找出能够解决该问题的知识点，围绕问题使用自己所掌握的相关知识点进行言简意赅、切中要害的解答，并注意知识点要根据案例场景进行变通使用。考生可以通过对本书所归纳、总结的试题的强化练习，熟悉下午试卷的考试风格，从中找出答题的思路与灵感。在学习和工作实践中，读者还可以通过阅读、交流、培训及应用等手段，增强系统集成项目管理工程师考试所涉及领域的相关知识素养，并重点培养分析问题和解决问题的能力。另外，在考试过程中应注意技巧，让答题的思路最大限度地符合出题思路，避免跑题。

信息系统项目管理领域具有软、硬件渗透及学科交叉等特点，决定了考试大纲涉及的内容较多、知识面较广，对其中任何一个知识模块的考点，都可能系统地写成一本书。计算机专业技术资格考试中的中级资格考试是一个难度比较大的考试，其命题风格及知识点的考核形式比较灵活，不仅注重考核内容的广度，而且还注重其考查的深度。因此，读者在备考复习过程中，切不可死记硬背知识点，要依据考试大纲（见表 1-4），采用提纲挈领式地做笔记来准备考试，并力求在比较容易获得分数的试题（如挣值分析试题、网络计划图试题等）上有所突破；要对信息系统项目管理领域所涉及的基本概念深入理解和学习，从工程师的角度，结合平时信息系统工程项目的实践经验来体会考试大纲的考核点，以便灵活掌握考试内容；不要仅限于现有课本的知识范围，要实时跟踪新技术和新方法的发展动态，关注其具有普遍性的问题。本书力求以发展的眼光和实用的角度来预测并挖掘这些相关考核点，以帮助读者在备考过程中分清主次、抓住重点，从而增强学习的目的性，减轻应试负担。

1.5.3 解题指南

答好下午案例分析试题的重要前提是：读者要有一定的信息系统项目管理理论水平和实践经验。这就要求考生有比较丰富的实战经验（平时工作中注意积累项目开发和管理的经验），并对项目管理方法和技能有着深入的掌握。答题时间短，也是下午案例分析考试的一大挑战性问题。要答好下午案例分析考试的相关试题也不难，那就是考前准备充分，尽可能多地积累理论知识，积累工作中的实践经验和实际案例，并对自己管理过的每个信息系统项目做好总结。对于事先没有准备到的题目，或者是没有相关实践经验的案例场景，读者不能采取蒙事、泛泛而谈、不能切中要害的办法，而应该结合自己所掌握的相关知识点，尽可能去挖掘案例中存在的问题，提出对问题有针对性的解决措施。

1. 解题的一般思路

通常，在案例分析考试中，每个问题所涉及内容在题干的案例说明中都会有所涉及。因此，认真阅读题目，找出与问题相关的信息是答题的前提之一。而加快解题速度的考试技巧之一是：阅读题干说明时圈阅题眼，善于使用核心词定位答案。所谓“题眼”，就是关键的字词、语句。边阅读边给题眼做明显的标记，将大大提高做题的速度和答案的准确性。同时，在组织答案的过程中要注意技巧，让答题的思路最大限度地符合出题的思路，避免跑题，这样比较容易得到分数。总之，回答问题要言简意赅、切中要害。

通常，解答下午试卷的相关试题的一般思路如下：

（1）标出或总结出“问题”描述中的要点（即题眼），并以此作为主要线索进行思考和分析。在阅读问题时，对关键词句划上着重线（或框线），记在脑子里。因为在浏览案例说明时，对本案例场景涉及的内容有了大概的了解，通过明确问题的要点，就可以充分理解试题的内容和要求。

（2）对照题眼仔细阅读题干，并尽量从中获取相关的描述信息，并可圈画出针对要回答问题的相关记号，用于强调这些信息可能与该问题有关系。换而言之，以问题的要点为纲再次仔细阅读案例说明正文。在阅读过程中，对应当注意的信息标上记号，并把有可能成为答案的关键词句圈画出来。

（3）通过定性分析或者定量估算，构思答案的要点，通过排列圈画出来的关键词句构思答案。最理想的做法是对本案例所提出的全部问题以及每个要点进行构思，问题与问题之间（或要点与要点之间）有着密切的联系。如果完全独立地依次写出每个问题的答案，则有可能引起前后矛盾或顾此失彼。当然，对于考试时间紧张的情形，对每个问题的各个要点单独构思答案也是一个选择。在考试时，对容易解答的问题要点应该先写出来。例如，一种构思答案的方法如下：①利用流程图法查找原因；②如可修补，对原方案进行修补；③如不可修补，则对原方案进行改造等。

（4）用较简练的语言写出答案。注意不要使用修饰性（或空洞）的词汇以控制相应的字数，也不要写与问题毫无关联的语句，以免浪费答题时间。答案的内容应该准确、充实、通顺，没有废话，没有错别字；而答案的篇幅大小要符合题目的规定，不能给批改试题的老师有一种“为了勉强凑够字数而离题发挥”的感觉。

2．如何对案例进行分析

通常，对于定性分析的案例试题，命题思路之一是：先陈述案例背景（其中蕴含了问题的线索）和在这个项目管理过程中出现 1 个或多个项目管理的问题，要求考生透过现象分析问题的原因，并提出相应的补救措施（或解决方案）。借鉴项目质量控制的方法，将所有原因查出来的方法主要有两个：因果图和流程图。其中，因果图（即石川图、鱼刺图）可以形象地展示出可能导致问题的多种原因。因果图法首先确定现象（结果），然后分析造成这种现象的所有原因（潜在因素）。图中左侧的每个方框代表了可能的差错原因，用于查明问题所在。它可以帮助考生事先估计可能会发生哪些问题，然后帮助制定解决这些问题的途径和方法。流程图是一个过程的图形化表现，可以帮助项目团队查出问题的原因可能出现在流程的哪一个环节上，并且制定出相应的措施、方法来处理这些问题。

当问题的原因查找出来后，根据考生的理论素养和实践经验，就可以想出解决问题的具体措施了。解决案例中存在问题的方法可能是以下一种或者是它们之间的组合：①对原方法进行修补；②对原方法进行彻底的翻修改造；③采用全新的解决方法等。

1.6 备考思路的调整

通读本科目考试大纲之后，读者如何面对内容如此广泛的“系统集成项目管理工程师”考试？如何才能有效地做好复习准备以提高通过率呢？根据作者自身参加过的中级、高级资格考试（包括信息系统项目管理师、系统分析师、网络工程师、网络规划设计师等）、在软考培训班的辅导经验以及阅卷经验等，考生除了按照考试大纲进行复习备考之外，还需要深入了解本级每次考试试卷的结构、题型和难度等情况，从宏观的层面上掌握考试的脉络。最好能结合信息技术的发展趋势来进行全面的考前准备，以提高自身的理论知识和基本技能。在此，和大家一起来分享一些个人的备考思路和应试心得。

（1）摆正心态，做时间的主人。对待学习，一定要有主动精神，无论什么事，只要是自己喜欢的、主动去做的，一定会爆发出惊人的力量，可能有时候连自己都很难相信在这个事情上会做得这么好。有了主动学习的心态后，接下来非常重要的一件事是，在每天繁忙的学习和工作时间中至少留出 1～2

小时的复习时间。因为广义的信息系统项目管理涉及的知识面较广，考查点较深，需要考生有足够的复习时间来夯实自己的专业基础知识。在复习过程中，应分清相应内容的考试要求（即了解、熟悉、理解、掌握等），以便科学地分配复习时间和精力。另外，最好能从周末抽出半天或一个晚上的时间，来回顾本周所复习的内容，并对一些重要的知识点进行多角度的思考，预测其可能出题的形式。

（2）厚积薄发，做知识的有心人。考试是一场智慧与毅力的较量，必须以深厚的专业知识作为底蕴，用机敏的智慧沉着冷静地进行分析、判断和取舍。而学习讲究的是勤奋和坚持，多劳多得，少劳少得，不劳不得。一个人的精力和时间是有限的，在考前的复习过程中不能胡子眉毛一把抓，必须分清主次，抓住重点。在平时的工作中要多写经验教训、多汇报和多交流，要认真对待项目管理的各个环节和过程，及时归纳总结，用心积累，厚积薄发。在备考的复习阶段，对于本书归纳总结的一些经典知识点要多花力气、多总结、多比较、找异同点、抓规律，并努力做到熟能生巧，以便考试时能灵活变通，节约在这些知识点上的解题思考时间。无论是对知识内容，还是对管理过程都要“联系地看问题”，要能够举一反三、触类旁通。

受摩尔定律的支配，信息技术、计算机网络技术、软件工程与项目管理领域在不断地变化和发展着，这也同时要求读者不要局限于现有课本的知识范围，要实时跟踪新信息技术的发展动态，关注具有普遍性的问题。

（3）他山之石可以攻玉。广大考生应依据考试大纲、教程和辅导材料，通过做练习题来复习和巩固各个知识点。本书高质量的模拟试题是备考的最佳资料，是考生熟悉考试形式、把握考试动态的最好途径。读者可以利用本书每章所提供的强化训练试题、考前密押试卷严格按照考试时间进行实际操练。根据本书所提供的参考答案进行评分，从而了解自己的实际水平和差距。尤为重要的是，务必将本书“知识点清单”模块中所归纳总结的知识点一一进行消化，结合“真题透解”模块中的要点解析，吸收在相关知识点上所提供的应试经验，以真正理解这些基础知识，逐步做到举一反三，以不变应万变。如果能把这一项工作做扎实，就能掌握考试大纲中大部分的知识点，从而拉近与成功的距离。当然，读者在通过练习题复习相关知识点时，应以实战的方式对自己高标准、严要求。

（4）在实践中锻炼提高。“纸上得来终觉浅，绝知此事要躬行”。如果说平时积累的各个知识点是一粒粒宝贵的珍珠，那么项目的实践经历则是将这些珍珠串连起来的一根红线。信息系统项目管理的丰富内容体现在每一个相似而又千差万别的工程项目中，其中蕴涵着管理者经历无数次失败和挫折之后获得的经验与教训。在实践中虚心求知、勤于总结，是提高项目管理能力的重要途经。每一次认真的实践，都必然有所收获。特别是解答下午试卷试题时，考生除了要熟悉有关理论、方法和步骤之外，还需要具有丰富的项目管理实践经验。如果没有机会实践，则需要多阅读相关案例，尽量从本书所列举的案例中间接获取相关经验。

（5）复习策略拾锦。

- 上午试卷是 75 道客观单项选择题，考生往往认为比较好通过，其实并不是这样。因为上午试卷的知识覆盖面广、内容细腻，所以考生需要花费大量精力掌握这些知识，特别是要注重日常积累。读者应根据考试大纲中对考试内容不同层次的要求（掌握、熟悉、理解和了解等），科学地安排备考时间，多看、多参考历年真题或相同命题风格、相同类型与层次的模拟试题。当然，在考试时充分利用 150 分钟的答题时间，通过上午考试科目的几率还是很大的。能否取得证书的主要决定因素在于，是否能够顺利通过下午试卷的考核。
- 系统集成项目管理工程师作为一门中级职业资格考试科目，侧重于项目管理知识的普及与实践应用。下午试卷案例分析试题主要考查理论与实践的结合、项目管理理论在实际工作中的应用；主要考查考生发现问题、解决问题的能力，是对考生经验、知识和能力的综合考查。每个案例分析试题的答题时间都较短（平均为 30 分钟），在阅读每道题目后要认真分析，并分配好时间，还要仔细斟酌答案字数。无论是对案例的分析，还是对典型项目管理问题的论述，都需要考生具有较丰富的信息系统项目管理经验和较扎实的文字功底。这就要求考生在平时管理项目时，应能够较完整地记录项目的日常活动，使得项目可追溯；在平时的周例会要多总结、交流、积累、分享经验教训，分析每个项目的成功点与失败点。

- 下午试卷中每个问题所提及的内容在题干说明中都会有所涉及，因此首先要认真阅读题目，找出和问题相关的内容，这是答题的前提。然后，在考试过程中注意技巧，让答题的思路最大限度地符合出题的思路，避免跑题，这样容易得到阅卷老师的共鸣。总之，考生回答问题时应言简意赅、切中要害。
- 在平时的工作中，要认真对待项目管理中的各个环节、各个过程，及时总结经验、教训，用心积累，厚积薄发。平时要经常与同事（或同行）交流项目管理的心得体会，收集本科目优秀参考书和参考资料作为备考辅助资料，还可以加入与系统集成项目管理工程师考试相关的QQ群（如48659004），在讨论过程中不断提高自己的应试水平和项目管理水平。
- 不打无准备之仗，要将本科目考试复习当成一个重要的项目进行管理，把关注点放在自己知识和能力的提高上，注意张弛结合，提高学习效率。在巩固自己强项的同时，针对自己的弱点，提出有效的解决办法。在备考过程中，应先做本科目的历次真题，以发现自己的强项与弱项，据此制订改进、补强的复习冲刺计划，以取得预期的好成绩。
- 要多看一些信息系统项目管理的案例，加强对常见的、基于计算机网络的管理信息系统的实践。在考试之前，要多结合本书对项目管理领域重要知识点的基本概念、原理和特性等加强理解，以便有针对性地做好准备。
- 不管是上午试卷还是下午试卷，考生肯定会遇到自己似曾相识但未曾深入学习的知识点，这就要求考生要结合自己已掌握的知识体系，善于对题目给出的场景进行分析而得到答案；其次，要仔细审题，以免落入题目中隐含的陷阱；再次，对于简答题要尽可能给出完整的答案，避免出现有头无尾的答案；最后，要善于总结或借鉴一些灵活答题的方法。特别是在下午试卷中遇到一些自己根本不了解的题目，只要答得有些技巧，评卷人在给分时也就有了一些灵活度，从而可以挽救一些及格边缘的考生。
- 要注重人文学科（如法律法规等）知识的积累。信息系统项目管理正是横跨人文学科与理工学科的综合性、实践性学科，人文学科中的法律法规知识对管理好信息系统项目管理项目来说是必不可少的。

（6）掌握评卷专家心理，注意答题技巧。在下午试卷的考试中，应注意把握评卷专家的心理状况。通常，评卷专家对下午试卷案例分析试题的批改灵活度比较高。评卷专家不可能把考生的论述一字一句进行精读，要让他短时间内了解考生的知识水平并认可你的能力，必须把握好主次关系，对于答案的组织一定要条理清晰，最好能够按主次关系分条进行陈述。

通常，评分是以答题要点进行计算的，在答题时应尽量使用官方教程以及本书所介绍的通用名称、通用术语，按项目管理的思维去作答，这样能够提高答题的准确率，使自己已掌握的知识点尽最大可能挣到分数。卷面整洁、字迹清晰也很重要，潦草的字迹会直接影响评卷老师的心情，从而间接影响到最后的得分。同时还需注意的是，在答卷纸上不能使用涂改液，不能使用铅笔做答，以及不能使用红色圆珠笔（或钢笔）做答等，否则答卷将被判为0分。

另外，先进国家中类似的考试已没有标准答案的说法，抽象地、单一地给出上午试卷和下午试卷的标准答案是不科学的。如果考生对试题的回答超出了命题者原来的预想，则改卷时也会给满分。同理，对于本书试题所提供的参考答案，读者可带批评性的眼光对其进行继承和发展。

（7）放松心情，轻装上考场。通过了系统集成项目管理工程师考试并不代表就完全具备信息系统项目管理的能力。证书只是我们漫漫学习路途中一个阶段性的里程碑，通过考试来不断提高自己才是最终的目的。考试前摆正心态也是一件十分重要的工作，如果在考试前一天晚上还在发奋看书直到凌晨两三点，则很可能导致第二天在考试时头脑昏昏沉沉，水平发挥失常。因此，应当以一颗平常心去应对考试，轻装上阵，这样就能更好地发挥出自己的最佳知识水平。

（8）笑对成绩，雄关漫道从头越。对于考试成绩，作者认为更应该保持一个好的心态。其实，考试成绩到底能说明什么呢？说到底它只是纸面上的东西，不一定能代表真正的能力与技术水平。证书只是一份“硬件”，更有价值、更有用的是自己所掌握的技术和自身的能力等“软件”。要想真正成为一个信息系统项目管理领域的高手，还必须多实践。理论知识是必须具备的，理论联系实践是最好的。所以，大家要把考试看做是促进自己提高理论和实践水平的一次机会，努力修炼自己的内功才是根本。根据本科目考试大纲的考核要求，系统集成项目管理工程师应具备三方面的知识和能力，即项目管理方面、信息系统方面和应用行业方面。本科目官方教程对通用的项目管理知识作了重点阐述，对信息系统方面是择要叙述，对应用行业方面少有提及。而系统集成项目管理工程师的能力比拼的关键点也许就在所处的应用行业，因此读者平时还应该多积累信息技术在工程实践中的应用经验与教训，对通用的项目管理知识在信息系统（系统集成）行业中的应用要有更深入、更专业的实践。

掌握方法与工具只是迈向成功项目管理的第一步，项目最后成功与否还取决于考生是否有毅力、是否坚持不懈地实践——总结——再实践。

第 2 章

项目管理基础知识

2.1 备考指南

2.1.1 考纲要求

虽然本科目考试大纲是按项目生命周期各阶段来展现案例分析试卷所要考核的相关内容的，且“案例分析”考试大纲部分没有给出“项目管理基础知识”知识模块的具体考核要求，但纵观“案例分析”部分的历次真题，本章知识点通常是与项目整体管理、人力资源管理、范围管理、沟通管理等知识模块相结合进行案例分析方面的综合命题的。读者可从本章在历次真题中曾出现的考核知识点及分值分布情况间接获知考试重点、难点所在。

2.1.2 考点统计

“项目管理基础知识”知识模块在历次系统集成项目管理工程师考试试卷中出现的考核知识点及分值分布情况如表 2-1 所示。

表 2-1　历年考点统计表

年 份	题 号	知 识 点	分 值	参考价值
2009 年上半年	试题 5	给出某系统集成项目关于瀑布开发模型和整体管理方面的案例说明，要求简述瀑布模型的优缺点以及其他模型如何弥补瀑布模型的不足，简述项目实施阶段应该完成的项目文档等知识点	9 分	★★★★☆

说明：表 2-1 中“参考价值”列“★”个数的多少表示该试题在其后的考试中影响程度的深浅，以及对今后考试的参考价值。“★★★★★”表示其参考价值最高，“★☆☆☆☆”表示基本无参考价值。对于表 2-1 中“★★★★☆”以下的试题，读者可依自己的复习时间有选择性地练习参考（全书同）。

2.1.3 命题特点

纵观历次真题试卷，本章知识点主要是以简答题的题型出现在试卷中。通常，在一份下午试卷中与本章知识点相关的试题的题量最多为 1 道综合题（可能包含有 2～4 个相关问题），所占分值约为 6～15 分（约占试卷总分值 75 分中的 8%～20%）。其历年命题走势如图 2-1 所示。案例中所提出的问题侧重于检查考生是否理解和记忆相关的理论知识，以及对这些理论知识是否在实践中能够灵活应用，考试难度系数为一般。从知识点考查深度的角度分析，预计该部分试题在知识点的“识记、理解、应用”

3 个层面上所占的比例大致为 3:2:1。

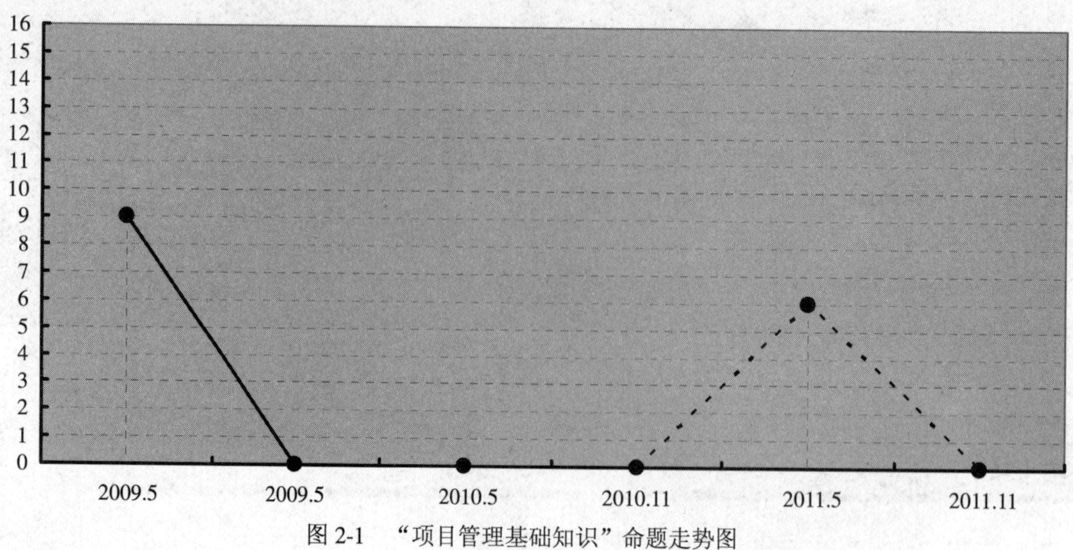

图 2-1 “项目管理基础知识”命题走势图

本章知识点的命题思路主要表现为：给出某项目在整体管理等方面的案例场景描述，要求指出该案例场景中存在哪些问题并说明相关原因；要求给出解决这些问题的补救措施（或建议）；给出 1～2 个该案例涉及且与项目管理基础知识点相关的简答题（或填空题、选择题、判断题等）。

2.1.4 学习建议

了解组织环境、理解项目组织、运用系统原理、掌握项目阶段、控制项目过程是项目成功的基础与保证。项目管理知识体系是项目管理理论与实践的指南，需要每位一线项目经理以及准备成为未来项目经理不断地加深理解、自觉地强化应用。

鉴于系统集成项目管理工程师考试采用模块化的命题风格，且参考项目管理其他知识领域的历年命题风格，本章知识点将可能以简答题、填空题、判断题和选择题的组合形式出现在试卷中。随着本科目考试次数的不断增多，试题的命题范围将越来越窄，所考查的知识点也会越来越细，这势必使得本章知识点成为当前及未来一段时间内命题的关注点之一。基于本章知识点对试题命题思路、考查内容和问题表现形式进行创新与发展，从而来体现作为一门中级职称资格考试所应具有的考核深度和广度。

建议读者一定要熟练掌握本章所归纳、列举的案例分析试题，多动笔练习此类综合应用试题，以扩展自己的知识面，并多花心思归纳总结解题经验，努力做到举一反三、灵活应用相关知识点，以便考试时能灵活变通，节约在这些知识点上的解题思考时间。本章力求以发展的眼光和实用的角度来预测并挖掘“项目管理基础知识”的相关考核点，以增强读者学习相关知识点的目的性。

2.2 知识点清单

2.2.1 信息系统集成简述

- 信息系统集成是指将计算机软件、硬件、网络通信等技术和产品集成为能够满足用户特定需求的信息系统，包括总体策划、设计、开发、实施、服务及保障。（Ⅰ）
- 信息系统集成具有的显著特点：①要以满足用户需求为根本出发点；②不只是设备选择和供应，更重要的是，它是具有高技术含量的工程过程，要面向用户需求提供全面解决方案，其核心是软件；③其最终交付物是一个完整的系统而不是一个分立的产品；④包括技术、管理和商务等各项工作，是一项综合性的系统工程。（Ⅰ[1]）（★[2]）

- 技术是系统集成工作的核心，管理和商务活动是系统集成项目成功实施的保障。（Ⅰ）
- 系统集成主要包括设备系统集成和应用系统集成。（Ⅰ）（★）
- 设备系统集成又可分为智能建筑系统集成、计算机网络系统集成、安防系统集成等。（Ⅰ）（★）
- 计算机网络系统集成是指通过结构化的综合布线系统和计算机网络技术，将各个分离的网络设备、功能和信息等集成到相互关联、统一协调的系统之中，使资源达到充分共享，实现集中、高效、便利的管理。（Ⅰ）
- 计算机网络系统集成应采用功能集成、网络集成、软件集成等多种集成技术，其实现的关键在于解决系统之间的互连和互操作问题。（Ⅰ）
- 安防系统集成以搭建组织机构内的安全防范管理平台为目的，其实施的子系统包括门禁系统、楼宇对讲系统、监控系统、防盗报警、一卡通、停车管理、消防系统、多媒体显示系统和远程会议系统等。（Ⅰ）
- 应用系统集成从系统的高度提供符合客户需求的应用系统模式，并实现该系统模式的具体技术解决方案和运维方案，即为用户提供一个全面的系统解决方案。（Ⅰ）
- 以质量为中心的信息系统工程控制管理工作是由三方（建设单位（主建方）、集成单位（承建单位）和监理单位）分工合作实施的。（Ⅰ）（★）
- 计算机信息系统集成资质评定工作根据评审和审批分离的原则，按照先由认证机构认证，再由信息产业主管部门审批的工作程序进行。（Ⅰ）
- 计算机信息系统集成企业资质等级从高到低依次为一、二、三、四级。其中，第一级为最高级、第四级为最低级。（Ⅰ）（★）
- 计算机信息系统集成企业资质证书有效期为 3 年，届满 3 年应及时更换新证，换证时需由评审机构对申请单位进行评审，若评审结果达到原有等级条件，其资质等级保持不变。（Ⅰ）

2.2.2 项目管理简述

- 项目是为达到特定目的、使用一定资源、在确定期间内为特定发起人提供独特的产品、服务或成果而进行的一次性努力。（Ⅰ）
- 项目目标是指实施项目所要达到的期望结果，即项目所能交付的成果或服务。它包括成果性目标和约束性目标。（Ⅰ）
- 项目的成果性目标也简称为项目目标，是指通过项目开发出的满足客户要求的产品、系统服务或成果。（Ⅰ）
- 项目约束性目标是指完成项目成果性目标需要的时间、成本及要求满足的质量。（Ⅰ）
- 项目的目标要求遵守 SMART 原则，即项目的目标要求 Specific（具体）、Measurable（可测量）、Agree to（需相关方的一致同意）、Realistic（现实）、Time-oriented（有一定的时限）。（Ⅱ）
- 项目目标具有的特性：①不同的优先级；②层次性。（Ⅰ）
- 项目目标的层次性是指对项目目标的描述需要有一个从抽象到具体的层次结构。对越低层次的目标应该描述得越清晰、具体。（Ⅱ）
- 项目具有非常明显的特点：临时性（或称为一次性）、独特性和渐进性。（Ⅰ）（★）

---

[1]注 1：“Ⅰ”、“Ⅱ”和“Ⅲ”分别表示对该知识点掌握的深度。“Ⅰ”是指所列知识点属于该学科的基础知识，对其应熟练掌握；“Ⅱ”是指所列知识点属于该学科专业性的知识，对其可有选择性地理解掌握；“Ⅲ”是指所列知识点属于该学科中较深入的知识，对其可依据自己的实际情况有选择性地掌握。全书同。

[2]注 2：标注有“★”的知识点表示：这是应该重点记忆、理解辨析的知识点。全书同。

- ◆ 临时性是指每一个项目都有一个明确的开始时间和结束时间。（Ⅰ）
- ◆ 独特性指项目要提供某一独特成果（或服务，或产品），因此“没有完全一样的项目”。（Ⅰ）
- ◆ 渐进性指项目的成果性目标是逐步完成的，意味着分步、连续的积累。（Ⅰ）

- 信息系统集成项目是指从客户和用户的需求出发，将硬件、系统软件、工具软件、网络、数据库及相应的应用软件集成为实用的信息系统的过程。（Ⅰ）
- 信息系统集成项目的产品是一个满足需求、支持用户业务的信息系统。（Ⅰ）
- 信息系统集成项目的指导方法是“总体规划、分步实施”。（Ⅱ）
- 信息系统集成项目具有以下几个显著特点：①要以满足客户和用户的需求为根本出发点；②需加强需求变更管理以控制风险；③系统集成不是选择最好产品的简单行为，而是要选择最适合用户需求和投资规模的产品和技术；④高技术与高技术的集成；⑤是一项综合性的系统工程；⑥项目团队年轻，流动率高；⑦强调沟通的重要性等。（Ⅰ）
- 典型的系统集成项目除具有一般项目的临时性、独特性和渐进性等特点外，还具有以下特点：①需求变化频繁；②智力密集型；③涉及的领域广泛；④涉及的软/硬件供应商、合作伙伴多；⑤系统集成项目中需新开发或复用大量的软件系统；⑥通常要采用成熟的新技术；⑦涉及知识产权；⑧对系统安全的要求高；⑨可视性差。（Ⅰ）（★）
- 运营也称为日常业务，是一个组织内重复发生的或者经常性的事务，通常由组织内的一个业务部门来负责。（Ⅱ）
- 运营与项目有许多共同特征，例如它们都是：①需要由人来完成；②受制于有限的资源；③需要进行计划、执行和控制等。（Ⅱ）
- 项目和运营的主要区别：运营具有连续性和重复性，而项目具有临时性和独特性。（Ⅱ）
- 项目目标与运营的目标有根本区别：一个项目的目标是要达到这一目标从而结束项目；相反，持续进行运营的目标是为了维持这一业务。当确定的目标实现后，项目就会终止，而运营通常会选定新的目标并继续进行工作。（Ⅱ）
- 凡是在组织现行框架内日常运营之外的、符合项目定义的工作都可以按项目来进行管理。（Ⅱ）
- 在一个组织内，以下一项或多项的战略考虑是项目被批准的典型依据：①市场需求；②业务需求；③应某个客户要求开发的项目，或企业自身的技术改造项目、技术研发项目，或应法律要求或政府要求而开发的项目等。（Ⅱ）
- 项目管理是在项目活动中综合运用知识、技能、工具和技术在一定的时间、成本、质量等要求下来实现项目的成果性目标。（Ⅰ）
- 项目成功主要受到范围、时间、成本和质量 4 个方面的约束。（Ⅰ）（★）
- 项目管理通过执行一系列相关的过程来完成，这些过程分布在核心知识域、保障域、伴随域和过程域中。（Ⅰ）
  - ◆ 核心知识域包含整体管理、范围管理、进度管理、成本管理、质量管理和信息安全管理等。（Ⅰ）
  - ◆ 保障域包含人力资源管理、合同管理、采购管理、风险管理、信息（文档）与配置管理、知识产权管理、法律法规标准规范和职业道德规范等。（Ⅰ）
- 伴随域包含变更管理和沟通管理等。（Ⅰ）
- 过程域包含科研与立项、启动、计划、实施、监控和收尾等。其中，监控过程可能发生在项目生命周期的任一个阶段。（Ⅰ）
- IT 项目管理除了具有一般项目管理所具有的项目管理对象特征、采用系统工程思想、关注组织的特殊性、明确个人职责制、项目目标管理方式、营造项目环境，以及开放、先进的项目管理方法和手段的运用等特征之外，还具有明显的特殊性：①与战略目标的相关性；②与业务规则的一致性；③环境基础的重要性；④管理的集成性；⑤人力资源管理的特殊性；⑥项目过程的可控性；⑦文档的完整性等。（Ⅰ）

- 有效的项目管理要求项目管理团队至少能理解和使用以下 6 方面的知识：①项目管理知识体系；②项目应用领域的知识、标准和规定；③项目环境知识；④通用的管理知识和技能；⑤软技能或人际关系技能；⑥经验、知识、工具和技术。（Ⅰ）（★）
- 软技能包括人际关系管理。软技能一般包括：①有效的沟通能力，即善于协商、沟通和倾听的能力；②对组织施加影响，即“让事情办成”的能力；③领导能力，即形成一个前景和战略并组织人员实现的能力；④激励能力，即想办法使相关人员达到高效生产率并克服变革的阻力；⑤谈判和冲突管理，即与其他人谈判取得一致或达成协议；⑥定义问题、明确问题，然后做出决策并解决问题的能力等。（Ⅰ）（★）
- 硬技能主要是指项目经理在项目管理理论和方法层面的积累，通常包括：①计划、跟踪和控制能力；②报告的技能等。（Ⅰ）
- 一名合格的项目经理，至少应当具备的素质有：①足够的知识（包括项目管理知识、系统集成专业的 IT 知识、客户行业的业务知识、其他必要的知识）；②丰富的项目管理经验；③良好的协调和沟通能力；④良好的职业道德；⑤一定的领导和管理能力等。（Ⅰ）（★）
- 怎样做好一个优秀的项目经理？①真正理解项目经理的角色；②领导并管理项目团队；③依据项目进展的阶段，组织制订详细程度适宜的项目计划，监控计划的执行，并根据实际情况、客户要求或其他变更要求对计划的变更进行管理；④真正理解“一把手工程”；⑤注重客户和用户参与。（Ⅰ）（★）
- 通常，项目经理在项目过程中的主要职责包括：①计划职责，即范围界定、进度计划、成本计划和质量计划等；②组织职责，即组织项目资源，对团体成员的任务分配与授权等；③控制职责，即控制项目范围、进度、成本和质量，以及项目风险管理和项目变更管理等。（Ⅰ）（★）
- 项目干系人也称为项目利益相关者、项目利害关系者，是指积极参与项目，或者其利益会受到项目执行的影响，或者其利益会受到项目结果影响的个人和组织，他们也可能会对项目及其结果施加影响。（Ⅰ）（★）
- 每个项目的关键干系人包括：①客户和用户；②项目经理；③执行组织；④项目团队成员；⑤项目发起人；⑥职能经理；⑦影响者；⑧项目管理办公室（PMO）。（Ⅰ）（★）
- 项目发起人是指为项目分配资金或实物等财力资源的个人或组织。其责任之一是选择项目。（Ⅰ）
- 项目管理系统是指用于管理项目的工具、技术、方法、资源和过程组（或工作流程）的集合。其有助于项目经理有效地控制项目顺利完成。（Ⅰ）

2.2.3 项目的组织方式

- 职能型组织、矩阵型组织、项目型组织是与项目有关的主要组织结构类型，其关键特征如表 2-2 所示。（Ⅰ）（★）

表 2-2　组织结构类型及其关键特征

项目特征	职能型组织	矩阵型组织			项目型组织
		弱矩阵型	平衡矩阵型	强矩阵型	
项目经理权限	很少或没有	有限	少到中等	中等到大	很高到全权
可利用的资源	很少或没有	有限	少到中等	中等到大	很高到全权
控制项目预算者	职能经理	职能经理	职能经理与项目经理	项目经理	项目经理
项目经理的角色	半职	半职	全职	全职	全职
项目经理的一般头衔	项目协调员/项目主管	项目协调员/项目主管	项目经理/项目主任	项目经理/计划经理	项目经理/计划经理
项目管理行政人员	半职	半职	半职	全职	全职
全职参与的职员比例	没有	0～25%	15%～60%	50%～95%	85%～100%

- 职能型组织的优点：①强大的技术支持，便于知识、技能和经验的交流；②清晰的职业生涯晋升路线；③直线沟通、交流简单、责任和权限很清晰；④有利于重复性工作为主的过程管理。（Ⅰ）
- 职能型组织存在的缺点：①职能利益优先于项目，具有狭隘性；②组织横向之间的联系薄弱、部门间的协调难度大；③项目经理极少或缺少权利、权威；④项目管理发展方向不明，缺少项目基准等。（Ⅰ）（★）
- 矩阵型组织的优点：①项目经理负责制、有明确的项目目标；②改善了项目经理对整体资源的控制；③及时响应；④获得职能组织更多的支持；⑤最大限度地利用公司的稀缺资源；⑥改善了跨职能部门间的协调合作；⑦使质量、成本、时间等制约因素得到更好的平衡；⑧团队成员有归属感、士气高、问题少；⑨出现的冲突较少，且易处理解决。（Ⅰ）
- 矩阵型组织存在的缺点：①管理成本增加；②多头领导；③难以监测和控制；④资源分配与项目优先的问题产生冲突；⑤权利难以保持平衡等。（Ⅰ）（★）
- 项目型组织的优点：①结构单一、责权分明，利于统一指挥；②目标明确单一；③沟通简捷、方便；④决策快。（Ⅰ）
- 项目型组织存在的缺点：①管理成本过高，如项目的工作量不足则资源配置效率低；②项目环境比较封闭，不利于沟通，且不利于技术知识等共享；③员工缺乏事业上的连续型和保障等。（Ⅰ）
- 项目管理办公室（PMO）是在所辖范围内集中、协调地管理项目的组织单元。（Ⅰ）
- PMO的一些关键特征包括但不限于：①在所有PMO管理的项目之间共享和协调资源；②明确和制定项目管理方法、最佳实践和标准；③负责制定项目方针、流程、模板和其他共享资料；④为所有项目进行集中的配置管理；⑤对所有项目集中的共同风险和独特风险存储库进行管理；⑥项目工具的实施和管理中心；⑦项目之间的沟通管理协调中心；⑧对项目经理进行指导的平台；⑨通常在企业级对所有PMO管理的项目的时间基线和预算进行集中监控；⑩在项目经理和任何内部（或外部）的质量人员（或标准化组织）之间协调整体项目的质量标准。（Ⅱ）
- 项目经理和PMO追求不同的目标，受不同的需求所驱使。（Ⅰ）
- 项目经理负责在项目约束条件下完成特定的项目成果性目标，而PMO是具有特殊授权的组织机构，其工作目标包含组织级的观点。（Ⅰ）
- 项目经理关注于特定的项目目标，而PMO管理重要的大型项目范围的变化，以更好地达到经营目标。（Ⅰ）
- 项目经理控制赋予项目的资源，以最好地实现项目目标，而PMO对所有项目之间的共享组织资源进行优化使用。（Ⅰ）
- 项目经理管理中间产品的范围、进度、费用和质量，而PMO管理整体的风险、机会和所有的项目依赖关系。（Ⅰ）

2.2.4 项目生命周期

- 项目生命周期定义了从项目开始直至结束的项目阶段。（Ⅰ）
- 项目生命周期通常定义：①每个阶段应完成哪些技术工作？②每个阶段的交付物应何时产生？对每个交付物如何进行评审、验证和确认？③每个阶段都有哪些人员参与？④如何批准每个阶段的开始和结束？⑤在每个阶段如何进行有效控制？（Ⅰ）
- 从技术角度，可将项目生命周期划分为需求分析、系统设计、系统构建、系统运行等阶段。阶段的交付物通常要经过技术正确性的评审，并在下一阶段开始前得到批准。（Ⅰ）
- 按管理活动出现的先后，可将项目的生命周期划分为启动、计划、执行和收尾4个典型阶段。（Ⅰ）

- 根据需要，在条件许可或涉及的风险可以接受时，下一阶段可以在前一阶段完成前开始，该种部分重叠阶段的做法称为快速跟踪管理技术。（Ⅰ）
- 项目生命周期的一些共同特征：①在项目生命周期初始阶段，成本和人员投入水平较低，在中间阶段达到最高，当项目接近结束时则快速下降；②在项目的初始阶段，不确定性水平最高，即达不到项目目标的风险是最高的，随着项目的继续，完成项目的确定性通常也会逐渐上升；③在项目的初始阶段，项目干系人影响项目的最终产品特征和项目最终费用的能力最高，随着项目的继续开展则逐渐变低。这一现象的主要原因是，随着项目进展，对项目进行变更和纠错的成本也越来越高。（Ⅰ）（★）
- 项目阶段一般要完成若干可交付物，是一个用来确保对项目的适当控制、为了获得项目目标要求的产品或服务而在项目生命周期中划出的一个时间段。（Ⅰ）
- 每个项目阶段都以一个或一个以上的可交付物的完成为标志，这种可交付物是一种可度量、可验证的工作成果。（Ⅰ）
- 项目阶段的结束通常以对完成的工作和可交付物的技术和设计评审为标志，以决定是否接受，是否还要做额外的工作或是否要结束这个阶段。（Ⅰ）
- 阶段的正式完成不包括对后续阶段的批准。（Ⅰ）
- 为了进行有效地控制，每个阶段都要明确该阶段的任务作为正式启动。（Ⅰ）
- 在获得授权的情况下，阶段末的评审可以结束当前阶段并启动后续阶段。这样的阶段末评审通常被称为阶段出口、阶段验收或终止点。（Ⅰ）（★）
- 从某个产品的研发（此时是项目的任务）到该产品投入使用（或运营），直到该产品的消亡构成了该产品的生命周期。（Ⅱ）
- 一个项目交付特定的产品，那么该产品的生命周期比项目生命周期要长。换而言之，项目生命周期仅是产品生命周期的一部分。（Ⅱ）
- 项目经理或其所在的组织通常会将项目分成几个阶段，以增强对项目的管理控制，并建立起项目与组织的持续运营工作之间的联系。（Ⅱ）
- 信息系统项目一般有可行性分析与立项、业务流程优化、计划、实施（包括系统需求分析、系统设计、系统实现、系统测试、验收、系统试运行）、运营与维护等几个典型阶段。每个阶段应完成的工作以及每个阶段主要提交的交付物如表 2-3 所示。（Ⅰ）（★）

表 2-3　信息系统项目每个阶段工作任务及所提交的交付物表

阶　段	主 要 工 作	交 付 物
可行性分析阶段	主要从技术可行性、经济可行性和操作可行性等几方面对项目的可行性做出判断，并提出可行性方案。从有益性、可能性和必要性 3 个方面对未来系统的经济效益、社会效益进行初步分析，以避免盲目投资，减少不必要的损失	可行性报告、立项报告
业务流程优化阶段	主要是对企事业单位的业务流程、组织机构进行改良或改造，重新组织，以适用企事业单位信息化的要求，并对业务流程进行规范化、优化，使信息系统能够促进企业业务的发展	业务流程优化建议书
计划阶段	要站在全局的角度，对所开发系统进行统一、总体的考虑，从总体的角度来规划系统应该由哪些部分组成，以及它们之间的关系如何，并根据系统需求提出解决方案。在系统开发之前要确定开发顺序，合理安排人力、物力和财力，制订项目计划	项目整体管理计划
系统需求分析阶段	是分析获取信息化建设的需求，包含软件系统的需求分析和硬件（网络）系统的需求分析，其任务是按照整体计划的要求，逐一对系统计划中所确定的各组成部分进行详细的分析	需求分析报告
系统设计阶段	包括软件系统的设计、硬件（网络）系统的设计、软件基础平台与软件硬件集成设计。在进行系统设计前，应进行系统分析	系统总体设计报告，其中含有软件系统和网络系统的设计方案、软件系统的测试计划、系统测试计划

续表

阶　段	主要工作	交付物
系统实现阶段	主要指软件系统的编码与实现，另一方面是系统硬件设备的购置与安装	软件模块代码、系统硬件设备的购置清单与安装图
系统测试阶段	在软件系统的测试和硬件系统的测试等基础上进行，其中，软件系统测试指单元测试、集成测试和确认测试。系统测试是从总体出发，测试系统应用软件的整体表现及系统各个组成部分的功能完成情况，测试系统的运行效率和可靠性等	软件系统的测试报告、系统测试报告
验收和试运行阶段	指软件系统的安装、调试和验收，数据准备及加载，系统试运行与工程收尾	验收报告、综合布线竣工图、用户手册、用户培训计划
运营与维护阶段	指信息系统投入运营后的日常维护工作，以及系统的备份、数据库的恢复、运行日志的建立、系统功能的修改与增加等。该阶段是信息系统最重要的一个阶段，一般不包含在信息系统项目的生命周期中	运行日志等（可不提该阶段及其交付物）

- 典型信息系统项目需要的项目人员分类如下：①管理类：项目经理及其助理（各阶段都需要）；②技术类：系统分析员（系统分析和设计阶段）、系统架构师（系统分析和设计阶段）、软件工程师（系统分析和设计阶段）、测试工程师（设计阶段）、网络规划设计师（系统分析、设计阶段与实现阶段）、系统集成项目管理工程师（系统实现阶段与运维阶段）、数据库工程师（系统分析、设计阶段与实现阶段）、综合布线工程师（系统设计阶段和综合布线阶段）；③实施和支持类：实施/现场工程师（系统实施阶段）、配置管理人员（全过程）。（Ⅰ）（★）
- 典型信息系统项目实施过程依次是：系统需求分析→系统设计→系统实现→系统测试→软件系统的安装调试→数据准备及加载→系统试运行→项目验收→项目收尾。（Ⅰ）（★）

2.2.5　信息系统生命周期模型

- 软件是计算机系统中与硬件相互依存的另一部分，它是程序、数据和文档的完整集合，软件是 IT 项目的基础和灵魂。(Ⅰ)
- 相对于硬件和传统的工业产品而言，软件具有明显的特性：①软件产品的抽象性；②软件生产过程的特殊性；③软件缺陷检测的困难性；④软件维护的复杂性；⑤软件对环境的依赖性；⑥软件开发方式对软件发展的不对称性；⑦系统开销的主导性；⑧与社会因素的关联性等。（Ⅰ）
- 瀑布模型是一个经典的软件生命周期模型，它将软件开发分为可行性分析（计划）、需求分析、软件设计（概要设计、详细设计）、编码（含单元测试）、测试、运行维护等阶段。（Ⅰ）（★）
- 瀑布模型中的每项开发活动具有以下特点：①从上一项开发活动接受其成果作为本次活动的输入；②利用这一输入，实施本次活动应完成的工作内容；③给出本次活动的工作成果，作为输出传给下一项开发活动；④对本次活动的实施工作成果进行评审。（Ⅰ）（★）
- V 模型左边下降的是开发过程各阶段（需求分析→概要设计→详细设计→编码），与此相对应的是右边上升的部分，即各测试过程的各个阶段（单元测试→集成测试→系统测试→验收测试）。（Ⅰ）（★）
- V 模型的价值在于：非常明确地标明了测试过程中存在的不同级别，并且清楚地描述了这些测试阶段和开发各阶段的对应关系。（Ⅱ）
- 单元测试的主要目的是针对编码过程中可能存在的各种错误，例如用户输入验证过程中的边界值的错误。（Ⅰ）
- 集成测试的主要目的是针对详细设计中可能存在的问题，尤其是检查各单元与其他程序部分之间的接口上可能存在的错误。（Ⅰ）
- 系统测试主要针对概要设计，检查系统作为一个整体是否有效地得到运行，例如在产品设置中是否能达到预期的高性能。（Ⅰ）
- 验收测试通常由业务专家或用户进行，以确认产品能真正符合用户业务上的需要。（Ⅰ）

- 原型化模型的第一步是建造一个快速原型，实现客户或未来用户与系统的交互，经过和用户针对原型的讨论和交流，弄清需求，以便真正把握用户需要的软件产品是什么样子；充分了解后，再在原型基础上开发出用户满意的产品。（Ⅰ）（★）
- 原型化模型是为弥补瀑布模型的不足而产生的，它减少了瀑布模型中因为软件需求不明确而给开发工作带来的风险。（Ⅰ）
- 瀑布模型和 V 模型将原型化模型的思想用于需求分析环节，以解决因为需求不明确而导致产品出现严重后果的缺陷。（Ⅰ）
- 为减少开发风险，在瀑布模型和原型化模型的基础上进行演进，出现了螺旋模型以及 RUP 模型。(Ⅰ)
- 螺旋模型是一个演化软件过程模型，将原型实现的迭代特征与线性顺序（瀑布）模型中控制的和系统化的方面结合起来，使得软件增量版本的快速开发成为可能。（Ⅱ）
- 螺旋模型的螺旋线代表随着时间推进的工作进展；开发过程具有周期性重复的螺旋线形状。4 个象限分别标志每个周期所划分的 4 个阶段：制定计划、风险分析、实施工程和客户评估。（Ⅱ）
- 螺旋模型强调了风险分析，特别适用于庞大而复杂的、高风险的系统。（Ⅱ）
- 在迭代模型中，每个阶段都执行一次传统的、完整的串行过程串，执行一次过程串就是一次迭代。每次迭代涉及的过程都包括不同比例的所有活动。（Ⅱ）
- 统一软件开发过程（RUP）是一种“过程方法”，它是迭代模型的一种具体实现。（Ⅰ）
- RUP 可以用二维坐标来描述。横轴表示时间，是项目的生命周期，体现开发过程的动态结构，主要包括周期、阶段、迭代和里程碑；纵轴表示自然的逻辑活动，体现开发过程的静态结构，主要包括活动、产物、工作者和工作流。（Ⅰ）
- RUP 的软件生命周期划分为初始阶段、细化阶段、构建阶段、交付阶段 4 个顺序的阶段。（Ⅰ）
- RUP 的每个阶段结束于一个主要的里程碑。在每个阶段的结尾执行一次评估，以确定该阶段的目标是否已经实现。每个阶段的里程碑：初始阶段：生命周期目标（Lifecycle Objective）；细化阶段：生命周期架构（Lifecycle Architecture）；构建阶段：初始功能（或最初运作能力）（Initial Operational）；交付阶段：产品发布（Product Release）。（Ⅱ）
- 初始阶段的主要任务：系统地阐述项目的范围、确定项目的边界，选择可行的系统构架，计划和准备商业文件。其中，商业文件包括验收规范、风险评估、所需资源估计、体现主要里程碑日期的阶段计划。（Ⅱ）
- 细化阶段的主要任务：分析问题领域，建立健全体系结构并选择构件，编制项目计划，淘汰项目中最高风险的元素。同时为项目建立支持环境，包括创建开发案例，创建模板、准则，并准备工具。（Ⅱ）
- 构建阶段的主要任务：完成构件的开发并进行测试，把完成的构件集成为产品，测试产品所有的功能。构建阶段是一个制造过程，其重点在于管理资源及控制运作，以优化成本、进度和质量。（Ⅱ）
- 交付阶段的目的是将软件产品交付给用户群体。当本次开发的产品成熟得足够发布到最终用户时，就进入了交付阶段。（Ⅱ）
- 交付阶段的重点是确保软件对最终用户是可用的。交付阶段可以跨越几次迭代，包括为发布做准备的产品测试，基于用户反馈的少量调整。（Ⅱ）

2.2.6 单个项目的管理过程

- 为了对项目的实施进行管理，项目团队必须：①掌握每个管理过程使用的工具和技术，以接受输入和产生输出；②明确客户的需求；③在管理项目时，选用达到项目目标的合适的过程及其输入和输出要素；④平衡范围、时间、成本、质量和风险等方面的不同要求，生产出高

质量的产品；⑤调整产品规格、计划和管理体系，以满足不同项目干系人的需求，并管理他们的期望。（Ⅰ）

- 通常，要把一个项目管好，至少需要 4 个过程：①技术类过程（或称工程类过程）；②管理类过程；③支持类过程；④改进类过程。（Ⅰ）（★）
- 通常，项目管理过程可以归纳为：启动过程组、计划过程组、执行过程组、监控过程组和收尾过程组。（Ⅰ）（★）
- 项目过程组通过它们各自所产生的结果而联系起来，这种联系是可重复的，它们是相互交叠的活动。每个过程组的相关说明及主要活动如表 2-4 所示。（Ⅰ）（★）

表 2-4　项目管理过程简明表

过程组	说　明	主要活动
启动过程组	由正式批准开始一个新项目或一个新的项目阶段所必需的一些过程组成的	①制定项目章程；②制定初步的项目范围说明书等
计划过程组	定义和细化目标，规划最佳的技术方案和管理计划，以实现项目或阶段所承担的目标和范围	①制定项目管理计划；②编制项目范围管理计划；③范围定义；④创建工作分解结构；⑤活动定义；⑥活动排序；⑦活动资源估算；⑧活动历时估算；⑨制定进度计划；⑩成本估算；⑪成本预算；⑫制定项目的质量管理计划；⑬制定项目人力资源管理计划；⑭制定项目沟通管理计划；⑮制定项目风险管理计划；⑯风险识别；⑰风险定性分析；⑱风险定量分析；⑲制定风险应对计划；⑳制定项目采购管理计划；㉑编制合同等
执行过程组	整合人员和其他资源，在项目的生命期或某个阶段执行项目管理计划，并得到输出与成果	①指导和管理项目执行；②执行质量保证；③获取项目团队成员（团队组建）；④团队建设；⑤信息发布；⑥询价；⑦供方选择等
监控过程组	要求定期测量和监控进展、识别实际绩效与项目管理计划的偏差、必要时采取纠正措施或管理变更以确保项目或阶段目标达成	①监督和控制项目工作；②整体变更控制；③范围验证；④范围变更控制；⑤进度控制；⑥成本控制；⑦质量控制；⑧管理项目团队；⑨绩效报告；⑩管理项目干系人；⑪风险监督和控制；⑫合同管理等
收尾过程组	正式接受产品、服务或工作成果，有序地结束项目或阶段	①项目收尾；②合同收尾等

- 对项目进行有效控制的一个重要原则是：在项目的每一个阶段都必须启动过程组。（Ⅰ）
- 启动 IT 项目最重要的目标是支持明确的业务目标和商业目标。（Ⅱ）
- 在启动时应该把握以下原则：①不仅要明确能够做哪些事情，还要明确不能做哪些事情；②不仅要明确完成的任务，还要明确完成这些任务的约束条件和验收标准；③不仅要关注需要获得的成果，还要关注采用哪些过程来获得这些成果。（Ⅱ）
- 项目发起人为项目提供资金并指定项目的方向，在项目的启动阶段他们对项目有绝对的决定权。（Ⅰ）
- 在项目启动过程中，会对初始项目范围和执行组织计划投入的资源进行进一步细化。（Ⅰ）
- 启动过程组的结果是启动了一个项目，同时其输出物也定义了项目的用途，明确了目标，并授权项目经理开始实施这一项目。（Ⅰ）
- 对项目启动过程组产生作用和影响的外部因素主要有事业环境因素、组织过程资产和项目发起人等。（Ⅰ）
- 事业环境因素包括组织文化、项目管理信息系统和后备人力资源等。（Ⅰ）
- 组织过程资产包括组织的方针、程序、标准和原则、确定的过程、历史信息和积累的经验教训等。
- 项目启动的成功表现在：①高层领导对项目的积极支持和参与；②明确了项目目标以及项目的阶段目标，并且这些目标是具体的、可操作的和可测量的。（Ⅱ）

- 高层领导确认了项目所要完成目标（内容）的高层次描述，并承诺对该项目负责，是项目启动成功的关键标志。（Ⅱ）
- 凡是制定项目管理计划所需的过程都属于计划过程组。（Ⅰ）
- 收集不完整和把握程度不一的各种信息是计划过程组的重要工作。（Ⅰ）
- 通过规划过程识别、明确和完善项目范围和费用，安排范围内各种活动的时间，从而制定项目管理计划是计划过程组的主要目标。（Ⅰ）
- 计划过程组符合 PDCA 循环中相应的 Plan 部分，执行过程组符合 PDCA 循环中相应的 Do 部分，监控过程组符合 PDCA 循环中的 Check/Act 部分。因为项目管理是一个有始有终的工作，启动过程组开始循环，而收尾过程组则结束循环。（Ⅰ）
- 执行过程组是由为完成在项目管理计划中确定的工作，以达到项目目标所必需的各个过程所组成。它不仅包括项目管理计划实施的各个过程，也包括协调人员和资源的过程，还会涉及在项目范围说明书中定义的范围，以及经批准的对范围的变更。（Ⅰ）
- 监督和控制过程组是由监督项目执行情况，在必要时采取纠正措施，以便控制项目的各个过程所组成。（Ⅰ）
- 收尾过程组包括正式终止项目或项目阶段的所有活动，或将完成的产品递交给他人所必需的各个过程，主要包括项目收尾和合同收尾。（Ⅰ）（★）

2.3 真题透解

【试题描述】

阅读下列说明，根据要求回答问题 1～问题 3。（2009 年 5 月试题 5，15 分）

【说明】

小赵是一位优秀的软件设计师，负责过多项系统集成项目的应用开发，现在公司因人手紧张，让他作为项目经理独自管理一个类似的项目，而他使用瀑布模型来管理该项目的全生命周期，如图 2-2 所示。

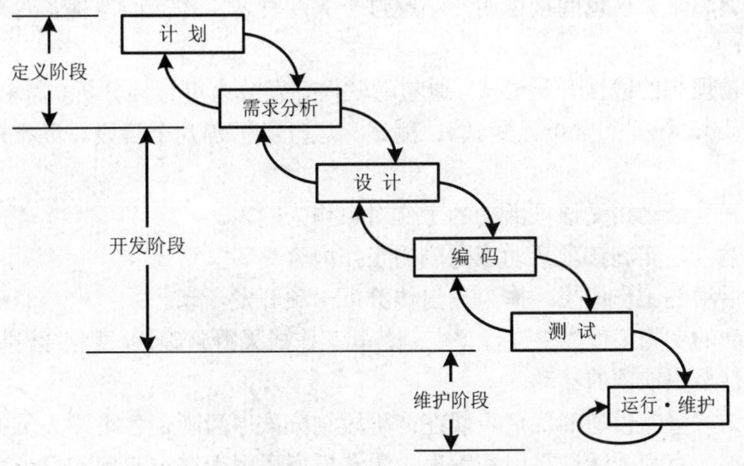

图 2-2 某项目的全生命周期

项目进行到实施阶段，小赵发现在系统定义阶段所制定的项目计划估计不准，在实施阶段有许多原先没有估计到的任务都冒了出来。项目工期因而一再延期，成本也一直超出。

【问题 1】（6 分）

根据项目存在的问题，请简要分析小赵在项目整体管理方面可能存在的问题。

【问题 2】（6 分）

（1）请简要叙述瀑布模型的优缺点。

（2）请简要叙述其他模型如何弥补瀑布模型的不足。

【问题 3】（3 分）

针对本案例，请简要说明项目进入实施阶段时，项目经理小赵应该完成的项目文档工作。

【要点解析】

【问题 1】（6 分）

整体管理主要关心为达成项目目标所需的管理过程的互相配合，这些过程是为了完成一个项目的目标所要求的。由于项目管理是一个渐进明细的过程，在前后过程之间，在整体和部分之间是反复迭代、逐步求精的。因此，项目的范围、进度、成本和质量等方面知识域中的计划过程也有可能触发项目整体变更控制过程。例如，当使用滚动波浪式方法来管理项目的整体和全局时，在系统设计阶段除了完成系统设计的技术工作以外，还应该对项目的初始计划进行优化和细化。在本案例中，小赵是一名优秀的软件设计师，拥有较多的应用开发经验。当小赵第一次担任项目经理角色时，缺乏项目管理方面的知识和经验，也缺乏相关培训，从而造成项目工期一再延期，成本也一直超支。造成这一局面的可能原因之一是，小赵可能过于关注各阶段内的具体工作、关注技术工作，而忽视了管理活动甚至项目的整体监控和协调，即没有把“管理好项目”作为自己工作的首要任务。

由题干关键信息“项目进行到实施阶段，小赵发现在系统定义阶段所制定的项目计划估计不准，在实施阶段有许多原先没有估计到的任务都冒了出来”可知，该项目的系统定义不够充分，即需求分析和项目计划的结果不足以指导后续工作；同时，项目技术工作的生命周期未按时间顺序与管理工作的生命周期统一协调起来。这也间接说明，小赵过于关注技术工作，而忽视了管理活动。

【问题 2】（6 分）

瀑布模型是一种理想的线性开发模式，通常将软件开发分为可行性分析、需求分析、软件设计（含概要设计、详细设计）、编码（含单元测试）、测试、运行维护等几个阶段。瀑布模型中的每项开发活动具有以下特点：

（1）从上一项开发活动接受该项活动的工作对象作为输入。

（2）利用这一输入，实施该项活动应完成的工作内容。

（3）给出该项活动的工作成果，作为输出传给下一项开发活动。

（4）对该项活动的实施工作成果进行评审。若其工作成果得到确认，则继续进行下一项开发活动；否则返回前一项，甚至更前项的活动。

由以上特点可知，瀑布模型的优点表现在：阶段划分次序清晰，各阶段人员的职责规范、明确，便于前后活动的衔接，有利于活动重用和管理。瀑布模型适用于需求明确或很少变更的项目，也可用在已有类似项目开发经验的项目上。但是，瀑布模型不灵活（或缺乏风险分析），特别是无法解决软件需求不明确问题，由于需求不明确导致的问题有可能在项目后期才能发现，但损失已经造成。

为了解决瀑布模型的上述缺点，演化模型（或原型化模型）允许在获取了一组基本需求之后，通过快速分析构造待建系统的可运行版本（即原型），然后根据用户在使用原型的过程中提出的意见对原型进行修改，从而得到原型更新的版本。这一过程重复进行，直到得到用户满意的系统。原型化模型减少了瀑布模型中因为软件需求不明确而给开发工作带来的风险，因为在原型基础上的沟通更为直观，也为需求分析和定义，提供了新的方法。

对于复杂的大中型软件，开发一个原型往往达不到要求，为减少开发风险，在瀑布模型和原型化模型的基础上进行演进，出现了螺旋模型。螺旋模型是一个软件过程演化模型，将原型实现的迭代特征与线性顺序（瀑布）模型中控制的和系统化的方面结合起来，使得软件增量版本的快速开发成为可能。在螺旋模型中，软件开发是一系列的增量发布。在早期的迭代中，发布的增量可能是一个纸上的模型或原型；在以后的迭代中，待建系统更加完善的版本将逐步产生。螺旋模型强调了风险分析，特别适用于庞大而复杂的、高风险的系统。

【问题 3】（3 分）

结合信息系统生命周期 V 模型的基本思想，通常项目进入实施阶段时，项目经理应该完成的项目文档有：需求分析与需求分析说明书；验收测试计划（或需求确认计划）；系统设计说明书；系统设计工作报告；系统测试计划（或设计验证计划）；详细的项目计划；单元测试用例及测试计划；编码后经过测试的代码；测试工作报告；项目监控文档（如周例会纪要）等。

【参考答案】

表 2-5 给出本案例试题的参考答案，以供读者练习时参考，以便查缺补漏。读者也可依照所给出的评分标准得出测试分数，从而大致评估自己对这些知识点的掌握程度。

表 2-5 参考答案及评分标准

问题与分值	参考答案及评分标准	自 评 分
【问题 1】（6 分）	①过于关注各阶段内的具体技术工作，忽视了项目的整体监控和协调；（2 分） ②系统定义不够充分（或需求分析和项目计划的结果不足以指导后续工作）；（2 分） ③项目技术工作的生命周期未按时间顺序与管理工作的生命周期统一协调起来；（1 分） ④过于关注技术工作，而忽视了管理活动 （1 分）	
【问题 2】（6 分）	①瀑布模型的优点：阶段划分次序清晰，各阶段人员的职责规范、明确，便于前后活动的衔接，有利于活动重用和管理；（2 分） 瀑布模型的缺点：是一种理想的线性开发模式，缺乏灵活性（或风险分析），无法解决需求不明确或不准确的问题（2 分） ②原型化模型（演化模型），用于解决需求不明确的情况；（1 分） 螺旋模型，强调风险分析，特别适合庞大而复杂的、高风险的系统（1 分）	
【问题 3】（3 分）	需求分析与需求分析说明书；验收测试计划（或需求确认计划）；（1 分） 系统设计说明书；系统设计工作报告；系统测试计划（或设计验证计划）；（1 分） 详细的项目计划；单元测试用例及测试计划；编码后经过测试的代码；测试工作报告；项目监控文档（如周例会纪要）等（1 分）	

2.4 强化训练

2.4.1 模拟试题 1

【试题描述】

阅读以下说明，根据要求回答问题 1 ~ 问题 4。（15 分）

【说明】

系统集成商 YL 公司的组织结构属于弱矩阵结构，该公司的项目经理小郭正在接手公司售后部门转来的一个系统集成项目，要为某客户的企业管理软件实施重大升级。小郭的项目组由 6 个人组成，项目组中只有资深技术人员老洪参加过该软件的开发，主要负责研发该软件最难的核心模块。根据YL公司与客户达成的协议，需要在35天之内升级完成老洪原来开发过的核心模块。

老洪隶属于研发部，由于他在日常工作中经常迟到早退，经研发部柳经理口头批评后仍没有改正，柳经理萌生了解雇此人的想法。但是老洪的离职会严重影响到当前项目的工期，因此，小郭提醒老洪要遵守公司的有关规律，并与柳经理协商，希望给老洪一个机会，但老洪仍然我行我素。项目开始不久，研发部柳经理口头告诉小郭要解雇老洪，为此，小郭感到很为难。

【问题1】（3分）

YL公司的组织结构是让项目经理小郭为难的主要原因之一。YL公司组织结构的主要缺点表现在___（1）___。（请从以下选项中选出相应的编号，不定项选择题）

A．部门之间权利难以保持平衡　　B．公司部门之间横向联系薄弱

C．项目环境比较封闭，不利于沟通　　D．团队成员需接受多重领导

E．团队成员缺乏事业上的连续和保障　　F．易产生资源分配与项目优先的冲突问题

G．管理成本较高，资源配置效率低　　H．项目管理发展方向不明，缺少项目基准

___

___

【问题2】（5分）

小郭作为一名项目经理，在该项目中要同时承担___（2）___和___（3）___的角色，这些角色的工作职责包括了项目的___（4）___。项目经理应同时具备管理能力和一定的专业技能。其中，软技能一般包括___（5）___。（请从以下选项中选出相应的编号，不定项选择题）

（5）A．计划、跟踪和控制能力　　B．对组织施加影响的能力

C．谈判和冲突管理能力　　D．报告的技能

E．协调和沟通能力　　F．定义问题、明确问题的能力

___

___

【问题3】（2分）

权力（Power）是指一个人影响他人，使他们去做你想让他们做的事的能力。在本案例中，项目经理小郭最可能使用___（6）___去有效地影响项目组成员老洪。（请从以下选项中选出相应的编号，双项选择题）

（6）A．惩罚权力　　B．奖励权力　　C．正式权力

D．专家权力　　E．潜示权力　　F．强制权力

___

___

【问题4】（5分）

结合你的项目管理经验，请简要说明小郭要成为一名合格的项目经理要具备哪些知识与技能？

___

___

2.4.2 模拟试题2

【试题描述】

阅读以下说明，根据要求回答问题1~问题3。（15分）

【说明】

在实施一个信息系统项目时，不仅需要管理过程组，还需要工程技术过程组和支持过程组。V 模型是在快速应用开发模型基础上演变而来的，由于将开发过程构造成一个 V 形而得名。V 模型强调软件开发的协作和速度，将软件实现和验证有机结合起来，在保证较高的软件质量情况下缩短开发周期，图 2-3 所示为 V 模型的示意图。

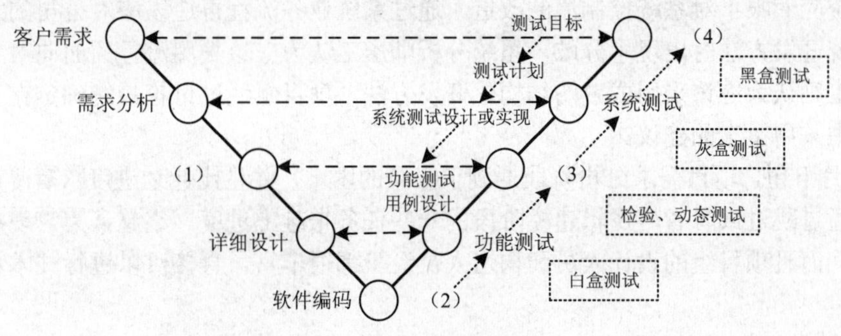

图 2-3 V 模型示意图

【问题 1】(4 分)

请将图 2-3 中（1）～（4）空缺处的内容填写完整。

【问题 2】(4 分)

从图 2-3 中的水平对应关系来看，左边是软件设计过程，右边是软件测试过程。在软件设计过程中，SQA 应按__（5）__进行检查活动。在软件测试过程中，系统测试是基于__（6）__的测试。

【问题 3】(7 分)

以下是关于 V 模型优点的论述，请将（1）～（4）空缺处的内容填写完整。

①客户需求分析对应验收测试。在进行需求分析、功能设计的同时，测试人员可阅读、审查分析结果，从而了解__（7）__，确定__（8）__，可准备用例并策划测试活动。

②在系统设计人员做系统设计时，测试人员可了解实现的过程，可__（9）__，并准备系统的测试环境。

③在设计人员做详细设计时，测试人员可参与设计，对设计进行评审，找出__（10）__，同时设计__（11）__，完善测试计划，并基于用例开发测试脚本。

④在编码的同时进行单元测试，可尽快找出程序中的缺陷，提高__（12）__。

⑤避免了瀑布模型所带来的误区，即软件测试是在__（13）__之后进行。

2.4.3 模拟试题 3

【试题描述】

阅读以下说明，根据要求回答问题 1～问题 4。（15 分）

【说明】

2011 年 4 月上旬，系统集成商 PH 公司承接了 S 公司的音像制品在线管理及销售系统(AVMSS)

项目。S公司的主要业务是利用网络进行音像制品的管理和销售，以提高其物流配送的效率。S公司要求新系统能够对其现有系统业务过程进行重新设计，以提高公司业务的执行效率并降低维护成本。

PH公司成立了以项目经理小赵为代表的项目组进行AVMSS的软件开发工作。在对开发任务进行初步的了解之后，项目组认为S公司原有系统的数据架构稳定，没有必要对原有关系数据模式进行重新设计；新系统应着眼于对系统控制流的改造，通过系统业务流程再造以应对公司的发展需要。但项目组在选择系统开发方法时出现了分歧，系统分析师廖工认为应该采用流行的面向对象开发方法，而系统分析师梁工则认为应该采用成熟的结构化开发方法。项目组经过讨论最终确定在AVMSS系统分析与设计过程中采用梁工的建议。

2011年5月下旬，项目需求分析阶段遇到了大量的困难，并且比计划进度落后了3个星期，项目经理小赵希望通过跳过或者省略逻辑建模阶段的一些任务来赶上进度。小赵认为，现在大家对需求有了清晰的认识，而且项目组的设计人员和构造人员经验都很丰富，直接可以进行技术设计而并不真正需要逻辑建模。

【问题1】(5分)

梁工所提出的结构化开发方法一般将软件开发分为___(1)___、需求分析、___(2)___、___(3)___、测试、运行维护等阶段。其中，结构化需求分析又可分为初始研究、问题分析、需求分析、___(4)___和___(5)___5个子阶段。

____

____

【问题2】(3分)

通常，项目经理小赵在项目过程中的主要职责包括：①计划职责，即___(6)___等；②组织职责，即___(7)___等；③控制职责，即___(8)___等。(请使用以下选项编号做答，不定项选择题)

A．对团体成员的任务分配与授权　　B．项目风险管理

C．进度计划　　D．项目变更管理

E．范围界定　　F．争取项目资源

____

____

【问题3】(2分)

请指出案例中涉及的工作角色所参与的主要项目阶段。(在表2-6相应的单元格中画“√”)

表2-6　工作角色参与的主要项目阶段

阶段 负责人	系统分析阶段	系统设计阶段	系统实现阶段	系统运维阶段
项目经理				
系统分析师				

【问题4】(5分)

结合你的项目管理经验，从信息系统生命周期开发模型角度，简要说明项目经理小赵赶项目进度的观点是否合理？请简要说明理由。

____

____

2.4.4 模拟试题 4

【试题描述】

阅读以下说明，根据要求回答问题 1～问题 3。（15 分）

【说明】

一个软件项目或软件产品的研制过程具有其自身的生命周期，该生命周期要经历策划、设计、编码、测试、维护等阶段，通常称该生命周期为软件开发生存周期或软件开发生命周期（SDLC）。把整个软件开发生命周期划分为若干阶段，使得每个阶段有明确的目标和任务，使规模大、结构和管理复杂的软件开发变得便于控制和管理。

【问题 1】（8 分）

在常见软件开发生命周期中，瀑布模型、迭代模型和快速原型 3 种模型各有优缺点，主要表述如表 2-7 所示。

表 2-7 典型的生命周期模型优缺点

优 点	缺 点
A．强调产品测试； B．强调早期计划及需求调查； C．强调开发的阶段； D．信息反馈及时； E．开发中的经验教训能及时反馈； F．销售工作有可能提前进行； G．采取早期预防措施，增加项目成功的几率； H．直观、开发速度快	①风险通常到开发后期才能显露，失去及早纠正的机会； ②单一流程，开发中的经验教训不能反馈应用于本产品的过程； ③依赖于早期进行的需求调查，不能适应需求的变化； ④设计方面考虑不周全； ⑤如果不加控制地让用户接触开发中尚未测试稳定的功能，可能对开发人员及用户都产生负面的影响

请将表 2-7 给定的优缺点中进行判断选择，并将所选择的序号写在以下（1）～（6）空缺处。

瀑布模型的优点：（1）　　缺点：（2）

迭代模型的优点：（3）　　缺点：（4）

快速原型的优点：（5）　　缺点：（6）

【问题 2】（5 分）

软件开发生命周期的瀑布模型、迭代模型和快速原型各有其适合的项目，请用箭线表示它们之间的归属关系。

①瀑布模型　　A．计划多期开发的项目

　　　　　　　B．不需要二次开发的项目

②迭代模型　　C．事先不能完整定义产品所有需求的项目

　　　　　　　D．需要很快给客户演示产品的项目

③快速原型　　E．需求简单清楚，在项目初期就可以明确所有需求的项目

【问题 3】（2 分）

软件开发生命周期的维护阶段实际上是一个微型的软件开发生命周期，在维护生命周期中最重要的就是对稳定的管理。请判别该观点是否正确？简要说明理由。

2.4.5 参考答案

表 2-8～表 2-12 分别给出了模拟试题 1～模拟试题 4 的参考答案，供读者练习时进行参考，以便查漏补缺。读者也可依照所给出的评分标准得出测试分数，从而大致评估自己对这些知识点的掌握程度。

表 2-8 模拟试题 1 参考答案及评分标准

问题与分值	参考答案及评分标准	自评分
【问题 1】（3 分）	（1）A、D、F（3 分，多选、错选不得分，少选一项扣 1 分）	
【问题 2】（5 分）	（2）项目管理者 （1 分） （3）项目领导者 （1 分，（2）、（3）答案位置可互换） （4）计划、组织、协调、领导和控制 （1 分） （5）B、C、E、F （2 分，多选、错选不得分，少选一项扣 0.5 分）	
【问题 3】（2 分）	（6）B、E （2 分，多选、错选不得分，少选一项扣 1 分）	
【问题 4】（5 分）	①足够的知识（包括项目管理知识、系统集成专业的 IT 知识、客户行业的业务知识、其他必要的知识）； ②丰富的项目管理经验； ③良好的协调和沟通能力； ④良好的职业道德； ⑤一定的领导与管理能力（答案包含但不限于以上要点，每小点 1 分，答案类似即可）	

表 2-9 模拟试题 2 参考答案及评分标准

问题与分值	参考答案及评分标准		自评分
【问题 1】（4 分）	（1）概要设计 （3）集成测试或组件测试或部件测试	（2）单元测试 （4）验收测试（每空 1 分）	
【问题 2】（4 分）	（5）质量保证计划 （6）需求或软件需求或软件需求规格说明（每空 2 分，答案意思相近即可）		
【问题 3】（7 分）	（7）产品设计特性及用户的真正需求 （9）设计系统测试方案和计划 （11）测试用例 （13）代码完成（每空 1 分，答案意思相近即可）	（8）测试目标 （10）设计缺陷 （12）软件质量或程序质量	

表 2-10 模拟试题 3 参考答案及评分标准

问题与分值	参考答案及评分标准		自评分
【问题 1】（5 分）	（1）可行性分析（计划） （3）软件编码（含单元测试） （5）方案分析 （每空 1 分，答案意思相近即可）	（2）软件设计（概要设计、详细设计） （4）逻辑建模	
【问题 2】（3 分）	（6）C、E （8）B、D（每空 1 分，多选、错选不得分，少选一项扣 0.5 分）	（7）A、F	
【问题 3】（2 分）	见表 2-11（每个角色 1 分，错一个“√”则对应的角色不给分）		
【问题 4】（5 分）	不合理（1 分） 理由：①项目执行过程具有天然的风险，系统分析不同阶段的每个任务都为后续任务打好坚实的基础，其每个阶段均不能跳过或被省略； ②系统逻辑设计阶段产生的图表和文档，是系统所有者和系统用户最后一次验证系统的功能需求，并对发现的错误进行修正和说明的关键 （答案包含但不限于以上要点，每小点 2 分，答案意思相近即可）		

表 2-11 工作角色参与的主要项目阶段

负责人 \ 阶段	系统分析阶段	系统设计阶段	系统实现阶段	系统运维阶段
项目经理	√	√	√	√
系统分析师	√	√		

表 2-12 模拟试题 4 参考答案及评分标准

问题与分值	参考答案及评分标准	自 评 分
【问题 1】（8 分）	（1）A、B、C（2 分） （2）①、②、③（1 分） （3）D、E、F、G（2 分） （4）⑤（1 分） （5）H（1 分） （6）④（1 分）	
【问题 2】（5 分）	①——B ①——E ②——A ②——C ③——D（每条连线 1 分）	
【问题 3】（2 分）	不正确（1 分） 因为在维护生命周期中，最重要的是对变更的管理（1 分，答案类似即可）	

第 3 章

项目立项管理

3.1 备考指南

3.1.1 考纲要求

根据考试大纲中相应的考核要求，对于“项目立项管理”知识模块要求考生掌握以下内容：

1. 可行性研究

- 项目的机会选择
- 初步可行性研究
- 详细可行性研究

2. 项目立项

- 立项管理过程
- 建设方的立项管理
- 承建方的立项管理

3.1.2 考点统计

至 2010 年 12 月为止，本章知识点暂时没有以独立案例试题出现在历年真题中。

3.1.3 命题特点

鉴于系统集成项目管理工程师考试采用模块化的命题风格，且参考项目管理其他知识领域的历年命题风格，本章知识点将可能以简答题、计算题、填空题、选择题、连线题和判断题的组合题型出现在试卷中。本章知识点在每次考试中所考查的题量最多为 1 道综合题，试题中可能包含有 3～5 个问题，所占分值约为 10～15 分（约占试卷总分值 75 分中的 13.33%～20%）。案例中所提出的问题侧重于实践应用，用于检查考生是否理解相关的理论知识和是否具有相关的实践应用经验，考试难度系数为中等。从知识点考查深度的角度分析，预计该部分试题在知识点的“识记、理解、应用”3 个层面上所占的比例大致为 1:2:3。

本章知识点的命题思路可能表现为：给出某项目在立项管理方面的案例场景描述，要求计算该项目的相关参数值（如投资回收期等），并判断（或选择）项目投资的可行性；要求回答该案例涉及且与立项管理基础知识点相关的简答题（或选择题、填空题等）。

3.1.4 学习建议

本章知识点将可能与项目整体管理、采购管理、合同管理，以及《政府采购法》、《招标投标法》、《合同法》相结合进行案例分析方面的综合命题。鉴于“已知某些参数和条件来求解另一些参数”的计算题可以有多种命题组合形式、多种命题表现形式，建议读者一定要熟练掌握本章节所归纳、所列举的案例分析试题，并能做到举一反三、灵活应用相关知识点。

随着本科目考试次数的不断增多，试题的命题范围将越来越窄，所考查的知识点也会越来越细，这势必使得本章知识点成为未来一段时间内命题的关注点之一。基于本章知识点对试题命题思路、考查内容和问题表现形式进行创新与发展，从而来体现作为一门中级职称资格考试所应具有的考核深度和广度。

虽然定量计算题是下午试卷中一类比较容易得分的题型，但是本章所涉及的基本概念较丰富，计算参数较多，试题运算量较大。因此，建议读者一定要熟练掌握本章所归纳、列举的案例分析试题，多动笔练习此类综合应用试题，以扩展自己的知识面，并多花心思归纳总结解题经验，努力做到熟能生巧，并能够举一反三、灵活应用相关知识点，以便考试时能灵活变通，节约在这些知识点上的解题思考时间。本章力求以发展的眼光和实用的角度来预测并挖掘“项目立项管理”的相关考核点，以增强读者学习相关知识点的目的性。

3.2 知识点清单

3.2.1 可行性研究

- 项目立项管理是项目管理前期最重要的工作，一般应包括立项申请、可行性论证或评估、批准或签约 3 个基本过程。（Ⅰ）（★）
- 立项申请包括提交项目申请表和项目建议书，符合条件并通过审查的项目，可以进入可行性分析并进行可行性论证或评估。（Ⅰ）（★）
- 对通过可行性论证审批的项目，应根据项目的性质，通过合同或计划任务书形式，确定项目各方的权利和义务。（Ⅰ）
- 需求分析是指对要解决的问题进行详细的分析，弄清楚项目发起人及项目其他干系人的要求、待开发的信息系统要解决客户和用户的业务问题以及问题的来源。（Ⅰ）
- “需求分析”就是确定待开发的信息系统应该“做什么”。（Ⅰ）
- 需求分析工作的特点：①用户与开发人员之间存在沟通方面的困难；②用户的需求是动态变化的；③生命周期中不同阶段系统变更的代价呈非线性增长等。（Ⅰ）
- 项目建议书（又称立项申请）是项目建设单位向上级主管部门提交项目申请时所必需的文件，是可行性研究的依据，是项目发展周期的初始阶段文档之一。（Ⅰ）
- 项目建议书应该包括的核心内容有：①项目的必要性；②项目的市场预测；③产品方案或服务；④项目建设必需的条件等。（Ⅰ）（★）
- 可行性研究内容一般应包括的内容：①投资必要性；②技术的可行性；③财务可行性；④组织可行性；⑤经济可行性；⑥社会可行性；⑦风险因素及对策等。（Ⅰ）（★）

3.2.2 建设方的立项管理

- 项目建议书在项目早期论证项目建设的必要性、初步的实施方案和投资估算。其主要内容应包括：①项目名称；②项目提出的必要性和依据；③系统功能需求的分解；④实施方案；⑤

项目执行所需的投入，包括人力、物力、时间、设备等；⑥项目实施进度的里程碑计划；⑦项目完成可能达到效益的初步估计；⑧结论；⑨附件。（Ⅰ）（★）

- 对于技术类项目的立项申请书，其主要内容应包括：①项目名称；②项目建设的必要性和依据；③项目的目的、作用及意义；④项目的国内外技术发展概况、水平和发展趋势；⑤研究开发领域，主要关键技术，研究（开发）内容，技术方案（关键技术的研究方法和采取的技术路线、工艺流程）和试验地点、规模、进度安排；⑥项目的研究开发情况，现有工作基础和设备条件；⑦项目负责人、项目主要技术人员；⑧项目起止时间，最终达到的目标，前景及预期考核的技术经济指标；⑨项目经费预算、用途和用款计划；⑩其他。（Ⅰ）（★）
- 立项申请书由政府部门、全国性专业公司及现有企事业单位或新组成的项目法人提出。(Ⅰ)
- 对于市属单位申报项目，先按隶属关系报到主管部门，再由主管部门上报市发改委（或市经委）；对于区县属单位申报项目，先报到区县发改委，再由区县发改委报市发改委（或市经委）；需要上报国家发改委（或国家经贸委）审批的项目，一般由主管部门先报到市发改委（或市经委）初审，初审同意后由市发改委（或市经委）上报。（Ⅱ）
- 项目建议书批准后的主要工作：①确定项目建设的机构、人员；②选定建设地址，申请规划设计条件，做规划设计方案；③落实筹措资金方案；④落实原料的供应、配套方案、安全消防措施等；⑤外商投资企业申请企业名称预登记；⑥进行详细的市场调查分析；⑦编制可行性研究报告。（Ⅱ）
- 项目的可行性分析的一般过程：①确定项目规模和目标；②研究正在运行的系统；③建立新系统的逻辑模型；④导出和评价各种方案；⑤推荐可行性方案；⑥编写可行性研究报告；⑦递交可行性研究报告。（Ⅰ）（★）
- 初步可行性研究是介于机会研究和详细可行性研究的一个中间阶段，是在项目意向确定之后，对项目的初步估计。（Ⅰ）
- 初步可行性研究是在立项申请书（项目建议书）获得批准后对该项目做粗略的论证估计，其目的有：①分析项目是否有前途，从而决定是否应该继续深入调查研究；②项目中是否有关键性的技术或项目需要解决；③必须要做哪些职能研究或辅助研究（如实验室试验、重大事件处理等）。（Ⅱ）
- 初步项目可行性研究的内容与详细的项目可行性研究基本相同，要概括以下内容：市场和工厂生产能力、原材料投入、地点和厂址、工艺技术和设备选择、土建工程、企业管理费、人力资源、项目实施及经济评价。（Ⅰ）
- 初步可行性研究的结构及研究的主要内容基本与详细可行性研究相同。所不同的是，占有的资源细节有较大差异。（Ⅰ）
- 详细可行性研究方法很多，如经济评价法、市场预测法、投资估算法和增量净效益法等。(Ⅱ)
- 经济评价方法分为财务评价和国民经济评价。其中，财务评价使用的计算报表主要有现金流量表、内部收益率估算表。（Ⅱ）
- 财务评价的主要指标有财务内部收益率、投资回收期和固定资产投资借款偿还期等。（Ⅱ）
- 市场预测法是一种直接根据市场中的汇率价格预测未来汇率的一种方法，也是企业经常使用的预测方法。（Ⅱ）
- 增量净效益法是将有项目时的成本（效益）与无项目时的成本（效益）进行比较，求得两者差额，即为增量成本（效益）。该方法比传统的前后比较法更能准确地反映项目的真实成本和效益。（Ⅱ）
- 项目论证是指对拟实施项目技术上的先进性、适用性，经济上的合理性、盈利性，实施上的可能性、风险可控性进行全面科学的综合分析，为项目决策提供客观依据的一种技术经济研究活动。（Ⅰ）（★）

- 项目论证的作用主要体现在：①确定项目是否实施的依据；②筹措资金、向银行贷款的依据；③编制计划、设计、采购、施工及机构设置、资源配置的依据；④是防范风险、提高项目效率的重要保证。（Ⅱ）
- 项目论证的内容包括项目运行环境评价、项目技术评价、项目财务评价、项目国民经济评价、项目不确定性和风险评价、项目综合评价等。（Ⅰ）（★）
- 项目评估是项目投资前期进行决策管理的重要环节，其目的是审查项目可行性研究的可靠性、真实性和客观性，为银行的贷款决策或行政主管部门的审批决策提供科学依据。（Ⅰ）（★）
- 项目评估的特征：①一个独立的项目评估机构（或投资咨询机构）对委托部门负责或对委托评估的项目负责；②通常是对多方案的择优，是项目取舍的依据（决策依据）；③从大局出发，更能保证宏观与微观、全局和局部利益的统一，也更能避免投资失误；④是投资决策科学化、程序化和公正性的有力保证。（Ⅱ）
- 项目评估的重点内容：①建设必要性、现实性、可行性和市场预测的评估；②建设条件的评估；③技术方案的评估；④机构设置和管理机制的评估；⑤社会经济效果的评估；⑥社会效益评估；⑦综合评估等。（Ⅰ）
- 项目评估的常用方法有：①项目评估法和全局评估法；②总量评估法和增量评估法；③费用效益分析法；④成本效用分析法；⑤多目标系统分析法等。（Ⅰ）（★）
- 总量评估法的费用、效益测算采用总量数据和指标，确定原有固定资产重估值是估算总投资的难点。该方法简单，侧重经济效果的整体评估，但无法准确回答新增投入资金的经济效果。（Ⅱ）
- 费用效益分析法最重要的原则是项目的总收入必须超过总费用，即效益与费用之比必须大于1。（Ⅱ）
- 项目可行性研究报告的编制内容与项目建议书的批复内容有重大变更的，应重新报批项目建议书。（Ⅰ）
- 项目初步设计方案和投资概算报告的编制内容与项目可行性研究报告的批复内容有重大变更或变更投资超出已批复总投资额度10%的，应重新报批可行性研究报告。若有少量调整且其调整内容未超出已批复总投资额度10%的，则需在提交项目初步设计方案和投资概算报告时以独立章节对调整部分进行定量补充说明。（Ⅱ）
- 招标分为公开招标和邀请招标。（Ⅰ）（★）
- 公开招标是指招标人以招标公告的方式邀请不特定的法人或者其他组织投标。（Ⅰ）（★）
- 邀请招标是指招标人以投标邀请书的方式邀请特定的法人或者其他组织投标。（Ⅰ）（★）
- 招标代理机构是依法设立从事招标代理业务并提供服务的社会中介组织。（Ⅰ）
- 招标人有权自行选择招标代理机构，委托其办理招标事宜。任何单位和个人不得以任何方式为招标人指定招标代理机构。（Ⅰ）
- 招标文件应当包括招标项目的技术要求、对投标人资格审查的标准、投标报价要求和评标标准等所有实质性要求和条件，以及拟签合同的主要条款。（Ⅰ）
- 招标书的一般内容：①建设项目和设计原则；②投标须知；③招标单位；④招标范围；⑤招标方式；⑥投标方式；⑦招标时间、地点及其说明；⑧投标文件的编写与提交；⑨开标与评标；⑩中标确认；⑪合同的签定；⑫投标保证金；⑬联系方法等。（Ⅰ）（★）
- 招投标的一般流程：①招标人发招标通知；②投标人向招标人登记投标项目，准备投标文件；未登记不准投标，相关文件从指定的网站上下载；③投标人递交投标文件；④开标；⑤招标人评标；⑥招标人公布招标结果，与中标人签定合同。（Ⅰ）（★）
- 制定招标评分标准，一般应遵循的原则有：①以客观事实为依据；②严格控制自由裁量权；③得分应能明显分出高低；④执行国家规定，体现国家政策；⑤评分标准应便于评审；⑥细则横向比较等。（Ⅰ）

- 严格控制自由裁量权原则是指，在评分细则中对确实不好用客观依据量化、细化的评分因素（如技术方案、现场答辩、现场测试效果等），也应将评委的自由裁量权控制在最小范围内（如评分细中应设定这些因素的最低得分值，且最低得分不得少于该因素满分值的50%）。（Ⅰ）
- 对不同评分因素的评分细则进行横向比较，目的在于保证各因素的单位分值含金量大体相当。（Ⅰ）
- 评标由评标委员会负责。评标委员会由具有高级职称或同等专业水平的技术、经济等相关领域专家、招标人和招标机构代表等 5 人以上组成，其中技术、经济等方面专家人数不得少于成员总数的 2/3。（Ⅰ）（★）
- 评标委员会成员名单在评标结果公示前必须保密。（Ⅰ）
- 对于采用最低价评标法评标的，在商务、技术条款均满足招标文件要求时，评标价格最低者为推荐中标人；对于采用综合评价法评标的，综合得分最高者为推荐中标人。（Ⅰ）
- 中标人确定后，招标人应当向中标人发出中标通知书，并同时将中标结果通知所有未中标的投标人。中标通知书对招标人和中标人具有法律效力。（Ⅰ）
- 招标人和中标人应当自中标通知书发出之日起 30 日内，按照招标文件和中标人的投标文件订立书面合同。招标人和中标人不得再订立背离合同实质性内容的其他协议。（Ⅰ）（★）

3.2.3 承建方的立项管理

- 项目的机会选择过程依次是：①识别机会；②评估机会与组织战略的适配性；③分析成本、收益和风险；④规划和选择一个项目组合。（Ⅰ）（★）
- 项目识别是承建方项目立项的第一步，其目的在于选择投资机会、鉴别投资方向。（Ⅰ）
- 通常，可从国家有关政策和产业导向、市场需求、技术发展等方面寻找项目机会。（Ⅰ）（★）
- 承建方的项目论证包括：①技术可行性分析；②人力及其他资源配置能力可行性分析；③财务可行性分析；④项目风险分析；⑤对可能的其他投标者的相关情况分析等。（Ⅰ）（★）
- 投标是指投标人应招标人的邀请，按照招标的要求和条件，在规定的时间内向招标人提交标书，争取中标的行为。投标文件应当对招标文件提出的实质性要求和条件做出响应。（Ⅰ）
- 投标书的一般内容：①前言；②投标单位的概况；③设备选型、配置方案及技术描述；④系统软件选型；⑤应用软件开发；⑥项目建设成功的保障措施；⑦费用清单；⑧项目进度计划；⑨安装、调试及验收；⑩各部分情况简表等。（Ⅰ）（★）
- 投标书实质上是一项有效期至规定开标日期为止的要约，内容必须十分明确，中标后与招标人签定合同所要包含的重要内容应全部列入，并在有效期内不得撤回标书、变更标书报价或对标书内容作实质性修改。（Ⅰ）
- 两个以上法人或者其他组织可以组成一个联合体，以一个投标人的身份共同投标。（Ⅱ）
- 由同一专业的单位组成的联合体，按照资质等级较低的单位确定资质等级。（Ⅱ）
- 投标人必须按照招标文件规定的地点、在规定的时间内送达投标文件。（Ⅰ）（★）
- 投递投标书的方式最好是直接送达或委托代理人送达，以便获得招标机构的回执。（Ⅰ）
- 如果以邮寄方式送达的，投标人必须留出邮寄时间，保证投标文件能够在截止日期之前送达招标人指定的地点，而不是以“邮戳为准”。（Ⅰ）
- 电报、电话、传真形式的投标概不接受。（Ⅰ）
- 开标时，由专业的负责人进行唱标。唱标主要是公布投标报价，其他内容看招标文件要求。（Ⅰ）
- 因为唱标一般只唱正本投标文件中的“开标一览表”，所以投标人应严格按照招标文件的要求填写“开标一览表”、“投标价格表”等。（Ⅰ）（★）

- 必要时投标人还有可能进行讲标，然后由评审人员提问，最后按积分评标制进行比较评估。（I）
- 为了保证引起充分竞争，对于投标人少于3个的，一般应当重新招标，即“流标”。（I）（★）

3.3 真题透解

至2010年12月为止，本章知识点暂时没有以独立案例试题出现在历年真题中。

3.4 强化训练

3.4.1 模拟试题1

【试题描述】

阅读以下说明，根据要求回答问题1～问题3。（15分）

【说明】

某信息技术公司拟开发一套新的信息管理系统，以提高公司业务运作的效率。系统集成公司PH的项目经理老郑受邀对该新系统方案的各项可行性指标进行分析，重点分析了新系统方案的经济可行性。老郑基于货币时间价值给出了在贴现率是12%时的投资回收分析表（见表3-1），其中，“***”表示此处的数据未给出。

表3-1 某项目投资回收分析表 单位：元

资金项 \ 年	2009	2010	2011	2012	2013	2014
开发成本	418840					
运行维护成本		15045	16000	17000	18000	19000
贴现因子	1000	(1)	(2)	***	***	***
累计成本现值	418840	***	***	(3)	(4)	***
时期（年）	0	1	2	3	4	5
系统运行收益		150000	170000	190000	210000	230000
累计收益现值		***	***	***	(5)	(6)

【问题1】（5分）

除了分析待建信息系统的经济可行性之外，请简要说明建设方还需从哪几方面对待建信息系统进行可行性分析。

【问题2】（8分）

请利用现值计算公式计算相应的数值填入表1-2中的（1）～（6）空缺处，并计算出该项目的动态投资回收期（要求列出算式）。

【问题3】（2分）

项目建议书（又称立项申请书）是项目建设单位向上级主管部门提交项目申请时所必需的文件，是可行性研究的依据。请简要说明项目建议书应该包含哪些核心栏目（或内容）？

【要点解析】

【问题1】（5分）

可行性评价准则是客观评价解决方案的基础。可行性分析是对组织将要开发的信息系统的价值或实用性的度量过程。利用可行性分析可以对不同的解决方案进行比较选择，并且能够保证组织对于系统投入的价值收益以避免项目失败的风险。对于建设方而言，在信息系统可行性分析过程中所研究的主要内容如下。

①投资必要性：主要根据市场调查及预测的结果，以及有关的产业政策等因素，论证项目投资建设的必要性。

②技术可行性：是对一种特定技术方案的现实性及技术资源和专家的可用性度量，即根据现有的技术条件，从硬件、软件和人员等角度分析所提出的要求能否达到。

③经济可行性：对项目或者方案的成本效益的度量，分析新系统所带来的经济效益是否超过开发和维护该系统所需的费用。

④运行（操作）可行性：对方案满足新系统需求程度的度量，即所建立的信息系统能否在该组织实现，以及在当前的组织环境下能否很好地运行。

⑤进度可行性：对项目时间表的合理性度量。

⑥开发环境的可行性：单位高层领导意见是否一致？资金能否到位？能否抽出骨干力量参加信息系统建设？等。

【问题2】（8分）

本题要求考生能够利用投资收益分析技术对实际项目中的成本和收益进行分析，计算项目的投资回报期。投资回收分析技术是成本效益分析的一种有效方法，投资回收期是决定项目是否值得投资的重要因素。

货币的时间价值是指当前所持有的一定量货币比未来获得的等量货币具有更高的价值。从经济学角度而言，现在的一单位货币与未来的一单位货币的购买力之所以不同，是因为要节省现在的一单位货币不消费而改在未来消费，则在未来消费时必须有大于一单位的货币可用于消费，作为弥补延迟消费的贴水。考虑货币时间价值因素，利用现值计算公式将将来的货币价值转变为现值进行计算，能够使项目的计算结果更加准确。参考第3.4.2节案例2要点解析中相关的计算公式，可得完整的该项目投资回收分析的计算结果，如表3-2所示。

表3-2　某项目投资回收分析表

年 资金项	2009	2010	2011	2012	2013	2014
开发成本	418840					
运行维护成本		15045	16000	17000	18000	19000
贴现因子	1000	**0.8930**	**0.7970**	0.7120	0.6360	0.5680
成本现值	418840	13435.185	12752.000	12104.000	11448.000	10792.000
累计成本现值	418840	432275.185	445027.185	457131.185	**468579.185**	479371.185
时期（年）	0	1	2	3	4	5
系统运行收益	0	150000	1700.00	1900.00	2100.00	2300.00
收益现值	0	133950.00	135490.00	135280.00	133560.00	130640.00

续表

资金项＼年	2009	2010	2011	2012	2013	2014
累计收益现值		133950.00	269440.00	404720.00	**538280.00**	**668920.00**
累计收益现值－成本现值	418840	298325.185	175587.185	52411.185	69700.815	189548.815

根据表 3-2 中的数据，该项目从 2012 年累计现值的负值（−52411.185 元）变为 2013 年的正值（69700.815 元），因此该项目的投资回收期在第 3 年和第 4 年之间，即在 2013 年收回投资成本。该项目自投资当年起的动态投资回收期=3+（｜−52411.185｜/（｜−52411.185｜+69700.815））≈3.4292 年。

【问题 3】（2 分）

通常，项目建议书应该包括的核心内容有：①项目的必要性；②项目的市场预测；③产品方案或服务；④项目建设必需的条件等。

【参考答案】

表 3-3 给出了本案例试题的参考答案，供读者练习时参考，以便查缺补漏。读者也可依照所给出的评分标准得出测试分数，从而大致评估自己对这些知识点的掌握程度。

表 3-3　参考答案及评分标准

问题与分值	参考答案及评分标准	自评分
【问题 1】（5 分）	①投资必要性；　②技术可行性； ③运行（操作）可行性；　④进度可行性； ⑤开发环境的可行性（答案包含但不限于以上要点，每小点 1 分，答案类似即可）	
【问题 2】（8 分）	（1）0.8930　（2）0.7970 （3）457131.185　（4）468579.185 （5）538280.00　（6）668920.00　（每空 1 分） 该项目的动态投资回收期=3+（｜−52411.185｜/（｜−52411.185｜+69700.815））≈3.43 年（2 分）	
【问题 3】（2 分）	①项目的必要性；　②项目的市场预测； ③产品方案或服务；　④项目建设必需的条件 （答案包含但不限于以上要点，每小点 0.5 分，答案类似即可）	

3.4.2　模拟试题 2

【试题描述】

阅读以下说明，根据要求回答问题 1～问题 3。（15 分）

【说明】

系统集成商 MT 公司承担了某建筑施工项目管理软件的研发工作，MT 公司任命老杨为项目经理。该软件具有项目管理计划的编制及项目的动态管理功能。该项目从 2010 年 7 月 1 日开始，周期为 180 天，项目总投资 600 万元。该软件从第 2 年开始销售，预计当年销售收入约为 500 万，各种成本约为 200 万；第 3 年销售收入约为 800 万，各种成本约为 300 万；第 4 年开始正常销售，正常销售期间预计每年的销售收入约为 1000 万元，各种成本约为 500 万元。

假设项目成本与收入均在年末核算，分析计算该公司从项目开始当年到第 6 年的现金流量情况，包括每年的现金流出、现金流入、净现金流量、累计净现金流量、现值和累计现值，如表 3-4 所示。

表 3-4 某项目现金流量表 单位：万元

序 号	项 目	2010 年	2011 年	2012 年	2011 年	2014 年	2015 年
1	现金流入		500	800	1000	1000	1000
2	现金流出	600	200	300	500	500	500
3	净现金流量	−600					
4	累计净现金流量	−600					
5	折现系数 12%	0.8929	0.7972	0.7118	0.6355	0.5674	0.5076
6	现值					283.70	253.80
7	累计现值						

【问题 1】（5 分）

请将表 3-4 中序号为 3、4、6、7 的行的空格中的数据补充完整。

【问题 2】（6 分）

请根据表 3-4 现金流量表中的数据，计算该项目自投资当年起的静态投资回收期和动态投资回收期（要求列出算式）。

【问题 3】（4 分）

该行业的标准动态投资收益率为 20%，请分析该项目的投资是否可行，并简要说明理由。

【要点解析】

【问题 1】（4 分）

净现金流量（NCF）是现金流量表中的一个指标，是指一定时期内现金及现金等价物的流入（收入）减去流出（支出）的余额（净收入或净支出）。它反映了企业本期内净增加或净减少的现金及现金等价物数额，是同一时点（如 2011 年末）现金流入量与现金流出量之差。例如，在表 3-4 中，2011 年的现金流入为 500 万元，现金流出为 200 万元，则 2011 年的净现金流量为 500－200=300 万元。

在表 3-4 中，每 n 年的累计净现金流量=$\sum_{i=0}^{n}$净现金流量 i，例如，2011 年的累计净现金流量=－600 + 300 =－300 万元；2012 年的累计净现金流量=－600 + 300 + 500 = 200 万元。同理可计算出 2011 年至 2015 年的累计净现金流量分别为 700 万元、1200 万元、1700 万元。

现值（Present value）也称在用价值，是指对未来现金流量以恰当的折现率进行折现后的价值，即：现值= 净现金流量×当年贴现系数。换而言之，是指资产按照预计从其持续使用和最终处置中所产生的未来净现金流入量折现的金额。例如，在表 3-4 中，2011 年的现值=300×0.7972=239.16 万元；2012 年的现值=500×0.7118=355.90 万元。

在表 3-4 中，每 n 年的累计现值=$\sum_{i=0}^{n}$现值 i，例如，2011 年的累计现值=－535.74 + 239.16 = −296.58 万元；2012 年的累计现值=－535.74 + 239.16 + 355.90 = 59.32 万元。同理可计算出 2011 年至 2015 年的累计净现金流量分别为 377.07 万元、660.77 万元、914.57 万元。

最后将以上计算结果归纳整理，可得出如表 3-5 所示完整的项目现金流量表。

表 3-5　某项目现金流量表　　单位：万元

序号	资金项/年	2010 年	2011 年	2012 年	2013 年	2014 年	2015 年
1	现金流入		500	800	1000	1000	1000
2	现金流出	600	200	300	500	500	500
3	净现金流量	−600	300	500	500	500	500
4	累计净现金流量	−600	−300	200	700	1200	1700
5	折现系数 12%	0.8929	0.7972	0.7118	0.6355	0.5674	0.5076
6	现值	−535.74	239.16	355.90	317.75	283.70	253.80
7	累计现值	−535.74	−296.58	59.32	377.07	660.77	914.57

【问题 2】（7 分）

投资回收期是指用投资方案所产生的净收益补偿初始投资所需要的时间，其单位通常用“年”表示。投资回收期一般从建设开始年算起，也可以从投资年开始算起，计算时应具体注明。投资回收期还可分为静态投资回收期和动态投资回收期。静态投资回收期不考虑资金占用成本（时间价值），通常使用项目建成后年现金流量衡量（NCF）。动态投资回收期则需考虑资金占用成本（时间价值），通常使用项目建成后年贴现现金流量（现值）衡量。货币时间价值是指货币在使用过程中随着时间的变化发生的增值，也称资金的时间价值。

静态投资回收期有“包括建设期的投资回收期”和“不包括建设期的投资回收期”两种形式。确定静态投资回收期指标的一般方法是列表法。列表法是指通过列表计算“累计净现金流量”的方式，来确定包括建设期的投资回收期，进而推算出不包括建设期的投资回收期的方法。该方法的原理是：按照回收期的定义，包括建设期的投资回收期满足关系式 $\sum_{i=0}^{x} \mathrm{NCF} = 0$。这表明在财务现金流量表的“累计净现金流量”一栏中，包括建设期的投资回收期恰好是累计净现金流量为零的年限。如果无法在“累计净现金流量”栏上找到零，则必须按下式计算包括建设期的投资回收期：

包括建设期的投资回收期 = 最后一项为负值的累计净现金流量对应的年数+
最后一项为负值的累计净现金流量绝对值÷下一年净现金流量

或：

包括建设期的投资回收期 = 累计净现金流量第一次出现正值的年份 - 1+
该年初尚未回收的投资÷该年净现金流量

在本案例中，根据表 3-5 中的数据，该项目从 2011 年累计净现金流量的负值（-300 万元）跳变到 2012 年的正值（200 万元），因此该项目的投资回收期是 2～3 年，即在 2012 年收回投资成本。该项目自投资当年起的静态投资回收期=2+（｜-300｜/ 500）=2.6，或静态投资回收期=（3-1）+（300/500）=2.6。

静态投资回收期的优点是能够直观地反映原始总投资的返本期限（即可以在一定程度上反映出项目方案的资金回收能力），便于理解，计算也比较简单，可以直接利用回收期之前的净现金流量信息，有助于对技术上更新较快的项目进行评价。其缺点是没有考虑资金时间价值因素和回收期满后继续发生的现金流量，不能正确反映投资方式不同对项目的影响，也无法从中确定项目在整个寿命期的总收益和获利能力。只有静态投资回收期指标小于或等于基准投资回收期的投资项目才具有财务可行性。

动态投资回收期是考虑资金的时间价值时收回初始投资所需的时间。根据表 3-5 中的数据，该项目从 2011 年累计现值的负值（−296.58 万元）跳变到 2012 年的正值（59.32 万元），因此该项目的投资回收期是 2～3 年，即在 2012 年收回投资成本。该项目自投资当年起的动态投资回收期=2+（｜−296.58｜/（｜−296.58｜+59.32））≈2.833，或动态投资回收期=2+（｜−296.58｜/（｜−296.58｜+59.32））≈2.833。

动态投资回收期要比静态投资回收期长，其原因是动态投资回收期的计算考虑了资金的时间价值，使其更符合实际情况，这正是动态投资回收期的优点，但考虑时间价值后计算量比较大。

【问题3】（4分）

项目的投资收益率是指该项目投资一段时间后利润和成本相等的百分率。它是反映项目投资获利的能力的指标，其数值等于项目投资回收期的倒数。在本案例中，该项目动态投资收益率 $=\frac{1}{2.833}\times100\%\approx3529\%$。

由于 35.29% > 20%，即该项目的动态投资收益率大于建筑施工行业的标准动态投资收益率，因此该项目的投资是可行的。

【参考答案】

表3-6给出了本案例试题的参考答案，供读者练习时参考，以便查缺补漏。读者也可依照所给出的评分标准得出测试分数，从而大致评估自己对这些知识点的掌握程度。

表3-6　参考答案及评分标准

问题与分值	参考答案及评分标准	自　评　分
【问题1】（5分）	见表3-5（每4个数据1分）	
【问题2】（6分）	静态投资回收期=（3-1）+（300/500）=2.6（3分） 动态投资回收期=（3-1）+（296.58/355.90）≈ 2.833（3分）	
【问题3】（4分）	该项目的投资是可行的（2分）。该项目动态投资收益率=（1/2.833）×100 % ≈ 35.29%，大于建筑施工行业的标准动态投资收益率 20%（2分）	

第4章 项目整体管理

4.1 备考指南

4.1.1 考纲要求

根据考试大纲中相应的考核要求，对于“项目整体管理”知识模块要求考生掌握以下内容：

1．项目启动

- 项目启动的过程和技术
- 项目章程的制订
- 项目的约束条件
- 对项目的假定

2．项目管理计划

- 项目管理计划的内容
- 项目管理计划的制订

3．项目实施

- 项目管理对项目管理工程师领导力和管理水平的要求
- 项目实施阶段项目管理工程师的任务和作用
- 项目实施

4．项目监督与控制

- 项目监督与控制过程
- 整体变更控制
- 技术评审与管理评审
- 绩效和状态报告

5．项目收尾

- 项目收尾的内容
- 项目验收
- 项目总结与后评估

4.1.2 考点统计

“项目整体管理”知识模块在历次系统集成项目管理工程师考试试卷中出现的考核知识点及分值分布情况如表 4-1 所示。

表 4-1 历年考点统计表

年 份	题 号	知 识 点	分 值	参考价值
2009 年上半年	试题 4	根据某 ERP 项目关于整体管理方面的案例说明，要求分析该项目“未能结项”的可能原因并给出相应的应对措施，以及公司层面应采取的管理手段等知识点	15 分	★★★★★
	试题 5	给出某系统集成项目关于整体管理方面的案例说明，要求分析该项目存在的主要问题等知识点	6 分	★★★★★
2010 年上半年	试题 4	根据某项目关于整体管理方面的案例说明，要求分析造成该项目目前困境的原因并给出相应的补救措施，简述整体管理计划所包含的主要内容等知识点	15 分	★★★★★

说明：表 4-1 中“参考价值”列“★”个数的多少表示该试题在其后的考试中影响程度的深浅，以及对今后考试的参考价值。“★★★★★”表示其参考价值最高，“★☆☆☆☆”表示基本无参考价值。对于表 4-1 中“★★★★★”以下的试题，读者可依自己的复习时间有选择性地练习参考（全书同）。

4.1.3 命题特点

纵观历次真题试卷，本章知识点主要是以简答题的题型出现在试卷中。本章知识点在历次考试中所考查的题量大约为 1 道综合题，试题包含有 3～5 个问题，所占分值约为 6～15 分（约占试卷总分值 75 分中的 8%～20%）。其历年命题走势如图 4-1 所示。案例中所提出的问题侧重于实践应用，用于检查考生是否理解相关的理论知识和是否具有相关的实践应用经验，考试难度系数为较高。从知识点考查深度的角度分析，每次考试该部分试题在“识记、理解、应用”3 个层面上所占的比例大致为 1:2:2。

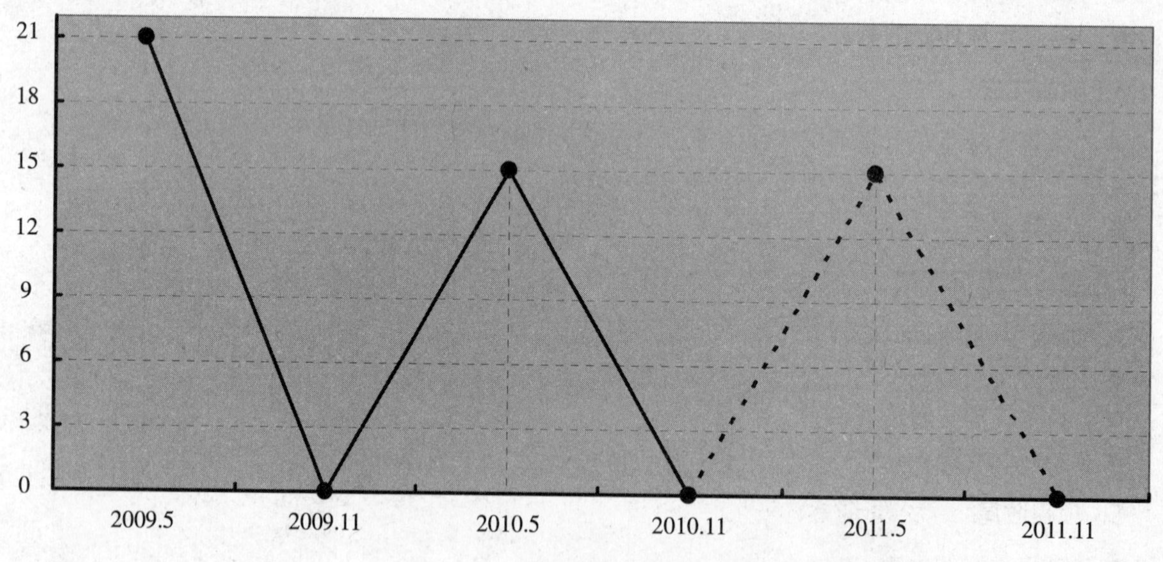

图 4-1 “项目整体管理”命题走势图

本章知识点的命题思路主要表现为：给出某项目在整体管理方面的案例场景描述，要求指出该案例场景中存在哪些问题并说明相关原因；要求给出解决这些问题的补救措施（或建议）；给出 1 个该案例涉及且与整体管理基础知识点相关的简答题（或填空题、选择题、判断题等）。

4.1.4 学习建议

项目整体管理在项目管理的 9 大知识领域中处于核心位置，其功效是整合项目资源。项目整体管理过程主要包括项目启动、编制项目范围说明书（初步）、编制项目管理计划、指导和管理项目的执行、监督和控制项目、整体变更控制和项目收尾等。其中，项目启动、监督和控制项目和整体变更控制等知识模块是本章的考核重点。

鉴于系统集成项目管理工程师考试采用模块化的命题风格，因此，在今后考试中与本章相关的试题有可能保持 1 道综合题的考查量。读者可以从该知识模块在历次真题中曾出现的考核知识点及分值分布情况（见表 4-1）间接获知关键考点和考试难点所在。从近几年真题的命题情况看，本知识模块更趋向于与项目管理基础知识、范围管理、进度管理、质量管理和合同管理等知识模块相结合进行案例分析方面的综合命题。本章知识点还有可能以简答题、填空题、选择题、判断题和连线题等题型出现在试卷中。随着考试次数的不断增多，本知识模块的试题命题范围将越来越窄，所考查的知识点也会越来越细，从而体现试卷所应具有的考试难度（如对信息系统的功能说明更加综合、隐含等）。同时，随着考试次数的逐年积累，此类试题的命题思路、试题的表现形式和考查内容将会有所创新，从而来体现作为一门中级职称资格考试所应具有的考核深度和广度。

建议读者一定要熟练掌握本章所归纳、列举的案例分析试题，多动笔练习此类综合应用试题，以扩展知识面，并多花心思归纳总结解题经验，努力做到熟能生巧，并能够举一反三、灵活应用相关知识点，以便考试时能灵活变通，节约在这些知识点上的解题思考时间。本章力求以发展的眼光和实用的角度来预测并挖掘“项目整体管理”的相关考核点，以增强读者学习相关知识点的目的性。

阅读提示：本章是系统集成项目管理工程师考试的重点内容，读者需要重点复习及强化。

4.2 知识点清单

4.2.1 概述

- 项目整体管理知识域包括保证项目各要素相互协调以完成项目所需要的各个过程，是项目管理的首要知识。项目经理对项目整体管理负有全面责任。（Ⅰ）
- 项目整体管理过程负责项目的全生命周期管理、全局性管理和综合性管理。（Ⅰ）
- 全生命周期管理意味着项目整体管理过程负责管理项目的启动阶段、计划阶段、执行阶段、监控阶段和项目收尾阶段的整个项目生命周期。（Ⅰ）
- 全局性管理意味着项目整体管理过程负责管理项目的整体（包括项目管理工作、技术工作和商务工作等）。（Ⅰ）
- 综合性管理意味着项目整体管理过程负责管理项目的需求、范围、进度、成本、质量、人力资源、沟通、风险和采购等。（Ⅰ）
- 对项目进行整体管理，采取统一和集成的措施，这些措施对完成项目、成功满足项目干系人的要求和管理他们的期望最为关键。（Ⅰ）
- 项目的实施单位利用项目整体管理过程域的知识进行项目的组织、计划、执行，以及在需要时对计划进行变更。整体管理也会综合考虑成本、进度和质量的相互约束，同时项目整体管理也关注各目标之间的协调和平衡，以满足项目干系人的需求。（Ⅱ）
- 项目管理团队进行整体管理的主要活动有：①分析和理解范围；②把产品需求和特定的标准明确记录在文档里；③利用计划过程组，结合项目的实际情况，制定系统的项目管理计划；④把完成项目需要做的工作恰当地分解为可管理的更小部分；⑤采取恰当的行动使项目按照

整体的项目管理计划来实施；⑥对项目状态、过程和产品进行度量和监督；⑦分析并监控项目风险。（Ⅰ）

- 整体管理主要关心为达成项目目标所需的管理过程的互相配合，这些过程是为了完成一个项目的目标所要求的。（Ⅱ）
- 项目整体管理的过程包括：①项目启动；②制定初步的项目范围说明书；③制定项目管理计划；④指导和管理项目的执行；⑤监督和控制项目；⑥整体变更控制；⑦项目收尾。（Ⅰ）（★）
- 项目整体管理框架如表4-2所示（注：各知识点详细解释见本章各节，全书同）。（Ⅰ）（★）

表4-2　项目整体管理框架

过　程	依　据	工具和技术	输　出
项目启动	①合同； ②项目工作说明书； ③环境的和组织的因素； ④组织过程资产	①项目管理方法； ②项目管理信息系统； ③专家判断； ④项目选择方法	项目章程
制定初步的项目范围说明书	①项目章程； ②工作说明书； ③环境和组织因素； ④组织过程资产	①项目管理方法论； ②项目管理信息系统； ③专家判断	初步的项目范围说明书
制定项目管理计划	①项目章程； ②项目范围说明书（初步）； ③来自各计划过程的输出； ④预测； ⑤环境和组织因素； ⑥组织过程资产； ⑦工作绩效信息	①项目计划编制的方法； ②项目管理信息系统； ③专家判断	①项目管理计划； ②配置管理系统； ③变更控制系统
指导和管理项目的执行	①项目管理计划； ②已批准的纠正措施； ③已批准的变更申请； ④已批准的预防措施； ⑤已批准的缺陷修复； ⑥确认缺陷修复； ⑦管理收尾程序	①帮助项目团队执行项目管理计划的管理方法； ②项目管理信息系统	①可交付成果； ②请求的变更； ③已实施的变更； ④已实施的纠正措施； ⑤已实施的预防行动； ⑥已实施的缺陷修复； ⑦工作绩效数据
监督和控制项目	①项目管理计划； ②工作绩效信息； ③绩效报告； ④未接受的变更请求	①项目监控方法； ②项目管理信息系统； ③挣值管理； ④专家判断	①请求的变更； ②项目报告 ③建议的纠正措施； ④建议的预防措施； ⑤建议的缺陷修复； ⑥预测
整体变更控制	①项目管理计划； ②申请的变更； ③工作绩效信息； ④建议的纠正措施； ⑤建议的预防措施； ⑥建议的缺陷修复； ⑦可交付物	①项目管理方法论； ②项目管理信息系统； ③专家判断	①变更申请被批准或被拒绝； ②项目管理计划（已批准更新）； ③已批准的纠正措施； ④已批准的预防措施； ⑤已批准的缺陷修复； ⑥可交付物（已批准的）； ⑦项目范围说明书（已批准更新）

续表

过 程	依 据	工具和技术	输 出
项目收尾	①项目章程； ②项目范围说明书 ③项目管理计划； ④合同文件； ⑤组织过程资产； ⑥环境和组织因素； ⑦工作绩效信息； ⑧可交付物（已批准的）	①项目管理方法论； ②项目管理信息系统； ③专家判断	①最终产品、服务或成果的移交； ②管理收尾过程； ③合同收尾过程； ④已更新的组织过程资产

4.2.2 项目启动

- 项目启动是指项目立项之后，以书面的、正式的形式肯定项目的成立与存在，同时以书面正式形式为项目经理进行授权。（Ⅰ）（★）
- 项目章程是正式批准一个项目的文档，或者是批准现行项目是否进入下一阶段的文档。（Ⅰ）
- 项目章程通常由项目组织以外的项目发起人（如项目所属的单位领导）发布。（Ⅰ）
- 项目章程为项目经理使用组织资源进行项目活动提供了授权。（Ⅰ）（★）
- 项目发起人出于以下一个或多个原因而颁发章程并给予批准：①市场需求；②营运需要；③客户要求；④技术进步；⑤法律要求；⑥社会需要。（Ⅱ）
- 项目章程的编制过程主要关注于记录建设方的商业需求、项目立项的理由与背景，以及对客户需求的现有理解和满足这些需求的新产品、服务或结果。（Ⅰ）
- 通常，项目章程应当包括以下直接列入的内容或援引自其他文件的内容：①基于项目干系人的需求和期望提出的要求；②项目必须满足的业务要求或产品需求；③项目的目的或项目立项的理由；④委派的项目经理及项目经理的权限级别；⑤概要的里程碑进度计划；⑥项目干系人的影响；⑦职能组织及其参与；⑧组织的、环境的和外部的假设；⑨组织的、环境的和外部的约束；⑩论证项目的业务方案，包括投资回报率；⑪概要预算。（Ⅰ）（★）
- 项目启动的依据（或输入）：①合同；②项目工作说明书；③环境的和组织的因素；④组织过程资产等。（Ⅰ）（★）
- 项目启动的可交付物（或输出）：项目章程。（Ⅰ）（★）
- 项目启动所需的工具、方法和技术：①项目管理方法论；②项目管理信息系统；③专家判断等。（Ⅰ）（★）
- 项目工作说明书（SOW）是对项目所要提供的产品、成果或服务的描述。对内部项目而言，项目发起人基于业务需要（或产品，或服务的需求）提出工作说明书（也称为任务书）；对外部项目而言，工作说明书作为投标文档的一部分从客户那里得到，例如邀标书、标的信息、投标邀请书或者合同中的一部分。（Ⅰ）（★）
- 工作说明书需要说明的事项：①业务要求；②产品范围描述；③战略计划。（Ⅰ）（★）
- 在项目启动时，必须考虑涉及并影响项目成功的环境、组织的因素和系统包括：①实施单位的企业文化和组织结构；②国家标准或行业标准；③现有的设施和固定资产等基础设施；④实施单位现有的人力资源、人员的专业和技能/人力资源管理政策、员工绩效评估和培训记录等；⑤当时的市场状况；⑥项目干系人对风险的承受力；⑦行业数据库；⑧项目管理信息系统。（Ⅱ）
- 组织过程资产包含：项目实施组织的企业计划、政策方针、规程、指南和管理系统，实施项目组织的知识和经验教训。（Ⅱ）
- 组织中指导工作的过程和程序有：①组织的标准过程；②标准指导方针、模板、工作指南、建议评估标准、风险模板和性能测量准则；③用于满足项目特定需要的标准过程的修正准则与指南；④为满足项目的特定需求，对组织标准过程集进行剪裁的准则和指南；⑤组织的沟通要求、汇报制度；⑥项目收尾指南或要求；⑦财务控制程序；⑧问题和缺陷管理程序、问题和缺陷的识别和解决、问题追踪；⑨变更控制流程，包括修改公司正式的标准、方针、计划和程序及任何项目文件，以及批准和确认变更的步骤；⑩风险控制程序，包括风险的分类、概率和影响定义、概率和影响矩阵；⑪批准与发布工作授权的程序。（Ⅱ）

- 组织的全部知识包括：①项目档案（完整记录以往每个项目的文件、记录、文档、收尾信息和文档，包括基准文件）；②过程测量数据库，用于收集和提供过程和产品的实测数据；③经验学习系统，包括以前项目的选择决策、以往的项目绩效信息和风险管理经验教训；④问题和缺陷管理数据库，包括问题和缺陷的状态、控制、解决方案和行动项结果；⑤配置管理知识库，包括所有正式的公司标准、政策、程序和项目文档的各种版本和基线；⑥财务数据库，包括劳动时间、产生的费用、预算和项目超支费用等信息。（Ⅱ）
- 项目管理方法定义了一系列项目过程组、相关的过程和控制功能，所有这些合并为一个发挥作用的整体。它可以正式或非正式地帮助项目管理团队有效地制定项目章程。（Ⅰ）
- 项目管理信息系统（PMIS）是组织内可用的系统化的自动化工具集。项目管理团队用 PMIS 来制定项目章程、细化项目章程，以促进反馈，控制项目章程的变更并发布批准的项目章程。（Ⅰ）
- 专家判断通常用于评估项目启动所需要的输入或依据。在该过程中，这些判断和专家意见将用于任何技术和管理的细节。这些专家意见由任何具有专门知识或受过专门培训的团体或个人来提供，并可以来源于项目实施组织中的其他单位、咨询顾问或咨询公司、项目干系人（包括客户）、专业和技术协会、行业团队等。（Ⅰ）
- 启动 IT 项目最重要的目标是支持明确的业务目标和商业目标。（Ⅰ）
- 在启动时应该把握以下原则：①不仅要明确能够做哪些事情，还要明确不能做哪些事情；②不仅要明确完成的任务，还要明确完成这些任务的约束条件和验收标准；③不仅要关注需要获得的成果，还要关注采用哪些过程来获得这些成果。（Ⅰ）（★）
- 项目启动的成功表现在：①高层领导对项目的积极支持和参与；②明确了项目目标以及项目的阶段目标，并且这些目标是具体的、可操作的和可测量的。（Ⅰ）（★）
- 高层领导确认了项目所要完成的目标（内容）的高层次描述，并承诺对该项目负责，是项目启动成功的关键标志。（Ⅰ）

4.2.3 制定项目范围说明书

- 制定项目范围说明书（初步）过程要明确项目及其相关产品和服务的特性和边界，以及范围控制和验收的方法。（Ⅰ）（★）
- 初步的项目范围说明书的内容包括以下部分或全部内容：①项目和范围的目标；②产品或服务的需求和特性；③项目的需求和可交付物；④产品验收标准；⑤项目的边界；⑥项目约束条件；⑦项目假设；⑧最初的项目组织；⑨最初定义的风险；⑩进度里程碑；⑪对项目工作的初步分解（或进度里程碑）；⑫初步的量级成本估算；⑬项目配置管理的需求；⒁已批准的需求。（Ⅰ）（★）
- 项目目标具有多目标性、优先性和层次性等特性。（Ⅰ）
- 通常，项目经理通过以下过程确定项目目标：①项目情况分析；②项目问题界定；③确定项目目标因素；④建立项目目标体系；⑤项目目标体系中各目标的关系确认。（Ⅰ）（★）
- 项目范围说明书（初步）是在项目章程的基础上进一步分解和细化而得到的。（Ⅰ）
- 制定项目范围说明书（初步）的依据（或输入）：①项目章程；②工作说明书；③环境和组织因素；④组织过程资产等。（Ⅰ）（★）

- 制定项目范围说明书（初步）的可交付物（或输出）：项目范围说明书（初步）。（Ⅰ）（★）
- 制定项目范围说明书（初步）所需的工具、方法和技术：①项目管理方法论；②项目管理信息系统；③专家判断等。（Ⅰ）（★）
- 项目管理团队可以使用项目管理信息系统（PMIS）来帮助制定初步项目范围说明书，在细化该文档时促进反馈，控制项目范围说明书的变更，发布已批准的初步项目范围说明书。（Ⅰ）

4.2.4 制定项目管理计划

- 制定项目管理计划过程定义、准备、集成和协调所有的分计划，以形成项目管理计划。（Ⅰ）
- 项目管理计划明确了项目团队如何执行、监督和控制，以及如何收尾项目。（Ⅰ）（★）
- 得到批准的项目整体管理计划是整个项目执行和监控的依据。项目管理计划要通过整体变更控制过程进行更新和修订。（Ⅰ）（★）
- 在实际管理项目时，项目的计划也是渐进明细、逐步完善的。通常，至少有两个版本的项目计划：制定技术解决方案之前的粗略项目计划和制定技术解决方案之后的详细项目计划。（Ⅱ）
- 项目的详细计划要等到技术方案确定、范围确定、进度计划完成、预算完成、质量计划完成、人员组织计划完成、沟通计划完成等相关分计划完成之后，把这些分计划集成起来，才能完成项目的详细计划。该计划一旦得到批准和相关方的认可，即称为项目的基准计划或项目的基线（Baseline）。在项目执行过程中，基准计划也有可能因变更而被改变，此时应通过项目变更控制系统来规范地处理变更。（Ⅱ）
- 项目管理计划记述了以下内容：①项目背景或项目概述；②项目干系人（或项目初步的组织及责任分配）；③项目的总体技术解决方案；④对用于完成这些过程的工具和技术的描述；⑤选择的项目的生命周期和相关的项目阶段；⑥项目最终目标和阶段性目标；⑦进度计划；⑧项目预算；⑨质量标准；⑩变更流程和变更控制委员会；⑪沟通管理计划；⑫对于内容、范围和时间的关键管理评审，以便于确定悬留问题和未决决策。（Ⅰ）（★）
- 项目管理计划也称为项目整体管理计划、整体计划或项目计划，可以包含一个或多个分计划。这些分计划包含但不限于：①范围管理计划；②进度管理计划；③成本管理计划；④质量管理计划；⑤人力资源管理计划；⑥沟通管理计划；⑦风险管理计划；⑧采购管理计划。（Ⅰ）
- 编制项目计划所遵循的原则有：①目标的统一管理，即全局性原则；②方案的统一管理；③过程的统一管理，即全过程原则；④技术工作与管理工作的统一协调；⑤计划的统一管理；⑥人员与资源的统一组织与管理；⑦各干系人的参与；⑧逐步精确。（Ⅱ）
- 项目进度、成本和质量三个目标既互相关联，又互相制约。在编制项目管理计划时，需要统一管理三者的关系。（Ⅰ）
- 制定项目管理计划是一个渐进明细、逐步细化的过程。通常，其编制工作流程如下：①明确目标；②成立初步的项目团队；③工作准备与信息收集；④依据标准、模板，编写初步的概要的项目计划；⑤编写范围管理、质量管理、进度、预算等分计划；⑥把各分计划纳入项目计划，然后对项目计划进行综合平衡、优化；⑦项目经理负责组织编写项目计划；⑧评审与批准项目计划；⑨获得批准后的项目管理计划就成为了项目的基准计划（Base Plan）。（Ⅰ）（★）
- 制定项目管理计划的依据（或输入）：①项目章程；②项目范围说明书（初步）；③来自各计划过程的输出；④预测；⑤环境和组织因素；⑥组织过程资产；⑦工作绩效信息等。（Ⅰ）（★）
- 制定项目管理计划的可交付物（或输出）：①项目管理计划；②配置管理系统；③变更控制系统等。（Ⅰ）（★）
- 制定项目管理计划所需的工具、方法和技术：①项目管理方法论；②项目管理信息系统；③专家判断等。（Ⅰ）（★）

- 当制定项目管理计划时，专家判断运用于以下各项：①剪裁标准过程中的过程，以满足项目需要；②制定包含在项目管理计划中的技术和管理细节；③确定为完成项目工作所需的资源和技能水平；④定义在项目上应用配置管理的程度；⑤确定哪些项目文件将纳入正式的变更控制过程。（Ⅱ）
- 预测涉及依据当前可用的信息和知识，对项目未来情况和事件进行估计和预测。在项目执行时，预测可以依据工作绩效信息进行更新和再次发布。（Ⅱ）
- 能影响制订项目管理计划过程的环境和组织因素包括但不限于：①政府或者行业标准；②项目管理信息系统（例如进度管理的软件工具、配置管理系统等）；③基础设施（例如现有的设施和生产设备）；④人事管理（例如雇佣和解雇方针、员工绩效评估、培训记录等）。（Ⅱ）
- 能影响制订项目管理计划过程的工作绩效信息包括但不限于：①计划进度与实际进度；②哪些可交付物已经完成，哪些还没有完成；③进度表中的哪些活动已经开始，哪些已经结束；④对质量标准符合到何种程度；⑤预算的执行情况；⑥活动的完工估计；⑦活动的实际完成百分比；⑧已被记录并已送入经验知识库的经验教训。（Ⅰ）
- 配置管理（CM）是通过对在产品生命周期内不同时间点上的产品配置项进行标识，并对这些标识的产品配置项的更改进行系统控制，从而保持产品完整性、一致性和可溯性的过程。（Ⅱ）
- 配置管理系统是对以下情况进行技术指导和管理监督的正式规范的集合：①识别并记录产品或其部件的功能和物理特征；②控制对这些特性的变更；③记录并报告每项变更及其实施状态；④支持对产品或其部件的审核，以验证其与需求的符合性（一致性）。（Ⅱ）
- 变更控制系统是定义了如何控制、改变和批准项目可交付物和文档的正式规范的集合，是配置管理系统的一个子系统。（Ⅱ）
- 软件项目管理计划模板示例如表 4-3 所示。（Ⅰ）（★）

表 4-3　软件项目管理计划模板

介　绍	项目组织	管理过程	技术过程	工作包、进度和预算
项目概述	过程模型	管理目标和优先级	方法、工具和技巧	工作包
项目可交付成果	组织结构	设定条件、依赖关系和约束条件	软件文件	依赖关系
软件项目计划的制定过程	组织界限和界面	风险管理	项目各项辅助职能	资源要求
参考资料	项目责任	监督与控制机制		预算与资源分配以及进度计划
有关定义和缩写说明		人员计划		

- 制定项目管理计划的目的在于建立并维护项目各项活动的计划，它用来协调软件项目中其他所有计划，指导项目组对项目进行执行和监控的文件。（Ⅰ）
- 在制定项目管理计划时应该注意：①注意项目计划的层次性；②该详细的详细，该简略的就简略；③制定的项目计划要现实；④重视与客户的沟通等。（Ⅰ）（★）
- 要求并提供项目人员都必须遵循的计划制定的指导方针、规范、模板，是一个组织成熟的表现，是制定项目管理计划的基础。（Ⅰ）

4.2.5　指导和管理项目执行

- 指导和管理项目执行过程的任务：对项目的执行进行统一协调的管理，把握项目实施的全局。（Ⅰ）
- 指导和管理项目执行过程要求项目经理和项目团队采取行动执行项目管理计划以实现项目的目标。这些行动包括：①按列入计划的方法和标准执行项目活动完成项目要求；②完成项目的交付物；③配备、培训并管理分配到项目的团队成员；④建立和管理项目团队内外部沟通渠道；⑤产生项目实际数据（如成本、进度、技术、质量和状态等数据）以方便预测；⑥将批准的变更落实到项目的范围、计划和环境；⑦管理风险并实施风险应对活动；⑧管理分包商和供应商；⑨收集和记录经验教训，以及执行批准的过程改进活动。（Ⅰ）（★）

- 可交付物是执行项目管理计划过程的一种输出。收集可交付物的完成状态及已经完成的工作绩效信息是项目执行工作的一部分，并且这些信息会提供给绩效报告过程。（Ⅰ）
- 指导和管理项目的执行的依据（或输入）：①项目管理计划；②已批准的纠正措施；③已批准的变更申请；④已批准的预防措施；⑤已批准的缺陷修复；⑥确认缺陷修复等。（Ⅰ）（★）
- 指导和管理项目的执行的可交付物（或输出）：①可交付成果；②请求的变更；③已实施的变更；④已实施的纠正措施；⑤已实施的预防行动；⑥已实施的缺陷修复；⑦工作绩效数据等。（Ⅰ）（★）
- 指导和管理项目执行所需的工具、方法和技术：①项目管理方法论；②项目管理信息系统等。（Ⅰ）（★）
- 已批准的纠正措施就是为了使预期的项目绩效符合项目管理计划的要求所形成的授权指导文件。（Ⅰ）
- 已批准的预防措施就是为降低项目风险发生的可能性而需要的指导文件。（Ⅰ）
- 已批准的变更申请就是对扩大或缩小项目范围而授权的指导文件，批准的变更申请也可能修改项目的指导方针、项目管理计划、规范、调整预算或修订进度。（Ⅰ）
- 已批准的缺陷修复是对在质量审查和审核过程中发现的缺陷进行纠正的授权指导文件。（Ⅰ）
- 确认缺陷修复就是经再次审查的修复项已经被接受或被拒绝的通知。（Ⅰ）
- 可交付成果是指在项目管理计划文件中确定的、项目已完成的、独特的、可验证的产品、成果或提供的服务。（Ⅰ）
- 工作绩效数据是指随着项目的进展，收集项目活动的各种数据。这种数据包括但不限于：①可交付成果的状态；②实际进度；③已发生的成本；④实际质量、实际的生产率等。（Ⅱ）

4.2.6 监督和控制项目工作

- 监督和控制项目过程是指全面跟踪、评审和调节项目的进展，以满足在项目管理计划中确定的绩效目标的过程。（Ⅰ）（★）
- 监督和控制项目过程的主要关注点有：①以项目管理计划为基准，比较实际的项目绩效；②评估当前绩效，以决定是否采取某些纠正或预防性措施；③在执行单项的改正或者预防性措施之前，应评估其对其他方面（如成本、质量等）的影响；④分析、追踪和监控项目风险，以确保风险被识别，它们的状态被汇报，且有效地执行风险应对计划；⑤维持一个项目产品及其相关文档的准确、及时的信息库，并保持到项目完成；⑥提供支持性信息，以支持状态报告和绩效报告；⑦提供预测以更新当前的成本和当前的进度信息；⑧当变更发生时，监控已批准变更的执行。（Ⅰ）（★）
- 监督和控制项目的依据（或输入）：①项目管理计划；②工作绩效信息；③绩效报告；④环境和组织因素；⑤组织过程资产等。（Ⅰ）（★）
- 监督和控制项目的可交付物（或输出）：①请求的变更；②项目报告等。（Ⅰ）（★）
- 监督和控制项目所需的工具、方法和技术：①项目管理方法论；②项目管理信息系统；③挣值管理；④专家判断等。（Ⅰ）（★）
- 挣值管理方法提供了一种基于过去的实施结果来预测未来绩效的手段，可用于测量项目从开始到结束的绩效。（Ⅰ）
- 项目报告包括状态报告、进度报告、成本报告、绩效报告、配置状态报告和预测等。（Ⅰ）

- 绩效报告由项目团队来准备，包括完成的活动、成果、里程碑、发现的事件与问题。（Ⅱ）
- 状态报告用来报告关键的信息，包括但不限于下列内容：①当前的状态；②本报告期的重要成果；③计划的活动；④事件等。（Ⅱ）
- 作为计划数据与实际数据比较的结果，可能因扩大、调整或减少项目范围而提出变更申请。变更可能影响到项目管理计划、项目文档、项目可交付物或者项目产品。（Ⅱ）
- 请求变更可能包括但不限于：①建议的纠正措施；②建议的预防措施；③建议的缺陷修复等。（Ⅱ）
- 软件项目失控的常见原因（包含但不限于以下内容）：（Ⅰ）（★）
  - ◆ 需求不明确，即①需求过多；②需求不稳定；③需求模棱两可；④需求不完整等。
  - ◆ 不充分的计划和过于乐观的评估，即①工作责任范围不明确，WBS与项目组织结构不明确或者不相对应，各成员之间的接口不明确，导致一些工作根本无人负责；②每个开发阶段的提交结果定义不明确，中间结果是否已经完成、完成了多少模糊不清，以致项目后期堆积了大量工作；③开发计划没有指定里程碑或检查点，也没有规定设计评审期；④开发计划没有规定进度管理方法和职责，导致无法正常进行进度管理；⑤对工作量的重要性认识不足；⑥软件开发经常会出现一些平时不可见的工作量，如人员的培训时间、各个开发阶段的评审时间等，经验不足的项目经理经常会遗漏；⑦出于客户或公司上层的压力在工作量估算上予以妥协，例如客户威胁要用工数更少的开发商，公司因经营困难必须削减费用、缩短工期，最后只能妥协，寄希望于员工加班；⑧设计者过于自信或出于自尊心问题，对一些技术问题不够重视；⑨过分相信经验，没有具体分析就认为此次项目估计也差不多，却没有想到此次项目有可能规模更大、项目组成员更多且素质差异很大，或者项目出自于一个新的行业。
  - ◆ 采用新技术，或关心创新而不关心费用和风险，即①技术无法扩展；②技术是错误的解决方案；③技术不具有要求的功能性等。
  - ◆ 管理方法缺乏或不恰当。
  - ◆ 性能问题。
  - ◆ 团队组织不当，即①项目团队过小，所分配的技术人员水平达不到特定项目的要求；②项目团队缺少资源人员，从而设计能力不足；③没有对分包商的设计能力仔细评价。
  - ◆ 人际因素，即①开发商与客户的关系；②销售人员与技术人员的关系；③项目管理者与开发人员的关系等。

4.2.7 整体变更控制

- 项目变更是指在系统集成项目建设的过程中，由于项目环境或者其他原因而对待建信息系统的功能、架构、性能、技术指标、集成方法、项目管理的范围、进度（或交付日期）、成本、质量（或验收标准）等方面已达成共同认知的计划做出的改变。（Ⅰ）
- 项目变更管理就是为使得项目基准与项目实际执行情况相一致，对项目变更进行管理的一套方法。其可能的两个结果是或者拒绝变更，或者调整基准。（Ⅰ）
- 变更管理的实质，是根据项目推进过程中越来越丰富的项目认知，不断调整项目努力方向和资源配置，最大程度地满足客户等相关干系人的需求，提升项目价值。（Ⅰ）
- 项目变更按变更性质，可分为重大变更、重要变更和一般变更；按变更的迫切性，可分为紧急变更和非紧急变更；按变更所发生的领域和阶段，可分为进度变更、成本变更、质量变更、设计变更、实施变更和工作（产品）范围变更；按变更所发生的空间，可分为内部环境变更和外部环境变更等。（Ⅰ）
- 变更的常见原因：①产品范围（成果）定义的过失或者疏忽；②项目范围（工作）定义的过失或者疏忽；③增值变更；④应对风险的紧急计划或回避计划；⑤项目执行过程与项目基准

要求不一致带来的被动调整；⑥外部事件；等。（Ⅰ）（★）

- 变更管理的基本原则：①建立项目基准；②建立变更控制流程；③明确组织分工；④完整体现变更的影响；⑤妥善保存变更产生的相关文档。（Ⅰ）（★）
- 变更管理的前提是项目基准化，原则是变更过程规范化。换而言之，基准计划必须通过评审，建立或选用符合项目需要的变更管理流程，变更责任到人、分工明确、可追踪、过程记录完整。（Ⅰ）
- 在IT项目管理中，重点和难点排在首位的是整体变更控制。（Ⅰ）
- 整体变更控制是指在项目生命周期的整个过程中对变更进行识别、评价和管理，其主要目标是：①对影响变更的因素进行分析、引导和控制，使其朝着有利于项目的方向发展；②确定变更是否已经发生或不久就会发生；③当变更发生时，变更进行有效的控制和管理。（Ⅰ）
- 整体项目变更控制就是要确保变更是对项目有利的，并决定变更什么时候进行，以及如何进行管理等。（Ⅰ）（★）
- 整体变更控制评审所有的变更请求，并批准变更，控制可交付成果和组织的过程资产。（Ⅰ）
- 整体变更控制过程贯穿于整个项目过程的始终。对项目范围说明书、项目管理计划和其他可交付物必须进行变更管理（拒绝变更或批准变更），被批准的变更将被并入一个修订后的项目基准。（Ⅰ）
- 整体变更控制过程基于项目的执行情况在不同层次上包含以下变更管理活动：①识别可能发生和已发生的变更；②管理每个已识别的变更；③维持所有基线的完整性；④根据已批准的变更，更新范围、成本、预算、进度和质量要求，协调整体项目内的变更；⑤基于质量报告，控制项目质量使其符合标准；⑥维护一个及时、精确的关于项目产品及其相关文档的信息库，直至项目结束。（Ⅰ）（★）
- 整体变更控制的依据（或输入）：①项目管理计划；②申请的变更；③工作绩效信息；④已完成的可交付物等。（Ⅰ）（★）
- 整体变更控制的可交付物（或输出）：①变更申请被批准或被拒绝；②项目管理计划（已批准更新）；③已批准的纠正措施；④已批准的预防措施；⑤已批准的缺陷修复；⑥可交付物（已批准的）等。（Ⅰ）（★）
- 整体变更控制所需的工具、方法和技术：①项目管理方法论；②项目管理信息系统；③专家判断等。（Ⅰ）（★）
- 在项目的执行过程中，发生变更在所难免，重要的是：要有一个处理变更的流程和接收（或拒绝）变更的变更控制委员会（CCB）。（Ⅰ）
- CCB是项目的所有者权益代表，负责裁定接受哪些变更。（Ⅰ）
- CCB由项目所涉及的多方人员共同组成，通常包括用户和实施方的决策人员。（Ⅰ）
- CCB是决策机构，不是作业机构。通常，CCB的工作是通过评审手段来决定项目是否能变更，但不提出变更方案。（Ⅰ）（★）
- 项目经理在变更中的作用：①响应变更提出者的要求，评估变更对项目的影响及应对方案，将要求由技术要求转化为资源需求，供授权人决策；②并据评审结果实施即调整项目基准，确保项目基准反映项目实施情况。（Ⅰ）（★）
- 变更管理工作流程：①提出与接受变更申请；②对变更的初审；③变更方案论证（即变更的整体影响分析）；④CCB审查（即接收或拒绝变更）；⑤发出变更通知并执行变更；⑥变更实施的监控；⑦变更效果的评估；⑧判断发生变更后的项目是否已纳入正常轨道（即变更结果追踪与审核）。（Ⅰ）（★）
- 变更初审的目的：①对变更提出方施加影响，确认变更的必要性，确保变更是有价值的；②通过格式校验、完整性校验，确保评估所需的信息准备充分；③在干系人之间就提出供评估

的变更信息达成共识；④变更初审的常见方式为变更申请文档的审核流转。（Ⅰ）（★）

- CCB 审查通常是文档会签形式，重大的变更审查可以包括正式会议形式。（Ⅱ）
- 变更通知后，不只是包括实施项目基准的调整，更要明确项目的交付日期、成果对相关干系人的影响。如变更造成交付期的调整，应在变更确认时公布，而非在交付前公布。（Ⅰ）
- 变更实施的过程监控，通常由项目经理负责项目基准的监控。（Ⅰ）
- 变更评估可以从以下几个方面进行：①首要的评估依据是项目基准；②还需结合变更的初衷来看，变更所要达到的目的是否已达成；③评估变更方案中的技术论证、经济论证内容与实施过程的差距并推进解决。（Ⅱ）
- 在整个项目范围应用的配置管理系统是以标准化、有效和有效率的方式，在一个项目内集中地管理被批准的变更和基线。（Ⅰ）
- 变更控制系统通常包括变更控制委员会、配置管理和变更的沟通过程等。（Ⅰ）
- 配置管理系统要达到的 3 个主要目标：①建立一种演进式的方法，以便一致地识别和提出对已建立完成的基线的变更，并评估这些变更的价值和效果；②通过考虑每项变更的影响提供持续确认和改进项目的机会；③为项目管理小组提供一种与项目干系人之间就所有变更进行一致的沟通的机制。（Ⅰ）（★）
- 带有变更控制的配置管理包括识别、记录和控制对项目和产品基线的变更，用于实现以下目标：①建立一种方法，前后一贯地识别与提出对基准的变更请求，并且评估这些变更的价值和有效性；②通过考虑每一变更的影响，提供改进项目的机会；③向项目管理团队提供方法，以前后一致的方式把批准的和拒绝的所有变更告知项目干系人。（Ⅰ）（★）
- 配置识别项是确定与核实产品配置、标记产品与文档、管理变更，以及保持信息公开的基础。（Ⅰ）
- 在提交配置项的适当数据时，应记录与报告配置状态信息。该信息包括批准的配置识别项的一个列表、建议变更的状态，以及被批准变更的执行状态。（Ⅱ）
- 配置核实和配置审计保证一个项目的配置项的组成，相应的变更被记录、评估、批准、追踪及正确地执行。这保证了在配置文件中确定的功能已被满足。（Ⅱ）
- 在项目整体压力较大的情况下，更需强调变更的提出、处理的规范化，可以使用分批处理、分优先级等方式提高效率。（Ⅰ）（★）
- 当项目规模小或与其他项目的关联度小时，变更的提出与处理过程可在操作上力求简便、高效，但仍需要注意：①对变更产生的因素施加影响，防止不必要的变更，减少无谓的评估，提高必要变更的通过效率；②对变更的确认应当正式化；③变更的操作过程应当规范化等。（Ⅰ）（★）
- 由于变更申请是变更管理流程的起点，故应严格控制变更申请的提交。（Ⅰ）
- 变更控制的前提是项目基准健全，对变更处理的流程事先达成共识。（Ⅰ）
- 严格控制是指变更管理体系确保项目基准能反映项目的实施情况。（Ⅱ）
- 对进度变更的控制，包括以下主题：①判断项目进度的当前状态；②对造成进度变更的因素施加影响；③查明进度是否已经改变；④在实际变更出现时对其进行管理。（Ⅰ）（★）
- 对成本变更的控制，包括以下主题：①对造成成本基准变更的因素施加影响；②确保变更请求获得同意；③当变更发生时，管理这些实际的变更；④保证潜在的费用超支不超过授权的项目阶段资金和总体资金；⑤监督费用绩效，找出与成本基准的偏差；⑥准确记录所有与成本基准的偏差；⑦防止错误的、不恰当的或未批准的变更被纳入费用或资源使用报告中；⑧就审定的变更，通知利害关系者；⑨采取措施，将预期的费用超支控制在可接受的范围内。（Ⅰ）（★）
- 项目变更管理包括合同变更管理、整体变更管理和配置管理。（Ⅰ）
- 项目变更管理负责协调合同变更管理、整体变更管理和配置管理之间的相互影响和关系。（Ⅰ）

- 项目的合同变更和范围变更直接影响项目的产品，项目产品的变更由配置管理中的变更管理直接处理。（Ⅰ）
- 合同变更控制系统规定合同修改的过程，包括文书工作、跟踪系统、争议解决程序及批准变更所需的审批层次。合同变更控制系统应当与整体变更控制系统结合起来。（Ⅰ）
- 变更管理涉及范围、进度、成本、质量、人力资源等多个方面变更的管理，是项目整体管理的一部分，属于项目整体变更控制的范畴。（Ⅰ）
- 如果把项目整体的交付物视作项目的配置项，配置管理可视为对项目完整性管理的一套系统，当用于项目基准调整时，变更管理可视为其一部分。（Ⅱ）
- 变更管理与配置管理可视为相关联的两套机制，当变更管理由项目交付（或基准配置调整）时，由配置管理系统调用；变更管理最终应将对项目的调整结果反馈给配置管理系统，以确保项目执行与对应项目的账目相一致。（Ⅱ）
- 在变更管理的流程中，最难办的事情莫过于"拒绝客户提出的不合理变更"。客户会想当然地以为变更是他的权利，在通常情况下，开发方是不敢得罪客户的，但是无原则的退让将使开发团队陷入困境。（Ⅰ）
- 应对不合理变更要求的常用策略：①在签订合同时，在合同中写明"变更处理协议"依据合同处理变更及其纠纷；②争取用户的理解，使变更不影响项目的发展，待开发下个版本来满足变更；③接受重要的变更请求，但与建设方约定在以后恰当的时候以恰当的方式回报承建方等。（Ⅰ）（★）

4.2.8 项目收尾

- 项目收尾过程是结束项目某一阶段中的所有活动，正式收尾该项目阶段的过程。（Ⅰ）
- 项目收尾过程的任务：①恰当地移交已完成或已取消的项目和阶段；②确定了验证和记录项目可交付物的步骤；③协调并与客户或赞助人互动，以便他们正式接受这些可交付物；④如果项目在完成前就被终止，要对采取这一举措的原因进行分析和记录。（Ⅰ）
- 项目收尾包括管理收尾和合同收尾。其中，管理收尾为每个阶段的管理工作收尾提供了方法和流程，管理收尾时的重要工作是对本阶段（或本项目）的交付物进行检验和验收，并将相关文档归档备案。（Ⅰ）（★）
- 合同收尾规定合同收尾的方法和流程，为项目每个阶段内结束的合同或在整个项目内完成的合同进行规范的收尾。（Ⅰ）（★）
- 管理收尾包括以下提到的、按部就班的行动和活动：①确认项目或者阶段已满足所有赞助者、客户及其他项目干系人需求的行动和活动；②确认已满足项目阶段或者整个项目的完成标准，确认项目阶段或者整个项目的退出标准的行动和活动；③当需要时，把项目产品或者服务转移到下一个阶段，或者移交到生产和（或）运作的行动和活动；④活动需要收集项目或者项目阶段记录、检查项目成功或者失败、收集教训、归档项目信息，以方便组织未来的项目管理。（Ⅰ）
- 合同收尾办法涉及结算和关闭项目所建立的任何合同、采购或买进协议，也定义了为支持项目的正式管理收尾所需的与合同相关的活动。（Ⅰ）
- 合同收尾办法包括产品验证和合同管理的收尾。其中，合同管理的收尾更新反映最终结果的合同记录并把将来会用到的信息存档。（Ⅰ）
- 合同在早期中止是合同收尾可能涉及的一种特殊情况，这种情况通常由合同的相应条款规定。（Ⅱ）
- 项目收尾的依据（或输入）：①项目管理计划；②合同文件；③组织过程资产等。（Ⅰ）（★）

- 项目收尾的可交付物（或输出）：①最终产品、服务或成果的移交；②管理收尾办法和合同收尾办法；③已更新的组织过程资产等。（Ⅰ）（★）
- 项目收尾所需的工具、方法和技术：①项目管理方法论；②项目管理信息系统；③专家判断等。（Ⅰ）（★）
- 合同文件是用于执行合同收尾过程的主要依据，包括合同本身、合同变更、可交付物的验收标准和步骤、其他文档（如技术方案、产品描述）。（Ⅰ）（★）
- 影响项目或者阶段收尾输入的组织过程资产包括但不限于：①项目收尾要求（例如项目后审计、项目评估、产品确认及验收标准等）；②历史信息和教训知识库（例如项目记录和文档、所有项目收尾信息和文档、关于以前项目决策的结果信息、以前项目的绩效信息，以及风险管理信息等）。（Ⅱ）
- 影响项目或者阶段收尾输出的组织过程资产包括但不限于：①正式的验收文档；②项目文档；③项目收尾文档；④历史信息等。（Ⅱ）
- 正式的验收文档是指经客户、赞助人或买方正式确认的文档，表明项目或阶段的产品、服务或成果已经满足了客户要求和规范，客户和赞助人已经正式接受了项目或阶段的可交付物。（Ⅰ）
- 项目收尾文档指：标志着项目或阶段完工并且已经将全部可交付物完成移交的正式文件。如果项目在完工之前即被中止，则应该有正式文件说明项目为何被中止，中止的项目被移交到哪里。（Ⅰ）
- 历史信息和经验教训信息要转移到知识库，以备将来的项目或项目阶段使用。（Ⅰ）
- 项目收尾阶段以某种正式的活动作为结束标志：主要是完成项目交付成果的检验，由承建方将完成的成果交与用户方，业主（用户）确认成果符合合同规定。（Ⅰ）
- 项目的正式验收包括：验收项目产品、文档及已经完成的交付成果。（Ⅰ）
- 项目验收由验收小组依据合同、行业标准、合同双方认可的技术规范进行。（Ⅰ）（★）
- 系统集成项目需要正式的验收测试工作以及正式的验收报告。通常，系统集成项目的验收工作包括：①系统测试；②系统的试运行；③系统的文档验收；④项目的最终验收报告。（Ⅰ）（★）
- 系统集成项目所涉及的验收文档有：①系统集成项目介绍；②系统集成项目最终报告（包括用户手册、竣工图、配线图等）；③信息系统说明手册；④信息系统维护手册；⑤软/硬件产品说明书、质量保证书等。（Ⅰ）（★）
- 最终验收报告是业主方认可承建方项目工作的主要文件之一，也是确认项目工作结束的重要标志性工作。（Ⅰ）
- 最终验收的工作包括双方对系统测试文件的认可和接受、双方对系统试运行期间的工作状况的认可和接受、双方对系统文档的认可和接受、双方对结束项目工作的认可和接受。（Ⅰ）
- 项目最终验收合格后，应该由双方的项目组撰写验收报告提请双方工作主管认可。这标志着项目组具体工作的结束和售后服务（项目管理收尾）的开始。（Ⅰ）
- 项目总结属于项目收尾的管理收尾（也称为行政收尾），即检查项目团队成员及相关干系人是否按规定履行了所有责任。（Ⅰ）
- 项目总结的主要意义：①了解项目全过程的工作情况及相关团队或成员的绩效状况；②了解出现的问题并进行改进措施总结；③了解项目全过程中出现的值得吸取的经验并进行总结；④对总结后的文档进行讨论，通过后即存入公司的知识库，从而纳入企业的过程资产。（Ⅱ）
- 项目总结会的准备工作：①收集整理项目过程文档和经验教训；②经验教训的收集和形成项目总结会议的讨论稿。（Ⅰ）
- 项目总结会需要全体参与项目的成员都参加，并由全体讨论形成文件。（Ⅰ）
- 项目总结会议所形成的文件一定要通过所有人的确认，任何有违此项原则的文件都不能作为项目总结会议的结果。（Ⅰ）

- 通常，项目总结会讨论的内容有：①项目绩效；②技术绩效；③成本绩效；④进度计划绩效；⑤项目的沟通；⑥识别问题和解决问题；⑦意见和建议。（Ⅰ）（★）
- 项目事后评估的意义是：将项目的所有工作进行客观的评价，从而对项目全体成员的成果形成绩效结论。（Ⅱ）
- 项目事后评估的依据：①盈利要求；②客户满意度要求；③后续项目指标要求；④内部满意度要求等。（Ⅰ）（★）
- 项目的审计应由项目管理部门与财务部门共同进行，相关的审计项目应在项目成本管理中列出。（Ⅱ）
- 促使软件项目成功收尾的方法和策略：①客户、用户关系的沟通；②需求变更处理的方法；③双方领导的大力支持；④适时应用项目收尾方法，例如不失时机的召开庆功座谈会等。（Ⅰ）（★）
- 项目结束后，项目人员的转移流程是：①项目团队成员的管理计划，即项目人力资源管理计划中描述的人员转移条件已经触发；②项目团队成员所承担的任务已完成，提交了经过确认的可交付物并已完成工作交接；③项目经理与项目团队成员确认该成员的工作衔接已经告一段落或者已经完成；④项目经理签发项目团队成员转移确认文件；⑤项目经理签发项目团队成员的绩效考核文件；⑥项目经理通知所有相关的干系人；⑦若是项目收尾全体项目成员结束项目工作，应召开项目总结表彰大会，肯定项目的成绩、团队成员的业绩，同时总结项目的经验教训。（Ⅱ）
- 项目经理要对项目转移人员在项目中的业绩进行评定，主要考虑考评的多面性和综合性。（Ⅰ）
- 在项目收尾阶段，项目经理应考虑的表彰工作有：①对项目成员发送亲笔签名的感谢信；②对项目成员的贡献加以总结和评述；③对项目成员的不足予以指出并提出改进建议；④对项目成员的未来工作给予一定的建议；⑤提请项目发起人对有突出贡献的项目团队成员予以奖励和表彰；⑥物质奖励等。（Ⅰ）

4.3 真题透解

4.3.1 2009年上半年试题4

【试题描述】

阅读下面叙述，根据要求回答问题1～问题3。（15分）

【说明】

H公司是一家专门从事ERP系统研发和实施的IT企业，目前该公司正在进行的一个项目是为某大型生产单位（甲方）研发ERP系统。

H公司同甲方的关系比较密切，但也正因为如此，合同签得较为简单，项目执行较为随意。同时甲方组织架构较为复杂，项目需求来源多样并且经常发生变化，项目范围和进度经常要进行临时调整。

经过项目组的艰苦努力，系统总算能够进入试运行阶段，但是由于各种因素，甲方并不太愿意进行正式验收，至今项目也未能结项。

【问题1】（6分）

请从项目管理角度，简要分析该项目“未能结项”的可能原因。

【问题2】(5分)

针对该项目现状，请简要说明为了促使该项目进行验收，可采取哪些措施。

【问题3】(4分)

为了避免以后出现类似情况，请简要叙述公司应采取哪些有效的管理手段。

【要点解析】

【问题1】(6分)

这是一道要求考生分析项目不能顺利结项的可能原因的综合应用题。本题应从项目合同管理、过程控制和沟通管理等角度综合考虑，具体的解答思路如下：

由题干关键信息“H公司同甲方关系比较密切”、“合同签得较为简单”说明，合同订得不详细，合同中可能未对项目目标、质量、工期和验收标准等关键问题进行约束，从而为项目实施带来冲突和风险埋下根源。这同时也说明，该项目组对项目的风险认识不足。

由题干关键信息“项目执行较为随意”说明，该项目的执行不规范。

由题干关键信息“项目需求来源多样并且经常发生变化”说明，该项目未能进行有效的需求调研，需求分析存在问题，需求管理可能不规范。

由题干关键信息“项目范围和进度经常要进行临时调整”说明，该项目未能进行有效的项目（整体）变更控制，即项目范围和进度管理可能存在问题；或者是在该项目执行过程中未能与用户进行及时、有效的沟通，用户缺乏对项目阶段性成果的认可。从项目立项到项目收尾都没有一个清晰的流程和标准来管理项目的开发过程，缺乏严格的项目管理与控制，从而导致“甲方并不太愿意进行正式验收，至今项目也未能结项”。

【问题2】(5分)

这是一道要求考生掌握促进项目收尾可采取措施的应用题。本题的解答思路如下：

项目的正式验收包括验收项目产品、文档及已经完成的交付成果。验收需要正式的验收报告。对于系统集成项目，一般来讲，需要正式的验收测试工作。验收测试工作可以由业主和承建单位共同进行，也可以由第三方公司进行，但无论哪种方式都需要以双方认可的正式文档为依据进行验收测试。如果验收测试未获通过，则应立即查找原因，一般转向变更环节进行修改和补救。如果项目验收测试正式通过，则标志着项目验收的完成。在本案例中，项目组为促使该项目验收可采取的措施如表4-4所示的相关参考答案。

【问题3】(4分)

这是一道要求考生回答在公司层面上应采取哪些有效的管理手段以促使项目顺利结项的应用题。结合【问题1】的分析，为了避免今后出现类似情况，建议H公司对本公司在项目合同管理、过程控制和项目沟通管理等方面存在的问题总结归纳经验教训，可采取的有效管理措施如表4-4所示的相关参考答案。

【参考答案】

表4-4给出了本案例试题的参考答案，供读者练习时参考，以便查缺补漏。读者也可依照所给出的评分标准得出测试分数，从而大致评估自己对这些知识点的掌握程度。

表 4-4 参考答案及评分标准

问题与分值	参考答案及评分标准	自 评 分
【问题 1】（6 分）	①对项目的风险认识不足；（1 分） ②合同中可能未对项目目标、质量、工期和验收标准等关键问题进行约束；（2 分） ③未能进行有效的需求调研（或需求分析不全面），需求管理不规范；（1 分） ④未能进行有效的项目（整体）变更控制；（1 分） ⑤项目执行过程中未能与用户进行及时、有效的沟通（或未建立有效的沟通机制）（1 分）	
【问题 2】（5 分）	①请求公司的管理层出面去与甲方协调；（1 分） ②重新确认需求并获得各方认可；（1 分） ③和甲方明确合同以及双方确认的补充协议等（包括修改后的范围、进度和质量方面的文件等）作为验收标准；（2 分） ④准备好相应的项目结项文档，向甲方提交（1 分）	
【问题 3】（4 分）	①在合同评审阶段参与评审，在合同中明确相应的项目目标和进度； ②需求调查和需求变更要有清楚的文档和会议纪要； ③及时与甲方进行沟通，必要时请求公司管理层的支援； ④阶段验收前，文档要齐全，阶段目标要保证实现，后期目标调整要有承诺； ⑤做好有效的变更控制； ⑥引入监理机制（回答出其中 4 个要点即可，每小点 1 分）	

4.3.2 2009 年上半年试题 5

2009 年上半年下午试卷试题 5 与项目整体管理相关的问题，请参见本书第 2 章第 2.3.1 节的【问题 1】。

4.3.3 2010 年上半年试题 4

【试题描述】

阅读以下说明，根据要求回答问题 1～问题 3。（15 分）

【说明】

老陆是某系统集成公司资深项目经理，在项目建设初期带领项目团队确定了项目范围。后因工作安排太忙，无暇顾及本项目，于是他要求：

（1）本项目各小组组长分别制定组成项目管理计划的子计划；

（2）本项目各小组组长各自监督其团队成员在整个项目建设过程中子计划的执行情况；

（3）项目组成员坚决执行子计划，且原则上不允许修改。

在执行了 3 个月以后，项目经常出现各子项目间无法顺利衔接，需要大量工时进行返工等问题，目前项目进度已经远远滞后于预定计划。

【问题 1】（4 分）

请简要分析造成项目目前状况的原因。

【问题 2】（6 分）

请简要叙述项目整体管理计划中应包含哪些内容。

【问题 3】(5 分)

为了完成该项目，请从整体管理的角度说明老陆和公司可采取哪些补救措施。

【要点解析】

【问题 1】(4 分)

依题意，造成该项目目前状况的可能原因如下：

(1) 由题干“因工作安排太忙，无暇顾及本项目”等关键信息可知，老陆对该项目所投入的精力不够，没有对该项目进行应有的责任管理，从而造成项目目前的困境。

(2) 老陆“要求本项目各小组组长分别制定组成项目管理计划的子计划”，说明老陆在项目计划阶段没有参与项目每个子计划的制定，也没有对各子计划进行综合形成整体的项目管理计划。项目各小组独自为政，各自只管自己的子计划，没有相互之间的沟通，并且项目的每个子计划没有经过评审流程。由于各小组之间的计划无法协调一致，因此势必会影响整体项目工作，从而导致项目各项工作一盘散沙。

(3) 由题干“本项目各小组组长各自监督其团队成员在整个项目建设过程中子计划的执行情况”等关键信息可知，老陆没有对项目的整体、各组的工作进行组织协调，也缺乏对项目的整体监控。作为整个项目的项目经理，老陆应该承担起项目监控的职责，而不是完全放权给各小组组长。

(4) 由题干“项目组成员坚决执行子计划，且原则上不允许修改”关键信息可知，当某个子计划不适合指导项目实施时将无法及时进行纠偏、纠错，这也说明老陆缺乏整体变更管理的意识。

(5) 在项目实施过程中出现大量返工现象，表明老陆对项目的质量缺乏有效的管理，没有对项目进行及时的监控（或进度监控的周期过长）等问题。

【问题 2】(6 分)

项目整体管理计划的组成内容如表 4-5 所示的相关参考答案。

【问题 3】(5 分)

针对【问题 1】分析总结的问题原因，从项目整体管理的角度，老陆和公司应采取的补救措施如下：

(1) 建立整体管理机制。公司可以让老陆对自己的工作按轻重缓急进行排序，分配更多的精力来进行本项目的整体管理，必要时可减轻老陆的其他事务或增加必要的人手（如项目经理助理）来承担本项目的整体管理工作。

(2) 理清各子项目组目前的工作状态。例如其工作进度、成本和资源配置等。

(3) 重新定义项目的整体管理计划，并与各子项目计划建立明确关联。

(4) 按照整体管理计划要求，重新进行资源平衡。

(5) 建立（或加强）项目的沟通、报告和监控机制，加强项目各小组间的衔接、缩短监控周期、密切整体监控与组织协调。

(6) 加强项目的整体变更控制，对项目提供质量保证，以及提供项目必需的资源。

【参考答案】

表 4-5 给出了本案例试题的参考答案，供读者练习时参考，以便查缺补漏。读者也可依照所给出的评分标准得出测试分数，从而大致评估自己对这些知识点的掌握程度。

表 4-5 参考答案及评分标准

问题与分值	参考答案及评分标准	自 评 分
【问题 1】(4 分)	①没有形成整体的项目管理计划； ②项目缺少整体的报告、评审和监控机制，各项目小组各自为政； ③项目缺少整体变更控制流程和机制； ④老陆对该项目所投入的精力不够，没有对该项目尽应有的管理责任 （答案包含但不限于以上要点，每小点 1 分，答案意思相近即可）	
【问题 2】(6 分)	①所使用的项目管理过程； ②每个特定项目管理过程的实施程度； ③完成这些项目的工具和技术的描述； ④选择的项目的生命周期及相关的项目阶段； ⑤如何用选定的过程来管理具体的项目，包括过程之间的依赖与交互关系和基本的输入/输出等； ⑥如何执行流程来完成项目目标； ⑦如何监督和控制变更； ⑧如何实施配置管理； ⑨如何维护项目绩效基线的完整性； ⑩与项目干系人进行沟通的要求和技术； ⑪为项目选择的生命周期模型，对于多阶段项目要包括所定义阶段是如何划分的； ⑫为了解决某些遗留问题和未定的决策，对于其内容、严重程度和紧迫程度进行的关键管理评审 （答案包含但不限于以上要点，每小点 0.5 分，答案意思相近即可）	
【问题 3】(5 分)	①建立整体管理机制，老陆应分配更多的精力来进行项目管理，或由其他合适的人员来承担整体管理的工作； ②理清各子项目组目前的工作状态（如其工作进度、成本、资源配置等）； ③重新定义项目的整体管理计划，并与各子项目计划建立明确关联； ④按照计划要求，重新进行资源平衡； ⑤建立或加强项目的沟通、报告和监控机制； ⑥加强项目的整体变更控制 （答案包含但不限于以上要点，答出其中 5 个小点即可，每小点 1 分，答案类似即可）	

4.4 强化训练

4.4.1 模拟试题 1

【试题描述】

阅读以下说明，根据要求回答问题 1 ~ 问题 4。（15 分）

【说明】

系统集成商 FJ 公司的项目经理小袁目前承接了一个中小型软件开发项目。上任时公司分管领导王总再三叮咛他一定要尊重客户，充分满足客户需求。项目开始比较顺利，但进入到后期，客户频繁的需求变更带来很多额外工作。项目经理小袁动员大家加班，保持了项目的正常进度，客户相当满意。但需求变更却越来越多。为了节省时间，客户的业务人员不再向小袁申请变更，而是直接找程序员商量。程序员疲于应付，往往直接修改程序而不做任何记录，对于很多相关文档也忘记修改。很快小袁就发现：需求、设计和代码无法保持一致，甚至没有人能说清楚现在系统“到底改成什么样了”。版本管理也出现了混乱，很多团队成员违反配置管理规定，直接在测试环境中修改和编译程序。但在进度压力下，小袁也只能佯装不知此事。但因频繁出现“改好的错误又重新出现”的问题，客户已经明确表示“失去了耐心”。

在项目实施过程中，客户的两名项目负责人对界面风格的看法不一致，并为此发生了激烈争执。小袁知道如果发表意见可能会得罪其中一方，于是保持了沉默。最终客户决定调整所有界面，小袁只好立刻动员大家抓紧时间修改。可后来当听说因修改界面而造成了项目一周的延误后，客户方原来发生争执的两人这次却非常一致，同时气愤地质问小袁：“为什么你不早点告诉我们要延期？早知这样才不会让你改呢？”小袁委屈极了，疑惑自己到底错在哪里了……

【问题 1】(4 分)

结合你的项目管理经验，从项目整体变更管理的角度，请简要分析造成项目目前困境的可能原因。

【问题 2】(3 分)

变更管理是 IT 项目管理中的重点和难点之一。通常，变更管理的基本原则是：①先建立＿(1)＿；②建立＿(2)＿；③明确组织分工；④完整体现变更的＿(3)＿；⑤妥善保存变更产生的相关文档。

【问题 3】(5 分)

结合你的项目管理经验，简要说明整体变更控制流程。

【问题 4】(3 分)

针对“为了节省时间，客户的业务人员不再向小袁申请变更，而是直接找程序员商量。程序员疲于应付，往往直接修改程序而不做任何记录，对于很多相关文档也忘记修改”现象，结合案例，请简要分析程序员的这种做法可能对后续工作造成什么样的影响？

4.4.2 模拟试题 2

【试题描述】

阅读以下说明，根据要求回答问题 1～问题 3。（15 分）

【说明】

老夏是系统集成商 PH 公司软件开发部的项目经理。4 个月前他被公司派往一览贸易集团有限公司（以下简称一览公司）现场组织开发 CRM 管理信息系统（以下简称为 CRM 系统），并担任项目经理。由于老夏已经领导开发过好几家公司的 CRM 系统，并已形成较为成熟的 CRM 管理软件产品，因此认为此次只要适当地做一些二次开发，并根据用户需求做少量的新功能开发即可大功告成。

老夏满怀信心地带领他的项目团队进驻了一览公司，老夏和项目团队在技术上已经历过多次考验，他们在两个月的时间就将该 CRM 系统开发完毕，项目很快进入了验收阶段。可是一览公司分管领导汪总认为，一个这么复杂的 CRM 系统在短短的两个月时间里就完成了，这在一览公司的 IT 项目建设中还是首次，似乎不太可能。他拒绝在验收书上签字，并要求办公室的蔡主任和业务人员认真审核集团公司及其各个子公司在 CRM 管理上的业务需求，严格测试相关系统的功能。

蔡主任与相关业务人员经过认真审核和测试，发现系统开发基本准确，但实施起来比较困难，因为业务流程变更较大。又1个月过去了，一览公司的汪总认为系统还没有考虑集团公司领导对客户关系管理的需求，并针对实施较困难的现状，要求项目组从集团公司总部开始，一家一家子公司地逐步推动系统的使用。

老夏答应了一览公司汪总的要求，开始在集团公司总部实施CRM系统。可是1个月过去了，系统却没有安装成功。因为该项目没有列入一览公司信息部门年前的规划，信息部门工作人员无法按期购买到安装该CRM系统的机架式服务器。办公室的部分人员也建议：该项目在集团中都推不动，何必再上。老夏一筹莫展，眼看半年过去了，项目似乎没有了终结之日。

【问题1】（4分）

结合你的项目管理经验，从项目整体管理的角度，简要分析产生以上问题的可能原因。

【问题2】（6分）

监督和控制项目过程（以下简称为监控过程）是全面跟踪、评审和调节项目的进展，以满足____(1)____中确定的绩效目标的过程。在本案例中，项目经理老夏在监督和控制项目过程中的主要关注点有：

①依据____(2)____为基准，比较实际的项目绩效（如完成了哪些交付物、实际的进度等项目绩效）；

②评估当前绩效，以决定是否采取某些纠正或预防性的措施；

③单项的改正或者预防性措施在执行之前，应该____(3)____；

④分析、追踪和监控项目风险，以确保风险被识别，它们的状态被汇报，且有效地执行____(4)____；

⑤维持一个项目产品及其相关文档的、准确的、及时的信息库，并保持到项目完成；

⑥提供支持性信息，以支持____(5)____；

⑦提供预测以更新当前的成本和当前的进度信息；

⑧当变更发生时，____(6)____等。

【问题3】（5分）

针对该项目“办公室的蔡主任与相关人员经过认真审核和测试，发现系统开发基本准确，但实施起来比较困难”的情况，请简要说明项目经理老夏可以采取哪些应对措施？

4.4.3 模拟试题3

【试题描述】

阅读下列说明，根据要求回答问题1～问题4。（15分）

【说明】

A企业信息处工作人员小邱，承担企业本部主网站、分公司及下属机构子网站具体建设的管理工作。小邱根据在学校学习的项目管理知识，制定并发布了项目章程。因工期较紧，小邱仅确定了项目负责人、组织结构、概要的里程碑计划和大致的预算，便组织相关人员开始各个网站的开发工作。

在开发过程中，不断有下属机构提出新的网站建设需求，导致子网站建设工作量不断增加。由于人员投入不能及时补足，因此造成实际进度与里程碑计划存在较大偏离；同时，因为与需求提出人员同属一个企业，所以开发人员不得不对一些非结构性的变更做出让步，随提随改，不仅没有加快项目进度，质量问题也时有出现，并且工作成果的版本越来越混乱。

郁闷的小邱不停地叹气：这样的状况何时才是个尽头啊！

【问题 1】（3 分）

结合你的项目管理经验，请简要分析该项目在启动阶段（过程）存在的问题。

【问题 2】（2 分）

项目启动过程组是由正式批准开始一个新项目（或一个新的项目阶段）所必需的一些过程组成的。通常，项目启动过程组包括___（1）___和___（2）___。

【问题 3】（4 分）

针对该项目在计划阶段（过程）存在的问题，小邱可以采取的补救措施有：

①采用项目管理信息系统、___（3）___等工具、技术和方法制定___（4）___；

②采用风险核对表、头脑风暴、概率影响矩阵等工具做好___（5）___工作，根据项目需要重新配置项目资源；

③采用配置管理系统进行___（6）___等。

【问题 4】（6 分）

项目章程为项目经理使用组织资源进行项目活动提供了授权。其主要栏目及核心内容包括：①___（7）___的要求；②项目必须满足的___（8）___；③___（9）___；④委派的项目经理及项目经理的权限级别；⑤概要的里程碑进度计划；⑥___（10）___；⑦职能组织及其参与；⑧___（11）___；⑨___（12）___；⑩项目的业务方案论证，包括投资回报率；⑪概要预算等。

4.4.4 模拟试题 4

【试题描述】

阅读下列说明，根据要求回答问题 1～问题 6。（15 分）

【说明】

NW 公司是一家中小型系统集成公司。2011 年 3 月上旬，NW 公司准备对闽发证券公司的数据平台整合项目进行投标。NW 公司总经理周总授权销售部的老何为本次投标的负责人，来组织和管理整个投标过程。老何接到任务后，召集了由公司商务部、销售部、客服部和质管部等相关部门参加的启动说明会，并把各自的分工和进度计划进行了部署。

在投标前两天进行投标文件评审时，发现技术方案中所配置的设备在以前的项目使用中是存在问题的，必须更换，随后修改了技术方案。最后 NW 公司中标并和客户签订了合同。根据公司的项目管理流程，老何把项目移交到了实施部门，由他们具体负责项目的执行与验收。

实施部门接手项目后，小潘被任命为实施项目经理，负责项目的实施和验收工作。小潘发现由于项目前期自己没有介入，许多项目前期的事情都不是很清楚，而导致后续跟进速度较慢，影响项目的进度。同时还发现设计方案中尚存在一些问题，主要有：方案遗漏一项基本需求，有多项无效需求，没有书面的需求调研报告；在项目的工期、系统功能和售后服务等方面，存在过度承诺现象。于是项目组重新调研用户需求，编制设计方案，这就增加了实施难度和成本。可是后来又发现采购部仍是按照最初的方案采购设备，导致设备中的模块配置功能不符合要求的情况。而在NW公司中，类似现象已多次发生。

【问题1】(1分)

在本案例中，NW公司的组织结构最可能是__(1)__。

(1) A．弱矩阵型组织　　B．强矩阵型组织　　C．平衡矩阵型组织

D．项目型组织　　E．职能型组织

【问题2】(3分) 结合你的项目管理经验，针对NW公司在售前（投标）的相关活动，结合案例，简要分析NW公司及老何在项目管理方面存在的问题。

【问题3】(3分)

在项目整体管理的各项活动中，__(2)__过程的任务是：对项目的实施进行统一协调的管理，把握项目实施的全局。该管理过程可能使用到的工具、方法和技术有__(3)__和__(4)__。

【问题4】(2分)

针对“在项目的工期、系统功能和售后服务等方面，存在过度承诺现象”现象，结合案例，请简要分析NW公司在项目管理方面存在的问题。

【问题5】(2分)

针对“采购部仍是按照最初的方案采购设备，导致设备中的模块配置功能不符合要求的情况”现象，结合案例，请简要分析NW公司在项目管理方面存在的问题。

【问题6】(4分)

结合你的项目管理经验，针对NW公司在该项目管理方面存在的问题，请提出4个补救措施。

4.4.5 模拟试题5

【试题描述】

阅读下列说明，根据要求回答问题1～问题6。（15分）

【说明】

某系统集成商NT公司承担了某科研机构的信息系统集成项目，建设内容包括应用软件开发、软

硬件系统的集成等工作。NT 公司任命老魏为该项目的项目经理

在项目建设过程中，由于项目建设单位欲申报科技先进单位，需将此项目成果作为申报的重要内容之一，因此在合同签定后的第 25 天，建设单位向 NT 公司要求总工期由 11 个月压缩到 7 个月，同时增加部分功能点。该客户为 NT 公司的重要客户，为维护客户关系，老魏同意了建设单位的要求。为了完成项目建设任务，老魏将应用软件分成了多个子系统，并分别组织开发团队突击开发。为提高效率，尽量采用并行的工作方式，在没有全面完成初步设计的情况下，有些开发组同时开始详细设计与部分编码工作，同时，老魏新招聘了 3 名应届毕业研究生加入开发团队。

在项目建设过程中，由于客户需要面对多个开发小组，觉得沟通很麻烦，因此产生了很多抱怨。虽然老魏采取了多种措施来满足项目工期和新增功能的要求，但是项目还是频繁出现设计的调整和编码工作的返工，导致项目建设没有在约定的 7 个月工期内完成，从而影响到建设单位科技先进单位的申报工作。项目建设单位对老魏按合同规定提出的阶段验收申请不予回应。

【问题 1】（2 分）

针对“在合同签定后的第 25 天，建设单位向 NT 公司要求总工期由 11 个月压缩到 7 个月，同时增加部分功能点。……老魏同意了建设单位的要求”现象，结合案例，请简要分析 NT 公司在项目管理方面存在的问题。

____

____

【问题 2】（3 分）

在本案例中，面对建设单位提出的进度变更请求，NT 公司在后续工作中对项目进度变更的控制活动包括：①判断项目进度的__（1）__；②对__（2）__施加影响；③__（3）__；④在实际变更出现时对其进行管理等。

____

____

【问题 3】（2 分）

针对“为提高效率，尽量采用并行的工作方式，在没有全面完成初步设计的情况下，有些开发组同时开始详细设计与部分编码工作。同时，老魏新招聘了 3 名应届毕业研究生加入开发团队”现象，结合案例，请简要分析项目经理老魏在项目管理方面存在的问题。

____

____

【问题 4】（2 分）

针对“由于客户需要面对多个开发小组，觉得沟通很麻烦，因此产生了很多抱怨”和“项目建设单位对老魏按合同规定提出的阶段验收申请不予回应”等现象，结合案例，请简要分析项目经理老魏在项目管理方面存在的问题。

____

____

【问题 5】（2 分）

针对“项目还是频繁出现设计的调整和编码工作的返工”现象，结合案例，请简要分析 NT 公司在项目管理方面存在的问题。

____

____

【问题 6】（4 分）

结合你的项目管理经验，请简要指出在该项目的后续工作中，老魏应采取哪些措施使项目能够进

入验收阶段。

4.4.6 模拟试题 6

【试题描述】

阅读以下说明，根据要求回答问题 1 ~ 问题 5。（15 分）

【说明】

系统集成商 FN 公司的项目经理小江目前承接了一个 Z 市电子政务二期工程项目，合同额为 450 万元，全部工期预计 5 个月。负责该项目技术工作的总工程师老胡把原来类似项目的解决方案直接拿来交给了小江，而 WBS 则由小江自己依据以往的经验进行分解。小江依据公司的计划模板，填写了项目计划。由于项目的验收日期是合同里规定的，人员是公司配备的，因此进度里程碑计划是从验收日期倒推到启动日期分阶段制定的。在该项目计划的评审会上，大家是第一次看到该计划，在改了若干个错别字后，就通过了该计划。该项目计划交到负责质量保证的新毕业大学生小戴那里，小戴看到计划的内容，该填的都填了，格式也符合要求，就签了字。

在项目需求分析时，项目组制作的需求分析报告的内容比合同的技术规格要求更为具体和细致。当小江将需求文档提交给甲方联系人审阅时，该联系人也没提什么意见。

在项目启动后的第 2 个月月底，甲方高层分管领导吕部长来到开发现场听取项目团队的汇报并观看了系统演示。看完之后吕部长很不满意，具体意见如下：

①系统演示出的功能与合同的技术规格要求不一致，最后的验收应以合同的技术规格要求为准；

②当前项目进度比计划要求落后三周，应加快进度赶上计划等。

【问题 1】（3 分）

针对“负责该项目技术工作的总工程师老胡把原来类似项目的解决方案直接拿来交给了小江，而 WBS 则由小江自己依据以往的经验进行分解”现象，结合案例，请简要分析项目组在该项目管理方面存在的问题。

【问题 2】（5 分）

WBS 是组织管理工作的主要依据，是项目管理工作的基础。项目经理小江在制订该项目的 WBS 时，通常要遵循以下几个主要步骤：

①识别和确认项目的阶段和___（1）___，需求分析结果需要关键干系人认可；

②依据需求分析结果和《技术规格要求》对___（2）___进行组织；

③对 WBS 进行分解，并确认每一组成部分是否分解得足够详细；

④为___（3）___分配代码，并确认项目主要交付成果的组成要素；

⑤确认___（4）___是必要和充分的，分解结果请___（5）___认可等。

【问题 3】（2 分）

针对“该项目计划交到负责质量保证的新毕业大学生小戴那里，小戴看到计划的内容，该填的都填了，格式也符合要求，就签了字”现象，结合案例，请简要分析造成这种现象的可能原因是什么？

【问题 4】(2 分)

针对“当小江将需求文档提交给了甲方联系人审阅时，该联系人也没提什么意见”现象，结合案例，请简要分析项目经理小江在项目管理方面存在的问题。

【问题 5】(3 分)

对于甲方领导吕部长所提出的两点具体意见，其中意见①的问题根源可能在于＿（6）＿；意见②的问题根源可能在于＿（7）＿、＿（8）＿等。

4.4.7 模拟试题 7

【试题描述】

阅读以下说明，根据要求回答问题 1 ~ 问题 3。（15 分）

【说明】

系统集成商 UP 公司承担了某个电子政务公文流转系统的研发建设工作，UP 公司任命老钟为该软件项目的项目经理。老钟原是 UP 公司的一名技术扎实而又细心的软件工程师，从事了多年的 Java 开发工作。

在项目的初期，老钟制定了比较细致的项目管理计划，项目组人员的工作都被排得满满的。为加快项目的进度，老钟在制定项目管理计划后即分发到项目组成员手中开始实施。然而，随着项目的进展，由于项目需求不断变更，项目组人员也有所更换，项目组没有再按照计划来进行工作，团队成员都是在当天早上才安排当天的工作事项。老钟每天都要被工作安排搞得疲惫不堪，项目开始出现混乱的局面。项目组中的一名技术人员甚至在拿到项目管理计划的第一天就说：“计划没有变化快，要计划有什么用”，然后只顾埋头编写自己手头的程序。

一边是客户在催着快点将项目完工，要求尽快将系统投入生产；另一边是公司分管电子政务项目的张总在批评老钟开发任务没落实好。这一切都让老钟感觉到无助与苦恼。

【问题 1】(6 分)

结合你的项目管理经验，围绕项目整体管理，简要分析产生以上现象的主要原因是什么？

【问题 2】(3 分)

在实际管理项目时，采用“滚动波浪式计划”方法编制的项目管理计划至少有两个版本：制定技术解决方案之前的＿（1）＿和制定技术解决方案之后的＿（2）＿。获得批准后的项目管理计划将成为项目的＿（3）＿。

【问题 3】(6 分)

针对目前项目开始出现混乱局面的情况，请简要说明老钟可采取哪些补救措施？

4.4.8 参考答案

表 4-6～表 4-12 分别给出了模拟试题 1～模拟试题 7 的参考答案，供读者练习时进行参考，以便查漏补缺。读者也可依照所给出的评分标准得出测试分数，从而大致评估自己对这些知识点的掌握程度。

表 4-6 模拟试题 1 参考答案及评分标准

问题与分值	参考答案及评分标准	自 评 分
【问题 1】（4 分）	①没有明确的授权； ②对变更没有进行必要的审核； ③对变更的影响没有评估； ④没有让客户确认是否接受变更的代价 （答案包含但不限于以上要点，每小点 1 分，答案类似即可）	
【问题 2】（3 分）	（1）项目基准 （2）变更控制流程 （3）影响	
【问题 3】（5 分）	①受理变更申请； ②变更的整体影响分析； ③接收或拒绝变更； ④执行变更； ⑤变更结果追踪与审核 （每小点 1 分，答案类似即可）	
【问题 4】（3 分）	①导致对产品的变更历史无法追溯，当变更失败时无法进行复原，造成成本损耗和进度拖延； ②导致对工作产物的整体变化情况失去把握； ③导致项目组为变更付出的工作量无法得到承认； ④导致项目后期的变更工作出现工作缺失、与其他工作不一致等问题，对项目的进度、成本、质量方面也会产生一定影响； ⑤对于组织财富和经验的积累也是不利的 （答案包含但不限于以上要点，答出其中 3 个小点即可，每小点 1 分，答案类似即可）	

表 4-7 模拟试题 2 参考答案及评分标准

问题与分值	参考答案及评分标准	自 评 分
【问题 1】（4 分）	①没有仔细分析项目的干系人； ②缺乏甲方信息技术部门的支持； ③项目计划沟通不够，也没有将项目计划提交汪总审批； ④项目组承担的责任过重，老夏的团队对一览公司的工作人员不具备号召力，没有变更 PH 公司业务流程的特权 （答案包含但不限于以上要点，每小点 1 分，答案类似即可）	
【问题 2】（6 分）	（1）项目管理计划 （2）项目管理计划 （3）评估对其他方面（如成本、质量等）的影响 （4）风险应对计划 （5）状态报告和绩效报告 （6）监控已批准变更的执行 （每空 1 分）	
【问题 3】（5 分）	①进一步与蔡主任及相关人员进行细致的沟通、协商，争取得到他们对项目的认同与支持； ②争取得到 PH 公司领导的支持，本公司领导与一览公司汪总的沟通、交流，争取由一览公司成立项目协调小组，以利于对一览公司业务流程的变更； ③争取通过协商、谈判，使双方同意将项目按实施的难度划分为两个（或多个）子项目，逐个上线运行、验收等 （答案包含但不限于以上要点，每小点 2 分，最多得 5 分，答案类似即可）	

表 4-8 模拟试题 3 参考答案及评分标准

问题与分值	参考答案及评分标准	自 评 分
【问题 1】（3 分）	①项目没有遵循正确的立项流程，例如，项目章程应由项目发起人发布； ②项目章程不完整； ③没有形成初步的项目范围说明书 （答案包含但不限于以上要点，每小点 1 分，答案类似即可）	

续表

问题与分值	参考答案及评分标准	自 评 分
【问题 2】（2 分）	（1）制定项目章程　（2）制定初步的项目范围说明书（每空 1 分）	
【问题 3】（4 分）	（3）项目管理方法论（或专家判断）　（4）项目管理计划 （5）风险识别与分析　（6）变更控制和版本控制（每空 1 分）	
【问题 4】（6 分）	（7）基于项目干系人的需求和期望提出　（8）业务要求（或产品需求） （9）项目的目的（或项目立项的理由）　（10）项目干系人的影响 （11）组织的、环境的和外部的假设　（12）组织的、环境的和外部的约束 （每空 1 分，（9）～（12）答案位置可任意调换）	

表 4-9　模拟试题 4 参考答案及评分标准

问题与分值	参考答案及评分标准	自 评 分
【问题 1】（1 分）	（1）E 或职能型组织（1 分）	
【问题 2】（3 分）	①NW 公司各职能部门独自为政，缺乏项目的整体协调和规划； ②NW 公司缺乏项目各阶段项目干系人和参与角色的职责划分； ③老何在投标前项目内部启动会上，没有邀请技术部门或实施部门参与； ④NW 公司在项目管理的经验教训的传承和传播上是不重视的，缺乏组织方面和方法方面的有效保证（或没有把以往的经验教训收集、归纳和积累） （答案包含但不限于以上要点，答出其中 3 个小点即可，每小点 1 分，答案类似即可）	
【问题 3】（3 分）	（1）指导和管理项目执行　（2）项目管理方法论 （3）项目管理信息系统（每空 1 分，（2）、（3）答案位置可互换）	
【问题 4】（2 分）	①没有建立完善的内部评审机制（或虽有评审机制但未有效执行）； ②公司级的项目管理体系不健全（或执行得不好） （答案包含但不限于以上要点，答出其中 1 个小点即可，2 分，答案类似即可）	
【问题 5】（2 分）	①项目中没有实行有效的变更管理； ②公司级的项目管理体系不健全（或执行得不好） （答案包含但不限于以上要点，答出其中 1 个小点即可，2 分，答案类似即可）	
【问题 6】（4 分）	①改进项目的组织形式（如采用矩阵型组织结构），明确项目团队和职能部门之间的协作关系和工作程序； ②做好项目当前的经验教训收集、归纳工作，采用项目管理系统，按照规范的流程进行项目管理； ③明确项目工作的交付物，建立和实施项目的质量评审机制； ④建立项目的变更管理机制，识别变更中的利益相关方并加强沟通； ⑤加强对项目团队成员和相关人员的项目管理培训 （答案包含但不限于以上要点，答出其中 4 个小点即可，每小点 1 分，答案类似即可）	

表 4-10　模拟试题 5 参考答案及评分标准

问题与分值	参考答案及评分标准	自 评 分
【问题 1】（2 分）	①NT 公司对客户的变更请求没有进行充分地论证和影响评估； ②NT 公司对客户的变更请求没有采取有效的应对措施； ③NT 公司可能没有建立有效的变更控制管理机制、流程（或者有，但没有遵照执行）等 （答案包含但不限于以上要点，答出其中两个小点即可，每小点 1 分，答案类似即可）	
【问题 2】（3 分）	（1）当前状态　（2）造成进度变更的因素 （3）查明进度是否已经改变　（每空 1 分，答案意思相近即可）	
【问题 3】（2 分）	①项目没有完成整体设计时就开始详细设计和编码，没有考虑到并行工作可能带来的风险； ②在压缩工期的情况下，没有考虑新增加开发人员的可用性（或 NT 公司在人力资源管理方面中欠缺团队组建与建设经验）； ③忽视项目的质量管理，没有遵循软件开发过程管理规范进行开发活动 （答案包含但不限于以上要点，答出其中两个小点即可，每小点 1 分，答案类似即可）	

续表

问题与分值	参考答案及评分标准	自 评 分
【问题 4】（2 分）	老魏与建设方之间没有建立统一的沟通渠道，缺乏与客户清晰的、统一的规范和接口，与客户沟通不是很有效（答案包含但不限于以上要点，2 分，答案类似即可）	
【问题 5】（2 分）	①对变更的实施过程缺少有效的监控； ②没有进行阶段式评审和审计（如没有进行多个子系统接口的集成测试与确认测试）； ③缺少进行版本控制和配置审核； ④缺乏有效的质量保证与质量控制措施 （答案包含但不限于以上要点，答出其中两个小点即可，每小点 1 分，答案类似即可）	
【问题 6】（4 分）	①召集应用软件各个子系统的负责人，了解项目存在的问题，并提出解决问题的技术方案； ②争取（安排）公司管理层、项目负责人与客户的管理层、项目负责人进行沟通交流，就项目的后续进度等事宜达成一致，妥善处理前期项目变更措施不当对用户产生的影响； ③根据新的进度要求，按照变更程序实施变更； ④建立并完善项目的变更控制管理机制与流程并遵照执行，对变更过程进行有效的监控； ⑤建立统一的沟通渠道，加强与客户的沟通交流，确保各个子系统对用户的需求理解一致； ⑥定期向建设方提交项目进展报告，争取对项目进行阶段性验收并要求客户签字确认； ⑦加强文档管理，妥善保存变更产生的相关文档，确保其完整、及时、准确和清晰，适当的时候可以引入配置管理工具； ⑧加强项目团队建设与管理（如通过优秀老员工与新员工“结对编程”等方式提高个人与团队的工作效率）； ⑨加强项目的质量管理（如严格遵循软件开发过程规范，并进行阶段式评审和审计，加强多个子系统接口的集成测试与确认测试等）； ⑩注重与客户的非正式沟通方式，增进双方的感情，以利于项目的后期验收 （答案包含但不限于以上要点，答出其中 4 个小点即可，每小点 1 分，答案类似即可）	

表 4-11　模拟试题 6 参考答案及评分标准

问题与分值	参考答案及评分标准	自 评 分
【问题 1】（3 分）	①项目经理小江存在闭门造车进行需求分析，以及项目计划一手包办等问题； ②总工程师老胡的责任心不够，对本项目没有尽到应有的职责； ③小江与老胡之间缺乏沟通（或沟通不畅）； ④该项目缺乏一些必要的技术评审等质量管理环节 （答案包含但不限于以上要点，答出其中 3 个小点即可，每小点 1 分，答案类似即可）	
【问题 2】（5 分）	（1）主要可交付物　　（2）WBS 的结构 （3）WBS 的工作单元（或工作包）　　（4）工作分解的程度 （5）关键项目干系人（或关键干系人）（每空 1 分，答案意思相近即可）	
【问题 3】（2 分）	①FN 公司存在用人不当的问题，新毕业大学生小戴缺乏项目质量保证管理的实践经验； ②小江和小戴无论在对项目计划的评审，还是在质量保证等环节的把关上，都存在走过场问题，没有深入地评审，欠缺项目管理的相关经验； ③FN 公司的项目管理流程形同虚设，没有深入切实的检查 （答案包含但不限于以上要点，答出其中两个小点即可，每小点 1 分，答案类似即可）	
【问题 4】（2 分）	没有进行项目干系人分析，确认需求分析说明书的项目干系人没有请对，需求分析报告没有经过甲方相关责任人的正式确认同意（或忽略了甲方高层领导作为重要项目干系人的管理） （答案包含但不限于以上要点，2 分，答案类似即可）	
【问题 5】（3 分）	（6）项目双方对需求没有一致的理解（或需求管理（或范围管理）导致的问题） （7）项目计划本身存在问题　　（8）项目绩效执行不良 （答案包含但不限于以上要点，每空 1 分，答案类似即可，（7）、（8）答案位置可互换）	

表 4-12　模拟试题 7 参考答案及评分标准

问题与分值	参考答案及评分标准	自　评　分
【问题 1】（6 分）	①初期的项目管理计划粒度过小，没有把握好项目管理计划的层次性； ②制定项目管理计划时没有和客户、公司领导及项目组人员进行及时沟通； ③制定的项目管理计划不切实际（答案包含但不限于以上要点，每小点 2 分，答案类似即可）	
【问题 2】（3 分）	（1）粗略的项目管理计划　（2）详细的项目管理计划 （3）基准计划（或基线）（每空 1 分）	
【问题 3】（6 分）	①重新制定一份较粗粒度的、切实可行的整体项目管理计划，而由项目组人员根据整体项目管理计划来制定个人的项目工作计划； ②将项目管理计划与项目组人员、公司领导、客户进行沟通，并及时修正，必要时还可以开会议讨论； ③在项目组中建立起变更控制系统（答案包含但不限于以上要点，每小点 2 分，答案类似即可）	

第 5 章 项目范围管理

5.1 备考指南

5.1.1 考纲要求

虽然本科目考试大纲是按项目生命周期各阶段来展现案例分析试卷所要考核的相关内容的，且在“项目范围管理”知识模块上仅体现了“范围变化控制”等，即没有给出具体的考核要求，但读者可从该知识模块在历次系统集成项目管理工程师考试试卷中曾出现的考核知识点及分值分布情况间接获知关键考点和考试难点所在。

5.1.2 考点统计

“项目范围管理”知识模块在历次系统集成项目管理工程师考试试卷中出现的考核知识点及分值分布情况如表 5-1 所示。

表 5-1 历年考点统计表

年 份	题 号	知 识 点	分 值	参考价值
2009 年下半年	试题 2	根据某项目关于范围管理方面的案例说明，要求分析项目双方存在理解偏差之处、甲方的要求是否恰当、导致甲方多次提出范围变更的可能原因，以及简述项目范围说明书的主要内容、范围变更控制要点等知识点	15 分	★★★★★
2010 年下半年	试题 4	给出某项目关于范围管理方面的案例说明，要求判断所提观点的正误，简述两种 WBS 表示形式的优缺点及适用场合，分析在项目后续工作中如何做好范围控制工作等知识点	13 分	★★★★★

5.1.3 命题特点

纵观历次真题试卷，本章知识点主要是以简答题、判断题的形式出现在试卷中。本章知识点在历次考试中所考查的题量大约为 1 道综合题，试题包含有 3～4 个问题，所占分值约为 10～15 分（约占试卷总分值 75 分中的 13.33%～20%）。其历年命题走势如图 5-1 所示。案例中所提出的问题侧重于实践应用，用于检查考生是否理解相关的理论知识和是否具有相关的实践应用经验，考试难度系数为中等。从知识点考查深度的角度分析，每次考试中该部分试题在“识记、理解、应用”3 个层面上所占的比例大致为 1:1:1。

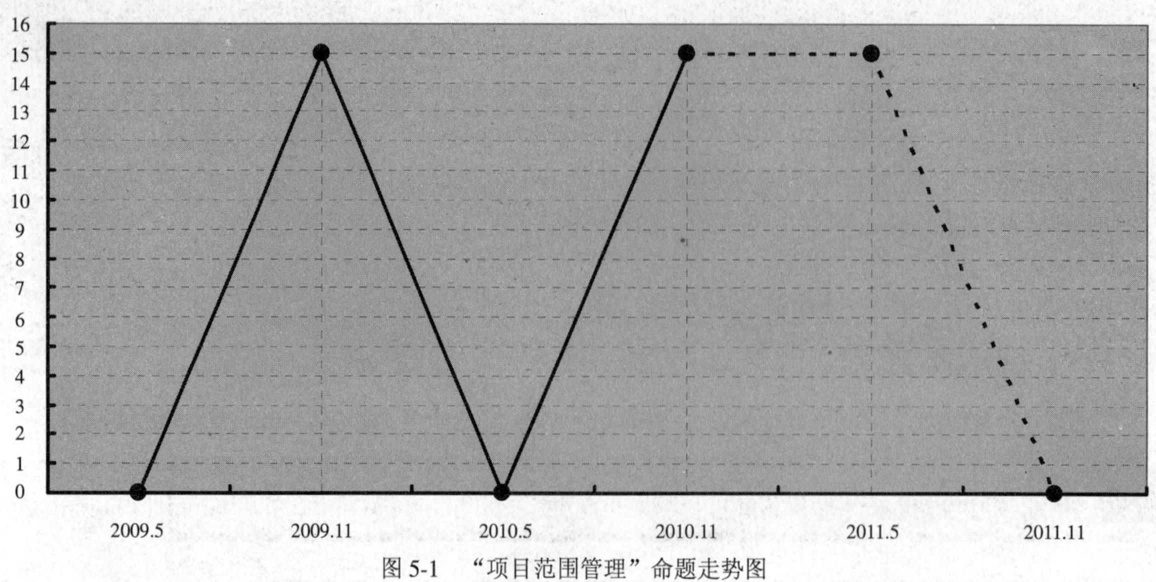

图 5-1 “项目范围管理”命题走势图

本章知识点的命题思路主要表现为：给出某项目在范围管理方面的案例场景描述，要求指出该案例场景中存在哪些问题并说明相关原因；要求给出解决这些问题的补救措施（或建议）；给出 1 个该案例涉及且与范围管理基础知识点相关的简答题，或者结合案例说明判断相关观点的正误。

5.1.4 学习建议

缺少正确的项目需求、范围定义和范围确认是导致项目失败的主要原因之一。项目范围管理过程主要包括编制编制范围管理计划、范围定义、创建工作分解结构（WBS）、范围确认和范围控制等。其中，创建 WBS 和范围控制等知识模块是本章的考核重点。

鉴于系统集成项目管理工程师考试采用模块化的命题风格，因此在今后考试中与本章相关的试题将可能保持 1 道综合题的考查量。本章知识点还有可能以简答题、判断题、选择题和填空题相结合的命题风格出现在试卷中。另一个备考的关注要点是：本章知识点也可能与项目整体管理、合同管理等知识模块相结合进行案例分析方面的综合命题。

建议读者一定要熟练掌握本章所归纳、列举的案例分析试题，多动笔练习此类综合应用试题，以扩展自己的知识面，并多花心思归纳总结解题经验，努力做到举一反三、灵活应用相关知识点，以便考试时能灵活变通，节约在这些知识点上的解题思考时间。本章力求以发展的眼光和实用的角度来预测并挖掘“项目范围管理”的相关考核点，以增强读者学习相关知识点的目的性。知道哪些事情应该做、能够做，说明读者在成长；知道哪些事情不应该做、不能够做，说明读者在成熟。

阅读提示：本章是系统集成项目管理工程师考试的重点内容，读者需要重点复习及强化。

5.2 知识点清单

5.2.1 产品范围与项目范围

- 产品范围包含产品规格、性能技术指标的描述，即产品所包含的特征和具体的功能情况等。（Ⅰ）
- 项目范围：为了完成具有规定特征和功能的产品、服务或结果，而必须完成的项目工作。（Ⅰ）
- 项目范围是否完成以项目管理计划、项目范围说明书、WBS，以及 WBS 字典作为衡量标准，而产品范围是否完成以产品需求说明书作为衡量标准。（Ⅰ）（★）

● 项目范围管理用于确保项目包含且只包含达到项目成功所必须完成的工作，即确定在项目内包括什么工作和不包括什么工作。（Ⅰ）
● 项目范围管理工作流程：编制范围管理计划→范围定义→创建工作分解结构→范围确认→范围控制。（Ⅰ）（★）
● 编制范围管理计划、范围定义和创建工作分解结构属于计划过程，而范围确认和范围控制则属于监控过程。（Ⅰ）（★）
● “圈定”项目的范围，并不能说明项目范围就是可控制的，还需要进一步对项目范围定义，即对项目工作范围进一步细化的过程，使项目范围具体化、层次化、结构化，从而达到可管理、可控制、可实施的目的，减少项目风险。（Ⅰ）
● 项目范围管理框架如表 5-2 所示。（Ⅰ）（★）

表 5-2　项目范围管理框架

过　程	依　据	工具和技术	输　出
编制范围管理计划	①项目章程； ②项目范围说明书（初步）； ③组织过程资产； ④环境因素和组织因素； ⑤项目管理计划	①专家判断； ②模板、表格和标准	项目范围管理计划
范围定义	①项目章程； ②初步的范围说明书； ③项目范围管理计划； ④组织过程资产； ⑤批准的变更申请	①产品分析； ②识别出多个可选的方案； ③专家判断法； ④项目干系人分析	①项目范围说明书（详细）； ②更新的项目文档； ③变更请求
创建工作分解结构	①详细的项目范围说明书； ②项目范围管理计划； ③组织过程资产； ④批准的变更请求	①工作分解结构模板； ②分解技术； ③WBS 中工作包的格式； ④滚动波式计划	①WBS 和 WBS 字典； ②范围基准； ③更新的项目管理计划； ④更新的项目范围说明书； ⑤变更申请
范围确认	①项目范围管理计划； ②可交付物； ③项目范围说明书； ④WBS 及其字典	检查（审查、产品评审、审计和走查）	①可接受的项目可交付物和工作（或已确认的范围）； ②变更申请； ③更新的 WBS 和 WBS 字典； ④推荐的纠正措施
范围控制	①项目范围管理计划； ②项目范围说明书； ③WBS 及其字典； ④工作绩效数据； ⑤绩效报告； ⑥已批准的变更请求	①偏差分析； ②重新制订计划； ③变更控制系统和变更控制委员会； ④配置管理系统	①新的变更请求； ②建议的纠正措施； ③WBS 及其字典（更新）； ④项目管理计划（更新）； ⑤范围说明书(更新)； ⑥范围基准（更新）； ⑦工作绩效； ⑧组织过程资产（更新）

5.2.2　编制范围管理计划

● 范围管理计划是一个计划工具，用于描述该团队如何定义项目范围、如何制订详细的范围说明书、如何定义和编制 WBS，以及如何验证和控制范围。（Ⅰ）

- 编制范围管理计划所需的工具、方法和技术：①专家判断；②模板、表格和标准等。（Ⅰ）（★）
- 编制范围管理计划的依据（或输入）：①项目章程；②项目范围说明书（初步）；③组织过程资产；④环境因素和组织因素；⑤项目管理计划等。（Ⅰ）（★）
- 编制范围管理计划的可交付物（或输出）：项目范围管理计划。（Ⅰ）（★）
- 可交付物是指已经被完全（或部分）完成的项目部分，且已经过质量控制过程检验了其正确性。（Ⅰ）
- 专家判断是指专家用以往同类项目的范围管理经验，为现在的管理项目提供有关的范围说明书、工作分解结构和范围管理计划等有价值的、详细的参考资料。（Ⅰ）
- 模板、表格和标准包括工作分解结构模板、变更控制表格和范围变更控制表格。（Ⅰ）
- 组织过程资产是能够影响项目范围管理的正式和非正式的政策、程序和指导方针。在编制项目范围管理计划时应特别关注：①适合于编制范围管理计划的组织政策；②与编制范围管理计划和范围管理相关的组织程序；③可用来在当前编制项目范围管理计划过程中作为参考的、过去项目形成的知识库中的历史信息。（Ⅱ）
- 作为编制项目范围管理计划过程的交付物，项目范围管理计划（简称为项目范围计划或范围计划）是项目管理团队确定、记录、核实或确认、管理和控制项目范围的指南。（Ⅰ）
- 项目范围管理计划的组成部分包括：①根据初步的项目范围说明书编制一个详细的项目范围说明书的方法；②从详细的项目范围说明书创建 WBS 的方法；③关于正式确认和认可已完成可交付物方法的详细说明；④有关控制需求变更如何落实到详细的项目范围说明书中的方法。（Ⅰ）（★）

5.2.3 项目范围定义

- 范围定义过程是详细描述项目和产品的过程，并把结果写进详细的项目范围说明书中，作为将来项目决策的基础。（Ⅰ）
- 范围定义的依据（或输入）：①项目章程；②初步的范围说明书；③项目范围管理计划；④组织过程资产；⑤批准的变更申请等。（Ⅰ）（★）
- 范围定义的可交付物（或输出）：①项目范围说明书（详细）；②更新的项目文档；③变更请求等。（Ⅰ）（★）
- 范围定义所需的工具、方法和技术：①产品分析；②识别出多个可选的方案；③专家判断法；④项目干系人分析等。（Ⅰ）（★）
- 每个应用领域都有一些通用方法把高层的产品描述转变为切实的可交付的成果。产品分析包括产品分解、系统分析、系统工程、价值工程、价值分析和功能分析等技术。（Ⅱ）
- 识别出可选方案是一种技术，该技术用来产生执行和完成项目工作的多种方法。在这个过程中可应用“头脑风暴法”、“横向思维法”等通用的管理方法。（Ⅰ）
- 经核准的需求变更能引发项目范围、进度、成本或质量的变更。变更申请通常在项目进行过程中被确认。变更申请有多种形式：口头的或书面的、直接的或间接的、外在的或内部的、法律要求的或随意的。一般情况下，建议变更申请以书面形式提出。（Ⅰ）
- 项目范围说明书详细描述了项目的可交付物以及产生这些可交付物所必须做的项目工作。（Ⅰ）
- 项目范围说明书在所有项目干系人之间建立了一个对项目范围的共同理解（即共识），描述了项目的主要目标，使项目团队能进行更详细的计划，指导项目团队在项目实施期间的工作，并为评估是否为客户需求进行变更或为附加的工作是否在项目范围之内提供基准（或基线）。（Ⅰ）（★）

- 详细的范围说明书包括的直接内容或引用内容有：①项目的目标；②产品范围描述；③项目的可交付物；④项目边界；⑤产品验收标准；⑥项目的约束条件；⑦项目的假定；⑧初始的项目组织；⑨初始被定义的风险；⑩进度里程碑；⑪量级成本估算；⑫项目配置管理需求；⑬已批准的请求等。（Ⅰ）（★）
- 项目目标包括成果性目标和约束性目标。项目成果性目标指通过项目开发出的满足客户要求的产品、服务或成果。（Ⅰ）
- 项目约束性目标是指完成项目成果性目标需要的时间、成本及要求满足的质量。（Ⅰ）
- 产品范围描述用于描述项目承诺交付的产品、服务或结果的特征。该描述会随着项目的开展，其产品特征会逐渐细化。（Ⅰ）
- 项目的可交付物包括项目的产品、成果或服务，以及附属产出物（如项目管理报告和文档）。（Ⅰ）
- 项目边界严格定义了哪些事项属于项目，也应明确地说明哪些事项不属于项目的范围。（Ⅰ）
- 产品验收标准明确界定了验收可交付物的过程和原则。（Ⅰ）
- 项目的约束条件（如合同条款、进度里程碑等）对项目团队及其对资源的选择会造成限制。（Ⅰ）
- 项目的假定描述并且列出了特定的与项目范围相关的假设，以及当这些假设不成立时对项目潜在的影响。（Ⅰ）
- 初始的项目组织，即确定团队成员和项目干系人。（Ⅰ）
- 初始被定义的风险主要是指已知的风险。（Ⅰ）
- 客户或组织给项目团队强加日期，这些日期可当做进度里程碑。（Ⅰ）
- 项目量级成本估算包括项目的成本、资源和历时。（Ⅰ）
- 项目配置管理需求描述了为项目实现的配置管理和变更控制的水平。（Ⅰ）
- 已批准的请求应用于项目目标、可交付物和项目工作中。（Ⅰ）
- 范围定义过程的变更会导致范围管理计划的变更，从而相应的项目文档也会得到更新。这些文档包括项目管理计划、各分计划、项目干系人需求文档及需求追踪矩阵。这些更新要通过整体变更控制进行处理。（Ⅰ）（★）

5.2.4 创建 WBS

- 创建 WBS（工作分解结构）是一个把项目可交付物和项目工作逐步分层分解为更小的、更易于管理的项目单元的过程，它组织并定义了整个项目范围。（Ⅰ）
- WBS 是一种以结果为导向的分析方法，用于分析项目所涉及的工作，所有这些工作构成项目的整个工作范围。（Ⅰ）（★）
- WBS 为项目进度管理、成本管理和范围变更提供了基础，是组织管理工作的主要依据。（Ⅰ）
- WBS 是管理项目范围的基础，详细描述了项目所要完成的工作。WBS 的组成元素有助于项目干系人检查项目的最终产品。WBS 的最低层元素是能够被评估的、可以安排进度的和被追踪的。（Ⅰ）
- WBS 最低层的工作单元被称为工作包。它是定义工作范围、定义项目组织、设定项目产品的质量和规格、估算和控制费用、估算时间周期和安排进度的基础。（Ⅰ）（★）
- 凡是没有出现在经项目干系人认可后的 WBS 中的工作，均不属于项目的范围。若要完成这些工作，则要遵循变更控制流程并需经过变更控制委员会的批准。（Ⅰ）（★）
- 较常用的 WBS 表示形式主要有两种：①分级的树形结构；②列表形式。（Ⅰ）
- 树形结构图的 WBS 层次清晰、直观、结构性很强，但不容易修改。通常应用于一些中小型的应用项目中。（Ⅱ）

- 列表缩进式 WBS 能够反映出项目所有的工作要素，易于装订成册，但其直观性较差。通常应用于一些大型的、复杂的项目中。（Ⅱ）
- 创建工作分解结构的依据（或输入）：①详细的项目范围说明书；②项目管理计划；③组织过程资产；④批准的变更请求等。（Ⅰ）（★）
- 创建工作分解结构的可交付物（或输出）：①WBS 和 WBS 字典；②范围基准；③更新的项目管理计划；④更新的项目范围说明书；⑤变更申请等。（Ⅰ）（★）
- 创建工作分解结构所需的工具、方法和技术：①工作分解结构模板；②分解技术；③WBS 中工作包的格式；④滚动波式计划等。（Ⅰ）（★）
- 工作分解结构模板强调的是结果的使用，分解技术强调的是具体的过程，二者是相辅相成的。（Ⅱ）
- 分解是将项目可交付物分成更小的、更易管理的单元，直到可交付物细分到足以支持未来的、清晰定义项目活动的工作包。（Ⅰ）（★）
- 业界通常把一个人两周能干完的工作（或把一个人 80 小时能干完的工作）称为一个工作包。（Ⅰ）（★）
- 依据分解得到的工作包能够可靠地估计出成本和进度，而工作包的详细程度取决于项目的规模和复杂程度。（Ⅰ）
- 把整个项目的工作分解为工作包，一般包括以下活动（即 WBS 的制订过程）：①识别和分析项目可交付物和与其相关的工作；②构造和组织 WBS；③把高层的 WBS 工作分解为低层次的、详细的工作单元；④为 WBS 的工作单元分配代码；⑤确认工作分解的程度是必要和充分的。（Ⅰ）（★）
- 一种好的分解方法：把项目可交付物和项目工作构造组织成为 WBS，进而满足项目管理团队的控制和管理的需求。（Ⅰ）
- 分解 WBS 结构的方法有：①把使用项目生命周期的阶段作为分解的第 1 层，而把项目可交付物安排在第 2 层；②把项目重要的可交付物作为分解的第 1 层；③把子项目安排在第 1 层，再分解子项目的 WBS。（Ⅰ）
- 创建 WBS 一般应遵从以下几个步骤：①识别和确认项目的阶段和主要可交付物；②分解并确认每一组成部分是否分解得足够详细；③确认项目主要交付成果的组成要素；④核实分解的正确性。（Ⅰ）（★）
- 核对分解是否正确，可以通过回答下列问题来确定：①最低层要素对项目分解来说是否是必需而且充分的？如果不是，则必须修改组成要素（如添加、删除或重新定义）；②每个组成要素的定义是否清晰完整？如果不完整，则需要修改或扩展描述；③每个组成要素是否都能够恰当地编制进度和预算？是否能够分配到接受职责并能够圆满完成这项工作的具体组织单元（如部门、项目队伍或个人）？如果不能，需要做必要的修改，以保证合理的管理控制。（Ⅰ）（★）
- 分解工作结构应把握如下原则：①在各层次上保持项目的完整性，避免遗漏必要的组成部分；②一个工作单元只能从属于某个上层单元，避免交叉从属；③相同层次的工作单元应有相同性质；④工作单元应能分开不同的责任者和不同工作内容；⑤便于项目管理进行计划和控制的管理需要；⑥最低层工作应该具有可比性，是可管理的，可定量检查的；⑦应包括项目管理工作，包括分包出去的工作；⑧WBS 最低层次的工作单元是工作包。（Ⅱ）
- 滚动波式计划的特点（实质）是：近期工作计划得细一些，远期工作计划得相对粗一些。（Ⅰ）（★）
- 确定滚动波式计划滚动周期的依据是：项目的规模、复杂度及项目生命周期的长短。（Ⅰ）（★）

- 影响创建 WBS 的组织过程资产包括但不限于：①关于 WBS 的政策、程序和样板；②来自以前项目的项目文件；③以前的项目经验教训等。（Ⅱ）
- WBS 中包含的元素（包括工作包）细节通常在工作分解结构（WBS）字典中加以描述。（Ⅰ）
- WBS 字典是 WBS 的配套文档，用来描述每个 WBS 元素。（Ⅰ）
- 对每一个 WBS 元素，应该说明以下内容：①编号；②名称；③工作说明；④相关活动列表；⑤里程碑列表；⑥承办组织；⑦开始和结束日期；⑧资源需求、成本估算、负载量；⑨规格；⑩合同信息；⑪质量要求和有关工作质量的技术参考资料等。（Ⅱ）
- 除 WBS 外，其他的分解结构包括：①组织分解结构；②物料清单；③风险分解结构；④资源分解结构等。（Ⅱ）
- 组织分解结构（OBS）提供项目组织的层次化描述，使得工作包和组织执行单元相关联，用于显示各个工作元素由哪个组织单元负责。（Ⅱ）
- 物料清单表述用于加工一个产品所需子部件。（Ⅱ）
- 风险分解结构是关于已识别的项目风险的层次化描述，这些风险按风险类别排列。（Ⅱ）
- 在创建 WBS 过程中，可能被更新的项目文件包括但不限于：①项目干系人需求文档；②项目管理计划等。（Ⅰ）
- 被批准的详细项目范围说明书及其相关的 WBS，以及 WBS 词典是项目的范围基准。（Ⅰ）（★）
- 在整个项目的生命期中，项目范围基准被监控、核实和确认。（Ⅰ）

5.2.5 项目范围确认

- 项目范围确认是客户等项目干系人正式验收并接受已完成项目可交付物的过程。该过程也称为范围核实过程。项目范围确认包括审查项目可交付物以保证每一交付物令人满意地完成。（Ⅰ）
- 当每个阶段结束之前，请客户和相关的干系人进行范围确认十分重要，以免项目的实施误入歧途。（Ⅰ）
- 范围确认与质量控制不同，范围确认是有关工作结果的接受问题，而质量控制是有关工作结果正确与否。（Ⅰ）（★）
- 项目范围确认应该贯穿项目的始终，质量控制一般在范围确认之前完成，当然两者也可并行进行。（Ⅰ）
- 范围确认的输入：①项目范围管理计划；②可交付物；③项目范围说明书；④WBS 字典等。（Ⅰ）（★）
- 范围确认的可交付物（或输出）：①可接受的项目可交付物和工作；②变更申请；③更新的 WBS 和 WBS 字典；④推荐的纠正措施等。（Ⅰ）（★）
- 范围确认所需的工具、方法和技术：检查（或称为审查、产品评审、审计和走查）。（Ⅰ）（★）
- 检查包括诸如测量、测试和验证以确定工作和可交付物是否满足要求和产品的验收标准。（Ⅰ）
- 确认项目范围时，项目管理团队必须向客户方出示能够明确说明项目（或项目阶段）成果的文件，如项目管理文件（计划、控制、沟通等）、需求说明书、技术文件、竣工图纸等。（Ⅰ）（★）
- 用于范围确认的项目管理计划的组成部分包括以下范围基准：①项目范围说明书；②WBS；③WBS 词典等。（Ⅰ）

- 范围确认过程中产生的变更申请，一般包括对缺陷的修复要求。变更申请需要经过整体变更控制过程及变更控制委员会的受理、评审和可能的部署。（Ⅱ）
- 没有进行范围确认，或范围确认走过场是项目管理中常见的现象。（Ⅰ）（★）

5.2.6 项目范围控制

- 范围控制是监控项目状态（如项目的工作范围状态和产品范围状态）的过程，也是控制变更的过程。（Ⅰ）
- 控制项目范围以确保所有请求的变更和推荐的纠正行动，都要通过整体变更控制过程处理。（Ⅰ）
- 变更是项目干系人由于项目环境或者其他原因要求对项目的范围基准进行修改，甚至是重新计划。（Ⅰ）
- 当变更发生并且集中到其他控制过程时，项目范围控制也被用来管理实际的变更。通常，把不受控制的变更称为项目“范围蔓延”。（Ⅰ）（★）
- 范围控制涉及以下内容：①影响导致范围变更的因素；②确保所有被请求的变更按照项目整体变更控制过程处理；③范围变更发生时管理实际的变更。（Ⅰ）
- 造成项目范围变更的主要原因有：①客户对项目、项目产品或服务的要求发生变化；②项目范围计划的编制不周密详细，有一定的错误或遗漏；③承建方没有正确理解建设方的需求；④项目双方沟通存在问题；⑤市场上出现了（或是设计人员提出了）新技术、新手段（或新方案）；⑥承建方本身发生变化；⑦项目外部环境发生变化（如政府政策的问题）等。（Ⅰ）（★）
- 项目经理在进行范围变更控制时，关心的主要问题有：①确定范围变更是否已经发生；②对造成范围变更的因素施加影响，以确保这些变更得到一致的认可；③当范围变更发生时，对实际的变更进行管理。（Ⅰ）（★）
- 范围控制的依据（或输入）：①项目范围管理计划；②工作绩效数据；③绩效报告；④已批准的变更请求等。（Ⅰ）（★）
- 范围控制的可交付物（或输出）：①变更请求；②工作绩效；③组织过程资产（更新）；④更新的项目管理计划等。（Ⅰ）（★）
- 范围控制所需的工具、方法和技术：①偏差分析；②重新制订计划；③变更控制系统和变更控制委员会；④配置管理系统等。（Ⅰ）（★）
- 偏差分析是指根据范围基准，测量到的项目绩效（如实际完成的项目范围）被用来评估变更的程度。（Ⅱ）
- 项目范围控制的重要一点是：确定有关变更的原因、确定是否需要纠正行动。（Ⅰ）（★）
- 由于已批准的变更申请影响项目范围，因此要修改 WBS 和 WBS 词典、项目范围说明书，甚至是项目干系人的需求文档。这些批准的变更申请可以触发项目管理计划的更新。（Ⅰ）
- 范围变更控制的方法是定义范围变更的有关流程。它包括必要的书面文件（如变更申请单）、纠正行动、跟踪系统和授权变更的批准等级。（Ⅰ）
- 由变更控制委员会负责批准或者拒绝变更申请。（Ⅰ）
- 通常，变更控制系统和变更控制委员会在项目范围管理计划中描述，若无项目范围管理计划文档，则直接在项目管理计划中描述。（Ⅰ）
- 项目管理计划用来控制范围的信息有：①范围基准；②变更管理计划；③配置管理计划。（Ⅰ）
- 工作绩效数据是指收集的项目进展数据，例如项目可交付物的开始时间、进展和完成时间。（Ⅱ）
- 绩效报告提供项目绩效信息，例如已经完成的中间可交付成果。（Ⅰ）

- 绩效报告是直接反映当前项目执行情况的文件，可以从项目范围的相关绩效报告中获得范围绩效的信息，以此来作为项目变更控制的一个依据，以及提醒项目团队预测项目的未来，把握项目范围变更控制的风险。（Ⅱ）
- 产生变更请求是项目范围控制的输出之一，是对已被认可的 WBS 所确定的项目范围的修改。（Ⅰ）
- 在项目范围控制过程中，可能被更新的组织过程资产包括但不限于：①偏差的原因；②选择的纠正行动和理由；③从项目范围变更控制过程吸取的其他经验教训等。（Ⅱ）
- 在项目范围控制过程中，可能被更新的项目管理计划包括但不限于：①项目范围基准；②其他基准（如成本基准和进度基准）。（Ⅰ）（★）
- 在项目的执行过程中监控项目的范围的方法（即 WBS 的监理过程）：定时收集项目实际完成的工作，并且这些工作应得到关键干系人认可。接着与 WBS 进行比较，如果一致，则说明项目范围在可控范围内；如果不一致，则分析原因，然后采取相应的措施，例如变更项目的范围。（Ⅰ）（★）
- 软件项目范围控制的常见对策：①与用户一起深入举行软件变更分析；②妥善处理不合理的变更要求；③正确处理用户说不清楚的需求；④使用模板来管理软件项目变更。（Ⅰ）（★）

5.3 真题透解

5.3.1 2009 年下半年试题 2

【试题描述】

阅读以下说明，针对项目的范围管理，根据要求回答问题 1 ~ 问题 3。（15 分）

【说明】

C 公司是一家从事电子商务的外国公司，为了在中国开展业务，派出 S 主管和 W 翻译来中国寻找合适的系统集成商，试图在中国建设一套业务系统。S 主管精通软件开发，但是不懂汉语，而 W 翻译对计算机相关技术知之甚少。

W 翻译通过中国朋友介绍，找到了从事系统集成的 H 公司。H 公司指派杨工为该业务系统建设项目经理，与 C 公司进行交流。经过需求调研，杨工认为，C 公司想要建设一个视频聊天网站，并据此完成了系统方案。在 W 的翻译下，S 审阅并认可了 H 公司的系统方案。经过进一步的谈判，C 公司和 H 公司签定了合同，并把该系统方案作为合同附件，作为将来项目验收的标准。

合同签定后，杨工迅速组织人力投入系统开发。由于杨工系统集成经验丰富，开发过程进展顺利，对项目如期完工很有把握。系统开发期间，S 主管和 W 翻译忙于在全国各地开拓市场，与 H 公司没有再进行接触。

就在系统开发行将结束之际，S 主管和 W 翻译来到 H 公司查看开发进度。当看到杨工演示的即将完工的业务系统时，S 主管却表示，视频聊天只是系统的一个基本功能，系统的核心功能则是通过视频聊天实现网上交易的电子商务活动，要求 H 公司完善系统功能并如期交付。杨工拿出系统方案作为证据，据理力争。

W 翻译承认此前他的工作有误，导致双方对项目范围的认识产生了偏差，并说服 S 主管将交付日期延后两个月。为了完成合同，杨工同意对系统功能进行扩充完善，并重新修订了系统方案。但是，此后 C 公司又多次提出范围变更要求。杨工发现，不断修订的系统方案已经严重偏离了原始方案，系统如期交付已经是不可能的了。

【问题 1】(6 分)

请结合案例简要说明，详细的项目范围说明书应包含哪些内容，并指出 C 公司和 H 公司对哪些方面的理解出现了重大偏差。

【问题 2】(6 分)

请指出 S 主管的要求是否恰当？为什么？并请结合本案例简要分析导致 C 公司多次提出范围变更的可能原因。

【问题 3】(3 分)

作为项目管理者，杨工此时应关注的范围变更控制的要点有哪些？

【要点解析】

【问题 1】(6 分)

通常，详细的范围说明书包括的直接内容或引用内容如下：

①项目的目标，包括成果性目标和约束性目标。项目成果性目标指通过项目开发出的满足客户要求的产品、服务或成果；项目约束性目标是指完成项目成果性目标需要的时间、成本及要求满足的质量。

②产品范围描述，即描述项目承诺交付的产品、服务或结果的特征。该种描述随着项目的开展，其产品特征会逐渐细化。

③项目的可交付物，包括项目的产品、成果或服务，以及附属产出物（例如项目管理报告和文档）。根据需要，可交付物可以被描述得比较概要，也可以很详细。

④项目边界。边界严格定义了哪些事项属于项目，还应明确地说明哪些事项不属于项目的范围。

⑤产品验收标准。该标准明确界定了验收可交付物的过程和原则。

⑥项目的约束条件。描述和列出具体的与项目范围相关的约束条件，约束条件对项目团队的选择会造成限制。当一个项目按合同执行时，合同条款通常是约束条件。约束信息应该列入项目范围说明书或单独的文档。

⑦项目的假定。描述并且列出了特定的与项目范围相关的假设，以及当这些假设不成立时对项目潜在的影响。

通过对比题干关键信息“杨工认为，C 公司想要建设一个视频聊天网站”和“S 主管却表示，视频聊天只是系统的一个基本功能，系统的核心功能则是通过视频聊天实现网上交易的电子商务活动”可知，C 公司和 H 公司对项目目标的理解出现了偏差。

由题干关键信息“S 主管……要求 H 公司完善系统功能并如期交付。杨工拿出系统方案作为证据，据理力争”可知，C 公司和 H 公司对产品范围描述的理解出现了偏差，即视频聊天功能到底是项目目标的全部还是一部分，引发了项目双方第 2 个严重分歧。

由于项目双方对项目目标和产品范围描述的理解有偏差，因此将直接导致项目双方对项目可交付物的理解出现了偏差。

【问题 2】(6 分)

由题干关键信息“杨工认为，C 公司想要建设一个视频聊天网站，并据此完成了系统方案。……S 审阅并认可了 H 公司的系统方案。经过进一步的谈判，C 公司和 H 公司签定了合同，并把该系统方案作为合同附件，作为将来项目验收的标准”可知，H 公司是按照双方签定的合同以及经过 S 主管认可的、作为合同附件的系统方案进行开发，自身并无过错。而S主管“要求H公司完善系统功能并如期交付”，以及“此后C公司又多次提出范围变更要求”是不合理的。这些要求意味着H公司可能要做大量的合同协议以外的工作，而完成这些工作既需要时间又需要成本。注意，题干信息“为了完成合同，杨工同意对系统功能进行扩充完善，并重新修订了系统方案”是一个干扰信息，大部分考生简单地认为：“既然杨工（或H公司）按照S主管的要求修改了系统方案，那就说明S主管的范围变更要求是合理的”，从而导致解题错误。

通常，造成项目范围变更的主要原因有：①客户对项目、项目产品或服务的要求发生变化；②项目范围计划的编制不周密详细，有一定的错误或遗漏；③承建方没有正确理解建设方的需求；④项目双方沟通存在问题；⑤市场上出现了（或设计人员提出了）新技术、新手段（或新方案）；⑥承建方本身发生变化；⑦项目外部环境发生变化（如政府政策的问题）等。据此，对于本试题，导致C公司多次提出范围变更的可能原因有：

①项目双方沟通不畅。主要表现在W翻译对计算机相关技术知之甚少，未能准确转达S主管的需求。由于W翻译的工作失误，因此导致项目双方沟通不到位，双方对项目目标、产品范围描述和项目可交付物的理解出现重大偏差。

②H公司没有正确理解C公司的需求。主要表现在：杨工收集用户需求时，理解出现偏差，未能准确把握用户需求。

③杨工编制的项目范围计划不周密详细，存在一定的遗漏（或错误），从而导致在项目后期C公司才发现项目目标与H公司的理解出现了严重偏差。

④H公司没有规范的范围管理流程，尤其是范围变更管理流程，导致范围蔓延。

⑤C公司对项目、项目产品或服务的要求发生变化。

⑥市场上出现了C公司认可的新技术、新手段或新方案。

⑦项目外部环境发生变化（如政府政策的问题）等。

【问题3】（3分）

作为项目管理者，杨工此时应关注的范围变更控制的要点如下：

①确定范围变更是否已经发生；

②对造成范围变更的因素施加影响，以确保这些变更得到一致的认可；

③当范围变更发生时，对实际的变更进行管理。例如，重新编制项目范围管理计划和项目范围说明书，与C公司达成一致，并让S主管确认签字；建立整体变更控制流程，做好范围控制。

【参考答案】

表5-3给出了本案例试题的参考答案，供读者练习时参考，以便查缺补漏。读者也可依照所给出的评分标准得出测试分数，从而大致评估自己对这些知识点的掌握程度。

表5-3　参考答案及评分标准

问题与分值	参考答案及评分标准	自评分
【问题1】（6分）	①项目的目标；　②产品范围描述； ③项目的可交付物；　④项目边界； ⑤产品验收标准；　⑥项目的约束条件； ⑦项目的假定（每小点0.5分，答全得4分）； C公司和H公司在项目目标、产品范围描述和项目可交付物等方面的理解出现了重大偏差（2分）	
【问题2】（6分）	不恰当（1分）。因为项目双方已签定了合同，且作为合同附件的系统方案经过了S主管认可，H公司按照合同进行开发，并无过错（1分，答案类似即可）。 导致C公司多次提出范围变更的可能原因如下： ①项目双方沟通不畅； ②H公司没有正确理解C公司的需求；	

续表

问题与分值	参考答案及评分标准	自评分
【问题2】（6分）	③杨工编制的项目范围计划不周密详细，存在一定的遗漏； ④C公司对项目、项目产品或服务的要求发生变化； ⑤市场上出现了C公司认可的新技术、新手段或新方案； ⑥项目外部环境发生变化（如政府政策的问题）等 （答案包含但不限于以上要点，答出其中4个小点即可，每小点1分，最多得4分，答案类似即可）	
【问题3】（3分）	①确定范围变更是否已经发生； ②对造成范围变更的因素施加影响，以确保这些变更得到一致的认可； ③当范围变更发生时，对实际的变更进行管理 （答案包含但不限于以上要点，每小点1分，答案类似即可）	

5.3.2 2010年下半年试题4

【试题描述】

阅读以下说明，根据要求回答问题1～问题3。（15分）

【说明】

某公司为当地一家书店开发图书资料垂直搜索引擎产品，双方详细约定了合同条款，包括合同金额、产品验收标准等。此项目是该公司独立承担的一个小型项目，项目经理小张兼任项目技术负责人。项目进行到设计阶段后，由于小张从未参与过垂直搜索引擎的产品开发，产品设计方案经过两次评审后仍未能通过。公司决定将小张从该项目组调离，由小李接任该项目的项目经理兼技术负责人。

小李在仔细查阅了小张组织撰写的项目范围说明书和产品设计方案后，进行了修改。小李将原定从头开发的方案，修改为通过学习和重用开源代码来实现的方案。小李还相应地修改了小张组织编写的项目范围说明书，将其中按照项目生命周期分解得到的大型分级目录列表形式的 WBS 改为按照主要可交付物分解的树形结构图形式，减少了 WBS 的层次。小李提出的设计方案和项目范围说明书，得到了项目干系人的认可，通过了评审。

【问题1】(5分)

结合本案例，判断下列选项的正误（正确的选项填写“√”，错误的选项填写“×”）

（1）项目范围控制需要按照项目整体变更控制过程来处理。( )

（2）项目范围说明书通过了评审，标志着完成了项目范围确认工作。( )

（3）小李修改了项目范围说明书，但原有的项目范围管理计划不需要变更。( )

（4）小李编写的项目范围说明书中应该包括产品验收标准等重要合同条款。( )

（5）通过评审后，新项目范围说明书将成为该项目的范围基准。( )

【问题2】(4分)

请分别简述小李与小张组织编写的范围说明书中的WBS表示形式的优缺点及适用场合。

【问题3】(6分)

结合项目现状，请简述在项目后续工作中小李应如何做好范围控制工作。

【要点解析】

【问题1】(5分)

项目范围控制是监控项目状态的过程，也是控制变更的过程。其涉及的内容有：①影响导致范围变更的因素；②确保所有被请求的变更按照项目整体变更控制过程处理；③范围变更发生时管理实际的变更。据此，“项目范围控制需要按照项目整体变更控制过程来处理”的说法正确。

项目范围说明书是范围定义的主要交付物。而范围确认的主要交付物有：①可接受的项目可交付物和工作；②变更申请；③更新的 WBS 和 WBS 字典；④推荐的纠正措施等。据此，“项目范围说明书通过了评审，标志着完成了项目范围确认工作”的说法错误。

项目范围管理计划是项目管理计划的分计划之一，而项目管理计划（更新）是项目范围控制的主要交付物之一。这就意味着，如果批准的变更申请对项目范围有影响，那么项目范围管理计划要通过整体变更控制流程进行修订。据此，“小李修改了项目范围说明书，但原有的项目范围管理计划不需要变更”的说法有误。

项目的目标、产品范围描述、项目的可交付物、项目边界、产品验收标准、项目的约束条件、项目的假定等都是项目范围说明书（详细）包括的直接内容或引用内容。据此，“小李编写的项目范围说明书中应该包括产品验收标准等重要合同条款”的说法正确。

被批准的详细的项目范围说明书和其相关的 WBS 以及 WBS 词典是项目的范围基准。据此，“通过评审后，新项目范围说明书将成为该项目的范围基准”的说法不全面。

【问题2】(4分)

由题干关键信息“小李还相应地修改了小张组织编写的项目范围说明书，将其中按照项目生命周期分解得到的大型分级目录列表形式的 WBS 改为按照主要可交付物分解的树形结构图形式”可知，小张组织编写的项目范围说明书采用列表形式来表示 WBS，而小李采用的是分级的树形结构来表示 WBS。通常，列表缩进式 WBS 能够反映出项目所有的工作要素，易于装订成册，但其直观性较差。通常应用于一些大型、复杂的项目中。分级树形结构的 WBS 层次清晰、直观、结构性很强，但不容易修改。通常应用于一些中小型的项目中。

【问题3】(6分)

依题意，在该项目的后续工作中，项目经理小李应重点关注及做好的范围控制工作有：

①定义项目范围变更的相关流程，包括必要的书面文件（如变更申请单）、纠正行动、跟踪系统和授权变更的批准等级等。

②确定项目范围变更是否已经发生；

③影响可能导致该项目范围变更的因素，并确保这些变更得到一致的认可；

④根据范围基准和测量得到的项目绩效等进行偏差分析，以确定有关变更的原因，确定是否需要纠正行动；

⑤当范围变更发生时，对实际的变更进行管理。例如，重新编制项目范围管理计划，修改项目范围说明书、WBS 及其词典等。

⑥使用配置管理系统等工具（或技术、方法）对相关项目交付物、文档的变化进行管理。

【参考答案】

表 5-4 给出了本案例试题的参考答案，供读者练习时参考，以便查缺补漏。读者也可依照所给出的评分标准得出测试分数，从而大致评估自己对这些知识点的掌握程度。

表 5-4 参考答案及评分标准

问题与分值	参考答案及评分标准	自评分
【问题1】（5分）	（1）√　　（2）× （2）×　　（4）√ （5）×（每空1分）	
【问题2】（4分）	小李：能够反映出项目所有的工作要素，易于装订成册，但其直观性较差（1分）。通常应用于大型、复杂的项目中（1分） 小张：层次清晰、直观、结构性很强，但不易于修改（1分）。通常应用于中小型的项目中（1分）（答案类似即可）	
【问题3】（6分）	①定义项目范围变更的相关流程； ②确定项目范围变更是否已经发生； ③影响可能导致该项目范围变更的因素，并确保这些变更得到一致的认可； ④根据范围基准和测量得到的项目绩效等进行偏差分析，以确定有关变更的原因，确定是否需要纠正行动； ⑤当范围变更发生时，对实际的变更进行管理； ⑥使用配置管理系统等工具（或技术、方法）对相关项目交付物、文档的变化进行管理 （答案包含但不限于以上要点，每小点1分，答案类似即可）	

5.4 强化训练

5.4.1 模拟试题 1

【试题描述】

阅读以下说明，根据要求回答问题1～问题3。（15分）

【说明】

系统集成商ZC公司已在A省的多年客户飞思集团为其量身开发了3个中小型信息系统。2010年8月上旬，飞思集团与ZC公司签定了新业务整合的项目开发合同，以扩充整个企业的信息化应用范围。ZC公司指派老郭为该项目的项目经理，负责项目的管理与实施。老郭组织团队成员对该项目的工作进行了分解，并参考了公司以前在飞思集团所开发的项目，评估得到当前项目的总工作量为60个月，计划工期为6个月。

2010年9月，ZC公司的分管领导李总找到老郭。李总表示，由于近期承接了可能影响公司未来几年运作发展重点客户Y的大中型项目，因此需要在2010年11月31日之前完成飞思集团的当前项目。同时，考虑到压缩项目工期的现实，可以为该项目再增派两名程序开发人员。老郭认为，整个项目的工作量是经过仔细分解后评估得到的，评估过程中也参考了历史上与飞思集团合作的项目度量数据，该工作量是客观真实的；目前项目已经进入正常开发的轨道，新增派人员需要一定的时间熟悉项目情况，因此在增派两名程序员的情况下也很难在11月31日之前内完成；如果强行要求项目组成员通过加班（或赶工）、并行施工等措施去完成新项目工期目标，肯定会在一定程度上降低项目的质量，影响公司的形象及用户满意度。就此，老郭提出将整个项目范围分成两个部分、分两个阶段逐步实现、逐步验收的解决方案。第1部分的项目目标争取在2010年10月中旬完成；第2部分的项目目标争取在2010年12月中下旬完成；同时争取客户的同意制定出每个部分的验收标准。李总认为该解决方案基本可以满足公司的业务运作要求，飞思集团项目负责人也签字同意按照这种解决方案进行实施。12月19日，在项目团队的共同努力下，在没有新增工作人员的情况下，项目顺利通过了飞思集团的预验收，项目组成员也没有感受到很大的工作压力。

【问题1】(3分)

通常，该项目的项目范围是否完成以___(1)___、___(2)___、___(3)___作为衡量标准。

【问题2】(5分)

项目经理老郭在制定该项目的WBS时所采取的方法（步骤）如下：

①识别和确认项目的___(4)___，需求分析结果请关键干系人认可；

②依据需求分析结果等文档对___(5)___进行组织；

③___(6)___，并确认每一组成部分是否分解得足够详细；

④为WBS的工作单元分配___(7)___，并确认项目主要交付成果的组成要素；

⑤确认___(8)___是必要和充分的，分解结果请关键干系人认可。

【问题3】(7分)

结合你的项目管理经验，请简要分析项目经理老郭在该项目范围管理方面可供借鉴的经验。

5.4.2 模拟试题2

【试题描述】

阅读以下说明，根据要求回答问题1～问题3。（15分）

【说明】

系统集成商QZ公司的项目经理老程，目前正负责C企业的业务流程整合的系统集成项目。在该项目合同中，简单地列出了几个项目承建方应完成的工作，据此老程自己制定了项目的范围说明书。C企业的有关项目工作由其信息中心黄主任组织与领导。可是在项目实施过程中，有时是C企业的财务部直接向老程提出变更要求，有时是C企业的销售部直接向老程提出变更要求，而且有时这些要求是相互矛盾的。面对这些变更要求，老程试图用范围说明书来说服黄主任，黄主任却动辄引用合同的相应条款作为依据进行辨论。而这些条款要么太粗、不够明确，要么老程跟他们有不同的理解。因此老程因对这些变更要求不能简单地接受或拒绝而左右为难，感到很沮丧。如果不改变这种状况，项目完成看来要遥遥无期。

【问题1】(5分)

结合你的项目管理经验，针对项目范围管理，请简要分析上述问题产生的可能原因。

【问题2】(6分)

在该项目全生命周期的范围管理过程中，老程在不同的阶段应做出以下的应对措施。

（1）合同谈判阶段：①取得___(1)___文档；②在合同中明确双方的权利和义务，尤其是关于___(2)___问题；③采取措施，确保合同签约双方对合同的理解是一致的。

（2）计划阶段：①编制项目范围管理计划；②创建___(3)___；③编制___(4)___等。

（3）执行阶段：①加强对已分解的各项任务的跟踪和记录；②建立与项目干系人进行沟通的统一渠道；③建立___(5)___的规程并执行；④加强对___(6)___的评审和确认等。

【问题 3】（4 分）

请简要说明详细范围说明书的作用，以及其与合同之间的关系。

5.4.3 模拟试题 3

【试题描述】

阅读以下说明，根据要求回答问题 1～问题 3。（15 分）

【说明】

RD 公司原本是一家专注于企业信息化的公司，在电子政务建设如火如荼之时，开始进军电子政务行业。在电子政务的市场中，最近承接了 Z 省省政府的一个向公众开放的政务信息发布与查询系统项目，并任命老林为项目经理。老林在了解该项目的系统要求之后，认为保密性是系统的难点，需要进行技术攻关。为了顺利地完成该项目，老林找到熟悉网络互连的技术人员设计解决方案，在经过严格评审后实施该方案。在系统完成开发进入试运行前，项目发包方认为系统虽然完全满足了保密性的要求，但其使用界面操作复杂，应该简化操作，因此必须在系统交付前增加操作向导的功能。除此以外，试运行需要的服务器等设备已经采购完成，但没有经过调试，发包方要求老林委派人员在部署试运行环境时，同时对采购的设备进行调试并安装相应的系统软件。在合同条款中仅有一条"乙方负责将系统部署到试运行及正式运行环境"，并没有指出环境的状态，老林只好向公司求助，找到了可以完成服务器系统软件安装和调试的资源，完成了这部分工作。

对于增加"操作向导"的问题，老林安排程序员小魏在向项目发包方口头了解"操作向导"的需求后，直接进行开发。但在操作向导功能交付后，项目发包方根据公众用户反馈的结果认为操作向导仍没有满足需求，最终又重写了大部分代码才通过验收。由于系统的反复变更，项目组成员产生了强烈的挫折感，士气低落，成本和工期都超出了原计划的 50%以上。

【问题 1】（6 分）

结合你的项目管理经验，请指出该项目在范围管理方面可能存在哪些问题？

【问题 2】（3 分）

项目经理老林进行该项目范围控制时，可能使用到的工具、方法和技术包括______。（请从以下选项中选出相应的编号，不定项选择题）

A．同行评审	B．分解技术	C．偏差分析
D．挣值分析	E．专家判断	F．波士顿矩阵图
G．鱼骨图	H．变更控制系统	I．配置管理系统

【问题 3】（6 分）

结合你的项目管理经验，请简要说明应如何避免该项目范围管理方面的问题？

5.4.4 参考答案

表5-5和～表5-7分别给出了模拟试题1～模拟试题3的参考答案，供读者在练习时进行参考，以便查漏补缺。读者也可依照所给出的评分标准得出测试分数，从而大致评估自己对这些知识点的掌握程度。

表5-5 模拟试题1参考答案及评分标准

问题与分值	参考答案及评分标准	自评分
【问题1】（3分）	（1）项目管理计划 （2）项目范围说明书 （3）WBS及其字典 （每空1分，答案顺序不限）	
【问题2】（5分）	（4）阶段和主要可交付物（或可交付物及其相关的工作） （5）WBS的结构 （6）对WBS进行分解（或将高层WBS工作分解为低层次的、详细的工作单元） （7）代码（或编码） （8）工作分解的程度（每空1分，答案意思相近即可）	
【问题3】（7分）	①对最初的项目范围有较清晰的定义，并据此对项目工作进行了分解，制定了WBS； ②对项目进行了估算，且估算结果真实可信，对项目工作量有量化的把握； ③在出现新的项目目标后，对项目进行了范围控制，缩小了第一阶段实现的项目范围； ④对重新定义的项目范围进行了确认，与公司分管领导和客户达成一致； ⑤对项目范围的变更进行了有效的沟通管理，协调了主要项目干系人之间的矛盾 （答案包含但不限于以上要点，答出其中4个小点即可，每小点2分，最多得7分，答案类似即可）	

表5-6 模拟试题2参考答案及评分标准

问题与分值	参考答案及评分标准	自评分
【问题1】（5分）	①QZ公司对项目干系人及其关系分析不到位，缺乏足够的信息来源，范围定义不全面、不准确； ②QZ公司与C企业对项目范围没有达成一致认可或承诺； ③缺乏变更的接受/拒绝准则； ④缺乏项目全生命周期的范围控制； ⑤合同没订好，没有就具体完成的工作形成明确清晰的条款； ⑥C企业没有对各部门的需求及其变更进行统一的组织和管理； ⑦项目范围定义等管理过程缺乏客户/用户参与 （答案包含但不限于以上要点，答出其中5个小点即可，每小点1分，答案类似即可）	
【问题2】（6分）	（1）明确的工作说明书或更细化的合同条款 （2）变更（或范围变更） （3）项目的工作分解结构（WBS） （4）项目范围说明书 （5）整体变更控制 （6）项目阶段性成果 （每空1分，答案意思相近即可）	
【问题3】（4分）	项目范围说明书详细描述了项目的可交付物和产生这些可交付物所必须做的项目工作（1分）。它在所有项目干系人之间建立了一个对项目范围的共识，描述了项目的主要目标，使团队能进行更详细的规划，指导团队在项目实施期间的工作（1分），并为评估是否为客户需求进行变更或附加的工作是否在项目范围之内提供基线（1分）。（答案类似即可） 合同是制定项目范围说明书的依据 （1分）	

表 5-7 模拟试题 3 参考答案及评分标准

问题与分值	参考答案及评分标准	自 评 分
【问题 1】（6 分）	①没有清晰地了解到产品的范围，导致项目后期需求的延长； ②没有澄清模糊的项目范围，在安装服务器的问题上产生异议，最终增加了未计划到的工作； ③没有进行变更控制，以至于变更的结果不理想，导致反复地变更 （答案包含但不限于以上要点，每小点 2 分，答案类似即可）	
【问题 2】（3 分）	C、H、I（3 分，多选、错选不得分，少选一项扣 1 分）	
【问题 3】（6 分）	①要结合行业背景及特点进行需求分析，挖掘系统潜在的隐性需求，避免范围定义不清晰等问题； ②在项目前期，与客户共同界定哪些工作属于项目范围，并在合同中给予清晰的描述； ③在发生范围变更时应按整体变更控制流程进行有效的管理 （答案包含但不限于以上要点，每小点 2 分，答案类似即可）	

第 6 章 项目进度管理

6.1 备考指南

6.1.1 考纲要求

虽然本科目考试大纲是按项目生命周期各阶段来展现案例分析试卷所要考核的相关内容的，且在“项目进度管理”知识模块上仅体现了“进度控制”等，即没有给出具体的考核要求，但读者可从该知识模块在历次系统集成项目管理工程师考试试卷中曾出现的考核知识点及分值分布情况间接获知关键考点和考试难点所在。

6.1.2 考点统计

“项目进度管理”知识模块在历次系统集成项目管理工程师考试试卷中出现的考核知识点及分值分布情况如表 6-1 所示。

表 6-1 历年考点统计表

年 份	题 号	知 识 点	分 值	参考价值
2009 年上半年	试题 1	根据某系统集成项目关于进度管理方面的案例说明，要求分析项目进度拖后的可能原因，简述进度计划包括的种类和用途，简述“滚动波浪式计划”方法的特点和确定滚动周期的依据等知识点	15 分	★★★★★
	试题 2	给出某项目主要工作的部分单代号网络图，要求计算各活动的相关时间参数，指出项目的关键路径，计算项目工期及某些工作的总时差和自由时差；简述压缩项目工期的措施等知识点	15 分	★★★★★
2009 年下半年	试题 3	给出某电子政务工程项目关于进度管理方面的案例说明，要求分析进度拖延的主要原因，并给出相应的补救措施，简述进度控制可采用的技术、工具等知识点	15 分	★★★★★
2010 年下半年	试题 1	给出某项目关于进度管理方面的案例说明，要求选择项目经理可以采取的应对措施，简述该项目可采用的进度压缩技术并分析利弊等知识点	9 分	★★★★★
	试题 2	给出某项目的当前执行情况，要求计算某任务赶工时的工作量倍数等知识点	2 分	★★★★★

6.1.3 命题特点

纵观历次真题试卷，本章知识点主要是以简答题、计算题和选择题的题型出现在试卷中。结合表 6-1 可知，本章知识点在历次考试中所考查的题量约为 1～2 道综合题，所占分值约为 15～30 分（约占试卷总分值 75 分中的 20%～40%）。其历年命题走势如图 6-1 所示。案例中所提出的问题侧重于实践应用，用于检查考生是否理解相关的理论知识和是否具有相关的实践应用经验，考试难度系数为中等。从知识点考查深度的角度分析，每次考试中该部分试题在“识记、理解、应用”3 个层面上所占的比例大致为 1:2:3。

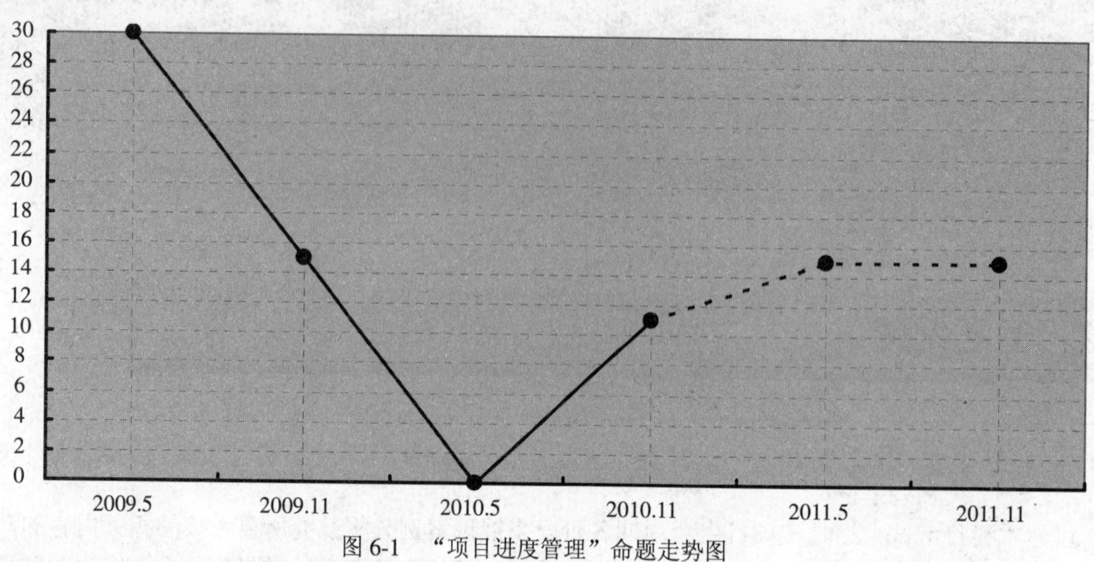

图 6-1 “项目进度管理”命题走势图

本章知识点主要有以下两种命题思路。

命题思路 1：给出某信息系统项目在进度管理方面的案例说明，给出相关活动的估算历时及依赖关系等，要求绘制出相关的进度管理图形（如单代号网络图、里程碑甘特图等）或将已有图表中空缺的参数补充完整；要求指出项目的关键路径并计算项目工期、有关活动的各类时间参数（如总时差、自由时差、最迟开始时间等）；在某活动历时发生变更时，要求重新指出项目的关键路径及项目工期等。

命题思路 2：给出某个大中型项目在进度管理方面的案例场景描述，要求指出该案例场景中存在哪些问题并说明相关原因；要求给出压缩工期、跟踪项目进度等问题的解决措施（或建议）；给出 1 个该案例涉及且与进度管理基础知识点相关的简答题（或填空题、选择题、判断题等）。

6.1.4 学习建议

项目进度管理常被认为是项目冲突的主要根源。没能有效地控制项目的进度是项目管理失败的直接表现。充分利用项目时间、有效地保障项目进度是项目团队走向成功的基本保证。项目进度管理包括活动定义、活动排序、活动资源估算、活动历时估算、编制进度计划和进度控制等过程。其中，项目活动排序、制定进度计划、进度控制等知识模块是本章的考核重点。鉴于“已知某些参数和条件来求解另一些参数”的计算题可以有多种组合命题形式、多种表现形式，建议读者熟练掌握本章所归纳、列举的案例分析试题，并能做到举一反三、灵活应用相关知识点。

鉴于系统集成项目管理工程师考试采用模块化的命题风格，因此在今后考试中与本章相关的试题将可能保持 1 道综合题的考查量。读者可以从该知识模块在历次真题中曾出现的考核知识点及分值分布情况（见表 6-1）间接获知关键考点和考试难点所在。本章知识点还有可能以简答题、计算题、画图题、填空题、选择题和判断题等题型风格出现在试卷中。通常，定量计算是下午试卷中一类比较容易得分的题型，因此读者一定要好好把握，多动笔练习此类综合应用试题，做到熟能生巧，并多花心思归纳总结解题经验，以便考试时能灵活变通，节约在这些知识点上的解题思考时间。

随着考试次数的不断增多，此类试题的命题思路、试题的表现形式和考查内容将会趋于平稳，从命题的层面分析，这也限制了此类试题的考核深度和广度。但随着考试次数的逐年积累，意味着试题的命题范围将越来越窄，所考查的知识点也会越来越细，并趋向于与项目成本管理、风险管理、质量管理和整体管理等知识模块相结合进行案例分析方面的综合命题。通过类似这样的命题思路、考查内容、问题表现形式等方面的创新与发展，从而来体现作为一门中级职称资格考试所应具有的考核深度和广度。

建议读者一定要熟练掌握本章所归纳、列举的案例分析试题，多动笔练习此类综合应用试题，以扩展知识面，并多总结解题经验，努力做到举一反三、灵活应用相关知识点，以便考试时能灵活变通。本章力求以发展的眼光和实用的角度来预测并挖掘“项目进度管理”的相关考核点，以增强读者学习相关知识点的目的性。时间对世界上的每一个人而言是最公平的资源，能够充分利用时间，说明读者在成长；能够有效控制时间，说明读者在成熟。

阅读提示：本章是系统集成项目管理工程师考试的重点内容，读者需要重点复习及强化。

6.2 知识点清单

6.2.1 活动定义

- 项目进度管理包括使项目按时完成所必需的管理过程，包括：①活动定义；②活动排序；③活动资源估算；④活动历时估算；⑤制定进度计划；⑥项目进度控制等过程。（Ⅰ）（★）
- 活动定义用于确认一些特定的工作，通过完成这些活动完成工程项目的各项目细目。（Ⅰ）
- 活动排序用于明确各活动之间的顺序等相互依赖关系，并形成文件。（Ⅰ）
- 活动资源估算就是确定在实施项目活动时要使用何种资源（人员、设备或物资），每一种使用的数量，以及何时用于项目计划活动。（Ⅰ）
- 活动历时估算用于估算完成各项计划活动所需工时单位数。它利用计划活动对应的工作范围、需要的资源类型和资源数量，以及相关的资源日历（用于标明资源有无及多少）信息。（Ⅰ）
- 项目进度计划（也称为时间基准计划）是指实施项目各项活动的计划日期。（Ⅰ）
- 进度控制是监控项目的状态，以便采取相应措施以及管理进度变更的过程。（Ⅰ）
- 项目进度管理框架如表 6-2 所示。（Ⅰ）（★）

表 6-2 项目进度管理框架

过程	依据	工具和技术	输出
活动定义	①事业环境因素； ②组织过程资产； ③项目范围说明书； ④工作分解结构（WBS）； ⑤WBS 词典； ⑥项目管理计划	①分解； ②模板； ③滚动式计划； ④专家判断； ⑤规划组成部分	①活动清单； ②活动属性； ③里程碑清单； ④请求的变更
活动排序	①项目范围说明书； ②活动清单； ③活动属性； ④里程碑清单； ⑤批准的变更请求	①前导图法（PDM）； ②箭线图法（ADM）； ③计划网络模板； ④确定依赖关系； ⑤利用时间提前量与滞后量	①项目进度网络图； ②活动清单（更新）； ③活动属性（更新）； ④请求的变更（即更新的项目管理计划和项目范围说明书）
活动资源估算	①事业环境因素； ②组织过程资产； ③活动清单和支持详细依据； ④活动属性； ⑤资源可利用情况； ⑥项目管理计划	①专家判断； ②多方案分析（或替换方案确定）； ③出版（公开）的估算数据； ④项目管理软件； ⑤自下而上估算	①活动资源需求； ②活动清单及属性（更新）； ③资源分解结构； ④资源日历； ⑤请求的变更； ⑥支持资源需求； ⑦估算的详细依据

续表

过　程	依　据	工具和技术	输　出
活动历时估算	①事业环境因素； ②组织过程资产； ③项目范围说明书； ④活动清单； ⑤活动属性； ⑥活动资源需求； ⑦资源日历（或资源可用性）； ⑧项目管理计划； ⑨风险清单	①专家判断； ②历时的类比估算； ③历时的参数估算； ④历时的三点估算； ⑤后备分析（或预留时间）； ⑥最大活动历时	①活动历时估算结果； ②活动清单（更新）； ③活动属性（更新）
制定进度计划	①组织过程资产； ②项目范围说明书； ③活动清单； ④活动属性； ⑤项目进度网络图； ⑥活动资源需求； ⑦活动历时估算； ⑧资源日历； ⑨资源可用性； ⑩项目管理计划； ⑪约束条件	①进度网络分析（或计划评审技术）； ②关键路线法； ③历时压缩； ④假设情景分析； ⑤资源平衡； ⑥关键链法； ⑦项目管理软件； ⑧应用日历； ⑨调整时间提前与滞后量； ⑩进度模型 ⑪模拟	①项目进度表； ②进度模型数据； ③进度基准； ④资源需求（更新）； ⑤活动属性（更新）； ⑥项目日历（更新）； ⑦请求的变更； ⑧项目管理计划（更新）； ⑨进度管理计划（更新）
项目进度控制	①进度管理计划； ②进度基准； ③绩效报告； ④已批准的变更请求	①进度报告； ②进度变更控制系统； ③绩效测量； ④项目管理软件； ⑤偏差分析； ⑥进度比较横道图（或跟踪甘特图）； ⑦资源平衡； ⑧假设条件情景分析； ⑨进度压缩； ⑩制订进度的工具	①进度模型数据（更新）； ②进度基准（更新）； ③绩效衡量； ④请求的变更； ⑤推荐的纠正措施； ⑥组织过程资产（更新）； ⑦活动清单（更新）； ⑧活动属性（更新）； ⑨项目管理计划（更新）

- 项目进度管理计划选择了进度编制方法、进度编制工具，以及确定并规范制订进度过程和控制项目进度过程的准则。（Ⅰ）
- 对工作包进行分解，使其细分为更小、更易于管理的单元，以便更好地进行进度管理和控制，这一分解的最终成果称为活动。（Ⅰ）（★）
- 一个活动通常需要一定的时间、一定的成本和一定的资源才能完成，所有这些时间、成本和资源都要通过预计或估计才能得到近似的数量。（Ⅰ）
- 活动定义过程的任务：①把工作包分解成一个个的活动；②根据项目的实际情况，从项目的范围说明书中去找、从组织的过程资产中去找一个个的活动；③对这些活动进一步定义；④将已识别出项目的所有活动归档到活动清单中。（Ⅰ）
- 把工作包分解成一个个的活动是活动定义过程最基本的任务。（Ⅰ）
- 工作分解结构（WBS）具有 4 个主要用途：①是一个展现项目全貌，详细说明为完成项目所必须完成的各项工作的计划工具；②是一个清晰地表示各项目工作之间相互联系的结构设计工具；③是一个帮助项目经理和项目团队确定和有效地管理项目（特别在项目发生变更时）所涉及工作的基本依据；④定义了里程碑事件，可以向高级管理层和客户报告项目完成情况，作为项目状况的报告工具。（Ⅰ）

- 活动定义过程处于 WBS 的最下层，称之为工作组合的可交付成果。项目工作组合被有计划地分解成更小的部分，称之为计划活动，为估算、安排进度执行、监控等工作奠定基础。（Ⅰ）
- 计划活动是项目进度表的单个组成部分，不是 WBS 的单个组成部分。（Ⅰ）
- 项目生命周期中有 3 个与时间相关的重要概念，即检查点（Checkpoint）、里程碑（Mile Stone）和基线（Base Line）。它们一起描述了在什么时候对项目进行什么样的控制。（Ⅰ）（★）
- 检查点是指在规定的时间间隔内对项目进行检查，比较实际与计划之间的差异，并根据差异进行调整。可将检查点看作是一个固定"采样"时点，而时间间隔根据项目周期长短不同而不同。（Ⅰ）（★）
- 常见的检查点时间间隔是每周一次，项目经理需要召开例会并上交周报。（Ⅰ）（★）
- 里程碑是指完成阶段性工作的标志，是项目生命周期时间轴上的一个时刻。在该时刻应对项目特意关注和控制，通常指一个主要可交付成果的完成，也可以没有交付物而仅仅是控制。（Ⅰ）（★）
- 里程碑显示了项目为达到最终目标而必须经过的条件或状态序列，描述了在每一阶段要达到什么状态。（Ⅰ）
- 里程碑在项目管理中具有重要意义：①里程碑产出的中间"交付物"是每一步逼近的结果，也是控制的对象；②可以降低项目风险；③里程碑强制规定在某段时间做什么，从而合理分配工作，细化管理"粒度"。（Ⅱ）
- 基线是指一个（或一组）配置项在项目生命周期的不同时间点上通过正式评审而进入正式受控的一种状态。（Ⅰ）（★）
- 基线其实是一些重要的里程碑，但相关交付物要通过正式评审，并作为后续工作的基准和出发点。基线一旦建立，其变化需要受控制。（Ⅰ）（★）
- 重要的检查点是里程碑，重要的需要客户确认的里程碑就是基线。通常，周例会是检查点的表现形式，高层的阶段汇报会是基线的表现形式。（Ⅰ）（★）
- 活动定义的依据（或输入）：①事业环境因素；②组织过程资产；③项目范围说明书；④工作分解结构；⑤WBS 词典；⑥项目管理计划等。（Ⅰ）（★）
- 活动定义的可交付物（或输出）：①活动清单；②活动属性；③里程碑清单；④请求的变更等。（Ⅰ）（★）
- 活动定义所需的工具、方法和技术：①分解；②模板；③滚动波式规划；④专家判断；⑤规划组成部分等。（Ⅰ）（★）
- 活动清单内容全面，包括项目将要进行的所有计划活动，但不包括任何不必成为项目范围一部分的计划活动。（Ⅱ）
- 活动清单应当有活动标识，并对每一计划活动工作范围给予详细的说明，以保证项目团队成员能够理解要完成的是什么样的工作（如工作内容、目标、结果、负责人和日期等）。（Ⅱ）
- 活动属性是活动清单中的活动属性的扩展，指出每一计划活动具有的多属性。（Ⅰ）
- 每一计划活动的属性包括活动标识、活动编号、活动名称、先行活动、后继活动、逻辑关系、提前与滞后时间量、资源要求、强制性日期、制约因素和假设。活动属性还可以包括工作执行负责人、实施工作的地区或地点，以及计划活动的类型（如投入的水平、可分投入与分摊的投入）。（Ⅱ）
- 里程碑清单标明所有的里程碑，并且说明里程碑是否是强制性需要订立合同的，或者是基于历史信息而有选择性的。（Ⅱ）
- 一个好的里程碑最突出的特征是：达到此里程碑的标准毫无歧义。（Ⅰ）（★）
- 里程碑计划的编制可以从最后一个里程碑（即项目的终结点）开始，反向进行。（Ⅰ）（★）
- 在确定项目的里程碑时，可以使用"头脑风暴法"。（Ⅱ）

- 活动定义过程可能提出影响项目范围说明与 WBS 的变更请求。请求的变更通过整体变更控制过程审查与处置。（Ⅱ）
- 活动定义确定的最终成果是计划活动，而不是制作 WBS 过程的可交付成果。（Ⅰ）
- 标准的或以前项目活动清单的一部分，往往可当做新项目活动定义的模板使用。模板中的有关活动属性信息还可能包含资源技能，以及所需时间的清单、风险识别、预期的可交付成果和其他文字说明资料。模板还可以用来识别典型的进度里程碑。（Ⅱ）
- 当项目范围说明书不够充分，不能将 WBS 某分支向下分解到工作组合水平时，该分支最后分解到的组成部分可用来制定这一组成部分的高层次项目进度表。（Ⅱ）
- 规划组成部分的计划活动可以是无法用于项目工作详细估算、进度安排、执行、监控的概括性活动。控制账户和规划组合是两个规划组成部分。（Ⅱ）
- 高层管理人员的控制点可以设在 WBS 工作组合层次以上选定的管理点（选定水平上的具体组成部分）上。（Ⅱ）
- 在控制账户内完成的所有工作与付出的所有努力，记载于某一控制账户计划中。（Ⅱ）
- 规划组合是在 WBS 中控制账户以下，但在工作组合以上的 WBS 组成部分。（Ⅱ）
- 规划组合的用途是规划无详细计划活动的已知工作内容。（Ⅱ）

6.2.2 活动排序

- 活动排序用于明确各活动之间的顺序等相互依赖关系，并形成文件。（Ⅰ）
- 除第一个和最后一个活动和里程碑以外，至少与一个前序活动和一个后继活动相关联。（Ⅰ）（★）
- 在活动之间的逻辑关系中可使用“提前时间”或“滞后时间”，以便制订符合实际的和可以实现的项目进度。（Ⅰ）（★）
- 活动排序的依据（或输入）：①项目范围说明书；②活动清单；③活动属性；④里程碑清单；⑤批准的变更请求等。（Ⅰ）（★）
- 活动排序的可交付物（或输出）：①项目进度网络图；②活动清单（更新）；③活动属性（更新）；④请求的变更等。（Ⅰ）（★）
- 活动排序所需的工具、方法和技术：①前导图法（PDM）；②箭线图法（ADM）；③计划网络模板；④确定依赖关系；⑤利用时间提前量与滞后量等。（Ⅰ）（★）
- 前导图法（PDM）也称为单代号网络图法（AON），用于关键路径法（CPM）。其使用方框或者长方形（称之为结点）代表活动，之间用箭线连接，以表示它们彼此存在的逻辑关系。（Ⅰ）（★）
- 逻辑关系（也称为前导关系，或者依赖关系）是指两个项目活动（或一个项目活动和一个里程碑）之间的依赖关系。（Ⅰ）
- 前导图法包括活动之间存在的 4 种类型的依赖关系：①结束 - 开始的关系（F - S 型）：前序活动结束后，后续活动才能开始；②结束 - 结束的关系（F - F 型）：前序活动结束后，后续活动才能结束；③开始 - 开始的关系（S - S 型）：前序活动开始后，后续活动才能开始；④开始 - 结束的关系（S - F 型）：前序活动开始后，后续活动才能结束。（Ⅰ）（★）
- 在前导图法中，每项活动的持续时间（或称之为历时）是指一项工作从开始到完成的纯工作时间（不包括不包括节假日或其他休息日）。（Ⅰ）
- 工期是指完成活动所需要的日历时间段（该时间段由起始日期、工作日、节假日或其他休息日、结束日期组成）。（Ⅰ）（★）
- 路径（Path）由项目网络图中一组顺序相连的活动组成。（Ⅰ）

- 关键路径（Critical Path）是指项目网络图中决定项目最早完成日期的路径。（Ⅰ）（★）
- 处于关键路径上的活动称为关键活动。（Ⅰ）（★）
- 关键路径法（CPM）是指通过分析哪条活动序列的路径具有最小的浮动时间来预测、安排项目工期的一种网络分析技术。（Ⅰ）
- 在绘制前导图时，需要遵守以下规则：①前导图必须正确表达项目中活动之间的逻辑关系；②在图中不能够出现循环回路；③在图中不能出现双向箭头或无箭头的连线；④图中不能出现无箭尾结点的箭线或无箭头结点的箭线；⑤图中只能有一个起始结点和一个终止结点。（Ⅰ）（★）
- 箭线图法（ADM）也称为双代号网络图法（AOA），是用箭线表示活动、用结点表示事件的一种网络图绘制方法。（Ⅰ）（★）
- 在箭线图法（ADM）中，给每个事件（而不是每项活动）指定一个唯一的代号。活动的开始（箭尾）事件称为该活动的紧前事件，活动的结束（箭头）事件称为该活动的紧随事件。（Ⅰ）（★）
- 在箭线图法（ADM）中，有 3 个基本原则：①网络图中的每一事件必须有唯一的一个代号，即网络图中不会有相同的代号；②任意两项活动的紧前事件和紧随事件代号至少有一个不相同，结点代号沿箭线方向越来越大；③流入（流出）同一结点的活动均有共同的后继活动（或前序活动）。（Ⅰ）（★）
- 虚活动是一种不消耗时间的、额外的特殊活动。在网络图中用一个虚箭线表示。（Ⅰ）（★）
- 在出现以下情况时，需要定义虚活动：①平等作业；②交叉作业；③在复杂的网络图中，为避免多个起点（或终点）引起的混淆，即用虚活动与所有能同时开始（或结束）的结点连接。（Ⅱ）
- 在确定活动之间的先后顺序时有 3 种依赖关系：①强制性依赖关系；②可斟酌处理的依赖关系；③外部依赖关系。（Ⅰ）
    - ◆ 强制性依赖关系也称为硬逻辑关系，是指工作性质所固有的依赖关系。它们往往涉及一些实际的限制。（Ⅱ）
    - ◆ 可斟酌处理的依赖关系也称为优先选用逻辑关系、优先逻辑关系或者软逻辑关系，是指由项目团队确定的那些依赖关系。通常根据对具体应用领域内部的最好做法，或者项目的某些非寻常方面的了解而确定。（Ⅱ）
    - ◆ 可斟酌处理的依赖关系要有完整的文字记载，因为它们会造成总时差不确定、失去控制并限制今后进度安排方案的选择。（Ⅱ）
- 外部依赖关系是指涉及项目活动和非项目活动之间关系的依赖关系。活动排序的这种依据可能要依靠以前性质类似的项目历史信息，或者合同和建议。（Ⅱ）
- 项目管理团队要确定可能要求加入时间提前量与滞后量的依赖关系，以便准确地确定逻辑关系。（Ⅱ）
- 利用时间提前量可以提前开始后继活动。利用时间滞后量可以推迟后继活动。（Ⅰ）（★）
- 项目进度网络图就是展示项目各计划活动及逻辑关系（依赖关系）的图形。该图可以包括项目的全部细节，也可以只有一项或若干项概括性活动。（Ⅰ）
- 项目进度网络图应附有简要的文字，说明活动排序使用的基本方法。（Ⅰ）

6.2.3 活动资源估算

- 活动资源估算就是确定在实施项目活动时要使用何种资源（人员、设备或物资），每一种使用的数量，以及何时用于项目计划活动。（Ⅰ）

- 活动资源估算的依据（或输入）：①事业环境因素；②组织过程资产；③活动清单；④活动属性；⑤资源可利用情况；⑥项目管理计划等。（Ⅰ）（★）
- 活动资源估算的可交付物（或输出）：①活动资源要求；②活动属性（更新）；③资源分解结构；④资源日历；⑤请求的变更等。（Ⅰ）（★）
- 活动资源估算所需的工具、方法和技术：①专家判断；②多方案分析；③出版（公开）的估算数据；④项目管理软件；⑤自下而上估算等。（Ⅰ）（★）
- 自下而上估算是指当估算计划活动无足够把握时，则将其范围内的工作进一步分解。然后估算下层每个更具体的工作资源需要，接着将这些估算按照计划活动需要的每一种资源汇集出总量。（Ⅰ）
- 进度管理计划是项目管理计划中用于活动资源估算的组成部分。（Ⅰ）
- 活动资源估算过程的成果就是识别与说明工作细目中每一计划活动需要使用的资源类型和数量。可以在汇总这些要求之后，确定每一工作细目的资源估算量，以形成资源要求说明书。（Ⅰ）
- 资源分解结构是按照资源种类和形式而划分的资源层级结构。（Ⅱ）
- 项目综合资源日历记录了确定使用某种具体资源（如人员或是物资）日期的工作日，或不使用某种具体资源日期的非工作日。（Ⅱ）
- 项目资源日历通常根据资源的种类标识各自的节假日、可以使用资源的时间，以及标识出资源的每一可供使用期间及其可供使用数量。（Ⅰ）
- 工作量是指完成一项活动或其他项目单元所需的人工单位的数量。通常用人小时、人日或人周表示。其计算公式：工作量 = 项目规模/单个资源的工作效率。（Ⅰ）（★）

6.2.4 活动历时估算

- 活动历时估算过程要求估算为完成计划活动而必须付出的工作努力数量，估算为完成计划活动而必须投入的资源数量，并确定为完成该计划活动而需要的工作时间数。对于每一活动历时估算、所有支持历时估算的数据与假设都要记载下来。（Ⅰ）
- 活动历时估算的依据（或输入）：①事业环境因素；②组织过程资产；③项目范围说明书；④活动清单；⑤活动属性；⑥活动资源需求；⑦资源日历；⑧项目管理计划等。（Ⅰ）（★）
- 活动历时估算的可交付物(或输出)：①活动历时估算结果；②活动属性（更新）等。（Ⅰ）（★）
- 活动历时估算所需的工具、方法和技术：①专家判断；②类比估算；③参数估算；④三点估算；⑤后备分析（或预留时间）等。（Ⅰ）（★）
- 活动历时类比估算就是以从前类似计划活动的实际持续时间为根据，估算将来计划活动的持续时间。当有关项目的详细信息数量有限时（如在项目的早期阶段），经常使用该种方法估算项目的持续时间。类比估算利用历史信息和专家判断。（Ⅰ）
- 参数估算用欲完成工作的数量乘以生产率可作为估算活动持续时间的量化依据。（Ⅰ）
- 三点估算是在确定最有可能的历时估算 Tm、最乐观的历时估算 To、最悲观的历时估算 Tp 3 种估算的基础上算出的均值（活动历时的均值 D=（To+4Tm+Tp）/6）。（Ⅰ）（★）
- 三点估算法来自于计划评审技术（PERT），估算出的历时符合正态分布曲线，其方差 σ =（Tp−To）/6。活动在一个方差区间（D−σ,D+σ）内完成的概率为 68.26%。（Ⅰ）（★）
- 计划评审技术（PERT）是一种面向事件的网络分析技术，用于在各个活动工期不确定时估算项目工期。（Ⅰ）
- 后备分析是指在总的项目进度表中以“应急时间”、“时间储备”或“缓冲时间”为名称增加一些时间，该做法是承认进度风险的表现。（Ⅰ）
- 项目管理计划中的风险登记册和活动费用估算是活动历时估算的主要依据。（Ⅰ）
- 活动历时是对完成计划活动所需时间的可能长短所做的定量估计。（Ⅰ）

- 在活动历时估算的结果中应当指明变化范围。例如，3 周±1 天指明某计划活动至少要用 14 天，但最多不超过 16 天（假定每周工作 5 天）。（Ⅰ）（★）

6.2.5 制定进度计划

- 主进度计划（也称为里程碑进度计划）是指确定主要活动和关键里程碑的概括性进度计划。（Ⅱ）
- 受资源限制的进度计划是指活动的开始日期和完成日期是立足于资源可用情况的进度计划。（Ⅱ）
- 受时间限制的进度计划是指开始日期和完成日期是确定的项目进度计划。（Ⅱ）
- 制定进度表可能要求对历时估算与资源估算进行审查与修改，以便进度表在批准之后能够当做跟踪项目绩效的基准使用。（Ⅰ）
- 制定项目进度表是一个反复多次的过程，贯穿于项目的始终。（Ⅰ）
- 制定进度计划的依据（或输入）：①组织过程资产；②项目范围说明书；③活动清单；④活动清单属性；⑤项目进度网络图；⑥活动资源需求；⑦资源日历；⑧活动历时估算；⑨项目管理计划等。（Ⅰ）（★）
- 制定进度计划的可交付物（或输出）：①项目进度表；②进度模型数据；③进度基准；④资源要求（更新）；⑤活动属性（更新）；⑥项目日历（更新）；⑦请求的变更；⑧项目管理计划（更新）；⑨进度管理计划（更新）等。（Ⅰ）（★）
- 制定进度计划所需的工具、方法和技术：①进度网络分析；②关键路线法；③进度压缩；④假设情景分析；⑤资源平衡；⑥关键链法；⑦项目管理软件；⑧应用日历（包括项目日历和资源日历）；⑨调整时间提前与滞后量；⑩进度模型等。（Ⅰ）（★）
- 进度网络分析使用一种进度模型和多种分析技术（如采用关键路线法、局面应对分析资源平衡）来计算最早、最迟开始和完成日期，以及项目计划活动未完成部分的计划开始与计划完成日期。（Ⅰ）（★）
- 如果模型中使用的进度网络图含有任何网络回路或网络开口，则需要对其加以调整，然后再选用进度网络分析技术。某些网络路线可能含有路径会聚点或分支点，在进行进度压缩分析或其他分析时可以识别出来并加以利用。（Ⅱ）
- 关键路线法是利用进度模型时使用的一种进度网络分析技术。它沿着项目进度网络路线进行正向与反向分析，从而计算出所有计划活动理论上的最早开始与完成日期、最迟开始与完成日期，不考虑任何资源限制。（Ⅰ）
- 在任何网络路线上，进度余地的大小由最早与最迟日期两者之间的差值决定，该差值称为"总时差"。关键路线有零或负值总时差，在关键路线上的计划活动称为"关键活动"。（Ⅰ）（★）
- 活动的最早开始时间（ES）是指在其所有紧前工作全部开始后，本工作有可能开始的最早时刻。（Ⅰ）（★）
- 活动的最早完成时间（EF）是指在其所有紧前工作全部完成后，本工作有可能完成的最早时刻。（Ⅰ）（★）
- 活动的最迟完成时间（LS）是指在不影响整个任务按期完成的前提下，本工作必须完成的最迟时刻。（Ⅰ）（★）
- 活动的最迟开始时间（LF）是指在不影响整个任务按期完成的前提下，本工作必须开始的最迟时刻。（Ⅰ）（★）
- 活动的总时差（或称为浮动时间、松驰时间、路径时差）是指在不影响总工期的前提下，本工作可以利用的机动时间。（Ⅰ）（★）
- 活动的自由时差（或称为自由浮动时间）是指在不延误同一网络路线上任何直接后继活动最早开始时间的条件下，计划活动可以推迟的时间长短。（Ⅰ）（★）

- 正推法是指从项目的开始日期向前推到项目结束日期，计算网络活动中所有未完成活动的最早开始日期（ES）、最早完成日期（EF）和关键路径的方法。（Ⅰ）（★）
- 逆推法是指按照网络逻辑关系从项目完成日期开始，反向倒推到项目开始日期，计算网络中所有未完成活动的最晚开始日期（LS）和最晚完成日期（LF）的方法。（Ⅰ）（★）
- 为了使路线总时差为零或正值，有必要调整活动持续时间、逻辑关系、时间提前与滞后量或其他进度制约因素。一旦路线总时差为零或正值，则还能确定自由时差。（Ⅰ）
- 超前（Lead）是指逻辑关系中指示允许后继活动提前的时间量。（Ⅰ）（★）
- 滞后（Lag）是指逻辑关系中表示后继活动需推迟的时间量。（Ⅰ）（★）
- 进度压缩是指在不改变项目范围、进度制约条件、强加日期或其他进度目标的前提下缩短项目的进度时间。（Ⅰ）
- 赶工（加班）、快速跟进和管理浮动时间是进度压缩的常见技术。（Ⅰ）（★）
- 赶工（Crashing）是指分析如何以最少的成本最大程度地压缩单个活动的工期，从而压缩项目总工期。（Ⅰ）
- 快速跟进（Fast Trackin）是指对于计划中按串行顺序进行的活动，在实施时将其重叠安排的方法。（Ⅰ）
- 假设情景分析是对“情景 x 出现时应当如何处理”这样的问题进行分析。其分析结果可用于估计项目进度计划在不利条件下的可行性，用于编制克服或减轻由于出乎意料的局面所造成后果的应急和应对计划。（Ⅱ）
- 最常用的假设情景分析技术是蒙特卡洛分析，即为每个计划活动确定一种活动持续时间概率分布，然后利用这些分布计算出整个项目持续时间可能结果的概率分布。（Ⅱ）
- 资源平衡是一种进度网络分析技术，用于已经利用关键路线法分析过的进度模型之中。其用途是调整时间安排需要满足规定交工日期的计划活动，处理只有在某些时间才能动用或只能动用有限数量的必要的共用或关键资源的局面，或者用于在项目工作具体时间段按照某种水平均匀地使用选定资源。这种均匀使用资源的办法可能会改变原来的关键路线。（Ⅰ）
- 关键链法是一种进度网络分析技术，可以根据有限的资源对项目进度表进行调整。它结合了确定性与随机性办法。开始时，利用进度模型中活动持续时间的非保守估算，根据给定的依赖关系与制约条件来绘制项目进度网络图，然后计算关键路线。在确定关键路线之后，将资源的有无与多寡情况考虑进去，确定资源制约进度表。而这种资源制约进度表经常改变关键路线。（Ⅱ）
- 进度模型进度数据和信息经过整理，用于项目进度模型之中。在进行进度网络分析和制订项目进度表时，将进度模型工具与相应的进度模型数据同手工方法或项目管理软件结合在一起使用。（Ⅱ）
- 在制定进度表期间，需求考虑两种主要类型的时间制约因素：①强加于活动开始与完成的日期可用于限制活动的开始或完成既不早于也不晚于某个事先规定的日期；②项目发起人、项目顾客或其他利害关系者经常对影响必须在规定日期前完成某些可交付成果的关键事件或里程碑发号施令。（Ⅰ）（★）
- 进度管理计划、费用管理计划、项目范围管理计划和风险管理计划等项目管理计划对制定进度表过程和直接配合制定进度表过程的组成部分都有指导作用。（Ⅱ）
- 项目进度计划（项目进度表）至少包括每项计划活动的计划开始日期与计划完成日期。（Ⅰ）
- 项目进度计划的常用的表示形式为：概括性进度表、详细横道图（或甘特图）和里程碑图（或里程碑计划）等。（Ⅰ）
- 概括性进度图表（也称为阶段计划）标明了各阶段的起止日期和交付物，用于相关部门的协调（或协同）。进度网络图使用活动结点表示法（单代号网络图），或使用时标进度网络图（逻辑横道图）。（Ⅱ）

- 图形评审技术（GERT）是一种可以对逻辑关系进行条件性和概率性处理（例如，一些活动可能不执行）的网络分析技术。（Ⅱ）
- 详细甘特图计划（或详细横道图计划，或时标进度网络图）标明了每个活动的起止日期，用于项目组成员的日常工作安排和项目经理的跟踪。（Ⅰ）
- 横道图用横道表示活动，注明了活动的开始与结束日期，以及活动的预期持续时间。（Ⅰ）（★）
- 横道图容易看懂，经常用于向管理层介绍情况。为了控制与管理沟通的方便，在里程碑或多个互相依赖的工作细目之间加入内容更多、更综合的概括性活动，并在报告中以横道图的形式表现出来。这种概括性活动偶尔称为汇总活动。（Ⅱ）
- 里程碑图与横道图类似，但仅标示出主要可交付成果以及关键外部接口规定的开始与完成日期。此计划用于甲、乙、丙等相关各方高层对项目的监控。（Ⅱ）
- 项目进度表的辅助数据至少应包括进度里程碑、计划活动、活动属性，以及所有已经识别的假设与制约因素的文字记载。（Ⅱ）
- 经常当做辅助细节被列入进度模型数据中的信息包括但不限于：①按时段提出的资源要求（资源直方图）；②其他可供选择的进度表；③进度应急储备。（Ⅱ）
- 进度基准是根据对进度模型进行的进度网络分析，而提出的一种特殊形式的项目进度表。该进度表在项目管理团队认可与批准之后作为进度基准使用，标明基准开始日期和基准完成日期。（Ⅰ）
- 批准的项目进度计划被称为项目进度基准计划。（Ⅰ）
- 进度计划编制在强调实现性、指导性和可操作性的同时，还需要注意的问题有：①不要忽略损失的时间（例如节假日的时间损失、精力上的时间损失、人员交接上的时间损失等）；②明确项目工作实施的顺序和时间；③明确一个适当的工期；④把握计划粗细的程度等。（Ⅰ）（★）
- 影响项目进度的因素有很多，如人为因素、技术因素、资金因素和环境因素等。常见的影响因素有以下几种情况：①低估了项目实现的条件（例如低估了IT项目开发过程中的技术难度、低估了协调复杂度、低估了项目的环境因素等）；②项目参与者的错误（如项目进度编制的错误、项目执行上的错误、项目管理上的缺漏、人员中途离职等）；③不可预见的事件（天灾人祸等）的发生等。（Ⅰ）（★）

6.2.6 项目进度控制

- 进度控制关注的主要内容有：①确定项目进度的当前状态；②对引起进度变更的因素施加影响，以保证这种变化朝着有利的方向发展；③确定项目进度已经变更；④当变更发生时管理实际的变更。（Ⅰ）（★）
- 项目进度控制是依据项目进度基准计划对项目的实际进度进行监控，使项目能够按时完成。（Ⅰ）
- 有效项目进度控制的关键是监控项目的实际进度，及时、定期地将它与计划进度进行比较，并立即采取必要的纠正措施。（Ⅱ）
- 项目进度控制的步骤：①分析进度，找出哪些地方需要采取纠正措施；②确定应采取哪种具体纠正措施；③修改进度计划，并将纠正措施列入计划；④重新计算进度，估计计划采取的纠正措施的效果等。（Ⅰ）（★）
- 通常，用于缩短活动工期的方法有：①增加优质资源，即投入更多的资源以加速活动进程；②提高工作效率，即指派经验更丰富的人去完成或帮助完成项目工作；③减小活动范围或降低活动要求；④加班（或赶工），或在防范风险的前提下并行施工（快速跟进）；⑤通过改进方法或技术提高生产效率；⑥加强沟通和监控等。（Ⅰ）（★）
- 项目进度控制的依据（或输入）：①进度管理计划；②进度基准；③绩效报告；④批准的变更请求等。（Ⅰ）（★）

- 项目进度控制的可交付物（或输出）：①进度模型数据（更新）；②进度基准（更新）；③绩效衡量；④请求的变更；⑤推荐的纠正措施；⑥组织过程资产（更新）；⑦活动清单（更新）；⑧活动清单属性（更新）；⑨项目管理计划（更新）等。（Ⅰ）（★）
- 项目进度控制所需的工具、方法和技术：①进度报告；②进度变更控制系统；③绩效衡量；④项目管理软件；⑤偏差分析；⑥进度比较横道图；⑦资源平衡；⑧假设条件情景分析；⑨进度压缩；⑩制订进度的工具等。（Ⅰ）（★）
- 在项目进度控制过程中，应制订统一模板的项目进度报告，检查当前的完成情况。项目进展报告及当前进度状态需包含实际开始与完成日期，以及未完计划活动的剩余持续时间。如果采用挣值分析，则需要包含正在进行的计划活动的完成百分比。（Ⅰ）
- 进度变更控制系统规定了项目进度变更所应遵循的规则，包括书面申请、追踪系统，以及核准变更的审批级别。（Ⅱ）
- 绩效衡量技术是计算进度偏差（SV）与进度绩效指数（SPI）的数量化偏差情况。SV 和 SPI 用于估计实际发生任何项目进度偏差的大小，以判断已发生的进度偏差是否需要采取纠正措施。（Ⅰ）
- 项目管理软件用于制订进度表的项目管理软件能够追踪、比较计划日期与实际日期，预测实际或潜在的项目进度变更所带来的后果。（Ⅱ）
- 在进度监视过程中，进行偏差分析是进度控制的一个关键职能。将目标进度日期同实际或预测的开始与完成日期进行比较，可以获得发现偏差，以及在出现延误时采取纠正措施所需的信息。（Ⅱ）
- 在进度比较横道图中，每一计划活动都画两条横道，一条表示当前实际状态，另一条表示经过批准的项目进度基准状态。该图能直观地显示出何处绩效符合计划，何处已经延误，从而节省分析时间进度的时间。（Ⅰ）
- 绩效报告提供了有关进度绩效的信息（如哪些计划日期已按期完成，哪些还未按期完成），还提醒项目团队注意将来有可能在进度实施方面出现麻烦的问题。（Ⅱ）
- 项目进度表更新是指对用于管理项目的项目进度模型资料所做出的任何修改。必要时，要通知有关的利害关系者。（Ⅰ）
- 修改进度表是一种特殊类型的项目进度表更新。修改是指改变经过批准的进度基准的计划开始与完成日期。（Ⅰ）
- 只有在批准变更时，才制定经过修改的进度基准。原来的进度基准和进度模型一直保存到制定出新的进度基准，以防丢失项目进度表的历史数据。（Ⅰ）
- 纠正措施是指为使项目未来进度的绩效与批准的项目进度基准保持一致而采取的任何行动。赶进度、至少把延误降低到最低程度是时间管理领域常见的纠正措施。（Ⅱ）
- 项目经理习惯于比较计划和实际项目完成时间，而不愿意考虑项目被批准变更后所占用的时间，这恰是项目能否按时交付的最大挑战。（Ⅰ）（★）

6.3 真题透解

6.3.1 2009 年上半年试题 1

【试题描述】

阅读以下说明，针对项目的进度管理，根据要求回答问题 1 ~ 问题 3。（15 分）

【说明】

B 市是北方的一个超大型城市，最近市政府有关部门提出需要加强对全市交通的管理与控制。

2008 年 9 月 19 日，B 市政府决定实施智能交通管理系统项目，对路面人流和车流实现实时的、量化的监控和管理。项目要求于 2009 年 2 月 1 日完成。

该项目由 C 公司承建，小李作为 C 公司项目经理，在 2008 年 10 月 20 日接到项目任务后，立即以曾经管理过的道路监控项目为参考，估算出项目历时大致为 100 天，并把该项目分成五大模块分别分配给各项目小组，同时要求：项目小组在 2009 年 1 月 20 日前完成任务，1 月 21 日至 28 日各模块联调，1 月 29 日至 31 日机动。小李随后在原道路监控项目解决方案的基础上组织制定了智能交通管理系统项目的技术方案。

可是到了 2009 年 1 月 20 日，小李发现有两个模块的进度落后于计划，而且即使这五个模块全部按时完成，在预定的 1 月 21 日至 28 日期间因春节假期也无法组织人员安排模块联调，项目进度拖后已成定局。

【问题 1】(8 分)

请简要分析项目进度拖后的可能原因。

【问题 2】(4 分)

请简要叙述进度计划包括的种类和用途。

【问题 3】(3 分)

请简要叙述“滚动波浪式计划”方法的特点和确定滚动周期的依据。针对本试题说明中所述项目，说明采用多长的滚动周期比较恰当。

【要点解析】

【问题 1】(8 分)

这是一道要求考生依据所给的材料，结合 IT 项目进度管理方面的专业知识，分析项目进度拖后的可能原因的综合题。本题的解答思路如下：

在项目进度计划实施过程中，由于受到人为因素、资金因素、技术因素和外部环境等影响，项目的实际进度经常会与计划进度发生偏差，若不及时纠正这些偏差，有可能导致项目延期，影响项目目标的实现。

由题干关键信息“……立即以曾经管理过的道路监控项目为参考，估算出项目历时大致为 100 天，并把该项目分成五大模块分别分配给各项目小组……”，说明项目经理小李提出的只是一个初步的、粗糙的、仅反映其个人意见的概括性进度计划。进度估算时方法可能欠妥，没有管理计划进行详细的评审，导致进度估算不准。

当借鉴原来项目的历史经验时，只有与原来项目同类、同种时才具有较大的借鉴价值。由于“B 市是北方的一个超大型城市”，而智能交通管理系统项目是一个“对全市交通的管理与控制”的项目，而“小李随后在原道路监控项目解决方案的基础上组织制定了智能交通管理系统项目的技术方案”。从这些题干关键信息可知，本案例的智能交通管理系统项目的技术方案不能简单地引用原道路监控项目的技术方案。这也间接说明，项目经理小李没有对项目的技术方案进行详细的评审。

由题干关键信息“在 2008 年 10 月 20 日接到项目任务……到了 2009 年 1 月 20 日，小李发现有两个模块的进度落后于计划”知，项目经理小李疏于对项目进行及时的监控，即监控周期过长。

由题干关键信息“在预定的 1 月 21 日至 28 日期间因春节假期也无法组织人员安排模块联调”知，项目经理小李在原先安排进度时未考虑法定节假日的因素，即进度安排太过理想化，缺乏严格的评审，没有考虑到法定假日，以及假日对人员绩效的影响。

从以上分析中还可以间接得知，小李对整个项目进度的风险控制考虑不周。

【问题 2】（4 分）

这是一道要求考生掌握项目进度计划的种类和用途的理论题。本题所涉及的知识点如下：

对于项目经理而言，控制项目的进度并不意味着一味追求进度，还必须要满足与质量和成本的平衡。项目需要有一个总体的协调工作的进度计划，否则，不可能对整个项目的实施进度进行有效控制。

项目进度计划至少包括每项计划活动的计划开始日期与计划完成日期。项目进度计划的表现形式可以简要概括（此时称之为总进度表或里程碑进度表），也可以详细形式表示。常用的表示形式为：概括性进度表、详细横道图（或甘特图）和里程碑图（或里程碑计划）等，详见表 6-3 的相关参考答案。

【问题 3】（3 分）

这是一道要求考生理解“滚动波浪式计划”的基本概念、特点，确定滚动周期的依据，并能对其灵活运用的综合题。本题的解答思路如下：

在制定项目管理计划过程中，要从许多具有不同完整性和可信度的信息源收集信息。项目管理计划要涉及关于范围、技术、风险和成本的所有方面。在项目执行阶段出现并被批准的变更，其导致的更新可能会对项目管理计划产生重大的影响。项目管理计划的更新，为满足整体项目已定义的范围提供了大体上准确的进度、成本和资源要求。项目管理计划的这种渐进明细经常被称做“滚动波浪式计划”，这意味着计划的编制是一个反复和持续的过程。

滚动波浪式计划是项目渐进明细的一种表现形式，其特点是近期的工作计划得细一些，远期的工作计划得相对粗略一些。换而言之，近期要完成的工作为工作分解结构（WBS）的最下层详细计划，而计划在远期完成的工作为工作分解结构的较高层计划。最近一两个报告期要进行的工作应在本期接近完成前更为详细地规划。

滚动波浪式计划中的滚动周期应根据项目的规模、复杂度及项目生命周期的长短来确定。项目生命周期中有 3 个与时间相关的重要概念，即检查点（Checkpoint）、里程碑（Milestone）和基线（Baseline）。它们一起描述了在什么时候对项目进行什么样的控制。其中，检查点是指在规定的时间间隔内对项目进行检查，比较实际与计划之间的差异，并根据差异进行调整。可将检查点看作是一个固定间隔的“采样”时间点，而时间间隔根据项目周期长短的不同而不同。若频度太小会失去意义，而频度过大会增加管理成本。常见的间隔是每周一次，项目经理需要召开周例会并上交周报告。

在本案例中，智能交通管理系统项目是一个对超大型城市（B 市）交通的管理与控制的较大型及复杂的项目，滚动波浪式计划中的滚动周期可确定为 1 周（或 2 周，或 1～2 周的时间周期）。

【参考答案】

表 6-3 给出了本案例试题的参考答案，供读者练习时参考，以便查缺补漏。读者也可依照所给出的评分标准得出测试分数，从而大致评估自己对这些知识点的掌握程度。

表 6-3 参考答案及评分标准

问题与分值	参考答案及评分标准	自评分
【问题 1】（8 分）	①没有对项目的管理计划、技术方案进行详细的评审； ②仅依靠一个道路监控项目来估算项目历时，依据不充分； ③疏于对项目进行及时的监控，或监控粒度过粗，或监控周期过长；	

续表

问题与分值	参考答案及评分标准	自 评 分
【问题 1】（8 分）	④进度安排太过理想化，缺乏严格的评审，没有考虑到法定节假日，以及节假日对人员绩效的影响； ⑤对项目进度风险控制考虑不周 （答案包含但不限于以上要点，答出其中 4 个小点即可，每小点 2 分，答案类似即可）	
【问题 2】（4 分）	①概括性进度表（或阶段计划），该计划标明了各阶段的起止日期和交付物，用于相关部门的协调（或协同）；（1 分） ②详细甘特图计划（或详细横道图计划，或时标进度网络图），该计划标明了每个活动的起止日期，用于项目组成员的日常工作安排和项目经理的跟踪；（1 分） ③里程碑计划，由项目的各个里程碑组成。里程碑是项目生命周期中的一个时刻，在这一时刻，通常有重大交付物完成。此计划用于甲乙丙等相关各方高层对项目的监控 （2 分） （答案包含但不限于以上要点，答案类似即可）	
【问题 3】（3 分）	①特点：近期的工作计划得较细，远期的工作计划得较粗 （1 分，答案意思相近即可） ②依据：根据项目的规模、复杂度及项目生命周期的长短来确定 （1 分，答案意思相近即可） ③滚动周期：1 周、2 周，或 1~2 周的时间周（1 分）	

6.3.2　2009 年上半年试题 2

【试题描述】

阅读以下说明，根据要求回答问题 1 ~ 问题 3。（15 分）

【说明】

图 6-2 为某项目主要工作的部分单代号网络图，工期以工作日为单位。

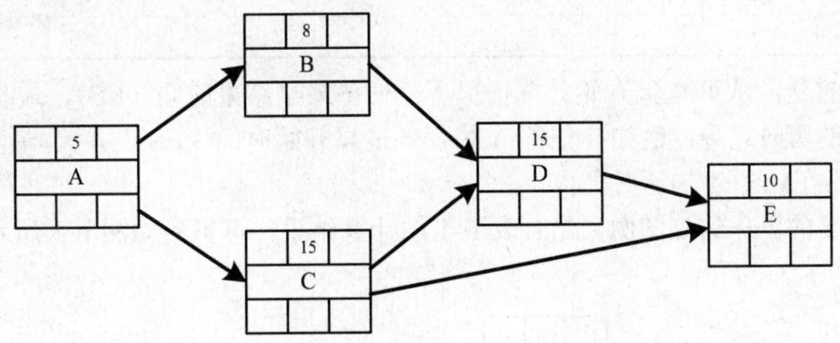

图 6-2　某项目主要工作的单代号网络图

工作结点图例如下：

ES	工期	EF
	工作编号	
LS	总时差	LF

【问题 1】（5 分）

请在图 6-2 中填写各活动的最早开始时间（ES）、最早结束时间（EF）、最晚开始时间（LS）、最晚结束时间（LF），从第 0 天开始计算。

【问题 2】（6 分）

请找出该网络图的关键路径，分别计算工作 B、工作 C 的总时差和自由时差，说明此网络工程的关键部分能否在 40 个工作日内完成，并说明具体原因。

【问题 3】(4 分)

请说明在通常情况下，若想缩短工期可采取哪些措施。

【要点解析】

【问题 1】(5 分)

这是一道要求考生掌握制定项目进度计划的综合应用题。本题的解答思路如下：

本试题规定，从第 0 天开始计算项目的最早开始时间（ES）、最早结束时间（EF）、最晚开始时间（LS）、最晚结束时间（LF），其目的是简化这些参数的计算，省去了从第 1 天开始计算这些参数时需加 1、减 1 的运算量。由图 6-2 中已知的各活动工期，采用正推法从第一个任务 A 向着最后一个任务 E，按相应公式计算出每个任务的最早开始时间（ES）、最早结束时间（EF），接着采用逆推法从最后一个任务 E 逆着向第一个任务 A，按相应公式计算出所有任务的最晚结束时间（LF）、最晚开始时间（LS）120。每个任务的各个计算参数之间的关系如下：ES+DU=EF，LS+DU=LF，TF=LF−EF=LF−ES−DU。其中，DU 为活动持续时间。计算结果如表 6-4 所示。

表 6-4 单代号网络图各活动相关参数计算结果

活　动	工　期	最早开始时间（ES）	最早结束时间（EF）	最晚开始时间（LS）	最晚结束时间（LF）	总时差	自由时差
A	5	0	5	0	5	0	0
B	8	5	13	12	20	7	7
C	15	5	20	5	20	0	0
D	15	20	35	20	35	0	0
E	10	35	45	35	45	0	0

需要提醒注意的是，从第 0 天开始计算情况下，任务最早结束时间（EF）、最晚结束时间（LF）均不应计算在任务的历时之内。例如，任务 A 的任务最早开始时间（ES）是 0、最早结束时间（EF）是 5，但第 5 天并不在任务 A 的历时之内。

根据题干中给出的工作结点图例，结合表 6-4 的计算结果，可得到如图 6-3 所示的完整的单代号网络图。

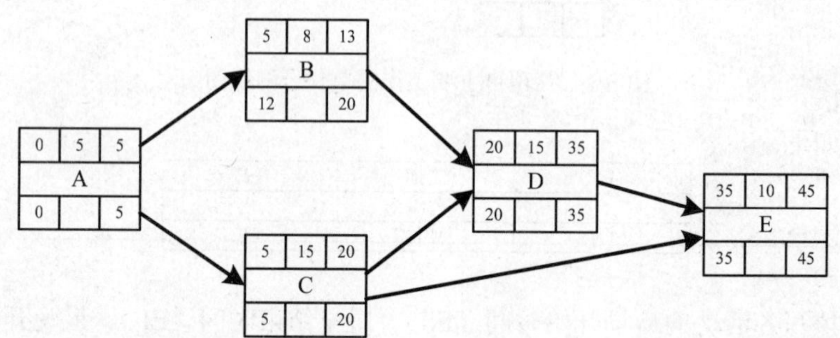

图 6-3 某项目主要工作完整的单代号网络图

【问题 2】(6 分)

这是一道要求考生掌握关键路径的基本概念及其应用、总时差和自由时差的基本概念及其计算的综合分析题。本题的解答思路如下：

关键路径是指为使项目按时完成而必须按时完成的系列任务，它是拥有最长工期时间的路径。在图 6-2 中，从活动 A 到活动 E 共有 3 条路径。其中，路径 A-B-D-E 的总工期为 5+8+15+10=38 个工作日；路径 A-C-D-E 的总工期为 5+15+15+10=45 个工作日；路径 A-C-E 的总工期为 5+15+10=30 个工作日。由于 45>38>30，因此路径 A-C-D-E 为图 6-2 的关键路径。

由于本项目总工期=5+15+15+10=45 个工作日，而 45>40，因此，此网络工程的关键部分不能在40 个工作日内完成。

由表 6-4 的计算结果可知，工作 B 的总时差和自由时差均为 7 个工作日，而处于关键路径上的工作 C 的总时差和自由时差均为 0 个工作日。

【问题 3】（4 分）

这是一道要求考生掌握缩短工期常见措施的应用题。通常可采用以下缩短项目工期的办法来保证项目的整体进度：

（1）临时加班或赶工，即通过安排临时加班、安排（聘请）有经验的开发人员、内部经验交流、内部培训等办法赶工，尽可能补救耽搁的时间或提升资源利用率，缩短关键路径上的工作历时。其中加班的时间不宜过长。

（2）部分工作并行跟进以压缩工期，即完成某一部分活动后就对其进行评审，评审通过后就开始下一个活动，不必等到全部活动都完成才开始。

（3）增加优质资源，即根据项目的责任分配矩阵，向人力资源部经理申请增加经验更丰富的人员；或者向其他部门申请增加高质量的项目资源。

（4）加强沟通和监控，即争取客户能够对项目范围及其需求、设计、验收标准进行确认，避免后期频繁出现变更；加强项目团队成员之间的协调，保持工作的顺利衔接，尽可能使项目的步调和内容一致，避免产生失误现象。

（5）改进方法（或技术、流程），即根据前一阶段的工作绩效，对后续工作的工期重新进行估算，对原来的进度计划进行变更，并充分考虑法定节假日、节假日对工作人员绩效的影响等因素。对进度计划的变更，应征得相关人员的一致同意。

（6）缩减项目范围，即与客户进行沟通，梳理业务需求中的关键需求，与客户进行协商能否在期限前先完成关键需求，其他部分分期交付。或者是制定出合理、可靠的技术方案，对其中不熟悉的部分，可以采用外包的方法。

（7）明确目标、责任和奖惩机制，提高项目团队成员的工作绩效，以及资源利用率。

（8）加强对交付物、阶段工作的及时检查和控制，避免后期出现返工现象。

【参考答案】

表 6-5 给出了本案例试题的参考答案，供读者练习时参考，以便查缺补漏。读者也可依照所给出的评分标准得出测试分数，从而大致评估自己对这些知识点的掌握程度。

表 6-5 参考答案及评分标准

问题与分值	参考答案及评分标准	自评分
【问题 1】（5 分）	见图 6-3（每个活动 1 分）	
【问题 2】（6 分）	关键路径：A-C-D-E （2 分） 工作 B 的总时差和自由时差均为 7 个工作日（1 分） 工作 C 的总时差和自由时差均为 0 个工作日（1 分） 该项目总工期为 45 个工作日，该项目的关键部分不能在 40 个工作日内完成 （2 分）	
【问题 3】（4 分）	①临时加班（或赶工），缩短关键路径上的工作历时； ②部分工作并行跟进（或快速跟进）； ③追加优质资源（如使用高质量的资源或经验更丰富人员）； ④加强沟通和监控； ⑤改进方法（或技术、流程）； ⑥部分项目外包或缩减项目范围； ⑦提高资源利用率； ⑧加强对阶段工作的检查和控制等 （答案包含但不限于以上要点，答出其中 4 个小点即可，每小点 1 分，答案类似即可）	

6.3.3 2009 年下半年试题 3

【试题描述】

阅读以下说明，根据要求回答问题 1～问题 3。（15 分）

【说明】

F 公司成功中标 S 市的电子政务工程。F 公司的项目经理李工组织相关人员对该项目的工作进行分解，并参考以前曾经成功实施的 W 市电子政务工程项目，估算该项目的工作量为 120 人月，计划工期为 6 个月。项目开始不久，为便于应对突发事件，经业主与 F 公司协商，同意该电子政务工程必须在当年年底之前完成，而且还要保质保量。这意味着，项目工期要缩短为 4 个月，而项目工作量不变。

李工按照 4 个月的工期重新制定了项目计划，向公司申请尽量多增派开发人员，并要求所有的开发人员加班加点工作以便向前赶进度。由于公司有多个项目并行实施，给李工增派的开发人员都是刚招进公司的新人。为节省时间，李工还决定项目组取消每日例会，改为每周例会。同时，李工还允许需求调研和方案设计部分重叠进行，允许需求未经确认即可进行方案设计。

最后，该项目不但没能 4 个月完成，反而一再延期，迟迟不能交付。最终导致 S 市政府严重不满，项目组人员也多有抱怨。

【问题 1】(6 分)

请简要分析该项目一再拖期的主要原因。

【问题 2】(6 分)

请简要说明项目进度控制可以采用的技术和工具。

【问题 3】(3 分)

请简要说明李工可以提出哪些措施以有效缩短项目工期。

【要点解析】

【问题 1】(6 分)

由题干中“并参考以前曾经成功实施的 W 市电子政务工程项目，估算该项目的工作量为 120 人月，计划工期为 6 个月”等关键信息可知，S 市和 W 市的电子政务工程项目可能存在差异性、缺乏可比性，这将导致对当前项目工作量的评算不准确。

由题干关键信息“并要求所有的开发人员加班加点工作以便向前赶进度”可知，加班赶工容易导致相关开发人员因疲劳而降低工作效率，从而影响项目的整体质量。

由题干关键信息“向公司申请尽量多增派开发人员”可知，简单地向项目组增加人力资源并不一定能如期缩短项目工期，而且人员的增加意味着需要更多的沟通成本和管理成本，并使得项目赶工措施的实施难度增大。

由题干关键信息“给李工增派的开发人员都是刚招进公司的新人”可知，对新团队成员缺乏培训，以及新成员在电子政务工程项目没有经验（或经验不足），都将影响到项目的整体生产率，并导致项目出现不可预期的问题。

由题干关键信息“为节省时间，李工还决定项目组取消每日例会，改为每周例会”可知，在项目组赶工状态下，每周例会将导致项目组的沟通存在问题，不能使问题得到及时暴露和解决，即不能及时对项目进行监控（监控周期过长），且不能及时纠正项目偏差。

由题干关键信息“李工还允许需求调研和方案设计部分重叠进行”可知，该做法将容易导致设计缺陷和需求变更的发生。

由题干关键信息“允许需求未经确认即可进行方案设计”可知，需求没有经过关键干系人确认就开始进行方案的设计，一旦客户需求发生变化，将直接导致项目返工。

纵观整个案例说明，项目经理李工所编制的项目进度计划可能存在问题，计划中没有全局考虑项目进度管理方面的风险因素（或对项目进度方面的风险因素认识不足、考虑不周），并且可能没有对项目管理计划（尤其是进度计划）进行详细的评审等。

【问题2】（6分）

项目进度控制所需的主要工具、方法和技术有：①进度报告；②进度变更控制系统；③绩效衡量；④项目管理软件；⑤偏差分析；⑥进度比较横道图；⑦资源平衡；⑧假设条件情景分析；⑨进度压缩；⑩制订进度的工具等。

【问题3】（3分）

基于【问题1】的分析结果，建议李工采取以下措施来有效缩短项目工期：

①缩减项目范围，即积极与客户进行沟通，梳理业务需求中的关键需求，与客户进行协商能否在期限前先完成关键需求，其他部分分期交付；或在不影响项目主要功能的前提下，适当缩减项目范围（或适当降低项目性能指标）；或者是制定出合理、可靠的技术方案，对其中不熟悉的部分，可以采用外包的方法。

②增加优质资源，即根据项目的责任分配矩阵，向公司高层领导（或人力资源部经理）申请增加经验更丰富（或高工作效率）的开发人员去完成（或帮助完成）项目工作；或者投入更多优质的项目资源以加速项目活动进程。

③在防范风险的前提下，在关键路径上适当加班（赶工），尽可能补救耽搁的时间或提升资源利用率，缩短关键路径上的工作历时。

④重新估算项目工作量，修订项目进度计划。如果可能，调整优化部分工作的逻辑关系；在防范风险的前提下部分工作并行跟进（快速跟进）以压缩项目工期。例如完成某一部分活动后就对其进行评审，评审通过后就开始下一个活动，不必等到全部活动都完成才开始。

⑤改进方法（或技术、流程）提高生产效率，即根据前一阶段的工作绩效，对后续工作的工期重新进行估算，对原来的进度计划进行变更，并充分考虑法定节假日、节假日对工作人员绩效的影响等因素。对进度计划的变更，应征得相关人员的一致同意。

⑥加强与项目各方的沟通和监控，即争取客户能够对项目范围及其需求、设计、验收标准进行确认，避免后期频繁出现变更；加强项目团队成员之间的协调，保持工作的顺利衔接，尽可能使项目的步调和内容一致，避免产生失误现象。

⑦明确目标、责任和奖惩机制，提高项目团队成员的工作绩效，以及资源利用率。

⑧加强对交付物、阶段工作的及时检查和控制，避免后期出现返工现象。

【参考答案】

表6-6给出了本案例试题的参考答案，供读者练习时参考，以便查缺补漏。读者也可依照所给出的评分标准得出测试分数，从而大致评估自己对这些知识点的掌握程度。

表 6-6 模拟试题参考答案及评分标准

问题与分值	参考答案及评分标准	自 评 分
【问题 1】（6 分）	①李工及其项目团队进度估算方法可能有问题（或欠妥），原来估计的 120 人月的工作量可能不准确； ②在没有防范风险的情况下加班赶工，易导致开发人员心理压力增大、工作效率降低，并导致开发过程出现较多问题，项目的整体质量下降； ③简单地增加人力资源并不一定能如期缩短项目工期，且需要更多的沟通成本和管理成本，使得项目赶工的实施难度增大； ④增派的人员各方面经验不足，对新团队成员的缺乏培训； ⑤项目组的沟通存在问题，每周例会不能使问题及时暴露和解决，可能会导致更严重的问题出现（或对项目监控周期过长（或监控粒度过粗）而不能及时纠错纠偏）； ⑥允许“需求调研和方案设计部分重叠进行”和“需求未经确认即可进行方案设计”，容易导致设计缺陷和需求变更的频繁发生，并直接导致项目返工； ⑦李工对项目进度方面的风险因素认识不足、考虑不周 （答案包含但不限于以上要点，答出其中 6 个小点即可，每小点 1 分，答案类似即可）	
【问题 2】（6 分）	①进度报告　②进度变更控制系统 ③绩效衡量　④项目管理软件 ⑤偏差分析　⑥进度比较横道图 ⑦资源平衡　⑧假设条件情景分析 ⑨进度压缩　⑩制订进度的工具　（每小点 0.5 分，全答对得 6 分）	
【问题 3】（3 分）	①缩减项目范围，即积极与客户沟通，适当缩减项目范围(或项目分期，或适当降低项目性能指标)； ②申请指派经验更丰富（或高工作效率）的开发人员去完成（或帮助完成）项目工作； ③投入更多优质的项目资源以加速项目活动进程； ④改进方法（或技、流程）提高生产效率； ⑤重新估算项目工作量，修订项目进度计划，尽可能调整部分活动的逻辑关系，并在防范风险的前提下并行跟进（快速跟进）； ⑥加强与客户的沟通交流，使项目交付物、阶段工作及时得到客户的确认； ⑦加强项目团队成员之间的工作协调，避免产生自身失误、返工现象； ⑧在防范风险的前提下，对关键路径上的活动适当加班（赶工）； ⑨明确目标、责任和奖惩机制，提高项目团队成员的工作绩效，以及资源利用率； ⑩加强对交付物、阶段工作的及时检查和监控，避免后期出现返工现象 （答案包含但不限于以上要点，答出其中 3 个小点即可，每小点 1 分，答案类似即可）	

6.3.4 2010 年下半年试题 1

【试题描述】

阅读以下说明，根据要求回答问题 1 ~ 问题 3。（15 分）

【说明】

某信息系统集成公司（承建方）成功中标当地政府某部门（建设方）办公场所的一信息系统软件升级改造项目。项目自 2 月初开始，工期 1 年。承建方项目经理制定了相应的进度计划，将项目工期分为四个阶段：需求分析阶段计划 8 月底结束；设计阶段计划 9 月底结束；编码阶段计划 11 月底结束；安装、测试、调试和运行阶段计划次年 2 月初结束。

当年 2 月底，建设方通知承建方，6 月至 8 月这 3 个月期间因某种原因，无法配合项目实施。经双方沟通后达成一致，项目仍按原合同约定的工期执行。

由于该项目的按时完成对承建方非常重要，在双方就合同达成一致后，承建方领导立刻对项目经理做出指示：①招聘新人，加快需求分析的进度，赶在 6 月之前完成需求分析；②6 月至 8 月期间在本单位内部完成系统设计工作。

项目经理虽有不同意见，但还是根据领导的指示立即修改了进度管理计划并招募了新人，要求项目组按新计划执行，但项目进展缓慢。直到 11 月底项目组才刚刚完成需求分析和初步设计。

【问题 1】（3 分）

除案例中描写的具体事项外，承建方项目经理在进度管理方面可以采取哪些措施？

【供选择答案】（请从以下选项中选出相应的字母做答）：

A．开发抛弃型原型　　B．绩效评估　　C．偏差分析

D．编写项目进度报告　　E．确认项目范围　　F．发布新版项目章程

【问题 2】（6 分）

（1）基于你的经验，请指出承建方领导的指示中可能存在的风险，并简要叙述进行变更的主要步骤。

（2）请简述承建方项目经理得到领导指示之后，如何控制相关变更。

【问题 3】（6 分）

针对项目现状，请简述项目经理可以采用的进度压缩技术，并分析利弊。

【要点解析】

【问题 1】（3 分）

基于本问题所提供的选项，其中，绩效评估（即绩效衡量）、偏差分析和项目进度报告是项目进度控制的工具、方法和技术，这 3 项属于“进度管理”范畴的工作内容；“开发抛弃型原型”和“发布新版项目章程”属于“范围管理”范畴的工作内容；“确认项目范围”属于“范围管理”范畴的工作内容。

【问题 2】（6 分）

由题干中“将项目工期分为四个阶段：需求分析阶段计划 8 月底结束；设计阶段计划 9 月底结束；编码阶段计划 11 月底结束；安装、测试、调试和运行阶段计划次年 2 月初结束”等关键信息可知，该项目选用的是结构化瀑布开发模型。该开发模型的优点是阶段划分次序清晰，各阶段人员的职责规范、明确，便于前后活动的衔接，有利于活动重用和管理。其缺点表现在：是一种理想的线性开发模式，缺乏灵活性（或风险分析），无法解决需求不明确或不准确的问题。

对于承建方领导“招聘新人”的指示，如果新人对本项目领域没有经验（或经验不足），生产率低，开发质量易出现问题，将影响到项目的整体生产率，并导致项目出现不可预期的问题。项目团队建设通常要经历形成期、震荡期、正规期（或规范期）、表现期（或发挥期）和结束期 5 个阶段。本项目自 2 月初开始，到了 2 月底项目团队可能已进入了震荡期或正规期。由于新成员与原有成员之间不熟悉，对项目目标不清晰（或不了解），因此项目团队建设将从形成期重新开始。由于新成员的加入，项目经理需要花费一定的精力对其进行沟通、培训等，因此易导致项目经理因精力不足而顾此失彼。并且简单地向项目组增加人力资源并不一定能如期缩短项目工期，而且人员的增加意味着需要更多的沟通成本和管理成本，并使得项目赶工措施的实施难度增大。

对于承建方领导“6 月至 8 月期间在本单位内部完成系统设计工作”的指示，这种闭门造车进行系统设计工作的行为，容易导致所设计的系统不能满足用户需求的风险，从而导致项目返工。

通常，进行变更管理的主要步骤是：①受理变更申请；②变更的整体影响分析；③接收或拒绝变更；④执行变更；⑤变更结果追踪与审核等。对于本案例，承建方项目经理得到领导指示之后，应该对每个指示进行影响评估，并将影响评估结果及其应对措施与该领导沟通、交流，争取该领导能给予当前项目更多优质的项目资源投入；修改项目进度计划，并将与领导沟通、确认的指示列入计划；重新计算项目进度，估计计划采取的这些应对措施的效果等。

【问题 3】（6 分）

加班（赶工）、快速跟进和管理相关活动的浮动时间是常见的进度压缩技术。其中，赶工（Crashing）是指分析如何以最少的成本、最大限度地压缩项目（或单个活动）的工期，从而压缩项目总工期。加班（赶工）除了会增加项目成本（开支）之外，还容易导致相关开发人员心理压力增大、因疲劳而降低工作效率，也有可能使得开发过程出现更多的问题，从而影响项目的整体质量。

快速跟进（Fast Trackin）是指对于计划中按串行顺序进行的活动，在实施时将其重叠安排的方法。它往往会造成项目后期返工而增加项目成本，并因缩短项目进度时间而增加风险。

【参考答案】

表 6-7 给出了本案例试题的参考答案，供读者练习时参考，以便查缺补漏。读者也可依照所给出的评分标准得出测试分数，从而大致评估自己对这些知识点的掌握程度。

表 6-7　参考答案及评分标准

问题与分值	参考答案及评分标准	自评分
【问题 1】（3 分）	B、C、D（3 分，错选、多选不得分，少选一项扣 1 分）	
【问题 2】（6 分）	（1）可能存在的风险：①新人对本项目领域没有经验（或经验不足），生产率低，易出现开发质量问题，影响项目的整体生产率，并导致项目出现不可预期的问题； ②新成员加入将导致项目团队建设从形成期重新开始； ③新成员加入将导致需要更多的沟通成本和管理成本，并使得项目赶工措施的实施难度增大； ④闭门造车进行系统设计，容易出现不能满足用户需求的风险，从而导致项目返工 （答案包含但不限于以上要点，答出其中两个小点即可，每小点 1 分，答案类似即可） 变更管理的主要步骤：①受理变更申请；②变更的整体影响分析；③接收或拒绝变更；④执行变更；⑤变更结果追踪与审核等（2 分，答案类似即可） （2）①对每个指示进行影响评估，并将影响评估结果及其应对措施与该领导沟通、交流，争取该领导能给予当前项目更多优质的项目资源投入； ②修改项目进度计划，并将与领导沟通、确认的指示列入计划； ③重新计算项目进度，估计计划采取的这些应对措施的效果等 （答案包含但不限于以上要点，答出其中两个小点即可，每小点 1 分，答案类似即可）	
【问题 3】（6 分）	①赶工（加班）（1 分）：能在尽量少增加费用的前提下最大限度缩短项目工期（1 分），但需增加项目开支，容易导致开发人员心理压力增大、因疲劳而降低工作效率，使得开发过程出现更多的问题，从而影响项目的整体质量（1 分）； ②快速跟进（1 分）：能同时进行按先后顺序的阶段（或活动）（1 分），需要增加项目成本，并会增加项目风险（1 分）（答案包含但不限于以上要点，答案类似即可）	

6.4 强化训练

6.4.1 模拟试题 1

【试题描述】

阅读以下说明，根据要求回答问题 1 ~ 问题 4。（15 分）

【说明】

系统集成商 FZ 公司最近承接了一个小型系统集成项目工程。该工程项目经理小吕经过工作分解后，已经明确此项目的范围，但是为了更好地对项目的实施过程进行有效监控，保证项目按期、保质地完成，小吕需要采用网络计划技术对项目进度进行管理。该集成项目包括 A～H 8 个基本活动。这些活动的名称、完成每个活动所需的时间，以及其他活动之间的关系如表 6-8 所示。

表 6-8　某集成项目活动基本情况

活动名称	所需的时间（天）	前置活动	活动名称	所需的时间（天）	前置活动
A	2	——	E	4	A
B	6	——	F	2	D,E
C	3	A	G	4	D
D	5	B,C	H	2	F

【问题 1】（4 分）

为了便于对该集成项目的进度进行分析，请画出进度计划箭线图。

【问题 2】（3 分）

请指出该项目的关键路径和项目总工期。

【问题 3】（5 分）

该项目从第 0 天开始计算，请写出活动 E 的最早开始时间（ES）、最早结束时间（EF）、最迟开始时间（LS）和最迟结束时间（LF）和自由浮动时间（FT）。

【问题 4】（3 分）

如果活动 C 的实际执行时间比原计划多用了 1 天，那么将会对该项目工期产生什么影响？请简要说明理由。

6.4.2 模拟试题 2

【试题描述】

阅读以下说明，根据要求回答问题 1 ~ 问题 3。（15 分）

【说明】

系统集成商 JT 公司承担了某电子政务工程项目的采购任务，JT 公司任命小程为项目经理。经过工作分解后，此项目的范围已经明确，但是为了更好地对项目的开发过程进行有效监控，保证项目按期、保质地完成，小程需要采用网络计划技术对该采购项目进行进度管理。经过分析，小程得到了一张进度计划甘特图，如图 6-4 所示。

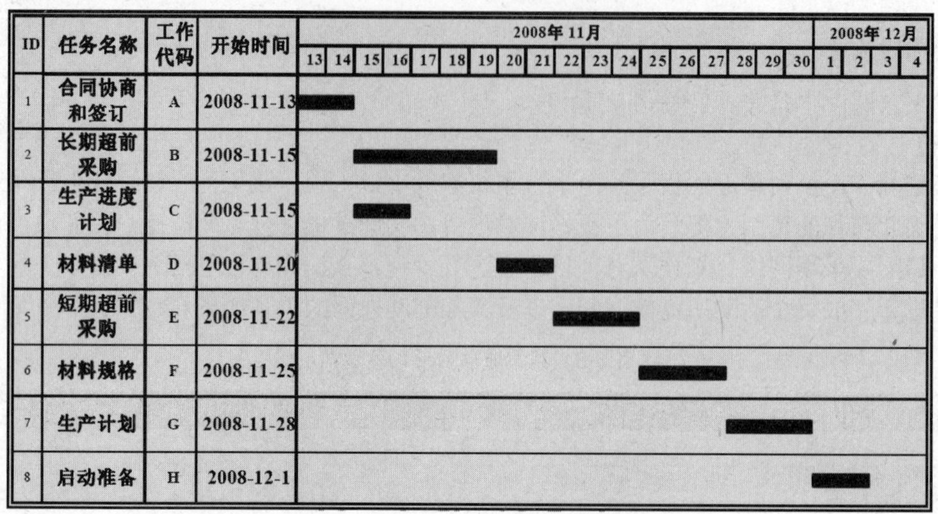

图 6-4　某项目工作计划甘特图

【问题 1】（8 分）

请计算各工作的持续时间、最早开始时间，并分析每项工作的紧前工作代码，将表 6-9 中的（1）～（8）空缺处填补完整。

表 6-9　某项目计划时间表（不完整）

工作代码	工作名称	最早开始时间（天）	持续工作时间（天）	紧前工作
A	合同协商和签订	1	（1）	——
B	长期超前采购	（2）	5	A
C	生产进度计划	3	（3）	A
D	材料清单	8	2	（4）
E	短期超前采购	（5）	3	D
F	材料规格	13	3	（6）
G	生产计划	16	3	（7）
H	启动准备	（8）	2	G

【问题 2】（2 分）

在项目进度管理的各项活动中，甘特图可以用来进行＿（9）＿和＿（10）＿。

【问题 3】（5 分）

请根据图 6-4，并参照该项目的单代号网络图（见图 6-5）中已给出的结点参数标注格式，将图 6-5 中（11）～（15）空缺处的内容填补完整。

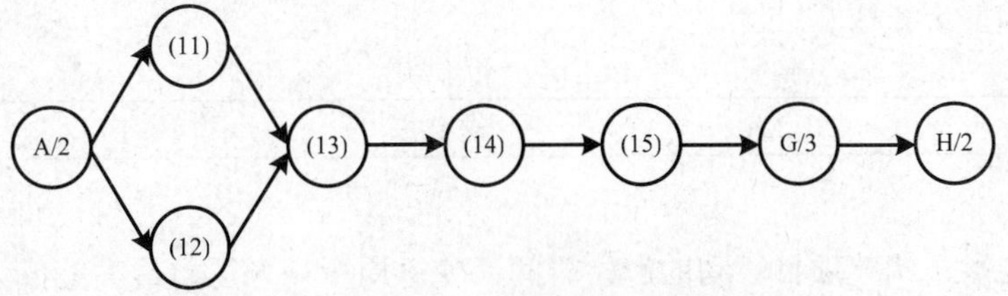

图 6-5 某项目单代号网络图（不完整）

6.4.3 模拟试题 3

【试题描述】

阅读以下说明，根据要求回答问题 1 ~ 问题 3。（15 分）

【说明】

2011 年 4 月，系统集成商 WT 公司员工小曲是负责 BA 公司某商务信息系统建设项目的项目经理。当小曲对该项目进度进行管理时，得到如表 6-10 所示的各项活动的时间需求及人员需求预算值。

表 6-10 某项目工作时间表

活动代号	持续时间（周）	每周需劳动日	最早开始时间（周）	最早结束时间（周）	时差
①	5	8	0	5	0
②	3	4	0	3	2
③	8	3	5	13	0
④	7	2	5	12	1
⑤	7	5	0	7	6
⑥	4	9	13	17	0

【问题 1】（6 分）

请按每项活动最早开始时间在图 6-6 中画出该项目活动计划甘特图。

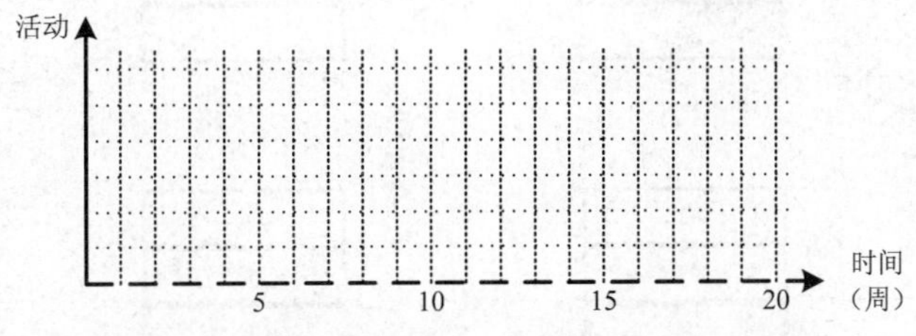

图 6-6 某项目活动计划甘特图（不完整）

【问题 2】（5 分）

请计算：

（1）该项目每周所需人工数（见表 6-11）；

表 6-11 某项目每周所需人工数

周	1	2	3	4	5	6	7	8	9	10	11	12	13	14	15	16	17
人工数																	

（2）周人工数的最大差值。

【问题 3】（4 分）

为使资源配置均衡，调整项目活动的起始时间，使每周所需人工数最大差值为 7。

调整结果为：活动___（1）___推后___（2）___周开始，活动___（3）___推后___（4）___周开始。

6.4.4 模拟试题 4

【试题描述】

阅读以下说明，根据要求回答问题 1 ~ 问题 3。（15 分）

【说明】

系统集成商 MT 公司的项目经理小吴计划用 45 天完成目前接手的一个中小型科研档案管理系统项目。该项目各任务的工作时间要求如表 6-12 所示。小吴现在根据该时间要求进行分析并做项目准备工作。

表 6-12 某项目各项工作基本情况

序 号	工作代码	紧后工作	持续时间（天）	序 号	工作代码	紧后工作	持续时间（天）
1	A	B,C,D	5	4	D	E	15
2	B	D	8	5	E	—	10
3	C	D,E	15				

【问题 1】（5 分）

若以 St 为起点，以 Fin 为终点，工作的编号、代号和持续时间描述为如图 6-7 所示的格式。

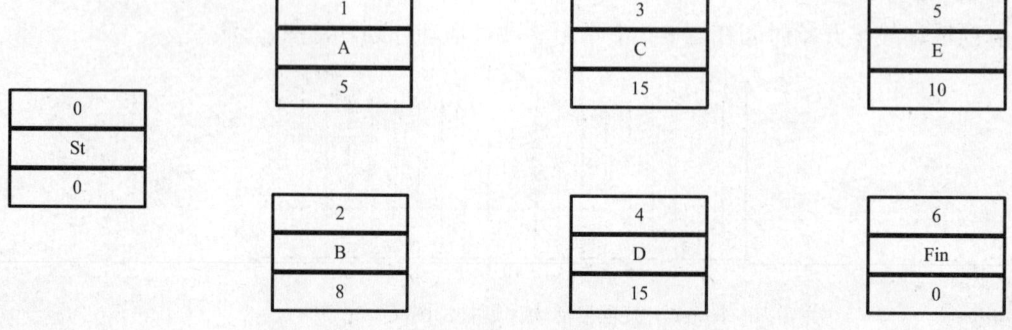

图 6-7 某项目网络计划图（不完整）

请根据图 6-7 所述元素的结点画出该项目的网络计划图。

【问题 2】（8 分）

该项目从第 0 天开始计算，根据表 6-12 计算每个工作的最早开始时间、最早结束时间、最迟开始时间、最迟结束时间和自由浮动时间，请将计算结果填入表 6-13 中。

表 6-13　某项目各项工作时间表

工作代码	最早开始时间（天）	最早结束时间（天）	最迟开始时间（天）	最迟结束时间（天）	自由浮动时间（天）
A					
B					
C					
D					
E					

【问题 3】（2 分）

请指出图 6-7 中的关键路径及其项目总工期。

6.4.5　模拟试题 5

【试题描述】

阅读以下说明，根据要求回答问题 1～问题 3。（15 分）

【说明】

系统集成商 GL 公司承接了一个招投标市场计算机管理软件项目，具体项目描述如表 6-14。表 6-15 为分解的项目工作先后顺序。

表 6-14　项目描述

项目名称	招投标计算机管理软件开发
项目目标	投入 180 万元，时间周期 1 年，起始时间 2010 年 1 月 1 日，试运行 20 天，修改时间忽略
交付物	项目及工作信息记录文档，项目网络计划图，项目时间计划的安排，甘特图计划的制定，项目执行信息、分析、测试、计划报表文档
……	……
工作描述	整个项目应分为用户需求调研、开发环境准备、系统设计、开发、测试和运行 6 个阶段
所需资源估计	人力及设备资源等的预计
重大里程碑	开工日期 2010 年 1 月 1 日，各项目完成日期如下。 需求分析：2010 年 3 月 11 日； 系统设计：2010 年 5 月 26 日； 环境搭建及调测：2010 年 6 月 4 日； 提交测试：2010 年 8 月 23 日； 试运行启动：2010 年 10 月 24 日

表 6-15　项目工作时间表（部分）

序　号	工作代码	工作名称	工期（天）	紧前工作
		……		
1	114	用户需求确认	10	111
2	121	设备选型	10	114
3	122	设备采购	10	121
4	123	设备到货	10	122,120
5	124	环境搭建及调测	10	123
6	131	概要设计	20	114
7	132	数据库设计	10	131
8	133	详细设计	30	131,132
9	141	数据库开发	20	123,133
		……		

【问题 1】（3 分）

请根据该项目工作时间表（表 6-15），计算每项工作的最早开始时间和最迟开始时间，并将表 6-16 中的（1）～（6）空缺处填写完整。

表 6-16　项目工作时间表

工作代码	最早开始时间（天）	最早完成时间（天）	最迟开始时间（天）	最迟完成时间（天）
114	40	50	40	50
121	50	60	70	80
122	60	70	80	90
123	90	100	90	100
124	100	110	100	110
131	50	70	（1）	（2）
132	70	80	（3）	（4）
133	80	110	（5）	（6）
141	110	130	110	130

【问题 2】（7 分）

请完成此项目如图 6-8 所示的部分前导图（单代号网络图），表明各活动之间的逻辑关系。

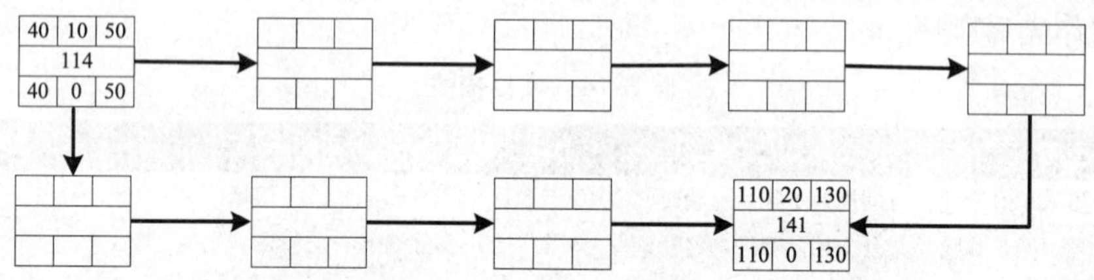

图 6-8　某项目的部分前导图（不完整）

对图 6-8 中的各个结点请使用如图 6-9 所示的样图标识。

ES	DU	EF
ID		
LS	FT	LF

图 6-9　结点标识样图

图例说明：

ES：最早开始时间　　EF：最早结束时间　　DU：作业历时　　ID：作业代号

LS：最迟开始时间　　LF：最迟完成时间　　FT：自由浮动时间

【问题 3】（5 分）

请根据表 6-14 的项目描述，将图 6-10 所示的项目里程碑甘特图补充完整。

ID	任务名称	2010 年									
		1	2	3	4	5	6	7	8	9	10
1	需求确认										
2	系统设计										
3	环境搭建及调测										
4	系统提交测试										
5	系统试运行										

图 6-10　项目里程碑甘特图

6.4.6 模拟试题 6

【试题描述】

阅读以下说明，根据要求回答问题 1 ~ 问题 3。（15 分）

【说明】

系统集成商 UP 公司项目经理小郭负责某家大中型超市库存物料管理系统集成项目。该大型超市近年收购了本省多家小型超市，目前需要进行电子商务平台横向连网的整合和相关应用软件开发。该项目计划从 2009 年 1 月 1 日开始，至 2010 年 10 月 31 日完成，持续 22 个月。小郭经过工作分解后，已经明确此项目的范围，且该项目每项任务的持续时间和每月人员需求数量如表 6-17 所示。每项任务的逻辑关系和部分时间信息如图 6-11 所示。

表 6-17 每项任务持续时间和每月人员需求数表

任务名称	持续时间（月）	每月需求人数	任务名称	持续时间（月）	每月需求人数
需求调研	5	8	硬件方案及配置	7	5
系统分析	3	4	集成与试运行	4	9
系统设计	8	3	培训与验收	5	7
编程与测试	7	2			

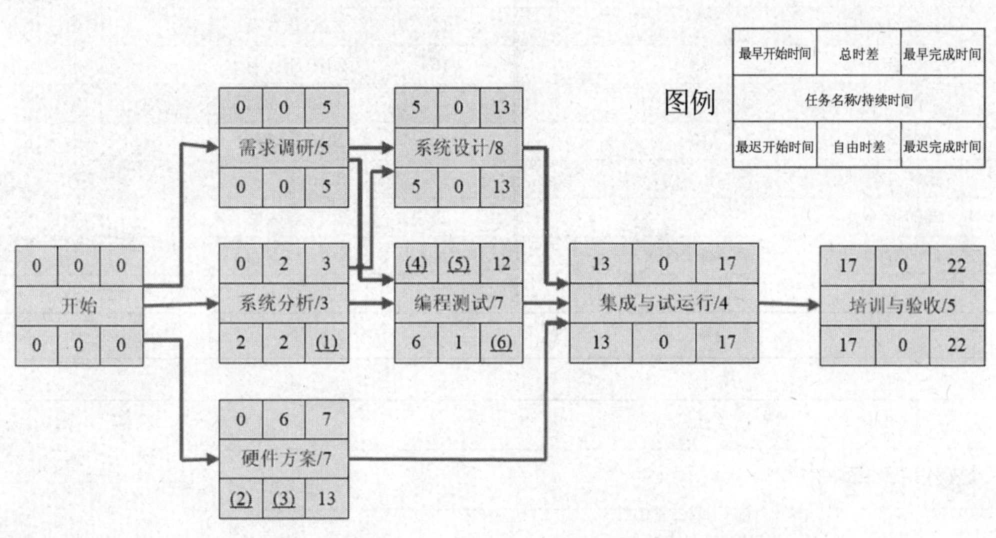

图 6-11 某项目计划网络图

【问题 1】（6 分）

请根据图 6-11 所示的项目任务逻辑关系，计算并填写图 6-11 中（1）～（6）处的空缺内容。

【问题 2】（3.5 分）

根据图 6-11 中的最早开始时间，请将如图 6-12 所示的该项目甘特图绘制完整。

ID	任务名称	2009年											2010年										
		1	2	3	4	5	6	7	8	9	10	11	12	1	2	3	4	5	6	7	8	9	10
1	需求调研																						
2	系统分析																						
3	系统设计																						
4	编程与测试																						
5	硬件方案及配置																						
6	集成与试运行																						
7	培训与验收																						

图 6-12　项目甘特图

【问题 3】（5.5 分）

根据该项目最早开始时间的甘特图，请计算每月人工需求量并填写表 6-18 中（7）～（15）处的空缺内容。如果项目经理小郭对该项目进行人力资源平衡的优化，那么优化配置后每个月所需的最多人员数量至少为 ___（16）___ 人。

表 6-18　每项任务持续时间和每月人员需求数表

序　号	进度时间	人员需求量（人）	序　号	进度时间	人员需求量（人）
1	2009 年 1 月	___（7）___	12	2009 年 12 月	___（12）___
2	2009 年 2 月	___（8）___	13	2010 年 1 月	___（13）___
3	2009 年 3 月	17	14	2010 年 2 月	___（14）___
4	2009 年 4 月	___（9）___	15	2010 年 3 月	9
5	2009 年 5 月	13	16	2010 年 4 月	9
6	2009 年 6 月	___（10）___	17	2010 年 5 月	9
7	2009 年 7 月	10	18	2010 年 6 月	___（15）___
8	2009 年 8 月	___（11）___	19	2010 年 7 月	7
9	2009 年 9 月	5	20	2010 年 8 月	7
10	2009 年 10 月	5	21	2010 年 9 月	7
11	2009 年 11 月	5	22	2010 年 10 月	7

6.4.7　模拟试题 7

【试题描述】

阅读以下说明，根据要求回答问题 1～问题 3。（15 分）

【说明】

系统集成商 YL 公司于 2011 年 3 月上旬中标 A 市公安局的人口管理系统开发项目，因该市将在 2011 年 11 月举办某大中型国际会议，公安局要求人口管理系统一定要赶在 2011 年 8 月 1 日之前投入使用。该项目的项目经理小鲍虽然进入 YL 公司不到 3 年，但他已成功地管理过两个类似的项目，被大家称之为“救火队长”，而小鲍也对自己信心十足。但这次和以往不同的是，小鲍还同时管理着另外一个系统集成项目，而这个人口管理系统项目的工期要求紧、能调用的人手少。

该人口管理系统项目属于升级项目。原来的系统为YL公司开发，是C/S结构，只能管理本地城区常住人口。新的人口管理系统要求是B/S结构，要既能管理城区常住人口又能管理郊区常住人口、市辖县常住人口和流动人口，而公安局要求该新系统首先要把流动人口管理起来。该项目从技术角度可分为网络改造和软件开发两个部分，而软件部分又可分为用户界面、业务流程和数据库3个子系统。项目组共有5人，其中有人做过类似的C/S结构的项目，而公司刚刚结束的一个网络项目与本次承担的网络改造项目在技术架构方面几近相同，只是规模不同。公安局要求新系统能够支持移动接入，而项目团队中没有一人接触过移动接入技术。小鲍凭直觉知道依现有的人员在2011年8月1日之前完成项目是不可能的。

【问题1】(5分)

在本案例中，项目经理小鲍在进行活动历时估算时，首先要明确定义项目的___(1)___，并将其进一步分解为活动。当该项工作进行足够细化后，结合“原来的系统为YL公司开发”情况，小鲍最适宜选用活动历时估算的方法是___(2)___或___(3)___；针对“该人口管理系统项目属于升级项目”情况，小鲍最适宜选用活动历时估算的方法是___(4)___；针对“公安局要求新系统能够支持移动接入，而项目团队中没有一人接触过移动接入技术”情况，小鲍最适宜选用的活动历时估算的方法是___(5)___。

【(2)～(5)空缺处备选答案】(请从以下选项中选出相应的字母做答)：

A. 德尔菲法　　B. 自下而上估算法　　C. 自上而下估算法

D. 参数估算法　　E. 类比估算法　　F. 三点估算法

____

____

【问题2】(5分)

结合你的项目管理经验，针对项目现状，请简要说明小鲍可以采取哪些方法来压缩项目工期，以使项目能够在2011年8月1日之前交付。

____

____

【问题3】(5分)

在该项目实施过程中，项目经理小鲍可以采用以下方法来跟踪项目的进度，以确保项目能够按期交付。

(1) 基于___(6)___制定项目网络计划图，也可采用___(7)___辅助制定项目进度计划；

(2) 建立对项目工作的监督和___(8)___机制；

(3) 确定项目的___(9)___，并建立有效的评审机制；

(4) 对项目中发现的问题，及时采取___(10)___措施，并进行有效变更管理；

(5) 使用有效的项目管理工具，提升项目管理的工作效率等。

____

____

6.4.8 模拟试题8

【试题描述】

阅读以下说明，根据要求回答问题1～问题5。(15分)

【说明】

系统集成商YL公司现有员工45人，业务部门分为销售部、软件开发部、系统网络部等。经过近半年的酝酿后，在今年1月8日，YL公司的销售部直接与当地某商业银行签定了一个银行前置机的软件系统集成项目。合同规定，当年 6 月 30 日之前系统必须投入试运行。在合同签定后，销售部将此合同移交给了软件开发部，进行项目的实施。

项目经理小钱做过 3 年的系统分析和设计工作，但这是他第一次担任项目经理。小钱兼任系统分析工作，此外项目还有两名具有 1 年工作经验的程序员，1 名测试人员，2 名负责计算机网络组建和综合布线的网络工程师。项目组成员均全程参加项目。

在承担项目之后，小钱发现由于项目前期自己没有介入，因此对许多项目前期的事情不是很清楚。在小钱的多方努力下，组织团队成员制定了该项目的 WBS，并依照以往的经历制定了本项目的进度计划，简单描述如下：

（1）应用子系统

①1 月 8 日～2 月 15 日　　需求分析

②2 月 16 日～3 月 30 日　　系统设计和软件设计

③3 月 31 日～5 月 15 日　　编码

④5 月 16 日～5 月 30 日　　系统内部测试

（2）综合布线

3 月 1 日～4 月 25 日　　完成调研和布线

（3）网络子系统

4 月 26 日～5 月 31 日　　设备安装、联调

（4）系统内部调试、验收

①6 月 1 日～6 月 20 日　　系统试运行

②6 月 28 日～6 月 30 日　　系统验收

春节后，小钱于 2 月 25 日发现项目的系统设计刚刚开始，由此推测在 3 月 30 日很可能完不成系统设计任务。

【问题 1】（2 分）

结合你的项目管理经验，针对 YL 公司在售前（投标）的相关活动，结合案例，简要分析 YL 公司的项目管理状况造成项目进度拖延的可能原因。

【问题 2】（2 分）

针对“项目经理小钱做过 3 年的系统分析和设计工作，但这是他第一次担任项目经理”和“小钱组织大家制定了项目的 WBS，并依照以往的经历制定了本项目的进度计划”情况，结合案例说明，请简要分析 YL 公司在项目管理方面存在的问题。

【问题 3】（2 分）

针对该项目组人员组成情况，结合案例说明，请简要分析由此造成项目进度拖延的可能原因。

【问题 4】（4 分）

针对项目经理小钱制定的项目进度计划，结合案例说明，请简要分析公司及小钱在项目管理方面存在的问题。

【问题 5】(5 分)

结合你的项目管理经验，针对项目现状，请简要说明小钱可以采取哪些补救措施以保证项目整体进度不拖延。

6.4.9 模拟试题 9

【试题描述】

阅读以下说明，根据要求回答问题 1～问题 5。（15 分）

【说明】

系统集成 LJ 公司在某地市电子政务建设项目中承接了 60km 的光缆线路敷设工程。该工程项目的里程碑甘特图如图 6-13 所示。

序号	项目	第 1 周	第 2 周	第 3 周	第 4 周	第 5 周	第 6 周	第 7 周	第 8 周
1	敷设光缆	■	■	■	■	■			
2	光缆接续				■	■	■		
3	埋设标石				■	■	■		
4	中继段测试							■	■

图 6-13　光缆线路工程项目甘特图

在图 6-13 中，各项工作每周完成量基本相等，每周工作 7 天。光缆接续在敷设光缆完成 60%工作量时开始；埋设标石在敷设光缆完成 60%工作量时开始；中继段测试必须在光缆接续全部完成后才能开始。第 5 周末时，项目经理得到的各项工作完成的进度累计情况如表 6-19 所示。

表 6-19　各项工作完成的进度累计情况

序　号	项　目	第 1 周	第 2 周	第 3 周	第 4 周	第 5 周
1	敷设光缆	15%	35%	65%	74%	90%
2	光缆接续				10%	45%
3	埋设标石					15%
4	中继段测试					

【问题 1】(5 分)

请定性分析各工序前 5 周每周的实际进度与计划的关系。

【问题 2】(6 分)

计算第 5 周末各项工序实际进度比计划进度超前或拖后多少天？（计算结果如遇小数，采用进一法）

【问题 3】(4 分)

若从第 6 周开始仍按原计划周进度组织施工，总工期为多少天？比原计划延长多少天？

6.4.10 参考答案

表 6-20～表 6-30 分别给出了模拟试题 1～模拟试题 9 的参考答案，供读者练习时进行参考，以便查漏补缺。读者也可依照所给出的评分标准得出测试分数，从而大致评估自己对这些知识点的掌握程度。

表 6-20 模拟试题 1 参考答案及评分标准

问题与分值	参考答案及评分标准	自 评 分
【问题 1】（4 分）	如图 6-14 所示 （4 分）	
【问题 2】（3 分）	该项目的关键路径：BDFH（1 分）和 BDG（1 分）； 项目总工期为 15 天（1 分）	
【问题 3】（5 分）	最早开始时间（ES）为第 3 天（上午）　最早结束时间（EF）为第 6 天（傍晚） 最迟开始时间（LS）为第 8 天（上午）　最迟结束时间（LF）为第 11 天（傍晚） 自由浮动时间（FT）为 5 天（每个时间参数 1 分）	
【问题 4】（3 分）	由于活动 C 不是该工程关键路径上的活动，其自由浮动时间为 1 天（1 分），因此活动 C 的实际执行时间比原计划多用了 1 天时，不会影响整个工程的工期（即仍保持为 15 天）（1 分）。此时，该工程的关键路径共有 4 条，即变更为：BDFH、BDG、ACDFH 和 ACDG（1 分，答案类似即可）	

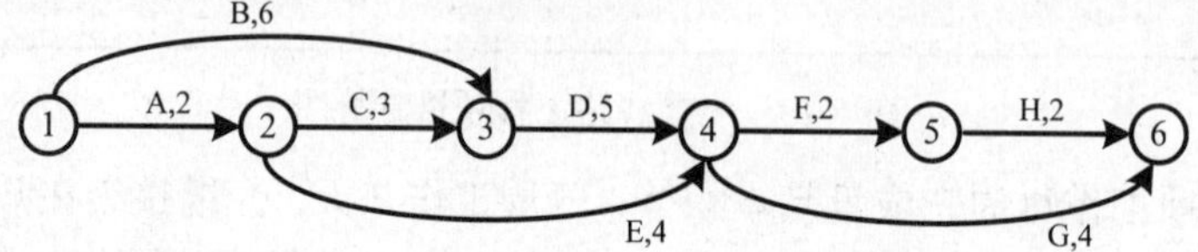

图 6-14 某集成项目的进度计划箭线图

表 6-21 模拟试题 2 参考答案及评分标准

问题与分值	参考答案及评分标准		自 评 分
【问题 1】（8 分）	（1）2 （3）2 （5）10 （7）F	（2）3 （4）B,C （6）E （8）19 （每空 1 分）	
【问题 2】（2 分）	（9）制定进度计划	（10）项目进度控制（每空 1 分）	
【问题 3】（5 分）	（11）B/5 （13）D/2 （15）F/3（每空 1 分，其中（11）、（12）答案位置可互换）	（12）C/2 （14）E/3	

表 6-22 模拟试题 3 参考答案及评分标准

问题与分值	参考答案及评分标准		自 评 分
【问题 1】（6 分）	如图 6-15 所示（6 个线条，每个线条 1 分）		
【问题 2】（5 分）	（1）该项目每周所需人工数（见表 6-23） （每 4 个数据 1 分，最多得 4 分）； （2）周人工数的最大差值为 14 （1 分）		
【问题 3】（4 分）	（1）4 （3）5	（2）1 （4）5 （每空 1 分）	

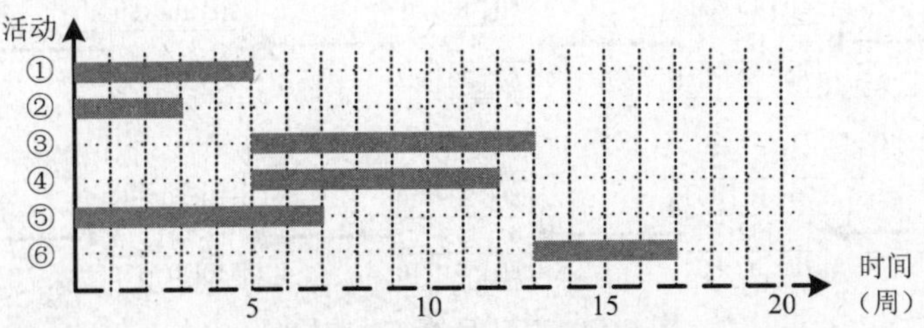

图 6-15　某项目活动计划甘特图

表 6-23　某项目每周所需人工数

周	1	2	3	4	5	6	7	8	9	10	11	12	13	14	15	16	17
人工数	17	17	17	13	13	10	10	5	5	5	5	5	3	9	9	9	9

表 6-24　模拟试题 4 参考答案及评分标准

问题与分值	参考答案及评分标准	自　评　分
【问题 1】（5 分）	见图 6-16（共 9 条箭线，每条箭线 0.5 分，全对得 5 分）	
【问题 2】（8 分）	见表 6-25（每 3 个数据 1 分，最多得 8 分）	
【问题 3】（2 分）	关键路径 0→1→3→4→5→6（或 St→A→C→D→E→Fin）（1 分） 项目总工期为 45 天（1 分）	

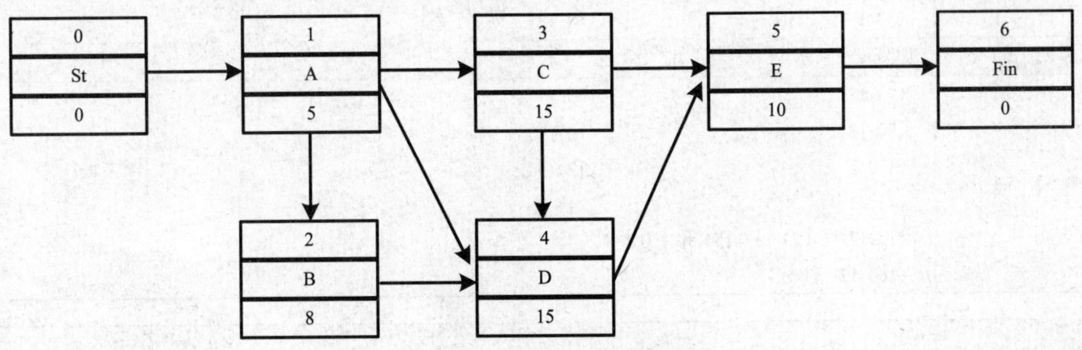

图 6-16　某项目网络计划图

表 6-25　某项目各项工作时间表

工作代码	最早开始时间（天）	最早结束时间（天）	最迟开始时间（天）	最迟结束时间（天）	自由浮动时间（天）
A	0	5	0	5	0
B	5	13	12	20	7
C	5	20	5	20	0
D	20	35	20	35	0
E	35	45	35	45	0

表 6-26　模拟试题 5 参考答案及评分标准

问题与分值	参考答案及评分标准	自　评　分
【问题 1】（3 分）	（1）50　　（2）70 （3）70　　（4）80 （5）80　　（6）110（每空 0.5 分）	
【问题 2】（7 分）	如图 6-17 所示（每个结点名称及所有时间参数计 1 分）	
【问题 3】（5 分）	如图 6-18 所示（每个线条 1 分）	

40 10 50
114
40 0 50
50 10 60
121
70 20 80
60 10 70
122
80 20 90
90 10 100
123
90 0 100
100 10 110
124
100 0 110
50 20 70
131
50 0 70
70 10 80
132
70 0 80
80 30 110
133
80 0 110
110 20 130
141
110 0 130

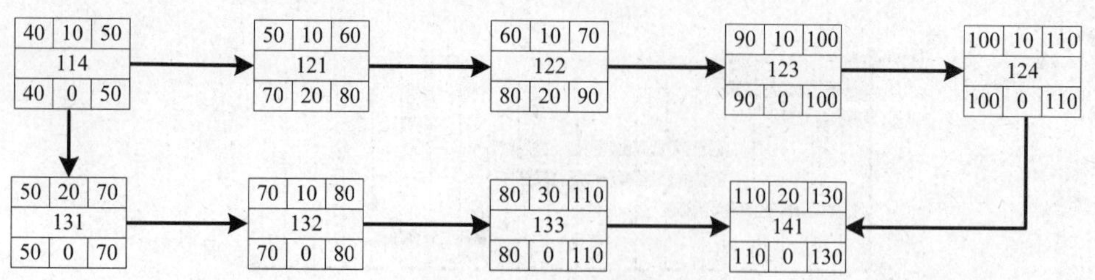

图 6-17 某项目的部分前导图

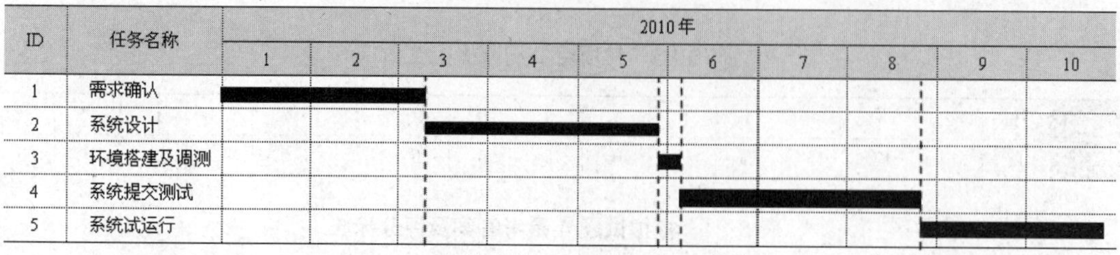

ID
任务名称
2010 年
1
2
3
4
5
6
7
8
9
10
1 需求确认
2 系统设计
3 环境搭建及调测
4 系统提交测试
5 系统试运行

图 6-18 项目里程碑甘特图

表 6-27 模拟试题 6 参考答案及评分标准

问题与分值	参考答案及评分标准		自 评 分
【问题 1】（6 分）	（1）5	（2）6	
	（3）6	（4）5	
	（5）1	（6）13 （每空 1 分）	
【问题 2】（3.5 分）	如图 6-19 所示 （每个线条 0.5 分）		
【问题 3】（5.5 分）	（7）17	（8）17	
	（9）13	（10）10	
	（11）5	（12）5	
	（13）3	（14）9	
	（15）7 （（7）～（15）每空 0.5 分）		
	（16）12 （1 分）		

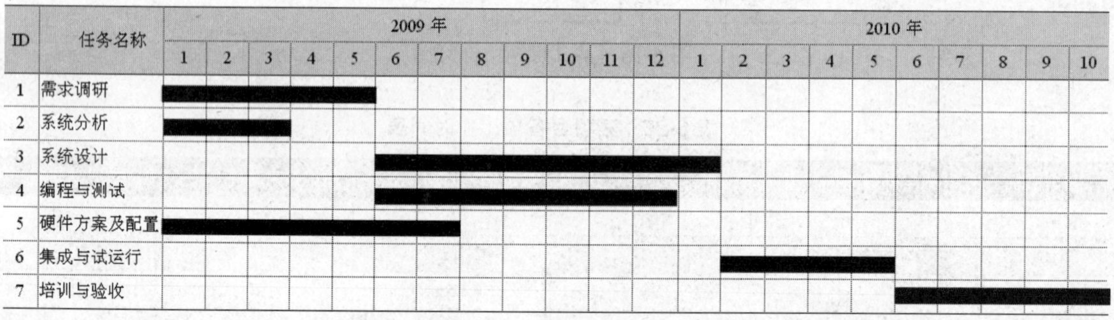

ID
任务名称
2009 年
2010 年
1
2
3
4
5
6
7
8
9
10
11
12
1
2
3
4
5
6
7
8
9
10
1 需求调研
2 系统分析
3 系统设计
4 编程与测试
5 硬件方案及配置
6 集成与试运行
7 培训与验收

图 6-19 项目甘特图

表 6-28 模拟试题 7 参考答案及评分标准

问题与分值	参考答案及评分标准		自 评 分
【问题 1】（5 分）	（1）工作分解结构（或 WBS）	（2）D	
	（3）F	（4）E	
	（5）A （每空 1 分，（2）、（3）答案位置可互换）		
【问题 2】（5 分）	①积极与客户进行沟通，梳理业务需求中的关键需求，与客户进行协商能否在期限前先完成关键需求，其他部分分期交付； ②制定出合理可靠的技术方案，对其中不熟悉的部分可以采用外包的方法；		

续表

问题与分值	参考答案及评分标准	自 评 分
【问题2】（5分）	③清晰定义各功能模块之间的接口，然后在防范风险的前提下加大并行工作的程度； ④明确目标、责任和奖惩机制，提高员工的工作绩效； ⑤必要时对关键路径上的活动适当加班（赶工）； ⑥加强对交付物和项目阶段工作的及时检查和控制，避免后期出现返工 （答案包含但不限于以上要点，答出其中5个小点即可，每小点1分，答案类似即可）	
【问题3】（5分）	（6）WBS和活动工时估算 （7）关键路径方法（或图形评审技术（GERT），或计划评审技术（PERT）） （8）绩效衡量 （9）进度里程碑 （10）纠正和预防（每空1分，答案意思相近即可）	

表6-29 模拟试题8参考答案及评分标准

问题与分值	参考答案及评分标准	自 评 分
【问题1】（2分）	①销售部没有及时让软件开发部参与项目早期工作（或销售部在投标前项目内部启动会上，没有邀请软件开发部参与），易造成销售部过度承诺； ②YL公司各职能部门独自为政，缺乏项目的整体协调和规划； （答案包含但不限于以上要点，答出其中1个小点即可，2分，答案类似即可）	
【问题2】（2分）	①小钱可能没有及时转变工作角色定位和工作思维方式，缺乏项目管理的实践经验； ②YL公司对项目经理缺乏必要的管理知识与技能方面的培训（或YL公司可能存在用人不当的问题）； ③小钱及其项目团队进度估算方法可能欠妥，导致项目进度估算不准 （答案包含但不限于以上要点，答出其中两个小点即可，每小点1分，答案类似即可）	
【问题3】（2分）	①项目资源配置不足（或人员搭配不合理），缺乏专门的系统分析和设计人员； ②小钱第1次担任项目经理，可能缺乏项目管理经验，同时兼任系统分析师，精力会不足，顾此失彼 （答案包含但不限于以上要点，答出其中两个小点即可，每小点1分，答案类似即可）	
【问题4】（4分）	①在安排进度时可能没有考虑到法定节假日等因素（或没有考虑到法定节假日对人员绩效的影响）； ②该进度安排太过理想化，缺乏评审环节； ③工作安排没有充分利用分配的项目资源，资源有闲置； ④人员搭配不合理，没有把项目对人员的要求、人员的知识结构等考虑周全 （答案包含但不限于以上要点，答出其中两个小点即可，每小点2分，答案类似即可）	
【问题5】（5分）	①向公司高层领导（或职能经理）申请增加特定资源，特别是要增加系统分析设计人员； ②临时加班（赶工），尽可能补救耽误的时间或提升资源的利用效率； ③在防范风险的前提下，将部分阶段的工作改为并行进行； ④对后续工作的工期重新进行估算，并考虑节假日问题，重新修订进度计划，尽量留有余地； ⑤申请指派经验更丰富（或高工作效率）的开发人员去完成（或帮助完成）项目工作； ⑥改进方法（或技术、流程），提高生产效率； ⑦加强沟通，争取客户能够对项目范围及需求、设计、验收标准进行确认，避免后期频繁出现变更； ⑧加强对阶段工作的检查和控制，避免后期出现返工 （答案包含但不限于以上要点，答出其中5个小点即可，每小点1分，答案类似即可）	

表 6-30　模拟试题 9 参考答案及评分标准

问题与分值	参考答案及评分标准	自　评　分
【问题 1】（5 分）	（1）敷设光缆：第 1 周比计划拖后（0.5 分），第 2 周与计划相同（0.5 分），第 3 周比计划超前（0.5 分），第 4 周比计划拖后（0.5 分），第 5 周比计划拖后（0.5 分）； （2）光缆接续：第 4 周比计划拖后（0.5 分）；第 5 周比计划超前（0.5 分）； （3）埋设标石：第 4 周比计划拖后（0.5 分）；第 5 周比计划拖后（0.5 分） （答案类似即可，全对得 5 分）	
【问题 2】（6 分）	敷设光缆比原计划拖后 4 天（2 分） 光缆接续比原计划拖后 5 天（2 分） 埋设标石比原计划拖后 11 天（2 分）	
【问题 3】（4 分）	总工期变为 61 天（2 分） 比原计划延长 5 天（2 分）	

第 7 章 项目成本管理

7.1 备考指南

7.1.1 考纲要求

虽然本科目考试大纲是按项目生命周期各阶段来展现案例分析试卷所要考核的相关内容的，且在“项目成本管理”知识模块上仅体现了“成本控制”等，即没有给出具体的考核要求，但读者可从该知识模块在历次系统集成项目管理工程师考试试卷中曾出现的考核知识点及分值分布情况间接获知关键考点和考试难点所在。

7.1.2 考点统计

“项目成本管理”知识模块在历次系统集成项目管理工程师考试试卷中出现的考核知识点及分值分布情况如表 7-1 所示。

表 7-1 历年考点统计表

年 份	题 号	知 识 点	分 值	参考价值
2009 年下半年	试题 4	给出某项目当前执行情况，考核利用挣值技术求解该项目的 CV、SV、CPI、SPI 参数值，并分析该项目的绩效执行情况，简述成本控制的主要工作内容等知识点	15 分	★★★★★
2010 年上半年	试题 2	给出某项目每个任务的单项预算和当前完工情况，考核利用挣值技术求解该项目的 PV、EV、AC、CPI、SPI 参数值，分析该项目的绩效执行情况及其补救措施等知识点	15 分	★★★★★
2010 年下半年	试题 2	给出某项目当前执行情况，考核利用挣值技术求解该项目的 PV、EV 参数值，并分析该项目的绩效执行情况及其对应措施等知识点	13 分	★★★★★

7.1.3 命题特点

纵观历次真题试卷，本章知识点主要是以计算题、简答题的形式出现在试卷中。本章知识点在历次考试中所考查的题量大约为 1 道综合题，试题包含有 3～5 个问题，所占分值约为 10～15 分（约占试卷总分值 75 分中的 13.33%～20%）。其历年命题走势如图 7-1 所示。案例中所提出的问题侧重于实践应用，用于检查考生是否理解相关的理论知识和是否具有相关的实践应用经验，考试难度系数为中等。从知识点考查深度的角度分析，每次考试中该部分试题在“识记、理解、应用”3 个层面上所占的比例大致为 1:2:3。

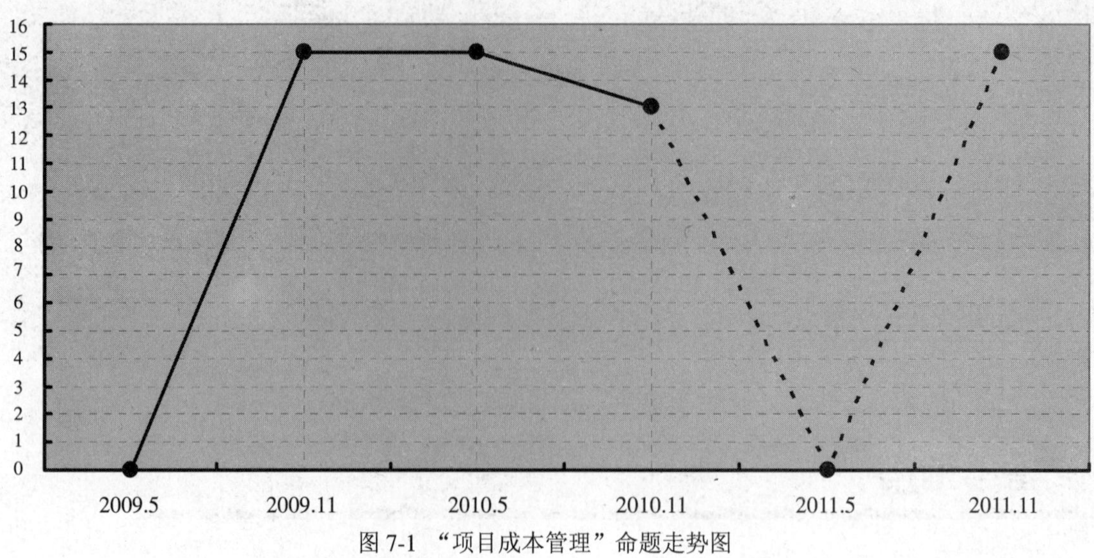

图 7-1 “项目成本管理”命题走势图

本章知识点主要有以下 3 种命题思路。

命题思路 1：给出某项目在某个时间点上各任务的计划成本、实际成本及完成百分比的案例说明，要求计算该项目的 PV、EV、AC、CPI、SPI、ETC、EAC、TCPI 等参数值（可以有多种组合形式、多种表现形式）；要求分析该项目在进度、成本方面的绩效执行情况并给出相应的解决措施；要求绘制出反映该项目当前执行情况的挣值图等。

命题思路 2：给出某项目在成本管理方面的案例场景描述，要求指出该案例场景中存在哪些问题并说明相关原因；要求给出解决这些问题的补救措施（或建议）；给出 1 个该案例涉及且与成本管理基础知识点相关的简答题（或填空题、选择题等）。

命题思路 3：给出某项目的挣值曲线图（或其他示意图）及相关案例说明，要求计算该项目的 PV、EV、AC、CPI、SPI、ETC、EAC 等参数值（可以有多种组合形式、多种表现形式）；要求分析该项目在进度、成本方面的绩效执行情况并给出相应的解决措施；要求回答该案例涉及且与成本管理基础知识点相关的填空题（或选择题、简答题等）。

7.1.4 学习建议

积极、主动地控制项目成本是项目经理的责任，成本的计划与控制是最好的效益来源。对成本的计划与控制能力和水平预示着项目经理的未来。项目成本管理过程主要包括编制成本管理计划、成本估算、成本预算和成本控制等。其中，项目成本控制知识模块中与挣值技术相关的计算、分析，是本章的考核重点。鉴于“已知某些参数和条件来求解另一些参数”的计算题可以有多种命题组合形式、多种命题表现形式，建议读者一定要熟练掌握本章节所归纳、所列举的案例分析试题，并能做到举一反三、灵活应用相关知识点。

鉴于系统集成项目管理工程师考试采用模块化的命题风格，因此在今后考试中与本章相关的试题将可能保持 1 道综合题的考查量。本章知识点还有可能以计算题、填空题、简答题、选择题和画图题相结合的命题风格出现在试卷中。随着考试次数的不断增多，此类试题的命题思路、试题的表现形式和考查内容将会趋于平稳，从命题的层面分析，这也限制了此类试题的考核深度和广度。随着考试次数的逐年积累，意味着试题的命题范围将越来越窄，所考查的知识点也会越来越细，从而体现试题的考试难度（如对项目当前执行情况的说明更加综合、隐含等）。

通常，定量分析是下午试卷中一类比较容易得分的题型，因此读者一定要好好把握，多动笔练习此类综合应用试题，以扩展自己的知识面，并多花心思归纳总结解题经验，努力做到熟能生巧，以便考试时能灵活变通，节约在这些知识点上的解题思考时间。本章力求以发展的眼光和实用的角度来预测并挖掘“项目成本管理”的相关考核点，以增强读者学习相关知识点的目的性。

阅读提示： 本章是系统集成项目管理工程师考试的重点内容，读者需要重点复习及强化。

7.2 知识点清单

7.2.1 基础知识

- 项目成本是指项目活动或其组成部分的货币价值或价格，包括为实施、完成或创造该活动或其组成部分所需资源的货币价值。（Ⅰ）
- 通常，具体的成本包括直接工时、其他直接费用、间接工时、其他间接费用及采购价格。（Ⅰ）
- 项目成本管理的工作流程：制定成本管理计划→成本估算→成本预算→成本控制。（Ⅰ）（★）
- 项目成本管理主要关心的是完成项目活动所需资源的成本，但也必须考虑项目决策对项目产品、服务或成果的使用成本、维护成本和支持成本的影响。（Ⅱ）
- 产品的全生命周期成本就是在产品或系统的整个使用生命期内，在项目存续期间（包括设计、生产、安装和测试等活动）、运营与维护及生命周期结束时对产品的处置所发生的全部成本。（Ⅱ）
- 对于一个项目而言，产品的全生命期成本考虑的是权益总成本，即开发成本加上维护成本。换而言之，它不仅考虑项目全生命周期成本，也要考虑项目的最终产品的全生命周期成本。（Ⅱ）
- 项目成本的类型包括：①直接成本；②间接成本；③固定成本；④可变成本。（Ⅰ）（★）
- 直接成本是指直接可以归属于项目工作的成本。例如项目团队工资、差旅费、项目使用的物料及设备使用费等。（Ⅰ）
- 间接成本是指来自一般管理费用科目或几个项目共同担负的项目成本所分摊给本项目的费用。例如公司管理人员工资、税金、额外福利和安保费用等。（Ⅰ）
- 固定成本是指不随生产量、工作量或时间变化而变化的非重复成本。例如员工的基本工资、设备的折旧、保险费和不动产税等。（Ⅰ）
- 可变成本也称为变动成本，是指随着生产量、工作量或时间而变的成本。例如外购半成品、与销售量呈正比例变动的销售费用等。（Ⅰ）
- 沉没成本是指在过去已经花的费用，即永远不可能再产生收益的成本。常用来与可变成本作比较，可变成本是可以被改变的，而沉没成本则不能被改变。（Ⅰ）
- 管理储备是一个单列的计划出来的成本，以备在未来不可预见的事件发生时使用。（Ⅰ）
- 管理储备包含成本或进度储备，以降低偏离成本或进度目标的风险。它的使用需要对项目基线进行变更。（Ⅱ）
- 管理储备不是项目成本基线的一部分，但包含在项目的预算中。（Ⅱ）
- 成本基准是指经批准的按时间安排的成本支出计划，并随时反映了经批准的项目成本变更（所增加或减少的资金数目），被用于度量和监督项目的实际执行成本。（Ⅰ）
- 学习曲线理论指出，当重复生产许多产品时，那些产品的单位成本随着数量的增多呈规律性递减。通常，学习曲线理论用于估算生产大量产品的项目的成本。（Ⅱ）
- 项目成本管理框架如表 7-2 所示。（Ⅰ）（★）

表 7-2　项目成本管理框架

过　程	依　据	工具和技术	输　出
制定项目成本管理计划	①项目章程； ②项目范围说明书（初步）； ③组织过程资产； ④环境因素和组织因素； ⑤项目管理计划	①模板、表格和标准； ②专家判断	项目成本管理计划
项目成本估算	①事业环境因素； ②组织过程资产； ③项目范围说明书； ④工作分解结构（WBS）； ⑤WBS 词汇表； ⑥项目管理计划（主要是进度管理计划、人力资源管理计划和风险清单）	①类比成本估算； ②确定资源费率； ③自下而上估算； ④参数估算； ⑤项目管理软件； ⑥供货商投标分析； ⑦准备金分析（或意外事件分析）； ⑧质量成本	①活动成本估算结果； ②活动成本估算的支持性细节； ③请求的变更； ④成本管理计划（更新）
项目成本预算	①项目范围说明书； ②WBS； ③WBS 词汇表； ④活动成本估算； ⑤活动成本估算支持性细节； ⑥项目进度计划； ⑦资源日历； ⑧合同； ⑨成本管理计划	①成本汇总； ②准备金分析（管理储备）； ③参数估算； ④资金限制平衡（或支出的合理化原则）	①成本基准； ②项目资金需求； ③成本管理计划（更新）； ④请求的变更
项目成本控制	①成本基准； ②项目资金需求； ③成本绩效报告； ④工作绩效信息； ⑤已批准的变更请求； ⑥项目管理计划	①成本变更控制系统； ②绩效衡量分析； ③预测技术； ④项目绩效审核； ⑤项目管理软件； ⑥偏差管理	①成本估算（更新）； ②成本基准（更新）； ③绩效衡量； ④完工预测； ⑤请求的变更； ⑥推荐的纠正措施； ⑦组织过程资产（更新）； ⑧项目管理计划（更新）

7.2.2　制定成本管理计划

- 制定成本管理计划的工作在项目计划阶段的早期进行，并为每个成本管理过程设定了框架，以便确保过程实施的协调一致和效率。（Ⅰ）
- 项目成本估算和成本预算过程中所提及的活动均为成本管理计划中的活动。换而言之，项目成本估算和项目成本预算是依据成本管理计划中的活动开展的。（Ⅰ）
- 制定项目成本管理计划的结果是生成成本管理计划，成本管理计划中列出了模板，并制定了项目成本结构、估算、预算和控制的标准。（Ⅰ）
- 成本管理过程及其使用的工具和技术因应用领域的不同而变化，一般在项目生命期定义过程中对此进行选择，并在成本管理计划中进行记录。（Ⅰ）
- 成本管理计划包含在项目管理计划中，或是作为项目管理计划的从属分计划。成本管理计划可以是正式的，也可以是非正式的，可以是非常详细的，也可以是概括性的，视项目需要决定。（Ⅰ）

- 成本管理计划可以设定以下内容：①精确程度，即基于活动的数量以及项目的规模，设定活动成本估算的精度，例如估算的结果是以千元为单位还是以百元为单位；②度量的单位，即用于度量的单位是人时、人天、人周、人月：③组织的流程联系，即工作分解结构（WBS）为成本管理计划提供框架，维护成本估算、预算和控制的一致性；④控制阈值，即用于监控成本绩效的偏差阈值可以是具体的，以指明相关方同意的偏差范围，典型的偏差可以表示为偏离成本基线的百分比；⑤绩效度量的规则，例如，成本管理计划可以指明挣值管理的计算公式，以预测项目完工估算及其他项目的追踪方法等；⑥报告格式，即定义各种成本报告的格式和发送频率；⑦过程描述，即对成本管理的三个过程的描述。（Ⅰ）（★）
- 用于项目成本估算的 WBS 单元被称为控制账目（CA）。每一个控制账目有一个唯一的代码直接与项目执行组织的会计系统相连。（Ⅱ）

7.2.3 项目成本估算

- 估算活动的成本涉及估算完成每项活动所需资源的近似成本，以及考虑成本估算偏差的可能原因（包括风险）。（Ⅰ）
- 活动成本估算是针对完成活动所需资源的可能成本进行的量化评估。（Ⅰ）
- 成本估算通常以货币单位（人民币、美元等）表示，也可用工时、人月、人天、人年等其他单位表示。（Ⅰ）（★）
- 在整个项目生命期内，项目估算的准确性随着项目的绩效而提高。（Ⅱ）
- 针对项目使用的所有资源来估算活动成本，包括但不限于人工、材料、设备、服务、设施和特殊条目（如通货膨胀准备金和应急准备金）等。（Ⅱ）
- 除了项目直接成本外，项目估算还需要考虑的主要因素有：①非直接成本；②学习曲线；③项目完成的时限；④质量要求；⑤应急储备和管理储备等。（Ⅰ）（★）
- 非直接成本是指不在 WBS 工作包上的成本，如管理成本、房屋租金和保险等。（Ⅱ）
- 质量要求越高，质量成本就越高。质量成本又可以分为质量保证成本和质量故障成本。（Ⅱ）
- 质量保证成本是项目团队依据公司质量体系（如 ISO9000）运行而引起的成本。（Ⅱ）
- 质量故障成本是由于项目质量存在缺陷进行检测和弥补而引起的成本。（Ⅱ）
- 在项目的前期和后期，质量成本较高。（Ⅱ）
- 应急储备和管理储备主要为防范风险所预留的成本。（Ⅱ）
- 编制项目成本估算需要进行的 3 个主要步骤：①识别并分析成本的构成科目；②根据已识别的项目成本构成科目，估算每一科目的成本大小；③分析成本估算结果，找出各种可以相互替代的成本，协调各种成本之间的比例关系。（Ⅰ）
- 制作项目成本构成科目后，会形成“资源需求”和“会计科目表”，说明工作分解结构中各组成部分所需资源的类型和所需的数量。（Ⅱ）
- 常见的项目优化方法有：工期优化、费用优化和资源优化（如资源平衡技术）3 种。（Ⅰ）
- 无论怎样降低项目成本估算值，项目的应急储备和管理储备都不应被裁减。（Ⅱ）
- 项目成本估算的依据（或输入）：①事业环境因素；②组织过程资产；③项目范围说明书；④工作分解结构（WBS）；⑤WBS 词汇表；⑥项目管理计划等。（Ⅰ）（★）
- 项目成本估算的可交付物（或输出）：①活动成本估算结果；②活动成本估算的支持性细节；③请求的变更；④更新的成本管理计划等。（Ⅰ）（★）
- 项目成本估算所需的工具、方法和技术：①类比估算；②确定资源费率；③自下而上估算；④参数估算；⑤项目管理软件；⑥供货商投标分析；⑦准备金分析；⑧质量成本等。（Ⅰ）（★）

- 在编制成本管理计划时，将考虑现存的正式和非正式的计划、方针、程序和指导原则，选择使用的成本估算工具、监测和报告方法。包括：①成本估算指导方针；②成本估算模板；③历史信息；④项目文档；⑤项目团队知识；⑥吸取的教训等。（Ⅰ）
- 项目范围说明书包括制约因素、假设和需求。制约因素是限制成本估算的特定因素。（Ⅱ）
- 项目管理计划是项目成本估算的依据之一，主要涉及：①进度管理计划；②人员配备管理计划；③风险登记册等。（Ⅰ）
- 活动成本估算是指完成活动所需资源的可能成本的定量估计，其表述可详可略。（Ⅰ）
- 所有应用到活动成本估算的资源均应列入估算范围，其中包括但不限于人工、材料、物资，以及诸如通货膨胀或成本应急储备等特殊范畴。（Ⅱ）
- 活动成本估算的支持性细节应包括：①活动工作范围的描述；②依据的文字记载，即如何编制估算；③所做假设的文字记载；④制约条件的文字记载；⑤关于估算范围的记载。（Ⅱ）
- 成本类比估算是指利用过去类似项目的实际成本作为当前项目成本估算的基础。这是一种专家判断，当对项目的详细情况了解甚少时（如在项目的初期阶段），往往采用该方法估算项目的成本。（Ⅰ）
- 成本类比估算在以下情况中最为可靠：与以往项目的实质相似，而不只是在表面上相似，并且进行估算的个人或集体具有所需的专业知识。（Ⅰ）
- 确定资源费率的个人（或编制估算的集体）必须知道每种资源的单位费率（如每小时的人工费等）。（Ⅰ）
- 收集报价、从商业数据库和卖方印刷的价格清单中获得数据是获得资源费率的常用方法。（Ⅱ）
- 自下而上估算是指估算单个工作包或细节最详细的活动的成本，然后将这些详细成本汇总到更高层级，以便用于报告和跟踪目的。其准确性取决于单个活动或工作包的规模和复杂程度。（Ⅰ）
- 参数估算是一种运用历史数据和其他变量（如软件编程中的编码行数，要求的人工小时数等）之间的统计关系来计算活动资源成本的估算技术。（Ⅰ）
- 参数估算的准确度取决于模型的复杂性及其涉及的资源数量和成本数据。（Ⅱ）
- 供货商投标分析：如果项目是通过竞价过程发包的，则项目团队要求进行额外的成本估算工作，检查每个可交付成果的价格，然后得出一个支持项目最终总成本的成本值。（Ⅱ）
- 成本应急储备的一种管理方法是，将相关的单个活动汇集成一组，并将这些活动的成本应急储备汇总起来，赋予到一项活动。这个活动的持续时间可以为零，并贯穿这组活动的网络路径，用来储存成本应急储备。（Ⅱ）
- 应急储备是由项目经理自由使用的估算成本，用来处理预期但不确定的事件。这些事件称为“已知的未知事件”，是项目范围和成本基准的一部分。（Ⅱ）
- 尽管采用了有许多成本估算的工具和手段，但是IT项目成本估算仍然不精确，特别是对于涉及新技术和新方法的软件开发项目，其主要原因是：①软件项目是一项复杂的工作，需要尽最大的努力；②没有太多的成本估算经验；③范围的不确定性和易动性；④成本估算者背景和考虑问题的角度，存在低估成本的倾向；⑤管理者要求做估算，但他们的重点并没有放在成本管理上等。（Ⅰ）（★）
- 在软件项目成本估算时，需要特点注意以下几点：①过去的项目和现在项目之间存在的差别；②要考虑软件的扩展性和维护性；③开发团队对软件项目成本产生的重大影响；④软件运行环境对成本的影响等。（Ⅰ）（★）
- 在实际项目过程中，项目成本预算存在的问题导致预算没有很好的支持项目的整体目标，甚至与之产生冲突。这些问题主要表现在以下几个方面：①对于预算在认识上存在着较大的误区（如只需项目高级管理层讨论、相关领导审批通过即可，预算编制是财务部门的工作，其他部门只需了解，预算编制只要在项目开始时做“完美”就完全可以来指导整个项目的工作等）；②项目预算建立在对项目经理的信任的基础之上；③没有全面考虑项目执行过程中可能出现的异常情况；④没有充分考虑项目成本预算同项目需求之间的关系。（Ⅱ）

7.2.4 项目成本预算

- 成本预算指将单个活动或工作包的估算成本汇总，以确立衡量项目绩效情况的总体成本基准。（Ⅰ）
- 成本预算是在项目成本估算的基础上，更精确地估算项目总成本，并将其分摊到项目的各项具体活动和各个具体项目阶段上，为项目成本控制制定基准计划的项目成本管理活动。（Ⅰ）
- 成本预算的作用：①是按计划分配项目资源的活动，以保证各项目工作能够及时获得所需的资源；②也是一种控制机制；③为项目管理者监控项目施工进度提供了一把标尺等。（Ⅱ）
- 制订成本预算的一般性步骤：①分摊项目总成本到项目工作分解结构的各个工作包中，为每一个工作包建立汇总预算成本，在将所有工作包的预算成本额加总时，结果不能超过项目的总预算成本；②将每个工作包分配得到的成本二次分配到工作包所包含的各项活动上；③确定各项成本预算支出的时间计划以及每一时间点对应的累计预算成本，制定出项目成本预算计划。（Ⅰ）
- 项目成本预算的特征：①计划性；②约束性；③控制性。其中，计划性是指在项目计划中，尽量精确地将费用分配到 WBS 的每一个组成部分，从而形成与 WBS 相同的系统结构；约束性是指预算分配的结果可能并不满足所涉及管理人员的利益要求，而表现为一种约束。（Ⅱ）
- 编制项目成本预算应遵循的原则：①要以项目需求为基础；②要与项目目标相联系，必须同时考虑项目质量目标和进度目标；③要切实可行；④留有弹性。（Ⅱ）
- 制定项目成本预算所必须经过的步骤：①将项目总成本分摊到项目工作分解结构的各个工作包；②将各个工作包成本再分配到该工作包所包含的各项活动上；③确定各项成本预算支出的时间计划及项目成本预算计划。（Ⅰ）
- 项目成本预算的依据（或输入）：①项目范围说明书；②WBS；③WBS 词汇表；④活动成本估算；⑤活动成本估算支持性细节；⑥项目进度计划；⑦资源日历；⑧合同；⑨成本管理计划等。（Ⅰ）（★）
- 项目成本预算的可交付物（或输出）：①成本基准；②项目资金需求；③成本管理计划（更新）；④请求的变更等。（Ⅰ）（★）
- 项目成本预算所需的工具、方法和技术：①成本汇总；②准备金分析（管理储备）；③参数估算；④资金限制平衡等。（Ⅰ）（★）
- 成本基准是按时间分段的预算，用做度量和监控项目整体成本执行（绩效）的基准，是项目管理计划的一个组成部分。成本基准是成本预算过程的主要交付物。（Ⅰ）（★）
- 成本基准按时段汇总估算的成本编制而成，通常以 S 曲线的形式表示。（Ⅰ）
- 资金需求（无论是总体需求还是阶段性需求）都是根据成本基准确定的，可设定包含一定容差，以应对提前完工（或成本超支）问题。（Ⅱ）
- 项目资金需求一般不是连续性的，累计资金需求呈现递增结构。（Ⅱ）
- 在项目结束时，已分配资金和成本基准、现金流金额之间的差值代表未被使用的管理储备金。（Ⅱ）
- 成本汇总是指对计划活动的成本估算，根据 WBS 汇总到工作包，然后工作包的成本估算汇总到 WBS 中的更高一级（如控制账目），最终形成整个项目的预算。（Ⅱ）
- 管理储备金不是项目成本基准的一部分，但包含在项目的预算之内。由于它们不作为预算分配，因此也不是挣值计算的一部分。（Ⅱ）

- 参数模型估算的成本和准确度在以下情况下最有可能是可靠的：①用于建立模型的历史信息是准确的；②在模型中使用的参数是很容易量化的；③模型是可以扩展的，对于大项目和小项目都适用。（Ⅱ）
- 资金的花费在由用户或执行组织设定的项目资金支出的界限内进行平衡。为实现支出平衡，需要对工作进度安排进行调整，可以通过在项目进度计划内为特定工作包、进度里程碑或工作分解结构组件规定时间限制条件来实现。（Ⅱ）

7.2.5 项目成本控制

- 项目成本控制是指通过影响造成成本偏差的因素，以控制项目预算的变更。（Ⅰ）
- 项目成本控制的主要内容包括：①识别可能引起项目成本基准计划变更的因素，并对这些因素施加影响，以期望该变更朝着有利的方向发展；②确保对成本基线的变更都能按变更控制流程来处理，确保变更请求获得同意；③当变更发生时，管理这些实际的变更；④保证潜在的成本超支不超过授权的项目阶段资金和总体资金；⑤监督成本执行（绩效），找出与成本基准的偏差；⑥准确记录所有的与成本基准的偏差；⑦防止错误的、不恰当的或未批准的变更被纳入成本或资源使用报告中；⑧就审定的变更，通知项目干系人；⑨采取措施，将预期的成本超支控制在可接受的范围内。（Ⅰ）
- 项目成本控制的依据（或输入）：①成本基准；②项目资金需求；③成本绩效报告；④工作绩效信息；⑤批准的变更请求；⑥项目管理计划等。（Ⅰ）（★）
- 项目成本控制的可交付物（或输出）：①成本估算（更新）；②成本基准（更新）；③绩效衡量；④完工预测；⑤请求的变更；⑥推荐的纠正措施；⑦组织过程资产（更新）；⑧项目管理计划（更新）等。（Ⅰ）（★）
- 项目成本控制所需的工具、方法和技术：①成本变更控制系统；②绩效衡量分析；③预测技术；④项目绩效审核；⑤项目管理软件；⑥偏差管理等。（Ⅰ）（★）
- 影响项目成本控制的工作绩效信息包括（但不限于）：①已完成的和还未完成的可交付成果；②授权的和实际发生的成本；③完成尚需成本估算；④完成工作量百分比。（Ⅰ）
- 完工预测是指书面记录计算完成时估算（EAC）数值或实施组织报告的 EAC 数值，并将这个数值通知有关的项目干系人；或者是书面记录计算的完成尚需估算（ETC）数值，或者是由项目实施组织提供的 ETC 数值，并将这个数值通知有关的项目干系人。（Ⅰ）
- 成本管理领域的纠正措施经常涉及调整计划活动的预算，例如采取特殊的行动来平衡成本偏差。（Ⅱ）
- 挣值管理（EVM）技术是将已完成工作的预算成本（挣值），按原先分配的预算值进行累加获得的累加值与计划工作的预算成本（计划值）和已完成工作的实际成本（实际值）进行比较。（Ⅰ）
- 挣值技术利用项目管理计划中的成本基准来评估项目绩效和发生的任何偏差的量级。（Ⅰ）
- 计划值（PV）是到既定的时间点前计划完成活动或 WBS 组件工作的预算成本。（Ⅰ）（★）
- 挣值（EV）是在既定的时间段内实际完工工作的预算成本。（Ⅰ）（★）
- 实际成本（AC）是在既定的时间段内实际完成工作发生的实际总成本。（Ⅰ）（★）
- 成本偏差（CV）是指项目活动实际完成时间与计划完成时间的差值，即 CV = EV−AC。（Ⅰ）（★）
- 进度偏差（SV）是指已完成活动的实际成本与计划成本的差值，即 SV = EV−PV。（Ⅰ）（★）
- 成本绩效指数（CPI）是指已完成活动的计划成本和实际成本的比率，即 CPI = EV/AC。（Ⅰ）（★）

- 当 CPI=1.0 时，表明资金使用效率一般；当 CPI>1.0 时，表明资金使用效率较高、成本节余、项目的成本绩效良好；当 CPI<1.0 时，表明资金使用效率较低、成本超支、项目成本绩效表现不好。（Ⅰ）（★）
- 进度绩效指数（SPI）是指已完成工作所用的实际时间和计划时间的比率，即 SPI = EV/PV。（Ⅰ）
- 当 SPI=1.0 时，表明进度效率与计划相符；当 SPI>1.0 时，表明进度效率较高、进度超前、项目进度进展良好；当 SPI<1.0 时，表明进度效率较低、进度滞后、项目进度进展不好。（Ⅰ）（★）
- 通常，项目成本挣值分析及其相关调整措施如表 7-3 所示。（Ⅰ）（★）

表 7-3 某工程项目成本挣值分析表

序号	参数关系	偏差指标	绩效指标	调整措施
1	AC>PV>EV	CV=EV－AC<0，说明资金投入超前；SV=EV－PV<0，说明进度拖延	CPI=EV/AC<1.0，说明资金使用效率低；SPI=EV/PV<1.0，说明进度效率低	加强成本监控；赶工、工作并行以追赶进度；提高工作效率，例如使用工作效率高的人员
2	PV>AC≥EV	CV=EV－AC≤0，说明成本支出适当；SV=EV－PV<0，说明进度拖延	CPI=EV/AC≤1.0，说明资金使用效率一般；SPI=EV/PV<1.0，说明进度效率低	加大成本投入来提高进度效率；赶工、工作并行以追赶进度；增加高效率工作人员投入
3	AC≥EV>PV	CV=EV－AC≤0，说明成本支出适当；SV=EV－PV>0，说明进度提前	CPI=EV/AC≤1.0，说明资金使用效率一般 SPI=EV/PV>1.0，说明进度效率较高	加大成本投入来进一步提高整体效率，加强人员培训和质量控制
4	EV>PV> AC	CV=EV－AC>0，说明资金投入延后；SV=EV－PV>0，说明进度提前	CPI=EV/AC>1.0，说明资金使用效率高；SPI=EV/PV>1.0，说明进度效率高	加强质量控制，密切监控

- 用于预测项目完工成本的累加 CPI（CPI^C）等于阶段挣值的总和（EV^C）除单项实际成本的总和（AC^C），即 $CPI^C = EV^C/AC^C$。（Ⅰ）
- 完工预算（BAC）等于计划活动、工作包和控制账目或其他 WBS 组件在完成时的总 PV。（Ⅰ）
- 完工尚需估算（ETC）是完成一个计划活动、工作包和控制账目或其他 WBS 组件中的剩余工作所需的估算。（Ⅰ）
- 完工估算（EAC）是根据项目绩效和定性风险分析确定的最可能的总体估算值。（Ⅰ）
- EAC 是在既定项目工作完成时，计划活动、WBS 组件或项目的预期或预见最终总估算。（Ⅰ）
- 当前的偏差被看做是非典型的，并且项目团队预期在以后将不会发生这种类似偏差时，采用基于非典型的偏差计算 ETC，即 ETC 等于 BAC 减去截止到目前的累加挣值（EV^C）：ETC=（$BAC-EV^C$）；使用剩余预算计算 EAC，即 EAC=AC+BAC−EV。（Ⅰ）（★）
- 当前的偏差被看做是可代表未来偏差的典型偏差时，采用基于典型的偏差计算 ETC，即 ETC 等于 BAC 减去累加 EV^C 后除以累加成本执行（绩效）指数（CPI^C）：ETC=（$BAC-EV^C$）/CPI^C；使用 CPI^C 计算 EAC，即 $EAC=AC^C+$（（BAC−EV）/CPI^C）。（Ⅰ）（★）
- 完工绩效指数（TCPI）表示剩余预算每单位成本所对应的工作价值，即 TCPI=（BAC−EV）/（BAC−AC）。（Ⅰ）
- 绩效审查指比较一定时间阶段的成本执行（绩效）、计划活动或工作包超支和低于预算（计划值）的情况、应完成里程碑、已完成里程碑等。（Ⅱ）
- 绩效审查是举行会议来评估计划活动、工作包或成本账目状态和绩效。它通常和以下一种（或多种）绩效汇报技术结合使用：①偏差分析；②趋势分析；③挣值分析。（Ⅱ）
- 发生项目成本失控的主要原因有：①对工程项目认识不足；②组织制度不健全；③方法问题；④技术的制约等。（Ⅰ）（★）
- 项目成本失控对工程项目认识不足主要表现在：①对信息系统工程成本控制的特点认识不足，对难度估计不足；②工程项目的规模不合理，一个大而全的项目往往导致工期很长，而且导致工程实施的技术难度太高，导致技术人员的投入方面跟不上工程建设的需要，并且建设单位各部门对信息系统工程的接受能力和观念的转变跟不上信息系统建设的需要；③工程项目的设计人员和实施人员缺乏成本意识，导致项目的设计不满足成本控制的要求；④对项目成本的使用缺乏责任感，随意开支，铺张浪费等。（Ⅰ）（★）

- 项目成本失控的组织制度不健全主要表现在：①制度不完善；②责任不落实；③承建单位项目经理中没有明确的投资分工，从而导致对投资控制的领导督查不力等。（Ⅰ）（★）
- 项目成本失控的方法问题主要有：①缺乏用于项目投资控制所需要的有关报表及数据处理的方法；②缺乏系统的成本控制程序和明确的具体要求，在项目进展的不同阶段对成本控制任务的要求不明确，在项目进展的整个过程中缺乏连贯性的控制；③缺乏科学、严格、明确且完整的成本控制方法和工作制度；④缺乏对计算机辅助投资控制程序的利用；⑤缺乏对计划值与实际值进行动态的比较分析，并及时提供各种需要的状态报告及经验总结等。（Ⅰ）（★）
- 项目成本失控的技术的制约主要表现在：①在工程项目建设的早期阶段，对项目相关信息了解得不深，项目规划设计得不够完善，不能满足项目成本估算的需求；②采用的项目成本估算方法不恰当，与项目的实际情况不符，或与所得到的项目数据资料不符；③项目成本计算的数据不准确或有漏项，从而导致计算成本偏低；④设计者未对设计方案进行优化，导致项目设计方案突破项目成本目标；⑤物资或设备价格的上涨，大大超过预期的浮动范围；⑥项目规划和设计方面的变更引起相关成本的增加；⑦对工程实施中可能遇见的风险估计不足，导致实施成本大量增加等。（Ⅰ）（★）

7.3 真题透解

7.3.1 2009 年下半年试题 4

【试题描述】

阅读以下说明，根据要求回答问题 1 和问题 2。（15 分）

【说明】

某信息系统开发项目由系统集成商 A 公司承建，工期 1 年，项目总预算 20 万元。目前项目实施已进行到第 8 个月末。在项目例会上，项目经理就当前的项目进展情况进行了分析和汇报。截止到第 8 个月末项目执行的情况分析如表 7-4 所示。

表 7-4 某项目执行情况分析表

序号	活动	计划成本值（元）	实际成本值（元）	完成百分比
1	项目启动	2000	2100	100%
2	可行性研究	5000	4500	100%
3	需求调研与分析	10000	12000	100%
4	设计选型	75000	86000	90%
5	集成实施	65000	60000	70%
6	测试	20000	15000	35%

【问题 1】（8 分）

请计算截止到第 8 个月末该项目的成本偏差（CV）、进度偏差（SV）、成本执行指数（CPI）和进度执行指数（SPI）；判断项目当前在成本和进度方面的执行情况。

【问题 2】（7 分）

请简要叙述成本控制的主要工作内容。

【要点解析】

【问题 1】（8 分）

挣值（EV）是指截止到当前日期，实际完成工作对应的预算成本。EV 是批准认可的预算，即到某一日期已完成工作应当投入的资金。例如，对于表 7-4 中所示的"设计选型"活动，其挣值 EV=75000×90%= 67500 元。据此，可以计算出表 7-4 中前 8 个月每项活动的 EV，如表 7-5 所示。

表 7-5　某项目挣值分析表

序　号	活　　动	计划成本 PV（元）	实际成本 AC（元）	完成百分比	挣值 EV（元）
1	项目启动	2000	2100	100%	2000
2	可行性研究	5000	4500	100%	5000
3	需求调研与分析	10000	12000	100%	10000
4	设计选型	75000	86000	90%	67500
5	集成实施	65000	60000	70%	45500
6	测试	20000	15000	35%	7000
7	合计	177000	179600	——	137000

在表 7-5 中，第 8 个月末 PV 的合计值：PV=2000+5000+10000+75000+65000+20000=177000 元。

AC=2100+4500+12000+86000+60000+15000=179600 元。

EV=2000×100%+5000×100%+10000×100%+75000×90%+65000×70%+20000×35%=137000 元。

成本偏差 CV = EV−AC = 137000−4179600 = −42600 元，表示当前项目所花费用比预算超支。

进度偏差 SV = EV−PV = 137000−177000 = −440000 元，表示当前项目进度滞后。

成本绩效指数 CPI = EV/AC = 137000/179600 ≈ 0.763，表示当前项目所花费用比预算超支，资金使用效率较低。

进度绩效指数 SPI = EV/PV = 137000/177000≈0.774，表示当前项目进度滞后，进度效率较低。

综上计算结果可知，第 8 个月末项目的费用比预算超支，资金使用效率较低，并且进度滞后，进度效率较低。

【问题 2】（7 分）

项目成本控制是指项目组织为保证在变化的条件下实现其预算成本，按照事先拟订的计划和标准，通过采用各种方法，对项目实施过程中发生的各种实际成本与计划成本进行对比、检查、监督、引导和纠正，尽量使项目的实际成本控制在计划和预算范围内的管理过程。作为整体变更控制的一部分，项目成本控制有助于及时查明项目在成本和进度方面出现正、负偏差的原因，并及时采取适当的应对措施，以免造成项目质量或进度问题，以免导致项目后期产生无法接受的巨大风险。

项目成本控制的主要工作内容请参见表 7-6 的相关参考答案。

【参考答案】

表 7-6 给出了本案例试题的参考答案，供读者练习时参考，以便查缺补漏。读者也可依照所给出的评分标准得出测试分数，从而大致评估自己对这些知识点的掌握程度。

表 7-6 参考答案及评分标准

问题与分值	参考答案及评分标准	自 评 分
【问题 1】（8 分）	CV= -42600 元 （2 分） SV= -40000 元 （2 分） CPI≈ 0.763 （1 分） SPI≈ 0.774 （1 分） 当前项目所花费用比预算超支，资金使用效率较低（1 分）；并且进度滞后，进度效率较低（1 分，答案意思相近即可）	
【问题 2】（7 分）	①对造成成本基准变更的因素施加影响； ②确保变更请求获得同意； ③当变更发生时，管理这些实际的变更； ④保证潜在的成本超支不超过授权的项目阶段资金和总体资金； ⑤监督成本执行（绩效），找出与成本基准的偏差； ⑥准确记录所有的与成本基准的偏差； ⑦防止错误的、不恰当的或未经批准的变更被纳入成本或资源使用报告中； ⑧就审定的变更，通知项目关系人； ⑨采取措施，将预期的成本超支控制在可接受的范围内 （答案包含但不限于以上要点，答出其中 7 个小点即可，每小点 1 分，答案意思相近即可）	

7.3.2 2010 年上半年试题 2

【试题描述】

阅读以下说明，根据要求回答问题 1 ~ 问题 3。（15 分）

【说明】

某系统集成公司选定李某作为系统集成项目 A 的项目经理。李某针对 A 项目制定了 WBS，将整个项目分为 10 个任务，这 10 个任务的单项预算情况如表 7-7 所示。

表 7-7 各任务的单项预算

序 号	工作活动	预算费用（PV）（万元）	序 号	工作活动	预算费用（PV）（万元）
1	任务 1	3	6	任务 6	4
2	任务 2	3.5	7	任务 7	6.4
3	任务 3	2.4	8	任务 8	3
4	任务 4	5	9	任务 9	2.5
5	任务 5	4.5	10	任务 10	1

到了第 4 个月月底的时候，按计划应该完成的任务是：1、2、3、4、6、7、8，但项目经理李某通过检查发现，实际完成的任务是：1、2、3、4、6、7，其他的工作都没有开始，此时统计出来花费的实际费用总和为 25 万元。

【问题 1】（6 分）

请计算此时项目的 PV、AC、EV（需写出计算过程）。

【问题 2】（4 分）

请计算此时项目的绩效指数 CPI 和 SPI（需写出公式）。

【问题 3】(5 分)

请分析该项目的成本、进度情况，并指出可以在哪些方面采取措施以保障项目的顺利进行。

【要点解析】

【问题 1】(6 分)

在成本挣值管理技术中，计划值（PV）是到既定的时间点前计划完成活动（或 WBS 组件）工作的预算成本。依题意，到了第 4 个月月底的时候，A 项目按计划应该完成的任务是：1、2、3、4、6、7、8，因此第 4 个月月底的 PV 等于这些计划完成的任务的 PV 之和。结合表 7-7 中的数据可得，PV= 3 + 3.5 + 2.4 + 5 + 4 + 6.4 + 3 = 27.3 万元。

挣值（EV）是在既定的时间段内实际完成工作的预算成本。依题意，在第 4 个月月底的时候，A 项目实际完成的任务是：1、2、3、4、6、7，其他的工作都没有开始，因此第 4 个月月底的 EV 等于这些已完成任务的 PV 之和。结合表 7-7 中的数据可得，EV = 3 + 3.5 + 2.4 + 5 + 4 + 6.4 = 24.3 万元。

实际成本（AC）是在既定的时间段内实际完成工作发生的实际总成本。第 4 个月月底的时候，A 项目统计出来花费的实际费用总和为 25 万元，即 AC=25 万元。

【问题 2】(4 分)

依题意，到了第 4 个月月底的时候，A 项目的 PV=27.3 万元、EV =24.3 万元、AC=25 万元，因此该项目的 CPI = EV/AC = 24.3/25 = 0.972 < 1.0，表明资金使用效率较低，成本超支；SPI = EV/PV = 24.3/27.3 = 0.8901 < 1.0 时，表明进度效率较低，进度滞后。

【问题 3】(5 分)

综合【问题 2】的计算结果可知，在到了第 4 个月月底的时候，A 项目的费用比预算超支，资金使用效率较低，并且进度滞后，进度效率较低。

由于 27.3 万元 > 25 万元 > 24.3 万元，即 PV>AC>EV，因此为了保证这一项目成本目标和进度目标的实现，可以采取的调整措施有：①提高工作效率，例如用工作效率高的人员更换一批工作效率低的人员等；②加班（或赶工），或在防范风险的前提下并行施工（快速跟进）；③加强成本监控等。

【参考答案】

表 7-8 给出了本案例试题的参考答案，供读者练习时参考，以便查缺补漏。读者也可依照所给出的评分标准得出测试分数，从而大致评估自己对这些知识点的掌握程度。

表 7-8　参考答案及评分标准

问题与分值	参考答案及评分标准	自 评 分
【问题 1】(6 分)	PV= 30 + 35 + 24 + 50 + 40 + 64 + 30 = 273 万元（2 分） AC=250 万元（2 分） EV = 30 + 35 + 24 + 50 + 40 + 64 = 243 万元（2 分）	
【问题 2】(4 分)	CPI = EV/AC = 243/250 = 0.972 < 1.0（2 分） SPI = EV/PV = 243/273 = 0.8901 < 1.0（2 分）	
【问题 3】(5 分)	该项目成本超支（1 分），进度滞后（1 分） 措施：①提高工作效率，例如用工作效率高的人员更换一批工作效率低的人员等；②加班（或赶工），或在防范风险的前提下并行施工（快速跟进）；③加强成本监控等（答题包含但不限于以上要点，答案类似即可，每小点 1 分）	

7.3.3 2010 年下半年试题 2

【试题描述】

阅读以下说明，根据要求回答问题 1~问题 4。（15 分）

【说明】

某项目经理将其负责的系统集成项目进行了工作分解，并对每个工作单元进行了成本估算，得到其计划成本。各任务同时开工，开工 5 天后项目经理对进度情况进行了考核，如表 7-9 所示。

表 7-9 某项目执行情况分析表

任 务	计划工期（天）	计划成本（元/天）	已发生费用（元）	已完成工作量
甲	10	2000	16000	20%
乙	9	3000	13000	30%
丙	12	4000	27000	30%
丁	13	2000	19000	80%
戊	7	1800	10000	50%
合计			85000	

【问题 1】（6 分）

请计算该项目在第 5 天末的 PV、EV 值，并写出计算过程。

【问题 2】（5 分）

请从进度和成本两方面评价此项目的执行绩效如何，并说明依据。

【问题 3】（2 分）

为了解决目前出现的问题，项目经理可以采取哪些措施？

【问题 4】（2 分）

如果要求任务戊按期完成，项目经理采取赶工措施，那么任务戊的剩余日平均工作量是原计划日平均工作量的多少倍？

【要点解析】

【问题 1】（6 分）

在表 7-9 中，已给出了该项目在第 5 天末的实际成本（AC），即 AC=16000+13000+27000+19000+10000=85000 元。

依题意，且参照 AC 的计算方法，基于计划值（PV）和挣值（EV）的基本定义，可得：

该项目在第 5 天末的 PV=（2000+3000+4000+2000+1800）×5=64000 元。

该项目在第 5 天末的 EV=（2000×20%+3000×30%+4000×30%+2000×80%+1800×50%）×5=（400+900+1200+1600+900）×5 =25000 元。

【问题 2】（5 分）

基于成本绩效指数（CPI）和进度绩效指数（SPI）的基本定义，结合【问题 1】求解得出的各参数值，可得：

CPI = EV/AC = 25000/85000 = 0.2941 < 1.0，表明当前该项目资金使用效率较低，成本超支。

SPI = EV/PV = 25000/64000 = 0.3906 < 1.0，表明当前该项目进度效率较低，进度滞后。

【问题 3】（2 分）

由于 85000 元 > 64000 元 > 25000 元，即 AC>PV>EV，因此为了保证这一项目成本目标和进度目标的实现，可以采取的调整措施有：①提高工作效率，例如用工作效率高的人员更换一批工作效率低的人员等；②加班（或赶工），或在防范风险的前提下并行施工（快速跟进）；③加强成本监控等。其中，“赶工”措施可由本试题的【问题 4】题干中直接得知。

【问题 4】（2 分）

由表 7-9 中可知，任务戊的计划工期为 7 天，每天的计划成本为 1800 元，则该任务的完工预算 $BAC_{戊}$=1800×7=12600 元。而任务戊在第 5 天末的挣值 $EV_{戊}$=1800×5×50%=4500 元。若项目经理采取赶工措施，使得任务戊按期完成，则任务戊在第 6 天和第 7 天的实际花费之和为（1800×7−1800×5×50%）元。而任务戊原计划在第 6 天和第 7 天的花费之和为（7−5）×1800 元（即 1800×2 元）。因此任务戊的剩余日平均工作量是原计划日平均工作量的 2.25 倍，即 1800×7−1800×5×50%）/[（7−5）×1800]= 2.25。

【参考答案】

表 7-10 给出本案例试题的参考答案，以供读者练习时参考，以便查缺补漏。读者也可依照所给出的评分标准得出测试分数，从而大致评估自己对这些知识点的掌握程度。

表 7-10　参考答案及评分标准

问题与分值	参考答案及评分标准	自 评 分
【问题 1】（6 分）	PV=（2000+3000+4000+2000+1800）×5=64000 元（3 分） EV=（2000×20%+3000×30%+4000×30%+2000×80%+1800×50%）×5=（400+900+1200+1600+900）×5 =25000 元（3 分）	
【问题 2】（5 分）	当前该项目资金使用效率较低，成本超支（2 分，答案意思相近即可），依据：CPI = EV / AC = 25000 / 85000 = 0.2941 < 1.0（1 分）； 当前该项目进度效率较低，进度滞后（2 分，答案意思相近即可），依据：SPI = EV / PV = 25000 /64000 = 0.3906 < 1.0（1 分）	
【问题 3】（2 分）	①提高工作效率，例如用工作效率高的人员更换一批工作效率低的人员等； ②加班（或赶工），或在防范风险的前提下并行施工（快速跟进）； ③加强成本监控等 （答题包含但不限于以上要点，列举出其中两个小点即可，每小点 1 分，答案类似即可）	
【问题 4】（2 分）	2.25 倍 （2 分）	

7.4 强化训练

7.4.1 模拟试题 1

【试题描述】

阅读以下说明，根据要求回答问题 1 ~ 问题 4。（15 分）

【说明】

近期，系统集成商 MT 公司承建了某大学城各高校数字资源共建共享平台项目。该项目为期 12 周，总预算 100 万元。目前项目实施已进行到第 8 周末。在项目例会上，项目经理老吴就当前的项目进展情况进行了以下分析和汇报：成本预算是 64 万元，实际成本支出是 68 万元，已完成计划工作量的 85 %。

【问题 1】（5 分）

请帮助项目经理老吴在图 7-2 中近似画出反映该项目当前执行情况的挣值图，并将图中的各曲线名称、各关键参数等标注清楚。

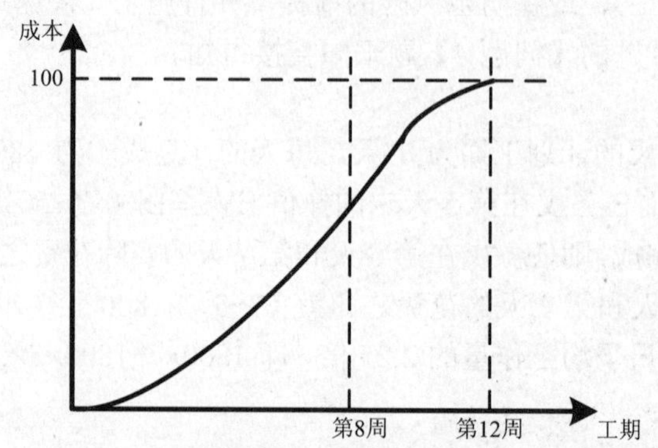

图 7-2　某信息系统项目挣值管理示意图

【问题 2】（4 分）

在该项目例会上，项目经理老吴同时汇报出以下参数：当前该项目的 CV=___（1）___；SV=___（2）___；CPI=___（3）___；SPI=___（4）___。（答题时要求写出每个参数的计算过程）

【问题 3】（3 分）

结合你的项目管理经验，简要说明为了保证该项目成本目标的实现，项目经理老吴需要采取哪些调整措施？

【问题 4】（3 分）

假设该项目目前的执行情况不会影响到未来，未来将按计划执行，请估计项目完成时的总成本（EAC），并写出计算过程。

7.4.2　模拟试题 2

【试题描述】

阅读以下说明，根据要求回答问题 1～问题 4。（15 分）

【说明】

项目经理老关将其当前负责的系统集成项目进行了工作分解，并对每个工作单元进行了成本估算，得到其计划成本。在第 3 个月底时，各任务的计划成本、实际成本及完成百分比如表 7-11 所示。

表 7-11　某项目执行情况分析表

任务名称	计划成本（万元）	实际成本（万元）	完成百分比
A	10	9	80%
B	7	6.5	100%
C	8	7.5	90%
D	9	8.5	90%
E	5	5	100%
F	2	2	90%

【问题 1】（3 分）

请分别计算该项目在第 3 个月底的 PV、EV、AC 值，并写出计算过程。

【问题 2】（4 分）

请从进度和成本两方面评价此项目的执行绩效如何，并说明依据。

【问题 3】（3 分）

老关所带领的项目组成员小陈认为：项目某一阶段实际花费的成本（AC）如果小于计划支出成本（PV），则说明此时项目成本是节约的。你认为这种说法对吗？请结合本题说明为什么。

【问题 4】（5 分）

（1）如果项目仍按目前状况继续发展，则此项目的预计完工成本（EAC）是多少？

（2）如果从第 4 月开始，项目不再出现成本偏差，则此项目的预计完工成本（EAC）是多少？

7.4.3　模拟试题 3

【试题描述】

阅读以下说明，根据要求回答问题 1 ~ 问题 4。（15 分）

【说明】

2011 年 1 月，系统集成商 RK 公司承担了某信息系统工程项目。该工程项目工期预计为 26 周。目前，该项目已进展到第 21 周，项目经理老逢在项目周例会上对项目前 20 周的实施情况进行了总结，有关执行情况汇总如表 7-12 所示。

表 7-12 各项工作成本预算及前 20 周计划与执行情况统计

工作	计划完成工作预算（万元）	已完工作量（%）	实际发生成本（万元）	工作	计划完成工作预算（万元）	已完工作量（%）	实际发生费用（万元）
A	20	100	21	H	60	100	60
B	22	100	22	I	24	0	0
C	40	100	43	J	15	0	0
D	25	100	25	K	160	40	80
E	30	100	31	L	200	0	0
F	54	50	40	M	10	100	9
G	84	100	80	N	6	0	0

【问题 1】（5 分）

请计算截止到第 20 周末，该项目的 AC、PV、EV 值，并写出计算过程。

【问题 2】（4 分）

请从进度和成本两方面评价此项目的执行绩效如何，并说明依据。

【问题 3】（3 分）

作为一个项目，没有了效益，就没有了市场，而效益的产生，关键在于有效的成本管理。成本的失控必将导致项目的失败。通常，发生项目成本失控的主要原因有：方法问题、__（1）__、__（2）__和__（3）__等。

【问题 4】（3 分）

为了解决目前出现的问题，项目经理老逄最可能采取哪些措施？

7.4.4 模拟试题 4

【试题描述】

阅读以下说明，根据要求回答问题 1 ~ 问题 4。（15 分）

【说明】

2009 年 3 月，项目经理小游负责星火大学图书馆（共 3 层）的结构化综合布线工程项目。2009 年 3 月 23 日傍晚，小游对项目执行情况进行了考核，考核结果如图 7-3 所示。

【问题 1】（3 分）

项目经理小游从图 7-3 中获知，当前该布线工程项目的 PV=__（1）__元，EV=__（2）__元，AC=__（3）__元。

【问题 2】（4 分）

请从进度和成本两方面评价此项目的执行绩效如何，并说明依据。

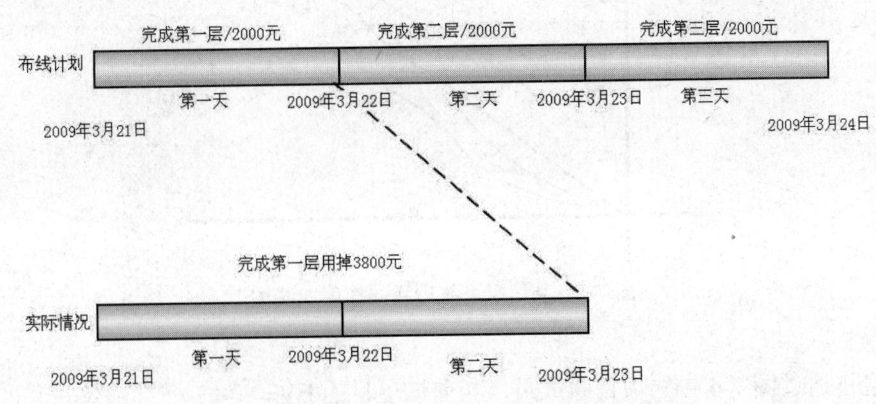

图 7-3 某布线工程项目计划和实际完成示意图

【问题 3】（3 分）

若要求任务按期完成，项目经理小游采取增加工作人员并行施工措施，则该项目的剩余日平均工作量是原计划日平均工作量的___(4)___倍。按目前的项目状况继续发展，则要完成剩余的工作还需要___(5)___元，整个项目将超支___(6)___元。

【问题 4】（5 分）

___(7)___是___(8)___阶段的产物，是按时间分段的预算，它包括所有经批准的预算，但不包括___(9)___。同时，它随时反映了经批准的项目成本变更（所增加或减少的资金数目），被用于度量和监督项目的实际执行成本。

该布线工程项目所使用的非屏蔽双绞线（UTP）、RJ-45 水晶头、信息插座等物料以及测试设备使用费等属于项目的___(10)___；项目经理小游支付给 3 月 24 日并行施工中新增工作人员的工资属于项目的___(11)___。

【(7) ～ (11) 空缺处备选答案】

A．沉没成本　　B．间接成本　　C．直接成本
D．质量成本　　E．项目成本　　F．成本基准
G．成本汇总　　H．管理储备　　I．成本控制
J．成本估算　　K．编制成本管理计划　　L．成本预算

7.4.5 模拟试题 5

【试题描述】

阅读以下说明，根据要求回答问题 1 ~ 问题 4。（15 分）

【说明】

2010 年 4 月 18 日，项目经理老王在项目周例会上对其目前负责的某大中型信息系统项目前 8 周的实施情况进行了总结，有关执行情况如图 7-4 所示（单位：万元）。老王进一步补充解释：该项目总预算为 1230 万元，到目前为止实际完成了总工作量的 60%。

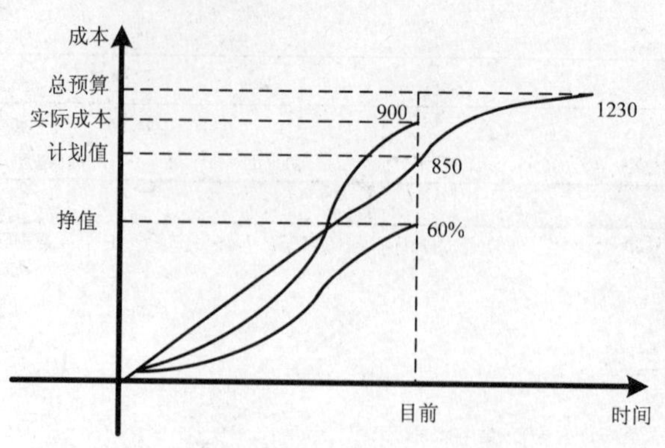

图 7-4 某信息系统项目的挣值曲线图

【问题 1】(5 分)

项目经理老王通过图 7-4 告知项目组成员，当前该项目的 EV=____（1）____，PV=____（2）____，AC=____（3）____，CV=____（4）____，SV=____（5）____。

【问题 2】(4 分)

请从进度和成本两方面评价此项目的执行绩效如何，并说明依据。

【问题 3】(4 分)

按目前的项目状况继续发展，则要完成剩余的工作还需要____（6）____万元，整个项目将超预算____（7）____万元。

【问题 4】(2 分)

若要求任务按期完成，项目经理老王在防范风险的前提下，采取了增加高效工作人员并行施工等措施，则该项目的剩余日平均工作量是原计划日平均工作量的____（8）____倍。(要求写出计算过程)

7.4.6 模拟试题 6

【试题描述】

阅读以下说明，根据要求回答问题 1 ~ 问题 3。(15 分)

【说明】

2011 年 5 月中旬，系统集成商 MBI 公司承接了为 Z 省科技厅开发科研项目管理系统和门户网站建设的信息化项目。由于市场竞争非常激烈，MBI 公司为了拿到这个项目，在价格上作了很大的让步。在没有对项目的范围进行确定，也没有对项目的成本进行估算的情况下，就与 Z 省科技厅签订了合同。在讨论项目经理人选时，MBI 公司管理层已经意识到该项目由于价格太低，将严重影响项目开发质量和进度，更谈不上获得多少利润。但考虑到该项目产品的发展前景和相关的客户群，项目必须在规定的时间内保质保量地完成。为此，公司将任务交给了老马。老马是 MBI 公司的一名出色的项目经理，不仅技术过硬，在项目管理上也具有丰富的经验。

项目经理老马接到此项目后，立即对合同书和项目任务书进行细致分析，他发现 Z 省科技厅的客户对项目的需求并不明确，项目范围也非常模糊。通过进一步与客户交流，老马强烈地感觉到他们对项目的需求在不停地变化。项目组在进行需求调研、需求变更等工作的过程中，经常会与客户方产生分歧和争论，因为项目范围不确定，项目价格又太低，使得双方很难达成一致。老马很清楚，如果按照合同的报价和进度要求，项目根本就没法按时按质完成，特别是面对用户需求的不断变化，如果不采取措施是不可能在预算范围内完成项目的，而且项目成本必将失控，最终可能导致项目的失败。

【问题 1】（6 分）

在该项目中，MBI 公司在没有确定项目范围、成本估算无法进行的情况下就签订了合同，这将对项目成本管理的＿（1）＿和＿（2）＿带来不利的影响。

面对该项目目前的困境，老马可以采取“分而治之”的方法，分别对项目范围与项目成本的突出问题进行深入的分析，评估项目＿（3）＿，实事求是地将项目组在合同规定的＿（4）＿和＿（5）＿内能够完成的任务进行了界定，并写成书面文档与＿（6）＿沟通。

【问题 2】（6 分）

为了能在现有的条件下控制、执行好该项目，必须加强成本的管理和控制。除了【问题 1】所列举的措施外，请简要分析项目经理老马还应采取哪些应对措施？

【问题 3】（3 分）

本案例在 IT 行业是非常普遍的现象。我们可以从该项目中应该吸取以下的经验、教训，以避免今后发生类似的事情。

（1）销售人员在提出立项意向或投标时，应＿（7）＿，评估项目的范围，必要时可申请售前工程师（或其他技术人员）给予配合。

（2）建立健全＿（8）＿流程，并要求有经验的技术人员参与，以保证从技术和实施成本方面进行严格评估。

（3）在对部门及员工进行业绩考核时，要综合考虑相关项目＿（9）＿的因素，以强化项目组的成本意识。

7.4.7 参考答案

表 7-13～表 7-18 分别给出了模拟试题 1～模拟试题 6 的参考答案，供读者练习时进行参考，以便查漏补缺。读者也可依照所给出的评分标准得出测试分数，从而大致评估自己对这些知识点的掌握程度。

表 7-13　模拟试题 1 参考答案及评分标准

问题与分值	参考答案及评分标准	自 评 分
【问题 1】（5 分）	如图 7-5 所示（5 分，其中，AC、EV 曲线各 1 分，PV、AC、EV 名称各 0.5 分，参数 68、64、54.4 各 0.5 分，注：EV=64×85%万元=54.4 万元）	
【问题 2】（4 分）	（1）CV=EV－AC=54.4－68（万元）=－13.6 万元 （2）SV＝EV－PV=54.4－64（万元）=－9.6 万元 （3）CPI＝EV/AC＝54/68 ≈ 0.8 （4）SPI＝EV/PV＝54.4/64 ≈ 0.85（每空 1 分）	

续表

问题与分值	参考答案及评分标准	自 评 分
【问题 3】（3 分）	①加班（或赶工），或在防范风险的前提下并行施工（快速跟进）； ②提高工作效率，例如用工作效率高的人员更换一批工作效率低的人员等； ③加强成本监控等 （答题包含但不限于以上要点，每小点 1 分，答案类似即可）	
【问题 4】（3 分）	$EAC=AC^C+ETC=AC^C+BAC-EV^C=68+100-54.4=113.6$ 万元 （3 分）	

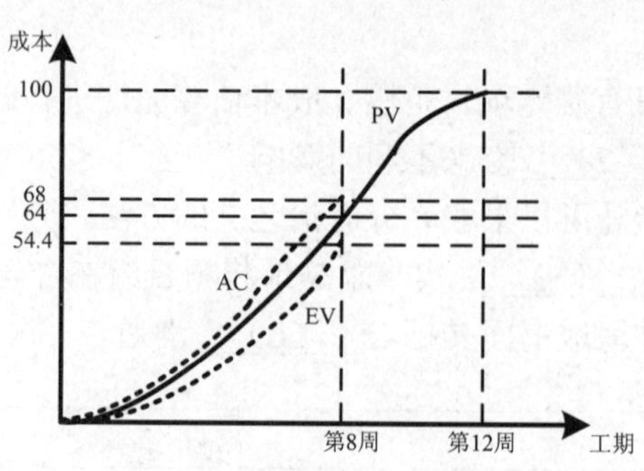

图 7-5 挣值管理示意图

表 7-14 模拟试题 2 参考答案及评分标准

问题与分值	参考答案及评分标准	自 评 分
【问题 1】（3 分）	PV=10+7+8+9+5+2=41 万元（1 分） AC=9+6.5+7.5+8.5+5+2=38.5 万元（1 分） EV=10×80%+7×100%+8×90%+9×90%+5×100%+2×90%=37.1 万元（1 分）	
【问题 2】（4 分）	第 3 个月底该项目的费用比预算超支，资金使用效率较低（1 分），依据：CPI = EV/AC = 37.1/38.5 ≈ 96.36% < 100%（1 分）；进度滞后，进度效率较低（1 分），依据：SPI = EV/PV = 37.1/41 ≈ 90.49% < 100%（1 分）（答案意思相近即可）	
【问题 3】（3 分）	这种说法有误（1 分） 理由：在本案例中，该项目第 3 个月底的 AC=38.5 万元 < PV=41 万元，但 EV=37.1 万元< AC < PV。结合问题 2 的分析结果可知，该项目目前所使用的费用超过预算（2 分，答案类似即可）	
【问题 4】（5 分）	（1）$EAC=AC^C+((BAC-EV)/CPI^C)=38.5+(41-37.1)/96.36\%=42.547$ 万元（3 分） （2）$EAC=AC^C+BAC-EV^C=38.5+41-37.1=42.40$ 万元（2 分）	

表 7-15 模拟试题 3 参考答案及评分标准

问题与分值	参考答案及评分标准	自 评 分
【问题 1】（5 分）	AC=21+22+43+25+31+40+80+60+0+0+80+0+9+0=411 万元（2 分） PV=20+22+40+25+30+54+84+60+24+15+160+200+10+6=750 万元（1 分） EV=20×100%+22×100%+40×100%+25×100%+30×100%+54×50%+84×100%+60×100%+24×0%+15×0%+160×40%+200×0%+10×100%+6×0%=382 万元（2 分）	
【问题 2】（4 分）	当前项目所花费用比预算超支，资金使用效率较低（1 分），依据：CPI = EV/AC = 382/411 ≈ 92.94% < 100%（1 分）； 当前项目进度滞后，进度效率较低（1 分），依据：SPI = EV/PV = 382/750 ≈ 50.93% < 100%（1 分）（答案意思相近即可）	
【问题 3】（3 分）	（1）对工程项目认识不足 （2）组织制度不健全 （3）技术的制约（答题包含但不限于以上要点，每空 1 分，答案顺序不限）	
【问题 4】（3 分）	①适当增加成本投入以提高进度效率； ②加班（或赶工），或在防范风险的前提下并行施工（快速跟进）； ③增加高效率工作人员投入等（答题包含但不限于以上要点，每小点 1 分，答案类似即可）	

表 7-16　模拟试题 4 参考答案及评分标准

问题与分值	参考答案及评分标准	自评分
【问题 1】（3 分）	（1）4000　（2）2000 （3）3800 （每空 1 分）	
【问题 2】（4 分）	当前项目成本超支，资金使用效率较低（1 分），依据：CPI = EV/AC = 2000/3800 ≈ 0.5263 < 1.0（1 分）； 当前项目进度滞后，进度效率较低（1 分），依据：SPI = EV/PV = 2000/4000 = 0.5 < 1.0（1 分） （答案意思相近即可）	
【问题 3】（3 分）	（4）2 或两　（5）7600 （6）5400（每空 1 分）	
【问题 4】（5 分）	（7）F 或成本基准　（8）L 或成本预算 （9）H 或管理储备　（10）C 或直接成本 （11）C 或直接成本 （每空 1 分）	

表 7-17　模拟试题 5 参考答案及评分标准

问题与分值	参考答案及评分标准	自评分
【问题 1】（5 分）	（1）738 万元　（2）850 万元 （3）900 万元　（4）-162 万元 （5）-112 万元 （每空 1 分）	
【问题 2】（4 分）	当前项目成本超支，资金使用效率较低（1 分），依据：CPI = EV/AC = 738/900 = 0.820 < 1.0（1 分）； 当前项目进度滞后，进度效率较低（1 分），依据：SPI = EV/PV = 738/850 = 0.868 < 1.0（1 分） （答案意思相近即可）	
【问题 3】（4 分）	（6）600　（7）270 （每空 2 分） 注：ETC=（BAC - EV^C）/CPI^C =（1230 - 738）/0.82 = 600 万元	
【问题 4】（2 分）	（8）1230×（1-60%）/（1230 - 850）= 1.295（2 分）	

表 7-18　模拟试题 6 参考答案及评分标准

问题与分值	参考答案及评分标准	自评分
【问题 1】（6 分）	（1）预算（或成本预算）　（2）控制（或成本控制） （3）成本和风险　（4）时间（或进度，或其他意思相近词语） （5）价格（或其他意思相近词语）（6）客户（或 Z 省科技厅项目负责人，或项目干系人） （每空 1 分，答案意思相近即可）	
【问题 2】（6 分）	①与用户加强沟通，确定范围，减少需求的变动，对于某些需求变更要求客户追加资金； ②认真分析变更所带来的技术和功能影响、成本和进度影响以及对系统资源需求的影响等； ③项目组自身要加强成本的控制，例如合理安排人员，要尽量在提高工作效率的同时降低开发成本 （答题包含但不限于以上要点，每小点 2 分，答案类似即可）	
【问题 3】（3 分）	（7）认真分析招标说明书中有关技术需求的描述（或对用户需求进行必要的调研） （8）合同评审 （9）实施成本（每空 1 分，答案意思相近即可）	

第 8 章

项目质量管理

8.1 备考指南

8.1.1 考纲要求

虽然本科目考试大纲是按项目生命周期各阶段来展现案例分析试卷所要考核的相关内容的，且在“项目质量管理”知识模块上仅体现了“质量控制”等，即没有给出具体的考核要求，但读者可从该知识模块在历次系统集成项目管理工程师考试试卷中曾出现的考核知识点及分值分布情况间接获知关键考点和考试难点所在。

8.1.2 考点统计

“项目质量管理”知识模块在历次系统集成项目管理工程师考试试卷中出现的考核知识点及分值分布情况如表 8-1 所示。

表 8-1 历年考点统计表

年 份	题 号	知 识 点	分 值	参考价值
2009 年上半年	试题 3	根据某电子政务工程项目关于质量管理方面的案例说明，要求分析该项目售后阶段相关问题的主要原因，并考核质量控制方法或工具，以及公司管理层所应提供的支持等知识点	15 分	★★★★★
2009 年下半年	试题 5	给出某项目关于质量管理方面的案例说明，要求分析该项目管理过程中的不妥之处，并考核项目质量控制过程的基本步骤，以及制定项目质量计划的方法、技术和工具等知识点	15 分	★★★★★
2010 年上半年	试题 3	根据某软件项目计划与实施过程中关于质量管理方面的案例说明，要求分析该项目在质量管理方面所存在的问题，并考核质量控制的工具和技术、质量保证人员的工作职责等知识点	15 分	★★★★★

8.1.3 命题特点

纵观历次真题试卷，本章知识点主要是以简答题、选择题的题型出现在试卷中。本章知识点在历次考试中所考查的题量大约为 1 道综合题，试题包含有 3～4 个问题，所占分值约为 15 分（约占试卷总分值 75 分中的 20%）。其历年命题走势如图 8-1 所示。案例中所提出的问题侧重于实践应用，用于检查考生是否理解相关的理论知识和是否具有相关的实践应用经验，考试难度系数为中等。从知识点考查深度的角度分析，每次考试中该部分试题在“识记、理解、应用”3 个层面上所占的比例大致为 2:2:1。

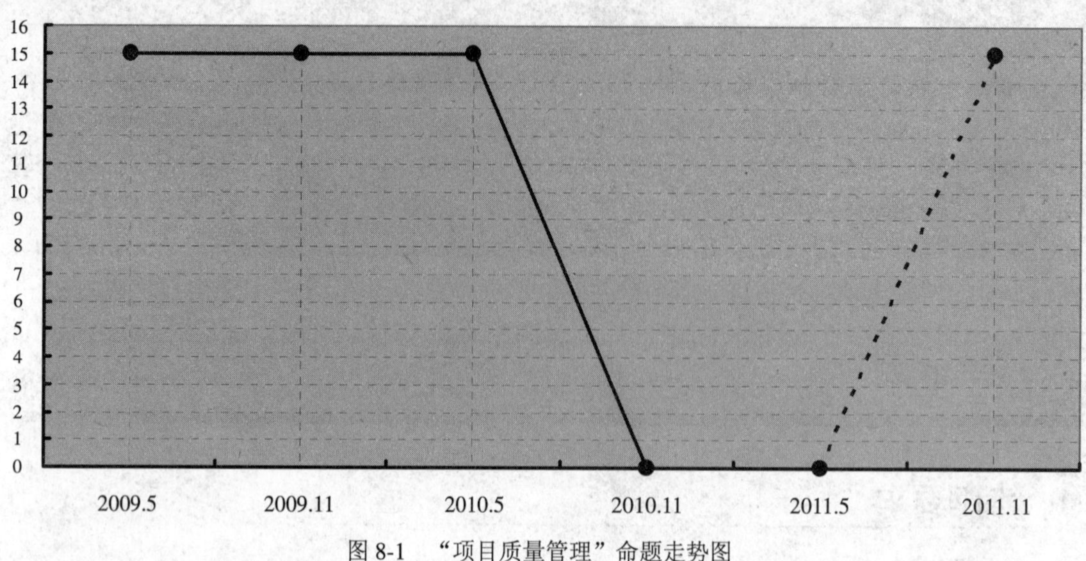

图 8-1 “项目质量管理”命题走势图

本章知识点主要有以下两种命题思路。

命题思路 1：给出某项目在质量管理方面的案例场景描述，要求指出该案例场景中存在哪些问题并说明相关原因；给出解决这些问题的补救措施（或建议）；给出 1 个该案例涉及且与质量管理基础知识点相关的简答题。

命题思路 2：给出某项目的质量控制工具（如帕累托图、因果图等）所需的各种参数值和相关的案例说明，要求绘制出相关的图表或将已有的图表补充完整；要求分析这些图表所反映的问题并说明相关原因；要求给出解决这些问题的补救措施等。

8.1.4 学习建议

质量是企业的生命线已成为人们的共识。项目质量管理过程主要包括编制项目质量计划、质量保证和质量控制等。其中，项目质量控制知识模块是本章的考核重点。本章知识点还有可能以简答题、画图题、填空题和选择题相结合的命题风格出现在试卷中。鉴于绘制诸如帕累托图、因果图等图表的题型可以有多种命题组合形式、多种命题表现形式，建议读者一定要熟练掌握本章所归纳、列举的案例分析试题，并能做到举一反三、灵活应用相关知识点。

鉴于系统集成项目管理工程师考试采用灵活的、模块化的命题风格，因此在今后考试中与本章相关的试题将可能保持 1 道综合题的考查量。随着考试次数的逐年积累，意味着试题的命题范围将越来越窄，所考查的知识点也会越来越细，从而体现试题的考试难度（如对信息系统的质量管理说明更加综合、隐含等）。同时，随着考试次数的不断增多，本章知识点的试题命题思路、表现形式和考查内容都将会有所创新，从而来体现作为一门中级职称资格考试所应具有的考核深度和广度。建议读者一定要多动笔练习此类综合应用试题，以扩展自己的知识面，并多花心思归纳总结解题经验，努力做到熟能生巧，以便考试时能灵活变通，节约在这些知识点上的解题思考时间。本章力求以发展的眼光和实用的角度来预测并挖掘“项目质量管理”的相关考核点，以增强读者学习相关知识点的目的性。

阅读提示：本章是系统集成项目管理工程师考试的重点内容，读者需要重点复习及强化。

8.2 知识点清单

8.2.1 基础知识

- 质量（Quality）是一组固有特性满足要求的程度。“固有的”是指在某事或某物本来就有的，尤其是永久的特性。（Ⅰ）（Ⅰ）
- 特性（Feature）是指产品或者服务吸引用户的特点。（Ⅰ）
- 对质量管理体系而言，固有特性就是实现质量方针和质量目标的能力。对过程而言，固有特性就是过程将输入转化为输出的能力。（Ⅰ）
- 从术语的基本特性而言，质量是满足要求的程度。要求包括明示的、隐含的和必须履行的需求或期望。“明示的”是指在合同环境中用户明确提出的需要或要求，通常是通过合同、标准、规范、图纸、技术文件所做出的明确规定；“隐含需求”则应加以识别和确定（即顾客的期望），以及那些人们公认的、不言而喻的、不必作出规定的“需要”。（Ⅰ）
- 功能（Function）是指一个系统实现其预定特性的程度。（Ⅰ）
- 性能（Performance）是指产品或服务用于客户特定用途时表现出来的情况。（Ⅰ）
- 等级（Grade）用于区分功能相同，但质量要求不同的物品的分类或分级。（Ⅰ）
- 质量与等级的区别：质量低说明产品或者服务存在问题，没有达到要求，而等级低的产品或者服务就不一定存在问题。（Ⅱ）
- 质量管理是指在质量方面指挥和控制组织的协调的活动。（Ⅰ）
- 质量管理是企业（项目）围绕着使产品质量能满足不断更新的质量要求，而开展的策划、组织、计划、实施、检查和监督、审核等所有管理活动的总和。（Ⅰ）
- 在质量方面的指挥和控制活动，通常包括制定质量方针和质量目标，以及质量策划、质量控制、质量保证和质量改进等过程。（Ⅰ）
- 质量方针是指由组织的最高管理者正式发布的该组织总的质量宗旨和方向。它体现了组织（项目）的质量意识和质量追求，是组织内部的行为准则，也体现了顾客的期望和对顾客作出的承诺。（Ⅰ）
- 质量目标是指在质量方面所追求的目的。它从属于质量方针，是落实质量方针的具体要求，应与利润目标、成本目标、进度目标等相协调。（Ⅰ）
- 质量目标必须明确、具体，尽量用定量化的语言进行描述，保证质量目标容易被沟通和理解。（Ⅰ）
- 质量计划是确定适合于项目的质量标准和如何满足其要求的计划过程。（Ⅰ）
- 质量保证是质量管理的一部分，致力于增强满足质量要求的能力。（Ⅰ）（★）
- 质量保证的目的是对产品体系和过程的固有特性达到规定要求提供信任。（Ⅰ）（★）
- 质量保证的核心是向人们提供足够的信任，使顾客和其他相关方确信组织的产品、体系和过程达到规定的质量要求。（Ⅰ）
- 质量控制的目标就是确保产品的质量能满足顾客、法律法规等方面所提出的质量要求（如适用性、可靠性、安全性）。（Ⅰ）（★）
- 项目质量管理的基本原则是：①以实用为核心的多元要求；②系统工程；③职工参与管理；④管理层和第一把手重视；⑤保护消费者权益；⑥面向国际市场。（Ⅱ）
- 项目质量管理的目标：①顾客满意度；②预防胜于检查；③各阶段内的过程；④不断改进（PDCA）。（Ⅰ）（★）
- 预防（Prevent）是指将错误排除在过程之外，检查（Inspect）是指将错误排除在到达客户之前。（Ⅰ）

- 预防胜过检查，质量出自计划、设计和建造，而不仅仅出自检查。（Ⅰ）
- 预防缺陷的成本总是大大低于纠正缺陷的成本，即防患于未然的代价总是小于纠正所发现错误的代价。（Ⅱ）
- 质量管理既重视结果也重视过程——项目管理过程中讲到的阶段和过程与戴明环PDCA（Plan－Do－Check－Action，计划－实施－检查－行动）很相似。（Ⅱ）
- 质量策划是指确定与项目相关的质量标准，并决定如何达到这些质量标准。（Ⅱ）
- 质量保证是定期评估总体项目绩效的活动之一，以树立项目能满足相关质量标准的信心。（Ⅰ）
- 质量控制是指监控具体的项目结果以判断其是否符合相关的质量标准，并确定方法来消除绩效低下的原因。（Ⅰ）
- 整个项目质量管理过程可以分解为以下4个环节：①确立质量标准体系；②对项目实施进行质量监控；③将实际与标准对照；④纠偏纠错。（Ⅰ）
- 建立适当的质量衡量标准是进行项目质量管理的前提性关键工作。（Ⅱ）
- 衡量项目质量的标准一般包括项目涉及的范围、项目具体的实施步骤、项目周期估计、项目成本预算、项目财务预测与资金计划、项目工作详细内容安排、质量指标要求及客户满意度等。（Ⅱ）
- 为了达到有效监控项目的目的，可以利用的监控措施与沟通渠道包括：①正式的监控与沟通渠道，例如项目进度报告、项目例会、里程碑会议、各种会议纪要等；②非正式的监控与沟通渠道，例如与项目小组成员或最终用户进行交谈与讨论，与企业管理层进行非正式的交流等。（Ⅱ）
- 把项目实施过程中的实际表现与项目质量衡量标准进行比较，分析出差异，为客观评价项目质量状况提供依据。（Ⅱ）
- 在质量管理过程中，可供选用的纠正措施包括：重新制定项目计划、重新安排项目步骤、重新分配项目资源、调整项目组织形式、调整项目管理方式等。（Ⅰ）
- 国际上应用普遍的质量管理标准（或方法）有：①ISO9000系列标准；②全面质量管理（TQM）；③六西格玛（6σ）等。（Ⅰ）
- 对于IT项目质量管理，以下几点认识至关重要：①必须让参加项目的每个人从进入项目这一刻就牢记，质量是软件企业的生命线，质量管理是全体员工的责任；②使顾客满意是质量管理的目的；③质量不是检测出来的，而是策划和制造出来的；④建立项目管理规范、标准和模板是项目质量的基本保障；⑤质量管理的关键是不断地改进和提高项目管理能力；⑥管理者对产品的质量负责。（Ⅰ）（★）
- 项目质量管理框架如表8-2所示。（Ⅰ）（★）

表8-2　项目质量管理框架

过　程	依　据	工具和技术	输　出
制定项目质量计划	①质量方针； ②项目范围说明书； ③产品描述； ④标准与规则； ⑤项目管理计划； ⑥组织过程资产； ⑦环境因素和组织因素	①效益/成本分析； ②基准比较； ③流程图； ④实验设计； ⑤质量成本分析； ⑥质量功能展开； ⑦过程决策程序图法（PDPC）	①质量管理计划； ②质量测量指标； ③质量检查表； ④过程改进计划； ⑤项目管理计划（更新）； ⑥质量基准
项目质量保证	①质量管理计划； ②质量度量数据； ③过程改进计划； ④工作绩效信息；	①制定质量计划所采用的方法、技术和工具； ②项目质量审计； ③过程分析； ④质量控制所采用的方法、技术和工具	①变更请求； ②建议纠正措施； ③组织过程资产（更新）； ④项目管理计划（更新）

续表

过程	依据	工具和技术	输出
项目质量保证	⑤已批准的变更请求； ⑥质量控制度量数据； ⑦实施的变更请求、缺陷修订、纠正措施和预防措施		
项目质量控制	①项目质量管理计划； ②项目质量工作说明； ③项目质量控制标准与要求； ④项目质量的实际结果； ⑤组织过程资产； ⑥工作绩效信息； ⑦已批准的变更请求； ⑧产品、服务和结果	①因果图、②流程图、③直方图、④检查表、⑤散点图、⑥排列图（或帕累托图）、⑦控制图、⑧相互关系图、⑨亲和图、⑩树状图、⑪矩阵图、⑫优先矩阵图、⑬过程决策方法图（PDPC）、⑭活动网络图等工具，以及⑮检查、⑯测试、⑰评审、⑱统计抽样和⑲6σ等方法	①项目质量的改进； ②对于项目质量的接受； ③返工； ④完成的检查表； ⑤项目调整和变更

8.2.2 制定项目质量计划

- 制定项目质量计划是项目质量管理的一部分，致力于制定质量目标并规定必要的运行过程和相关资源，以实现项目质量目标。（Ⅰ）
- 制定项目质量计划是识别和确定必要的作业过程、配置所需的人力和物力资源，以确保达到预期质量目标所进行的周密考虑和统筹安排的过程。（Ⅰ）
- 项目具体目标包括项目的性能性目标、可靠性目标、安全性目标、经济性目标、时间性目标和环境适应性目标等。（Ⅱ）
- 制定项目质量计划包含的主要活动：①收集资料；②编制项目分质量计划；③学会使用工具和技术；④形成项目质量计划书。（Ⅰ）（★）
- 制定项目质量计划时所需的资料和数据包括：①以往类似项目的质量计划资料；②在执行和处理现场情况总结的经验教训资料、数据对比资料、质量计划变更记录资料等；③了解项目实施组织或项目委托人的质量方针和项目的假设、前提与制约因素；④项目质量班子现可以支配的资源；⑤项目相关方已完成的工作、项目目前的状况、项目投资人对项目未来的期望等。（Ⅰ）（★）
- 通常，项目质量管理班子对项目质量进行策划时应考虑的内容如下：①项目中所涉及的产品质量计划；②项目质量管理和作业策划；③编制质量计划。（Ⅰ）
- 制定项目质量计划的依据（或输入）：①质量方针；②项目范围说明书；③产品描述；④标准与规则；⑤其他过程的输出等。（Ⅰ）（★）
- 制定项目质量计划的可交付物（或输出）：①质量管理计划；②质量测量指标；③质量检查表；④过程改进计划；⑤项目管理计划（更新）等。（Ⅰ）（★）
- 制定项目质量计划所需的工具、方法和技术：①效益/成本分析；②基准比较；③流程图；④实验设计；⑤质量成本分析；⑥质量功能展开（QFD）；⑦过程决策程序图法（PDPC）等。（Ⅰ）（★）
- 项目质量计划过程必须权衡效益/成本的利弊。满足质量要求最主要的好处就是减少返工，这意味着提高生产率、降低成本和增加项目干系人的满意度。（Ⅰ）
- 基准比较是指将项目的实际做法或计划做法与其他项目的实践相比较，从而产生改进的思路并提出度量绩效的标准。（Ⅰ）
- 流程图是指任何显示与某系统相关的各要素之间的相互关系的示意图，是揭示和掌握封闭系统运动状况的有效方式。（Ⅰ）

- 作为诊断工具，流程图能够辅助决策制定，让管理者清楚地知道，问题可能出在什么地方，从而确定可供选择的行动方案。（Ⅰ）
- 实验设计是一种统计方法，是帮助确定影响特定变量的因素，常用于项目产品的分析，以及解决成本与进度权衡的项目管理问题。（Ⅰ）
- 质量成本分析是指为了达到产品/服务的质量要求所付出的全部努力的总成本，既包括为确保符合质量要求所做的全部工作（如质量培训、研究和调查等），也包括因不符合质量要求所引起的全部工作（如返工、废物、过度库存和担保费用等）。（Ⅰ）
- 质量成本分为预防成本、评估成本和缺陷成本等类型。（Ⅰ）
- 预防成本是指那些为保证产品符合需求条件，无产品缺陷而付出的成本。（Ⅱ）
- 评估成本是指为使工作符合要求目标而进行检查和检验评估所付出的成本。（Ⅱ）
- 缺陷成本可分为内部的和外部的缺陷成本。内部缺陷成本是指交货前弥补产品故障和失效而发生在公司内的费用；外部缺陷成本是指发生在公司外部的费用，通常是由顾客提出的要求。（Ⅱ）
- 质量功能展开（QFD）将项目的质量要求、客户意见转化成项目技术要求的专业方法。该方法从客户对项目交付结果的质量要求出发，先识别出客户在功能方面的要求，然后把功能要求与产品或服务的特性对应起来，根据功能要求与产品特性的关系矩阵，以及产品特性之间的相关关系矩阵，进一步确定出项目产品或服务的技术参数，技术参数一经确定，项目小组就很容易有针对性地提供满足客户需求的产品或服务。该方法主要用于确定项目质量要求。（Ⅰ）
- 质量屋包括：①客户要求；②优先级；③产品或服务特性；④相关关系矩阵；⑤关联关系矩阵；⑥产品或服务技术参数。（Ⅰ）
- 过程决策程序图法（PDPC）的主要思想是，在制定计划时对实现既定目标的过程加以全面分析，估计种种可能出现的障碍及结果，设想并制定相应的应变措施和应变计划，保持计划的灵活性；在计划执行过程中，当出现不利情况时，要立即采取原先设计的措施，随时修正方案，从而使计划仍能有条不紊地进行，以达到预定的目标；当出现了没有预计到的情况时应随机应变，采取灵活的对策予以解决。该方法简单易行，使用起来特别有效。（Ⅰ）
- PDPC 法的具体操作程序：①从自由讨论中提出有必要的研究事项；②拟订方案，即对确定的项目进行深入的调查研究，预测结果和制定对策方案；③理想连接，即把各研究事项按紧迫程度、工时、可能性和难易程度等分类，进而对当前要解决的事项，根据预测的结果，决定在实施前还需要做些什么，并用箭头以理想状态连接。（Ⅱ）
- 质量管理计划应当：①说明项目管理团队将如何实施组织的质量方针；②描述项目质量体系，即实施质量管理所需的组织结构、责任、程序、过程和资源；③考虑项目质量控制（QC）、质量保证（QA）和过程持续改进问题。（Ⅰ）
- 质量测量指标系指一项工作定义，具体描述某物是什么，以及如何以质量控制过程对其进行度量。（Ⅰ）
- 质量检查表是一种结构性工具，通常因事项而异，用于核实所要求进行的各个步骤是否已经完成。检查表可以是简单的也可以是复杂的，其措辞通常是命令式或询问式。（Ⅰ）
- 编制质量计划主要考虑以下 3 个方面：①明确质量标准：确定每个独特项目的相关质量标准，把质量规划到项目的产品和管理项目所涉及的过程之中。②确定关键因素：理解哪个变量影响结果是质量计划编制的重要部分。③建立控制流程：以一种能理解的、完整的形式传达为确保质量而采取的纠正措施。（Ⅰ）（★）
- 在项目的早期阶段，通过制订切实可行的项目质量管理计划，给客户以质量信心，该计划包括：①编制依据；②质量责任与人员分工；③工程的各个过程及其依据的标准；④质量控制的方法与重点；⑤验收标准。（Ⅰ）（★）

8.2.3 项目质量保证

- 质量保证（QA）过程实施质量计划中确定的、系统的质量活动，如审计或同行审查，评价项目的整体绩效，以确保项目能够满足相关的质量标准，同时确保项目为了满足项目干系人的期望实施了所有必需的过程。（Ⅰ）
- 项目质量保证的提供对象通常是项目管理班子和执行组织的管理层，而项目质量保证活动的参与者应是项目的全体工作人员。（Ⅰ）
- 项目质量保证过程：①建立质量保证 QA 组；②依据项目的实际情况和项目的质量计划，选择和确定 QA 活动，即选择 QA 组所要进行的质量保证活动，这些 QA 活动将作为 QA 计划的输入；③制定和维护 QA 计划，这个计划明确了 QA 活动与整个项目开发生命周期中各个阶段的关系；④执行 QA 计划、对相关人员进行培训、选择与整个项目环境相适应的质量保证工具；⑤不断完善质量保证过程活动中存在的不足，改进项目的质量保证过程。（Ⅰ）（★）
- 项目质量保证活动是质量管理的一个更高层次，是对质量策划、质量控制过程的质量控制。（Ⅰ）
- 为了保证产品的质量，要做好以下工作：①清晰的规格说明；②使用完善的标准；③历史经验；④合格的资源；⑤公正的设计复审；⑥变化控制。（Ⅰ）
- 建立系统的质量保证体系，质量保证应贯穿整个系统每一项工作的全过程，要建立从系统总体设计、可行性研究、需求分析、立项、概要设计、详细设计、编码、试用、测试，到鉴定评审、运行维护全过程的质量保证体系；特别要加强系统质量的后期管理，即从试用、测试到鉴定评审到运行维护阶段的质量控制；要建立规章制度，包括软件的回访制度和版本更新制度等。（Ⅱ）
- 服务质量是指企业在售前、售后服务过程中满足用户要求的程序。其质量保证一般包括：①服务时间；②服务能力；③服务态度。（Ⅱ）
- 项目管理过程的质量保证活动的基本内容包括：①制定质量标准；②制定质量保证的控制流程；③提出质量保证所采用方法和技术；④建立质量保证体系。（Ⅰ）（★）
- 项目质量保证采用的一些方法、技术主要包括：①制定质量保证规划；②质量检验；③确定保证范围和等级；④质量活动分解等。（Ⅰ）
- 质量保证规划是进行质量保证的依据和指南，应在对项目特点进行充分分析的基础上编制。质量保证规划包括质量保证计划、质量保证大纲、质量标准等。（Ⅱ）
- 质量保证范围和等级要相适应，范围小、等级低可能达不到质量保证的要求；范围大、等级高会增加管理的工作量和费用。等级划分应依据有关法规进行。（Ⅱ）
- 质量活动分解的方式有多种，其中矩阵式是常用的形式。（Ⅱ）
- 项目质量保证的依据（或输入）：①质量管理计划；②质量度量数据；③过程改进计划；④工作绩效信息；⑤经过审批的变更请求；⑥质量控制度量数据；⑦实施的变更请求、缺陷修订、纠正措施和预防措施等。（Ⅰ）（★）
- 项目质量保证的可交付物（或输出）：①变更请求；②建议纠正措施；③组织过程资产（更新）；④项目管理计划（更新）等。（Ⅰ）（★）
- 项目质量保证所需的工具、方法和技术：①制定质量计划所采用的方法、技术和工具；②项目质量审计；③过程分析；④质量控制所采用的方法、技术和工具；⑤基准分析等。（Ⅰ）（★）
- 实施项目质量保证的基本步骤：①首先执行项目的质量管理计划；②采用质量保证的工具和技术（如质量审计、过程分析与基准分析）等；③提出相应质量整改措施如建议的纠正措施、对项目计划可能的更新、对组织资产可能的更新、变更请求等。（Ⅰ）（★）
- 质量审计是对其他质量管理活动的结构化和独立的评审方法，用于判断项目活动的执行是否遵从于组织及项目定义的方针、过程和规程。（Ⅰ）

- 质量审计的目标是：①识别在项目中使用的低效率以及无效果的政策、过程和规程；②采取纠正措施的努力，将会达到降低质量成本和提高客户（或组织内的）发起人对产品和服务满意度的目的；③确认批准过的变更请求、纠正措施、缺陷修订及预防措施的执行情况。（Ⅱ）
- 工作绩效信息包括以下内容：技术绩效度量、项目产出物状态、必需的纠正措施、绩效报告。（Ⅱ）
- 质量改进包括提高执行组织的执行效率和绩效的各种建议质量纠正措施。纠正措施会体现为一种可以立即执行的质量保证活动，例如审计、过程分析等。（Ⅱ）
- 质量保证人员（QA）的作用不仅限于发现和报告项目的问题。典型的QA的职责包括：过程指导、过程评审、产品审计、过程改进、过程度量。①在项目前期充当导师的角色，即QA辅助项目经理制定项目计划，包括根据质量体系中的标准过程裁剪得到的项目过程，帮助项目进行估算，设定质量目标等；对项目成员进行过程和规范的培训，以及在过程中进行指导等。②在项目实施过程中充当警察的角色，即QA有选择性地参加项目的技术评审，定期对项目的工作产品和过程进行审计和评审。③在项目实施过程中还充当医生的角色，即QA也可能承担收集、统计、分析度量数据的工作，用于支持管理决策。（Ⅰ）（★）

8.2.4 项目质量控制

- 项目质量控制（QC）是指项目团队的管理人员采取有效措施，监督项目的具体实施结果，判断它们是否符合项目有关的质量标准，并确定消除产生不良结果原因的途径。（Ⅰ）
- 项目质量控制活动一般包括：保证由内部或外部机构进行检测管理的一致性，发现与质量标准的差异，消除产品或服务过程中性能不能被满足的原因，审查质量标准以决定可以达到的目标及成本、效率问题，并且需要确定是否可以修订项目的质量标准或项目的具体目标。（Ⅱ）
- 项目具体结果既包括项目的最终产品（可交付成果等）或服务，也包括项目过程的结果。（Ⅱ）
- 项目产品的质量控制一般由质量控制职能部门负责，而项目过程结果的质量却需要由项目管理组织的成员进行控制。（Ⅱ）
- 项目质量控制过程要经历的基本步骤：①选择控制对象；②为控制对象确定标准或目标；③制定实施计划，确定保证措施；④按计划执行；⑤对项目实施情况进行跟踪监测、检查，并将监测的结果与计划或标准相比较；⑥发现并分析偏差；⑦根据偏差采取相应对策。（Ⅰ）（★）
- 项目质量控制的依据（或输入）：①项目质量计划；②项目质量工作说明；③项目质量控制标准与要求；④项目质量的实际结果等。（Ⅰ）（★）
- 项目质量控制的可交付物（或输出）：①项目质量的改进；②对于项目质量的接受；③返工；④完成的检查表；⑤项目调整和变更等。（Ⅰ）（★）
- 项目质量控制所需的工具、方法和技术：①因果图、②流程图、③直方图、④检查表、⑤散点图、⑥排列图（或帕累托图）、⑦控制图、⑧相互关系图、⑨亲和图、⑩树状图、⑪矩阵图、⑫优先矩阵图、⑬过程决策方法图（PDPC）、⑭活动网络图等工具，以及⑮检查、⑯测试、⑰评审、⑱统计抽样和⑲6σ等方法等。（Ⅰ）（★）
- 因果图也称为石川图（或鱼骨图），用于说明各种要素是如何与潜在的问题或结果相关联。它可以将各种事件和因素之间的关系用图解表示。（Ⅰ）（★）
- 因果图是利用“头脑风暴法”，集思广益，寻找影响质量、时间、成本等问题的潜在因素，然后用图形形式来表示的一种可行方法，以集中注意力搜寻产生问题的根源，并为收集数据指出方向。（Ⅰ）
- 流程图用于帮助分析问题发生的缘由。所有过程流程图都具有几项基本要素，即活动、决策点和过程顺序。它表明一个系统的各种要素之间的交互关系。（Ⅰ）（★）

- 直方图（或柱形图）是指一种横道图，可反映各变量的分布。每一栏代表一个问题或情况的一个特征或属性，每个栏的高度代表该种特征或属性出现的相对频率，通过各栏的形状和宽度来确定问题的根源。（Ⅰ）
- 检查表是一种简单的工具，经常用水平的列和垂直的行来收集反映事实的数据，还可能包括说明、图解，便于改进。检查表的特点是容易记录数据，并能自动地分析这些数据。（Ⅰ）
- 散点图显示两个变量之间的关系和规律。通过该工具，质量团队可以研究并确定两个变量的变更之间可能存在的潜在关系。通常，将独立变量和非独立变量以圆点形式绘制成图形。两个点越接近对角线，两者的关系越紧密。（Ⅱ）
- 排列图（或帕累托图）是按照发生频率大小顺序绘制的直方图，表示有多少结果是由已确认类型或范畴的原因所造成的。按等级排序的目的是指导如何采取主要纠正措施。项目团队应首先采取措施纠正造成最多数量缺陷的问题。（Ⅰ）（★）
- 帕累托图的左纵坐标表示某种因素发生的次数，即频数；右纵坐标表示某种因素发生的累计频率；横坐标表示影响项目的各种因素，它们按对质量影响程度的大小从左到右依次排列。（Ⅰ）（★）
- 在帕累托图中，将累计频率曲线的累计百分数分为 3 级，与此对应的因素分为 3 类：频率 0%～80%为 A 类因素，是影响项目质量的主要因素；频率 80%～90%为 B 类因素，是影响项目质量的次要因素；频率 90%～100%为 C 类因素，是影响项目质量的一般因素。（Ⅰ）（★）
- 帕累托图的绘图步骤如下：（Ⅰ）（★）
  ①选择和确定用于分析影响质量问题的因素、度量单位和数据的时间周期；
  ②根据选择的因素个数，确定横坐标总长度和各因素长度；
  ③在横坐标两端向中画出两个纵坐标，分别表示频数和频率；
  ④按影响质量程度的大小将影响质量的各种因素从左到右在横坐标上排列，以直方柱的高度表示各因素出现的频数；
  ⑤将各因素所占的百分比依次累加，计算各因素的累计频率；
  ⑥将所得的各因素的累计频率逐一标注在图中相应位置，并将其以折线连接，形成累计频率曲线；
  ⑦从频率纵坐标累计频率为 80%、90%和 100%处向左平行于横轴引 3 条虚线，横坐标及 3 条虚线由下向上将累计频率分为 A、B、C 3 个类区；
  ⑧在适当的位置标注帕累托图的标题。
- 控制图也称为管理图、趋势图，是一种带控制界限的质量管理图表。（Ⅰ）（★）
- 运用控制图的目的之一是，通过观察控制图上产品质量特性值的分布状况，分析和判断生产过程是否发生了异常，一旦发现异常则要及时采取必要的措施加以消除，使生产过程恢复稳定状态；也可以应用控制图来使生产过程达到统计控制的状态。（Ⅰ）
- 在控制图中，如果有连续的 7 个或 7 个以上的圆点分布在中心线的同一侧，或者出现同向变化的趋势，即使它们都处于控制界限内，也意味着其出现了一定的问题或者受到了外界因素的干扰，应将视其为失控状态。（Ⅰ）（★）
- 相互关系图也称为关系图法，是指用连线图来表示事物相互关系的一种方法。专家们将此绘制成一个表格。在图表中，各种因素之间有一定的因果关系，找出因素之间的因果关系，便于统观全局、分析研究，以及拟定出解决问题的措施和计划。（Ⅱ）
- 亲和图又称为“KJ 法”，是从错综复杂的现象中用一定方式来整理思路、抓住思想实质、找出解决问题新途径的方法。KJ 法主要用事实说话，靠“灵感”发现新思想、解决新问题。（Ⅱ）
- 树状图又称为系统图、家谱图、组织图等，由方块和箭头构成，形状似树枝的图形，是系统地分析、探求实现目标的最好手段的方法。（Ⅱ）

- 矩阵图是指借助数学上矩阵的形式，把与问题有对应关系的各个因素列成一个矩阵图，然后根据矩阵图的特点进行分析，从中确定关键点（或着眼点）的方法。该种方法用于多因素分析时，可做到条理清楚、重点突出。（Ⅱ）
- 矩阵图在质量管理中，可用于寻找新产品研制和老产品改进的着眼点，寻找产品质量问题产生的原因等方面。（Ⅱ）
- 优先矩阵图也被认为是矩阵数据分析法，与矩阵图法类似，能清楚地列出关键数据的格子，将大量数据排列成阵列，便于看到和了解。与达到目的最优先考虑的选择或二者挑一的抉择有关系的数据，用一个简略的、双轴的相互关系图表示出来，相互关系的程度可以用符号或数值来代表。（Ⅱ）
- 优先矩阵图区别于矩阵图法的是，不是在矩阵图上填符号，而是填数据，形成一个分析数据的矩阵。它是一种定量分析问题的方法，往往需要借助计算机进行求解。（Ⅱ）
- 过程决策方法图（PDPC）是在制订达到研制目标的计划阶段，对计划执行过程中可能出现的各种障碍及结果作出预测，并相应地提出多种应变计划的一种方法。在计划执行过程中遇到不利情况时，仍能有条不紊地按第二、第三或其他计划方案进行，以便达到预定的计划目标。（Ⅱ）
- 活动网络图也称为箭条图法、矢线图法，是网络图在质量管理中的应用，是计划评审法在质量管理中的具体运用，是使质量管理的计划安排具有时间进度内容的一种方法。（Ⅰ）
- 测试是项目质量控制过程的重要组成部分，用来确认一个项目的品质或性能是否符合需求说明书中所提出的一些要求。（Ⅰ）
- 软件测试是指在软件投入运行前，对软件需求分析、设计规格说明和编码的最终复审，是软件质量控制的关键步骤。软件测试是为了发现错误而执行程序的过程。（Ⅰ）
- 检查也称为评审、同行评审、审计或者走查，是指通过对工作产品进行检查来判断是否符合预期标准。通常，检查的结果包含度量值。检查可在任意工作层次上进行，可以检查单个活动，也可以检查项目的最终产品。检查也常用于验证缺陷修复的效果。（Ⅰ）
- 统计抽样指从感兴趣的群体中选取一部分进行检查，以降低质量控制费用。（Ⅰ）
- 6σ采用以顾客为中心的评测方法，驱动组织内部各个层次开展持续改进，包括：①单位产品缺陷（DPU）及在运作过程中每百万次运作所存在的缺陷（DPMO），将 DPU 和 DPMO 作为适用于任何行业的绩效度量标准；②组建项目团队，提供积极培训，以使组织增加利润、减少无附加值活动、缩短周期循环时间；③注重支持团队活动的倡导者，他们能帮助团队实施变革，获取充分的资源，使团队工作与组织的战略目标保持一致；④培训具有高素质的经营过程改进专家（有时称为“黑带”选手），他们运用定性和定量的改进工具来实现组织的战略目标；⑤确保在持续改进过程初期确定合理的测评标准；⑥委派有资历的过程改进专家，指导项目团队工作。（Ⅱ）
- 在开展全面质量管理（TQM）的过程中，通常将因果图、流程图、直方图、检查表、散点图、排列图和控制图称为“老七种工具”，其特点是强调用数据说话，重视对过程的质量控制。（Ⅱ）
- 通常将相互关系图、亲和图、树状图、矩阵图、优先矩阵图、过程决策方法图（PDPC）和活动网络图统称为“新七种工具”。这些工具基本是整理、分析语言文字资料（非数据）的方法，着重用来解决 PDCA 循环的 P（计划）阶段的有关问题。（Ⅱ）
- “新七种工具”有助于管理人员整理问题、展开方针目标和安排时间进度。整理问题，可以用相互关系图和亲和图；展开方针目标，可用树状法、矩阵图和优先矩阵图法；安排时间进度，可用 PDPC 法和活动网络图法。（Ⅱ）

- 项目质量控制标准与项目质量目标、项目质量计划指标是不同的，前者是根据这些最终要求所制定的控制依据和控制参数，后者给出的是项目质量的最终要求。（Ⅰ）
- 项目质量的实际结果包括项目实施的中间结果和项目的最终结果，同时还包括项目工作本身的好坏。（Ⅱ）
- 项目质量的改进是指通过项目质量管理与控制所带来的项目质量提高。它是项目质量控制和保障工作共同作用的结果，也是项目质量控制最为重要的一项结果。（Ⅱ）
- 对于项目质量的接受包括：①项目质量控制人员根据项目质量标准对已完成的项目结果检验后对该项结果所做出的接受和认可；②项目业主（客户或其代理人）根据项目总体质量标准对已完成项目工作结果检验后做出的接受和认可。（Ⅰ）
- 返工是指当在项目质量控制中发现某项工作存在质量问题并且其工作结果无法接受时，所采取的将有缺陷或不符合要求的项目工作结果重新变为符合质量要求的一种工作。（Ⅰ）
- 返工既是项目质量控制的一个结果，也是项目质量控制的一种工作和方法。返工的原因一般有 3 个：①项目质量计划考虑不周；②项目质量保证不力；③出现意外变故。（Ⅰ）
- 返工所带来的不良后果主要有 3 个：①延误项目进度；②增加项目成本；③影响项目形象。（Ⅰ）
- 当使用检查表开展项目质量控制时，已经完成了核检的工作清单记录是质量控制报告的一部分。（Ⅱ）
- 项目调整和变更是指根据项目质量控制的结果和面临的问题（通常是比较严重或事关全局性的项目质量问题），或者是根据项目干系人提出的项目质量变更请求，对整个项目的过程或活动所采取的调整、变更和纠偏行动。（Ⅱ）
- 项目调整和变更是项目质量控制的一种阶段性和整体性的结果。（Ⅱ）
- 质量控制主要考虑以下 5 个方面：①度量项目质量的实际情况；②与质量标准进行比较；③识别存在的质量问题和偏差；④分析质量问题产生的原因；⑤如有必要，进行纠编。（Ⅰ）（★）
- 软件质量问题的产生原因主要有：①管理者缺乏质量观念，未从一开始就强调质量；②开发者未将保证质量作为最重要而且是必须完成的任务；③没有真正执行“决不把不合格的中间产品带到下一阶段”的规定；④没有良好的激励机制；⑤开发人员看不到提高质量对企业生存与发展的重要性，缺乏主人翁责任感；⑥没有解决好质量管理者和开发者的关系；⑦对用户的质量要求不了解，缺乏使用户满意的思想；⑧用户对软件需求不清晰、存在二义性；⑨开发人员对用户的需求理解有偏差甚至错误；⑩质量保证与质量控制的关系不清晰；⑪开发文档与管理文档对质量控制的作用不大；⑫软件开发工具引发质量控制困难；⑬不遵守软件开发标准和规范；⑭缺乏有效的质量控制和管理。（Ⅰ）（★）
- 提升项目质量的基本步骤：①建立项目质量目标；②建立工作中的质量保证和质量控制规范；③建立对质量（过程和产品）参数的度量体系；④在项目中对过程和产品进行测量/检查，将实际情况与目标和规范进行对比以发现质量问题，并对质量问题的处理进行监督和控制；⑤对质量问题的出现次数和影响程度依次进行分析，找出原因并提出改进措施；⑥在上述基础上，不断循环，坚持不懈地提升项目质量。（Ⅰ）（★）
- 质量保证与质量控制的关系如下：①质量保证的焦点在于过程，而质量控制的焦点在于交付产品（包括阶段性产品）前的质量把关。②质量保证是一种通过采取组织、程序、方法和资源等各种手段的保证来得到高质量软件的过程，属于管理职能；质量控制是直接对项目工作结果的质量进行把关的过程，属于检查职能。③质量保证的关键点是确保正确地做；质量控制的关键点是检查做得是否正确。④质量保证和质量控制有共同的目标，有一组既可用于质量保证，又可用于质量控制的方法、技术和工具。（Ⅰ）（★）

8.3 真题透解

8.3.1 2009 年上半年试题 3

【试题描述】

阅读以下说明，针对项目的质量管理，根据要求回答问题 1～问题 3。（15 分）

【说明】

某系统集成公司在 2007 年 6 月通过招投标得到了某市滨海新区电子政务一期工程项目，该项目由小李负责，一期工程的任务包括政府网站以及政务网网络系统的建设，工期为 6 个月。

因滨海新区政务网的网络系统架构复杂，为了赶工，项目组省掉了一些环节和工作，虽然最后通过验收，但却给后续的售后服务带来很大的麻烦：为了解决项目出现的问题，售后服务部的技术人员要到现场逐个环节查遍网络，绘出网络的实际连接图才能找到问题的所在。售后服务部感到对系统进行支持有帮助的资料只有政府网站的网页 HTML 文档及其内嵌代码。

【问题 1】（5 分）

请简要分析造成该项目售后存在问题的主要原因。

【问题 2】（6 分）

针对该项目，请简要说明在项目建设时可能采取的质量控制方法或工具。

【问题 3】（4 分）

请指出，为了保障小李顺利实施项目质量管理，公司管理层应提供哪些方面的支持。

【要点解析】

【问题 1】（5 分）

这是一道要求考生分析掌握项目售后出现问题的主要原因的应用题。本题的解答思路如下：

由题干关键信息“滨海新区政务网的网络系统架构复杂，为了赶工，项目组省掉了一些环节和工作”说明，该电子政务一期工程项目没有遵循项目管理的标准和流程，存在以牺牲质量换取进度的行为，可能牺牲了一些必要的质量管理环节和手段。在该项目组“省掉了一些环节和工作”的情况下，还能“最后通过验收”，这也间接说明，该项目没有严格把关项目质量，没有为项目的日后维护留下充足的文档资料。虽然满足了项目进度要求，但忽略了因项目质量而导致后期维护成本的增加，对公司效益和形象造成了双重不利的影响。

由题干关键信息“为了解决项目出现的问题，售后服务部的技术人员要到现场逐个环节查遍网络，绘出网络的实际连接图才能找到问题的所在”知，该项目缺乏“网络拓扑图”、“结构化布线施工图”、“竣工图”、“连线表”等配套文档；或者该项目设计环节不完善，缺少施工图和连线图（或竣工图与施工图不符），且没有提交存档（或文档管理不善）。

由题干关键信息“……对系统进行支持有帮助的资料就只有政府网站的网页 HTML 文档及其内嵌代码”进一步说明，该项目没有按照要求生成项目中间交付物，文档不齐、太简单（或文档管理不善）。

这也间接说明，该项目中间的控制环节缺失，没有进行必要的测试或评审。

客户对项目质量的信心来自于集成商以往管理项目时有良好的质量表现，以及当前项目具体的可实施的质量管理计划和到位的质量保证，这是因为“质量出自计划，而非仅仅来自检查”。在实际项目过程中，很多时候处于时间紧、任务重、工作量大的局面。在项目质量管理过程中，只要能够合理调配人员，制定合理的计划来控制项目质量和进度，同时使用一些基本项目管理工具与技术来管理项目资产，就能够保证项目高质量地完成，同时还可给项目后期维护提供保证。

【问题 2】（6 分）

这是一道要求考生掌握项目建设过程中可采取的质量控制方法（或工具）的理论题。在开展全面质量管理的过程中可能采取的质量控制方法或工具请参见表 8-3 所示的相关答案。

【问题 3】（4 分）

这是一道要求考生掌握公司管理层面保障项目质量实施应采取的措施的综合分析题。保障实施项目的质量，不仅仅是项目经理和项目团队的事，也是公司和公司管理层的事，一个建立了质量管理体系的组织有助于保障项目经理管理项目的质量。为了保障小李顺利实施项目质量管理，在公司管理层面应提供以下几个方面的支持：①制定公司质量管理方针；②选择质量标准或制定质量要求；③制定质量保证的控制流程；④提出质量保证所采取的方法和技术（或工具），例如编制质量计划时所采用的工具和技术、质量审计、质量控制、过程分析与基准分析等；⑤提供相应的资源等。

【参考答案】

表 8-3 给出了本案例试题的参考答案，供读者练习时参考，以便查缺补漏。读者也可依照所给出的评分标准得出测试分数，从而大致评估自己对这些知识点的掌握程度。

表 8-3　参考答案及评分标准

问题与分值	参考答案及评分标准	自评分
【问题 1】（5 分）	①没有遵循项目管理的标准和流程； ②没有按照要求生成项目中间交付物，文档不齐、太简单（或文档管理不善）； ③项目中间的控制环节缺失，没有进行必要的测试或评审； ④设计环节不完善，缺少施工图和连线图，或竣工图与施工图不符且没有提交存档； ⑤对项目售后的需求考虑不周 （答案包含但不限于以上要点，每小点 1 分，答案意思相近即可）	
【问题 2】（6 分）	方法：检查、测试、评审、统计抽样和 6σ 等（回答出其中 3 个即可，每个 1 分） 工具：因果图（或鱼骨图、石川图、NASHIKAWA 图）、流程图、直方图（或柱形图）、检查表、散点图、排列图（或帕累托图、PARETO 图）、控制图、相互关系图、亲和图、树状图、矩阵图、优先矩阵图、过程决策方法图（PDPC）、活动网络图等（回答出其中 3 个即可，每个 1 分）	
【问题 3】（4 分）	①制定公司质量管理方针； ②选择质量标准或制定质量要求； ③制定质量保证的控制流程； ④提出质量保证所采取的方法和技术（或工具）； ⑤提供相应的资源等 （答案包含但不限于以上要点，答出其中 4 个小点即可，每小点 1 分，答案意思相近即可）	

8.3.2　2009 年下半年试题 5

【试题描述】

阅读以下说明，针对项目的质量管理，根据要求回答问题 1～问题 3。（15 分）

【说明】

系统集成 A 公司承担了某企业的业务管理系统的开发建设工作，A 公司任命张工为项目经理。

张工在担任此新项目的项目经理时，所负责的原项目尚处在收尾阶段。张工在进行了认真分析后，认为新项目刚刚开始，处于需求分析阶段，而原项目尚有某些重要工作需要完成，因此张工将新项目需求分析阶段的质量控制工作全权委托给了软件质量保证（SQA）人员李工。李工制定了本项目的质量计划，包括收集资料、编制分质量计划，并通过相应的工具和技术，形成了项目质量计划书，并按照质量计划书开展相关需求调研和分析阶段的质量控制工作。

在需求评审时，由于需求规格说明书不能完全覆盖该企业的业务需求，且部分需求理解与实际存在较大偏差，导致需求评审没有通过。

【问题 1】（4 分）

请指出 A 公司在项目管理过程中的不妥之处。

【问题 2】（6 分）

请简述项目质量控制过程的基本步骤。

【问题 3】（5 分）

请简述制定项目质量计划可采用的方法、技术和工具。

【要点解析】

【问题 1】（4 分）

由题干关键信息“张工在担任此新项目的项目经理时，所负责的原项目尚处在收尾阶段”间接可知，张工身兼多职，这势必会分散张工在新项目所投入的精力。

由题干关键信息“张工将新项目需求分析阶段的质量控制工作全权委托给了软件质量保证（SQA）人员李工”可知，李工只是一名软件质量保证人员，属于技术人员的角色，缺乏从事项目管理的思维与经验。

由题干关键信息“由于需求规格说明书不能完全覆盖该企业的业务需求，且部分需求理解与实际存在较大偏差，导致需求评审没有通过”间接可知，李工编写了一系列的项目质量管理文档，可能不完整、有缺陷，还可能从未交付给客户等项目干系人加以评审确认，从而导致需求评审未获通过。

纵观整个案例可知，A 公司可能没有规范的项目质量管理制度，项目管理过程不完善或缺乏，各项目之间的资源平衡机制不完善。例如，A 公司单个项目管理制度不规范，张工作为项目经理对质量负有全责，而他却随意下放权限，全权委托新项目需求分析阶段的质量控制工作。通过整个案例说明也可折射出，项目经理张工的多项目管理能力有限。

【问题 2】（6 分）

质量控制（QC）是项目管理组的人员采取有效措施监督项目的具体实施结果，判断他们是否符合有关的项目质量标准，并确定消除产生不良结果原因的途径。换而言之，进行质量控制是确保项目质量得以完满实现的过程。质量控制应贯穿于项目执行的全过程。项目质量控制过程通常要经历以下基本步骤：

①选择控制对象。项目进展的不同时期、不同阶段，质量控制的对象和重点也不相同，需要在项目实施过程中加以识别和选择。质量控制的对象可以是某个因素、某个环节、某项工作或工序，以及项目的某个里程碑或某项阶段成果等一切与项目质量有关的要素。

②为控制对象确定标准或目标。

③制定实施计划，确定保证措施。

④按计划执行。

⑤对项目实施情况进行跟踪监测、检查，并将监测的结果与计划或标准相比较。

⑥发现并分析偏差。

⑦根据偏差采取相应对策：如果监测的实际情况与标准或计划相比有明显差异，则应采取相应的对策。

【问题 3】（5 分）

编制质量计划包括识别与该项目相关的质量标准，以及确定如何满足这些标准。首先由识别相关的质量标准开始，以实施项目组织的质量策略、项目的范围说明书、产品说明书等作为质量计划编制的依据，识别出项目相关的所有质量标准，从而达到或者超过项目的客户及其他项目干系人的期望和要求。制定项目质量计划常用的方法、技术和工具请参见表 8-4 所示的相关答案。

【参考答案】

表 8-4 给出了本案例试题的参考答案，供读者练习时参考，以便查缺补漏。读者也可依照所给出的评分标准得出测试分数，从而大致评估自己对这些知识点的掌握程度。

表 8-4　参考答案及评分标准

问题与分值	参考答案及评分标准	自 评 分
【问题 1】（4 分）	①用人不当，负责项目整体质量控制的李工缺乏项目整体管理的经验； ②在质量控制过程中，缺少相关方的审批环节； ③整个公司的项目管理制度（或过程）不完善（或缺乏，或不规范） （答案包含但不限于以上要点，答出其中两个小点即可，每小点 2 分，答案意思相近即可）	
【问题 2】（6 分）	①选择控制对象；　②为控制对象确定标准或目标； ③制定实施计划，确定保证措施；　④按计划执行； ⑤对项目实施情况进行跟踪监测、检查，并将监测的结果与计划或标准相比较； ⑥发现并分析偏差；　⑦根据偏差采取相应对策（每小点 1 分，最多得 6 分）	
【问题 3】（5 分）	①效益/成本分析　②基准比较 ③流程图　④实验设计 ⑤质量成本分析　⑥质量功能展开 ⑦过程决策程序图法　（答出其中 5 个小点即可，每小点 1 分，答案意思相近即可）	

8.3.3　2010 年上半年试题 3

【试题描述】

阅读以下说明，根据要求回答问题 1～问题 3。（15 分）

【说明】

王某是某管理平台开发项目的项目经理。王某在项目启动阶段确定了项目组的成员，并任命程序员李工兼任质量保证人员。李工认为项目工期较长，因此将项目的质量检查时间定为每月 1 次。项目在实施过程中不断遇到一些问题，具体如下。

事件 1：项目进入编码阶段，在编码工作进行了 1 个月的时候，李工按时进行了一次质量检查，发现某位开发人员负责的一个模块代码未按公司要求的编码规范编写，但是此时该模块已基本开发完毕，如果重新修改势必影响下一阶段的测试工作。

事件 2：李工对这个开发人员开具了不符合项报告，但开发人员认为并不是自己的问题，而且修改代码会影响项目进度，双方一直未达成一致，因此代码也没有修改。

事件 3：在对此模块的代码走查过程中，由于可读性较差，不仅耗费了很多的时间，还发现了大量的错误。开发人员不得不对此模块重新修改，并按公司要求的编码规范进行修正，结果导致开发阶段的进度延误。

【问题 1】（5 分）

请指出该项目在质量管理方面可能存在哪些问题？

【问题 2】（6 分）

质量控制的工具和技术包括哪 6 项？（请从以下选项中选出相应的编号）

A．同行评审　　B．挣值分析　　C．测试
D．控制图　　E．因果图　　F．流程图
G．成本效益分析　　H．甘特图　　I．帕累托图（排列图）
J．决策树分析　　K．波士顿矩阵图

【问题 3】（4 分）

作为此项目的质量保证人员，在整个项目中应该完成哪些工作？

【要点解析】

【问题 1】（5 分）

由题干关键信息“任命程序员李工兼任质量保证人员”可知，项目经理王某用人不恰当。因为李工原来是“程序员”，如果在项目中兼任质量管理人员，一方面没有质量保证经验，另一方面质量管理人员通常独立于项目组，否则无法保证质量检查工作的客观性。质量保证一般由组织内质量保证部门或者类似的相关部门完成，一般由质量管理经验丰富的专职人员负责质量保证。

由题干关键信息“将项目的质量检查时间定为每月 1 次”和事件 1 可知，项目经理王某制度的质量检查的周期太长，违背“预防胜于事后检查”质量管理原则，导致某些工作产品在完成之后才对其进行质量检查。因为项目组在 1 个月之内可能会发生很多活动，而有些活动是应该在执行过程中被检查的，如果等到活动完成之后再检查就来不及了。对此，王某应该按照项目计划制定出质量管理计划，合理地制订出符合项目实际的质量检查的周期，然后按照质量管理计划加强项目过程中的质量控制（或检查）。

由事件 2 可知，李工发现问题后的处理方式不对。质量保证人员发现问题应与当事人协商，如果无法达成一致，就要按问题上报流程处理，向项目经理或更高级别的领导汇报，而不能自作主张或放任不管。

由事件 3 可知，程序员没有按照公司的编码规范来编码。这一点间接说明，项目经理王某（或其所在公司）没有对程序员（或项目组）在质量意识和质量管理方面提供有效的培训（或培训不足，或落实不到位等）。

纵观整个案例可知，该项目在质量管理过程中，质量保证人员没有采用合适的工具、技术和方法。

【问题 2】（6 分）

项目质量控制所需的工具、方法和技术有：①因果图（即鱼骨图、石川图）、②流程图、③直方图（即柱形图）、④检查表、⑤散点图、⑥排列图（帕累托图）、⑦控制图（即管理图、趋势图）、⑧相互关系图（即关系图法）、⑨亲和图（即 KJ 法）、⑩树状图（即系统图、家谱图、组织图等）、⑪矩阵图、⑫优先矩阵图、⑬过程决策方法图（PDPC）、⑭活动网络图（即箭条图法、矢线图法）等工具，

以及⑮检查（即评审、同行评审、审计、走查）、⑯测试、⑰评审、⑱统计抽样和⑲6σ等方法等。

挣值分析是项目成本控制和进度控制中常用的一种绩效衡量分析技术。

成本效益分析是项目立项管理常用工具、方法和技术之一，例如投资回收分析技术是成本效益分析的一种有效方法。

甘特图（或横道图）是项目进度计划的常用的表示形式之一。

决策树分析(或期望货币值（EMV）分析)是定量风险分析的常用工具、方法和技术之一。

波士顿矩阵（BCG Matrix）是一种规划企业产品组合的方法。它认为企业在激烈竞争中能否取胜的关键在于要解决如何使企业的产品品种及其结构适合市场需求的变化，只有这样企业的生产才有意义；以及如何将企业有限的资源有效地分配到合理的产品结构中去，以保证企业收益。波士顿矩阵认为决定产品结构的基本因素有两个，即市场引力与企业实力。市场引力包括企业销售量（额）增长率、目标市场容量、竞争对手强弱及利润高低等。其中，最主要的是反映市场引力的综合指标——销售增长率，它是决定企业产品结构是否合理的外在因素。企业实力包括市场占有率、技术、设备、资金利用能力等，其中，市场占有率是决定企业产品结构的内在要素，其直接显示出企业的竞争实力。

【问题3】(4分)

质量保证是质量管理的一部分，致力于增强满足质量要求的能力。换而言之，质量保证的核心是向人们提供足够的信任，使顾客和其他相关方确信组织的产品、体系和过程达到规定的质量要求。

通常，作为项目组的质量保证人员充当客户在公司内部的代表角色，即必须从客户的角度来审查软件。作为信息系统软件项目的质量保证人员，在整个项目中应该完成的主要工作如下：

（1）在项目计划阶段，制定质量管理计划和相应的质量标准。

（2）参与开发项目的软件过程描述。评审过程描述用于保证该过程与组织政策、内部软件标准、外界标准及项目计划的其他部分相符。

（3）按质量管计划实施质量检查，检查是否按标准过程实施项目工作。及时完成项目过程中的质量检查，在每次进行检查之前应检查清单（Checklist），并将质量管理相关情况予以记录。

（4）依据检查的情况和记录，识别与相应软件开发过程的偏差，分析问题原因，发现尚可能存在的问题，并与当事人协商，争取解决问题。问题解决后要进行验证；如果无法与当事人达成一致，应按问题上报流程报告项目经理（或更高级别的领导），直至问题解决。

（5）定期给项目干系人分发质量报告。

（6）协调变更控制和变更管理，并帮助收集和分析软件度量信息等。

（7）为项目组成员提供质量管理要求方面的培训或指导等。

【参考答案】

表8-5给出了本案例试题的参考答案，供读者练习时参考，以便查缺补漏。读者也可依照所给出的评分标准得出测试分数，从而大致评估自己对这些知识点的掌握程度。

表8-5 参考答案及评分标准

问题与分值	参考答案及评分标准	自 评 分
【问题1】（5分）	①项目经理用人不恰当，李工没有质量保证经验； ②没有制定合理的质量管理计划，检查频率的设定有问题； ③应加强项目过程中的质量控制或检查(或质量检查的周期太长)，不能等到工作产品完成后才检查； ④李工发现问题后的处理方式不对，与当事人协商后，如果无法达成一致，就要向项目经理或更高级别的领导汇报，而不能放任不管； ⑤对程序员在质量意识和质量管理方面的培训不足； ⑥在质量管理中，没有与合适的技术手段相结合 （答案包含但不限于以上要点，答出其中5个小点即可，每小点1分，答案类似即可）	
【问题2】（6分）	A、C、D、E、F、I（各1分，错选、多选不得分，少选一项扣1分）	

续表

问题与分值	参考答案及评分标准	自 评 分
【问题 3】（4 分）	①计划阶段制定质量管理计划和相应的质量标准。 ②按计划实施质量检查，检查是否按标准过程实施项目工作。注意项目过程中的质量检查，在每次进行检查之前应检查清单（Checklist），并将质量管理相关情况予以记录。 ③依据检查的情况和记录，分析问题，发现问题，与当事人协商进行解决。问题解决后要进行验证；如果无法与当事人达成一致，应报告项目经理或更高层领导，直至问题解决。 ④定期给项目干系人分发质量报告。 ⑤为项目组成员提供质量管理要求方面的培训或指导。 ⑥协调变更控制和变更管理，并帮助收集和分析软件度量信息等 （答案包含但不限于以上要点，答出其中 4 个小点即可，每小点 1 分，答案类似即可）	

8.4 强化训练

8.4.1 模拟试题 1

【试题描述】

阅读以下说明，根据要求回答问题 1 ~ 问题 3。（15 分）

【说明】

系统集成商 CZ 公司承担了某省大学城各高校网络互连的系统集成工程项目，并任命老朱为项目经理。在光缆线缆敷设建设工程中，老朱将该工程测试中所发现的不合格接续点的数据进行统计，详见表 8-6。

表 8-6 不合格接续点的统计数据

序 号	原 因	不合格点数	序 号	原 因	不合格点数
1	盘纤曲率半径过小	60	5	放电时间不够	1
2	光纤断面角度过大	100	6	光纤模场直径不匹配	2
3	光纤清洁不干净	10	7	光纤偏芯	1
4	电极老化	6	8	光纤在收纤盘上绑扎得过紧	20

老朱与相关技术负责人分析原因之后，采取了相应的纠正措施，使光纤接续衰减达到了指标要求。

【问题 1】（5 分）

在该子项目中，光缆接续不合格点的顺序排列如表 8-7 所示。请将表 8-7 中空白单元格的数据填充完整。

表 8-7 光缆接续不合格点顺序排列表（不完整）

序 号	存在问题	频 数	频率（%）	累计频率（%）
1	光纤断面角度过大			
2	盘纤曲率半径过小			
3	光纤在收纤盘上绑扎得过紧			
4	光纤清洁不干净			
5	电极老化			
6	其他			
7	合计			—

【问题 2】（6 分）

请帮助项目经理老朱在图 8-2 中，近似画出此项目光缆接续不合格原因的帕累托图，并将图中的各关键参数标注清楚。

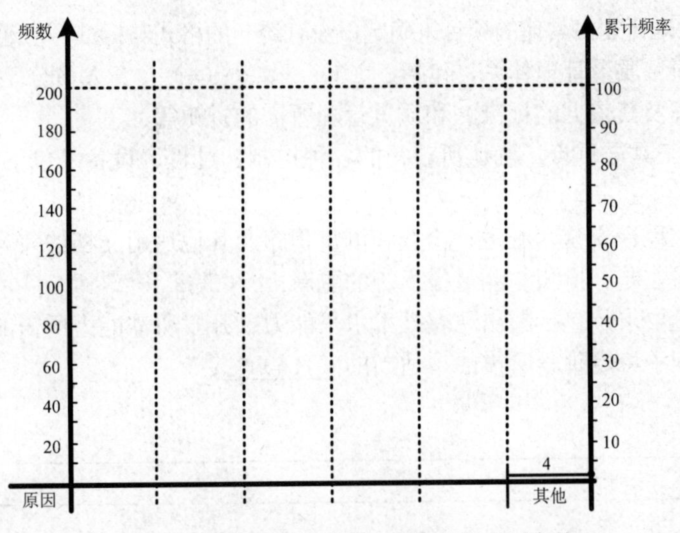

图 8-2　光纤接续不合格点的帕累托图（不完整）

【问题 3】（4 分）

请结合表 8-6 和图 8-2 帮助项目经理老朱指出光缆接续不合格的主要影响因素、次要影响因素和一般影响因素。

8.4.2　模拟试题 2

【试题描述】

阅读以下说明，根据要求回答问题 1～问题 3。（15 分）

【说明】

系统集成商 KM 公司中标了某城市公交集团营运公司的信息系统集成项目，并任命小余为项目经理，全面负责项目实施与管理。

小余认为此集成项目质量管理的关键在于系统地进行测试。小余制定了详细的测试计划用来管理项目的质量。在项目实施过程中，他通过定期分发给客户的测试报告来证明项目质量是有保证的。可是客户总觉得有什么地方不对劲，对项目的质量还是没有信心。

【问题 1】（4 分）

客户对项目质量的信心来自于系统集成商以往管理项目时良好的质量表现，以及当前项目具体的可实施的质量管理计划和到位的质量保证。在此案例中，从项目质量管理角度分析，客户对项目的质量没有信心的可能原因有：

（1）小余没有为项目制定一个可行的＿＿（1）＿＿并积极地实施之；

（2）仅向用户提交测试报告而没有提交＿＿（2）＿＿的报告。

【问题 2】（5 分）

虽然项目的质量管理计划由具体的项目来确定，没有统一的格式与标准，但通常应该包含以下内容：

（1）描述组织的项目质量管理体系，包括 （3） 、 （4） 、人员分工（或职责）、程序与过程（或项目的各个过程及其依据的标准）和质量管理所需的资源等；

（2） （5） 、工具与重点，确认所获得的各种控制、过程、设备（包括测试和检查设备）、资源和技能；

（3）设计、生产过程、安装、服务、检查和测量程序及其他适用文档的兼容性；

（4）必要时对质量控制、检测与测量技术等的更新；

（5）识别出的测量要求，包括超出现有技术水平能力、开发所需能力所需的时间；

（6）项目实施过程中特定阶段所需的、适当的 （6） ；

（7） （7） 等。

【问题 3】（6 分）

对于该信息系统集成项目，项目经理小余应该如何实施项目的质量保证（即实施项目质量保证的步骤）？

8.4.3 模拟试题 3

【试题描述】

阅读以下说明，根据要求回答问题 1～问题 3。（15 分）

【说明】

系统集成商 DJ 公司中标了某电子商务企业的在线交易平台系统集成项目，并任命老谢为项目经理，全面负责项目实施与管理。该在线交易平台能够支持客户完成网上购物活动中的在线交易。在系统开发之初，企业对该平台提出了以下要求：

（1）在线交易平台必须在 2 秒内完成客户的交易请求；

（2）当发生故障时，该平台的平均故障恢复时间必须小于 15 秒；

（3）该平台必须保证客户个人信息和交易信息的安全；

（4）由于企业业务发展较快，需要经常为该平台添加新功能或进行硬件升级。添加新功能或进行硬件升级必须在 3 小时内完成。

【问题 1】（8 分）

请对该在线交易平台的 4 个系统要求进行分析，指出每个要求对应何种软件质量属性，并简要解释每个质量属性的含义。

【问题 2】（3 分）

在该项目实施与管理过程中，项目经理老谢进行的质量保证活动的基本内容有： （1） ；制定质量保证的控制流程； （2） ； （3） ；获取质量保证所需的资源等。

【问题 3】（4 分）

质量保证和质量控制都是该项目质量管理的一部分。请帮助老谢理清项目质量保证与质量控制之间的区别，将表 8-8 中（4）～（7）空缺处的内容填写完整。

表 8-8　项目质量保证与质量控制的区别

项　目	质量保证	质量控制
焦点	项目过程	（4）
目标	致力于增强满足质量要求的能力	（5）
职能	（6）	检查职能
关键点	（7）	检查做得是否正确

8.4.4　模拟试题 4

【试题描述】

阅读以下说明，根据要求回答问题 1 ~ 问题 3。（15 分）

【说明】

2011 年 4 月上旬，系统集成商 ND 公司与一家网络音像制品销售公司 WY 签定了一份新合同，合同的主要内容是：为 WY 公司重新开发一套影音产品在线管理及销售系统，以改进原有系统 AVMSS 中存在的问题。在项目需求分析阶段，项目经理小许从 WY 公司客户代表处了解到现有系统中经常有会员拒绝履行订单，并记录下导致该现象的可能原因，内容如下：

①合同的履行缺乏灵活性；

②账务问题或者隐瞒相关内容；

③没有催单提示客户；

④没有跟踪执行情况；

⑤价格太高并且无法修改；

⑥缺少强制履行合同的规定；

⑦合同相关信息没有通知到会员；

⑧设备成本太高造成价格不合理。

【问题 1】（8 分）

请帮助项目经理小许利用鱼骨图分析 AVMSS 系统中“会员拒绝履行订单”存在的可能原因，即将原因①～⑧按照不同的类型序号填入图 8-3 所示的鱼骨图（a）～（h）中。

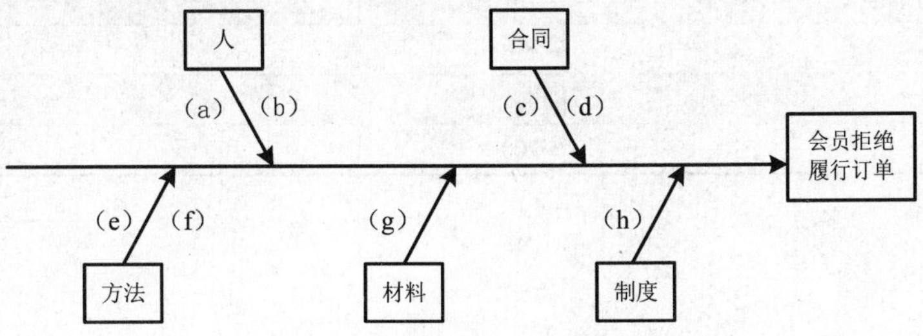

图 8-3　某系统问题的鱼骨图

【问题 2】（3 分）

在项目质量管理的各项活动中，鱼骨图可以用来进行___(1)___和___(2)___；基准比较可以用来进行___(2)___和___(3)___。

【问题 3】（4 分）

项目质量管理的目标主要有：①顾客满意度；②___(4)___；③各阶段内的过程等。

在项目质量管理的各项活动中，___(5)___致力于增强满足质量要求的能力，该活动过程的核心是向人们提供足够的___(6)___，使顾客和其他相关方确信组织的产品、体系和过程达到规定的质量要求；而___(7)___则致力于满足质量要求。

8.4.5 参考答案

表 8-9～表 8-13 分别给出了模拟试题 1～模拟试题 4 的参考答案，供读者练习时进行参考，以便查漏补缺。读者也可依照所给出的评分标准得出测试分数，从而大致评估自己对这些知识点的掌握程度。

表 8-9 模拟试题 1 参考答案及评分标准

问题与分值	参考答案及评分标准	自 评 分
【问题 1】（5 分）	见表 8-10（5 分，表中每个数据 0.25 分）	
【问题 2】（6 分）	如图 8-4 所示 （每个原因的位置、相关线条及其频数、累计频率等计 1 分，全对得 6 分）	
【问题 3】（4 分）	主要影响因素：①光纤断面角度过大（0.5 分）；②盘纤曲率半径过小（0.5 分）。 次要影响因素：光纤在收纤盘上绑扎得过紧（0.5 分）。 一般影响因素：①光纤清洁不干净（0.5 分）；②电极老化（0.5 分）；③光纤模场直径不匹配（0.5 分）；④放电时间不够（0.5 分）；⑤光纤偏芯（0.5 分）	

表 8-10 光缆接续不合格点顺序排列表

序 号	存在问题	频 数	频率（%）	累计频率（%）
1	光纤断面角度过大	100	50	50
2	盘纤曲率半径过小	60	30	80
3	光纤在收纤盘上绑扎得过紧	20	10	90
4	光纤清洁不干净	10	5	95
5	电极老化	6	3	98
6	其他	4	2	100
7	合计	200	100	——

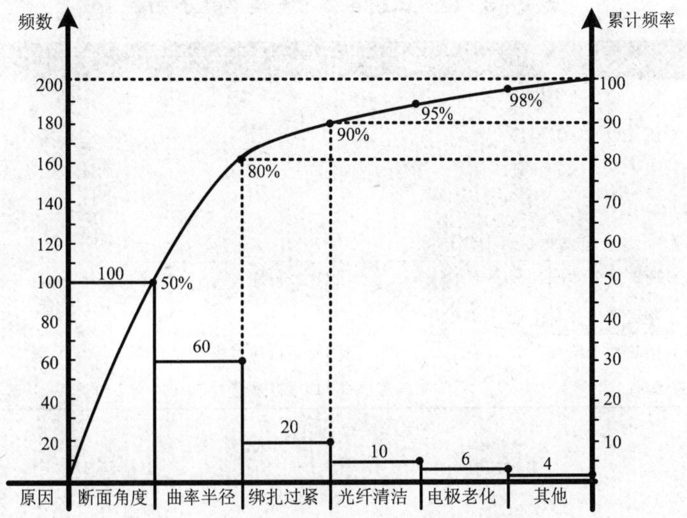

图 8-4 光纤接续不合格点的帕累托图

表 8-11 模拟试题 2 参考答案及评分标准

问题与分值	参考答案及评分标准	自 评 分
【问题 1】（4 分）	（1）质量管理计划（2 分） （2）全面质量管理进展情况（2 分，答案类似即可）	
【问题 2】（5 分）	（3）组织结构 （4）质量责任 （5）质量控制的方法（或质量评审、质量保证方法） （6）审核要求 （7）验收标准，或质量标准（每空 1 分，答案类似即可）	
【问题 3】（6 分）	①首先执行项目的质量管理计划； ②采用质量保证的工具和技术（如编制质量计划时所采用的工具和技术、质量审计、质量控制、过程分析与基准分析）等； ③提出相应质量整改措施，如建议的纠正措施、对项目计划可能的更新、对组织资产可能的更新、变更请求（答案包含但不限于以上要点，每小点 2 分，答案类似即可）	

表 8-12 模拟试题 3 参考答案及评分标准

问题与分值	参考答案及评分标准	自 评 分
【问题 1】（8 分）	（1）性能：是指系统的响应能力，即要经过多长时间才能对某个事件做出响应，或者在某段时间内系统所能处理事件的个数 （2）可用性：是指系统能够正常运行的时间比例 （3）安全性：是指系统在向合法用户提供服务的同时能够阻止非授权用户使用的企图或拒绝服务的能力 （4）可修改性：是指能够快速地以较高的性能价格比对系统进行变更的能力 （每个质量属性 1 分，每个解释 1 分，解释类似即可）	
【问题 2】（3 分）	（1）建立质量保证体系 （2）制定质量标准 （3）提出质量保证所采用的方法和技术（每空 1 分，答案意思相近即可）	
【问题 3】（4 分）	（4）交付产品（包括阶段性产品）前的质量把关 （5）致力于满足质量要求 （6）管理职能 （7）确保正确地做 （每空 1 分，答案意思相近即可）	

表 8-13 模拟试题 4 参考答案及评分标准

问题与分值	参考答案及评分标准		自 评 分
【问题 1】（8 分）	（a）和（b） ②和⑦ （c）和（d） ①和⑤ （e）和（f） ③和④ （g） ⑧ （h） ⑥（每小点 1 分）		
【问题 2】（3 分）	（1）项目质量控制 （3）制定项目质量计划 （每空 1 分）	（2）项目质量保证	
【问题 3】（4 分）	（4）预防胜于检查 （6）信任	（5）项目质量保证 （7）项目质量控制（每空 1 分）	

第 9 章 项目人力资源管理

9.1 备考指南

9.1.1 考纲要求

本科目考试大纲是按项目生命周期各阶段来展现案例分析试卷所要考核的相关内容的，且在“项目人力资源管理”知识模块上没有体现任何直接字眼，即没有给出具体的考核要求。

9.1.2 考点统计

至 2010 年 12 月为止，本章知识点暂时没有以独立案例试题出现在历年真题中。

9.1.3 命题特点

鉴于系统集成项目管理工程师考试采用模块化的命题风格，且参考项目管理其他知识领域的历年命题风格，本章知识点将可能以简答题、判断题、填空题和选择题的组合形式出现在试卷中。本章知识点在每次考试中所考查的题量大约为 1 道综合题，试题中可能包含有 3～5 个问题，所占分值约为 10～15 分（约占试卷总分值 75 分中的 13.33%～20%）。本章知识点也可能与项目管理基础知识、沟通管理、配置管理和整体管理等知识模块相结合进行案例分析方面的综合命题。案例中所提出的问题侧重于实践应用，用于检查考生是否理解相关的理论知识和是否具有相关的实践应用经验，考试难度系数为中等。从知识点考查深度的角度分析，预计该部分试题在知识点的“识记、理解、应用”3 个层面上所占的比例大致为 1:3:2。

本章知识点主要有以下两种命题思路：

命题思路 1：给出某项目在人力资源管理方面的案例场景描述，要求指出该案例场景中存在哪些问题并说明相关原因；要求给出解决这些问题的补救措施（或建议）；给出 1 个该案例涉及且与人力资源管理基础知识点相关的简答题。

命题思路 2：给出某信息系统项目各项工作的持续时间、所需人力资源类型及估算的工作量等案例说明，要求计算该项目的每天平均工作量及人工数，并进行人力资源平衡的优化设计，简答与人力资源管理基础知识点相关的问题等。

9.1.4 学习建议

“管理的本质是协调”，能否成功地实施IT项目管理在很大程度上取决于能否协调好项目的人力资源。要想成为一名的项目经理，不仅要学会采用适当的方法使自己处于最佳状态，而且要使用有效的方法使项目组成员处于最佳状态，并使得成员个人目标与团队的目标一致。项目人力资源管理过程主要包括编制人力资源计划、组建项目团队、项目团队建设和项目团队管理等。其中，项目团队建设、项目团队管理等知识模块是本章的考核重点。

随着考试次数的不断积累，试题的命题范围将越来越窄，这势必使得本章知识点成为当前及未来一段时间内命题的关注点之一。鉴于系统集成项目管理工程师考试采用模块化的命题风格，因此在今后考试中与本章相关的试题将可能有1道综合题的考查量。通过基于本章知识点的试题命题思路、表现形式和考查内容的创新与发展，从而来体现作为一门中级职称资格考试所应具有的考核深度和广度。

建议读者一定要熟练掌握本章所归纳、列举的案例分析试题，多动笔练习此类综合应用试题，以扩展自己的知识面，并多花心思归纳总结解题经验，努力做到举一反三、灵活应用相关知识点，以便考试时能灵活变通，节约在这些知识点上的解题思考时间。本章力求以发展的眼光和实用的角度来预测并挖掘“项目人力资源管理”的相关考核点，以增强读者学习相关知识点的目的性。能用适当的方法使自己处于最佳状态，说明读者在成长；能用有效的方法使团队处于最佳状态，说明读者在成熟。

9.2 知识点清单

9.2.1 基础知识

- 项目人力资源部分复习的重点涉及项目经理以及项目团队成员的角色与责任、与项目干系人之间的关系、项目的组织、团队建设、激励理论和冲突解决等。（Ⅰ）
- 项目的人力资源管理在处理人的问题上，必须以尊重人的价值、团结团队为手段，以解决问题、完成项目为最终目标。（Ⅰ）
- 项目人力资源管理包括人力资源计划编制、组建项目团队、项目团队建设和项目团队管理4个过程。（Ⅰ）（★）
- 人力资源管理的目标在于帮助组织吸引、保留和激励员工，同时，还具有以下几方面的意义：①改善员工的工作生活质量；②提高生产效率；③获得竞争优势。（Ⅱ）
- 项目的特点决定了项目人力资源管理与一般人力资源管理的区别之处表现在：团队性、临时性、生命周期性等。（Ⅰ）（★）
- 项目人力资源管理与组织人力资源管理的主要区别如表9-1所示。（Ⅰ）

表9-1 项目人力资源管理与组织人力资源管理的主要区别

比较项	组织人力资源管理	项目人力资源管理
人力资源规划方面	需要考虑组织近期及长远发展对人力资源的需求，对该需求预测应有较高的要求，并要进行不同层次的规划	只需满足人力资源的近期需求，对该需求预测相对比较简单
人才获取方面	通常按照既定的规范与程序进行人员的招聘、考试和录用	经常采用非常规的程序去挑选合适的人员，在项目结束时也会采用非常规的方法解聘人员
人员工作安排方面	以平均工作强度为原则	有可能分配给成员高强度的工作
人员培训方面	要同时考虑到员工、工作和组织三方面的需求，培训内容既有基础教育又有专业技能，培训目标既可能是强调岗位职责，也可能是加强企业文化	主要是针对项目任务需求进行特定的技术、技能培训

续表

比 较 项	组织人力资源管理	项目人力资源管理
绩效考核方面	一般采用短期、中期、长期分阶段的考核方式，考核指标较为复杂，内容多	通常只进行短期考核，主要以业绩为指标
激励方面	可采用多种激励手段，例如加薪、提升、福利保险制度、好的工作环境等	通常只采用物质激励方式（尤其对特殊急需临时招聘的人员）

- 项目团队包括为完成项目而承担了相应角色和责任的人员。项目团队成员是项目的人力资源。
- 项目管理团队是项目团队的一个子集，负责编制计划、实施、控制和收尾等项目的管理活动。（Ⅰ）
- 对于小型项目，项目管理的责任可以由整个项目团队来承担或单独由项目经理承担。（Ⅰ）
- 项目发起人通常协助项目管理团队的工作，如帮助解决项目资金问题、澄清项目范围问题，并为项目的顺利开展而对他人施加影响。（Ⅰ）
- 除项目型组织结构之外，项目管理团队很少直接管理人力资源的行政管理工作（如劳动合同、福利管理及佣金等），这些工作通常由组织的人力资源部去统一管理。（Ⅰ）
- 项目管理团队必须充分意识到行政管理的必要性，以确保遵守这些约定。项目经理和项目管理团队也必须使用一般管理技能和一些软管理技巧去有效地对人员进行管理。（Ⅱ）
- 在实际管理项目的过程中，对于处理人际关系还涉及许多技能，其中包括：①领导、沟通、谈判、协商及其他管理技能；②授权、激励士气、指导、劝告及其他与处理个人关系有关的技能；③团队建设、冲突解决及其他与处理团队关系有关的技能；④绩效评定、招聘、留用、劳工关系、健康与安全规定，以及其他与管理人力资源有关的技能等。（Ⅰ）（★）
- 人力资源管理过程不是独立存在的，需要与项目的其他过程交互，这些交互有时需要对工作分解结构（WBS）、风险应对措施、进度计划等进行调整。
- 人力资源管理问题会出现在个人和项目团队等方面，因此需要强调良好沟通的重要性、沟通的适当方法、冲突处理方法及参与式管理等。（Ⅰ）
- 项目人力资源管理框架如表 9-2 所示。（Ⅰ）（★）

表 9-2　项目人力资源管理框架

过　程	依　据	工具和技术	输　出
人力资源计划编制	①活动资源估算； ②环境因素和组织因素； ③组织过程资产； ④项目管理计划	①组织结构图和职位描述； ②人力资源模板； ③非正式的人际网络； ④组织理论	①角色与职责的分配； ②项目的组织结构图； ③人员配备管理计划
组建项目团队	①角色与职责的分配； ②项目的组织结构图； ③人员配备管理计划； ④环境和组织因素； ⑤组织过程资产	①事先分派（或预先指定）； ②谈判； ③采购（或招募、招聘）； ④虚拟团队	①项目成员分配表； ②资源日历； ③人员配备管理计划（更新）； ④资源可用性
项目团队建设	①项目成员分配表； ②人员配备管理计划； ③资源可用性	①通用管理技能； ②培训； ③团队建设活动； ④基本规则； ⑤集中办公； ⑥奖励与表彰体系	团队绩效评估报告（例如技能的改进、能力和情感方面的改进、团队成员流动率降低、增加团队的凝聚力等指标）
项目团队管理	①项目成员分配表； ②角色与职责的分配； ③项目的组织结构图； ④人员配备管理计划； ⑤绩效报告； ⑥团队绩效评估； ⑦组织文化和组织过程资产	①观察和交谈； ②项目绩效评估（或项目绩效考核）； ③问题清单（或事件日志）； ④冲突管理	①人员配备管理计划（更新）； ②请求的变更； ③建议的纠正措施； ④建议的预防措施； ⑤组织过程资产（更新）

9.2.2 制定人力资源计划

- 项目人力资源计划编制是确定与识别项目中的角色、分配项目职责和汇报关系，并记录下来形成书面文件。（Ⅰ）
- 人力资源计划的内容包括：①角色和职责的分配，即项目的角色（谁）和职责（做什么）必须落实到合适的项目相关人员；②项目的组织结构图；③人员配备管理计划等。（Ⅰ）（★）
- 项目人力资源计划编制过程的结果应当在项目全生命周期中经常性地复查、及时修正，以保证它的持续适用性。（Ⅰ）
- 项目人力资源计划的编制过程总是和沟通计划编制过程紧密联系，这是因为项目组织结构会对项目的沟通需求产生重要影响。（Ⅰ）
- 在编制项目人力资源计划时，要注意它与项目成本、进度、质量及其他因素的影响，同时也应注意其他项目对同类人员的争夺，因此，项目要有备选人员。（Ⅰ）
- 项目人力资源计划编制的工具和技术：组织结构图和职位描述、人力资源模板、非正式的人际网络、组织理论等。（Ⅰ）（★）
- 可使用多种形式描述项目的角色和职责。无论采用何种形式，都要确保每一个工作包只有一个明确的责任人，而且每一个项目团队成员都非常清楚自己的角色和职责。（Ⅰ）
- 组织结构图以图形表示项目汇报关系。最常用的有层次结构图、矩阵图、文本格式的角色描述 3 种。（Ⅰ）（★）
- 传统的组织结构图是一种典型的层次结构图，它以图形形式、从上至下地描述团队中的角色和关系。（Ⅰ）
- 工作分解结构（WBS）用于确定项目的范围，将项目可交付物分解成工作包，即可得到该项目的 WBS，也可以用 WBS 来描述不同层次的职责。（Ⅰ）
- 组织分解结构（OBS）与 WBS 在形式上相似，但它不是根据项目的交付物进行分解，而是根据组织现有的部门、单位或团队进行分解。把项目的活动和工作包列在负责的部门下面。（Ⅰ）
- 资源分解结构（RBS）用于分解项目中各种类型的资源（例如材料和设备）。RBS 有助于跟踪项目成本，能够与组织的会计系统协调一致。（Ⅰ）
- 任务分配矩阵又称责任分配矩阵（RAM），用于表示需要完成的工作由哪个团队成员负责的矩阵，或需要完成的工作与哪个团队成员有关的矩阵。（Ⅰ）
- 责任分配矩阵（RAM）是最能直观反映团队成员个人与其承担工作之间联系的方法。（Ⅰ）
- 责任分配矩阵有时在矩阵中以字母引用。例如，RAM 可以被称为 RACI 图（Responsible 负责一 Accountable 参与-Consult 征求意见-Inform 通知）。（Ⅰ）（★）
- 在一些分计划中也可以列出某些项目的工作分配。例如，风险应对计划列出了风险的负责人，沟通管理计划列出了应该对不同沟通活动负责的成员，项目质量计划指定了质量保证和控制活动的负责人。（Ⅱ）
- 运用一个以前类似项目的相应文档，例如任务或职责的定义、汇报关系、组织架构图和职位描述，有助于减少疏漏重大职责，加快项目人力资源计划的编制。（Ⅱ）
- 人力资源相关的人际网络活动包括积极主动的交流、餐会、非正式的交流和行业会议。非正式的人际网络也称为交际，其有助于了解可能影响人员配备方案的人际关系因素。（Ⅰ）
- 项目人力资源计划编制的输入：活动资源估计、环境和组织因素、组织过程资产、项目管理计划。（Ⅰ）（★）
- 项目人力资源计划编制的输出：角色与职责的分配、项目的组织结构图、人员配备管理计划。（Ⅰ）（★）

- 人员配备管理计划用于确定何时、如何招聘项目所需的人力资源、何时释放人力资源、确定项目成员所需的培训、奖励计划、是否必须遵循某些约定、安全问题，以及该管理计划对组织的影响等。（Ⅰ）（★）

9.2.3 团队组建与建设

- 项目团队组织建设过程包括两个子过程：①获取合适的人员以组成团队；②建设团队以发挥个人和团队整体的积极性。（Ⅰ）
- 项目团队组建的依据（输入）：项目人力资源计划、环境和组织因素、组织过程资产等。（Ⅰ）（★）
- 项目团队组建的工具和技术：事先分派、谈判、采购（或招募）和虚拟团队等。（Ⅰ）（★）
- 项目团队组建的输出：项目人员分配、资源日历、可能做出的项目管理计划更新等。（Ⅰ）（★）
- 在面试IT项目团队候选人时应注意候选人是否具备以下几方面的能力：①扎实的专业基础；②独立、创新的工作能力；③良好的沟通能力和团队合作精神；④认真、严谨的工作态度；⑤成就感强、工作有激情；⑥锲而不舍的精神；⑦善于总结和运用工作经验和教训。（Ⅰ）（★）
- 关于团队的一般性建议如下：①把每个工作组的人数限制在3～7人；②强调团队的协调性；③召开经常性的、有效的会议；④对事不对人，是解决问题而不是责备人；⑤促进成员和其他项目干系人更好地相互了解；⑥关注项目成员间的交流与配合，鼓励他们互相帮助；⑦挖掘项目成员的潜能；⑧认可个人和团队的成绩；⑨认为团队成员都是最好的。（Ⅰ）（★）
- 项目团队建设应满足以下两个目标：①提高项目团队成员的个人技能，以提高他们完成项目活动的能力；②提高项目团队成员之间的信任感和凝聚力，以通过更好的团队合作提高工作效率。（Ⅰ）
- 项目团队建设要发挥每个成员的积极性，发扬团队的团结合作精神，提高团队的绩效，以使项目成功，这是团队共同的奋斗目标。（Ⅰ）
- 典型的激励理论有马斯洛需要层次理论、赫茨伯格的双因素理论和期望理论。（Ⅰ）（★）
- 马斯洛理论是指人们的行为是由一系列需求引导或激发的。（Ⅰ）
- 在马斯洛需要金字塔式层次结构中，底层的4种需要（即生理、安全、社会、自尊）被认为是基本的需要，而自我实现的需要是最高层次的需要。（Ⅰ）
- 双因素理论认为：保健因素、激励因素两种完全不同的因素影响着人们的工作行为。（Ⅰ）
- 当激励因素缺乏时，人们就会缺乏进取心，对工作无所谓，但一旦具备了激励因素，员工则会感觉到强大的激励力量，从而产生对工作的满意感，该类因素能真正激励员工。（Ⅰ）
- 期望理论关注的不是人们的需要的类型，而是人们用来获取报酬的思维方式。期望理论认为：一个目标对人的激励程度受目标效价、期望值两个因素影响。（Ⅰ）
- X理论主要体现了独裁型管理者对人性的基本判断。崇尚X理论的领导者认为：在领导工作中必须对员工采取强制、惩罚和解雇等手段，强迫员工努力工作，对员工应当严格监督、控制和管理。（Ⅰ）（★）
- 信奉Y理论的管理者对员工采取民主型和放任自由型的领导方式，在领导行为上遵循以人为中心的、宽容的及放权的领导原则，使下属目标和组织目标很好地结合起来，为员工的智慧和能力发挥创造有利的条件。（Ⅰ）（★）
- 项目经理带领团队管理项目的过程，具有领导者和管理者的双重身份。越是基层的项目经理，需要的管理能力越强，越是高层的项目经理（例如特大型项目的项目经理），需要的领导力越高。
- 影响人们如何工作和如何很好地工作的心理因素包括激励、影响、权力和效率。（Ⅰ）（★）

- 项目经理使用工作挑战和技术特长来激励员工工作往往能取得成功，而使用权力、金钱或处罚，他们常常会失败。（Ⅰ）（★）
- 项目经理最好使用奖励权力和专家权力来影响团队成员去做事，尽量避免使用强制力。项目经理的合法权力、奖励权力和强制力是来自公司的授权，而其他权力（即专家权力和潜示权力（或感召权力））则是来自项目经理本人。（Ⅰ）（★）
- 项目团队建设的依据（输入）：项目人员分配、人员配备管理计划、资源日历（即资源可利用情况）等。（Ⅰ）（★）
- 项目团队建设的工具和技术：通用管理技能、培训、团队建设活动、基本规则、集中办公、奖励与表彰等。（Ⅰ）（★）
- 项目团队建设的输出：团队绩效评估（例如技能的改进、能力和情感方面的改进、团队成员流动率降低、增加团队的凝聚力等指标）。（Ⅰ）（★）
- 成功的团队具有的共同特点：①团队的目标明确，成员清楚自己的工作对目标的贡献；②团队的组织结构清晰，岗位明确；③有成文或习惯的工作流程和方法，而且流程简明有效；④对团队成员有明确的考核和评价标准，工作结果公正公开，赏罚分明；⑤有共同制订并遵守的组织纪律；⑥协同工作，善于总结和学习。（Ⅰ）（★）
- 项目团队建设通常要经历的 5 个阶段：形成期、震荡期、正规期（或规范期）、表现期（或发挥期）和结束期。（Ⅰ）（★）

9.2.4 项目团队管理

- 项目团队管理的主要任务：①跟踪个人和团队的绩效；②提供反馈，解决问题和协调变更，以提高项目的绩效；③观察团队的行为、管理冲突、解决问题；④评估团队成员的绩效。（Ⅰ）
- 在一个矩阵组织中，某个项目成员既向职能部门经理汇报又向项目经理汇报。对这种双重汇报关系的有效管理通常是一个项目成功的关键因素，一般由项目经理负责。（Ⅰ）
- 项目团队管理的工具和技术：观察和交谈、项目绩效评估、问题清单和冲突管理等。（Ⅰ）（★）
- 项目团队管理的输入：项目人员分配、项目人力资源管理计划、绩效报告、团队绩效评估、组织文化和组织过程资产等。（Ⅰ）（★）
- 项目团队管理的输出：已更新的项目管理计划、变更请求、已更新的组织过程资产等。（Ⅰ）（★）
- 在项目实施期间进行绩效评估的目标是澄清角色、责任，从团队成员处得到建设性的反馈，发现一些未知的和未解决的问题，制定个人的培训和训练计划，为将来一段时间制定具体目标。（Ⅰ）
- 正式和非正式的项目绩效评估依赖于项目的持续时间、复杂程度、组织政策、劳动合同的要求，以及定期沟通的数量和质量。项目成员需要从其主管那里得到反馈。（Ⅱ）
- 360 度反馈是指绩效信息的收集可以来自多个渠道、多个方面，包括上级领导、同级同事和下级同事。（Ⅱ）
- 在管理项目过程中，最主要的冲突有 7 种：进度、项目优先级、人力资源、技术选择方案、管理过程、成本和个人冲突。（Ⅰ）（★）
- 在项目的各阶段，冲突的排列顺序依次为：①概念阶段：项目优先级冲突、管理过程冲突、进度冲突；②计划阶段：项目优先级冲突、进度冲突、管理过程冲突；③执行阶段：进度冲突、技术冲突、资源冲突；④收尾阶段：进度冲突、资源冲突、个人冲突。（Ⅰ）（★）
- 冲突的根源包括：对稀缺资源的争抢、进度的优先级不同、每个人的工作方式与风格不同、项目的高压环境、责任模糊、存在多个上级、新科技的使用等。（Ⅰ）

- 冲突管理的6种方法：①问题解决；②合作；③强制；④妥协；⑤求同存异；⑥撤退。（Ⅰ）（★）
- 绩效报告是项目执行情况的记录，包括进度控制、成本控制、质量控制和范围核实的结果。（Ⅰ）
- 绩效报告中的信息和预测可以确定未来对人力资源的需求、对团队成员的奖励与表彰，以及对人员配备计划的更新。（Ⅰ）
- 资源负荷是指在特定的时间内执行现有进度计划所需要的各种资源的数量。（Ⅰ）
- 资源平衡指的是在一个时间段内项目保持有大致相同的资源，它通过修改进度表，充分利用项目活动的浮动时间，通过延迟项目任务来解决资源冲突。（Ⅰ）（★）
- 在信息系统项目中，人力资源管理方面经常会遇到的问题及其产生原因，以及所采取的解决措施见如表9-3所示。（Ⅰ）（★）

表9-3 人力资源管理常见问题及解决措施

常见问题	产生原因	解决措施
①招募不到合适的项目成员； ②团队的组成人员尽管富有才干，但是却很难合作； ③项目团队的任务和职责分配不清楚； ④团队的气氛不积极，造成项目团队成员的士气低落； ⑤人员流动过于频繁	①没有能够建立人力资源获取和培养的稳定体制； ②没有能够完整地识别项目所的人力资源的种类、数量和相关任职条件； ③没有建立一个能充分、有效发挥能力的项目团队； ④没有清楚地分配工作职责到组织个体或人力单元	①建立稳定的人力资源获取和培养机制； ②在项目早期进行项目的整体人力资源规划，明确岗位设置、工作职责和协作关系； ③进行项目团队建设，加强团队沟通，建立合作氛围； ④根据项目团队成员的工作职责和目标，跟踪工作绩效，及时予以调整和改进，提升项目整体绩效

- 典型的项目人力资源绩效考核的实际（或计划）流程如下：（Ⅰ）（★）

①项目经理根据人力资源部提供的数据、行情、历史经验、专家评定，确定人员按天计算基准工资、公司管理系数、物资基准价格、服务基准价格、劳动生产率基准，以组织制定项目的预算。

②人力资源部门制定各岗位考评标准。各个员工的绩效评价参考人，一般为员工所在项目组的项目经理。

③根据各项目经理送报的项目出工表确定员工的工作量。谁使用员工谁负责考核员工。通常，评价环节分以下3个步骤进行。

第1步，绩效评价参考人对照考评标准、预期计划、目标或岗位职责要求，对任务完成的进度、质量、成本及季度工作中的优点和改进点进行评价。

第2步，参考人评价完毕，员工工作量自动汇总到职能部门主管那里。职能部门主管对员工业绩、改进点进行最后的评价，对与项目经理不一致的意见进行协调沟通，并按照比例控制原则对项目经理给出的考核等级进行调整。

第3步，人力资源部审计各部门考评结果及比例。

接下来，进行分层沟通、反馈和辅导，制订下季度（或下阶段）目标，和需改进的员工签订《绩效限期改进计划表》。

④结果应用。季度绩效考核结果与员工在公司的利益相挂钩，包括与年度绩效考核挂钩；与年终奖金和内部股票的发放挂钩；与技术任职资格和管理任职资格挂钩；为晋升、加薪、辞退等人力资源职能提供有力的证据。

- 项目人力资源绩效考核包括：①考核目的；②适用人员；③考核方法（包括考核周期、奖项的设置，如技术，团队合作，客户满意、进度、成本、质量等奖项，也可设置总的奖项）、每个奖项的设置级别（如技术一等奖，团队合作二等奖），具体的奖惩措施；④评分标准（考核项包括任务完成情况、进度绩效、成本绩效、质量绩效、过程记录与归档、出勤记录、团队合作、总分，每个考核项量化为若干个级别）等。（Ⅰ）（★）

9.3 真题透解

至2010年12月为止，本章知识点暂时没有以独立案例试题出现在历年真题中。

9.4 强化训练

9.4.1 模拟试题1

【试题描述】

阅读以下说明，根据要求回答问题1～问题3。（15分）

【说明】

近期，系统集成商PL公司承接了某游戏软件开发项目的研发工作，并任命老寇为项目经理。该游戏软件开发项目的各项工作的名称、工作持续时间、所需人力资源类型及其相应的工作量估计如表9-4所示。

表9-4 某项目各工作的工作时间及工作量估计

工作代号	工作名称	工作时间（天）	人力资源类型	工作量估计	工作代号	工作名称	工作时间（天）	人力资源类型	工作量估计
A	需求分析	60	分析员	1440	H	处理编码	20	程序员	800
B	总体设计	30	设计员	1440	I	界面单元测试	20	测试员	640
C	界面详细设计	30	设计员	720	J	动画单元测试	20	测试员	640
D	动画详细设计	30	设计员	720	K	处理单元测试	20	测试员	640
E	处理详细设计	30	设计员	720	L	系统测试、验收	50	设计员	800
F	界面编码	20	程序员	800				测试员	1600
G	动画编码	20	程序员	800	M	项目管理	240	项目经理	1920

【问题1】（6分）

若每天按照8小时工作制计算，根据表9-4计算每项工作每天的平均工作量和每天需要安排的人力资源数量，并填入表9-5中的（1）～（10）空缺处。

表9-5 某项目每天工作量及其人数

工作名称	人力资源类型	平均每天工作量（工时）	每天需安排人数
需求分析	分析员	（1）	（2）
总体设计	设计员	（3）	（4）
界面详细设计	设计员	（5）	（6）
界面编码	程序员	（7）	（8）
界面单元测试	测试员	（9）	（10）
项目管理	项目经理	（11）	（12）

【问题2】（7分）

（1）若其他项目也需要与表9-4中同样的人力资源，即假设每个人仅能承担表9-4中各自的工作，根据表9-4和表9-5中的相关数据，并进行人力资源平衡的优化之后，完成该项目1天至少需要多少人？

（2）请用▨（上斜线）将该项目优化后的人力资源负荷情况（见表 9-6）绘制完整，并将表 9-6 中“人数小计”行的数据填写完整。在表 9-6 中，第一行为时间轴，单位：天；第一列为各项工作。

表 9-6　某项目人力资源负荷情况

	0 10	20	30	40	50	60	70	80	90	100	110	120	130	140	150	160	170	180	190	200	210	220	230	240	250
A																									
B																									
C																									
D																									
E																									
F																									
G																									
H																									
I																									
J																									
K																									
L																									
M																									
人数小计																									

【问题 3】（2 分）

资源平衡是解决项目资源冲突的方法之一。当在一个团队的环境下处理冲突时，项目经理老寇应该认识到：冲突是一个＿（13）＿问题，而不是某人的个人问题；冲突的解决应聚焦在＿（14）＿，而不是人身攻击等。

9.4.2　模拟试题 2

【试题描述】

阅读以下说明，根据要求回答问题 1～问题 4。（15 分）

【说明】

系统集成商 MT 公司因业务发展过快、项目经理人员缺口较大，因此决定从公司工作 3 年以上的业务骨干中选拔一批项目经理。小徐已在 MT 公司任职近 5 年，并成为公司的一名技术骨干，编程水平很高，在同事中有较高的威信，因此被选中直接担当了某系统集成项目的项目经理。小徐很珍惜这个机会，决心无论自己多么辛苦也要把这个项目做好。

随着项目的逐步展开，小徐遇到许多困难。他领导的项目组中有两个新招聘的高校毕业生，技术和经验十分欠缺，一遇到技术难题，就请小徐进行技术指导。有时小徐干脆亲自动手编码来解决问题，因为教这些新手如何解决问题反而更费时间。有些组员是小徐之前的老同事，在他们没能按进度计划完成工作时，小徐为了维护同事关系，不好意思当面指出，只好亲自将他们未做完的工作做完或将不合格的地方修改好。由于该集成项目的客户方是 Z 市政府行政管理部门，客户代表是该部门的林主任，与公司老总的关系很好。因此对于林主任提出的各种要求，小徐和组内的技术人员基本全盘接受，生怕得罪了客户，进而影响公司老总对自己能力的看法。小徐在项目中遇到的各种问题和困惑，也感觉无处倾诉。项目的进度已经严重滞后，而客户的新需求不断增加，各种问题纷至沓来，小徐觉得项目上的各种压力都集中在他一个人身上，而项目组的其他成员没有一个人能帮上忙。这一切都让小徐感觉到无助与苦恼。

【问题1】（2分）

针对“……决定从公司工作3年以上的业务骨干中选拔一批项目经理。小徐原是公司的一名技术骨干，编程水平很高，在同事中有一定威信，因此被选中直接担当了某系统集成项目的项目经理”现象，结合案例，请简要分析该公司在项目经理选拔方面的不规范之处。

【问题2】（2分）

针对“小徐在项目中遇到的各种问题和困惑，也感觉无处倾诉”现象，结合案例，请简要分析该公司在项目管理方面存在哪些主要问题。

【问题3】（6分）

请结合本案例，请简要分析项目经理小徐在工作中存在的问题。

【问题4】（5分）

项目经理小徐应该认识到，成功的项目团队通常具有以下特点：

①___（1）___明确，成员清楚自己的工作对目标的贡献；

②团队的___（2）___清晰，岗位明确；

③有成文的（或习惯的）工作流程和方法，且流程简明有效；

④项目经理对团队成员有明确的___（3）___标准；

⑤共同制订并遵守的___（4）___；

⑥___（5）___等。

9.4.3 模拟试题3

【试题描述】

阅读以下说明，根据要求回答问题1～问题4。（15分）

【说明】

老雷是一家计算机软件开发公司产品研发部经理。为集中力量开发一种新软件，他从其他项目组选出了5名聪明能干的开发人员组成了一个新的产品开发小组，老雷亲自担任小组负责人。5名成员都是大学本科毕业，在各自的工作中都取得了良好的成绩。老雷相信他的新项目团队一定能成功地完成开发任务。

但是，一个月过去了，小组的工作进展远远落后于开发计划，而且每周的小组成员会议使得每一位与会者都倍受折磨，已快变成了两个相对阵营间的紧张对抗了。老雷主张参与性管理，要求每一位小组成员在作出决定时意见要一致。问题是小唐和小陈很快地就能打定主意，要求进行下一个议题；而小詹则要求进一步讨论，要求对更多的资料用更多的时间进行思考；小高和小孙话虽不多，但他们支持小詹。

老雷尽力在双方之间进行平衡。小唐和小陈做事有时有点儿鲁莽，不能仔细考虑所做决定的细节；小詹确实也有点儿慢吞吞的，会使全组陷入没完没了分析的倾向。老雷很难决定支持哪一方，因为双方都做出过许多高质量的决定，并取得过良好的开发成绩。

为什么5位聪明能干的开发人员到一起工作却带来了这么多问题？老雷陷入了沉思……

【问题1】（6分）

在本案例中，造成目前现状的可能原因有：

①项目经理老雷在项目组中缺乏___（1）___，并且在___（2）___等方面的软技能不足；

②项目团队成员各自的___（3）___不明确，成员相互之间缺乏___（4）___；

③项目组没有成文（或习惯）的___（5）___，缺乏团结合作、协同工作等方面的团队文化建设；

④项目经理老雷对团队成员缺乏明确的___（6）___等。

【问题2】（2分）

项目经理老雷应该认识到，优秀团队的建设并非一蹴而就，项目团队建设依次要经历___（7）___、___（8）___、___（9）___、___（10）___和结束期5个阶段。

【问题3】（2分）

在项目经理老雷进行项目团队管理时，可能使用到的工具、方法和技术包括___（11）___。（请从以下选项中选出相应的编号，不定项选择题）

A．观察和交谈　　B．事先分派　　C．责任分配矩阵（RAM）

D．组织分解结构（OBS）　　E．专家谈判　　F．问题清单

G．人力资源模板　　H．项目绩效评估　　I．集中办公

J．冲突管理　　K．虚拟团队　　L．团队培训

【问题4】（5分）

结合你的项目管理经验，请简要说明项目经理老雷应采取哪些措施以避免类似情况的发生。

9.4.4 模拟试题4

【试题描述】

阅读以下说明，根据要求回答问题1～问题3。（15分）

【说明】

2011年2月底，系统集成商RK公司与S省一家制造企业签定了一份企业信息化系统集成项目合同。RK公司急需确定一名项目经理，组建项目团队。由于RK公司正在同步实施多个IT项目，一时难以找到适合该项目的项目经理，而客户和市场部经理要求项目必须马上开始，于是公司领导决定直接任命具有较强编程能力并参加过公司多个开发项目的软件设计师小毛作为项目经理。小毛欣然接受了公司的任命，并立即开始着手组建项目团队，热火朝天地开始了人员的招聘、面试等工作。

项目团队组建以后，马上进入了项目开发阶段。项目实施一段时间后，擅长软件设计与编程的小毛发现，原来的工作经验和编程技巧在协调人力资源中很难发挥作用，该系统集成项目的管理远不如

原来的软件开发工作来得简单。从项目一开始，工作就不断暴露问题，例如，招聘的人员中有两个人与招聘时提交的材料和面试时的感觉差距很大，不适合当前项目的需要；项目组的大部分成员尽管富有才干，但是却很少或者根本没有彼此合作的经验，相互间矛盾接连不断；大部分团队成员向小毛汇报项目的实际进度、成本时往往言过其实，直到小毛对自己负责的模块进行接口调试时才发现这些问题；项目组的气氛紧张，项目成员士气低落，对项目的成功持怀疑态度，有的项目成员甚至提出退出项目组；项目周例会人员从来没有到齐过，甚至小毛因忙于自己负责的接口模块导致在开会时迟到。小毛更是急得像热锅上的蚂蚁，每天加班加点、到处奔忙，就像一个救火队长，出现在各个起火现场。

【问题1】(4分)

结合你的项目管理经验，简要说明项目经理小毛进行项目团队管理时应开展的主要工作。

【问题2】(3分)

针对"有的项目成员甚至提出退出项目组"现象，结合案例，请简要说明项目经理小毛应采取哪些处理措施？

【问题3】(8分)

针对RK公司在项目人力资源管理方面存在的问题，可以提出以下补救措施：

(1) RK公司应该在项目经理小毛开始工作之前，对其进行__(1)__技能方面的培训，使他具备面对新工作挑战的能力；

(2) RK公司应帮助小毛明确其__(2)__，帮助其实现向项目经理角色的转变；

(3) 在项目团队组建完成后，小毛应该明确项目的__(3)__，并使每位团队成员明确自身所要承担的__(4)__。

(4) 在项目团队组建后，小毛可以采用__(5)__等方式来增进大家的了解，建立成员之间的信任；在团队出现问题时，应该__(6)__；

(5) 在项目进展过程中，小毛应及时与领导进行沟通交流，RK 公司也要加强对项目经理的工作的__(7)__，并要求其以身作则；

(6) RK公司应建设有效的项目__(8)__机制等。

9.4.5 模拟试题 5

【试题描述】

阅读以下说明，根据要求回答问题1～问题4。(15分)

【说明】

近期，项目经理老陈新接手一个信息系统集成项目的管理工作。根据用户的业务要求，该项目要采用一种新的技术架构，项目团队成员没有应用这种技术架构的经验。老陈的管理风格属于Y型，在项目启动之初，为了调动大家的积极性，宣布了多项激励政策，如"按期用该新技术架构搭建出系统原型有奖，按时保质保量完成任务者有奖"，并分别公布了具体奖励金的数额；在项目实施期间，为了激励士气，经常请大家聚餐。由于单位领导属于X型管理风格，很多餐票都不予报销。而在项目实施现场，因施工人员技术不过关导致一台电源烧坏，老陈也悄悄地在项目中给予报销。负责新技术架构的系统架构设计师历经多次失败之后，凭自己的经验和探索搭建出了系统原型。最后，虽然项目实际的进度、成本和质量等目标大体达到了要求，项目也通过了验收，但他当初关于奖励的承诺并没有兑现，有人甚至认为他跟领导一唱一和，老陈有苦难言。

【问题1】(5分)

结合你的项目管理经验，请概括出老陈在人力资源管理方面存在的问题。

【问题2】(3分)

除了本案例所列举的项目团队建设措施之外，项目经理老陈还采取了哪些措施进行团队建设？

【问题3】(4分)

针对本案例，项目经理老陈应如何运用自己的Y型管理风格有效地管理项目？

【问题4】(3分)

在管理项目时，采用新的方法、技术会给项目带来很多益处，也会给项目带来很大的风险，甚至可能导致项目的失败。通常，只与当前项目有关且对单位的发展战略没有直接支持的（或多个项目没有共性的）新技术，若新技术占合同额较大（如30%以上），则可采取___(1)___等措施应对；如果新技术占合同额较小（如30%以下），那么可采取___(2)___、___(3)___等办法处理。

9.4.6 模拟试题6

【试题描述】

阅读以下说明，根据要求回答问题1～问题4。（15分）

【说明】

PH公司是由3名大学同学共同出资创建的一家信息系统开发公司，经过近3年时间的市场磨砺，公司的业务逐步达到了一定规模。公司成员也从最初的3人发展为28人，公司的组织机构也逐渐完善。

为了适应业务发展需要，逐渐摆脱作坊式开发状态，公司决定实施项目管理制度。随后公司成立了项目管理部，并聘请了计算机专业博士生小梁作为项目管理部经理。小梁上任后，首先用一天的时间向公司成员介绍项目管理相关理念和基础知识，然后参考国外项目管理教材和一些大型项目管理经验制定了一系列相关规定以及奖惩措施，并针对目前正在开发的项目分别指定了技术骨干作为相应项目的项目经理。

由于PH公司承接的业务大多是时间紧、任务重的项目，每个人可能同时承担着多个项目，因此开发人员对项目管理不是很热心，认为“公司规模小没有必要进行项目管理”，与其花费大量时间开会、写文档，不如几个人碰碰头说说就可以了。在实际开发工作中，总是以开发任务重等原因不按照规定履行项目管理程序。小梁根据自己制定的规定，对公司的一些员工进行了处罚。公司员工对此有不满情绪，使得某些项目没能按期完成，公司也因此受到了一定的损失。

【问题1】(5分)

结合你的项目管理经验，请简要分析小梁在实行项目管理制度的过程中存在的问题。

【问题 2】（4 分）

针对“公司规模小没有必要进行项目管理”的说法，请简要地谈谈你的观点。

____

____

【问题 3】（2 分）

针对“PH 公司承接的业务大多是时间紧、任务重的项目，每个人可能同时承担着多个项目”现象，结合案例，请简要分析小梁在制定项目管理流程时应该采取哪些对策？

____

____

【问题 4】（4 分）

落实项目管理部的具体工作职责，是小梁摆脱目前面临的困境的措施之一。具体而言，小梁可以采用＿（1）＿等灵活的工作方式将所制定的项目管理制度与员工们进行讨论，从而得到认可，并对他们施加影响；将所制定的项目管理制度＿（2）＿；在项目工作的空档时期加强＿（3）＿工作，在公司内部（尤其是对作为技术骨干的项目经理）普及项目管理知识，以便发挥其在遵循公司项目管理制度应有的“领头羊”作用；寻求公司领导层的参与和有力支持，以便提供相关项目资源、奖励资金的支持力度，从而更合理地制定相应的项目管理制度，以及建立和完善本公司的＿（4）＿。

____

____

9.4.7 参考答案

表 9-7～表 9-13 分别给出了模拟试题 1～模拟试题 6 的参考答案，供读者练习时进行参考，以便查漏补缺。读者也可依照所给出的评分标准得出测试分数，从而大致评估自己对这些知识点的掌握程度。

表 9-7 模拟试题 1 参考答案及评分标准

问题与分值	参考答案及评分标准				自 评 分
【问题 1】（6 分）	（1）24 （5）24 （9）32	（2）3 （6）3 （10）4	（3）48 （7）40 （11）8	（4）6 （8）5 （12）1 （每空 0.5 分）	
【问题 2】（7 分）	（1）11（2 分） （2）如表 9-8 所示（可以有多种组合排列方式）（5 分）				
【问题 3】（2 分）	（13）团队	（14）问题 （每空 1 分，答案类似即可）			

表 9-8 某项目人力资源平衡优化排列情况

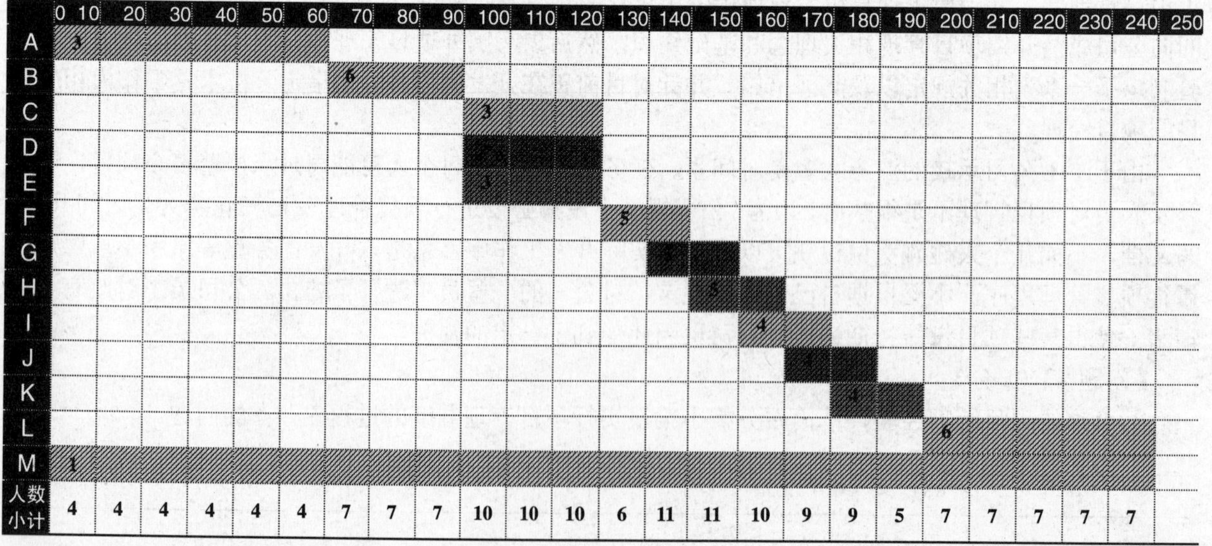

	0 10	20	30	40	50	60	70	80	90	100	110	120	130	140	150	160	170	180	190	200	210	220	230	240	250
A	3																								
B							6																		
C										3															
D																									
E										3															
F													5												
G																									
H															5										
I																4									
J																									
K																		4							
L																				6					
M	1																								
人数小计	4	4	4	4	4	4	7	7	7	10	10	10	6	11	11	10	9	9	5	7	7	7	7	7	

表 9-9　模拟试题 2 参考答案及评分标准

问题与分值	参考答案及评分标准	自 评 分
【问题 1】（2 分）	①仅从技术能力方面考察和选拔项目经理，而没有（或较少）考虑其管理方面的经验、能力； ②对项目经理缺乏必要的管理知识与技能方面的培训　（答案包含但不限于以上要点，每小点 1 分，答案类似即可）	
【问题 2】（2 分）	①对项目经理的工作缺乏指导和监督； ②与项目经理之间缺乏完善的沟通渠道（答案包含但不限于以上要点，每小点 1 分，答案类似即可）	
【问题 3】（6 分）	①项目管理经验不足，未能完成从技术骨干到项目经理的角色转变； ②计划不周、分工不明、责权不清； ③缺乏团队领导经验，事必躬亲的做法不正确； ④缺乏良好的沟通能力和沟通技巧； ⑤没有控制好项目范围，导致需求蔓延； ⑥缺乏团队合作精神，没有做好团队建设工作，不能充分发挥团队的整体效用 （答案包含但不限于以上要点，答出其中 3 小点即可，每小点 2 分，答案类似即可）	
【问题 4】（5 分）	（1）团队的目标　（2）组织结构 （3）考核和评价（或绩效考核）　（4）组织纪律 （5）相互信任、善于总结和学习、协同工作 （答案包含但不限于以上要点，每空 1 分，答案意思相近即可）	

表 9-10　模拟试题 3 参考答案及评分标准

问题与分值	参考答案及评分标准	自 评 分
【问题 1】（6 分）	（1）凝聚力和向心力　（2）沟通、协调 （3）责任　（4）信任感 （5）工作流程和方法　（6）考核和评价标准（或绩效考核，或激励机制） （答案包含但不限于以上要点，每空 1 分，答案意思相近即可）	
【问题 2】（2 分）	（7）形成期　（8）震荡期 （9）正规期（或规范期）　（10）表现期（或发挥期） （每空 0.5 分，答案填错位置不得分）	
【问题 3】（2 分）	（11）A、F、H、J（2 分，多选、错选不得分，少选一项扣 0.5 分）	
【问题 4】（5 分）	①给项目成员宣传组建团队的重要性，建立团结合作、协同工作的团队文化； ②分别与每名团队成员进行沟通，了解每个人的想法，找出没有凝聚力的症结所在，再对症下药； ③建立将任务分解到每位成员，使每个人都知道自己要做的事情，并定期检查的机制； ④建立合理的激励机制，以激发每位团队成员的工作热情； ⑤共同制订并遵守简明有效的工作流程、方法和组织纪律 （答案包含但不限于以上要点，每小点 1 分，答案类似即可）	

表 9-11　模拟试题 4 参考答案及评分标准

问题与分值	参考答案及评分标准	自 评 分
【问题 1】（4 分）	①跟踪个人和团队的绩效； ②提供反馈、解决问题和协调变更，以提高项目的绩效； ③观察团队的行为、管理冲突、解决问题； ④评估团队成员的绩效（答案包含但不限于以上要点，每小点 1 分，答案类似即可）	
【问题 2】（3 分）	及时了解该成员离开的原因（动机）（1 分），使用适当的激励方法，尽量挽留团队的成员（1 分），否则应及时向高层领导汇报、沟通，争取领导给予相应的资源支持（1 分）（答案包含但不限于以上要点，答案类似即可）	
【问题 3】（8 分）	（1）管理（或项目管理） （2）工作职责（岗位职责） （3）目标与任务 （4）工作（或任务）与责任 （5）团队活动（或召开会议、餐会、自由交流等）	

续表

问题与分值	参考答案及评分标准	自评分
【问题3】（8分）	（6）及时发现问题、了解原因并想办法予以解决 （7）指导和监督 （8）绩效管理（答案包含但不限于以上要点，每小点1分，答案类似即可）	

表9-12 模拟试题5参考答案及评分标准

问题与分值	参考答案及评分标准	自评分
【问题1】（5分）	①奖励政策没有得到领导的同意（或支持、沟通）； ②Y型的管理风格没有与切实可行的规章制度（或措施、机制）相结合； ③老陈的管理风格没有与直接领导的管理风格相协调； ④没有对员工进行相关的培训； ⑤人力资源获取方式单一，没有配备有经验的人员 （答案包含但不限于以上要点，每小点1分，答案类似即可）	
【问题2】（3分）	①通用管理技能（如沟通、交流、观察与分析等）； ②培训； ③团队建设活动（如周例会、共同解决问题、素质拓展训练等）； ④制订清晰的规章制度（或基本原则、行为准则）； ⑤尽量集中办公（或同地办公、封闭开发） （答案包含但不限于以上要点，答出其中3个小点即可，每小点1分，答案类似即可）	
【问题3】（4分）	①Y型的管理风格要与切实可行的规章制度相结合，要与高层领导风格相适应； ②加强对项目团队成员的培训（教育）； ③强调激励与约束并重，进化自己的管理风格 （答案包含但不限于以上要点，答出其中两个小点即可，每小点2分，答案类似即可）	
【问题4】（3分）	（1）将项目分成两步走：先是新技术攻关，成功后用到第二步常规项目上； （2）招聘掌握该新技术的人员（或事先培训人员，或事先攻关）； （3）在防范风险的前提下外包 （答案包含但不限于以上要点，每空1分，答案意思相近即可）	

表9-13 模拟试题6参考答案及评分标准

问题与分值	参考答案及评分标准	自评分
【问题1】（5分）	①照搬国外大型项目管理理论或经验； ②选用技术骨干担任项目经理不一定合适； ③没有根据小企业的具体情况制定相应的管理措施； ④制定的奖惩制度可能不够合理； ⑤与企业员工缺乏灵活、有效的沟通； ⑥可能没有与公司领导层沟通交流，并取得领导的有效支持（或有但公司领导层的重视不够）； ⑦缺乏与公司其他职能部门经理及员工的沟通交流、获取的支持或协作不够； ⑧缺少项目管理的实践经验 （答案包含但不限于以上要点，答出其中5个小点即可，每小点1分，答案类似即可）	
【问题2】（4分）	①小规模企业也需要实施项目管理，项目管理有助于企业正规化、规模化发展，长期来看有助于企业降低生产和维护成本； ②实施项目管理，不可能也没必要全盘照搬其他企业的经验，需要根据自身企业的具体情况和环境，灵活运用项目管理的方法和技术 （答案包含但不限于以上要点，每小点2分，答案类似即可）	
【问题3】（2分）	①根据本公司的具体环境，设计一套适用于本企业的项目管理流程（规定哪些步骤，产生哪些文档，设置哪些控制点等）； ②项目管理方面的流程可以设计得简单一些，抓主要矛盾 （答案包含但不限于以上要点，每小点1分，答案类似即可）	
【问题4】（4分）	（1）个别沟通、正式会议 （2）报请相关高层领导（或相关部门）批准实施 （3）培训 （4）项目管理体系、管理流程 （答案包含但不限于以上要点，每空1分，答案意思相近即可）	

第 10 章 项目沟通管理

10.1 备考指南

10.1.1 考纲要求

本科目考试大纲是按项目生命周期各阶段来展现案例分析试卷所要考核的相关内容的，且在“项目沟通管理”知识模块上没有体现任何直接字眼，即没有给出具体的考核要求。

10.1.2 考点统计

至 2010 年 12 月为止，本章知识点暂时没有以独立案例试题出现在历年真题中。

10.1.3 命题特点

鉴于系统集成项目管理工程师考试采用模块化的命题风格，且参考项目管理其他知识领域的历年命题风格，本章知识点将可能以简答题、填空题和选择题的组合形式出现在试卷中。本章知识点在每次考试中所考查的题量最多为 1 道综合题，试题中可能包含有 3～5 个问题，所占分值约为 10～15 分（约占试卷总分值 75 分中的 13.33%～20%）。本章知识点也可能与项目整体管理、人力资源管理和合同管理等知识模块相结合进行案例分析方面的综合命题。案例中所提出的问题侧重于实践应用，用于检查考生是否理解相关的理论知识和是否具有相关的实践应用经验，考试难度系数为中等。从知识点考查深度的角度分析，预计该部分试题在知识点的“识记、理解、应用”3 个层面上所占的比例大致为 1:2:2。

本章知识点的命题思路可能表现为：给出某项目在沟通管理方面的案例场景描述，要求指出该案例场景中存在哪些问题并说明相关原因；要求给出解决这些问题的补救措施（或建议）；给出 1 个该案例涉及且与沟通管理基础知识点相关的简答题。

10.1.4 学习建议

项目经理大约有 80%～90%的时间花在各种形式的沟通上，沟通渗透在项目生命周期的全过程中。项目沟通管理过程主要包括编制沟通管理计划、信息分发、绩效报告和项目干系人管理等。其中，编制沟通管理计划、项目干系人分析与管理知识模块是本章的考核重点。

随着考试次数的不断积累，试题的命题范围将越来越窄，这势必使本章知识点成为当前及未来一段时间内命题的关注点之一。通过基于本章知识点的试题命题思路、表现形式和考查内容的创新与发展，从而来体现作为一门中级职称资格考试所应具有的考核深度和广度。建议读者一定要熟练掌握本章所归纳、列举的案例分析试题，多动笔练习此类综合应用试题，以扩展自己的知识面，并多花心思归纳总结解题经验，努力做到举一反三、灵活应用相关知识点，以便考试时能灵活变通，节约在这些知识点上的解题思考时间。本章力求以发展的眼光和实用的角度来预测并挖掘“项目沟通管理”的相关考核点，以增强读者学习相关知识点的目的性。

10.2 知识点清单

10.2.1 基础知识

- 项目沟通管理过程包括：①沟通管理计划编制；②信息分发；③绩效报告；④项目干系人管理。（Ⅰ）（★）
  - 沟通管理计划编制即确定项目干系人的信息和沟通需求：哪些人是项目干系人，他们对于该项目的收益水平和影响程度如何，谁需要什么样的信息，何时需要，以及应怎样分发给他们。（Ⅰ）
  - 信息分发即以合适的方式及时向项目干系人提供所需信息。（Ⅰ）
  - 绩效报告即收集并分发有关项目绩效的信息，主要包括状态报告、进展报告和预测。（Ⅰ）
  - 项目干系人管理即对项目沟通进行管理，以满足信息需要者的需求并解决项目干系人之间的利益平衡问题。（Ⅰ）
- 沟通就是信息生成、传递、接收和理解检查的过程。它是一种双向的工作，包括利用通用符号，信息从一个人或小组向另一个人或小组的传送与理解，以达到通知、命令、反馈、提示和协同等目的。（Ⅰ）
- 项目沟通管理包括保证及时与恰当地生成、搜集、加工处理、传播、存储、检索与管理项目信息所需的各个过程。项目沟通管理在人员与信息之间提供取得成功所必需的关键联系。（Ⅰ）
- 人与人之间的沟通模型包含了沟通的发送者收集信息、对信息进行加工处理、通过通道传送、接受者接收并理解、接受者反馈等若干环节。（Ⅰ）
- 项目经理需要做的每一方面的工作都涉及沟通，专职的项目经理大约有90%的时间花在各种形式的沟通上。（Ⅰ）（★）
- 良好的沟通能力是项目经理的工作需要，沟通技能毫无疑问地是项目经理需要具备的最重要的能力，甚至比具体技术技能更为重要。（Ⅰ）
- 良好的沟通技能可以形成一个相互信任的环境，有助于项目的成功。（Ⅰ）
- 沟通的常用原则：①沟通内外有别；②非正式的沟通有利于关系的融洽；③采用对方能接受的沟通风格；④沟通的升级原则，例如第1步和对方沟通，第2步和对方的上级沟通，第3步和自己的上级沟通，第4步自己的上级和对方的上级沟通；⑤扫清沟通的障碍等。（Ⅰ）（★）
- 阻碍有效沟通的因素：①沟通双方的物理距离；②沟通的环境因素；③缺乏清晰的沟通渠道；④复杂的组织结构；⑤复杂的技术术语；⑥有害的态度；⑦知识经验水平的限制；⑧信息量的多少等。（Ⅰ）（★）
- 软件项目成功的3个主要因素是：①用户参与；②主管层的支持；③需求的清晰表述。所有这些因素都依赖于良好的沟通技能，特别是对非IT人员的沟通。对软件项目成功威胁最大的是沟通的失败（或沟通不畅）。（Ⅰ）（★）
- 项目沟通管理框架如表10-1所示。（Ⅰ）（★）

表 10-1 项目沟通管理框架

过　程	依　据	工具和技术	输　出
沟通管理计划编制	①企事业单位环境因素；②组织过程资产；③项目管理计划；④项目范围说明书	①项目干系人分析；②沟通需求分析；③沟通技术	沟通管理计划
信息分发	①沟通管理计划；②工作绩效信息	①信息收集和检索系统；②信息发布方法（系统）；③沟通技能（或沟通技巧）；④经验教训总结过程	①组织过程资产（更新）；②项目管理计划（更新）；③请求的变更
绩效报告	①工作绩效信息；②项目管理计划；③完工预测；④批准的变更请求；⑤绩效衡量；⑥可交付物	①信息演示工具（信息表示工具）；②绩效信息收集和汇总；③状态评审会议	①绩效报告；②预测；③请求的变更；④推荐的纠正措施；⑤项目管理计划（更新）；⑥组织过程资产（更新）
项目干系人管理	①项目管理计划；②沟通管理计划；③组织过程资产	①沟通方法；②问题登记簿（或事件日志）	①已解决的问题；②沟通管理计划（更新）；③组织过程资产（更新）；④批准的变更请求；⑤批准的纠正措施

10.2.2 制定沟通管理计划

- 沟通管理计划编制过程的步骤：①确定干系人的沟通信息需求，即哪些人需要沟通、谁需要什么信息、什么时候需要，以及如何把信息发送出去；②描述信息收集和文件归档的结构；③发送信息和重要信息的格式，即创建信息发送的档案和获得信息的访问方法。（Ⅰ）（★）
- 通常，沟通计划编制的第一步是干系人分析，得出项目中沟通的需求和方式，进而形成较为准确的沟通需求表，然后再针对需求进行计划编制。（Ⅰ）（★）
- 确认干系人的信息需求和确定满足需求的恰当方式是项目获得成功的重要因素。（Ⅰ）
- 确认项目沟通需求所需的典型信息有：①组织章程；②项目组织和项目干系人职责关系；③项目涉及的学科、专业等信息；④项目在何地、涉及多少人等方面的信息；⑤内部信息需求，例如组织间的沟通等；⑥外部信息需求，例如与分包商的沟通等；⑦项目干系人信息等。（Ⅰ）（★）
- 在多数项目中，沟通计划大多是作为项目早期阶段的一部分进行的。但在项目的整个过程中应对其结果定期检查，并根据需要进行修改，以保证其继续适用性。（Ⅱ）
- 沟通管理计划包括的内容：①项目干系人沟通要求；②对要发布信息的描述，包括格式、内容和详尽程度；③信息接收的个人或组织；④传达信息所需的技术或方法，如备忘录、电子邮件、新闻发布等；⑤沟通频率，如每周沟通等；⑥上报过程，对下层无法解决的问题，确定问题上报的时间要求和管理链（名称）；⑦随项目的进展对沟通管理计划更新与细化的方法；⑧通用词语表。（Ⅰ）（★）
- 常见的项目内部信息传递方式：①会议；②书面通知，包括电子邮件；③专用的项目管理软件等。（Ⅰ）（★）
- 干系人沟通计划主要内容是：①项目成员可以看到哪些信息、项目经理需要哪些信息、高层管理者需要哪些信息，以及客户需要哪些信息等；②文件的访问权限、访问路径，以及文件的接受格式等。（Ⅰ）（★）

- 项目中的定期会议包括：①项目例会；②项目启动会议；③项目总结会议。（Ⅰ）
- 项目例会一般以周为单位召开，是项目团队内部沟通的主要平台。对于某些大型项目也可采用双周或月的方式。（Ⅰ）
- 通常，项目例会由项目经理主持召开，主要议题包括：①项目进展程度的调查和汇报；②项目问题的解决；③项目潜在风险的评估；④项目团队人力资源的协调等。（Ⅰ）
- 项目启动会议一般在项目团队内部和外部举行两次。内部启动会议主要解决内部的资源调配和约束条件的确认，而外部启动会议主要协调甲方和乙方的项目接口工作。（Ⅱ）
- 项目总结会议的目的：①了解项目全过程的工作情况以及相关团队或成员的绩效状况；②了解出现的问题并提出改进措施；③了解项目全过程中值得吸取的经验并进行总结；④对总结后的文档进行讨论，通过后存入公司的知识库，从而形成企业的知识积累。（Ⅱ）
- 沟通管理计划编制的技术和方法包括沟通需求分析和沟通技术。（Ⅰ）（★）
- 影响项目沟通的技术因素：①对信息需求的紧迫性；②技术是否到位；③预期的项目人员配备；④项目时间的长短；⑤项目环境等。（Ⅰ）（★）
- 综合考虑影响项目沟通的技术因素，项目经理可以采用的沟通方式有：①单独谈话；②项目会议；③项目简报、通知；④项目报告、项目总结。（Ⅰ）（★）
- 项目沟通管理计划编制的标准输入包括：①企业环境因素；②组织过程资产；③沟通需求分析；④沟通技术；⑤项目范围说明书；⑥项目管理计划等，但不包括沟通渠道。（Ⅰ）（★）
- 项目沟通管理计划编制的输出：沟通管理计划。（Ⅰ）（★）
- 项目沟通管理计划编制可能会引起项目工作分解结构、项目进度计划和项目预算需要相应更新。（Ⅱ）
- 沟通管理计划常常与组织影响和事业环境因素紧密联系在一起，因为项目的组织结构对项目沟通要求有重大影响。（Ⅱ）

10.2.3 信息分发

- 信息分发是指把所需要的信息及时提供给项目干系人。它包括实施沟通管理计划，以及对预料之外的信息索取要求作出反应。（Ⅰ）
- 书面沟通方式的优点是清晰、二义性少、可作为证据或备忘录，缺点是缺乏人性化、容易使双方的关系出现矛盾。（Ⅰ）
- 口头沟通方式较为人性化，容易使双方充分了解和沟通，但容易产生缺乏沟通的有效证据等问题。（Ⅰ）
- 对内沟通讲求的是效率和准确度，对外沟通强调的是信息的充分和准确。（Ⅰ）
- 对内沟通可以以非正式的方式出现，而对外沟通要求项目经理以正式的方式进行。（Ⅰ）
- 通常，正式的沟通（如报告、情况介绍会等）是在项目会议时进行的，而非正式的项目沟通（如备忘录、即兴谈话等）属于大多数场合的方式。（Ⅰ）
- 垂直方向（从下到上或者从上到下）沟通的特点是：沟通信息的传播速度快、准确程度高。（Ⅱ）
- 水平方向沟通的特点是：复杂程度高，往往不受当事人的控制。（Ⅱ）
- 用于信息分发的技术和方法主要有：①信息收集和检索系统；②信息发布系统等。（Ⅰ）（★）
- 经验教训总结过程强调识别项目成功的经验和失败的教训，包括就如何改进项目的未来绩效提供建议。在整个项目期间都需对经验教训进行汇编、格式化及正式归档。（Ⅱ）
- 经验教训总结过程的一些具体结果如下：①经验教训知识库的更新；②为知识管理系统增加新的依据；③企业政策、程序和过程的更新；④商业技能的改进；⑤产品和服务的总体改进；⑥风险管理计划的更新。（Ⅱ）
- 沟通管理对组织过程资产的影响表现在：①经验教训记录；②项目记录；③项目报告；④项

目演示介绍；⑤项目干系人的反馈；⑥项目干系人通知。（Ⅱ）

- 会议是项目沟通的一种重要形式。建议按以下流程召开一个有效的项目工作会议：①事先制定一个例会制度；②放弃可开可不开的面对面的会议，以电话或者邮件方式解决；③明确会议的目的和期望结果；④发布会议通知；⑤在会议之前将会议资料发给参会人员；⑥可以借助视频设备；⑦明确会议规则：指定主持人，明确主持人的职责，主持人要对会议进行有效控制，并营造一个活跃的会议气氛；⑧会议后要总结落实；⑨会议要有纪要；⑩做好会议的后勤保障。（Ⅰ）（★）

10.2.4 绩效报告

- 绩效报告收集并发布有关项目绩效的信息给项目干系人。（Ⅰ）
- 通常，绩效信息包括为实现项目目标而输入资源的使用情况，包括范围、进度、成本、质量、风险和采购等方面的信息。绩效报告也包括为达到项目目标而投入资源的使用情况。（Ⅰ）
- 绩效报告可以是综合性的，也可以针对某一特殊情况出专题报告。（Ⅰ）
- 通常，绩效报告需要包括的内容有：①项目的进展和调整情况；②项目的完成情况；③项目总投入、资金到位情况；④项目资金实际支出情况；⑤项目主要效益情况；⑥财务制度执行情况；⑦项目团队各职能团队的绩效；⑧项目执行中存在的问题及改进措施；⑨预测；⑩变更请求；⑪其他需要说明的问题。（Ⅰ）（★）
- 绩效报告格式包括条形图、甘特图、S 曲线、柱状图和表格。（Ⅰ）
- 形成绩效报告的主要步骤：①收集依据材料；②项目绩效评审。（Ⅰ）
- 绩效报告需要准备一些基础资料，包括需要被评价项目资料的清单、调查问卷和编制询证函等。（Ⅰ）
- 由专门的项目评审小组进行项目绩效评审，项目的绩效评审包括企业对项目的期望要求和项目的实际工作差距的评价，以及项目在实施过程中所进行的改进的评价等。（Ⅱ）
- 实行项目绩效考核的主要优点表现在：①客户满意度提高、利润率提高，项目的坏账降低。而在实行项目考核前干多干少一个样，每月拿固定工资；②实行项目考核后，技术好、人品好的员工大受项目经理的欢迎，这样就督促员工提高技术、增强团队意识。单位也不用养太多的闲人等。（Ⅱ）
- 项目绩效考核可能带来的问题有：①赶工或者偷工减料降低质量；②员工的超负荷劳动，既可能损害质量又可能降低士气；③只追求目前的项目能按时交付；④只追求本次项目成功，不注重能力的积累。（Ⅰ）（★）

10.2.5 项目干系人管理

- 项目干系人管理的范围包括：①客户；②高层领导；③项目团队等。（Ⅰ）
- 项目干系人管理的方法：①通过调查项目干系人需求和期望了解项目干系人的目标、目的和沟通层次，在沟通管理计划中，对这些需求和期望进行识别、分析和记录；②在进行干系人沟通时，项目经理需要充分理解干系人的需求，以便充分与干系人合作，达成项目的目标；③在进行干系人管理中，应使用沟通管理计划中为每个项目干系人确定的沟通方法；④管理的主要目标是促进干系人对项目的理解与支持，使干系人了解项目的进展和有可能带来的影响。（Ⅰ）（★）
- 项目干系人管理的输入有：①项目管理计划；②沟通管理计划；③组织过程资产。（Ⅰ）（★）
- 项目干系人管理的工具和技术：①沟通方法；②问题登记簿（或事件日志）等。
- 项目干系人管理的输出有：①问题解决；②项目沟通管理计划（更新）；③组织过程资产。（Ⅰ）（★）

10.3 真题透解

至 2010 年 12 月为止，本章知识点暂时没有以独立案例试题出现在历年真题中。

10.4 强化训练

10.4.1 模拟试题 1

【试题描述】

阅读以下说明，根据要求回答问题 1～问题 3。（15 分）

【说明】

2011 年 3 月上旬，ZF 公司竞标获得火星大学的“XX 银校通”项目。由于 ZF 公司在该行业已有比较成熟的产品积累和相当数量的客户成功案例，且该“XX 银校通”项目的研发工作量不是特别大，因此小肖被任命担任该项目的项目经理，主要负责项目管理和用户沟通等工作。小肖 3 个月前刚从工作了 3 年、主要从事电子政务网络工程的 MBI 公司辞职来到 ZF 公司。小肖的项目团队包括老廖、小邓、小曾、小张和 1 名测试人员程工。技术水平过硬的公司老员工老廖主要负责项目中的技术实现，小邓和小曾两名程序员主要负责程序编码工作，小张负责项目文档的收集和整理。近几年，老廖曾作为项目经理负责的一些项目，但工作上常由于没有处理好客户关系而给公司带来一些困境。

小张的工作虽然简单但是格外繁重，因而多次向小肖提出需要增派人员，小肖也认为小张的工作量过大，需要增派人手，因此就此事多次与 ZF 公司分管领导沟通。但每当 ZF 公司分管领导就此事向老廖核实情况时，得到的信息基本是：小张的工作量不算很多，而小肖的工作比较轻松，让小肖在工作中支援一下小张就可以了，无须增派人员。小肖得到 ZF 公司分管领导不同意增派人员的意见后，与老廖进行了沟通。老廖的理由是：小肖的工作总是帮别人提意见，自己做得不多。小肖试图从岗位职责、项目分工等方面纠正老廖的观点，又试图利用换位思维的方法向老廖进行解释，但老廖依旧坚持自己的看法，认为小肖有足够时间来帮助小张完成文档工作。

【问题 1】（5 分）

结合你的项目管理经验，请帮助项目经理小肖分析阻碍其与老廖之间有效沟通的可能因素。

【问题 2】（2 分）

请计算该项目组内部沟通渠道的数量，并给出计算过程。

【问题 3】（8 分）

结合你的项目管理经验，请帮助项目经理小肖设计一份项目沟通管理计划（列出主要栏目及核心内容）。

10.4.2 模拟试题 2

【试题描述】

阅读以下说明，针对项目沟通管理，根据要求回答问题1～问题3。（15分）

【说明】

系统集成商RK公司（以下简称乙方）的项目经理老周拥有多年的软件项目开发经验，目前正负责一个计量管理信息系统集成项目。该系统包含9个功能模块，涉及用户单位（以下简称甲方）计量管理业务的主要过程，开发工作量较大。甲方曾自行组织过开发，后因故终止。在与乙方签订开发合同时，甲方愿意提供原有的设计文档。老周带领自己的团队，在甲方原有的需求分析和设计文档的基础上，历时两个月，通过邮件、电话等方式多次与甲方进行交流与沟通，并利用原型开发方法建立了项目演化型需求模型。

为了加快项目进度，节约项目成本，老周从某重点高校选用了两名有编程经验、工作能力较强的在读研究生加入开发组。在现有演化原型的基础上，这两名研究生分别负责组织机构管理和计量培训管理两个模块的代码编写工作。这两个模块与计量管理的主要业务过程及专业领域知识的关系不太紧密，具有相对独立性及一定的通用性。经过3个多月的努力，所有的模块都完成了单元测试，并在虚拟环境下进行了功能测试。之后，老周充满信心地带领项目组到甲方进行现场试运行。

甲方为老周及其团队在项目开发中所表现的高效率而高兴，他们积极配合，并选择了业务过程中的不同部门、不同岗位代表参与，采用真实的数据进行系统试运行。在运行过程中，虽然核心业务流程与实际情况基本一致，但在组织机构管理与计量培训管理两个功能模块中出现了让老周非常尴尬的问题。

【问题1】（5分）

认真分析该项目开发过程中所做的工作，可以发现在项目沟通方面存在以下几个主要问题：

（1）项目组没有认真地分析和确定每一个功能模块所对应的____（1）____，并为其制定切实可行的____（2）____；

（2）没有采用有效的沟通方法主动获取____（3）____；

（3）在没有与甲方进行沟通并进行____（4）____的情况下，安排两名在读研究生进行组织机构管理与计量培训管理模块的代码编写工作；

（4）可能缺少定期召开____（5）____会议来确定阶段成果，以致于出现了开发人员对项目需求的理解与实际应用需求大相径庭的局面。

【问题2】（5分）

确认干系人的信息需求和确定满足需求的恰当方式是项目获得成功的重要因素。通常，确认项目沟通需求所需的典型信息有哪些？

【问题3】（5分）

沟通技术是项目经理老周在沟通时需要采用的方式和需要考虑的限定条件。通常，影响项目沟通的技术因素主要有哪些？

10.4.3 模拟试题 3

【试题描述】

阅读以下说明，针对项目沟通管理，根据要求回答问题 1 ~ 问题 3。（15 分）

【说明】

老高是系统集成商 PH 公司的项目经理。他身边的员工始终在抱怨公司的工作氛围不好，沟通不足。老高非常希望能够通过自己的努力来改善这一状况，因此他要求项目组成员无论如何每周都必须按时参加例会并发言，但对例会具体应如何进行，老高却不知如何规定。很快项目组成员开始抱怨例会目的不明、时间太长、效率太低、缺乏效果等，而且由于在例会上意见相左，很多组员开始相互争吵，甚至影响到了人际关系的融洽。为此，老高感觉到非常无助与苦恼。

【问题 1】（6 分）

针对上述情况，结合你的项目管理经验，请分析问题产生的可能原因。

【问题 2】（5 分）

针对上述情况，你认为除了项目例会之外，老高还可以采取哪些措施来有效促进沟通。

【问题 3】（4 分）

结合你的项目管理经验，请简要说明项目例会通常开展哪些主要议题？

10.4.4 参考答案

表 10-2～表 10-4 分别给出了模拟试题 1～模拟试题 3 的参考答案，供读者练习时进行参考，以便查漏补缺。读者也可依照所给出的评分标准得出测试分数，从而大致评估自己对这些知识点的掌握程度。

表 10-2 模拟试题 1 参考答案及评分标准

问题与分值	参考答案及评分标准	自 评 分
【问题 1】（5 分）	①沟通双方的物理距离；　②沟通的环境因素； ③缺乏清晰的沟通渠道；　④复杂的组织结构； ⑤复杂的技术术语；　⑥有害的态度； ⑦知识经验水平的限制；　⑧信息量的多少等 （答案包含但不限于以上要点，答出其中 5 个小点即可，每小点 1 分，答案类似即可）	
【问题 2】（2 分）	团队内部沟通渠道的数量=n（n-1）/2=6×（6-1）/2 =15（2 分）	
【问题 3】（8 分）	①项目干系人沟通要求； ②对要发布信息的描述，包括格式、内容和详尽程度； ③信息接收的个人或组织； ④传达信息所需的技术或方法，如备忘录、电子邮件和（或）新闻发布等； ⑤沟通频率，如每周沟通或双周沟通等； ⑥上报过程，对下层无法解决的问题，确定问题上报的时间要求和管理链（名称）； ⑦随项目的进展对沟通管理计划更新与细化的方法； ⑧通用词语表 （答案包含但不限于以上要点，每小点 1 分，答案类似即可）	

表 10-3　模拟试题 2 参考答案及评分标准

问题与分值	参考答案及评分标准	自 评 分
【问题1】（5分）	（1）干系人　（2）沟通管理计划 （3）干系人的需求　（4）需求确认 （5）项目状态评审（每空1分，答案意思相近即可）	
【问题2】（5分）	①组织章程； ②项目组织和项目干系人职责关系； ③项目涉及的学科、专业等信息； ④项目在何地、涉及多少人等方面的后勤信息； ⑤内部信息需求，例如组织间的沟通等； ⑥外部信息需求，例如与分包商的沟通等； ⑦项目干系人信息等（答案包含但不限于以上要点，答出其中5个小点即可，每小点1分，答案类似即可）	
【问题3】（5分）	①对信息需求的紧迫性（或信息需求的即时性）； ②技术是否到位（适用性）； ③预期的项目人员配备； ④项目时间的长短（或项目生命周期）； ⑤项目环境因素（答案包含但不限于以上要点，每小点1分，答案类似即可）	

表 10-4　模拟试题 3 参考答案及评分标准

问题与分值	参考答案及评分标准	自 评 分
【问题1】（6分）	①以往项目沟通管理不足，缺乏对项目组成员的沟通需求和沟通风格的分析； ②缺乏完整的会议规程，会议目的、议程、职责不清，缺乏控制，导致会议效率低下，缺乏效果； ③会议没有产生记录； ④会议与实际工作联系不紧密，会议没有引发相应的行动； ⑤沟通方式单一； ⑥没有进行冲突管理（或忽视冲突管理）等（答案包含但不限于以上要点，每小点1分，答案类似即可）	
【问题2】（5分）	①首先应对项目组成员进行沟通需求和沟通风格的分析； ②对于具有不同沟通需求和沟通风格的人员组合设置不同的沟通方式； ③可以通过电话、电子邮件、项目管理软件、OA软件等工具进行沟通； ④正式沟通的结果应形成记录，对于其中的决定应有人负责落实； ⑤可以引入一些标准的沟通模板； ⑥在项目组内培养团结的氛围并注意冲突管理 （答案包含但不限于以上要点，答出其中5个小点即可，每小点1分，答案类似即可）	
【问题3】（4分）	①项目进展程度调查和汇报；　②项目问题的解决； ③项目潜在风险的评估；　④项目团队人力资源协调； （答案包含但不限于以上要点，每小点1分，答案类似即可）	

第 11 章 项目风险管理

11.1 备考指南

11.1.1 考纲要求

虽然本科目考试大纲是按项目生命周期各阶段来展现案例分析试卷所要考核的相关内容的，且在“项目风险管理”知识模块上没有体现任何直接字眼，即没有给出具体的考核要求。但读者可从该知识模块在历次系统集成项目管理工程师考试试卷中曾出现的考核知识点及分值分布情况间接获知关键考点和考试难点所在。

11.1.2 考点统计

“项目风险管理”知识模块在历次系统集成项目管理工程师考试试卷中出现的考核知识点及分值分布情况如表 11-1 所示。

表 11-1　历年考点统计表

年 份	题 号	知 识 点	分 值	参考价值
2010 年下半年	试题 3	根据某项目关于风险管理和整体管理方面的案例说明，要求分析该项目的管理所存在的问题，要求针对案例中的具体风险给出相应的应对措施，要求了解风险预警管理的定义及应用，风险识别、定性风险分析过程所使用的工具和技术等知识点	15 分	★★★★★

11.1.3 命题特点

纵观历次真题试卷，本章知识点主要是以简答题、填空题的形式出现在试卷中。本章知识点在历次考试中所考查的题量大约为 1 道综合题，试题包含有 3～5 个问题，所占分值约为 10～15 分（约占试卷总分值 75 分中的 13.33%～20%）。其历年命题走势如图 11-1 所示。案例中所提出的问题侧重于实践应用，用于检查考生是否理解相关的理论知识和是否具有相关的实践应用经验，考试难度系数为中等。从知识点考查深度的角度分析，每次考试中该部分试题在“识记、理解、应用”3 个层面上所占的比例大致为 1:1:2。

本章知识点主要有以下两种命题思路。

命题思路 1：给出某项目在风险管理方面的案例场景描述，要求指出该案例场景中存在哪些问题并说明相关原因；给出解决这些问题的应对措施（或建议）；给出 1 个该案例涉及且与风险管理基础知识点相关的简答题（或填空题、选择题、计算题）。

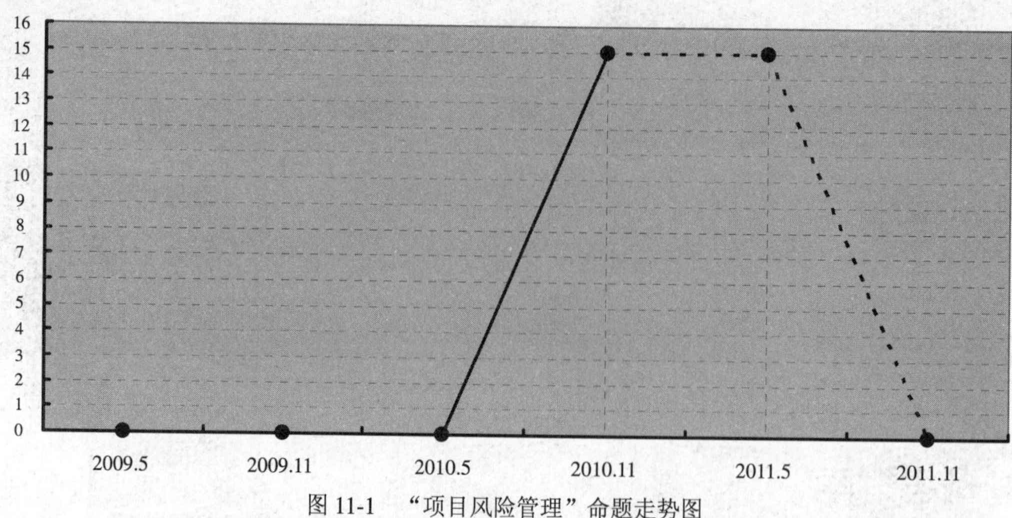

图 11-1 “项目风险管理”命题走势图

命题思路 2：给出某项目在定性（或定量）风险分析、风险监控的工具和技术（如概率及影响矩阵、决策树、蒙特卡罗仿真技术等）所需的各种参数值和相关的案例说明，要求计算该项目的某些参数值；要求绘制出相关的图表或将已有的图表补充完整；要求分析这些图表所反映的问题并说明相关原因；要求给出解决这些问题的补救措施等。

11.1.4 学习建议

项目风险管理强调对项目目标的主动控制，对项目实现过程中遭遇的风险和干扰因素可以做到防患于未然，以避免或减少损失。谁控制了项目风险、谁就把握了成功！项目风险管理过程主要包括编制风险管理规划、风险识别、定性风险分析、定量风险分析、编制风险应对计划和风险监控等。其中，风险识别、定量风险分析和风险监控等知识模块是本章的考核重点。

随着考试次数的不断积累，本知识模块的试题命题范围将越来越窄，所考查的知识点也会越来越细，从而体现试卷所应具有的考试难度（如对信息系统的功能说明更加综合、隐含等）。同时，随着考试次数的不断增多，此类试题的命题思路、试题的表现形式和考查内容将会有所创新与发展，从而来体现作为一门中级职称资格考试所应具有的考核深度和广度。鉴于系统集成项目管理工程师考试采用模块化的命题风格，因此在今后考试中与本章相关的试题将可能有 1 道综合题的考查量。

建议读者一定要熟练掌握本章所归纳、列举的案例分析试题，多动笔练习此类综合应用试题，以扩展自己的知识面，并多花心思归纳总结解题经验，努力做到举一反三、灵活应用相关知识点，以便考试时能灵活变通，节约在这些知识点上的解题思考时间。本章力求以发展的眼光和实用的角度来预测并挖掘“项目风险管理”的相关考核点，以增强读者学习相关知识点的目的性。

阅读提示： 本章是系统集成项目管理工程师考试的重点内容，读者需要重点复习及强化。

11.2 知识点清单

11.2.1 基础知识

- 当事件、活动或项目有损失或收益与之相联系，涉及某种或然性或不确定性和涉及某种选择时，才称为有风险。以上 3 条的每一条都是风险定义的必要条件，而非充分条件。（I）

- 风险具有的特征：①风险是损失或损害；②风险是一种不确定性；③风险是针对未来的；④风险是客观存在，不以人的意志为转移的；⑤风险是相对的；⑥风险是预期和后果之间的差异，是实际后果偏离预期结果的可能性。（Ⅰ）
- 风险事件具有随机性、相对性和可变性等属性。（Ⅰ）
- 项目风险是一种不确定事件或状况，一旦发生，会对至少一个项目目标（例如时间、费用、范围或质量目标）产生积极或消极影响。（Ⅰ）（★）
- 按风险后果的不同划分，可分为纯粹风险和投机风险。其中，不能带来机会、无获得利益可能的风险称为纯粹风险。纯粹风险有两种可能的后果：造成损失和不造成损失。（Ⅰ）
- 既可能带来机会、获得利益，又隐含威胁、造成损失的风险，称为投机风险。（Ⅰ）
- 投机风险有3种可能的后果：造成损失、不造成损失和获得利益。（Ⅰ）
- 按风险的可预测性，可将风险分为已知风险、可预测风险和不可预测风险。其中，已知风险是在严格、认真地分析项目及其计划之后能够明确的经常发生的、且结果可预见的风险。例如，项目目标不明确、过分乐观的进度计划、材料价格波动等。（Ⅰ）
- 可预测风险就是根据经验，可以预见其发生，但不可预见其后果的风险。例如，业主不能及时审查批准，分包商不能及时交工等。（Ⅰ）
- 按照风险来源或损失产生的原因，可将风险划分为自然风险和人为风险。其中，人为风险是指由于人的活动而带来的风险，可细分为行为、经济、技术、政治和组织风险等。（Ⅰ）（★）
- 按风险是否可管理划分为可管理风险和不可管理风险。可管理风险是指可以预测，并可采取相应措施加以控制的风险。反之，则为不可管理的风险。（Ⅰ）
- 风险事件造成的损失或减少的收益以及为防止发生风险事件采取预防措施而支付的费用，都构成了风险成本。（Ⅰ）
- 风险成本包括有形成本（如休养费、工资等）、无形成本（如减少了机会、阻碍了生产率的提高等）和预防与控制风险的费用等。（Ⅰ）
- 风险承受度是指从风险潜在的回报中得到满足或快乐的程度。（Ⅰ）
- 项目风险管理就是指对项目风险从识别到分析、评价乃至采取应对措施等一系列过程，它包括将积极因素所产生的影响最大化和使消极因素产生的影响最小化两方面的内容。（Ⅰ）
- 项目风险管理过程包括：①风险管理规划；②风险识别；③定性风险分析；④定量风险分析；⑤风险应对计划编制；⑥风险监控。（Ⅰ）（★）
- 项目风险管理的各个过程不仅彼此交迭和相互作用，而且还与其他知识领域的过程交互作用。风险管理过程是一个反复迭代的过程。（Ⅰ）
- 项目风险管理框架如表11-2所示。（Ⅰ）（★）

表11-2　项目风险管理框架

过　程	依　据	工具和技术	输　出
风险管理计划编制	①环境因素和组织因素； ②组织过程资产； ③项目范围说明书； ④项目管理计划	①风险核对表法； ②风险管理表格； ③风险数据库模式； ④项目工作分解结构（WBS）； ⑤计划编制会议和分析	风险管理计划
风险识别	①环境因素和组织因素； ②组织过程资产； ③项目范围说明书； ④风险管理计划； ⑤项目管理计划	①德尔菲技术； ②头脑风暴法； ③SWOT 分析法； ④检查表； ⑤图解技术（如因果图、系统或过程流程图、影响图等）； ⑥文档评审； ⑦假设分析	①已识别风险清单； ②潜在应对措施清单； ③风险基本原因； ④对风险类别的更新； ⑤项目管理计划（更新）

续表

过程	依据	工具和技术	输出
定性风险分析	①组织过程资产； ②项目范围说明书； ③风险管理计划； ④风险清单； ⑤工作绩效信息	①风险概率与影响评估； ②概率和影响矩阵； ③风险分类； ④风险紧急度（紧迫性）评估； ⑤风险数据质量评估	风险清单（更新）
定量风险分析	①组织过程资产； ②项目范围说明书； ③风险管理计划； ④风险清单； ⑤项目管理计划	①期望货币值（EMV）或决策树分析； ②计算分析因子； ③计划评审技术（PERT）； ④蒙特卡罗分析（或建模与仿真）； ⑤访谈； ⑥概率分布； ⑦专家判断	风险清单（更新）
风险应对计划编制	①风险管理计划； ②风险清单； ③项目管理计划	①消极风险（或威胁）的应对策略——回避、转移与减轻； ②积极风险（或机会）的应对策略——开拓、分享和增强； ③风险接受策略； ④应急响应策略	①风险清单（更新）； ②风险相关的合同协议； ③项目管理计划（更新）
风险监控	①项目管理计划； ②风险管理计划； ③风险清单； ④工作绩效信息； ⑤已批准的变更请求	①风险再评估； ②风险审计和周期性风险评审； ③偏差和趋势分析； ④技术绩效衡量； ⑤储备金分析（或预留管理）； ⑥状态审查会； ⑦风险预警系统	①风险清单（更新）； ②新的变更申请； ③建议的纠正措施； ④组织过程资产（更新）； ⑤推荐的预防措施

11.2.2 制定风险管理计划

- 制定风险管理计划就是为了实现对风险的管理而制定一份结构完备、内容全面且互相协调的风险管理策略文件，以尽可能消除风险或尽量降低风险危害，从而为项目处理和执行风险管理活动提供依据和指南。（Ⅰ）
- 风险管理计划描述如何安排、规划和实施项目风险管理，它是项目管理计划的从属计划。（Ⅰ）
- 风险管理计划的基本内容：①方法论；②角色与职责；③预算；④计时法（制订时间表）；⑤风险分类（或风险类别）；⑥风险概率和影响的定义；⑦概率和影响矩阵；⑧修改的利害关系者承受度（已修订的项目干系人对风险的容忍度）；⑨报告的格式；⑩跟踪；⑪其他内容（角色和职责、风险分析定义、低风险/中等风险/高风险的风险限界值、进行项目风险管理所需的成本和时间）。（Ⅰ）（★）
- 制定风险管理计划所需的工具、方法和技术：①风险核对表法；②风险管理表格；③风险数据库模式；④项目工作分解结构（WBS）。（Ⅰ）（★）
- 制定风险管理计划的依据（或输入）：①企业环境因素；②组织过程资产；③项目范围说明书；④项目管理计划。（Ⅰ）（★）
- 制定风险管理计划的可交付物（或输出）：风险管理计划。（Ⅰ）（★）
- 风险核对表是基于以前类比项目信息及其他相关信息编制的风险识别核对图表。核对表一般按照风险来源排列。利用核对表进行风险识别的主要优点是快而简单，缺点是受到项目可比性的限制。（Ⅱ）

- 风险管理表格是一种系统地记录风险信息并跟踪到底的方式。（Ⅱ）
- 风险数据库表明了识别风险和相关的信息组织方式，它将风险信息组织起来供人们查询、跟踪状态、排序和产生报告。（Ⅱ）
- 风险数据库的实际内容不是计划的一部分，因为风险是动态的，并随着时间的变化而改变。（Ⅱ）
- 风险管理计划的主要栏目及核心内容：①简介(包括目的、范围、定义、首字母缩写词和缩略语、参考资料、概述等)；②风险概要；③风险管理任务；④组织和职责；⑤预算；⑥工具和技术；⑦要管理的风险项等。（Ⅰ）（★）

11.2.3 风险识别

- 风险识别用于判断哪些风险会影响项目，并以书面形式记录其特点的管理活动。（Ⅰ）
- 项目风险识别的特点：①全员性；②系统性；③动态性；④信息依赖性；⑤综合性。（Ⅰ）
- 风险识别的主要内容：①识别并确定项目有哪些潜在的风险；②识别引起这些风险的主要因素；③识别项目风险可能引起的后果等。（Ⅰ）（★）
- 风险识别不是一次就可以完成的事，应当在项目的整个生命周期自始至终地定期进行。（Ⅰ）
- 参加风险识别的人员通常包括项目经理、项目团队成员、风险管理团队（如有）、项目团队之外的相关领域专家、顾客、最终用户、项目相关干系人和风险管理专家。（Ⅰ）（★）
- 项目团队应自始至终全过程地参与风险识别过程，以便针对风险及其应对措施的形成保持一种责任感。（Ⅰ）
- 风险识别的步骤：①收集资料；②风险形势估计；③根据直接的（或间接的）症状将潜在的风险识别出来。（Ⅰ）（★）
- 能帮助项目团队识别风险的资料包括但不限于：项目产品或服务的说明书；项目的前提、假设和制约因素；与本项目类似的案例。（Ⅰ）
- 风险形势估计是要明确项目的目标、战略、战术，明确实现项目目标的手段和资源，以及项目的前提和假设，以正确确定项目及其环境的变数。（Ⅱ）
- 风险识别所需的工具、方法和技术：①德尔菲技术；②头脑风暴法；③SWOT 分析法；④检查表；⑤图解技术（如因果图、系统或过程流程图、影响图等）；⑥文档评审；⑦假设分析等。（Ⅰ）
- 风险识别的依据（或输入）：①企业环境因素；②组织过程资产；③项目范围说明书；④风险管理计划；⑤项目管理计划等。（Ⅰ）（★）
- 风险识别的可交付物（或输出）：①已识别风险清单；②潜在应对措施清单；③风险基本原因；④对风险类别的更新等。（Ⅰ）（★）
- 德尔菲法区别于其他专家预测法的明显特点是多次有控制的反馈。该技术有助于减少数据中的偏倚，并防止任何个人对结果不适当地产生过大的影响。（Ⅰ）
- SWOT 是英文 Strength（优势）、Weakness（劣势）、Opportunity（机遇）和 Threat（挑战）的简写。（Ⅰ）
- 将内部优势与外部机会相组合，形成 SO 策略，可制定抓住机会、发挥优势的战略。（Ⅱ）
- 将内部劣势与外部机会相组合，形成 WO 策略，可制定利用机会、克服弱点的战略。（Ⅱ）
- 将内部优势与外部威胁相组合，形成 ST 策略，可制定利用优势、减少威胁战略。（Ⅱ）
- 将内部劣势与外部挑战相组合，形成 WT 策略，可制定弥补缺点、规避威胁的战略。（Ⅱ）
- 检查表中所列的都是历史上类似项目曾发生过的风险，是项目风险管理经验的结晶，供识别人员进行检查核对，用于判别某项目是否存在表中所列或类似的风险。（Ⅰ）
- 风险识别过程的主要成果形成项目管理计划中风险登记单的最初记录。（Ⅰ）

- 风险登记单所记录的主要信息有：①已识别风险清单；②潜在应对措施清单；③风险基本原因；④对风险类别的更新。（Ⅱ）
- 与项目管理九大知识领域相关的可能风险条件如表 11-3 所示。（Ⅰ）（★）

表 11-3　与各知识领域相关的可能风险条件

知识领域	风险条件
整体	计划不充分；错误的资源配置；拙劣的整体管理；缺乏项目后评价
范围	工作包与范围的定义欠妥；质量要求的定义不完全；范围控制不恰当
时间	错误地估算时间或资源可利用性；浮动时间的分配与管理较差；相竞争的产品很早地上市
成本	估算错误；生产率、成本、变更或应急控制不充分；维护、安全、采购等做得很差
质量	错误的质量观；设计/材料和手艺不符合标准；质量保证做得不够
人力资源	差劲的冲突管理；表现很差的项目组织及拙劣的责任定义；缺乏领导
沟通	计划编制与沟通比较粗心；缺乏与重要项目干系人的协商
风险	忽略了风险；风险分配得不清楚；差劲的风险管理
采购	没有实施的条件或合同条款；对抗的关系

11.2.4　定性风险分析

- 定性风险分析是指对风险概率和影响进行评估和汇总，进而对风险进行排序，以便于随后的进一步分析或行动。（Ⅰ）
- 定性风险分析所需的工具、方法和技术：①风险概率与影响评估；②概率和影响矩阵；③风险分类；④风险紧急度（紧迫性）评估；⑤风险数据质量评估等。（Ⅰ）（★）
- 定性风险分析的依据（或输入）：①组织过程资产；②项目范围说明书；③风险管理计划；④风险登记单；⑤工作绩效信息等。（Ⅰ）（★）
- 定性风险分析的可交付物（或输出）：风险登记单（更新）。（Ⅰ）（★）
- 风险概率分析指调查每项具体风险发生的可能性。（Ⅰ）
- 风险影响评估旨在分析风险对项目目标（如时间、费用、范围或质量）的潜在影响，既包括消极影响或威胁，也包括积极影响或机会。（Ⅰ）
- 根据评定的风险概率和影响级别，可对风险进行等级评定。通常采用参照表的形式或概率和影响矩阵的形式，评估每项风险的重要性及其紧迫程度。（Ⅰ）
- 可按照风险来源（使用风险分解矩阵）、受影响的项目区域（使用工作分解结构）或其他分类标准（例如项目阶段）对项目风险进行分类，以确定受不确定性影响最大的项目区域。（Ⅱ）
- 实施风险应对措施所需的时间、风险征兆、警告和风险等级都可作为确定风险优先级或紧迫性的指标。（Ⅱ）
- 风险管理计划中用于定性风险分析的关键元素包括：①风险管理角色和职责；②风险管理预算和进度活动；③风险类别；④概率和影响的定义；⑤概率和影响矩阵；⑥相关干系人承受度等。（Ⅰ）（★）
- 用于定性风险分析时，来自于风险登记单的一项关键依据是已识别风险的清单。（Ⅰ）
- 定性风险分析对风险登记单进行更新的内容主要有：①项目风险的相对排序或优先度清单；②按照类别分类的风险；③需要在近期采取应对措施的风险清单；④需要进一步分析和应对的风险清单；⑤低优先级风险观察清单；⑥风险定性分析结果的趋势等。（Ⅱ）
- 定性风险分析是确定风险应对措施优先级的一种快速有效的方法，这也为以后的定量风险分析奠定了基础。（Ⅱ）

11.2.5 定量风险分析

- 定量风险分析是指对定性风险分析过程中识别出的对项目需求存在潜在重大影响而排序在先的风险进行量化分析，并就风险分配一个数值。（Ⅰ）
- 风险定量分析是在不确定情况下进行决策的一种量化方法。该项过程采用蒙特卡洛模拟和决策树分析等技术，以便：①对项目结果以及实现项目结果的概率进行量化；②评估实现具体项目目标的概率；③通过量化各项风险对项目总体风险的影响，确定需特别重视的风险；④在考虑项目风险的情况下，确定可以实现的切合实际的成本、进度或范围目标；⑤在某些条件或结果不确定时，确定最佳的项目管理决策。（Ⅱ）
- 定量风险分析所需的工具、方法和技术：①期望货币值（EMV）或决策树分析；②计算分析因子；③计划评审技术（PERT）；④蒙特卡罗分析（或建模与仿真）；⑤访谈；⑥概率分布；⑦专家判断等。（Ⅰ）（★）
- 定量风险分析的依据（或输入）：①组织过程资产；②项目范围说明书；③风险管理计划；④风险登记单；⑤项目管理计划（包括项目进度管理计划和项目费用管理计划）等。（Ⅰ）（★）
- 定量风险分析的可交付物（或输出）：风险登记单（更新），它是制订风险应对措施的前提。（Ⅰ）（★）
- 期望货币值（EMV）是一个统计概念，用于计算在将来某种情况发生或不发生情况下的平均结果（即不确定状态下的分析）。该种分析常用于决策树分析。（Ⅰ）
- 机会的期望货币价值一般表示为正数，而风险的期望货币价值一般被表示为负数。每个可能结果的数值与其发生概率相乘之后加总，即得出期望货币价值。（Ⅰ）（★）
- 风险因子代表各种具体事件的整体风险的数字（基于其发生的概率和对项目造成的结果）。（Ⅰ）
- 计算分析因子技术使用概率和影响矩阵显示风险发生的概率或可能性，以及风险的影响或结果。（Ⅰ）
- 蒙特卡罗分析也称为随机模拟法，其基本思路是首先建立一个概率模型或随机过程，使其参数等于问题的解，然后通过对模型或过程的观察计算所求参数的统计特征，最后给出所求问题的近似值，解的精度可以用估计值的标准误差表示。（Ⅱ）
- 在蒙特卡罗分析中，项目模型经过多次计算（叠加），其随机依据值来自于根据每项变量的概率分布，为每个迭加过程选择的概率分布函数（如项目元素的费用或进度活动的持续时间），据此计算概率分布（如总费用或完成日期）。（Ⅱ）
- 定量风险分析对风险登记单进行更新的内容主要有：①项目的概率分析；②实现成本和进度目标的概率；③已量化风险的优先级列表；④定量风险分析结果中的趋势等。（Ⅱ）

11.2.6 制定风险应对计划

- 风险应对计划编制针对项目目标制订提高机会、降低威胁的方案和行动，即对项目风险提出处置意见和办法。（Ⅰ）
- 风险应对计划编制的依据（或输入）：①风险管理计划；②风险登记单等。（Ⅰ）（★）
- 风险应对计划编制的可交付物（或输出）：①风险登记单（更新）；②风险相关的合同协议。（Ⅰ）（★）
- 风险应对计划编制所需的工具、方法和技术：①消极风险（或威胁）的应对策略；②积极风险（或机会）的应对策略；③风险接受策略；④应急响应策略。（Ⅰ）（★）
- 通常，使用回避（规避）、转移与减轻 3 种策略应对可能对项目目标存在消极影响的风险或

威胁。（Ⅰ）（★）

- 通常，使用开拓、分享和提高（或强大）3 种策略应对可能对项目目标存在积极影响的风险或机会。（Ⅰ）（★）
- 规避风险是指改变项目计划，以排除风险或条件，或者保护项目目标，使其不受影响，或对受到威胁的一些目标放松要求。这是相对保守的风险对策，在回避风险的同时，也就放弃了项目可能带来的各种收益和发展机会。（Ⅰ）
- 规避风险的一个重要策略是排除风险的起源，即利用分隔将风险源隔离于项目进行的路径之外。（Ⅰ）
- 项目风险管理 20/80 规律：项目所有风险中对项目产生 80%威胁的只是其中的 20%的风险，因此要集中力量去规避这 20%的最危险的风险。（Ⅰ）
- 转移风险是指设法将风险的后果连同应对的责任转移到第三方身上。它只是把风险损失的部分或全部以正当理由让他方承担，而并非将其拔除。对于金融风险而言，风险转移策略最有效。（Ⅰ）
- 风险转移策略需要向风险承担者支付风险费用。转移工具包括但不限于利用保险、履约保证书、担保书、保证书、出售或外包自己不擅长的或自己开展风险较大的部分业务等。（Ⅰ）
- 减轻是指设法把不利的风险事件的概率或后果降低到一个可接受的临界值。（Ⅰ）
- 接受风险策略可分为主动方式和被动方式。最常见的主动接受风险的方式是建立应急储备，应对已知或潜在的未知威胁或机会；被动地接受风险则不要求采取任何行动，将其留给项目团队，待风险发生时视情况进行处理。（Ⅰ）
- 如果组织希望确保机会得以实现，那么对于具有积极影响的风险可采取“开拓”应对策略。该项策略的目的在于通过确保机会肯定实现而消除与特定积极风险相关的不确定性。（Ⅰ）
- 分享积极风险是指将风险的责任分配给最能为项目的利益获取机会的第三方，包括建立风险分享合作关系，或专门为机会管理目的的形成团队、特殊目的项目公司（或合作合资企业）。（Ⅰ）
- 提高策略旨在通过提高积极风险的概率或其积极影响，识别并最大程度发挥这些积极风险的驱动因素，致力于改变机会的“大小”。（Ⅰ）
- 通过促进（或增强）机会的成因，积极强化其触发条件，提高机会发生的概率，也可着重针对影响驱动因素以提高项目机会。（Ⅱ）

11.2.7 风险监控

- 风险控制是指为了改变项目管理组织所承受的风险程度，采取一定的风险处置措施，以最大限度地降低风险事故发生的概率和减小损失幅度的项目管理活动。（Ⅰ）
- 风险监控指跟踪风险、识别剩余风险和新出现的风险、修改风险管理计划、保证风险计划的实施，并评估消减风险的效果，从而保证风险管理能达到预期的目标。（Ⅰ）
- 监控风险实际上是监视项目的进展和项目环境，其目的是：①核对风险管理策略和措施的实际效果是否与预见的相同；②寻找机会发送和细化风险规避计划，获取反馈信息，以便将来的决策更符合实际。（Ⅱ）
- 风险监控的主要工作内容：①执行风险管理计划和风险管理流程；②采取应急措施；③采取权变措施等。（Ⅰ）（★）
- 执行风险管理过程是指确保风险意识是一项在整个项目过程中，全部由项目团队成员执行的不间断的活动。（Ⅰ）
- 实施单独的风险管理计划包括根据规定的里程碑监督风险、制定风险决策与风险减轻策略。（Ⅱ）
- 风险监控技术、方法可分为两大类：①用于监控与项目、产品有关的风险；②用于监控与过程有关的风险。（Ⅰ）

- 风险预警管理是指对于项目管理过程中有可能出现的风险，采取超前（或预先）防范的管理方式，一旦在监控过程中发现有发生风险的征兆，及时采取校正行动并发出预警信号，以最大限度地控制不利后果的发生。（Ⅱ）
- 风险监控的依据（或输入）：①项目管理计划（包括风险管理计划和风险登记单）；②工作绩效信息；③批准的变更请求。（Ⅰ）（★）
- 风险监控的可交付物（或输出）：①风险记录(更新)；②变更申请；③建议的纠正措施；④组织过程资产（更新）；⑤推荐的预防措施。（Ⅰ）（★）
- 风险监控所需的工具、方法和技术：①风险再评估；②风险审计；③变差和趋势分析；④技术绩效衡量；⑤储备金分析（或预留管理）；⑥状态审查会；⑦风险预警系统。（Ⅰ）（★）
- 风险审计在于检查并记录风险应对策略处理已识别风险及其根源的效力，以及风险管理过程的效力。（Ⅰ）
- 通过实现价值分析和项目变差和趋势分析方法，对项目总体绩效进行监控。其分析结果可以揭示项目完成时在成本与进度目标方面的潜在偏离，与基准计划的偏差可能表明威胁（或机会）的潜在影响。（Ⅰ）
- 技术绩效衡量将项目执行期间的技术成果与项目计划中的技术成果进度进行比较。如出现偏差，则意味着项目范围的实现可能存在风险。（Ⅰ）
- 储备金分析是指在项目的任何时点将剩余的储备金金额与剩余风险量进行比较，以确定剩余的储备金是否仍旧充足。（Ⅰ）
- 项目状态审查会所占用的会议时间可长可短，取决于已识别的风险、风险优先度以及应对的难易程度。（Ⅰ）
- 风险监控可能涉及选择备用策略方案、执行某一应急计划、采取纠正措施或重新制定项目计划。（Ⅱ）
- 风险应对责任人定期向项目经理和风险小组负责人报告计划的有效性、任何未曾预料到的影响，以及任何需要的减轻风险的中期纠正措施。（Ⅱ）
- 项目经理在IT项目风险管理中应当做到以下几点：①主动推广项目管理理念；②有效管理项目风险；③多渠道沟通和谈判；④争取高层领导的支持等。（Ⅰ）（★）
- 信息系统项目所面临的常见风险及其产生原因和应对措施如表11-4所示。（Ⅰ）（★）

表11-4 常见项目风险及其产生原因和应对措施

风险项	产生原因	应对措施
没有正确理解业务问题	项目干系人对业务问题的认识不足、计算起来过于复杂、不合理的业务压力、不现实的期限	用户教育、系统所有者和用户的承诺和参与
客户不能恰当地使用和运维各个应用系统	信息系统项目中各个应用系统没有与组织战略相结合、对用户没有做足够的解释	用户的定期参与、项目的阶段交付
拒绝需求变化	固定的预算、固定的期限、决策者对市场和技术缺乏正确的理解	变更管理、应急措施
对工作的分析和评估不足	缺乏项目管理经验、工作压力过大、对项目工作不熟悉	采用标准技术
人员流动	不现实的工作条件、较差的工作关系，缺乏对职员的长远期望	保持好的职员条件、确保人与工作匹配、保持候补、外聘，建立人才储备库
缺乏恰当的技术工具	技术经验不足、缺乏技术管理准则、技术人员的市场调研或对市场的理解有误、研究预算不足	预先测试、教育培训、替代工具
缺乏合适的技术实施人员	对组织架构缺乏认识、缺乏中长期的人力资源计划、组织不重视技术人才和技术工作	外购、招募、培训
缺乏合适的技术平台	缺乏长期远见、没有市场和技术研究、团队庞大陈旧难以转型、缺乏预算	全面评估、推迟决策
技术陈旧过时	缺乏技术前瞻人才、轻视技术、缺乏预算	延迟项目、标准检测、前期研究

11.3 真题透解

【试题描述】

阅读以下说明，根据要求回答问题1～问题3。（15分，2010年下半年试题3）

【说明】

某市石油销售公司计划实施全市的加油卡联网收费系统项目。该石油销售公司选择了系统集成商M作为项目的承包方，M公司经石油销售公司同意，将系统中加油机具改造控制模块的设计和生产分包给专业从事自动控制设备生产的H公司。同时，M公司任命了有过项目管理经验的小刘作为此项目的项目经理。

小刘经过详细的需求调研，开始着手制定项目计划，在此过程中，他仔细考虑了项目中可能遇到的风险，整理出一张风险列表。经过分析整理，得到排在前3位的风险如下：

（1）项目进度要求严格，现有人员的技能可能无法实现进度要求；

（2）现有项目人员中有人员流动的风险；

（3）分包商可能不能按期交付机具控制模块，从而造成项目进度延误。

针对发现的风险，小刘在做进度计划的时候特意留出了20%的提前量，以防上述风险发生，并且将风险管理作为一项内容写进了项目管理计划。项目管理计划制定完成后，小刘通知了项目组成员，召开了第一次项目会议，将任务布置给大家。随后，大家按分配给自己的任务开展了工作。

第4个月底，项目经理小刘发现H公司尚未生产出联调所需要的机具样品。H公司于10天后提交了样品，但在联调测试过程中发现了较多的问题，H公司不得不多次返工。项目还没有进入大规模的安装实施阶段，20%的进度提前量就已经被用掉了，此时，项目一旦发生任何问题就可能直接影响最终交工日期。

【问题1】（4分）

请从整体管理和风险管理的角度指出该项目的管理存在哪些问题。

【问题2】（3分）

项目经理小刘为了防范风险发生，预留了20%的进度提前量，在风险管理中称为__（1）__。

在风险管理的各项活动中，头脑风暴法可以用来进行__（2）__，风险概率及影响矩阵可用来进行__（3）__。

【问题3】（2分）

针对“项目进度要求严格，现有人员的技能可能无法实现进度要求”这条风险，请提出你的应对措施。

【问题4】（6分）

针对“分包商可能不能按期交付机具控制模块，从而造成项目进度延误”这条风险，结合案例，分别按避免、转移、减轻和应急响应4种策略提出具体应对措施。

【要点解析】

【问题1】（4分）

由题干关键信息“项目管理计划制定完成后，小刘通知了项目组成员，召开了第一次项目会议，将任务布置给大家”可知，该项目管理计划缺乏各干系人的参与（尤其是项目组人员）。各干系人的参与项目管理计划的制定过程，将有助于让他们了解计划的来龙去脉，提高他们在项目实施过程中对计划的把握和理解。同时，由于他们的参与包含了他们对项目管理计划的承诺，因此将提高他们执行项目管理计划的自觉性。

由题干关键信息“经过分析整理，得到排在前 3 位的风险如下：……（3）分包商可能不能按期交付机具控制模块，从而造成项目进度延误。……第 4 个月底，项目经理小刘发现 H 公司尚未生产出联调所需要的机具样品”可知，小刘可能在这 4 个月中缺乏（或有但流于形式）对 H 公司生产进度的有效监控（或对该分包项目的监控周期过长）；对已识别的项目风险采取了被动地接受策略，即对已识别的风险不采取任何应对措施，任其发展，待风险发生时视情况进行处理。

由题干关键信息“H 公司于 10 天后提交了样品，在联调测试过程中发现了较多的问题，H 公司不得不多次返工。项目还没有进入大规模的安装实施阶段，20%的进度提前量就已经被用掉了，此时，项目一旦发生任何问题就可能直接影响最终交工日期”可知，小刘对该项目缺乏有效的整体变更控制，对已发生的进度变更，没有及时有效地调整项目管理计划等；对项目变更风险认识不足，未制定（或有但不能有效地执行）相应的变更控制流程；项目实施过程中未能与客户、分包商进行及时、有效的沟通（或未建立有效的沟通机制），没有及时将 H 公司滞后 10 天提交样品与客户沟通，并争取与客户一起制定相应的应对措施。

【问题 2】（3 分）

风险预警管理是指对于项目管理过程中有可能出现的风险，采取超前（或预先）防范的管理方式，一旦在监控过程中发现有发生风险的征兆，及时采取校正行动并发出预警信号，以最大限度地控制不利后果的发生。例如，在本案例中，项目经理小刘为了防范风险发生，预留了 20%的进度提前量。

在风险管理的各项活动中，头脑风暴法是风险识别的主要工具、方法和技术之一，风险概率及影响矩阵可用来进行定性风险分析。

【问题 3】（2 分）

针对项目经理小刘列出的“项目进度要求严格，现有人员的技能可能无法实现进度要求”这条风险，可以采取的应对措施有：积极与公司高层领导沟通，争取指派经验更丰富的人去完成（或帮助完成）项目工作，或者招聘有类似项目实施经验的人员；在防范风险的前提下将包含新技术、新方法的部分外包等。

【问题 4】（6 分）

针对项目经理小刘列出的“分包商可能不能按期交付机具控制模块，从而造成项目进度延误”这条风险，可以采取以下应对措施。

（1）避免策略：即改变项目计划，以排除风险或条件（或保护项目目标使其不受影响，或对受到威胁的一些目标放松要求（如延长进度、缩减项目范围等））；或者排除风险的起源，即利用分隔将风险源隔离于项目进行的路径之外。例如，积极与石油销售公司沟通，争取进行合同变更，从而将该控制模块的设计和生产从原合同中剔除。

（2）转移策略：即设法将风险的后果连同应对的责任转移到第三方身上。例如，积极与石油销售公司沟通，争取石油销售公司直接与 H 公司签订系统中“加油机具改造控制模块的设计和生产”这一部分的相关合同。

（3）减轻策略：即设法把不利的风险事件的概率或后果降低到一个可接受的临界值。例如，对分包商从技术、政策、运行等多方面进行调研、评估与筛选，选择稳定可靠、信誉度高的分包商；争取与客户一起制定该风险的应对措施；或者在资金许可的情况下，再选择一家完成该模块设计和生产的分包商。

（4）应急响应策略：即采用主动接受风险的方式建立应急储备，以应对已知（或潜在）的风险。例如，预留进度的提前量，预留预算的应急储备金；同时在项目进行过程中，将风险管理纳入日常工作，建立风险预警机制。

【参考答案】

表 11-5 给出了本案例试题的参考答案，供读者练习时参考，以便查缺补漏。读者也可依照所给出

的评分标准得出测试分数，从而大致评估自己对这些知识点的掌握程度。

表 11-5 参考答案及评分标准

问题与分值	参考答案及评分标准	自 评 分
【问题 1】（4 分）	①项目管理计划编制过程缺乏各干系人（尤其是项目组人员）的参与； ②小刘缺乏（或有但流于形式）分包项目的有效监控（或对该分包项目的监控周期过长）； ③小刘对已识别项目风险的影响结果认识不足，没有采取任何应对措施； ④小刘对该项目缺乏有效的整体变更控制； ⑤小刘对项目变更风险认识不足，没有及时有效地调整项目管理计划等； ⑥在项目实施过程中未能与客户、分包商进行及时且有效的沟通（或未建立有效的沟通机制） （答案包含但不限于以上要点，列举出其中 4 个小点即可，每小点 1 分，答案类似即可）	
【问题 2】（3 分）	（1）风险预警管理（或风险预留管理，或应急储备） （2）风险识别 （3）定性风险分析 （每空 1 分）	
【问题 3】（2 分）	①积极与公司高层领导沟通，争取指派经验更丰富的人去完成（或帮助完成）项目工作； ②招聘有过类似项目实施经验的人员； ③在防范风险的前提下将包含新技术、新方法的部分外包等 （答案包含但不限于以上要点，列举出其中 1 个小点即可，2 分，答案类似即可）	
【问题 4】（6 分）	①避免策略：积极与石油销售公司沟通，争取进行合同变更，从而将该控制模块的设计和生产从原合同中剔除。 ②转移策略：争取通过沟通使石油销售公司直接与 H 公司签订该控制模块设计和生产这一部分的相关合同；或是在分包合同中明确该风险的具体责任由 H 公司全部承担。 ③减轻策略：选择稳定可靠、信誉度高的分包商；或者在资金许可的情况下，再选择一家完成该控制模块设计和生产的分包商。 ④应急响应策略：预留进度的提前量，预留预算的应急储备金；同时在项目进行过程中，将风险管理纳入日常工作，建立风险预警机制 （答案包含但不限于以上要点，每小点 1.5 分，答案类似即可）	

11.4 强化训练

11.4.1 模拟试题 1

【试题描述】

阅读以下说明，根据要求回答问题 1 ~ 问题 4。（15 分）

【说明】

2010 年 7 月中旬，华南地区 S 市市委党校（以下简称为 S 党校）在其新校区校园一卡通信息系统建设项目中，经过发布需求建议书（RFP）和进行相关的谈判、评估，选定 B 省 TQ 公司为其提供相关的专用硬件设备。UP 公司作为 TQ 公司在 S 市的一级代理商，成为该建设项目的系统集成商。UP 公司指派员工小温为该项目的项目经理。

该项目的施工周期是 5 个月，由 TQ 公司负责提供主要硬件设备，UP 公司负责全面的项目管理和系统集成工作，包括提供相应的附属设备和支持设备，并且负责项目的整体运作和管理。TQ 公司在该项目上与 UP 公司的合同约定：硬件设备安装完毕后就一次性付清相关账款。

2010 年 11 月上旬，整套一卡通信息系统基本安装完毕成。但自该系统试运行之日起，时不时有问题暴露出来。S 党校要求小温尽快给予解决相关问题，并全力满足 S 党校各部门在使用该一卡通信息系统过程中所提出的新功能要求。但其中很多问题涉及 TQ 公司的设备问题。小温通过 UP 公司相关领导要求 TQ 公司予以积极的配合。由于开发周期的原因，TQ 公司无法在短期内满足新的技术指标和相应的新功能，因此该项目被持续延期。为了尽快完成此项目，小温只好不断用 TQ 公司的最新版软件对系统进行升级，甚至派出一名技术员常驻在 S 党校现场。

2011 年 3 月中旬，在小温的协调与努力下，S 党校对该项目进行了预验收。在小温同意承担该一卡通信息系统后期升级工作直到完全满足 RFP 的情况下，S 党校支付了 20%的验收款。然而，2011 年 4 月底，TQ 公司由于内部原因暂时中断了在 S 市的业务，其产品的支持力度大幅下降。为此，小温感觉到该项目的收尾工作是遥遥无期。

【问题 1】（4 分）

结合你的项目管理经验，请指出该项目管理过程所存在的主要问题。

【问题 2】（4 分）

在实施本案例一卡通信息系统时，项目经理小温可能遇到的风险及其理由如下（请将（1）~（4）空缺处填补完整）：

①技术风险：＿（1）＿；

②＿（2）＿：系统运行有风险，因设备供应商可能倒闭而产生；

③＿（3）＿：因与 TQ 公司的付款约定过于简单而产生；

④需求风险：＿（4）＿等。

【问题 3】（2 分）

针对该项目现状，项目经理小温在风险监控过程中可能选用的技术、工具和方法包括＿（5）＿。（请从以下选项中选出相应的编号，不定项选择题）

A．风险管理计划　　B．SWOT 分析法　　C．差异和趋势分析

D．挣值分析　　E．储备金分析　　F．蒙特卡罗分析

G．风险清单　　H．状态审查会　　I．风险数据质量评估

J．技术绩效衡量　　K．影响图　　L．假设分析

【问题 4】（5 分）

结合你的项目管理经验，请简要说明项目经理小温在项目风险管理方面应采取哪些措施以避免类似情况的发生。

11.4.2 模拟试题 2

【试题描述】

阅读以下说明，根据要求回答问题 1 ~ 问题 4。（15 分）

【说明】

2010 年底，某机械制造公司的财务处经过分析发现，员工手机通话量的 75%是在企业内部员工之间进行的，而 85%的企业内部通话者之间的距离不到 1500m。如果能引入一项新技术降低或者免掉内部员工通话费，这对本公司来说将能节省很大一笔费用，对公司的发展意义相当大。财务处将这个分析报告给了公司的总经理，总经理又把这个报告转给了公司信息中心主任老柯，责成他拿出一个解决方案来实现财务处的建议。

老柯找到了公司局域网的原集成商G公司并说明了相关需求。G公司管理层开会研究后，命令项目经理小胡积极跟进，与老柯密切联系。小胡经过调研，选中了一种基于无线局域网IEEE802.11n改进的新技术“无线通”手机通信系统，也了解到有一家山寨机厂家在生产这种新技术手机。这种手机能自动识别“无线通”、移动和联通，其中“无线通”为优先接入。经过初步试验，发现通话效果很好，因为是构建在公司现有的局域网之上，除了需要购买专用无线路由器和这种廉价手机之外，内部通话不用缴费。而附近其他单位听说后，也纷纷要求接入“无线通”，于是小胡准备放号并准备收取这些单位适当的话费。但等到“无线通”在公司内部推广时，发现信号覆盖有空白、噪声太大、高峰时段很难打进打出，更麻烦的是当地政府的主管部门要他们暂停并要对他们罚款。作为项目经理，小胡感到相当大的压力和责任。

【问题1】（3分）

在本案例中，项目机会只有一个，但解决方案有多个，例如：①为员工配备网络电话，即本案例中的“无线通”等；②___（1）___；③___（2）___；④___（3）___等。

【问题2】（3分）

结合本案例，在实施“无线通”系统时，项目经理小胡可能遇到的风险及其依据如下，请用直线将两者对应地连接起来。

①市场风险　　　　A．基于IEEE802.11n改进的“无线通”手机通信系统
②政策风险　　　　B．一家山寨机厂家在生产这种新技术手机
③技术风险　　　　C．准备放号并收取适当的话费

【问题3】（3分）

在项目经理小胡进行项目风险管理的各项活动中，风险核对表法可用来进行___（4）___，访谈可用来进行___（5）___，德尔菲技术可用来进行___（6）___。

【问题4】（6分）

结合你的项目管理经验，针对上述案例中的问题，请简要说明项目经理小胡如何开展该项目的后续工作（请列举出3点）。

11.4.3 模拟试题3

【试题描述】

阅读以下说明，根据要求回答问题1～问题4。（15分）

【说明】

R市电力公司准备在其市区及所辖各县实施远程无线抄表系统，代替人工抄表。经过考察，该电力公司指定了国外的A公司作为远程无线抄表系统的无线模块提供商，并选定本市Z智能电气公司作为项目总包单位，负责购买相应的无线模块，开发与目前电力运营系统的接口，进行全面的项目管理和系统集成工作。Z公司的老刘是该项目的项目经理。

在初步了解用户的需求后，老刘立即带领项目组着手系统的开发与集成工作。125天后，整套系

统一次性安装完成，通过初步调试后就交付用户使用。但从系统运行之日起，不断有问题暴露，电力公司要求 Z 公司负责解决。可其中很多问题均涉及到无线模块，例如数据实时采集时间过长、无线传输时数据丢失，甚至有关技术指标不符合国家电表标准等。于是老刘同 A 公司联系并要求解决相关技术问题，而此时 A 公司因内部原因退出中国大陆市场。因此，系统不得不面临改造。

【问题 1】（4 分）

针对“在初步了解用户的需求后，老刘立即带领项目组着手系统的开发与集成工作。125 天后，整套系统一次性安装完成，通过初步调试后就交付用户使用”现象，结合案例，请简要分析 Z 公司在项目执行过程中存在哪些主要问题？

【问题 2】（5 分）

在进行项目风险管理时首先要进行风险的识别。项目风险识别的根本目的是：__（1）__。

项目经理老刘应该认识到，项目风险识别要解决的主要问题包括：

（1）识别并确定项目有__（2）__；

（2）识别引起这些风险的__（3）__；

（3）__（4）__等。

【问题 3】（4 分）

结合你的项目管理经验，请简要分析该项目选用 A 公司无线模块产品存在哪些风险？并简要说明理由。

【问题 4】（2 分）

结合你的项目管理经验，针对项目风险管理和上述案例中的问题，请帮助项目经理老刘简要列举出两个在该系统改造过程中应该针对性开展的工作。

11.4.4 参考答案

表 11-6～表 11-8 分别给出了模拟试题 1～模拟试题 3 的参考答案，供读者练习时进行参考，以便查漏补缺。读者也可依照所给出的评分标准得出测试分数，从而大致评估自己对这些知识点的掌握程度。

表 11-6 模拟试题 1 参考答案及评分标准

问题与分值	参考答案及评分标准	自 评 分
【问题 1】（4 分）	①该项目风险过度集中在 UP 公司身上：一方面它需要依赖代理 TQ 公司的产品生存，另一方面它还必须要满足用户的具体需求； ②小温及 UP 公司对该项目没有实施有效的风险管理； ③没有充分了解用户需求（或没有实施有效的范围管理），导致项目在试运行期间不断涌现出新的用户需求； ④没有实施有效的合同管理流程（答案包含但不限于以上要点，每小点 1 分，答案类似即可）	
【问题 2】（4 分）	（1）该项目硬件设备及其软件升级过分依赖于 TQ 公司的产品 （2）市场风险（或采购风险，或运行风险） （3）财务风险 （4）项目在试运行期间不断涌现出新的用户需求 （答案包含但不限于以上要点，每空 1 分，答案意思相近即可）	

续表

问题与分值	参考答案及评分标准	自 评 分
【问题3】（2分）	C、E、H、J（2分，多选、错选不得分，少选一项扣0.5分）	
【问题4】（5分）	①对建议方提出的RFP进行一对一应答，以规避潜在的风险； ②将风险管理纳入项目日常工作的重要步骤； ③编制有针对性的风险管理计划； ④发挥团队智慧充分分析该项目质量、成本、进度与风险之间的关系； ⑤及时监控项目风险，并建立相应的风险管理预警机制； ⑥多渠道沟通和谈判； ⑦争取高层领导对本项目的参与和支持 （答案包含但不限于以上要点，答出其中5个小点即可，每小点1分，答案类似即可）	

表 11-7　模拟试题 2 参考答案及评分标准

问题与分值	参考答案及评分标准	自 评 分
【问题1】（3分）	（1）发布新的通信费报销规定，降低报销标准； （2）为员工固话配备无绳电话； （3）为员工配备对讲机（或小灵通，或其他类似功能的产品） （每空1分，答案顺序不限，答案包含但不限于以上要点，答案意思相近即可）	
【问题2】（3分）	①——B　　②——C ③——A （每条连接线1分）	
【问题3】（3分）	（4）风险管理计划编制　　（5）定量风险分析 （6）风险识别 （每空1分）	
【问题4】（6分）	①停止放号，系统的运行只局限在本公司办公场所； ②同时咨询是否有政策（法规）限制； ③改进技术方案，例如增加无线发射点、扩大接入能力及无线带宽；扩大覆盖范围、降低噪声； ④寻找替代方案（重新选择方案） （答案包含但不限于以上要点，答出其中3个小点即可，每小点2分，答案类似即可）	

表 11-8　模拟试题 3 参考答案及评分标准

问题与分值	参考答案及评分标准	自 评 分
【问题1】（4分）	①Z公司没有详细了解用户需求，以及进行用户需求确认等工作 ②Z 公司整个开发过程缺乏用户参与（注：例如进行阶段式的验收，阶段性成果的签字确认等工作）。 ③Z公司对项目风险认识不足，没有实施有效的风险管理 （答案包含但不限于以上要点，答出其中两个小点即可，每小点2分，答案类似即可）	
【问题2】（5分）	（1）要缩小和取消项目风险可能带来的不利后果（1分），争取和扩大项目风险可能带来的有利机会（1分，答案意思相近即可） （2）哪些潜在的风险（1分，答案意思相近即可） （3）主要因素（1分） （4）识别项目风险可能引起的后果（1分，答案意思相近即可）	
【问题3】（4分）	①技术风险（1分）：无线模块提供商A公司的产品和技术是否满足用户的需求，能否提供相应的技术支持以解决出现的问题（1分）； ②运行风险（1分）：A公司退出中国大陆市场，甚至可能会倒闭（1分）（答案包含但不限于以上要点，答案类似即可）	
【问题4】（2分）	①对原有方案进行充分评估，进行系统改造的可行性分析； ②对新采用的无线模块提供商从技术、政策、运行等方面进行调研和评估； ③与客户充分沟通，详细了解用户的需求，特别是重要的技术指标，对于不能满足的需求或者技术指标，向客户详细说明； ④在项目进行过程中，将风险管理纳入日常工作，建立风险预警机制 （答案包含但不限于以上要点，答出其中两个小点即可，每小点1分，答案类似即可）	

第 12 章 项目采购管理

12.1 备考指南

12.1.1 考纲要求

本科目考试大纲是按项目生命周期各阶段来展现案例分析试卷所要考核的相关内容的，且在“项目采购管理”知识模块上没有体现任何直接字眼，即没有给出具体的考核要求。

12.1.2 考点统计

至 2010 年 12 月为止，本章知识点暂时没有以独立案例试题出现在历年真题中。

12.1.3 命题特点

鉴于系统集成项目管理工程师考试采用模块化的命题风格，且参考项目管理其他知识领域的历年命题风格，本章知识点将可能以简答题、判断题、填空题、选择题、连线题和计算题的组合题型出现在试卷中。本章知识点在每次考试中所考查的题量最多为 1 道综合题，试题中可能包含有 3～5 个问题，所占分值约为 10～15 分（约占试卷总分值 75 分中的 13.33%～20%）。本章知识点也可能与项目整体管理、范围管理、沟通管理等知识模块，以及《政府采购法》、《招标投标法》、《合同法》相结合进行案例分析方面的综合命题。案例中所提出的问题侧重于实践应用，用于检查考生是否理解相关的理论知识和是否具有相关的实践应用经验，考试难度系数为中等。从知识点考查深度的角度分析，预计该部分试题在知识点的“识记、理解、应用”3 个层面上所占的比例大致为 2:1:1。

本章知识点命题思路可能表现为：给出某项目在采购管理方面的案例场景描述，要求结合相关法律法规，指出该案例场景中存在哪些问题并说明相关原因；给出解决这些问题的补救措施（或建议）；给出 1 个该案例涉及且与采购管理基础知识点相关的简答题（或判断题、填空题等）。

12.1.4 学习建议

项目采购管理是为完成项目工作，从项目团队外部购买或获取所需产品、服务或成果的过程。采购管理过程包括编制采购计划、编制询价计划、询价、供方选择、合同管理和合同收尾等。其中，编制询价计划、询价、供方选择、合同管理等知识模块是本章的考核重点。采购过程是一个学习、进步和成熟的过程，读者应该积极、主动的面对，特别要注意做好充分地准备。

随着考试次数的不断积累，试题的命题范围将越来越窄，这势必使得本章知识点成为当前及未来一段时间内命题的关注点之一。鉴于系统集成项目管理工程师考试采用模块化的命题风格，因此在今后考试中与本章相关的试题将可能有 1 道综合题的考查量。通过基于本章知识点的试题命题思路、表现形式和考查内容的创新与发展，从而来体现作为一门中级职称资格考试所应具有的考核深度和广度。

建议读者一定要熟练掌握本章所归纳、列举的案例分析试题，多动笔练习此类综合应用试题，以扩展自己的知识面，并多花心思归纳总结解题经验，努力做到举一反三、灵活应用相关知识点，以便考试时能灵活变通，节约在这些知识点上的解题思考时间。本章力求以发展的眼光和实用的角度来预测并挖掘“项目采购管理”的相关考核点，以增强读者学习相关知识点的目的性。

12.2 知识点清单

12.2.1 基础知识

- 项目采购管理是为完成项目工作，从项目团队外部购买或获取所需产品、服务或成果的过程。（Ⅰ）
- IT 项目采购的对象一般分为工程、产品/货物和服务三大类，有时工程或服务会以项目的形式通过招标投标过程成交。（Ⅰ）
- 采购必须满足技术与质量要求，同时应满足经济性或价格合理的要求。（Ⅰ）
- 采购管理过程包括：①编制采购计划；②编制询价计划；③询价；④供方选择（招标）；⑤合同管理和收尾。（Ⅰ）（★）
- 一份采购合同包括条款与付款条件，以及买方所依赖的其他条款，以确定卖方需要完成的任务或提供的产品。（Ⅰ）
- 通常，合同要经过更为严格的审批过程。评审和审批过程的主要目标是确保合同描述的产品、服务（或成果）能够满足项目的需要。（Ⅰ）
- 项目采购管理框架如表 12-1 所示。（Ⅰ）（★）

表 12-1 项目采购管理框架

过 程	依 据	工具和技术	输 出
编制采购计划	①范围基准；②项目干系人的需求文档；③合作协议；④风险记录；⑤与风险相关的合同决定；⑥活动资源需求；⑦项目进度；⑧活动成本估计；⑨性能价格比基准；⑩事业环境因素；⑪组织过程资产	①自制或外购决策； ②专家判断； ③合同类型的选择等	①采购管理计划； ②采购工作说明书（SOW）； ③“自制/外购”决定； ④变更申请
编制询价计划	①采购管理计划； ②工作说明书； ③项目管理计划； ④“自制/外购”决定	①标准表格； ②专家判断	①采购文件； ②评估标准及其在采购管理中的实际应用； ③工作说明书（更新）
询价	①组织过程资产； ②采购管理计划； ③采购文件	①投标人会议； ②刊登广告； ③制订合格卖方清单	①合格卖方清单； ②采购文件； ③建议书

续表

过　程	依　据	工具和技术	输　出
招标（供方选择）	①建议书； ②评估标准； ③组织过程资产； ④风险数据库（或风险清单）； ⑤风险相关的合同协议； ⑥合格卖方清单； ⑦采购文件包	①加权系统； ②独立估算； ③筛选系统； ④合同谈判； ⑤卖方评级； ⑥专家判断； ⑦建议书评估	①选中的卖方； ②合同； ③合同管理计划； ④资源可用性； ⑤采购管理计划（更新）； ⑥请求的变更
合同管理	①合同； ②合同管理计划； ③已批准的变更申请； ④工作绩效信息； ⑤选中的供方； ⑥绩效报告	①合同变更控制系统； ②买方主持的绩效评审； ③检查和审计； ④绩效报告； ⑤支付系统； ⑥索赔管理； ⑦记录管理系统	①合同文件； ②请求的变更； ③组织过程资产（更新）； ④推荐的纠正措施； ⑤更新的项目管理计划(主要有：更新的采购管理计划和合同管理计划)
合同收尾	①合同文件； ②合同管理计划； ③合同收尾程序	①采购审计； ②合同档案管理系统	①合同收尾； ②组织过程资产（更新）

- 软件项目采购与外包中存在的问题：①软件项目的采购与外包管理工作尚未形成完备的管理体制和标准；②软件产品作为一种特殊的产品，具有高度地不可测量性和可变性；③软件企业的运作方式差别很大，人为因素比重大，很难进行量化管理；④由于不确定因素太多，许多软件开发企业难以精确控制项目进度、质量、成本和资源；⑤采购方与供应方的信息严重不对称等。（Ⅰ）
- 当定制开发的外包软件不能达到企业的要求时，采购方往往会在第一时间把责任推给外包商。但实际经验表明，很多定制产品失败的主要原因有：①采购方对需求不明确，没有确定软件产品范围；②没有做出适当的项目开发与运行环境的评估；③没有认真的审定开发方提交的系统规格说明；④没有制定软件产品的质量标准和系统验收标准与流程；⑤没有有效地监督项目的开发进度、没有及时的与软件开发商进行沟通与协调；⑥没有在决定软件外包时处理好双方合作模式与监督机制等。（Ⅰ）
- 软件项目采购相关问题的解决建议：①要更加关注项目采购与外包的范围、质量与进度；②选择适合的开发商，不能仅以价格来做最终决定；③除了管理自己内部的技术人员和用户群体外，更要关注开发商的开发团队，特别是项目组开发人员；④设立一位项目负责人或项目经理来负责项目的采购与外包管理；⑤采购方项目经理的首要任务是编制一个详细的、完整的采购项目计划，在计划中应该列出每一项工作，以及需要哪方面的哪些人来共同执行。（Ⅰ）

12.2.2 编制采购计划

- 编制采购计划的依据（或输入）：①范围基准；②项目干系人的需求文档；③合作协议；④风险记录（或风险登记册）；⑤与风险相关的合同决定；⑥活动资源要求；⑦项目进度；⑧活动成本估计；⑨性能价格比基准；⑩事业环境因素；⑪组织过程资产。（Ⅰ）（★）
- 编制采购计划的可交付物（或输出）：①采购管理计划；②采购工作说明书；③“自制/外购”决定；④变更申请。（Ⅰ）（★）
- 自制或外购决策、专家判断、合同类型的选择等是编制采购计划过程的常用技术、方法。（Ⅰ）（★）
- 编制采购计划过程的第一步是确定项目的某些产品、服务和成果是项目团队自己提供还是通过采购来满足，然后确定采购的方法和流程，以及找出潜在的卖方、确定采购多少、确定何时采购，并把这些结果都写到项目采购计划中。（Ⅰ）

- 在编制采购计划过程期间，项目进度计划对采购计划有很大的影响。在制订项目采购管理计划过程中做出的决策也能影响项目进度计划，并且与制订进度、活动资源估算、“自制/外购”决定过程相互作用。（Ⅰ）
- 编制采购计划过程应该考虑与每一个“自制/外购”决定关系密切的风险，还要考虑评审合同的类型，以减轻风险或把风险转移到卖方。（Ⅱ）
- 采购管理计划内容包括：①采用的合同类型；②是否采用独立估算作为评估标准，由谁来准备独立估算？何时进行独立估算？③如果项目的执行组织设有采购、合同或者发包部门，项目管理团队本身能采取哪些行动？④标准的采购文件；⑤管理多个供应商；⑥协调采购与项目的其他方面（如确定进度与绩效报告）；⑦能对计划的采购造成影响的任何约束和假定；⑧处理从卖方购买产品所需的提前订货期，并与他们一起协调项目进度制订过程；⑨进行“自制/外购”决策，并与活动资源估算过程、制订进度计划过程联系起来；⑩确定每个合同中规定的可交付成果的日期安排，并与进度制订过程、进度控制过程相协调；⑪确定履约保证金或者保险合同，以减轻项目的风险；⑫为卖方提供指导，以帮助其制订与维护工作分解结构；⑬确定用于采购或合同工作说明书的形式和格式；⑭确定通过资格预审的卖方；⑮管理合同和评估卖方的衡量指标。（Ⅰ）（★）
- 采购计划还包括对潜在卖方的考虑，特别在买方希望能影响和控制卖方对于合同的分包时。（Ⅱ）
- 对所购买的产品、成果或服务来说，采购工作说明书定义了与合同相关的部分项目范围。每个采购工作说明书（SOW）来自于项目范围基准。（Ⅰ）（★）
- 采购工作说明书中的信息有规格说明书、期望的数量和质量等级、性能数据、履约期限、工作地及其他要求。（Ⅰ）
- 在确定“自制/外购”的过程中，为了应对某些已被识别的风险，还要决定是买保险还是履约保证金。（Ⅰ）
- “自制/外购”文档只需列出决策的原因与依据即可。（Ⅱ）
- 任何预算限制都可能是影响“自制/外购”决定的因素。如果决定购买，还要进一步决定是购买还是租借。“自制/外购”分析应该考虑所有相关的成本，无论是直接成本还是间接成本。（Ⅰ）
- 成本补偿合同分为以下三类（Ⅰ）（★）：
  ①成本加酬金合同，即项目成本 = 允许成本 + 一定酬金；
  ②成本加固定酬金合同，即项目成本 = 允许成本 + 固定酬金；
  ③成本加鼓励酬金合同，即项目成本 = 允许成本 + 根据合同执行绩效决定酬金（或者执行绩效不好也要负担超出的成本）。
- 合同类型的相关知识点请参见第 13 章第 13.2.2 节。
- 采购工作说明书包括的主要内容：前言、服务范围、方法、假定、服务期限和工作量估计、双方角色和责任、交付资料、完成标准、顾问组人员、收费和付款方式、变更管理等。（Ⅰ）（★）
- 采购工作说明书是对项目所要提供产品、成果或服务的描述。内部的工作说明书也称为任务书。（Ⅰ）
- 采购工作说明书与项目范围说明书的区别：工作说明书是对项目所要提供产品或服务的叙述性描述。项目范围说明书则是通过明确项目应该完成的工作而确定项目的范围。（Ⅰ）（★）

12.2.3 编制询价计划

- 编制询价计划过程为下一步询价、招标所需要的文件做准备，并确定供方所需要的评定标准。（Ⅰ）
- 编制询价计划过程的依据（或输入）：①采购管理计划；②工作说明书；③项目管理计划；④“自制/外购”决定。（Ⅰ）（★）
- 编制询价计划过程的可交付物（或输出）：①采购文件；②评估标准；③工作说明书（更新）。（Ⅰ）（★）
- 编制询价计划过程所需的工具和技术：①标准表格；②专家判断。（Ⅰ）（★）
- 标准表格包括合同的标准格式、采购事项的说明标准、保密协议、知识产权协议、报价评价标准检查单，以及全部或部分招标投标文件的标准版本。（Ⅰ）
- 采购文件用于得到潜在卖方的报价建议书。当选择卖方的决定基于价格（如购买商业产品或标准产品）时，通常使用“标价（或报价）”这个术语；而当技术能力或技术方法等其他考虑极为重要时，通常使用“建议书”这个术语。（Ⅰ）
- 方案邀请书（RFP）是用来征求潜在供应商建议的文件，也称为请求建议书。（Ⅰ）
- 报价邀请书（RFQ）是一种在主要依据价格选择供应商时，用于征求潜在供应商报价的文件，也称为请求报价单。一般项目执行组织多在涉及简单产品的招标中使用 RFQ。（Ⅰ）
- 征求供应商意见书（RFI）用于征求供应商意见，以使需求明确化。（Ⅱ）
- 评估标准用来评价卖方的建议书或为其评分，评估标准可以是客观的（如要求推荐使用的项目经理具有项目经理资质证书），也可以是主观的（如要求推荐使用的项目经理具有管理类似项目的经验）。（Ⅱ）

12.2.4 询价

- 询价过程从潜在的卖方处获取如何满足项目需求的答复，如投标书和建议书。（Ⅰ）
- 通常，询价过程是由潜在的卖方完成的大部分实际工作，项目或买方无须支付直接费用。（Ⅰ）
- 询价的依据（或输入）：①组织过程资产；②采购管理计划；③采购文件。（Ⅰ）（★）
- 询价的可交付物（或输出）：①合格卖方清单；②采购文件；③建议书。（Ⅰ）（★）
- 询价所需的工具、方法和技术：①投标人会议；②刊登广告；③制订合格卖方清单。（Ⅰ）（★）
- 投标人会议（也称为发包会、承包商会议、供应商会议、投标前会议或竞标会议）是指在准备建议书之前与潜在供应商举行的会议。（Ⅰ）（★）
- 投标人会议用于确保所有潜在供应商对采购目的（如技术要求和合同要求等）有一个清晰、共同的理解。对供应商问题的答复可能作为修订条款包含到采购文件中。（Ⅰ）
- 采购文件是买方准备发给每一个卖方的正式邀请，其描述了要采购的原材料、产品、货物或服务，是卖方准备投标文件的依据。（Ⅰ）（★）
- 建议书是由潜在的、合格的卖方准备的文件，用来阐明该卖方有能力和愿望提供买方所需的产品、成果或服务。建议书应该按相应的采购文件的要求拟定，并可反映相关的合同原则。（Ⅰ）
- 卖方的建议书应买方的要求提供正式的合理报价。（Ⅰ）
- 卖方的建议书回应买方的采购文件并构成正式和合法的要约。（Ⅰ）

12.2.5 招标与投标

- 招标与投标工作无论对项目中的哪一方而言，都是项目的前期工作，是项目顺利实施的基础性工作。（Ⅰ）

- 招标投标的相关知识点请参见第3.3节和第3.4节，以下内容是对相关知识点的补充。
- 在招标文件要求提交投标文件截止时间至少15日前，招标人可以以书面形式对已发出的招标文件进行必要的澄清或者修改。该澄清或者修改内容是招标文件的组成部分。（Ⅰ）
- 招标人根据评标委员会提出的书面评估报告和推荐的中标候选人确定中标人。招标人也可以授权评标委员会直接确定中标人。（Ⅰ）
- 招标文件不得要求或者标明特定的生产供应者，以及含有倾向或者排斥潜在投标人的其他内容。（Ⅰ）
- 招标人不得向他人透露已获取招标文件的潜在投标人的名称、数量，以及可能影响公平竞争的有关招标投标的其他情况。招标人设有标底的，标底必须保密。（Ⅰ）（★）
- 招标人应当确定投标人编制投标文件所需要的合理时间。依法必须进行招标的项目，自招标文件开始发出之日起至提交投标文件截止之日止，最短不得少于20日。（Ⅰ）（★）
- 在招标投标活动中，招标代理机构的权利是：①组织和参与招标活动；②依据招标文件规定，审查投标人的资质；③按规定标准收取招标代理费。（Ⅱ）
- 招标代理机构的义务是：①维护招标人和投标人的合法利益；②组织编制、解释招标文件；③接受国家招标投标管理机构和有关行业组织的指导、监督。（Ⅱ）
- 依据《招标投标法》，招标投标程序是：①招标人采用公开招标方式的，应当发布招标公告；招标人采用邀请招标方式的，应当向3个以上具备承担招标项目的能力、资信良好的特定的法人或者其他组织发出投标邀请书；②招标人根据招标项目的具体情况，可以组织潜在投标人踏勘项目现场；③投标人投标；④开标；⑤评标；⑥确定中标人；⑦订立合同。（Ⅰ）（★）
- 投标人在招标文件要求提交投标文件的截止时间前，可以补充、修改或者撤回已提交的投标文件，并书面通知招标人。（Ⅰ）
- 投标人根据招标文件载明的项目实际情况，拟在中标后将中标项目的部分非主体、非关键性工作进行分包的，应当在投标文件中载明。（Ⅰ）（★）
- 开标应当在招标文件确定的提交投标文件截止时间的同一时间公开进行；开标地点应当为招标文件中预先确定的地点。开标由招标人主持，邀请所有投标人参加。（Ⅰ）
- 评标委员会可以要求投标人对投标文件中含义不明确的内容做必要的澄清或者说明，但是澄清或者说明不得超出投标文件的范围或者改变投标文件的实质性内容。（Ⅰ）
- 中标人的投标应当符合下列条件之一：①能够最大限度地满足招标文件中规定的各项综合评价标准；②能够满足招标文件的实质性要求，并且经评审的投标价格最低，但是投标价格低于成本的除外。（Ⅰ）
- 询价计划编制过程为供方选择过程提供了评估标准。除了使用采购成本或价格外，在该过程中也会使用综合评价标准。（Ⅰ）
- 单项加权综合分求解方法：先求出每个评定人所打分数的平均分，再将结果乘以权重比例，即为某个单项的综合分。（Ⅰ）（★）
- 供方选择的依据（或输入）：①建议书；②评估标准；③组织过程资产；④风险数据库；⑤风险相关的合同协议；⑥合格卖方清单；⑦采购文件包。（Ⅰ）（★）
- 供方选择的可交付物（或输出）：①选中的卖方；②合同；③合同管理计划；④资源可用性；⑤对采购管理计划的更新。（Ⅰ）（★）
- 供方选择的所需的工具和技术：①加权系统；②独立估算；③筛选系统；④合同谈判。（Ⅰ）（★）
- 独立估算也称为“合理费用”估算，即采购组织能够对其成本进行独立的估算以检查卖方建议书中的报价。（Ⅱ）
- 投标人相互串通投标或者与招标人串通投标的，或者投标人通过向招标人或者评标委员会成员行贿谋取中标的，中标无效，并处中标项目金额 0.5%以上、1%以下的罚款，对单位直接负责的主管人员和其他直接责任人员处单位罚款数额 5%以上、10%以下的罚款。（Ⅱ）

12.2.6 合同管理

- 合同的内容就是当事人订立合同时的各项合同条款。其主要内容包括当事人各自权利和义务、项目费用及工程款的支付方式、项目变更约定和违约责任等。（Ⅰ）
- 采购合同管理的主要目的是：①采购合同的有效执行。项目执行组织在签订采购合同后，应该定时监督和控制供应商的产品供货和相关的服务情况。要督促供应商按时提供产品和服务，保证项目的工期。②采购产品及服务质量的控制。为了保证该项目所使用的各项物力、人力资源是符合预计的质量要求和标准的，项目执行组织应该对来自于供应商的产品和服务进行严格的检查和验收工作，可以在项目组织中设立质量小组或质量工程师，以完成质量的控制工作。（Ⅱ）
- 合同管理的依据（或输入）：①合同及合同管理计划；②绩效报告；③已批准的变更申请；④工作绩效信息；⑤选中的供方。（Ⅰ）（★）
- 合同管理的工具和技术有：合同变更控制系统、买方主持的绩效评审、检查和审计、绩效报告、支付系统、索赔管理和自动的工具系统等。（Ⅰ）（★）
- 合同管理的输出(或交付物)：①合同文件；②请求的变更；③组织过程资产（更新）；④推荐的纠正措施。（Ⅰ）（★）
- 合同管理要点请参见第 13.2.4 节。

12.2.7 合同收尾

- 完成每一次项目采购后，都需要合同收尾过程。它之所以支持项目收尾或者阶段收尾过程，是因为其核实本阶段或本项目所有工作和项目可交付物是否是可接受的。（Ⅰ）
- 合同收尾要完成以下工作：①进行产品审核以确认是否所有的工作都正确圆满地完成；②通过管理活动来更新记录以反应最终结果；③将信息存档以备将来使用。（Ⅰ）
- 合同收尾的依据（或输入）：①合同文件；②合同管理计划；③合同收尾程序。（Ⅰ）（★）
- 合同收尾的可交付物（或输出）：①合同收尾；②对组织过程资产的更新。（Ⅰ）（★）
- 合同收尾的所需的工具和技术：①采购审计；②合同档案管理系统。（Ⅰ）（★）
- 在合同收尾前任何时候，只要在合同变更控制条款下经双方同意可以对合同进行修订。（Ⅰ）
- 合同的提前终止是合同收尾的特殊情况，它产生于双方的协商一致、或一方违约、或合同中提到了买方有权决定。在合同的终止条款中明确了提前终止情况下各方的权利和责任。（Ⅱ）
- 采购审计的主要目的是找出本次采购的成功和失败之处，以供项目执行组织内的其他项目借鉴。（Ⅰ）
- 合同收尾对组织过程资产的更新包括但不限于以下方面：①合同文件；②可交付物验收；③经验教训文件。（Ⅱ）

12.3 真题透解

至 2010 年 12 月为止，本章知识点暂时没有以独立案例试题出现在历年真题中。

12.4 强化训练

12.4.1 模拟试题 1

【试题描述】

阅读以下说明，根据要求回答问题 1 ~ 问题 3。（15 分）

【说明】

有类似项目管理经历的老王受命帮助 Z 省政府职能部门编制某系统集成项目的招标文件。该系统集成项目和预算投资为 250 万元，主要分为工程 α、工程 β 和工程 γ 3 个部分。

在老许帮忙编制的招标文件中，招标人对投标有关时限的规定如下：

①投标截止时间为自招标文件停止出售之日起第二十日下午 17 时整；

②接受投标文件的最早时间为投标截止时间前 72 小时；

③若投标人要修改、撤回已提交的投标文件，需在投标截止时间 48 小时前提出；

④中标有效期从发售招标文件之日开始计算，共 30 天。

该招标文件中规定：工程 α 应由具有一级资质的企业承包，工程 β 和工程 γ 应由具有二级及以上资质的企业承包，招标人鼓励投标人组成联合体投标。该招标文件中还规定：由于项目工期比较紧张，因此在项目实施过程中若需要继续从原供应商处添购总价低于 5 万元的硬件设备，告知建设方后可由中标人自由采购，以保证与原有采购的硬件设备一致性，并享受配套的售后服务。

在参加投标的公司中，A、B、C、D、E、F 为能够承建工程 α 的集成公司，G、H、J、K 为能够承建工程 β 的集成公司，L、N、P 为能够承建工程 γ 的集成公司。除了 H、K、N 公司为二级资质企业外，其余均为一级资质企业。上述公司分别组成联合体投标，各联合体具体组成如表 12-2 所示。

表 12-2 各联合体的组成表

联合体编号	Ⅰ	Ⅱ	Ⅲ	Ⅳ	Ⅴ	Ⅵ
联合体组成	D、K	C、J、P	A、H	E、L	B、F	G、N

【问题 1】（8 分）

结合你的项目管理经验，请分别指出该招标文件中相关时限的规定是否正确，并简要说明理由。

【问题 2】（3 分）

结合你的项目管理经验，请指出该项目对需要添购总价低于 5 万元的硬件设备的相关规定是否合理？若合理，请简要说明依据；若不合理，也请简要说明理由。

【问题 3】（4 分）

请按联合体的编号，判断各联合体的投标是否有效？若无效，请简要说明原因。

12.4.2 模拟试题 2

【试题描述】

阅读以下说明，根据要求回答问题 1 ~ 问题 3。（15 分）

【说明】

某国有大中型企业 FE 公司计划建立适合其业务特点的 ERP 系统。为了保证 ERP 系统的成功实施，FE 公司选择了一家较知名的监理单位，帮助选择供应商并协助策划 ERP 的方案。

在监理单位的协助下，FE 公司编制了招标文件，并于 3 月 6 日发出招标公告，规定投标截止时间为 3 月 21 日 18 时。在截止时间前，FE 公司共收到 A、B、C、D 四家公司的投标书，其中，B 公司为一家外资企业。FE 公司觉得该项目涉及公司的业务秘密，不适合由外资企业来承担。因此，在随后制定评标标准的时候，特意增加了关于企业性质的评分条件：国有企业可加 2 分，民营企业可加 1 分，外资企业不加分。

FE 公司又组建了评标委员会，其中包括 FE 公司的领导一名，FE 公司上级主管单位分管领导一名，其他 4 人为邀请的行业专家。在评标会议上，评标委员会认为 A 公司的投标书能够满足招标文件中规定的各项要求，但报价低于成本价，因此选择了投标书满足要求，但报价次低的 D 公司作为中标单位。

在发布中标公告后，FE 公司与 D 公司准备签订合同。但此时 D 公司提出，虽然招标文件中规定了合同格式并对付款条件进行了详细的要求，但这种付款方式只适用于硬件占主体的系统集成项目，对于 ERP 系统这种软件占主体的项目来说并不适用，因此要求 FE 公司修改付款方式。FE 公司坚决不同意 D 公司的要求，D 公司多次沟通未达到目的只好做出妥协，直到第 35 天，FE 公司才与 D 公司最终签订了 ERP 项目合同。

【问题 1】（3 分）

针对“在评标会议上，评标委员会认为 A 公司的投标书能够满足招标文件中规定的各项要求，但报价低于成本价，因此选择了投标书满足要求，但报价次低的 D 公司作为中标单位”情况，结合案例，请简要分析该评标委员会的做法是否正确？简要说明理由。

【问题 2】（7 分）

假设你被 D 公司委任为该项目的项目经理，请简要说明在投标流程中你将参与哪些主要活动？

【问题 3】（5 分）

结合你的项目管理经验，请指出在该项目的招标过程中存在哪些问题？并简要说明依据。

12.4.3 模拟试题 3

【试题描述】

阅读以下说明，根据要求回答问题 1 ~ 问题 3。（15 分）

【说明】

FK 物流服务有限公司（以下简称 FK 公司）是一家专业从事物流包装、流通加工、仓储和运输等业务的第三方物流公司。该公司自主研发了一套物流管理信息系统，以支持日常经营业务处理。系统主要包括货物出入库、点仓、运输调度等承载基本仓储、运输两大块业务运转的功能模块，采用 Visual

C++V3.0 编程语言、SQL Server 数据库和 C/S 技术架构。随着业务的拓展，公司迫切需要将该系统改造成 B/S 技术架构，并新增财务管理、成本核算、物流计费、客户关系管理等功能模块。

为了适应应用需求，FK 公司信息网络中心采用 Java 编程语言对原有系统功能作了技术转型性的改造，花费了半年的时间，完成了成本核算和物流计费模块的开发。FK 公司主管信息化工作的阮总和信息网络中心叶主任经过再三审视，发现单凭自身的力量很难完成系统的开发，主要理由如下：

（1）因为公司有庞大的计算机网络系统和办公应用设备需要维护，公司信息网络中心的人手不够。

（2）开发力量明显不足，已有的系统升级改造由公司引进的一名系统分析师和一名程序员加班加点编制而成，虽经努力但开发出的软件产品质量不高，还不如原有运行了多年的系统稳定，业务部门应用人员怨声载道，信息网络中心的维护人员也疲惫不堪。

（3）新开发出来的系统功能达不到上线的要求，因为业务部门总有提不完的需求，而系统中似乎有改不完的错。

接下来还有许多的子模块要开发，老系统已经不堪重负，新系统又上不了线，阮总和叶主任都为下一步该怎么办感到头痛。

【问题 1】（6 分）

结合你的项目管理经验，请简要列举出让阮总和叶主任感到“头痛”的问题根源。

【问题 2】（5 分）

针对 FK 公司目前所面对的问题，在总结前段工作的基础上，结合自身实际情况，阮总和叶主任提出了如下项目采购解决方案：

（1）公司成立___（1）___小组，阮总任组长，业务部经理和叶主任任副组长，以协调紧急事项并作重大决策；从业务部门抽调业务精英和信息网络中心的原有技术人员组成联合项目组，业务部经理担任项目组负责人，并负责组织和协调业务需求分析工作。

（2）项目组负责对原有系统的运行情况进行系统的检查，对业务部门提出的问题逐一进行鉴别，结合新增的业务需求，编写___（2）___和___（3）___两份文档。

（3）项目进行公开招标采购，采用___（4）___的开发模式，明确公司项目组由原来的专注于系统开发转为专注于系统需求的提炼，负责项目协调、___（5）___、上线等工作，并适度参与软件开发，以利于今后的二次开发和维护。

【问题 3】（4 分）

在阮总和叶主任进行项目采购管理的各项活动中，采购审计可以用来进行___（6）___，刊登公告可用来进行___（7）___，自制或外购决策可用来进行___（8）___，加权系统可用来进行___（9）___。

12.4.4 模拟试题 4

【试题描述】

阅读以下说明，根据要求回答问题 1 ~ 问题 3。（15 分）

【说明】

华南地区 A 市市直机关单位经相关主管部门批准，组织某信息系统建设项目全过程总承包（即 EPC 模式）的公开招标工作。根据实际情况和建设单位要求，该工程工期定为 18 个月。考虑到各种因素的影响，决定该建设项目在基本方案确定后即开始招标，确定的招标程序如下：

①成立该工程招标领导机构；

②委托招标代理机构代理招标；

③发出投标邀请书；

④对报名参加投标者进行资格预审，并将结果通知合格的申请投标人；

⑤向所有获得投标资格的投标人发售招标文件；

⑥召开投标预备会；

⑦招标文件的澄清与修改；

⑧建立评标组织，制定标底和评标、定标办法；

⑨召开开标会议，审查投标书；

⑩组织评标；

⑪与合格的投标者进行质疑澄清；

⑫决定中标单位；

⑬发出中标通知书；

⑭建设单位与中标单位签订承发包合同。

【问题 1】(8 分)

结合你的项目管理经验，请指出上述招标程序中的不妥或不完善之处，并简要说明理由。

【问题 2】(4 分)

该建设项目共有甲、乙、丙、丁、戊 5 家系统集成公司（投标人）投标，在开标过程中出现了如下情况：

（1）投标人乙公司提供的企业法定代表人委托书是复印件，经招标监督机构认定，该投标做无效投标处理；

（2）投标人丁公司的投标书没有按照招标文件的要求进行密封和加盖企业法人印章，经招标监督机构认定，该投标做无效投标处理；

（3）开标人发现在剩余的 3 家投标人中，投标人戊公司的投标报价与标底价格相差较大，经现场商议，也作为无效投标处理。

结合你的项目管理经验，指出以上 3 种处理方式是否正确，并简要说明原因。

【问题 3】(3 分)

建设单位从建设项目投资控制角度考虑，倾向于采用固定总价合同。请简要说明固定总价合同具有哪些特点。

12.4.5 模拟试题 5

【试题描述】

阅读以下说明，根据要求回答问题 1 ~ 问题 4。（15 分）

【说明】

某国有企业 KM 公司由总裁亲自挂帅计划建设适合本企业业务特点的管理信息系统。KM 公司的信息网络中心已初步形成该信息系统的需求文档。目前，该项目招标委托招标代理机构 ZD 采用公开招标方式代理招标。

招标代理机构 ZD 编制了标底（750 万元）和招标文件。招标文件中要求工程总工期为 360 天。按国家工期定额规定，该项目的工期应为 450 万元。

通过资格预审并参加投标的共有 A、B、C、D、E 五家承建单位。开标会议由招标代理机构 ZD 主持，开标结果是这五家投标单位的报价均高出标底近 150 万元。这一异常结果引起了 KM 公司的注意。为了避免招标失败，KM 公司提出由招标代理机构重新复核和制定新的标底。招标代理机构 ZD 复核标底后，确认是由于工作失误，漏算了部分建设子项目，使标底偏低。在修正错误后，招标代理机构确定了新的标底。B、D、E 三家投标单位认为新的标底不合理，向招标人要求撤回投标文件。

由于上述问题纠纷，因此导致定标工作在原定的投标有效期内一直没有完成。为早日开工，KM 公司更改了原定工期和工程结算方式等条件，指定了原报价最低的 C 公司中标。

【问题 1】（3 分）

招标代理机构 ZD 最可能向 KM 公司推荐采用＿（1）＿，理由是＿（2）＿。

（1）A．成本加固定酬金合同　　B．成本加鼓励酬金合同

C．单价合同　　D．总价合同

【问题 2】（7 分）

结合你的项目管理经验，请简要指出上述招标过程存在哪些问题？

【问题 3】（2 分）

针对“B、D、E 三家投标单位认为新的标底不合理，向招标人要求撤回投标文件”情况，结合案例，请简要分析这种做法是否正确，并简要说明理由。

【问题 4】（3 分）

如果该项目招标失败，那么招标人可否另行招标？投标单位的损失是否应由招标人赔偿？为什么？

12.4.6 参考答案

表 12-3～表 12-7 分别给出了模拟试题 1～模拟试题 5 的参考答案，供读者练习时进行参考，以便查漏补缺。读者也可依照所给出的评分标准得出测试分数，从而大致评估自己对这些知识点的掌握程度。

表 12-3 模拟试题 1 参考答案及评分标准

问题与分值	参考答案及评分标准	自 评 分
【问题 1】（8 分）	第①条不正确。《招标投标法》规定：投标截止日期是从招标文件开始发售之日起 20 天（含）以上； 第②条不正确。《招标投标法》规定：招标人接受投标文件为投标截止日期之前的任何时间； 第③条不正确。《招标投标法》规定：投标人在投标截止时间之前可以修改、撤回已提交的投标文件； 第④条不正确。《招标投标法》规定：中标有效期应该从中标通知书发出之日开始计算，且不得超过 30 天，而不是从发售招标文件之日开始计算 （每个“不正确”1 分，每条理由 1 分，答案意思相近即可）	

续表

问题与分值	参考答案及评分标准	自 评 分
【问题 2】（3 分）	不合理（1 分）。 因为该项目属于我国境内政府部门建设项目，所以该采购行为必须符合《政府采购法》的相关规定，采购人应为 S 省政府职能部门，而不是中标人（即承建方）（2 分，答案意思相近即可）	
【问题 3】（4 分）	编号为Ⅰ和Ⅲ的投标联合体投标无效（2 分，漏答 1 个扣 1 分，错答、多答均不给分）。 因为《招标投标法》规定：由同一专业的单位组成的联合体，按照资质等级较低的单位确定资质等级（1 分）。而 H、K 公司为二级资质企业，故联合体编号Ⅰ和Ⅲ的资质为二级，不符合招标文件中相关规定，为无效投标（1 分，答案类似即可）	

表 12-4　模拟试题 2 参考答案及评分标准

问题与分值	参考答案及评分标准	自 评 分
【问题 1】（3 分）	正确（1 分）。 理由：我国《招标投标法》规定："中标人的投标应当符合下列条件：（一）能够最大限度地满足招标文件中规定的各项综合评价标准；（二）能够满足招标文件的实质性要求，并且经评审的投标价格最低；但是投标价格低于成本的除外。"，而 A 公司投标书中的报价低于成本价，违背了该条文规定（2 分，答案意思相近即可）	
【问题 2】（7 分）	①提交投标申请报告，接受资格审查；　②领取招标文件； ③参加现场踏勘（如建设方有组织）；　④参加投标预备会； ⑤组织并主持投标文件的编制；　⑥投送投标文件； ⑦参加开标会议；　⑧投标文件内容澄清（或说明）； ⑨与建设方签订合同等（答案包含但不限于以上要点，每小点 1 分，最多得 7 分，答案类似即可）	
【问题 3】（5 分）	①FE 公司"于 3 月 6 日发出招标公告，规定投标截止时间为 3 月 21 日 18 时"的做法不妥。因为我国《招标投标法》规定：依法必须进行招标的项目，自招标文件开始发出之日起至投标提交投标文件截止之日止，最短不得少于二十日。 ②FE 公司"在随后制定评标标准的时候，特意增加了关于企业性质的评分条件：国有企业可加 2 分，民营企业可加 1 分，外资企业不加分"的做法不妥。因为我国《招标投标法》规定：招标人不得以不合理的条件限制或者排斥潜在投标人，不得对潜在投标人实行歧视待遇。 ③FE 公司所组建的评标委员会人数及构成均不符合法律相关规定。因为我国《招标投标法》规定：依法必须进行招标的项目，其评标委员会由招标人的代表和有关技术、经济等方面的专家组成，成员人数为 5 人以上，其中技术、经济等方面的专家不得少于成员总数的 2/3。 ④"直到第 45 天，FE 公司才与 D 公司最终签定了 ERP 项目合同"的做法不妥。因为我国《招标投标法》规定：招标人和中标人应当自中标通知书发出之日起三十日内，按照招标文件和中标人的投标文件订立书面合同。 ⑤FE 公司所选择的监理单位没有尽到相应的职责。例如没有制止 FE 公司采用不合法的评标条款等。 ⑥D 公司"要求 FE 公司修改付款方式"的做法不妥。因为依据我国《招标投标法》的相关条文规定，招标人和中标人不得再订立背离合同实质性内容的其他协议。 ⑦FE 公司没有依法在确定中标人之日起 15 日内，向有关行政监督部门递交招标投标情况的书面报告（答案包含但不限于以上要点，答出其中 5 个小点即可，每小点 1 分，答案类似即可）	

表 12-5　模拟试题 3 参考答案及评分标准

问题与分值	参考答案及评分标准	自 评 分
【问题 1】（6 分）	①FK 公司本身并非软件开发企业，软件开发不是其强项； ②作为企业的信息管理部门，与 IT 相关的事情都自己来做是不现实的，企业信息管理部门不可能有这么多精力和人手来满足企业信息化的全部需求； ③企业信息网络中心的开发人员对业务人员参与系统升级的重要性认识不足，应当明确业务部门的任务，并与他们一起来完成系统的升级工作 （答案包含但不限于以上要点，每小点 2 分，答案类似即可）	

续表

问题与分值	参考答案及评分标准	自 评 分
【问题2】（5分）	（1）项目领导　（2）需求分析报告 （3）系统升级建议书　（4）外包 （5）监督、测试、验收（每空1分，答案意思相近即可）	
【问题3】（4分）	（6）合同收尾　（7）询价 （8）编制采购计划　（9）供方选择（或招标）（每空1分）	

表12-6　模拟试题4参考答案及评分标准

问题与分值	参考答案及评分标准	自 评 分
【问题1】（8分）	第③条发出招标邀请书不妥，应为发布（或刊登）招标通告（或公告）； 第④条将资格预审结果仅通知合格的申请投标人不妥，资格预审的结果应通知到所有投标人； 第⑥条召开投标预备会之前应先组织投标单位踏勘现场； 第⑧条制定标底和评标定标办法不妥，该工作不应安排在此处进行 （答案包含但不限于以上要点，每小点2分，理由类似即可）	
【问题2】（4分）	第（1）的处理是正确的，企业法定代表人的委托书必须是原件；（1分，理由类似即可，下同） 第（2）的处理是正确的，投标书必须密封和加盖企业法人印章；（1分） 第（3）的处理是不正确的，投标报价与标底价格有较大差异，不能作为判定是否为无效投标的依据（2分）	
【问题3】（3分）	①应在合同中确定一个完成项目固定的总价； ②便于业主（或建设单位）投资控制； ③对承包人来说要承担较大的风险（或发包人承担的风险较小） （答案包含但不限于以上要点，每小点1分，答案类似即可）	

表12-7　模拟试题5参考答案及评分标准

问题与分值	参考答案及评分标准	自 评 分
【问题1】（3分）	（1）D或总价合同（1分） （2）①该项目由KM公司总裁亲自牵头带领； ②KM公司已形成该信息系统初期的需求文档； ③该项目工期约为1年，风险相对较小（答案包含但不限于以上要点，①、②任意答出一点即可，③为必答，每小点1分，共2分，答案类似即可）	
【问题2】（7分）	①开标以后，又重新确定标底； ②在投标有效期内没有完成定标工作； ③更改招标文件的合同工期和工程结算条件； ④直接指定承建单位 （答案包含但不限于以上要点，每小点1.5分，答全得7分，答案类似即可）	
【问题3】（2分）	不正确（1分）。理由：投标是一种要约行为（1分，答案类似即可）	
【问题4】（3分）	招标人可以重新组织招标（1分）； 招标人不应给予赔偿（1分），因为招标属于要约邀请（1分，答案类似即可）	

第 13 章 项目合同管理

13.1 备考指南

13.1.1 考纲要求

根据考试大纲中相应的考核要求，对于“合同管理”知识模块要求考生掌握以下方面的内容：

- 合同及合同的要件
- 合同谈判
- 合同签订
- 合同履行
- 合同变更
- 合同终止
- 合同收尾

13.1.2 考点统计

“项目合同管理”知识模块在历次系统集成项目管理工程师考试试卷中出现的考核知识点及分值分布情况如表 13-1 所示。

表 13-1 历年考点统计表

年 份	题 号	知 识 点	分 值	参考价值
2009 年下半年	试题 1	根据某项目关于合同管理方面的案例说明，要求分析该项目中补充协议的不妥之处，如何应对建设方所提出的索赔要求，简叙合同的索赔流程等知识点	15 分	★★★★★
2010 年上半年	试题 1	根据某项目关于合同管理和整体管理方面的案例说明，要求分析该项目不能验收的原因及其对应措施，合同变更管理应当遵循的原则和方法等知识点	15 分	★★★★★

13.1.3 命题特点

纵观历次真题试卷，本章知识点主要是以简答题、填空题的形式出现在试卷中。本章知识点在历次考试中所考查的题量最多为 1 道综合题，试题包含有 3～15 个问题，所占分值约为 10～15 分（约占试卷总分值 75 分中的 13.33%～20%）。其历年命题走势如图 13-1 所示。案例中所提出的问题比较侧重于实践应用，用于检查考生是否掌握及理解相关的理论知识和相关的实践应用经验，考试难度系数为中等。从知识点考查深度的角度分析，每次考试该部分试题在“识记、理解、应用”3 个层面上所占的比例大致为 2:1:1。

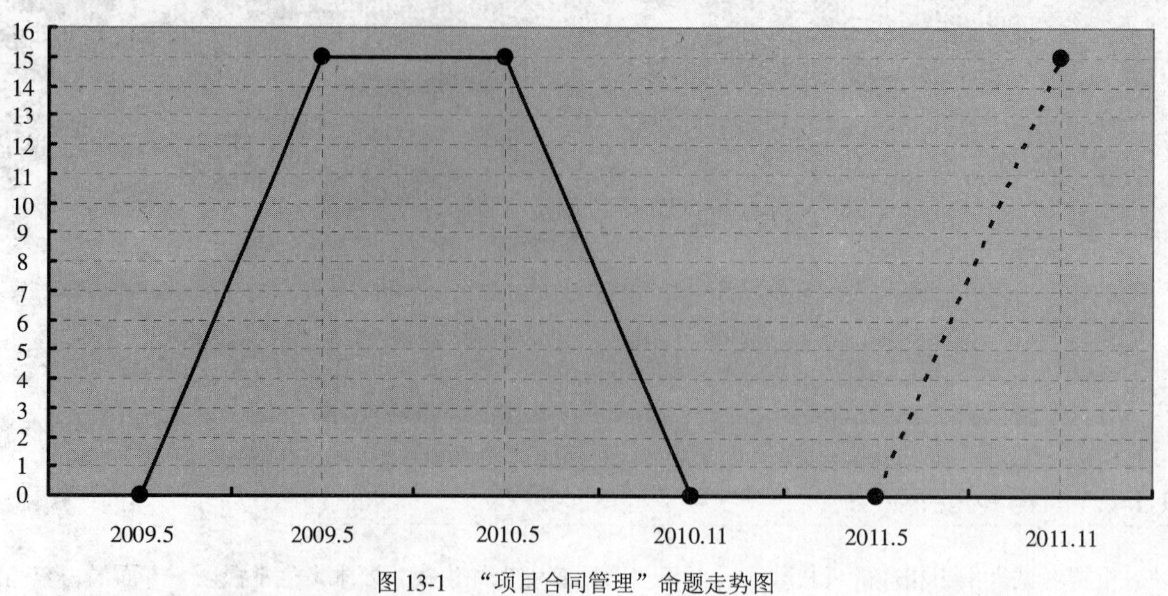

图 13-1 “项目合同管理”命题走势图

从近几年真题的命题情况看，本知识模块更趋向于与项目整体管理、范围管理、沟通管理、变更管理和风险管理等知识模块，以及《合同法》、《政府采购法》、《招标投标法》相结合进行案例分析方面的综合命题。本章知识点命题思路主要表现为：给出某项目在合同管理方面的案例场景描述，要求结合相关法律法规，指出该案例场景中存在哪些问题并说明相关原因；给出解决这些问题的补救措施（或建议）；给出 1 个该案例涉及且与合同管理基础知识点相关的简答题（或填空题、判断题等）。

13.1.4 学习建议

信息系统工程的建设过程实际上就是合同的执行和监控过程。合同管理是信息系统工程建设合同得到有效履行的有力保证。作为系统集成项目管理工程师，应该熟悉合同管理的基本内容和要求，掌握合同的索赔及违约管理的技巧与技能。本章包括项目合同的基础知识、分类、合同谈判与签订、合同管理、合同索赔处理等知识模块。其中，合同分类、合同管理、合同索赔处理等是本章的考核重点。

鉴于系统集成项目管理工程师考试采用模块化的命题风格，因此在今后考试中与本章相关的试题有可能保持 1 道综合题的考查量。本章知识点还有可能以简答题、填空题、选择题和计算题相结合的命题风格出现在试卷中。随着考试次数的不断增多，此类试题的命题思路、试题的表现形式和考查内容将会趋于平稳，从命题的层面分析，这也限制了此类试题的考核深度和广度。但随着考试次数的逐年积累，意味着试题的命题范围将越来越窄，所考查的知识点也会越来越细，从而体现试题的考试难度（如对项目当前执行情况的说明更加综合、隐含等）。

建议读者一定要熟练掌握本章所归纳、列举的案例分析试题，多动笔练习此类综合应用试题，以扩展自己的知识面，并多花心思归纳总结解题经验，努力做到举一反三、灵活应用相关知识点，以便考试时能灵活变通，节约在这些知识点上的解题思考时间。本章力求以发展的眼光和实用的角度来预测并挖掘“项目合同管理”的相关考核点，以增强读者学习相关知识点的目的性。

13.2 知识点清单

13.2.1 基础知识

- 我国《合同法》中的合同是指：在平等主体的自然人、法人及其他组织之间设立、变更、终止民事权利义务关系的协议。但不包括婚姻、收养、监护等有关身份关系的协议。（Ⅰ）
- 合同必须包括以下要素：①合同的成立必须要有两个以上当事人；②各方当事人必须互相做出意思表示；③各个意思表示达成一致。（Ⅰ）（★）
- 合同有实质要件、形式要件和程序要件。（Ⅰ）
- 信息系统工程合同是指对信息系统工程策划、咨询、设计、开发、实施、服务及保障有关的各类合同，从合同条件的拟定、协商、签署，到执行情况的检查和分析等环节进行组织管理工作，以达到通过双方签署的合同实现信息系统工程的目标和任务，同时维护建设单位和承建单位及其他关联方的正当权益。（Ⅰ）（★）
- 对于系统集成项目而言，合同就是项目相关各方的共同契约，约束着各自的行为，规定着各方的权利和责任。为规范合同各方的关系，合同从法律上提供了依据。（Ⅰ）
- 合同的法律特征：①是一种民事法律行为；②以设立、变更或终止民事权利义务关系为目的；③是两个及其以上的当事人意思表示相一致的协议；④是当事人各方在平等、自愿的基础上产生的民事法律行为。（Ⅰ）
- 只有在合同当事人所做出的意思表示是合法的、符合法律要求的情况下，合同才具有法律约束力，并应受到国家法律的保护。而如果当事人做出了违法的意思表示，即使达成协议，也不能产生合同的效力。（Ⅰ）
- 变更合同关系通常是在继续保持原合同关系效力的前提下变更合同内容。如果因为变更而使原合同关系消灭并产生一个新的合同关系，则不属于变更范畴。（Ⅰ）
- 有效合同应具备以下特点：①签订合同的当事人应当具有相应的民事权利能力和民事行为能力；②意思表示真实；③不违反法律或社会公共利益。（Ⅰ）
- 无效合同通常需具备下列任一情形：①一方以欺诈、胁迫的手段订立合同；②恶意串通，损害国家、集体或者第三人利益；③以合法形式掩盖非法目的；④损害社会公共利益；⑤违反法律、行政法规的强制性规定；⑥造成对方人员人身伤害的和因故意或重大过失造成对方财产损失的免责条款等。（Ⅰ）（★）

13.2.2 项目合同分类

- 信息系统工程合同是一种承诺合同，合同订立生效后双方应该严格履行。（Ⅰ）
- 按信息系统范围划分，可将合同分为总承包合同、单项项目承包合同和分包合同。（Ⅰ）
- 按项目付款方式划分，可将合同分为总价合同、单价合同和成本加酬金合同。（Ⅰ）（★）
- 总承包合同也称“交钥匙承包”，发包人把信息系统工程建设从开始立项、论证、施工到竣工的全部任务，一并发包给一个具备资质的承包人。（Ⅰ）
- 总承包合同既可以用一个总合同的形式，也可以用若干合同的形式来签订。（Ⅰ）
- 发包人将信息系统工程建设的不同工作任务，分别发包给不同的承包人。单项工程承包方式有利于吸引较多的承包人参与投标竞争，使发包人有更大的选择余地；也有利于发包人对建设工程的各个环节、各个阶段实施直接的监督管理。（Ⅰ）
- 分包合同是指工程总承包人、勘察承包人、设计承包人、施工承包人承包建设工程以后，将

其承包的某一部分或某几部分工程，再发包给其他承包人，与其签订承包合同项下的分包合同。（Ⅱ）

- 签订分包合同应当同时具备两个条件：①承包人只能将自己承包的部分工程分包给具有相应资质条件的分包人；②分包工程必须经过发包人同意。（Ⅱ）
- 总价合同又称固定价格合同，是指在合同中确定一个完成项目的总价，承包人据此完成项目全部合同内容的合同。（Ⅰ）
- 总价合同类型能够使建设单位在评标时易于确定报价最低的承包商，易于进行支付计算。适用于工程量不太大且能精确计算、工期较短、技术不太复杂、风险不大的项目，同时要求发包人必须准备详细全面的设计图纸和各项说明，从而使承包人能准确地计算工程量。（Ⅰ）（★）
- 单价合同是指承包人在投标时，以招标文件就项目所列出的工作量表确定各部分项目工程费用的合同类型。（Ⅰ）
- 单价合同的适用范围比较宽，其风险可以得到合理的分摊，并且能鼓励承包人通过提高工效等手段从成本节约中提高利润。在此类合同履行中需要注意的问题是双方对实际工作量的确定。（Ⅰ）
- 成本加酬金合同是指由发包人向承包人支付工程项目的实际成本，并且按照事先约定的某一种方式支付酬金的合同类型。（Ⅰ）
- 在成本加酬金合同中，建设单位需承担项目实际发生的一切费用，因此也承担了项目的全部风险。承建单位由于无风险，其报酬往往也较低。此类合同的缺点是：建设单位对工程造价不易控制，承建单位也往往不注意降低项目成本。（Ⅰ）
- 成本加酬金合同主要适用于以下项目：①需立即开展工作的项目；②对项目内容及技术经济指标未确定的项目；③风险大的项目。（Ⅰ）（★）

13.2.3 合同谈判与签订

- 合同内容就是当事人订立合同时的各项合同条款。其主要内容包括当事人各自的权利和义务、项目费用及工程款的支付方式、项目变更约定和违约责任等。（Ⅰ）
- 在项目费用及工程款的支付方式中，应明确以下 3 部分的内容：①支付货款的条件；②结算支付的方式；③拒付货款，即发包方有权部分或全部拒付货款。（Ⅰ）
- 合同生效后，当事人不得因姓名、名称的变更或者法定代表人、负责人、承办人的变动而不履行合同义务。（Ⅰ）
- 合同法规定了 4 种违约责任的承担方式：①继续履行；②采取补救措施；③赔偿损失；④支付约定违约金或定金。（Ⅰ）
- 项目合同签订的注意事项主要有：①当事人的法律资格；②质量验收标准；③验收时间；④技术支持服务；⑤损害赔偿；⑥保密约定；⑦合同附件；⑧法律公证。（Ⅰ）（★）
- 合同谈判技能属于管理项目所需的“处理人际关系技能”，是管理项目时所需的非常重要的软技巧。（Ⅰ）
- 对于招标投标项目来说，在签订合同之前要进行合同谈判，其依据来源于《中华人民共和国招标投标法》的第 46 条和第 55 条规定。（Ⅰ）
- 合同谈判过程分为：①准备阶段；②开局摸底阶段；③报价阶段；④磋商阶段；⑤成交阶段；⑥认可阶段。（Ⅰ）（★）
- 合同谈判的方法一般是先谈技术条款，后谈商务条款。技术谈判的主要内容包括合同技术附件内容、合同实施技术路线、质量评定标准、采购设备和系统报价，以及人员投入开发的比

重等。（Ⅰ）（★）

- 商务谈判的主要内容，即投标函中的基本条件，包括：①投标价的优惠条件；②质量、工期、服务违约处罚；③其他需要谈判的内容。（Ⅰ）
- 合同谈判的内容包括责任和权限、适用的条款和法律、技术和业务管理方法、所有权、合同融资、技术解决方案、总体进度计划、付款和价格。（Ⅰ）（★）
- 合同谈判过程以买卖双方签署文件（如合同、协议）为结束标志。（Ⅰ）
- 合同的条款一般应包括：①当事人的名称和地址；②标的；③数量；④质量；⑤价款和报酬；⑥履行期限、地点和方式；⑦违约责任和解决争议的方法等。（Ⅰ）（★）
- 项目经理可以不是合同的主谈人。在合同谈判期间，项目管理团队可列席，并在需要时就项目的技术、质量和管理要求进行澄清。（Ⅰ）
- 对容易出现歧义的术语等合同相关内容，需在合同的“名词定义”部分解释清楚，应用相关方都理解的语言解释清楚，而且要符合 SMART 原则。（Ⅰ）（★）
- 每一项合同在签订之前，应当做好以下几项工作：①做好市场调查，主要了解产品的技术发展状况、市场供需情况和市场价格等；②进行潜在合作伙伴或者竞争对手的资信调查，准确把握对方的真实意图，正确评判竞争的激烈程度；③了解相关环境，做出正确的风险分析判断。（Ⅱ）
- 签订合同之前的谈判工作要注意 3 个问题：①要制定切合实际的谈判目标；②要抓住实质问题；③营造一个平等协商的氛围。（Ⅰ）（★）

13.2.4 项目合同管理

- 合同管理是管理建设方与承建方（委托方与被委托方，买方与卖方）的关系，保证承建方的实际工作满足合同要求的过程（或确保卖方的执行符合合同需求）。（Ⅰ）
- 合同管理包括在处理合同关系时使用适当的项目管理过程，并把这些过程的结果综合到该项目的总体管理中。（Ⅰ）
- 合同管理的主要作用有：①合同确定了信息系统实施和管理的主要目标，是合同双方在工程中各种经济活动的依据；②合同规定了双方的经济关系，包括实施过程中的经济责任、利益和权利；③合同是监理的基本依据，利用合同可以对工程进度、质量和成本实施管理和控制。（Ⅱ）
- 合同管理的主要内容包括：①合同签订管理；②合同履行管理；③合同变更管理；④合同档案管理；⑤合同终止管理；⑥合同违约管理。（Ⅰ）（★）
- 合同执行法律依据：《合同法》第 8 条依法成立的合同，对当事人具有法律约束力。当事人应当按照约定履行自己的义务，不得私自变更或者解除合同。依法成立的合同，受法律保护。（Ⅰ）
- 合同变更的处理由合同变更控制系统来完成。（Ⅰ）
- 合同变更控制系统包括文书记录工作、跟踪系统、争端解决程序和授权变更所需的批准级别。该系统是项目整体管理控制变更的一部分。（Ⅱ）
- 范围变更、成本变更、进度变更、质量要求的变更甚至人员变更都可能引起合同的变更，甚至重新修订。对于任何变更的评估都应该有变更影响分析。（Ⅰ）
- 变更申请、变更评估和变更执行等必须以书面形式出现。（Ⅰ）
- 合同变更控制系统的一般处理程序：①变更的提出；②变更请求的审查；③变更的批准；④变更的实施。（Ⅰ）（★）
- “公平合理”是合同变更的处理原则，变更合同价款按以下方法进行：（Ⅰ）（★）
  - ◆ 首先确定合同变更量清单，然后确定变更价款；

◆ 若合同中已有适用于项目变更的价格，按合同已有的价格变更合同价款；

◆ 若合同中只有类似于项目变更的价格，可以参照类似价格变更合同价款；

◆ 若合同中没有适用或类似项目变更的价格，由承包人提出适当的变更价格，经监理工程师和业主确认后执行。

- 合同档案的管理（或称为合同文件管理）是整个合同管理的基础。它作为信息系统项目管理的组成部分，是被统一整合为一体的一套具体的过程、相关的控制职能和自动化工具。（Ⅱ）
- 项目经理使用合同档案管理系统对合同文件和记录进行管理。该系统用于维持合同文件和通信往来的索引记录，并协助相关的检索和归档。（Ⅱ）
- 合同文本管理还包括正本和副本管理、合同文件格式等内容。在文本格式上，为了限制执行人员随意修改合同，一般要求采用计算机打印文本，手写的旁注和修改等不具有法律效力。（Ⅱ）
- 对合同违约的管理主要包括对建设单位违约的管理、对承建单位违约的管理、对其他类型违约的管理。（Ⅰ）
- 常见的建设单位违约的情形包括：①不按时支付项目预付款；②不按合同约定支付项目款，导致实施无法进行；③建设单位无正当理由不支付项目竣工款；④不履行合同义务；⑤违反工程合同设计部分的责任；⑥违反工程合同实施部分的责任等。（Ⅰ）（★）
- 承建单位出现的违约事件主要包括：①未按合同规定履行或不完全履行合同约定的义务，因人为因素使项目质量达不到合同约定的质量标准；②无视监理工程师的警告，忽视合同规定的责任和义务；③未经监理工程师同意，随意分包项目或将整个项目分包出去等。（Ⅰ）（★）
- 对承建单位违约可视以下两种情况进行处理：①有质量问题，可要求承建单位无偿返工、完善，由此造成逾期交工的，应赔偿逾期违约金；②承建单位严重违约的，可部分或全部终止合同，并采取善后控制措施。（Ⅰ）（★）
- 合同管理的依据（或输入）：①合同及合同管理计划；②绩效报告；③已批准的变更申请；④工作绩效信息；⑤选中的供方。（Ⅰ）（★）
- 合同管理的工具和技术有：合同变更控制系统、买方主持的绩效评审、检查和审计、绩效报告、支付系统、索赔管理和自动的工具系统等。（Ⅰ）（★）
- 合同管理的输出（或交付物）：①合同文件；②请求的变更；③组织过程资产（更新）；④推荐的纠正措施。（Ⅰ）（★）
- 与卖方绩效有关的文件：①根据合同条款，应由卖方制定的技术文档和其他可交付物信息；②卖方绩效报告。（Ⅱ）
- 合同文件包括但不限于以下内容：①合同本身；②所有支持性进度计划；③请求的但未批准的变更；④批准的合同变更；⑤卖方制订的技术文档和其他工作绩效信息（例如交付成果、卖方绩效报告、保修保证、发票、支付记录的财务文件、合同的审查结果）。（Ⅰ）（★）
- 合同管理输出的组织过程资产（更新）包含：①来往信函；②支付进度和付款申请；③卖方绩效评估文件。（Ⅰ）

13.2.5 合同索赔处理

- 合同索赔是工程建设项目中常见的一项合同管理内容，也是规范合同行为的一种约束力和保障措施。（Ⅰ）
- 索赔是指承建单位在合同实施过程中，对非自身原因造成的工程延期、费用增加而要求建设单位给予补偿损失的一种权利要求。而建设单位对于属于承建单位应承担责任造成的，且实际发生了的损失，向承建单位要求赔偿，称为反索赔。（Ⅰ）

- 索赔的性质属于经济补偿行为，而不是惩罚。索赔在一般情况下都可以通过协商方式友好解决，若双方无法达成妥协，可通过仲裁解决。（Ⅰ）
- 按照索赔的目的，可分为工期索赔和费用索赔。（Ⅰ）
- 按索赔的依据，可分为合同规定的索赔和非合同规定的索赔。（Ⅰ）
- 按索赔的业务性质，可分为工程索赔和商务索赔。（Ⅰ）
- 按索赔的处理方式，可分为单项索赔和总索赔。（Ⅰ）
- 合同规定的索赔是指索赔涉及的内容在合同文件中能够找到依据，业主或承包商可以据此提出索赔要求。该种索赔不太容易发生争议。（Ⅰ）
- 非合同规定的索赔是指索赔涉及的内容在合同文件中没有专门的文字叙述，但可以根据该合同中某些条款的含义推论出一定的索赔权。（Ⅱ）
- 合同索赔的重要前提条件是合同一方或双方存在违约行为和事实，并且由此造成了损失，责任应由对方承担。（Ⅰ）
- 索赔必须以合同为依据。通常，索赔应依据以下内容：①国家有关的法律（如《合同法》）、法规和地方法规；②国家、部门和地方有关信息系统工程的标准、规范和文件；③本项目的实施合同文件，包括招标文件、合同文本及附件；④有关的凭证，包括来往文件、签证及更改通知、会议纪要、进度表、产品采购等；⑤其他相关文件，包括市场行情记录、各种会计核算资料等。（Ⅰ）（★）
- 项目发生索赔事件后，一般先由监理工程师调解，若调解不成，则由政府建设主管机构进行调解，若仍调解不成，则由经济合同仲裁委员会进行调解或仲裁。（Ⅱ）
- 在整个索赔过程中，遵循的原则是索赔的有理性、索赔依据的有效性、索赔计算的正确性。（Ⅱ）
- 索赔流程：①提出索赔要求（或发出索赔通知书）；②提交索赔报告及资料；③监理工程师答复；④索赔认可；⑤提交最终索赔报告。以上各个阶段的处理周期为 28 天。（Ⅰ）（★）
- 按照建设部、财政部下达的通用条款，规定按以下原则进行索赔：①必须以合同为依据；②必须注意资料的积累；③及时、合理地处理索赔；④加强索赔的前瞻性。（Ⅱ）

13.3 真题透解

13.3.1 2009 年下半年试题 1

【试题描述】

阅读以下说明，针对项目的合同管理，根据要求回答问题 1～问题 3。（15 分）

【说明】

系统集成公司 A 于 2009 年 1 月中标某市政府 B 部门的信息系统集成项目。经过合同谈判，双方签订了建设合同，合同总金额为 1150 万元，建设内容包括：搭建政府办公网络平台，改造中心机房，并采购所需的软硬件设备。

A 公司为了把项目做好，将中心机房的电力改造工程分包给专业施工单位 C 公司，并与其签定分包合同。

在项目实施了两个星期后，由于政府 B 部门为了更好地满足业务需求，决定将一个机房分拆为两个，因此需要增加部分网络交换设备。B 参照原合同，委托 A 公司采购相同型号的网络交换设备，金额为 127 万元，双方签定了补充协议。

在机房电力改造施工过程中，由于C公司工作人员的失误，造成部分电力设备损毁，导致政府B部门两天无法正常办公，严重损害了政府B部门的社会形象，因此B部门就此施工事故向A公司提出索赔。

【问题1】（4分）

请指出A公司与政府B部门签订的补充协议有何不妥之处，并说明理由。

【问题2】（5分）

请简要叙述合同的索赔流程。

【问题3】（6分）

请简要说明针对政府B部门向A公司提出的索赔，A公司应如何处理。

【要点解析】

【问题1】（4分）

由于本项目的建设方属于政府部门，因此与本项目相关的采购行为必须符合我国《政府采购法》的相关规定，即必须走政府采购流程。《政府采购法》第三十一条规定：符合下列情形之一的货物或者服务，可以依照本法采用单一来源方式采购：①只能从唯一供应商处采购的；②发生了不可预见的紧急情况不能从其他供应商处采购的；③必须保证原有采购项目一致性或者服务配套的要求，需要继续从原供应商处添购，且添购资金总额不超过原合同采购金额百分之十的。

而本试题中，某市政府B部门的信息系统集成项目的合同总金额为1150万元，而在项目实施过程中，B部门为了更好满足业务需求，决定将一个机房分拆为两个，其委托A公司采购的相同型号的网络交换设备的金额达127万元。由于127＞1150×10%=115，因此B部门需要对增补的网络交换设备重新招标。

【问题2】（5分）

当项目发生索赔事件时，通常先由监理工程师调解。若调解不成，再由政府建设主管机构进行调解。若仍调解不成，则由经济合同仲裁委员会进行调解或仲裁。在整个索赔过程中，遵循的原则是索赔的有理性、索赔依据的有效性、索赔计算的正确性，其遵循的工作流程如图13-2所示，各步骤的解释如表13-2所示。

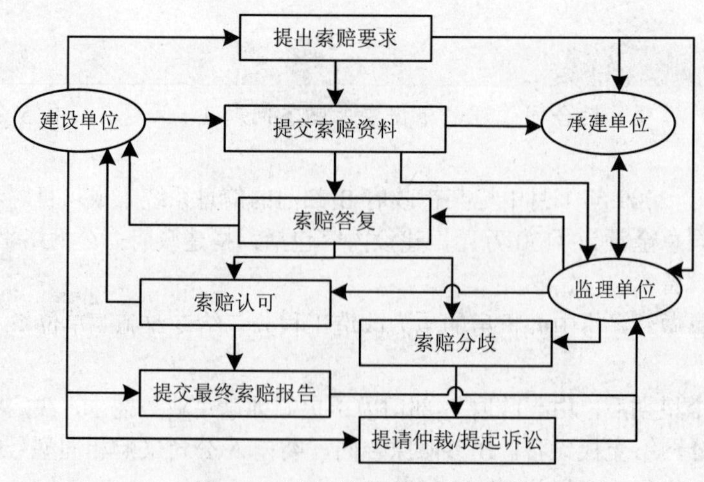

图13-2　合同的索赔流程示意图

表 13-2　合同的索赔流程

步　骤	说　明
①提出索赔要求	当出现索赔事项时，索赔方以书面的索赔通知书形式，在索赔事项发生后的 28 天以内，向监理工程师正式提出索赔意向通知
②提交索赔资料	在索赔通知书发出后的 28 天内，向监理工程师提出延长工期和（或）补偿经济损失的索赔报告及有关资料。索赔报告的内容主要有总论部分、根据部分、计算部分和证据部分
③索赔答复	监理工程师在收到送交的索赔报告的有关资料后，于 28 天内给予答复，或要求索赔方进一步补充索赔理由和证据
④索赔认可/索赔分歧	监理工程师在收到承包人送交的索赔报告的有关资料后，28 天未予答复或未对承包人作进一步要求，视为该项索赔已经认可
⑤提交最终索赔报告/仲裁与诉讼	当索赔事件持续进行时，索赔方应当阶段性向工程师发出索赔意向，在索赔事件终了后 28 天内，向工程师送交索赔的有关资料和最终索赔报告，工程师应在 28 天内给予答复或要求索赔方进一步补充索赔理由和证据。若逾期未答复，视为该项索赔成立 监理工程师对索赔的答复，索赔方或发包人不能接受，即进入仲裁或诉讼程序

【问题 3】（6 分）

合同索赔的重要前提条件是合同一方或双方存在违约行为和事实，并且由此造成了损失，责任应由对方承担。对于本试题，A 公司为了把项目做好，将中心机房的电力改造工程分包给专业施工单位 C 公司，并与其签订分包合同。在机房电力改造施工过程中，由于 C 公司工作人员的失误，造成部分电力设备损毁，导致政府 B 部门两天无法正常办公，严重损害了政府 B 部门的社会形象。A 公司在接收到 B 部门发出的索赔通知书之后，应结合图 13-2 所示的索赔处理流程，采取以下处理措施：

①受理政府 B 部门的索赔申请及索赔资料，根据与其签订的合同，进行认真分析和评估，给出索赔答复；

②在双方对索赔认可达成一致的基础上，向政府 B 部门进行赔付；如双方不能协商一致，按照合同约定进行仲裁或诉讼；

③依据与 C 公司签订的分包合同，以及自己的损失情况，向 C 公司提出索赔要求及提交相关的索赔材料。

在 A 公司处理该索赔事件过程中应该厘清责任归属，文字陈述应条理清楚、准确、精炼、有依据，对 C 公司的索赔计算要合理、正确。

【参考答案】

表 13-3 给出了本案例试题的参考答案，供读者练习时参考，以便查缺补漏。读者也可依照所给出的评分标准得出测试分数，从而大致评估自己对这些知识点的掌握程度。

表 13-3　参考答案及评分标准

问题与分值	参考答案及评分标准	自　评　分
【问题 1】（4 分）	不妥之处：补充协议的合同金额超过了原合同总金额的 10%（答案类似即可，1 分）。 理由：根据我国《政府采购法》规定（1 分），政府采购合同履行中，采购人需追加与合同标的相同的货物、工程或者服务的，在不改变合同其他条款的前提下，可以与供应商协商签订补充合同，但所有补充合同的采购金额不得超过原合同采购金额的 10%（1 分）。而 127 万元 > 1150×10%=115 万元　（1 分）（答案类似即可）	
【问题 2】（5 分）	①提出索赔要求　②提交索赔资料； ③索赔答复　④索赔认可（或索赔分歧）； ⑤提交最终索赔报告（或提请仲裁/提起诉讼）　（每空 1 分，答案意思相近即可）	
【问题 3】（6 分）	①受理政府 B 部门的索赔申请及索赔资料，根据与其签订的合同，进行认真分析和评估，给出索赔答复； ②在双方对索赔认可达成一致的基础上，向政府 B 部门进行赔付；如双方不能协商一致，按照合同约定进行仲裁或诉讼； ③依据与 C 公司签订的分包合同，以及自己的损失情况，向 C 公司提出索赔要求及提交相关的索赔材料 （答案包含但不限于以上要点，每小点 2 分，答案类似即可）	

13.3.2　2010年上半年试题1

【试题描述】

阅读以下说明，根据要求回答问题1～问题3。（15分）

【说明】

某网络建设项目在商务谈判阶段，建设方和承建方鉴于以前有过合作经历，并且在合同谈判阶段双方都认为理解了对方的意图，因此签定的合同只简单规定了项目建设内容、项目金额、付款方式和交工时间。

在实施过程中，建设方提出一些新需求，对原有需求也做了一定的更改。承建方项目组经评估认为新需求可能会导致工期延迟和项目成本大幅增加，因此拒绝了建设方的要求，并让此项目的销售人员通知建设方。当销售人员告知建设方不能变更时，建设方对此非常不满意，认为承建方没有认真履行合同。

在初步验收时，建设方提出了很多问题，甚至将曾被拒绝的需求变更重新提出，双方交涉陷入僵局。建设方一直没有在验收清单上签字，最终导致项目进度延误，而建设方以未按时交工为由，要求承建方进行赔偿。

【问题1】(7分)

请在以下空白处填入恰当的内容。

(1) 在该项目实施过程中______、______与______工作没有做好。

①沟通管理　　②配置管理　　③质量管理

④范围管理　　⑤绩效管理　　⑥风险管理

(2) 从合同管理角度分析可能导致不能验收的原因是：合同中缺少______、______、______等相关内容。

(3) 对于建设方提出的新需求，项目组应______，以便双方更好地履行合同。

【问题2】(4分)

请在以下空白处填入恰当的内容。

从合同变更管理的角度来看，项目经理应当遵循的原则和方法如下：

(1) 合同变更的处理原则是______。

(2) 变更合同价款应按下列方法进行：

①首先确定______，然后确定变更合同价款。

②若合同中已有适用于项目变更的价格，则按合同已有的价格变更合同价款。

③若合同中只有类似于项目的变更价格，则可以参照类似价格变更合同价款。

④若合同中没有适用或类似项目变更的价格，则由______提出适当的变更价格，经______确认后执行。

【问题3】(4分)

为了使项目通过验收，请简要叙述作为承建方的项目经理应该如何处理。

【要点解析】

【问题 1】(7 分)

由题干关键信息"……签定的合同只简单规定了项目建设内容、项目金额、付款方式和交工时间",结合整个案例可知,该合同的签定过程比较随意,从而间接说明该项目的合同管理存在问题。

通常,合同的内容就是当事人订立合同时的各项合同条款。其主要内容包括当事人各自的权利和义务、项目费用及工程款的支付方式、项目变更约定和违约责任等。而该项目合同中只规定了项目建设内容、项目金额、付款方式和交工时间等必不可少的组成部分,可能遗漏了以下对于项目执行和验收活动至关重要的保障性条款:项目范围(或需求)、当事人各自的权利和义务、项目变更约定、验收标准(验收步骤、验收方法、验收流程)、违约责任及判定、索赔要求、售后服务的有关承诺等。这也间接说明承建方在该项目的范围管理(即没有界定该项目的具体范围等内容)和风险管理(即没有项目实施过程中可能对"对方的意图"产生歧义相关的风险意识)工作上没有做好。

由题干关键信息"承建方项目组经评估认为新需求可能会导致工期延迟和项目成本大幅增加,因此拒绝了建设方的要求,并让此项目的销售人员通知建设方"可知,该项目对变更影响评估结果的处理方式不恰当,不能在没有与客户进行沟通、交流的情况下就直接拒绝客户的要求,并且应当由项目组直接与客户进行沟通,而不是由销售人员来转达。这说明承建方在该项目实施过程中变更管理工作上没有做好。

由题干关键信息"当销售人员告知建设方不能变更时,建设方对此非常不满意,认为承建方没有认真履行合同",结合整个案例可知,销售人员(或该项目组)也没有积极地说明相关原因(或进一步采取相应的措施),以消除客户的"不满意"情绪。这些信息体现出项目双方的沟通不畅,这也说明了承建方在该项目的沟通管理工作上没有做好。

由题干关键信息"在初步验收时,建设方提出了很多问题,甚至将曾被拒绝的需求变更重新提出,双方交涉陷入僵局。建设方一直没有在验收清单上签字",结合整个案例可知,由于项目双方的沟通不到位,项目组与客户关系不够融洽,因此导致该项目目前的困境。这也进一步说明了承建方在该项目的沟通管理工作上没有做好。

通常,在项目实施过程中,对于建设方提出的新需求,项目组应该积极地与建设方正式协商(或沟通)后,告知其项目变更可能引起的后果,就项目的后续执行达成一致意见,以便双方更好地履行合同。

【问题 2】(4 分)

"公平合理"是合同变更的处理原则,变更合同价款按以下方法进行:

①首先确定合同变更量清单,然后确定变更价款;

②合同中已有适用于项目变更的价格,按合同已有的价格变更合同价款;

③合同中只有类似于项目变更的价格,可以参照类似价格变更合同价款;

④合同中没有适用或类似项目变更的价格,由承包人提出适当的变更价格,经监理工程师和业主确认后执行。

【问题 3】(4 分)

结合【问题 1】问题原因的分析,为了使该项目通过验收,建议作为承建方的项目经理采取以下一些应对措施:

①对双方的需求(项目范围)做一次全面的沟通和说明,达成一致,并记录下来形成正式文档,提请建设方签字确认。

②就完成的工作与建设方沟通确认,并请建设方签字。

③就待完成的工作列出清单,以便完成时请建设方确认。

④就合同中的验收标准、验收时间点、验收步骤(或流程)和方法与建设方协商一致。可以通过签订补充合同(或与客户签定一份详细的验收计划等)方式,将验收的相关事项规定清楚,然后双方

签字确认。

⑤必要时可与客户签署一份售后服务承诺书，将此项目周期内无法完成的任务做一个备忘录，承诺在后续的服务期内完成，先保证项目能按时验收。

⑥对于建设方提出的新需求，可与建设方协商进行合同变更（或签订补充合同、补充协议）。

⑦加强文档管理和配置管理，完善项目实施过程中的文档，明确要交付的文档清单，确保项目的文档完整、准确、版本一致。

⑧多跟客户进行融洽关系的沟通。除了项目文档发送给有关项目干系人，项目经理需要跟建设方代表多进行非正式的沟通，让客户了解项目的进展，了解主要工作已经完成，并理解项目结项对项目经理的重要性，达成理解和融洽的关系。

【参考答案】

表 13-4 给出了本案例试题的参考答案，供读者练习时参考，以便查缺补漏。读者也可依照所给出的评分标准得出测试分数，从而大致评估自己对这些知识点的掌握程度。

表 13-4　参考答案及评分标准

问题与分值	参考答案及评分标准	自评分
【问题 1】（7 分）	（1）①沟通管理（1 分）、④范围管理（1 分）、⑥风险管理（1 分）（回答编号或术语都可以，顺序不限） （2）项目范围（或需求）（1 分）、验收标准（或验收步骤、或验收方法）（1 分）、违约责任及判定（1 分））答案类似即可，顺序不限） （3）与建设方正式协商（或沟通）后，就项目的后续执行达成一致（1 分，答案类似即可，只要答出沟通和协商即可得分）	
【问题 2】（4 分）	（1）公平合理（1 分） （2）①合同变更量清单（或合同变更范围、合同变更内容）（1 分） ④承包人（或承建单位）（1 分） 监理工程师（或业主、建设单位）（1 分）	
【问题 3】（4 分）	①对双方的需求（项目范围）做一次全面的沟通和说明，达成一致，并记录下来，请建设方签字确认； ②就完成的工作与建设方沟通确认，并请建设方签字； ③就待完成的工作列出清单，以便完成时请建设方确认； ④就合同中的验收标准、步骤和方法与建设方协商一致； ⑤必要时可签署一份售后服务承诺书，将此项目周期内无法完成的任务做一个备忘录，承诺在后续的服务期内完成，先保证项目能按时验收； ⑥对于建设方提出的新需求，可与建设方协商进行合同变更，或签订补充合同； ⑦加强文档管理，明确要交付的文档清单，确保项目的文档完整、准确、版本一致； ⑧多跟客户进行融洽关系的沟通 （答案包含但不限于以上要点，答出其中 4 个小点即可，每小点 1 分，答案类似即可）	

13.4 强化训练

13.4.1 模拟试题 1

【试题描述】

阅读以下说明，根据要求回答问题 1～问题 3。（15 分）

【说明】

系统集成商 BN 公司承担了某企业的信息系统项目的开发建设工作，BN 公司任命小易为项目经理。该信息系统项目的主要工作已经基本完成，经核对项目的“未完成任务清单”后，终于可以提交客户方代表老杜验收了。在验收过程中，老杜提出了一些小问题。项目经理小易带领团队很快妥善解决了这些问题。但是随着时间的推移，客户的问题似乎不断。时间已经超过了系统试用期，但是客户仍然提出一些小问题，而有些问题是客户方曾经提出过，并实际上已经解决了的问题。时间一天一天的过去，小易不知道什么时候项目才能验收，才能结项，才能得到最后一批款项。为此，小易感觉到非常无助与苦恼。

【问题 1】（3 分）

造成该项目目前状况的可能原因如下：

（1）在本案例项目实施过程中，承建方主要在＿（1）＿等方面的工作没有做好。（请从以下选项中选出相应的编号，双项选择题）

A．立项管理　　B．变更管理　　C．成本管理
D．质量管理　　E．沟通管理　　F．风险管理
G．绩效管理　　H．配置管理　　I．进度管理

（2）从＿（2）＿角度分析，导致项目不能验收的一个关键因素是双方没有一个验收的依据。

【问题 2】（2 分）

针对该项目现状，项目经理小易在合同管理过程中可能选用的技术、工具和方法包括＿（3）＿。（请从以下选项中选出相应的编号，不定项选择题）

A．筛选系统　　B．专家判断法　　C．SWOT 分析法
D．记录管理系统　　E．建议书评估　　F．差异和趋势分析
G．储备金分析　　H．蒙特卡罗分析　　I．买方主持的绩效评审
J．绩效报告　　K．标准表格及模板　　L．检查与审计

【问题 3】（3 分）

针对“有些问题都是客户方曾经提出过，并实际上已经解决了的问题”现象，结合案例，请简要分析造成老杜提出相同问题的可能原因。

【问题 4】（3 分）

通常，合同是在＿（4）＿阶段签订的，因此在合同或其附件中要规定有关项目验收活动至关重要的保障性条款，包括＿（5）＿，以及＿（6）＿的有关承诺等相关内容。

（4）A．项目启动　　B．项目计划　　C．项目实施
D．项目监控　　E．项目变更　　F．项目收尾

【问题 5】（4 分）

结合你的项目管理经验，请简要叙述面对上述困境项目经理小易应如何妥善处理。

13.4.2 模拟试题 2

【试题描述】

阅读以下说明，根据要求回答问题 1～问题 3。（15 分）

【说明】

小洪是国内一家知名系统集成公司的一名项目经理，目前负责东南沿海 Y 省 Z 企业的 ERP 系统建设项目的管理。在该项目合同中，简单地罗列出几条项目承建方应该完成的工作，据此小洪自己制订了项目的范围说明书。甲方的有关工作由其信息网络中心组织和领导，信息网络中心主任兼任该项目的甲方经理。可是在项目实施过程中，有时是 Z 企业的人事处直接向小洪提出变更要求，有时是 Z 企业的营销部直接向小洪提出变更要求，而且有时这些要求是相互矛盾的。面对这些变更要求，小洪试图用范围说明书来说服甲方，甲方却动辄引用合同的相应条款作为依据，而这些条款要么太粗、不够明确，要么小洪跟他们有不同的理解。因此小洪因对这些变更要求不能简单地接受或拒绝而左右为难，感到很沮丧。如果不改变这种状况，项目完成看来要遥遥无期。

【问题 1】（3 分）

请简要说明项目合同的作用，以及它与详细项目范围说明书之间的关系。

【问题 2】（6 分）

针对“小洪试图用范围说明书来说服甲方，甲方却动辄引用合同的相应条款作为依据，而这些条款要么太粗、不够明确，要么小洪跟他们有不同的理解”情况，结合案例，请简要分析造成以上问题的可能原因。

【问题 3】（6 分）

针对上述情况，项目经理小洪应该在合同谈判阶段进行怎样的范围管理？

13.4.3 参考答案

表 13-5 和表 13-6 分别给出了模拟试题 1、模拟试题 2 的参考答案，供读者练习时进行参考，以便查漏补缺。读者也可依照所给出的评分标准得出测试分数，从而大致评估自己对这些知识点的掌握程度。

表 13-5 模拟试题 1 参考答案及评分标准

问题与分值	参考答案及评分标准	自 评 分
【问题 1】（3 分）	（1）B、E（2 分，多选、错选不得分，少选一项扣 1 分） （2）合同管理	
【问题 2】（2 分）	（3）D、I、J、L（2 分，多选、错选不得分，少选一项扣 0.5 分）	
【问题 3】（3 分）	①承建方的项目变更管理做的不好； ②合同中缺乏售后服务的相关承诺； ③对于项目中未完成问题，项目组没有承诺完成时间等； ④项目双方沟通不畅，关系欠融洽等 （答案包含但不限于以上要点，答出其中 3 个小点即可，每小点 1 分，答案类似即可）	

续表

问题与分值	参考答案及评分标准	自 评 分
【问题 4】（3 分）	（4）A 或项目启动 （5）验收标准、验收时间、验收步骤和流程 （6）售后服务	
【问题 5】（4 分）	①就项目验收标准和客户达成共识，确定哪些主要工作完成即可通过验收，请客户签字确认； ②就项目验收步骤和方法与客户达成共识，请客户签字确认； ③就项目已经完成的程度让用户确认，例如出具系统试用报告，请客户签字确认； ④向客户提出明确的售后服务承诺，承诺对未完成工作在后续的服务期内完成，先保证项目能按时验收； ⑤加强文档管理，明确要交付的文档清单，确保项目的文档完整、准确、版本一致； ⑥注重与客户相处的技巧，多跟客户进行融洽关系的沟通，让客户产生信任感等 （答案包含但不限于以上要点，答出其中 4 个小点即可，每小点 1 分，答案类似即可）	

表 13-6　模拟试题 2 参考答案及评分标准

问题与分值	参考答案及评分标准	自 评 分
【问题 1】（3 分）	合同是买卖双方形成的一个共同遵守的协议，卖方有义务提供合同指定的产品和服务，而买方则有义务支付合同规定的价款。在各类合同中，作为当事人，必须充分地利用合同手段才能避免责任分歧与纠纷，以保障项目成功。（2 分，答案包含但不限于这些要点，答案类似即可） 合同是制定项目范围说明书的依据 （1 分）	
【问题 2】（6 分）	①该项目缺乏变更的接受/拒绝准则（或该项目缺乏整体变更控制）； ②该项目合同没订好，没有就具体完成的工作形成明确清晰的条款； ③项目双方对项目范围没有达成一致认可或承诺（或该项目缺乏全生命周期的范围控制）； ④项目双方沟通不畅、关系欠融洽等 （答案包含但不限于以上要点，答出其中 3 个小点即可，每小点 2 分，答案类似即可）	
【问题 3】（6 分）	①取得明确的工作说明书或更细化的合同条款； ②在合同中明确双方的权利和义务，尤其是关于变更问题； ③采取措施，确保合同签约双方对合同的理解是一致的 （答案包含但不限于以上要点，每小点 2 分，答案类似即可）	

第 14 章 文档与配置管理

14.1 备考指南

14.1.1 考纲要求

根据考试大纲中相应的考核要求，对于“信息（文档）与配置管理”知识模块要求考生掌握以下方面的内容：

- 信息（文档）管理过程
- 制定配置管理计划
- 配置识别与建立基线
- 建立配置管理系统
- 版本管理
- 配置状态报告
- 配置审核

14.1.2 考点统计

“信息（文档）与配置管理”知识模块在历次系统集成项目管理工程师考试试卷中出现的考核知识点及分值分布情况如表 14-1 所示。

表 14-1 历年考点统计表

年份	题号	知识点	分值	参考价值
2010 年上半年	试题 5	给出某软件项目关于配置管理和整体管理方面的案例说明，要求分析该项目失控的可能原因，配置管理基本概念及其论述的连线，简述配置管理所包含的工作等知识点	15 分	★★★★★
2010 年下半年	试题 5	给出某项目关于配置管理方面的案例说明，要求分析该项目存在的主要问题，给不同工作角色分配职责（任务），辨别配置管理相关论述的正误等知识点	15 分	★★★★★

14.1.3 命题特点

纵观历次真题试卷，本章知识点主要是以简答题、判断题和连线题的题型出现在试卷中。本章知识点在历次考试中所考查的题量最多为 1 道综合题，试题包含 3～5 个问题，所占分值约为 10～15 分

（约占试卷总分值 75 分中的 13.33%～20%）。其历年命题走势如图 14-1 所示。案例中所提出的问题侧重于实践应用，用于检查考生是否理解相关的理论知识和是否具有相关的实践应用经验，考试难度系数为中等。从知识点考查深度的角度分析，每次考试中该部分试题在“识记、理解、应用”3 个层面上所占的比例大致为 2:2:1。

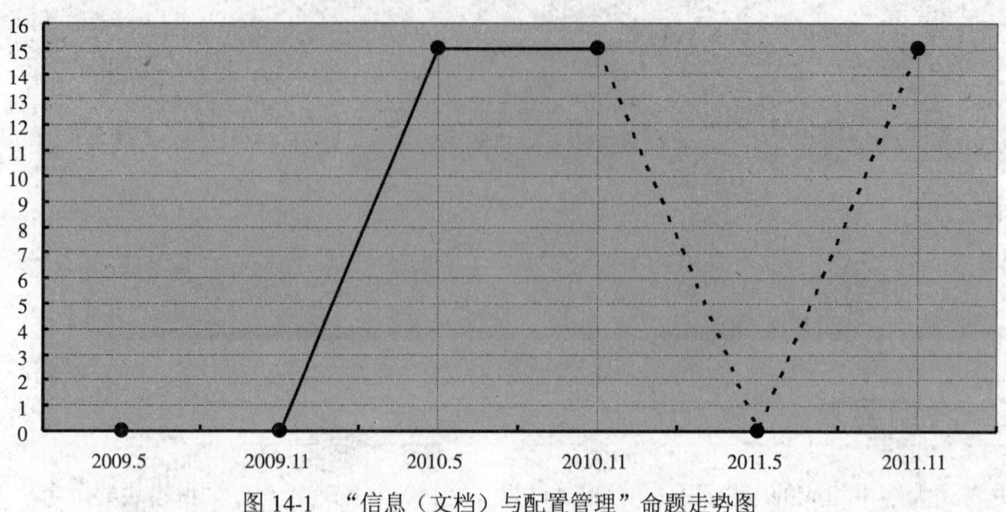

图 14-1 “信息（文档）与配置管理”命题走势图

从近几年真题的命题情况看，本知识模块更趋向于与项目整体管理、质量管理等知识模块相结合进行案例分析方面的综合命题。本章知识点命题思路主要表现为：给出某项目在配置管理方面的案例场景描述，要求指出该案例场景中存在哪些问题并说明相关原因；给出解决这些问题的补救措施（或预测项目可能会导致的后果）；给出 1 个该案例涉及且与配置管理基础知识点相关的简答题（或判断题、填空题、连线题等）。

14.1.4 学习建议

2010 年上半年和下半年连续两次在下午试卷中出现配置管理方面的案例，这也间接反映出本章知识点是考生普遍的弱项。其问题根源在于：①本章知识点比较琐碎、死板，不易记忆；②考生缺乏项目配置管理经验等。项目配置管理过程主要包括编制配置管理计划、确定配置标识规则、实施变更控制、报告配置状态、进行配置审核、进行版本管理和发行管理等。其中，相关的基本概念、工作流程（步骤）和变更控制等是本章的考核重点。

鉴于系统集成项目管理工程师考试采用模块化的命题风格，因此在今后考试中与本章相关的试题有可能保持 1 道综合题的考查量。本章知识点还有可能以简答题、填空题、选择题和连线题相结合的命题风格出现在试卷中。随着考试次数的不断增多，本知识模块的试题命题范围将越来越窄，所考查的知识点也会越来越细，从而体现试卷所应具有的考试难度（如对信息系统的功能说明更加综合、隐含等）。同时，随着考试次数的逐年积累，此类试题的命题思路、试题的表现形式和考查内容将会有所创新，从而来体现作为一门中级职称资格考试所应具有的考核深度和广度。

建议读者一定要熟练掌握本章所归纳、列举的案例分析试题，多动笔练习此类综合应用试题，以扩展自己的知识面，并多花心思归纳总结解题经验，努力做到举一反三、灵活应用相关知识点，以便考试时能灵活变通，节约在这些知识点上的解题思考时间。本章力求以发展的眼光和实用的角度来预测并挖掘“信息（文档）与配置管理”的相关考核点，以增强读者学习相关知识点的目的性。

阅读提示： 本章是系统集成项目管理工程师考试的重点内容，读者需要重点复习及强化。

14.2 知识点清单

14.2.1 文档管理

- 信息系统相关信息（文档）是指某种数据媒体和其中所记录的数据。其具有永久性，并可以由人或计算机阅读。（Ⅰ）
- 系统集成项目管理有关的标准规范包括：①基础标准；②开发标准；③文档标准；④管理标准等。（Ⅰ）
- 基础标准主要有：①软件工程术语 GB/T 11457－1995；②信息处理：数据流程图、程序流程图、系统流程图、程序网络图和系统资源图的文件编辑符号及约定 GB 1526－1989；③信息处理：系统计算机系统配置图符号及约定 GB/T 14085－1993 等。（Ⅰ）
- 开发标准主要有：①信息技术 软件生存周期过程 GB/T 8566－2001；②软件支持环境 GB/T 15853－1995；③软件维护指南 GB/T 14079－1993 等。（Ⅰ）
- 文档标准主要有：①软件文档管理指南 GB/T 16680－1996；②计算机软件产品开发文件编制指南 GB/T 8567－1988；③计算机软件需求说明编制指南 GB/T 9385－1988 等。（Ⅰ）（★）
- 管理标准主要有：①计算机软件配置管理计划规范 GB/T 12505－1990；②信息技术：软件产品评价、质量特性及其使用指南 GB/T 16260－2002；③计算机软件质量保证计划规范 GB/T 12504－1990；④计算机软件可靠性和可维护性管理 GB/T 14394－1993 等。（Ⅰ）
- 《计算机软件产品开发文件编制指南 GB/T 8567－1988》从重要性和质量要求方面将文档分为非正式文档和正式文档；从项目周期角度分为开发文档、产品文档、管理文档。（Ⅰ）（★）
- 《软件文档管理指南 GB/T 16680-1996》软件文档归入以下 3 种类别：①开发文档，描述开发过程本身；②产品文档，描述开发过程的产物；③管理文档，记录项目管理的信息。（Ⅰ）（★）
- 开发文档是描述软件开发过程，包括软件需求、软件设计、软件测试、保证软件质量的一类文档，开发文档还包括软件的详细技术描述（程序逻辑、程序间相互关系、数据格式和存储等）。（Ⅰ）
- 基本的开发文档包括可行性研究和项目任务书、需求规格说明、功能规格说明、设计规格说明（包括程序和数据规格说明）、开发计划、软件集成和测试计划、质量保证计划、标准、进度、安全和测试信息。（Ⅰ）（★）
- 产品文档规定关于软件产品的使用、维护、增强、转换和传输的信息。（Ⅰ）
- 基本的产品文档包括培训手册、参考手册和用户指南、软件支持手册、产品手册和信息广告。（Ⅰ）
- 管理文档从管理的角度规定涉及软件生存的信息。（Ⅰ）（★）
- 管理文档建立在项目管理信息的基础上，例如开发过程中每个阶段的进度和进度变更的记录；软件变更情况的记录；相对于开发的判定记录；职责定义。（Ⅰ）
- 管理信息系统文档的规范化管理主要体现在文档书写规范、图表编号规则、文档目录编写标准和文档管理制度等方面。（Ⅰ）
- 每个文档的质量必须在文档计划期间有明确的规定。文档的质量可以按文档的形式和列出的要求划分为 4 级，如表 14-2 所示。（Ⅱ）

表 14-2 文档的质量等级

等级	适用范围	说明
最低限度文档（1 级文档）	适合开发工作量低于一个人月的开发者自用程序	该文档应包含程序清单、开发记录、测试数据和程序简介
内部文档（2 级文档）	可用于在精心研究后被认为似乎没有与其他用户共享资源的专用程序	除 1 级文档提供的信息外，2 级文档还包括程序清单内足够的注释以帮助用户安装和使用程序
工作文档（3 级文档）	适合于由同一单位内若干人联合开发的程序，或可被其他单位使用的程序	——
正式文档（4 级文档）	适合那些要正式发行供普遍使用的软件产品	关键性程序或具有重复管理应用性质（如工资计算）的程序需要 4 级文档。4 级文档遵守 GB 8567 的有关规定

- 要管理好 IT 项目文档，需要在以下几个方面做出努力：①对文档进行分类和索引；②对文档的变更过程进行管理；③对文档的版本进行标识与管理；④制定文档编写的风格与格式；⑤规定技术文档的模板；⑥提供文档的查询与检索功能；⑦对文档进行归档、组卷处理等。（Ⅱ）

14.2.2 配置管理

- 配置管理是为了系统地控制配置变更，在系统的整个生命周期中维持配置的完整性和可跟踪性，而标识系统在不同时间点上配置的学科。（Ⅰ）
- 配置管理活动和流程主要包括：①制定配置管理计划；②配置识别与建立基线；③建立配置管理系统；④版本管理；⑤配置状态报告和⑥配置审计。（Ⅰ）（★）
- 配置管理对配置项的功能特性和物理特性加以标识，并将其记录为文档，控制这些特性的变更、报告变更进行的情况和变更实施的状态，以及验证与规定需求的一致性。（Ⅰ）（★）
- 配置管理的目标是记录项目产品的演化过程，确保项目开发者在项目生命周期中的各个阶段实现项目产品的完整性、一致性、可控性，使产品极大程度地与用户需求相吻合。（Ⅰ）
- 配置管理通过控制、记录、追踪对软件的修改和每个修改生成的项目组成部件来实现对项目产品的管理功能。（Ⅰ）
- 配置项有两类：属于产品组成部分的工作成果和属于项目管理和机构支撑过程域产生的文档。（Ⅰ）
- 配置项是指硬件、软件或二者兼有的集合，为配置管理指定，在配置管理过程中作为一个单独的实体对待。（Ⅰ）（★）
- 典型配置项包括项目计划书、需求文档、设计文档、源代码、可执行代码、测试用例、运行软件所需的各种数据，它们经评审和检查通过后进入软件配置管理。（Ⅰ）（★）
- 配置项的主要属性有名称、标识符、文件状态、版本、作者和日期等。（Ⅰ）
- 配置库是一组受控制的、辅助软件开发、使用和维护的软件及相关的文档，它在软件发布管理和交付活动中，起着器械性的作用。（Ⅰ）
- 通过确定软件配置管理细则和提供规范的软件配置项管理软件系统，加强软件研制过程的质量控制，增强软件研制过程的可控性，确保软件配置管理项（包括各种文档、数据和程序）的完备、清晰、一致和可追踪性，以及技术状态的可控制性。（Ⅰ）
- 识别配置项的主要步骤：①识别配置项；②为每个配置项指定唯一的标识号；③确定每个配置项的重要特征；④确定配置项进入配置管理的时间；⑤确定每个配置项的拥有者的责任；⑥填写《配置项管理表》；⑦审批《配置项管理表》等。（Ⅰ）（★）
- 一组拥有唯一标识号的需求、设计、源代码文卷，以及相应的可执行代码、构造文卷和用户文档构成一条基线（Baseline）。（Ⅰ）
- 基线由一组配置项组成，这些配置项构成了一个相对稳定的逻辑实体。（Ⅰ）（★）

- 基线中的配置项被“冻结”了，不能再被任何人随意修改（例如，跟踪和控制变更）。（Ⅰ）（★）
- 基线通常对应于开发过程中的里程碑，一个产品可以有多个基线，也可以只有一个基线。（Ⅰ）
- 基线的主要属性有：名称、标识符、版本、日期等。（Ⅰ）
- 基线一经放行，就可以作为从配置管理系统检索源代码文卷（配置项）和生成可执行文卷的工具。（Ⅰ）
- 配置管理计划的主要内容包括配置管理软/硬件资源、配置项计划、基线计划、交付计划、备份计划、配置审计和评审、变更管理等。通常，由变更管理委员会（CCB）审批该计划。（Ⅰ）
- 创建基线或发行基线的主要步骤如下：①配置管理员识别配置项；②为配置项分配标识；③为项目创建配置库，并给每个项目成员分配权限；④各项目团队成员根据自己的权限操作配置库；⑤创建基线或发行基线，并获得变更管理委员会（CCB）的授权；⑥形成文件；⑦使基线可用等。（Ⅰ）（★）
- 所有配置项的操作权限应由 CMO（配置管理员）严格管理，基本原则是：基线配置项向软件开发人员开放读取的权限；非基线配置项向 PM、CCB 及相关人员开放。（Ⅱ）
- 对于每一个基线，要定义下列内容：建立基线的事件、受控的项、建立和变更基线的程序、批准变更基线所需的权限。（Ⅰ）
- 建立配置管理方案的基本步骤如下：①组建配置管理方案构造小组；②对目标机构进行了解、评估；③配置管理工具及其提供商评估；④制订实施计划；⑤定义配置管理流程；⑥试验项目的实施；⑦全面实施。（Ⅱ）
- 配置库可以分为动态库（开发库、程序员库、工作库）、受控库（主库）、静态库（软件仓库）和备份库 4 种类型。（Ⅰ）（★）
- 配置库的建库模式：①按配置项类型分类建库；②按任务建库。（Ⅱ）
- 配置项的状态可分为“草稿”、“正式”和“修改”3 种。（Ⅰ）
- 处于“正式”状态的配置项的版本号格式为 X.Y（X 为主版本号，取值范围为 1～9；Y 为次版本号，取值范围为 0～9）。处于“草稿”状态的配置项版本号都是以“0.YZ”格式开头（Z 取值范围为 0～9）。处于“修改”状态的配置项的版本号格式为 X.YZ。如果配置项的版本升级幅度比较小，一般只增大 Y 值，X 值保持不变。只有当配置项版本升级幅度比较大时，才允许增大 X 值。（Ⅰ）（★）
- 配置项第一次成为“正式”文件时，版本号为 1.0。（Ⅰ）
- 配置管理系统是整个项目管理信息系统的一个子系统。配置管理系统包括：①提交变更请求的过程；②评审和批准变更请求的跟踪系统；③为授权和控制变更规定的批准级别；④确认批准变更的方法。（Ⅰ）
- 配置管理之变更控制流程：①变更申请；②变更评估；③变更实施；④变更验证与确认；⑤变更的发布。（Ⅰ）（★）
- 变更管理委员会（CCB）负责组织对变更申请进行评估并确定以下内容：①变更的内容是否合理；②变更的范围是否正确、考虑周全；③受影响的配置项是否已被充分考虑，是否需要同时进行变更；④工作量估计是否合理；⑤如有变更实施方案，评估基线变更的实施方案是否合理。（Ⅱ）
- 通常，配置项的版本控制流程如下：①创建配置项；②修改处于“草稿”状态的配置项；③技术评审或领导审批；④正式发布；⑤变更等。（Ⅰ）（★）
- 配置状态报告就是根据配置项操作的记录来向管理者报告软件开发活动的进展情况。（Ⅰ）
- 配置状态报告应该跟踪以下方面：①产品描述记录；②每个受控软件组件的状态；③每个构建版发布的内容和状态；④每个基线的内容；⑤配置验证记录；⑥变更状态记录（缺陷和改进）；⑦所有位置的配置项的安装状态。（Ⅰ）

- 配置状态报告应着重反映当前基线配置项的状态，以作为对开发进度报告的参照。（Ⅱ）
- 配置审计要审查整个配置管理过程是否符合规范，配置项是否与需求一致，记录是否正确，配置的组成是否具有一致性等。（Ⅰ）
- 配置审计的主要作用是作为变更控制的补充手段来确保某一变更需求已被切实实现。（Ⅰ）
- 配置审计工作步骤：①由项目经理决定何时进行配置审核工作；②质量保证组或项目组的配置管理组指定该项目的配置审核人员；③项目经理和配置审核员决定审核范围；④配置审核员准备配置审核检查单；⑤配置审核员安排时间审核文档和记录；⑥配置审核员在审核中发现不符合现象，并作记录；⑦由项目经理负责消除不符合现象；⑧配置审核员验证所有发现的不符合现象确已得到解决。（Ⅰ）（★）
- 功能配置审计是进行审计以验证以下方面：①配置项的开发已圆满完成；②配置项已达到规定的性能和功能特定特性；③配置项的运行和支持文档已完成并且是符合要求的。（Ⅱ）
- 功能配置审计内容包括：①按测试数据审计正式测试文档；②审计验证和确认报告；③评审所有批准的变更；④评审对以前交付的文档的更新；⑤抽查设计评审的输出；⑥对比代码和文档化的需求；⑦进行评审以确保所有测试已执行；⑧依据功能和性能需求进行额外的和抽样的测试等。（Ⅱ）
- 物理配置审计是进行审计以验证以下方面：①每个构建的配置项符合相应的技术文档；②配置项与配置状态报告中的信息相对应。（Ⅱ）
- 物理配置审计内容包括：①审计系统规格说明书的完整性；②审计功能和审计报告；③了解不符合采取的措施；④对比架构设计和详细设计组件的一致性；⑤评审模块列表以确定符合已批准的编码标准；⑥审计手册（如用户手册、操作手册）的格式、完整性和与系统功能描述的符合性等。（Ⅱ）
- 随着软件项目团队人员的增加，软件版本的变化，开发时间的紧迫，以及多平台开发环境的采用，软件开发面临越来越多的问题。这些问题在实际开发中表现为：①项目组成员沟通困难；②软件重用率低下；③开发人员各自为政；④代码冗余度高；⑤文档不健全等。这些问题可能造成的后果是：数据丢失、开发周期漫长、产品可靠性差、质量低劣、软件维护困难、用户抱怨使用不便、项目风险不断增加等。（Ⅰ）（★）
- 软件企业在开发管理上，过分依赖个人的作用，没有建立起协同作战的氛围，没有科学的软件配置管理流程；在技术上只重视系统和数据库、开发工具的选择，而忽视配置管理工具的选择，导致即使有配置管理的规程，也由于可操作性差而搁浅。以上种种原因导致开发过程中普遍存在以下问题：（Ⅰ）（★）

①开发管理松散。领导了解工作完成情况重视口头交流，忽视书面文档。有些部门主管无法确切得知项目的进展情况，项目经理也不知道各开发人员的具体工作，项目进展的随意性很大。

②项目之间沟通不够。各个开发人员各自为政，编写的代码不仅风格各异，而且编码和设计脱节。开发大量重复，留下大量难维护的代码。

③文档与程序严重脱节。软件产品是公司的宝贵财富，代码的重用率是相当高的，如何建好知识库、用好知识库对公司优质高效开发产品具有重大的影响。

④测试工作不规范。在传统的开发方式中，测试工作只是人们的一种主观愿望，根本无法提出具体的测试要求，加之开发人员的遮丑心态，测试工作往往是走过场，测试结果既无法考核又无法量化，当然就无法对以后的开发工作起指导作用。

⑤项目施工周期过长，且开发人员必须亲自现场或远程登录操作。由于应用软件的特点，各个不同施工点有不同的要求，因此开发人员要手工保留多份副本。即使是相同的问题，由于在不同地方提出，由不同的人解决，其做法也不同，因此使程序的可维护性越来越差。

14.3 真题透解

14.3.1 2010 年上半年试题 5

【试题描述】

阅读以下说明，根据要求回答问题 1～问题 3。（15 分）

【说明】

有多年开发经验的赵工被任命为某应用软件开发项目的项目经理，客户要求 10 个月完成项目。项目组包括开发、测试人员共 10 人，赵工兼任配置管理员的工作。

按照客户的初步需求，赵工估算了工作量，发现工期很紧。因此，赵工在了解客户的部分需求之后，就开始对这部分需求进行设计和开发工作。

在编码阶段，赵工发现需求文件还在不断修改，形成了多个版本，设计文件不知道该与哪一版本的需求文件对应，而代码更不知道对应哪一版本的需求和设计文件。同时，客户仍在不断提出新的需求，有些很细微的修改，开发人员随手就改掉了。

到了集成调试的时候，发现错误非常多。由于需求、设计和代码的版本对应不上，甚至搞不清楚是需求、设计还是编码的错误，眼看进度无法保证，项目团队成员失去了信心。

【问题 1】（5 分）

请从项目管理和配置管理的角度分析造成项目失控的原因。

【问题 2】（5 分）

配置管理的基本概念如图 14-2 左侧所示，图 14-2 右侧是有关概念的相关论述，请在图 14-2 中用直线将基本概念与对应的论述连接起来。

基本概念	论述
配置项	用于控制工作产品，包括存储媒体、规程和访问的工具
基线	是配置管理的前提，其组成可能包括交付客户的产品、内部工作产品、采购的产品或使用的工具等
配置管理系统	可看做是一个相对稳定的逻辑实体，其组成部分不能被任何人随意修改
配置状态报告	记录配置项有关的所有信息，存放受控的配置项
配置库	能够及时、准确地给出配置项的当前状况，加强配置管理工作

图 14-2　配置管理的基本概念

【问题 3】（5 分）

请说明正常的配置管理工作包括哪些活动？

【要点解析】

【问题 1】（5 分）

由题干关键信息“有多年开发经验的赵工被任命为某应用软件开发项目的项目经理”，结合整个案例说明可知，虽然赵工具有多年的软件开发经验，但并不代表着他具有一定的项目管理经验。作为一名项目经理，要同时承担项目管理者和项目领导者的角色，这些角色的工作包括了项目的计划、组织、协调、领导和控制。如果赵工的工作思维没有从技术人员角色向项目经理角色转变，则势必会造成项目目前的失控状况。

由题干关键信息“客户要求10个月完成项目。项目组包括开发、测试人员共10人，赵工兼任配置管理员的工作”可知，有10名开发人员参与的、近一年的软件开发项目是具有一定规模的，其配置管理工作非常琐碎。作为一名项目经理，与客户沟通交流、与项目组人员及资源的协调等本职工作就很繁忙，如果赵工身兼配置管理员工作，在这两份工作上所投入的精力都会不够，顾此失彼，从而疏于项目的全局管理（或配置管理）造成项目失控。

由题干关键信息“赵工在了解客户的部分需求之后，就开始对这部分需求进行设计和开发工作”可知，赵工的项目范围管理有问题（例如，没有清晰的项目范围定义，没有与客户就项目范围进行沟通确认等）。而基于这样不完整的项目需求进行配置管理，难免不会导致项目失控。

由题干“设计文件不知道该与哪一版本的需求文件对应，而代码更不知道对应哪一版本的需求和设计文件……由于需求、设计和代码的版本对应不上……”等关键信息可知，该项目的版本管理有问题（例如，没有制定需求跟踪矩阵等），且项目中没有建立基线等。

由题干“客户仍在不断提出新的需求，有些很细微的修改，开发人员随手就改掉了”等关键信息可知，该项目没有进行有效的变更管理（例如，缺乏对配置项的变更控制等）。

纵观整个案例说明，结合项目配置管理知识可知，赵工可能没有制定该项目的配置管理计划，也没有制定配置项的标识规则，缺乏对配置项进行版本管理和发行管理等。

【问题2】（5分）

在图14-2中各个配置管理的基本概念及其相关论述的对应关系如图14-3所示。

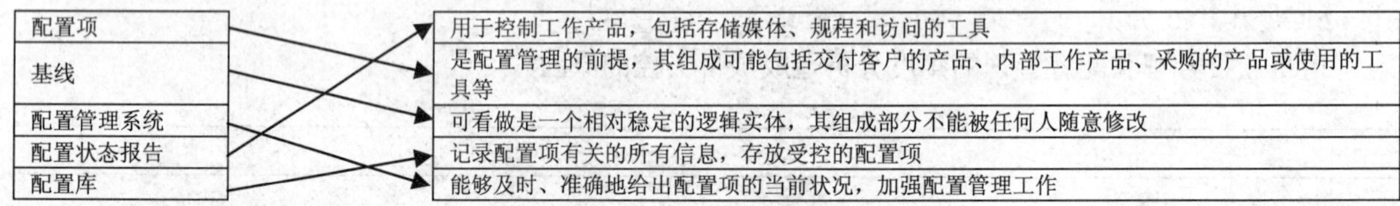

图14-3 配置管理的基本概念

【问题3】（5分）

通常，配置管理工作主要包括：①制定配置管理计划；②配置项识别与建立基线；③报告配置状态；④进行配置审核；⑤版本管理和发行管理；⑥实施配置变更控制等。

【参考答案】

表14-3给出了本案例试题的参考答案，供读者练习时参考，以便查缺补漏。读者也可依照所给出的评分标准得出测试分数，从而大致评估自己对这些知识点的掌握程度。

表14-3 参考答案及评分标准

问题与分值	参考答案及评分标准	自评分
【问题1】（5分）	①赵工没有项目管理经验，不适合任项目经理的职位； ②项目经理兼任配置管理员，精力不够，顾此失彼，无法完成配置管理工作； ③赵工的项目范围管理有问题； ④该项目版本管理和发行管理没有做好； ⑤项目中没有建立基线，导致需求、设计、编码无法对应； ⑥该项目没有做好变更管理 ⑦赵工可能没有制定该项目的配置管理计划，也没制定配置项的标识规则等 （答案包含但不限于以上要点，答出其中5个小点即可，每小点1分，答案类似即可）	
【问题2】（5分）	如图14-3所示（每条箭线1分）	
【问题3】（5分）	①制定配置管理计划；　②配置项识别； ③报告配置状态；　④进行配置审核； ⑤版本管理和发行管理；　⑥实施配置变更控制 （答案包含但不限于以上要点，错1个小点扣1分，最多扣5分，全对得5分，答案类似即可）	

14.3.2 2010 年下半年试题 5

【试题描述】

阅读以下说明，根据要求回答问题 1～问题 3。（15 分）

【说明】

某公司的质量管理体系中的配置管理程序文件中有如下规定：

（1）由变更控制委员会（CCB）制定项目的配置管理计划；

（2）由配置管理员（CMO）创建配置管理环境；

（3）由 CCB 审核变更计划；

（4）项目中配置基线的变更经过变更申请、变更评估、变更实施后便可发布；

（5）CCB 组成人员不少于一人，主席由项目经理担任。

公司的项目均严格按控照程序文件的规定执行。在项目经理的一次例行检查中，发现项目软件产品的一个基线版本（版本号 V1.3）的两个相关联的源代码文件仍有遗留错误，便向 CMO 提出变更申请。CMO 批准后，项目经理指定上述源代码文件的开发人员甲、乙修改错误。甲修改第一个文件后将版本号定为 V1.4，直接在项目组内发布。次日，乙修改第二个文件后将版本号定为 V2.3，也在项目组内发布。

【问题 1】（6 分）

请结合案例，分析该公司的配置管理程序文件的规定及实际变更执行过程存在哪些问题？

【问题 2】（3 分）

请为案例中的每项工作职责指派一个你认为最合适的负责角色。（在表 14-4 相应的单元格中画“√”，每一列最多只能有一个单元格画“√”，多画、错画“√”不得分）

表 14-4 工作角色分配表

工作 负责人	编制配置管理计划	创建配置管理环境	审核变更计划	变更申请	变更实施	变更发布
CCB						
CMO						
项目经理						
开发人员						

【问题 3】（6 分）

请就配置管理，判断以下概念的正确性（正确的画“√”，错误的画“×”）。

（1）配置识别、变更控制、状态报告和配置审计是软件配置管理包含的主要活动。（ ）

（2）CCB 必须是常设机构，实际工作中需要设定专职人员。（ ）

（3）基线是软件生存期各个开发阶段末尾的特定点，不同于里程碑。（ ）

（4）动态配置库用于管理基线和控制基线的变更。（ ）

（5）版本管理是对项目中配置项基线的变更控制。（ ）

（6）配置项审计包括功能配置审计和物理配置审计。（ ）。

【要点解析】

【问题 1】(6 分)

通常，在小型软件开发项目中，配置管理计划是由项目经理（或配置专职人员）编制，然后由变更管理委员会（CCB）审批该计划。

配置管理员（CMO）基于《项目管理计划》、《配置管理计划》、《配置项管理表》等文档，建立并维护用于控制工作产品的配置管理系统和变更管理系统。

变更管理委员会（CCB）也称为配置控制委员会，是配置项变更的监管组织。其主要任务是对建议的配置项变更做出评估、审批，以及监督已批准变更的实施等。CCB 的成员可以包括项目经理、客户代表、项目质量控制人员、配置管理员等。该组织不必是常设机构，可以根据具体工作的需要来设置。例如按变更内容和变更请求的不同，组成不同的 CCB。小型项目的 CCB 可以只有 1 人，甚至只是兼职人员。

通常，配置管理的变更控制流程是：①变更申请；②变更评估；③变更实施；④变更验证与确认；⑤变更的发布。而试题“项目中配置基线的变更经过变更申请、变更评估、变更实施后便可发布”中，缺少了“变更验证与确认”这一工作环节。

由题干关键信息“在项目经理的一次例行检查中，发现项目软件产品的一个基线版本(版本号 V1.3)的两个相关联的源代码文件仍有遗留错误，便向 CMO 提出变更申请”可知，项目经理向 CMO 提出变更申请的做法有误。项目经理所提出的变更申请应该提交给 CCB。

由题干关键信息“CMO 批准后，项目经理指定上述源代码文件的开发人员甲、乙修改错误”可知，CMO 批准项目经理所提出的变更申请的做法是错误的，应该由 CCB 批准这些变更申请。CMO 在测试库（或开发库）中开辟工作空间，以存放从受控库中取出的相关配置项，然后分配权限给变更实施人员（即开发人员甲、乙）。

由题干“甲修改第一个文件后将版本号定为 V1.4，直接在项目组内发布”等关键信息可知，开发人员甲完成变更后，项目经理没有指派其他人员完成单元测试、代码走查和评审等工作。项目经理没有将变更与验证的结果提交给 CCB 审批。因为是基线版本变更，所以在必要时，CCB 组长应召集 CCB 会议确认基线变更的结果。最后由 CMO 进行变更发布，即将变更内容和结果通知相关人员，并做好记录等工作。

由题干“次日，乙修改第二个文件后将版本号定为 V2.3”等关键信息可知，开发人员乙完成相应变更后将版本号定为 V2.3 的做法有误。通常，处于“正式”状态的配置项的版本号格式为 X.Y（X 为主版本号，取值范围为 1～9；Y 为次版本号，取值范围为 0～9）。如果配置项的版本升级幅度比较小，一般只增大 Y 值，X 值保持不变；只有当配置项版本升级幅度比较大时，才允许增大 X 值。因此建议乙完成相应变更后将版本号定为 V1.5。

【问题 2】(3 分)

基于【问题 1】的分析过程，表 14-4 中每位人员的工作角色分配结果如表 14-5 所示。

表 14-5　工作角色分配表

工作 负责人	编制配置管理计划	创建配置管理环境	审核变更计划	变更申请	变更实施	变更发布
CCB			√			
CMO		√				√
项目经理	√			√		
开发人员					√	

【问题 3】（6 分）

软件项目的配置管理包含的主要活动有配置识别、变更控制、状态报告和配置审计，在实施配置管理活动之前要制定配置管理计划。

CCB 不必是常设机构，可以根据具体工作的需要来设置。实际工作中可以是兼职人员。

基线通常对应开发过程中的里程碑，一个产品可以有多个基线，也可以只有一个基线。

动态配置库用于保存开发人员当前正在开发的配置实体。而受控库用于管理当前基线和控制对基线的变更。

版本管理是对项目中配置项基线的变更控制。版本控制的目的是按照一定的规则保存配置项的所有版本，避免发生版本丢失或混淆等现象，并且可以快速准确地查找到配置项的任何版本。

配置审计要审查整个配置管理过程是否符合规范，配置项是否与需求一致，记录是否正确，配置的组成是否具有一致性等。配置项审计包括功能配置审计和物理配置审计。

【参考答案】

表 14-6 给出了本案例试题的参考答案，供读者练习时参考，以便查缺补漏。读者也可依照所给出的评分标准得出测试分数，从而大致评估自己对这些知识点的掌握程度。

表 14-6　参考答案及评分标准

问题与分值	参考答案及评分标准		自 评 分
【问题 1】（6 分）	①“由变更控制委员会（CCB）制定项目的配置管理计划”的规定存在问题，通常该文档由项目经理（或配置专职人员）编制； ②“项目中配置基线的变更经过变更申请、变更评估、变更实施后便可发布”的规定中，遗漏了“变更验证与确认”工作环节； ③“CCB 组成人员不少于一人”的规定不妥，小型项目的 CCB 可以只有 1 人，甚至只是兼职人员； ④项目经理向 CMO 提出变更申请的做法有误，该申请应该提交给 CCB； ⑤CMO 批准变更申请的做法是有误，应该是由 CCB 审批； ⑥变更申请批准后，CMO 没有在测试库（或开发库）中开辟工作空间，并分配权限给变更实施人等； ⑦变更实施人（即甲、乙）完成变更后，直接进行变更发布的做法有误， ⑧开发人员乙的配置项版本标识的升级幅度太大 （答案包含但不限于以上要点，答出其中 6 个小点即可，每小点 1 分，答案类似即可）		
【问题 2】（3 分）	见表 14-5 （每个“√”0.5 分）		
【问题 3】（6 分）	（1）（√） （3）（×） （5）（√）	（2）（×） （4）（×） （6）（√）	

14.4 强化训练

14.4.1 模拟试题 1

【试题描述】

阅读以下说明，根据要求回答问题 1～问题 4。（15 分）

【说明】

项目经理小兰目前正在负责一个系统集成项目，甲方某用户向他所认识的一个项目组开发人员小洪抱怨系统软件中的一项功能问题，并且表示希望能够进行修改。于是，小洪直接对系统软件进行了修改，解决了该项功能问题。

【问题1】（4分）

结合你的项目管理经验，请简要说明上述情况中存在哪些问题？

【问题2】（2分）

配置项的识别是配置管理活动的基础。通常，识别配置项的步骤依次是＿＿（1）＿＿。（请使用以下选项编号做答）

A．填写《配置项管理表》

B．审批《配置项管理表》

C．确定配置项进入配置管理的时间

D．确定每个配置项的重要特征

E．确定每个配置项的拥有者的责任

F．配置管理员识别配置项

G．为每个配置项指定唯一的标识号

【问题3】（3分）

变更控制是项目管理的重要内容。通常，配置管理中的变更控制流程是：变更申请→＿＿（2）＿＿→＿＿（3）＿＿→＿＿（4）＿＿→变更发布。

【问题4】（6分）

结合你的项目管理经验，请简要分析上述情况可能会导致什么样的后果？

14.4.2 模拟试题2

【试题描述】

阅读以下说明，根据要求回答问题1～问题4。（15分）

【说明】

近期，项目经理老彭承接了一个信息系统开发项目的项目管理工作。在进行了需求分析和设计后，项目人员分头进行开发工作，期间客户提出的一些变更要求也由各部分人员分别解决。由于各部分人员在进行自测的时候均报告正常，因此老彭决定直接在客户现场进行集成。各部分人员分别提交了各自工作的最终版本进行集成，但是发现问题很多，针对系统各部分所表现出来的问题，开发人员又分别进行了修改，但是问题并未有明显减少，而且项目工作和产品版本越来越混乱。这一切都让老沈感到头痛与苦恼。

【问题1】（5分）

结合你的项目管理经验，从项目整体管理和配置管理的角度，请简要分析出现上述情况的可能原因。

【问题2】（3分）

为了在不严重阻碍合理变化的情况下来控制变化，软件配置管理引入了“基线”这一概念。通常，对于每一个基线要定义的内容有：①建立基线的事件；②___（1）___；③___（2）___的程序；④批准___（3）___所需的权限等。

【问题 3】（3 分）

配置库的基本分类如图 14-4 左侧所示，图 14-4 右侧是相关配置库的主要功能，请在图 14-4 中用直线将两者对应连接起来。

配置库
①主库
②动态库
③静态库

功能
A．存档各种广泛使用的已发布的基线
B．保存开发人员当前正在开发的配置实体
C．存档制作软件和相关架构、数据和文档的不同版本的副本
D．管理当前基线和控制对基线的变更

图 14-4　各类配置库及其功能

【问题 4】（4 分）

结合你的项目管理经验，针对目前情况，请帮助项目经理老彭列举出 4 条补救措施。

14.4.3　参考答案

表 14-7 和表 14-8 分别给出了模拟试题 1、模拟试题 2 的参考答案，供读者练习时进行参考，以便查漏补缺。读者也可依照所给出的评分标准得出测试分数，从而大致评估自己对这些知识点的掌握程度。

表 14-7　模拟试题 1 参考答案及评分标准

问题与分值	参考答案及评分标准	自　评　分
【问题 1】（4 分）	①对用户的要求未进行记录； ②对变更请求未进行足够的分析，也没有获得批准； ③在修改过程中没有注意进行版本管理； ④修改完成后未进行验证； ⑤修改的内容未和项目干系人进行沟通 （答案包含但不限于以上要点，答出其中 4 个小点即可，每小点 1 分，答案类似即可）	
【问题 2】（2 分）	（1）F、G、D、C、E、A、B（2 分，错答均不给分）	
【问题 3】（3 分）	（2）变更评估　　　　（3）变更实施 （4）变更验证与确认　（每空 1 分）	
【问题 4】（6 分）	①缺乏对变更请求的记录可能会导致对产品的变更历史无法追溯，并会导致对工作产物的整体变化情况失去把握； ②缺乏对变更请求的分析可能会导致后期的变更工作出现工作缺失、与其他工作不一致等问题，对项目的进度、成本、质量方面也会产生一定影响； ③在修改过程中不注意版本管理，一方面可能会导致当变更失败时无法进行复原，造成成本损耗和进度拖延；另一方面，对于组织财富和经验的积累也是不利的； ④修改完成后不进行验证则难以确认变更是否正确实现，为变更付出的工作量也无法得到承认； ⑤未与项目干系人进行沟通可能会导致项目干系人的工作之间出现不一致之处，进而影响项目的整体质量（答案包含但不限于以上要点，答出其中 3 个小点即可，每小点 2 分，答案类似即可）	

表 14-8 模拟试题 2 参考答案及评分标准

问题与分值	参考答案及评分标准	自 评 分
【问题 1】（5 分）	①缺乏项目整体管理（尤其是整体问题分析）； ②缺乏整体变更控制规程； ③缺乏项目干系人之间的沟通； ④缺乏配置管理； ⑤缺乏整体版本管理； ⑥缺乏单元接口测试和集成测试 （答案包含但不限于以上要点，答出其中 5 个小点即可，每小点 1 分，答案类似即可）	
【问题 2】（3 分）	（1）受控的项　（2）建立和变更基线 （3）变更基线　（每空 1 分）	
【问题 3】（3 分）	①——D　②——B ③——A　（每条连线 1 分）	
【问题 4】（4 分）	①针对目前系统建立或调整基线； ②梳理变更脉络，确定统一的最终需求和设计； ③梳理配置项及其历史版本； ④对照最终需求和设计逐项分析现有配置项及历史版本的符合情况； ⑤根据分析结果由相关干系人确定整体变更计划并实施； ⑥加强单元接口测试与系统的集成测试或联调； ⑦加强整体版本管理 （答案包含但不限于以上要点，答出其中 4 个小点即可，每小点 1 分，答案类似即可）	

第 15 章 其他案例分析方向

15.1 备考指南

15.1.1 考纲要求

根据考试大纲中相应的考核要求，除了第 2～14 章所重点突出的知识模块之外，在其他案例分析方向上还要求考生掌握以下方面的内容：

1. 信息系统的运营

- 信息系统运行维护的意义
- 信息系统运行维护管理计划的制定
- 信息系统运行维护管理计划的执行
- 信息系统运行维护过程的监控
- 信息系统运行维护过程的程序改进
- 变更管理

2. 信息系统安全管理

- 信息安全管理的组织
- 信息安全管理计划的制定
- 信息安全管理计划的执行
- 信心安全管理过程的监控与改进

15.1.2 考点统计

至 2010 年 12 月为止，本章知识点暂时没有以独立案例试题出现在历年真题中。

15.1.3 命题特点

鉴于系统集成项目管理工程师考试采用模块化的命题风格，且参考项目管理其他知识领域的历年命题风格，本章知识点将可能以简答题、判断题、填空题和选择题的组合题型出现在试卷中。若在考试试卷出现与本章知识点相关的试题，则所考查的题量最多为 1 道综合题，试题中可能包含有 3～5 个问题，所占分值约为 10～15 分（约占试卷总分值 75 分中的 13.33%～20%）。本章知识点也可能与项目管理基础知识、整体管理、质量管理和风险管理等知识模块相结合进行案例分析方面的综合命题。

案例中所提出的问题将会侧重于实践应用，用于检查考生是否理解相关的理论知识和是否具有相关的实践应用经验，考试难度系数为中等。从知识点考查深度的角度分析，每次考试中该部分试题在“识记、理解、应用”3个层面上所占的比例大致为1:2:2。

本章知识点命题思路可能表现为：给出某项目在信息系统的运营管理（或信息系统安全管理）方面的案例场景描述，要求指出该案例说明中存在哪些问题并说明相关原因；给出解决这些问题的补救措施（或建议）；给出1道该案例中涉及的与基础知识点相关的简答题（或判断题、填空题等）。

15.1.4 学习建议

信息系统的整个生命周期从提出系统需求开始，直到最后停止该系统的使用为止，信息系统项目的建设只是系统生命周期的一部分。而信息系统的上线运行和后期维护时间则远远长于系统的开发时间。当信息系统投入运行之后，需要组织有效的系统运营管理和服务来实现业务的需求。信息系统的运营与服务是IT企业的长青树，需要我们精心栽培和呵护！

信息系统的安全是一个复杂的系统工程，不仅是一个技术问题，更是一个管理问题，其建设符合项目管理的一般规律。

由于本章知识点的分布范围比较分散，且暂时没有以独立案例试题出现在历年真题中，加上考生在备考过程中缺少相关的应试阅读材料，或者所掌握的材料重点不够突出，因此考生往往在复习这一章时出现感觉无从下手、整体把握不住、备考思路无从建立等问题。从应试的角度出发，建议读者在收集相关案例材料时要立足于“信息系统项目”，要以项目“管理者”的立场基于相关专业知识运用“项目管理”工作思维去分析和解决相关问题。最好能在“信息系统的运营与服务”和“信息系统安全管理”领域中积累一定的实践经验，并善于将这些经验进行归纳总结提升为理论知识。如果没有机会实践，则需要多阅读相关案例，尽量从这些案例中间接地获取相关的经验与教训。本章力求以发展的眼光、实用的角度来预测、挖掘相关考核点，以增强考生学习相关知识点的目的性。

阅读提示：根据近两年历次系统集成项目管理工程师考试的试题分布情况来看，基本上未涉及本章内容。鉴于系统集成项目管理工程师考试采用模块化的命题风格，估计在今后几次的考试中，围绕本章知识点专门命题的概率比较小。但作为考试大纲要求内容，还是专门罗列出来，整理成一章内容并给出了相应的强化训练习题。对于本章内容，读者可以综合考虑自己的能力水平、复习时间等因素进行有选择性的阅读（或者直接跳过）。

15.2 知识点清单

15.2.1 信息系统运营与服务

- 信息系统运营管理并不是一个单纯的技术问题，而是一种以服务为中心、以流程为基础、以客户满意和服务品质为核心的管理体系；它需要使用通用性、客观性和实用性的IT管理方法，使信息系统资源发挥最大效能，并协助企业IT部门由传统的操作导向升级为服务导向。
- 信息资源管理模式从运营到服务的转变对信息系统的管理提出了更高的要求，信息技术基础架构库（ITIL）应运而生。
- ITIL于20世纪80年代后期开发，现已成为IT服务管理在世界范围内事实上的标准。
- 目前，ITIL已成为IT行业服务管理的理论基础和IT管理标准体系。
- ITIL努力在业务与技术之间，通过服务管理建立一个IT服务管理实施的平台，使IT的运营与服务的水平达到业务的要求。

- ITIL 是 IT 系统运营的一种最佳实践框架，包括 1 个服务台和 IT 服务支持、IT 服务提供等。
- 服务台（Service Desk）是 ITIL 提供的一项管理职能。服务台可以理解为系统应用部门和服务流程的“前台”。
- 对于用户而言，服务台是“应答机”。用户在碰到任何问题或疑问时，只需联系服务台的工作人员，再由服务台的工作人员指导和协调下一步的处理工作即可。
- 通过服务台的建立，企业可以：①建立与最终用户之间的联系；②保障高质量的技术支持来满足业务目标；③帮助确认信息技术服务的成本；④增加用户的对信息技术服务的理解和满意度；⑤协助确认业务机会等。
- 服务台是服务管理的核心，事故管理、问题管理、配置管理、变更管理和发布管理都需要通过服务台进行实施，并具体承担以下工作职能：①跟踪用户的事故请求，并将其提交给后台支持，当事故处理完毕后，将其处理的结果记录到数据库中；②在处理客户请求时应该具备一定的专业性，通过不断扩充的知识库独自处理一些客户咨询；③通过对客户需求进行标准化的区分，把服务台不能解决的呼叫请求转到专家支持，服务台充当的是“过滤器”，通过它来提高 IT 服务运作的整体效率。
- 服务台建立的一般过程：①分析用户需求，确定服务目标；②选择合适的服务台结构；③确定服务台的层次结构及相关人员配备；④建立运作流程；⑤对服务台进行评估等。
- ITIL 构架下的 IT 服务支持流程主要面向用户，用于确保用户得到适当的服务，以支持组织的业务功能，确保 IT 服务提供方所提供的服务质量，并符合服务级别协议的要求。
- IT 服务支持属于运营管理层次的服务管理流程，共包括 5 个流程：①事故管理；②问题管理；③配置管理；④变更管理；⑤发布管理。
- IT 服务提供由以下 5 个流程组成：①服务级别管理；②IT 服务财务管理；③能力管理；④IT 服务持续性管理；⑤可用性管理。
- ITIL 整体构架下的 IT 服务管理（ITSM）是一套以流程为导向、以客户为中心、用于提高企业 IT“服务提供”和“服务支持”能力及水平的规范的管理方法。
- ITSM 是一套通过服务级别协议（SLA）来保证 IT 服务质量的协同流程，其融合了系统管理、网络管理、系统开发管理等管理活动和变更管理、资产管理、问题管理等许多流程的理论和实践。
- 实施 ITSM 的根本目标有：①以客户为中心提供 IT 服务；②提供高质量、低成本的服务；③提供的服务是可准确计价的。
- ITSM 的基本原理：①将纵向的各种技术管理工作进行“梳理”，形成典型的流程；②将这些流程按需“打包”成特定的 IT 服务，然后提供给客户。
- ITSM 的基本原理可简单地用“二次转换”来概括，第 1 次是“梳理”，第 2 次是“打包”。第 1 次转换将技术管理转化为流程管理，第 2 次转换将流程管理转化为服务管理。
- ITSM 适用于 IT 管理而不是企业的业务管理。ITSM 的重点是 IT 的运营和管理，而不是 IT 的战略规划。换而言之，IT 规划关注的是组织在 IT 方面的战略问题，而 ITSM 是确保 IT 战略得到有效执行的战术性和运营性活动。
- 对每一个信息系统维护或服务合同，可以将其视为一个项目，是一个服务项目，不仅要按项目管理的方法去管理，而且要考虑服务类项目的特点。
- 信息系统运行维护的提供者不仅要为现行的信息系统提供专业周到的服务，还应持续改进，例如可以采用 PDCA 模式来进行日常的常规改进，也可以通过评估不断提高服务水平。
- 信息系统的运行维护是一个不断优化、不断改进的过程，应以动态螺旋的方式将信息系统维护工作不断向前推进。

- 配置管理是指由识别和确认系统的基本单位（即配置项）、记录和报告配置项的状态和变更请求、检验配置项的正确性和完整性等活动构成的服务管理流程。
- 对于规范的服务商而言，对信息系统的改动不是随意的而是规范的，是按照变更管理方法来处理变更。例如变更应走变更控制流程且需变更控制委员会批准。
- 信息技术咨询服务是信息系统服务的前端环节，为企业提供信息化建设规划和解决方案。
- 根据信息化建设方案选择合适的软/硬件产品搭建信息化平台，根据企业的业务流程和管理要求进行软件和应用开发，以及系统建成后的长期维护和升级换代等，属于信息系统服务的中间及下游环节，是信息系统服务在不同时期、不同阶段的具体表现，覆盖了各行各业信息化建设的全过程。

15.2.2 信息系统安全管理

- 信息系统是指由计算机及其相关和配套的设备、设施构成的，按照一定的应用目标和规则对信息进行存储、传输、处理的系统或者网络。
- 信息系统安全是指信息系统及其所存储、传输和处理的信息的保密性、完整性和可用性的表征，一般包括保障计算机及其相关的和配套的设备、设施（含网络）的安全，运行环境的安全，保障信息的安全，以保障信息系统功能的正常发挥，维护信息系统的安全运行。
- 信息系统的安全是一个复杂的系统工程，不仅是一个技术问题，更是一个管理问题，其建设符合项目管理的一般规律。
- 实现信息系统安全的技术措施有（包含但不限于以下要点）：①物理安全；②逻辑安全；③信息加密；④身份认证；⑤数据库安全；⑥操作系统安全；⑦传输和应用安全；⑧防火墙；⑨统一安全网关；⑩入侵检测系统/入侵防护系统；⑪网络防病毒系统；⑫防黑客攻击系列技术；⑬安全检测；⑭网闸；⑮抗抵赖技术；⑯数据集中监控审计系统等。
- 实现信息系统安全的管理措施有：①制定安全策略；②组建相关的安全领导小组和实施小组等；③制定信息安全项目管理计划；④组织和实施信息安全管理计划；⑤项目验收等。
- 制订安全策略的一般步骤：①在信息系统项目开发和信息系统运行的全生命周期，识别对信息安全构成威胁的风险；②确定安全需求（确定安全需求的范围和评估面临的风险）；③制定符合现实的安全目标；④制定安全解决方案；⑤制定系统的日常维护计划等。
- 可以按项目管理中编制项目管理计划的方法去制订信息安全项目管理计划。
- 信息安全项目管理计划包括安全需求、安全解决方案、人员组织、进度计划、预算、验收标准和实施计划等。
- 项目双方协同对本信息安全项目进行验收。项目验收后，甲方按日常维护计划对信息系统的安全进行管理和维护。
- ISO/IEC 27000 系列标准是由国际标准组织与国际电工委员会共同发布的国际公认的信息安全管理系列标准，包括 ISO/IEC 27001《信息技术 - 安全技术 - 信息安全管理体系 - 要求》、ISO/IEC 27002《信息技术 - 安全技术 - 信息安全管理体系 - 实践准则》等系列标准。
- 在 ISO/IEC 27000 系列标准中，将信息安全管理的内容主要概括为 11 个方面：①信息安全方针与策略；②组织信息安全；③资产管理；④人力资源安全；⑤物理和环境安全；⑥通信和操作安全；⑦访问控制；⑧信息系统的获取、开发和保持；⑨信息安全事件管理；⑩业务持续性管理；⑪符合性。
- 员工、合同方和信息处理设施的第三方用户均应就其安全角色和职责签署协议。
- 应确保所有的员工、合同方和第三方用户了解信息安全威胁和关注点，以及他们的责任和义务，并在他们的日常工作中能够支持组织的信息安全方针，减少人为错误的风险。

- 要确保员工、合同方和第三方用户以一种有序的方式离开组织或工作变更。应建立职责确保员工、合同方和第三方用户离开组织是受控的，并确保他们已归还所有设备并删除所有的访问权限。
- 关键或敏感的信息处理设施要放置在安全区域内，并受到确定的安全边界的保护，包括采用适当的安全屏障和入口控制。
- 应最小化系统失效的风险。为确保足够的能力和资源的可用性，以提供所需的系统性能，需要预先进行策划和准备。
- 应保护软件和信息的完整性。要求有预防措施，以防范和探测恶意代码和未授权移动代码的引入。适用时，管理者要引入控制，以防范、探测、删除恶意代码，并控制移动代码。
- 应保持信息和信息处理设施的完整性和可用性。应建立例行程序来执行商定的针对数据备份以及及时恢复演练的备份策略和战略。
- 应确保网络中的信息和支持性基础设施得到保护。在数据通过公共网络进行传输时要提供额外的保护。
- 应探测未经授权的信息处理活动、应监视系统并记录信息安全事件、应使用操作员日志和故障日志，以确保识别出信息系统的问题。
- 对信息、信息处理设施和业务过程的访问应基于业务和安全需求进行控制。访问控制规则应考虑到信息分发和授权的策略。
- 应实施桌面清空和屏幕清空策略，以减少对纸质文件、介质和信息处理设施的未授权访问或破坏的风险。
- 防止对网络服务未经授权的访问。对内部和外部网络服务的访问均应加以控制。访问网络和网络服务的用户不应损害网络服务的安全，应确保：①在本组织的网络和其他组织拥有的网络或公共网络之间有合适的分界；②对用户和设备采用合适的认证机制；③对用户访问信息服务的控制。
- 应采用安全设施来限制授权用户访问操作系统。这些设施应能：①按照确定的访问控制策略认证授权用户；②记录成功和失败的系统认证尝试；③记录专用系统特权的使用；④在违背系统安全策略时发布警报；⑤提供合适的认证手段；⑥适宜时可限制用户的连接时间。
- 应防止对应用系统中信息的未授权访问。应用系统应限于：①按照定义的访问控制策略，控制用户访问信息和应用系统功能；②防止能够越过系统控制或应用控制的任何实用程序、操作系统软件和恶意软件进行未授权访问；③不损坏与其共享信息资源的其他系统的安全。
- 所有安全需求应在项目的需求阶段予以识别，证实其合理性，达成一致，并形成文档作为信息系统整个业务案例的一部分。
- 应确保系统文档的安全。要控制对系统文档和程序源代码的访问，并且 IT 项目和支持活动应以安全的方式进行。应注意不能泄露测试环境中的敏感数据。
- 确保与信息系统有关的安全事件和弱点以一种能够及时采取纠正措施的方式进行沟通。
- 应防止业务活动的中断，保护关键业务流程不会受到重大的信息系统失效或灾难的影响，并确保它们能及时恢复。
- 应避免违反法律、法规、规章、合同要求和其他的安全要求。信息系统的设计、运行、使用和管理都要受到法律法规要求的限制，以及合同安全要求的限制。
- 应最大化信息系统审核的有效性，并最小化来自信息系统审核带来的干扰。在审核过程中，应有控制措施作用于操作系统和审核工具，还要保护审计工具的完整性并防止其被误用。
- 个人用户最为关心的信息系统安全问题是如何保证涉及个人隐私的问题，企业用户看重的是如何保证涉及商业利益的数据的安全。

- 从网络运行和管理者角度来说，最为关心的信息系统安全问题是如何保护和控制他人对本地网络信息的访问、读/写等操作。
- 对安全保密部门和国家行政部门来说，最为关心的信息系统安全问题是如何对非法的、有害的或涉及国家机密的信息进行有效过滤和防堵，避免非法泄露。
- 从社会教育和意识形态角度来说，最为关心的信息系统安全问题则是如何杜绝和控制网络上的不健康内容。
- 信息系统安全属性主要有：①保密性；②完整性；③可用性；④不可抵赖性等。
- 保密性是应用系统的信息不被泄露给非授权的用户、实体（或过程，或供其利用）的特性，即防止信息泄漏给非授权个人或实体，信息只为授权用户使用的特性。
- 应用系统常用的保密技术有：①最小授权原则；②防暴露；③信息加密；④物理保密等。
- 完整性是信息未经授权不能进行改变的特性，即应用系统的信息在存储或传输过程中保持不被偶然或蓄意地删除、修改、伪造、乱序、重放和插入等破坏和丢失的特性。
- 完整性是一种面向信息的安全性，它要求保持信息的原样，即信息的正确生成及正确存储和传输。
- 影响信息完整性的主要因素有设备故障、误码（传输、处理和存储过程中产生的误码，各种干扰源造成的误码）、人为攻击和计算机病毒等。
- 保障应用系统完整性的主要方法有：①协议；②纠错编码方法；③密码校验和方法；④数字签名（即消息源的不可抵赖）；⑤公证；⑥通信安全；⑦防火墙系统；⑧入侵检测系统等。
- 可用性是应用系统信息可被授权实体访问并按需求使用的特性，即信息服务在需要时，允许授权用户或实体使用的特性，或者是网络部分受损或需要降级使用时，仍能为授权用户提供有效服务的特性。
- 可用性是应用系统面向用户的安全性能，一般用系统正常使用时间和整个工作时间之比来度量。
- 可用性还应该满足以下要求：身份识别与确认、访问控制、业务流控制、路由选择控制、审计跟踪等。
- 确保信息系统可用性的技术有：①磁盘和系统的容错及备份；②可接受的登录及进程性能；③可靠的功能性的安全进程和机制等。
- 可靠性是指系统在规定的时间和给定的条件下，无故障完成规定功能的概率，通常用平均故障间隔时间（MTBF）来度量。
- 真实性是指对信息的来源进行判断，能对伪造来源的信息予以鉴别。
- 可核查性是指系统实体的行为可以被独一无二地追溯到该实体的特性。该特性要求系统实体对其行为负责，从而为探测和调查安全违规事件提供了可能。
- 审计跟踪的信息主要包括事件类型、被管信息等级、事件时间、事件信息、事件回答以及事件统计等方面的信息。
- 不可抵赖性也称为不可否认性，在应用系统的信息交互过程中，确信参与者的真实同一性，即所有参与者都不可能否认或抵赖曾经完成的操作和承诺。
- 信息系统安全管理是对一个组织机构中信息系统的生存周期全过程实施符合安全等级责任要求的管理，包括：①落实安全管理机构及安全管理人员，明确角色与职责，制定安全规划；②开发安全策略；③实施风险管理；④制定业务持续性计划和灾难恢复计划；⑤选择与实施安全措施；⑥保证配置、变更的正确与安全；⑦进行安全审计；⑧保证维护支持；⑨进行监控、检查，处理安全事件；⑩安全意识与安全教育；⑪人员安全管理等。
- 在组织机构中应建立信息系统安全管理体系的工作内容包括：①配备安全管理人员；②建立安全职能部门；③成立安全领导小组；④主要负责人出任领导；⑤建立信息安全保密管理部门。

- 信息安全系统管理要素包括：①政策和制度（包括信息安全管理策略、安全管理规章制度、策略与制度文档管理等）；②机构和人员管理（包括安全管理机构、安全机制集中管理机构、人员管理、教育和培训等）；③风险管理（包括风险管理要求和策略、风险分析和评估、风险控制、基于风险的决策、风险评估的管理等）；④环境和资源管理（包括环境安全管理、资源管理等）；⑤运行和维护管理（包括用户管理、运行操作管理、运行维护管理、外包服务管理、有关安全机制保障、安全集中管理等）；⑥业务持续性管理（包括备份与恢复、安全事件处理、应急处理等）；⑦监督和检查管理（包括符合法律要求、依从性管理、审计及监管控制、责任认定等）；⑧生存周期管理（包括规划和立项管理、建设过程管理、系统启用和终止管理等）。
- 实现信息系统安全的 5 个层面安全如下：①确保硬件系统安全的物理安全；②确保数据网上传输、交换安全的网络安全；③确保操作系统和数据库管理系统安全的系统安全（含系统安全运行和数据安全保护）；④确保应用软件安全运行的应用系统安全（含应用系统安全运行和数据安全保护）；⑤为保证安全功能达到应有的安全性而必须采取的管理措施。
- 信息系统安全技术体系中，物理安全包括：①环境安全；②设备安全；③记录介质安全。
- 运行安全包括：①风险分析；②信息系统安全性检测分析；③信息系统安全监控；④安全审计；⑤信息系统边界安全防护；⑥备份与故障恢复；⑦恶意代码防护；⑧信息系统的应急处理；⑨可信计算和可信连接技术等。
- 数据安全包括：①身份鉴别；②用户标识与鉴别；③主体绑定；④抗抵赖；⑤自主访问控制；⑥标记；⑦强制访问控制；⑧数据完整性保护；⑨用户数据保密性保护；⑩数据流控制；⑪可信路径；⑫密码支持等。
- 物理安全管理包括安全区域的管理、设备设施的安全管理、对环境威胁的防范，以及电磁辐射的管理等。
- 对计算机机房的安全保护包括：①机房场地选择；②机房防火；③机房空调、降温；④机房防水与防潮；⑤机房防静电；⑥机房接地与防雷击；⑦机房电磁防护等。
- 根据对机房安全保护的不同要求，机房防静电分为：①接地与屏蔽；②服装防静电；③温度、湿度防静电；④地板防静电；⑤材料防静电；⑥维修 MOS 电路保护；⑦使用静电消除剂等。
- 接地要求：采用地桩、水平栅网、金属板、建筑物基础钢筋构建接地系统等，确保接地体的良好接地。
- 去耦、滤波要求：设置信号地与直流电源地，并注意不造成额外耦合，保证去耦、滤波等的良好效果。
- 避雷要求：设置避雷地，以深埋地下与大地良好相通的金属板作为接地点。至避雷针的引线应采用粗大的紫铜条，或使整个建筑的钢筋自地基以下焊连成钢筋网作为“大地”与避雷针相连。
- 防护地与屏蔽地要求：设置安全防护地与屏蔽地，采用阻抗尽可能小的良导体的粗线，以减少各种地之间的电位差。应采用焊接方法，并经常检查接地的良好，检测接地电阻，确保人身、设备和运行的安全。
- 根据对机房安全保护的不同要求，机房供、配电分为：①分开供电；②紧急供电；③备用供电；④稳压供电；⑤电源保护；⑥不间断供电；⑦电器噪声防护；⑧突然事件防护等。
- 计算机设备的安全保护包括设备的防盗和防毁，以及确保设备的安全可用。
- 根据对通信线路安全的不同要求，通信线路安全防护分为：①确保线路畅通；②发现线路截获；③及时发现线路截获；④防止线路截获等。
- 应建立门禁控制手段，任何进出机房的人员应经过门禁设施的监控和记录，且应有防止绕过门禁设施的手段。

- 应明确机房安全管理的责任人，机房出入应有指定人员负责，未经允许的人员不准进入机房；获准进入机房的来访人员，其活动范围应受限制，并有接待人员陪同。
- 环境与人身安全主要是防火、防漏水和水灾、防静电、防自然灾害及防物理安全威胁等。
- 机房和重要的记录介质存放间，其建筑材料的耐火等级，应符合 GBJ 45－1982 标准中规定的二级耐火等级。
- 主机房内绝缘体的静电电位不应大于 lkV。
- 对需要防止电磁泄露的计算机设备应配备电磁干扰设备，在被保护的计算机设备工作时，电磁干扰设备不准关机，必要时可以屏蔽机房。
- 安全组织的目的在于通过建立管理框架，启动和控制组织范围内的信息安全的实施。
- 信息安全领导小组负责本组织机构的信息系统安全工作，并至少履行以下职能：①安全管理的领导职能；②保密监督的管理职能。
- 信息安全职能部门在信息安全领导小组的监管下，负责本组织机构信息系统安全的具体工作，至少履行以下管理职能之一：①基本的安全管理职能；②集中的安全管理职能。
- 基本的安全管理职能如下：①根据国家和行业有关信息安全的政策法规，起草组织机构信息系统的安全策略和发展规划；②管理机构信息系统安全的日常事务，检查和指导下级单位信息系统的安全工作；③负责安全措施的实施或组织实施，组织并参加对重要安全事件的处理；④监控信息系统安全的总体状况，提出安全分析报告；⑤指导和检查各部门和下级单位信息系统安全人员及要害岗位人员的信息系统安全工作；⑥应与有关部门共同组成应急处理小组或协助有关部门建立应急处理小组，并实施相关的应急处理工作。
- 对信息系统岗位人员的管理，应根据其关键程度建立相应的管理要求：①关键岗位人员要求；②兼职和轮岗要求；③权限分散要求；④多人共管要求；⑤全面控制要求。
- 根据离岗人员的关键程度，采取的控制措施有：①基本要求；②调离后的保密要求；③离岗的审计要求；④关键部位人员的离岗要求等。
- 应用系统安全管理的实施包括：①建立应用系统的安全需求管理；②严格应用系统的安全检测与验收；③加强应用系统的操作安全控制；④规范变更管理；⑤防止信息泄露；⑥严格访问控制；⑦信息备份；⑧应用系统的使用监视等。
- 在安全功能要求方面，可以对软件的安全审计功能、通信功能（包括原发抗抵赖和接收抗抵赖）、密码支持功能、用户数据保护功能、标识和鉴别功能、安全管理功能、隐私功能、TSF 保护功能、资源利用功能、TOE 访问、可信路径/信道功能等方面进行检测和验收。
- 变更管理过程应包括风险评估、变更效果分析和安全控制。确保变更不损坏安全和控制规程，确保支持性程序员仅能访问其工作所需的系统的某些部分，确保对任何变更要获得正式协商和批准。
- 严格控制对应用系统的访问，包括：①建立访问控制策略，并根据对访问的业务和安全要求进行评审；②建立正式的授权程序来控制对应用系统和服务的访问权力的分配，确保授权用户的访问，并预防对信息系统的非授权访问；③避免未授权用户的访问信息和信息处理设施，让用户了解他对维护有效的访问控制职责，特别是关于口令的使用和用户设备安全的职责；④只有具备合适的安全设计和控制并且符合组织的安全策略，组织才能授权远程访问活动。
- 管理层对应用系统的安全负有全部责任。安全管理包括：①资源分配；②标准和程序；③应用系统的过程监控等。
- 系统运行安全的审查目标：①保证应用系统运行交接过程均有详尽的安排；②精心计划以确保运行资源得到最有效的使用；③对运行日程的变更进行授权；④监控系统运行以确保其符合标准；⑤监控环境和设施的安全，为设备的正常运行保持适当的条件；⑥检查操作员日志以识别预定和实际活动之间的差异；⑦监控系统性能和资源情况，以实现计算机资源的最佳使用；⑧预测设备或应用系统的容量，以保证当前作业流量的最大化并为未来需求制定战略计划。

- 应用系统运行安全和保密层次按粒度从粗到细的排序是：系统级安全、资源访问安全、功能性安全、数据域安全。
- 程序资源访问控制安全的粒度大小界于系统级安全和功能性安全之间，是最常见的应用系统安全问题，几乎所有的应用系统都会涉及这个安全问题。
- 系统级安全策略包括：①敏感系统的隔离；②访问 IP 地址段的限制；③登录时间段的限制；④会话时间的限制；⑤连接数的限制；⑥特定时间段内登录次数的限制；⑦远程访问控制等。
- 系统级安全是应用系统的第一道防护大门。
- 数据域安全包括行级和字段级两个层次。
- 行级数据域安全是指用户可以访问哪些业务记录。通常以用户所在单位为条件进行过滤。
- 对于行级的数据域安全，大致可以分为：①应用组织机构模型允许用户访问其所在单位及下级管辖单位的数据；②通过数据域配置表配置用户有权访问同级单位及其他行政分支下的单位的数据；③按用户进行数据安全控制，只允许用户访问自己录入或参与协办的业务数据；④除进行按单位过滤之外，比较数据行安全级别和用户级别，只有当用户的级别大于等于行级安全级别时，才能访问到该行数据。
- 系统运行安全检查和记录的范围包括：①应用系统的访问控制检查；②应用系统的日志检查；③应用系统可用性检查；④应用系统能力检查；⑤应用系统的安全操作检查；⑥应用系统维护检查；⑦应用系统的配置检查；⑧恶意代码的检查等。
- 建立系统运行的安全管理组织，安全组织由单位主要领导人领导，不能隶属于计算机运行或应用部门。
- 安全组织由管理、系统分析、软件、硬件、保卫、审计、人事和通信等有关方面人员组成。
- 安全负责人负责安全组织的具体工作，安全组织的任务是根据本单位的实际情况定期做风险分析，提出相应的对策并监督实施。
- 系统运行的安全管理包括：①系统安全等级管理；②系统运行监视管理；③系统运行文件管理制度；④系统运行操作规程；⑤用户管理制度；⑥系统运行维护制度；⑦系统运行灾备制度；⑧系统运行审计制度等。
- 系统安全等级可分为保密等级和可靠性等级两种。保密等级应按有关规定划为绝密、机密和秘密；可靠性等级可分为 3 级，对可靠性要求最高的为 A 级，最低的为 C 级。
- 根据应用系统的运行特点，制定系统运行安全监督制度，包括：①对应用系统安全保护工作实施监督、检查、指导；②监督检查用户是否按照规定的程序和方法使用应用系统和处理信息；③开展应用系统运行安全保护的宣传教育工作；④查处危害应用系统安全的信息安全事件；⑤对应用系统的设计、变更、扩建工程进行安全指导；⑥管理计算机病毒和其他有害数据的防治工作；⑦按有关规定审核计算机信息系统安全等级，并对信息系统的合法使用进行检查；⑧根据有关规定，履行应用系统安全保护工作的其他监督职责。
- 根据应用系统所设计的业务范围，对管理层、系统管理员和操作人员等用户进行信息安全的教育培训，培训包括：①管理层信息安全忧患意识的培养；②正确合法地使用应用系统的程序培训；③员工上岗信息安全知识培训；④各岗位人员计算机安全意识和法律意识教育情况；⑤安全从业人员安全防护知识的培训等。

15.3 真题透解

至 2010 年 12 月为止，本章知识点暂时没有以独立案例试题出现在历年真题中。

15.4 强化训练

15.4.1 模拟试题 1

【试题描述】

阅读以下说明，根据要求回答问题 1～问题 3。（15 分）

【说明】

一阵急促的电话铃声将小郭从睡梦中惊醒，几番辗转才极不情愿地从床上爬起来，哀叹一声："痛苦的一天又要开始了"。小郭是一家中小型服务机构技术部的部门经理，他所主管的部门共有 5 名 IT 技术人员，主要负责计算机网络中心机房、数据主机、近 350 台终端和企业职员的 IT 技术支持服务，以及日常的应用系统维护、网络设备维护、系统安全、硬件设备的采购及信息资产管理等。

技术部的工作从接听应接不暇的求助电话开始，白天在办公区内奔忙，安装软件、排除系统故障、维修和搬运设备，晚上还要进行系统升级、数据备份、网络维护，每天都要忙到最后才能下班。而结果却是：客户投诉信息系统运行过程中的问题太多，其他部门抱怨技术部的反馈太慢，问题得不到及时解决，影响了业务的扩展。

每当接到客户的投诉电话，小郭就觉得这事到了非要解决不可的地步了。他一直想找个方法既可以提高部门的工作成效和客户的满意度，又能对部门员工的工作绩效进行考核。但随后各种打扰使他疲于奔命，而技术部的工作就这样毫无成效地延续着，其他部门也只能忍受着他们的低效，客户的不满也即将爆发……

【问题 1】(4 分)

结合你的项目管理经验，请简要分析该公司在信息系统运营与服务管理方面存在的主要问题。

____

____

【问题 2】(5 分)

ITIL 是 IT 系统运营的一种最佳实践框架，包括一个___(1)___和配置管理、事故管理、问题管理、___(2)___、发布管理、服务级别管理、IT 服务可持续性管理、可用性、能力管理和财务管理十大流程。

IT 服务管理（ITSM）是一套通过___(3)___来保证 IT 服务质量的协同流程，其融合了系统开发管理、网络管理等管理活动和资产管理、问题管理等许多流程的理论和实践。ITSM 是一种以服务为中心的 IT 管理。ITSM 的基本原理可简单地用"二次转换"来概括，第 1 次转换将___(4)___转化为___(5)___，第 2 次转换将___(5)___转化为服务管理。

____

____

【问题 3】(6 分)

结合你的项目管理经验，针对项目现状，参照 ITIL 的管理理念和方法，请简要说明小郭需要采取哪些应对措施。

____

____

15.4.2 模拟试题 2

【试题描述】

阅读以下说明，根据要求回答问题 1～问题 3。（15 分）

【说明】

星火银行账务处理系统，某天突然崩溃，银行被迫停业。星火银行负责该账务处理系统研发的项目组及信息系统维护人员被紧急集合起来处理该问题。经过简单的调查分析后，项目组与维护人员内部发生了争论，提出了两种处理意见：

（1）根据经验，问题很可能是由于网络、硬件设备等瞬间错误原因引起，只需要系统重新启动即可。而且此类问题很难追踪，大家的工作任务很重，只要系统可以正常运行即可，不必再进行问题追踪。

（2）通过测试分析后发现网络、硬件设备等工作正常，所以问题可能是由于软件中的一个隐藏很深的错误引发。系统重启后虽然可以正常营业，但业务数据可能存在隐患。因此应尽快组织人力分析问题产生的原因，从根源上解决问题，为此星火银行必须停业一段时间。

【问题 1】（5 分）

假设该账务处理系统按照处理意见（1）进行重新启动来进行恢复，但却发现数据库系统无法正常启动。请说明该数据库系统故障属于何种类型的故障？并简要说明理由。

【问题 2】（4 分）

请简要分析项目组与维护人员提出的两种处理意见是否恰当？请分别简要说明。

【问题 3】（6 分）

如果你是该项目组的项目经理，针对不恰当的处理方式，请给出相应恰当的处理方式。

15.4.3 模拟试题 3

【试题描述】

阅读以下说明，根据要求回答问题 1～问题 4。（15 分）

【说明】

A 企业根据业务扩张的要求，需要将原有的业务系统扩展到 Internet 上，建立自己的 B2C 业务系统。A 企业将该业务系统的开发委托给系统集成商 NT 公司。NT 公司任命小吴为项目经理，全面负责该项目的实施与管理。由于该业务系统将运行在 Internet 上，此时系统的安全性成为一个非常重要的设计需求，因此 A 企业向项目组提出以下要求：

（1）合法用户可以安全地使用该系统完成业务。

（2）灵活的用户权限管理。

（3）保护系统数据的安全，不会发生信息泄漏和数据损坏。

（4）防止来自于 Internet 上各种恶意攻击。

（5）业务系统涉及各种订单和资金的管理，需要防止授权侵犯。

（6）业务系统直接面向最终用户，需要在系统中保留用户的使用痕迹，以应对可能的商业诉讼。

小吴及其项目组技术负责人小陈接受任务后，结合A企业的安全需求，提出的设计方案是：在原有业务系统的基础上，保留原业务系统中的认证和访问控制模块；为防止来自Internet的威胁，增加防火墙和入侵检测系统。

在项目组对该方案进行评审的会议上，团队成员徐工认为，原业务系统只针对企业内部员工，采用"用户名/密码"方式是可以的，但扩展为基于Internet的B2C业务系统后，认证方式过于简单，很可能造成用户身份被盗取；梁工认为，防止授权侵犯和保留用户痕迹的要求在方案中没有体现；而郭工则认为，即使是在原有业务系统上的扩展与改造，也必须全面考虑信息系统面临的各种威胁，设计完整的系统安全架构，而不是修修补补。

【问题1】（4分）

通常，小吴及其项目组在实现该业务系统安全时，可以从以下5个层面进行考虑：

①确保硬件系统安全的___（1）___；

②确保数据网上传输、交换安全的___（2）___；

③确保操作系统和数据库管理系统安全的系统安全（含系统安全运行和数据安全保护）；

④确保应用软件安全运行的___（3）___（含应用系统安全运行和数据安全保护）；

⑤为保证安全功能达到应有的安全性而必须采取的___（4）___。

【问题2】（4分）

（1）认证是信息系统安全中不可缺少的环节。除了案例中提及的"用户名/密码"认证方式之外，还有哪些主要的认证方式？

（2）针对A企业的相关需求及业务特征，请说明A企业的B2C业务系统应采用哪种认证方式？

【问题3】（2分）

请简要解释梁工意见中的"授权侵犯"的具体含义。

【问题4】（5分）

结合你的项目管理与实施经验，针对梁工的意见，请简要给出相应的解决方案，说明该解决方案的名称、内容和目标。

15.4.4 参考答案

表15-1～表15-3分别给出了模拟试题1～模拟试题3的参考答案，供读者练习时进行参考，以便查漏补缺。读者也可依照所给出的评分标准得出测试分数，从而大致评估自己对这些知识点的掌握程度。

表 15-1 模拟试题 1 参考答案及评分标准

问题与分值	参考答案及评分标准	自 评 分
【问题 1】（4 分）	①服务管理的工作要点和重点不明确； ②对信息系统运营与服务的资源管理不善； ③应对业务变化的能力不强，没有服务管理支撑平台； ④IT 技术人员应付式地解决各种问题，没有根本性解决问题； ⑤用户对技术部的信任和认知程度较低 （答案包含但不限于以上要点，答出其中 4 个小点即可，每小点 1 分，答案类似即可）	
【问题 2】（5 分）	（1）服务台　（2）变更管理 （3）服务级别协议（SLA）　（4）技术管理 （5）流程管理　（每空 1 分）	
【问题 3】（6 分）	①建立统一开放的管理平台，对业务的所有资源（包括网络设备、服务器、客户机、数据库、应用软件等）进行集中统一的管理； ②建立问题和事故数据库，对系统出现的问题采用软件进行管理，避免同一问题反复出现，为下一步建立服务台做准备； ③加强事故的升级和优先级的管理，明确事故、问题处理的级别与层次； ④加强对能力、可用性、连续性的管理，对系统的运行状况进行分析，并对影响业务运营的问题，采用有效措施，尽量在事故发生前解决，以保障业务运营的连续性 （答案包含但不限于以上要点，答出其中 3 个小点即可，每小点 2 分，答案类似即可）	

表 15-2 模拟试题 2 参考答案及评分标准

问题与分值	参考答案及评分标准	自 评 分
【问题 1】（5 分）	介质故障（1 分） 理由：通常，数据库系统的 3 种故障及其恢复方法是：①事务故障，恢复由数据库自动完成，不破坏数据库（1 分）；②系统故障，恢复由数据库系统在重新启动时自动完成，不破坏数据库（1 分）；③介质故障，恢复无法由数据库系统自动完成，需重装数据库及其环境，然后重做已执行的事务等（1 分）。在本案例中，该故障在维护人员重新启动数据后，数据库系统无法自行恢复（1 分，答案包含但不限于以上要点，答案类似即可）	
【问题 2】（4 分）	处理意见（1）不恰当（1 分）。理由：故障处理不仅应在发现故障之时尽快恢复系统，提供信息服务；还需要发现故障产生的根本原因，从根源上解决问题（1 分，答案类似即可） 处理意见（2）不恰当（1 分）。理由：虽然故障处理需要从根本上解决问题，但对于故障处理而言，其最主要的目标是尽可能快地恢复信息服务，而不是在停业情况下去分析问题产生的原因（1 分，答案类似即可）	
【问题 3】（6 分）	①系统崩溃后，首先作为故障处理，尽快重新提供信息服务，可采取重新热/冷启动的方式恢复系统； ②恢复系统并重新提供信息服务后，进入问题控制流程，对该故障产生的根本原因进行深入分析； ③针对问题控制所得出的故障原因，按照企业内部维护流程进行修改维护 （答案包含但不限于以上要点，每小点 2 分，答案类似即可）	

表 15-3 模拟试题 3 参考答案及评分标准

问题与分值	参考答案及评分标准	自 评 分
【问题 1】（4 分）	（1）物理安全　（2）网络安全 （3）应用系统安全　（4）管理措施（每空 1 分）	
【问题 2】（4 分）	（1）①使用令牌（如网银的 USB 令牌）认证（1 分） ②生物（如认证者的图像、指纹、气味和声音等）识别认证（1 分） （2）采用令牌认证方式（2 分）	

续表

问题与分值	参考答案及评分标准	自 评 分
【问题 3】（2 分）	授权侵犯是指被授权以某一目的使用某一系统或资源的某个人，将此权限用于其他非授权的目的，也称为“内部攻击”（2 分，答案类似即可）	
【问题 4】（5 分）	名称：抗抵赖框架（2 分）。 内容：包括证据的生成、验证和记录，以及在解决纠纷时随即进行的证据恢复和再次验证（1 分，答案包含但不限于以上要点）。 目标：提供有关特定事件或行为的证据（1 分）。例如，必须确认数据原发者和接收者的身份和数据完整性，在某些情况下，可能需要涉及上下文关系（如日期、时间和原发者/接收者的地点等）的证据等（1 分，答案包含但不限于以上要点，答案类似即可）	

第 16 章 考前密押试卷

16.1 考前密押试卷 1

（考试时间 13：30—15：00，共 90 分钟）

请按下述要求正确填写答题纸

1．本试卷共 5 道题，全部是必答题，每题 15 分，满分 75 分。
2．在答题纸的指定位置填写你所在的省、自治区、直辖市、计划单列市的名称。
3．在答题纸的指定位置填写准考证号、出生年月日和姓名。
4．答题纸上除填写上述内容外，只能填写解答。
5．解答时字迹务必清楚，字迹不清时，将不评分。
6．仿照下面例题，将解答写在答题纸的对应栏内。

【例题】

2011 年上半年全国计算机技术与软件专业技术资格（水平）考试的日期是 (1) 月 (2) 日。因为正确的解答是“5 月 21 日”，故在答题纸的对应栏内写上“5”和“21”（参见下表）。

例 题	解答栏
(1)	5
(2)	21

16.1.1 试题描述

试题 1

阅读以下说明，根据要求回答问题 1～问题 4。（15 分）

【说明】

系统集成商 TQ 公司员工小郭是负责 S 公司商务网站建设项目的项目经理。该项目自 7 月底开始，经过工作分解后，项目的范围已经明确，但是为了更好地对项目的开发过程进行有效监控，保证项目按期、保质地完成，小郭采用网络计划技术对项目进度进行管理。经过分析，小郭得到了项目的各工作代码、名称及持续时间，如表 16-1 所示。

表 16-1　某项目各工作代码及名称

工作代码	工作名称	持续时间（天）	工作代码	工作名称	持续时间（天）
01	用户需求开发与确认	60	08	数据库开发	20
02	概要设计	20	09	用户界面模块开发	20
03	数据库设计	10	10	美工模块开发	20
04	详细设计	30	11	信息展示模块开发	20
05	设备选定	10	12	文档管理模块开发	10
06	设备招标采购	20	13	系统测试及运行	50
07	环境搭建和调试	10			

以各任务最早开始时间为起点，小郭得到该项目计划的甘特图如图 16-1 所示（每月按照 30 天计算）。

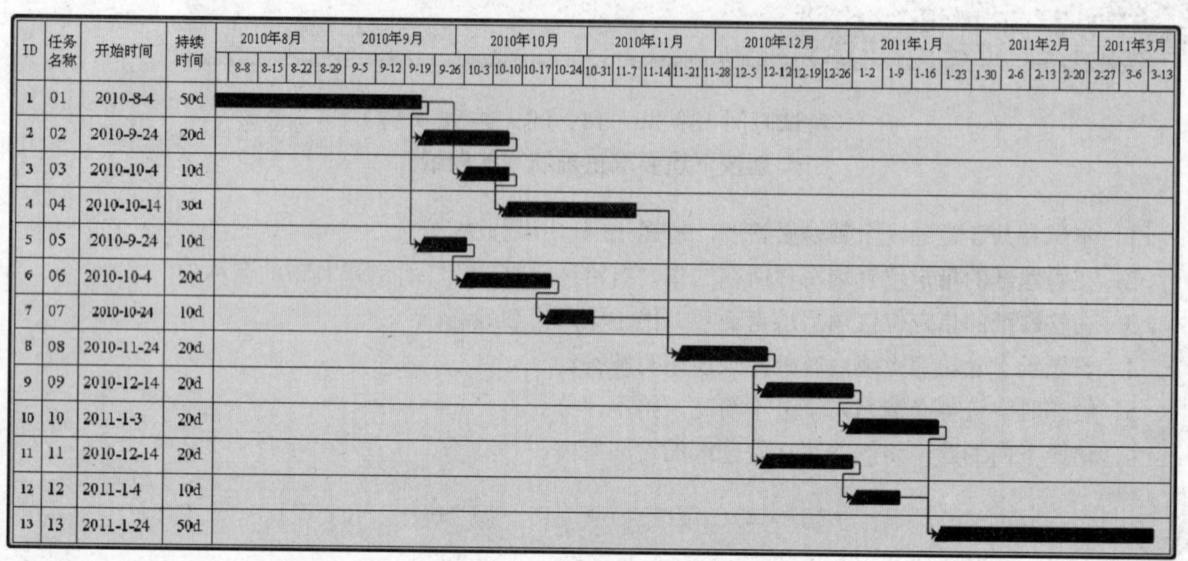

ID	任务名称	开始时间	持续时间
1	01	2010-8-4	50d
2	02	2010-9-24	20d
3	03	2010-10-4	10d
4	04	2010-10-14	30d
5	05	2010-9-24	10d
6	06	2010-10-4	20d
7	07	2010-10-24	10d
8	08	2010-11-24	20d
9	09	2010-12-14	20d
10	10	2011-1-3	20d
11	11	2010-12-14	20d
12	12	2011-1-4	10d
13	13	2011-1-24	50d

图 16-1　某项目计划甘特图

小郭根据图 16-1 所示的甘特图完成此项目的部分单代号网络图，如图 16-2 所示。

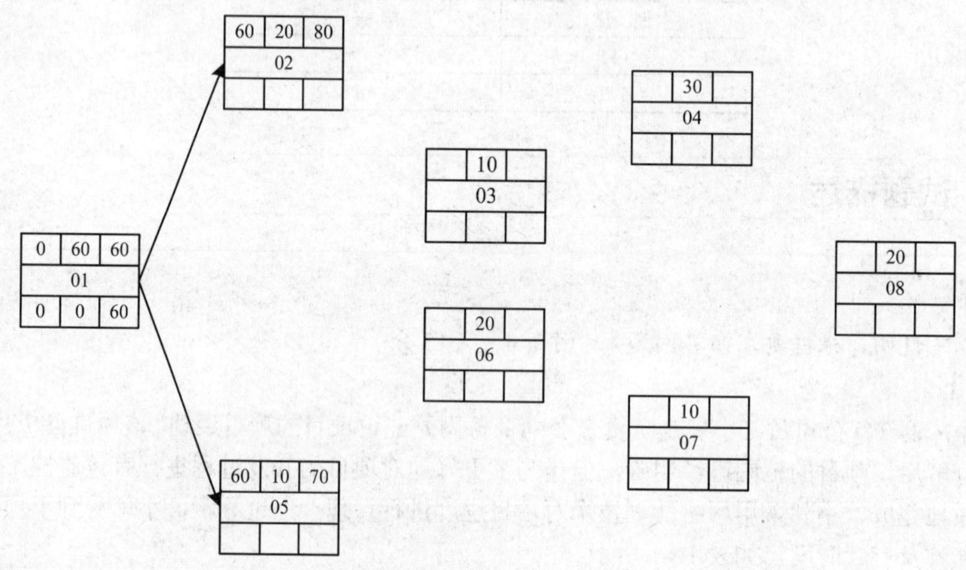

图 16-2　某项目的部分单代号网络图（不完整）

在图 16-2 中各结点使用如图 16-3 所示的样图标识。

ES	DU	EF
ID		
LS	FT	LF

图 16-3　结点标识样图

图例说明如下。

ES：最早开始时间　　EF：最早结束时间　　DU：作业历时　　ID：作业代号

LS：最迟开始时间　　LF：最迟完成时间　　FT：自由浮动时间

【问题 1】（4 分）

请将图 16-2 中各结点之间的箭线填补完整，以表明该项目代码 01～08 各工作之间的逻辑关系。

【问题 2】（4 分）

请结合表 16-1 和图 16-1，指出该项目的关键路径（请以类似 01→02→03→……的格式做答）和项目总工期。

【问题 3】（4 分）

请分别计算图 16-2 中代码为 06 和 08 的工作的最迟完成时间、自由浮动时间。

【问题 4】（3 分）

为了加快进度，在进行该项目的“详细设计”工作时应采取加班赶工措施，因此将该项工作的时间压缩了 10 天（历时 20 天）。请指出此时项目的关键路径，并计算此时项目的总工期。

试题 2

阅读以下说明，根据要求回答问题 1～问题 5。（15 分）

【说明】

在电子政务建设如火如荼之时，原专注于企业信息化建设项目的系统集成商 HT 公司开始进军电子政务行业。在电子政务的市场中，最近承接了 A 市市政府的一个向公众开放的网上政务信息发布与行政审批系统的项目，并任命老廖为项目经理。由于电子政务的保密要求，该系统涉及两个互不连通的子网：政务内网和政务外网。政务内网中储存着全部信息，其中包括部分机密信息；政务外网可以对公众开放，开放的信息必须得到授权。系统要求在这两个子网中的合法用户都可以访问到被授权的信息，访问的信息必须是一致可靠，政务内网的信息可以发布到政务外网，政务外网的信息在经过审批后可以进入政务内网系统。

老廖在捕获到这个需求后认为，电子政务建设与企业信息化有很大不同，有其自身的特殊性，若照搬企业信息化原有的经验和方案必定会遭到惨败。因此遵循了严格瀑布模型进行软件系统开发，并专门找到熟悉网络互连的网络规划设计师设计了解决方案，在经过严格评审后实施。在项目交付时，虽然系统满足了保密性的要求，但用户对系统用户界面提出了较大的异议，认为不符合政务信息系统的风格，操作也不够便捷，要求彻底更换。由于最初系统设计的缺陷，系统表现层和逻辑层紧密耦合，导致 75%的代码重写。但第 2 版用户界面交付后，项目发包方根据公众用户反馈的结果认为当前界面仍没有满足需求，最终又重写了大部分代码才通过验收。由于系统的反复变更，项目组成员产生了强烈的挫折感，士气低落，成本和工期都超出了原计划的80%以上。

【问题1】(4分)

结合你的项目管理经验，针对项目现状，请简要分析项目经理老廖在项目管理过程中可能存在哪些问题？

【问题2】(2分)

严格瀑布模型是一个经典的软件生命周期模型，它将软件开发依次分为___(1)___、___(2)___、软件设计、编码（含单元测试）、测试、运行维护等阶段。

【问题3】(3分)

在该项目实施过程中，项目经理老廖主要在___(3)___、___(4)___与___(5)___工作上没有做好。（请从以下选项中选出相应的编号）

A．配置管理　　B．进度管理　　C．质量管理

D．绩效管理　　E．范围管理　　F．立项管理

G．风险管理　　H．合同管理　　I．人力资源管理

【问题4（2分）

针对“用户对系统用户界面提出了较大的异议，认为不符合政务信息系统的风格，操作也不够便捷，要求彻底更换”情况，建议项目经理老廖使用___(6)___等工具、方法和技术进行与之相关的后续工作的项目管理。（请从以下选项中选出相应的编号，双项选择题）

A．关键链法　　B．偏差分析　　C．挣值分析

D．参数估算　　E．索赔管理系统　　F．配置管理系统

【问题5】(4分)

通常，将不受控制的范围变更称为___(7)___。项目经理老廖在该项目的执行过程中可以采取以下监控项目范围的方法：定时收集项目实际完成的工作，并且这些工作应得到___(8)___认可；接着将其与___(9)___进行比较，如果一致，则说明项目范围在可控范围内；如果不一致，则___(10)___。

试题3

阅读以下说明，根据要求回答问题1~问题3。(15分)

【说明】

2011年5月，系统集成商PH公司承担了某省直机关单位拟建的业务运营支撑网络二期工程(以下简称网络工程)。该网络工程是省级重点工程，合同额为850万元，全部工期预计7个月。PH公司领导高度重视，成立了以公司副总经理挂帅的项目领导小组，委派业务支撑部部门经理为项目总监，老邱为项目经理，袁工等来自不同职能部门的主管组成项目团队。

在编制项目范围管理计划书时，老邱认为满足不断变化的需求对整个项目影响不大，因此，在市场部袁工不断提出新的要求时，老邱“来者不拒”，不停地更新项目计划。

在设计系统架构时，老邱所带领的项目团队为了提高机房平面空间的利用率，将大部分机架式的小型机集中摆放在一片较小区域内。但是由于未充分考虑到设备散热因素，造成了该区域的机房专用空调因负荷过重而多次宕机。

保证系统稳定运行是项目团队的第一要务。本期工程正式切换上线前，前期工程仍然保持运行状态。在系统切换期间，要求确保 7 天×24 小时的业务连续平稳运行。为此老邱加班加点、花费大量的时间，制定了自认为是比较详细的系统切换方案和故障应急处理方案等，但在新旧系统的切换过程中还是出现了重大的技术故障，因此项目建设进度也受到了延误。

【问题 1】(6 分)

结合你的项目管理经验，请简要说明项目经理老邱在上述项目管理过程中存在哪些主要问题？

【问题 2】(3 分)

结合你的项目管理经验，请帮助项目经理老邱设计一份项目风险管理计划（列出主要栏目及核心内容）。

【问题 3】(6 分)

结合你的项目管理经验，请简要说明项目经理老邱应采取哪些措施避免类似情况的发生。

试题 4

阅读以下说明，根据要求回答问题 1～问题 5。（15 分）

【说明】

2010 年 8 月底，系统集成商 BN 中标某省直单位建设方的电子政务系统开发项目，该单位要求电子政务系统必须在 2011 年 1 月 31 日之前投入使用。小张是公司的项目经理，并且刚成功地领导一个 5 人的项目团队完成了一个类似项目，因此公司指派小张带领原来的团队负责该项目的全过程。

小张带领原项目团队结合以往经验顺利完成了需求分析、项目范围说明书等前期工作，并通过了审查，得到了建设方的确认。当年 10 月中旬，由于项目进度紧张，小张又从公司申请调来了两名开发人员进入项目团队。在项目的后续实施过程中，项目团队原成员和新加入成员之间经常发生争执，对发生的错误相互推诿。项目团队原成员认为新加入成员效率低下，延误项目进度；新加入成员则认为项目团队原成员不好相处，不能有效沟通。小张认为这是正常的项目团队磨合过程，没有过多干预。同时，批评新加入成员效率低下，认为项目团队原成员更有经验，要求新加入成员要多向原成员虚心请教。

当年 11 月中旬，小张发现大家汇报项目的进度言过其实，进度没有达到计划目标。

【问题 1】(4 分)

项目团队的建设并非一蹴而就，通常要依次经历形成期、震荡期、__（1）__、__（2）__和__（3）__等 5 个阶段。针对“当年 10 月中旬，由于项目进度紧张，小张又从公司申请调来了两名开发人员进入项目团队”情况，此时__（4）__。

（4）A．团队建设将从形成阶段重新开始

B．团队建设将从震荡阶段重新开始

C．团队建设将从震荡阶段重新开始，但很快就会步入下一个阶段

D．团队将继续保持原来的建设阶段

【问题 2】（2 分）

针对“在项目后续实施过程中，项目团队原成员和新加入成员之间经常发生争执，对发生的错误相互推诿”现象，结合案例，从项目人力资源管理角度，请简要分析造成该现象的可能原因。

【问题 3】（2 分）

针对“小张认为这是正常的项目团队磨合过程，没有过多干预。同时，批评新加入成员效率低下”现象，结合案例，请简要分析项目经理小张在项目人力资源管理方面存在哪些主要问题。

【问题 4】（2 分）

针对“当年 11 月中旬，小张发现大家汇报项目的进度言过其实，进度没有达到计划目标”现象，结合案例，请简要分析项目经理小张在项目管理方面存在哪些主要问题。

【问题 5】（5 分）

针对项目目前的状况，简述小张可以在项目人力资源管理方面采取哪些补救措施。

试题 5

阅读以下说明，根据要求回答问题 1 ~ 问题 3。（15 分）

【说明】

2010 年 9 月，某民族自治州的 QH 民族出版社准备上一个民族文书刊出版业务信息系统集成项目。该项目由自治州政府财政部门全额拨款。为了保证该项目的成功实施，QH 民族出版社选择了一家较知名的 PB 系统集成公司，帮助选择供应商并协助策划信息系统的框架及解决方案。经过实地调研及综合分析，PB 系统集成公司的项目经理老游依据《中华人民共和国政府采购法》提出了适合该项目采用的采购方式，并在采购活动开始前报送自治州以上人民政府采购监督管理部门（财政部门）批准审批。同时，老游向 QH 民族出版社草拟了以下的项目采购程序：

①成立项目专家谈判组。谈判组由 10 人组成，其中，QH 民族出版社相关领导共 4 人，外请 6 名社外行业专家。

②制定谈判文件。谈判文件应当明确谈判程序、谈判内容、合同草案的条款，以及评定成交的标准等事项。

③专家谈判组从符合相应资格条件的供应商名单中优选出 4 家供应商参加谈判。

④专家谈判组将谈判程序、谈判内容、合同草案的条款等文件提供给选定的供应商，但任何人都不能将评定成交的标准透露给供应商。

⑤为了提高工作效率，将专家谈判组分成两个小组（每个小组包括出版社相关领导两人、社外专家 3 人），每个小组与两家供应商进行谈判。

⑥为了节约项目的建设资金，第一轮谈判结束后，专家谈判组可将报价最低的供应商的报价透露给另外 3 家供应商，迫使其报出最低的底价。

⑦最终谈判结束后，专家谈判组要求所有参加谈判的供应商在规定时间内进行最后报价，出版社从谈判组提出的成交候选人中根据符合采购需求、质量和服务相等且报价最低的原则确定成交供应商，并将结果通知所有参加谈判的未成交的供应商。

【问题 1】（3 分）

《中华人民共和国政府采购法》主要规定了哪几种政府采购方式？

【问题 2】（4 分）

结合你的项目管理经验，请指出在该项目中老游最可能提议的采购方式，并简要说明理由。

【问题 3】（8 分）

结合你的项目管理经验，请指出老游草拟的项目采购程序中的不妥和不完善之处，并简要说明理由。

16.1.2　要点解析

试题 1 要点解析

【问题 1】（4 分）

甘特图也称条形图，是一个二维平面图。在用于描述项目进度和项目计划时，横轴表示活动时间，纵轴表示活动内容，以活动开始时间起至活动结束时间止，横道线的长度表示了该活动的持续时间。本试题已给出该项目的甘特图，要求读者要看懂甘特图，并依据图 16-1 所示的甘特图中各活动之间的逻辑关系画出单代号网络图（前导图）。该项目代码 01～08 各工作的单代号网络图如图 16-4 所示。

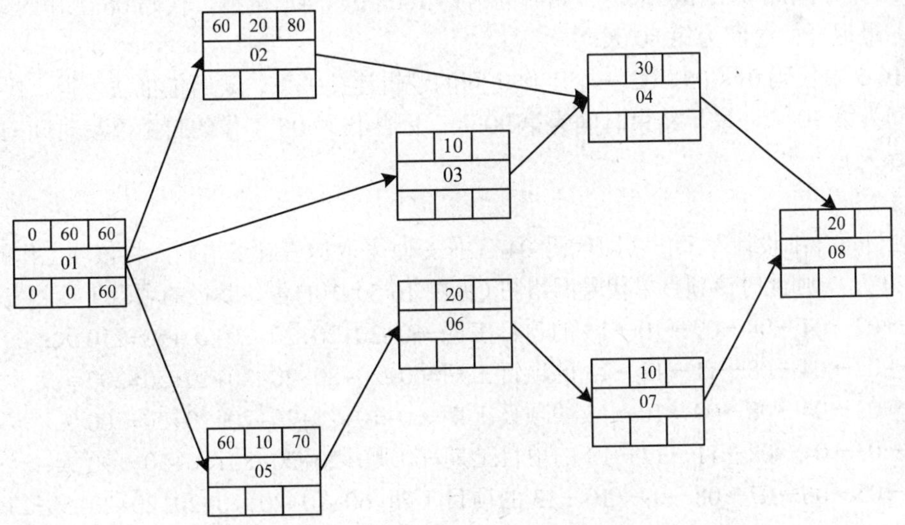

图 16-4　某项目的部分单代号网络图

【问题 2】（4 分）

某项目的关键路径是使该项目按时完成且必须按时完成的系列任务，它是拥有最长工期时间的路径。依题意，要求解该项目的关键路径通常需要先完整地画出该项目的网络计划图。依据图 16-1

所示的甘特图中各活动之间的逻辑关系，结合表 16-1 中各工作的持续时间，可以画出该项目完整的单代号网络图，如图 16-5 所示。

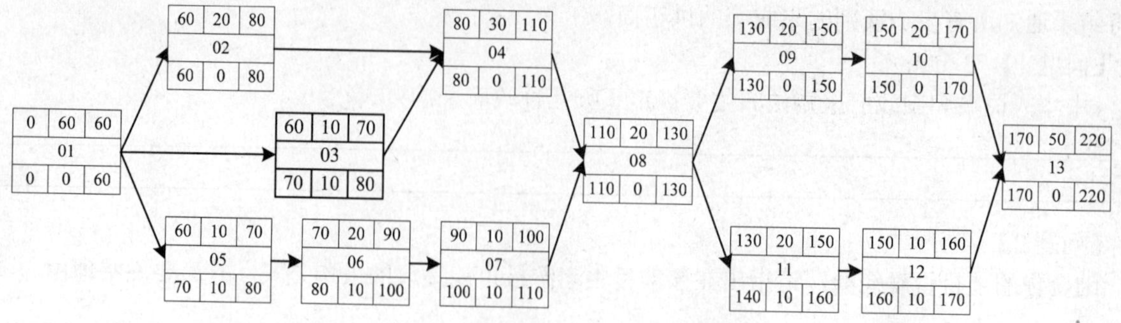

图 16-5 某项目的单代号网络图

在图 16-5 中共有 6 条路径。从第 0 天开始计算，路径 01→02→04→08→09→10→13 的项目工期=60+20+30+20+20+20+50=220 天；

路径 01→02→04→08→11→12→13 的项目工期=60+20+30+20+20+10+50=210 天；

路径 01→03→04→08→09→10→13 的项目工期=60+10+30+20+20+20+50=210 天；

路径 01→03→04→08→11→12→13 的项目工期=60+10+30+20+20+10+50=200 天；

路径 01→05→06→07→08→09→10→13 的项目工期=60+10+20+10+20+20+20+50=210 天；

路径 01→05→06→07→08→11→12→13 的项目工期=60+10+20+10+20+20+10+50=200 天。

由于 220>210>200，因此该项目的关键路径是 01→02→04→08→09→10→13，项目总工期为 220 天。

【问题 3】（4 分）

结合【问题 2】的分析过程可知，代码 08 工作是属于该项目关键路径上的工作，因此它的自由浮动时间为 0 天，最迟完成时间与最早结束时间相等（即采用正推法，可得这两个时间均等于 60+20+30+20=130 天）。同理可得，该工作的最早开始时间与最迟开始时间相等（即第 110 天）。

由于代码 06 工作和代码 07 工作均不属于该项目关键路径上的工作，因此采用逆推法，基于代码 08 工作的最迟开始时间为第 110 天，则代码 07 工作的最迟完成时间为第 110 天。由于代码 07 工作的持续时间为 10 天，因此该工作的最迟开始时间为第 100 天。同理可得，代码 06 工作的最迟完成时间为第 100 天，最迟开始时间为第 80 天。

基于图 16-5 中代码 01、05、06 三个工作之间的逻辑连接关系，采用正推法可得，代码 06 工作的最早开始时间为第 70 天，最早结束时间为第 90 天。因此代码 06 工作的自由浮动时间=100−90=10 天（或 80−70=10 天）。

【问题 4】（3 分）

若对该项目“详细设计”工作（即代码 04 工作）时采取加班赶工措施，将该项工作的时间压缩了 10 天（历时 20 天），则此时该项目单代号网络图（见图 16-5）中的各条路径的项目工期将发生如下变更：

路径 01→02→04→08→09→10→13 的项目工期=60+20+20+20+20+20+50=210 天；

路径 01→02→04→08→11→12→13 的项目工期=60+20+20+20+20+10+50=200 天；

路径 01→03→04→08→09→10→13 的项目工期=60+10+20+20+20+20+50=200 天；

路径 01→03→04→08→11→12→13 的项目工期=60+10+20+20+20+10+50=190 天；

路径 01→05→06→07→08→09→10→13 的项目工期=60+10+20+10+20+20+20+50=210 天；

路径 01→05→06→07→08→11→12→13 的项目工期=60+10+20+10+20+20+10+50=200 天。

由于 210>200>190，因此该项目的关键路径共有两条，即路径 01→02→04→08→09→10→13 和路径 01→05→06→07→08→09→10→13，项目总工期为 210 天。

试题2要点解析

【问题1】（4分）

在本案例中，项目经理老廖在项目管理中既有成功又有失败的地方。项目管理中的任何差错都会影响项目的结果，而范围管理的失误对项目的影响更为明显。模糊的项目范围定义、错误的工作分解、缺失的范围确认和无力的范围控制都将严重影响项目的结果。

老廖对项目范围有一定的把握。在范围定义中，老廖捕获到电子政务行业对系统运行环境有着特殊的要求。根据国家对电子政务的要求，政务内网与政务外网是该行业一致的标准，这和企业信息化是完全不同的。老廖捕获了该需求，并对这个需求进行了清晰的定义，对设计和实现进行了严格的控制，因此在系统交付时完全满足用户对保密性的要求，在这一方面老廖是成功的。如果在范围定义时忽略了行业标准，则项目肯定会招致更大的失败。

用户界面的风格和操作的便捷性也属于系统范围的一部分。同系统运行环境一样，通常称此类需求为隐性需求。该类需求不一定是由用户直接提出的，即使提出也是相当模糊的。对于该网上政务信息发布与行政审批系统而言，系统是面向公众开放的，系统的用户来自各行各业，大多不是专业的IT人员，这些人的计算机操作能力较低，且没有经过正式的系统使用培训。因此，一个界面友好、操作简单的系统是非常必要的。对于软件项目，所有的需求都必须经过清晰的定义，这些需求是项目范围的一部分。很明显，对于用户界面等系统的隐性需求老廖没有充分考虑，从而导致一而再、再而三地变更。

对于面向公众开放的系统，范围定义更加困难。这些系统的最终用户几乎不会参与到项目中来帮助项目组定义系统范围，他们的需求都是间接的、通过发包方传递到项目组的。项目组最终得到的信息往往是混合了用户需求和传递者个人意愿的结果。此时，不但要注意仔细分析得到的信息，去伪存真，更重要的是要把分析的结果在各项目利害关系人中达成一致，让各方面对系统范围有同样的理解和认识，否则，会出现仅能满足部分人需求的情况。在本案例中，虽然开始阶段公众用户没有机会提出要求，但最终用户的意见对项目的结果还是会有影响的，这就对范围管理提出了更高的要求。

在本案例中，除了范围定义方面的问题外，老廖在范围确认和范围控制方面也存在不小的失误。当用户界面第一次变更时，老廖就应该意识到系统界面风格和操作便捷性的重要性。此时应该积极地与客户进行沟通交流，清晰地定义系统的界面风格和操作风格，并设法得到客户的签字确认。如果采取了恰当的应对措施，则可能避免第2次对用户界面进行修改。

在刚刚进入一个陌生领域的时候，其中充满了各种各样的风险。隐性的行规和行业特点都是项目范围的风险。面对这些风险，即使再细致的调研也无法完全避免，也不能完整定义系统的范围。因此可以考虑采取原型法等系统开发模式来提前暴露项目风险，并积极采取有效地应对措施，以减少风险带来的损失。在本案例中，老廖没有进行充分的风险管理，采用严格的瀑布模型增加了风险发生后带来的损失。

在本案例中，缺乏良好的设计也是很明显的缺陷。用户界面中耦合了大量的业务逻辑，这势必会增加变更的成本，从而导致大部分代码重写。若在项目初期意识到界面变更的风险，随之采用良好的架构设计，将表现层和业务逻辑彻底分开，则系统变更的代价可能会小得多。

综上所述，项目经理老廖在该项目中，在项目范围管理、风险管理和质量管理上都存在一些问题，最终造成了项目时间和成本的超出。这些问题主要表现在以下方面：

（1）没有清晰地了解产品的范围（或范围定义不清晰），即没有挖掘到系统的全部隐性需求，缺乏精确的范围定义，从而导致项目的重大变更。

（2）没有进行变更控制的工作，没有对范围变更请求进行评估与控制，以至于变更的结果不理想，导致反复的变更。

（3）没有对用户界面是否能够满足要求的风险进行有效管理，而是采用了对风险适应性较差的瀑布模型组织开发。

（4）没有对项目设计质量进行有效的评审，造成表现层中耦合了业务逻辑，从而增加了后期变更的代价。

【问题 2】（2 分）

严格瀑布模型是一个经典的软件生命周期模型，它将软件开发分为可行性分析（计划）、需求分析、软件设计（概要设计、详细设计）、编码（含单元测试）、测试、运行维护等阶段。该开发模型的优点是：阶段划分次序清晰，各阶段人员的职责规范、明确，便于前后活动的衔接，有利于活动重用和管理。其缺点表现在：是一种理想的线性开发模式，缺乏灵活性（或风险分析），无法解决需求不明确或不准确的问题。

【问题 3】（3 分）

对【问题 1】分析过程进行归纳总结，项目经理老廖在对系统运行环境（如保密性等）进行了较清晰的定义，最终满足了用户的要求；但不充分的范围定义和范围确认导致了项目的失败，而采用抗风险能力较弱的瀑布模型开发软件系统和低质量的系统设计又雪上加霜，最终导致项目成本和工期都超出了原计划的 80%以上。

【问题 4】（2 分）

“用户对系统用户界面提出了较大的异议，认为不符合政务信息系统的风格，操作也不够便捷，要求彻底更换”，这是一个需要对项目范围进行变更控制的场景，基于问题中所给出的选项内容，建议项目经理老廖使用偏差分析、配置管理系统等工具、方法和技术进行项目范围变更控制工作。

在本问题选项中，“关键链法”和“挣值分析”等工具、方法和技术通常用于项目进度管理；“挣值分析”和“参数估算”等工具、方法和技术通常用于项目成本管理；“索赔管理系统”等工具通常用于项目合同管理。可见，“偏差分析”、“配置管理系统”是最符合题意要求的两个选项。

【问题 5】（4 分）

通常，将不受控制的范围变更称为项目“范围蔓延”。

项目经理老廖在该项目的执行过程中可以采取以下监控项目范围的方法（即 WBS 的监理过程）：①定时收集项目实际完成的工作，并且这些工作应得到关键干系人（如甲方项目负责人等）认可。②将其与 WBS 进行比较，如果一致，则说明项目范围在可控范围内；如果不一致，则分析原因，然后采取相应的措施，例如变更项目的范围。

试题 3 要点解析

【问题 1】（6 分）

信息应用系统的变更尤其频繁，而频繁的变更必然会影响到信息工程项目的最终目标。引导客户需求对项目经理而言非常关键，项目经理引导得好，项目开发就会非常顺利，反之，会使项目组疲于奔命。在该网络工程项目中，老邱在对市场部袁工不断提出新需求时的处理方法是“来者不拒”，老邱的这种决定使得整个项目组成员疲于奔命、不断地更新项目计划，从而导致项目范围无法确定，工期和成本不可控制，团队成员工作目标也不明确，因此出现了非常严重的需求风险。

在设计系统架构时，关键技术不明确、系统扩展性不佳等均是影响系统正常运行的潜在隐患。在本期网络工程的机房设备平面设计中，老邱团队将大部分机架式的小型机集中摆放在一片较小区域内，导致机房专用空调因负荷过重而多次宕机。

虽然老邱花费大量的时间，制定了“自认为”比较详细的系统切换方案和故障应急处理方案等，但由于在制定切换方案时，缺乏与客户公司领导及团队成员之间的沟通，缺乏方案评审，导致在新旧系统的切换过程中出现了重大的技术故障，因此项目建设进度也受到了延误。

【问题 2】（3 分）

风险管理计划用于描述如何安排、规划和实施项目风险管理，它是项目管理计划的一个子计划。风险管理计划的主要栏目及核心内容：①简介（包括目的、范围、定义、首字母缩写词和缩略语、参考资料、概述等)；②风险概要；③风险管理任务；④组织和职责；⑤预算；⑥工具和技术；⑦要管理的风险项等。

【问题3】(6分)

在本案例中，对于市场部袁工不断提出新的需求，老邱所采取的补救措施应该包括以下两个方面：①老邱应该与袁工积极地进行沟通和谈判，使他明白本期工程的重要意义，并承诺本期工程不是交钥匙项目，可为系统升级和扩容留有扩展接口，新的需求能够通过后续工程逐步开发实现，使袁工同意本期工程只实现大家最为关注的功能指标和性能指标；②老邱应该申请启动项目风险储备金，通过增加资源成本、付出额外劳动使得项目回到正轨。

对于机房建设等专业性较强的子项目，老邱应该采取风险转移的策略设法将风险的后果连同应对责任转移到第三方身上，聘请具备计算机网络机房建设资质的专家负责工程设计，从机房空调、电源、布线、承重、消防等各个方面进行详尽的勘察和设计。通过专家编制的工程设计，老邱团队可以细致地了解有关机房设计的技术内涵和外延，并通过工程设计评审机制，一方面确立工程设计的权威指导作用，另一方面获得专家们的可靠技术承诺，实现了工程设计风险的良性转移。

为了避免时间损失，预防切换上线风险，老邱除了组织制定详细的系统切换方案和故障应急处理方案外，还应争取集团公司高层领导的支持，做好集团公司与各分公司的沟通工作，采取各地市分批次的预切换方案，搭建模拟切换环境，体验正式切换感受。或者，由老邱负责项目团队成员之间的协调工作，采用功能点分布式的切换方案，逐点切换、举一反三、各个击破，确保系统切换成功。

试题4要点解析

【问题1】(4分)

项目团队建设通常要经历的5个阶段：形成期、震荡期、正规期（或规范期)、表现期（或发挥期）和结束期。

由于该项目是小张带领原来的团队负责，团队成员之间相互熟悉和了解，成员相互之间已经能够默契配合且对项目经理小张信任。该项目于2010年8月底开始建设（即进入需求调研等阶段)，到了当年10月中旬，项目团队已经共同工作了相当一段时间，可能已进入了项目团队建设的发挥阶段（或至少进入了规范期)。此时，两名新成员加入该项目团队，由于新成员与原有成员之间不熟悉，对项目目标不清晰（或不了解)，因此项目团队建设将从形成期重新开始。

【问题2】(2分)

该现象说明，小张没能很好地对项目团队组建过程的震荡阶段进行有效的团队建设和团队管理；在项目团队形成之初，小张没有对新员工的工作能力和团队合作素质进行综合考察；项目团队缺乏有效的沟通渠道，造成团队新老成员之间没能较好地沟通交流。

【问题3】(2分)

该现象说明，小张对新团队成员缺乏有效的培训，并且对于冲突的产生根源认识不清。小张对于冲突的处理方式过于简单，未能秉公对待新老成员之间的冲突。这也间接说明，小张对团队人员的绩效评估缺乏有效的考核手段。

【问题4】(2分)

结合题干关键信息“当年10月中旬，由于项目进度紧张，小张又从公司申请调来了两名开发人员进入项目团队。……当年11月中旬，小张发现大家汇报项目的进度言过其实，进度没有达到计划目标”说明，小张没能对项目进度进行有效控制（或控制力度不够)，未能及时发现和解决进度延误问题。由于小张对团队成员的绩效评估缺乏有效的考核手段，对项目成员的工作进度与绩效缺乏监控与管理，因此造成成员的不如实汇报项目的实际进展情况，严重影响项目进度及整体目标的实现。

【问题5】(5分)

结合【问题2】～【问题4】的分析过程，针对小张在项目人力资源管理方面存在的问题，可提出以下一些应对的补救措施：

（1）采用有针对性的团队建设手段（例如举行一些聚会娱乐活动），鼓励团队成员之间建立参与和分享的氛围，消除团队成员间的隔阂，提高团队凝聚力。

（2）明确项目团队的目标，以及项目团队各成员的分工，落实责任到人。

（3）建立清晰的工作流程和沟通机制（或沟通渠道），及时了解项目进展等情况。

（4）建立明确的绩效考核评价标准（或有效的项目绩效管理机制），能够及时发现不足。

（5）鼓励团队成员之间团结协作，并加强技术培训提高工作效率

（6）制定有效的激励措施，鼓励团队成员为项目的成功努力工作。

（7）加强自身在项目人力资源管理方面的知识学习，提高冲突管理技能。

试题 5 要点解析

【问题 1】（3 分）

《中华人民共和国政府采购法》第二十六条规定："政府采购采用以下方式：（一）公开招标；（二）邀请招标；（三）竞争性谈判；（四）单一来源采购；（五）询价；（六）国务院政府采购监督管理部门认定的其他采购方式。公开招标应作为政府采购的主要采购方式。"

【问题 2】（4 分）

《中华人民共和国政府采购法》第三十条规定："符合下列情形之一的货物或者服务，可以依照本法采用竞争性谈判方式采购：（一）招标后没有供应商投标或者没有合格标的或者重新招标未能成立的；（二）技术复杂或者性质特殊，不能确定详细规格或者具体要求的；（三）采用招标所需时间不能满足用户紧急需要的；（四）不能事先计算出价格总额的。"

《中华人民共和国政府采购法》第二十七条规定："……因特殊情况需要采用公开招标以外的采购方式的，应当在采购活动开始前获得设区的市、自治州以上人民政府采购监督管理部门的批准。"

在本案例中，民族文书刊出版业务信息系统属于专用软件产品，性质特殊，该信息系统技术可能较复杂，不能事先确定详细规格或者具体要求，不能事先计算出项目的价格总额，因此适合采用竞争性谈判方式采购。并且案例说明中给出了"并在采购活动开始前报送自治州以上人民政府采购监督管理部门(财政部门)的批准审批"和项目采购程序等关键解题信息。

【问题 3】（8 分）

《中华人民共和国政府采购法》第三十八条规定："采用竞争性谈判方式采购的，应当遵循下列程序：（一）成立谈判小组。谈判小组由采购人的代表和有关专家共 3 人以上组成，其中专家的人数不得少于成员总数的 2/3。（二）制定谈判文件。谈判文件应当明确谈判程序、谈判内容、合同草案的条款，以及评定成交的标准等事项。（三）确定邀请参加谈判的供应商名单。谈判小组从符合相应资格条件的供应商名单中确定不少于三家的供应商参加谈判，并向其提供谈判文件。（四）谈判。谈判小组所有成员集中与单一供应商分别进行谈判。在谈判中，谈判的任何一方不得透露与谈判有关的其他供应商的技术资料、价格和其他信息。谈判文件有实质性变动的，谈判小组应当以书面形式通知所有参加谈判的供应商。（五）确定成交供应商。谈判结束后，谈判小组应当要求所有参加谈判的供应商在规定时间内进行最后报价，采购人从谈判小组提出的成交候选人中根据符合采购需求、质量和服务相等且报价最低的原则确定成交供应商，并将结果通知所有参加谈判的未成交的供应商。"

对比以上法律条文规定，在本案例老游草拟的项目采购程序中存在以下不妥之处：

①所成立的项目专家谈判组的人数及构成均不符合《政府采购法》第三十八条第（一）款的法律规定。补救措施是，减少 1 名 QH 民族出版社相关领导，或者再外请 3 名社外行业专家等。

②"任何人都不能将评定成交的标准透露给供应商"的做法不对。因为依据《政府采购法》第三十八条第（二）款规定，"评定成交的标准"作为谈判文件的一部分也应提供给选定的供应商。

③"将专家谈判组分成两个小组，每个小组与两家供应商进行谈判"的做法不对。因为依据《政府采购法》第三十八条第（四）款规定，谈判小组所有成员应集中与单一供应商分别进行谈判。

④“第一轮谈判结束后，专家谈判组可将报价最低的供应商的报价透露给另外 3 家供应商”的做法不对。因为依据《政府采购法》第三十八条第（四）款规定，在谈判中，谈判的任何一方不得透露与谈判有关的其他供应商的技术资料、价格和其他信息。

16.1.3 参考答案

表 16-2 给出了考前密押试卷 1 试题 1～试题 5 的参考答案，供读者练习时参考，以便查缺补漏。读者也可依照所给出的评分标准得出测试分数，从而大致评估自己对这些知识点的掌握程度。

表 16-2 参考答案及评分标准表

试 题	问题与分值	参考答案及评分标准	自 评 分
1	【问题 1】(4 分)	如图 16-4 所示（每条箭线 0.5 分，需补充 7 条箭线，全对得 4 分）	
	【问题 2】(4 分)	关键路径 01→02→04→08→09→10→13（2 分） 项目总工期为 220 天（2 分）	
	【问题 3】(4 分)	最迟完成时间 自由浮动时间 代码 06 工作 第 100 天 10 天 代码 08 工作 第 130 天 0 天 （每个参数 1 分）	
	【问题 4】(3 分)	项目关键路径有两条：01→02→04→08→09→10→13 （1 分）； 01→05→06→07→08→09→10→13 （1 分）； 项目工期为 210 天 （1 分）	
2	【问题 1】(4 分)	①没有清晰地了解产品的范围（或范围定义不清晰），即没有挖掘到系统的全部隐性需求，缺乏精确的范围定义； ②没有进行变更控制的工作，没有对范围变更请求进行评估与控制； ③没有对用户界面是否满足要求的风险进行有效地管理； ④没有对项目设计质量进行有效的评审 （答案包含但不限于以上要点，每小点 1 分，答案类似即可）	
	【问题 2】(2 分)	（1）可行性分析 （2）需求分析（每空 1 分）	
	【问题 3】(3 分)	（3）C 或质量管理 （4）E 或范围管理 （5）G 或风险管理 （每空 1 分，回答编号或术语都可以，顺序不限）	
	【问题 4】(2 分)	（6）B、F（2 分，多选、错选不得分，少选一项扣 1 分）	
	【问题 5】(4 分)	（7）项目“范围蔓延” （8）关键干系人（或甲方项目负责人等） （9）WBS （或工作分解结构） （10）分析原因，然后采取相应的措施 （每空 1 分，答案意思相近即可）	
3	【问题 1】(6 分)	①老邱对市场部不断提出的新需求“来者不拒”，导致整个项目组成员疲于奔命，不断地更新项目计划，从而导致项目范围无法确定，工期和成本不可控制，团队成员工作目标也不明确，出现了非常严重的需求风险； ②对于机房建设等专业性较强的子项目，老邱团队存在对关键技术不明确，系统扩展性不佳等影响系统正常运行的问题； ③在制定切换方案时，缺乏与客户公司领导及团队成员之间的沟通，缺乏方案评审，导致在新旧系统的切换过程中出现了重大的技术故障 （答案包含但不限于以上要点，每小点 2 分，答案类似即可）	
	【问题 2】(3 分)	①简介（包括目的、范围、定义、首字母缩写词和缩略语、参考资料、概述等）； ②风险概要； ③风险管理任务； ④组织和职责； ⑤预算； ⑥工具和技术； ⑦要管理的风险项等 （答案包含但不限于以上要点，每小点 0.5 分，最多得 3 分，答案类似即可）	

续表

试 题	问题与分值	参考答案及评分标准	自 评 分
3	【问题 3】（6 分）	①老邱应该与袁工积极地沟通和谈判，使他明白本期工程的重要意义，并承诺本期工程可以为系统升级和扩容留有扩展接口，新的需求能够通过后续工程逐步开发实现，使袁工同意本期工程只实现大家最为关注的功能指标和性能指标； ②老邱应该申请启动项目风险储备金，通过增加资源成本、付出额外劳动使得项目回到正轨； ③对于机房建设等专业性较强的子项目，老邱应该采取风险转移的策略设法将风险的后果连同应对责任转移到第三方身上，聘请具备计算机网络机房建设资质的专家负责工程设计； ④为了避免时间损失，预防切换上线风险，老邱除了组织制定详细的系统切换方案和故障应急处理方案外，还应争取客户公司高层领导的支持，做好集团公司与各分公司的沟通工作，采取各地市分批次的预切换方案（或者采用功能点分布式的切换方案），逐点切换，各个击破，确保系统切换成功 （答案包含但不限于以上要点，答出其中 3 个小点即可，每小点 2 分，答案类似即可）	
4	【问题 1】（4 分）	（1）正规期（或规范期） （2）表现期（或发挥期） （3）结束期 （4）A 或 团队建设将从形成阶段重新开始 （每空 1 分）	
	【问题 2】（2 分）	①没能很好地对项目团队组建的震荡阶段进行有效的团队建设和团队管理； ②在项目团队形成之初，没有对新员工的工作能力和团队合作素质进行综合考察； ③没有在项目团队建立有效的沟通渠道，造成团队新老成员之间没能较好地沟通交流 （答案包含但不限于以上要点，答出其中两个小点即可，每小点 1 分，答案类似即可）	
	【问题 3】（2 分）	①对新团队成员缺乏有效的培训； ②对于冲突的产生根源认识不清 （或对于冲突的处理方式过于简单，可能没有秉公对待新老成员之间的冲突）； ③对团队成员的绩效评估缺乏有效的考核手段 （答案包含但不限于以上要点，答出其中两个小点即可，每小点 1 分，答案类似即可）	
	【问题 4】（2 分）	①没能有效地控制项目进度（或控制力度不够），未能及时发现和解决进度延误问题； ②对项目成员的工作进度与绩效缺乏监控与管理； ③对团队成员的绩效评估缺乏有效的考核手段 （答案包含但不限于以上要点，答出其中两个小点即可，每小点 1 分，答案类似即可）	
	【问题 5】（5 分）	①采用合适的团队建设手段，消除团队成员间的隔阂； ②明确项目团队的目标及项目组各成员的分工，落实责任到人； ③建立清晰的工作流程和沟通机制； ④建立明确的考核评价标准； ⑤鼓励团队成员之间建立参与和分享的氛围； ⑥制定有效的激励措施； ⑦加强自身在人力资源管理方面的知识学习，提高冲突管理技能 （答案包含但不限于以上要点，答出其中 5 个小点即可，每小点 1 分，答案类似即可）	
5	【问题 1】（3 分）	①公开招标； ②邀请招标； ③竞争性谈判； ④单一来源采购； ⑤询价； ⑥国务院政府采购监督管理部门认定的其他采购方式（每小点 0.5 分，共 3 分）	
	【问题 2】（4 分）	"竞争性谈判"采购方式（2 分） 理由（答案包含但不限于以下要点，每小点 1 分，答案类似即可）： ①该信息系统属于专用软件产品，性质特殊（或该信息系统技术可能较复杂，不能事先确定详细规格或者具体要求，不能事先计算出项目的价格总额）； ②我国《政府采购法》规定：因特殊情况需要采用公开招标以外的采购方式的，应当在采购活动开始前获得设区的市、自治州以上人民政府采购监督管理部门的批准	

续表

试 题	问题与分值	参考答案及评分标准	自 评 分
5	【问题 3】(8 分)	①所成立的项目专家谈判组的人数及构成均不符合《政府采购法》的法律规定。因为《政府采购法》规定，谈判小组由采购人的代表和有关专家共三人以上的单数组成，其中专家的人数不得少于成员总数的三分之二。 ②“任何人都不能将评定成交的标准透露给供应商”的做法不对。因为依据《政府采购法》的规定，评定成交的标准作为谈判文件的一部分也应提供给选定的供应商。 ③“将专家谈判组分成两个小组，每个小组与两家供应商进行谈判”的做法不对。因为依据《政府采购法》的规定，谈判小组所有成员误码集中与单一供应商分别进行谈判。 ④“第一轮谈判结束后，专家谈判组可将报价最低的供应商的报价透露给另外 3 家供应商”的做法不对。因为依据《政府采购法》的规定，在谈判中，谈判的任何一方不得透露与谈判有关的其他供应商的技术资料、价格和其他信息 （每小点 2 分，答案类似即可）	

16.2 考前密押试卷 2

（考试时间 13：30—15：00，共 90 分钟）
请按下述要求正确填写答题纸

1. 本试卷共 5 道题，全部是必答题，每题 15 分，满分 75 分。
2. 在答题纸的指定位置填写你所在的省、自治区、直辖市、计划单列市的名称。
3. 在答题纸的指定位置填写准考证号、出生年月日和姓名。
4. 答题纸上除填写上述内容外，只能填写解答。
5. 解答时字迹务必清楚，字迹不清时，将不评分。
6. 仿照下面例题，将解答写在答题纸的对应栏内。

【例题】

2011 年下半年全国计算机技术与软件专业技术资格（水平）考试日期是___(1)___月___(2)___日。因为正确的解答是“11 月 12 日”，故在答题纸的对应栏内写上“11”和“12”（参见下表）。

例 题	解 答 栏
(1)	11
(2)	12

16.2.1 试题描述

试题 1

阅读以下说明，根据要求回答问题 1～问题 5。（15 分）

【说明】

2011 年 3 月下旬，项目经理小雷在项目周例会上对其目前负责的某信息系统项目前 5 周的实施情况进行了总结，有关执行情况如图 16-6 所示（单位：万元）。小雷进一步补充解释：该项目总预算为 1230 万元，到目前为止实际完成了总工作量的 60%。

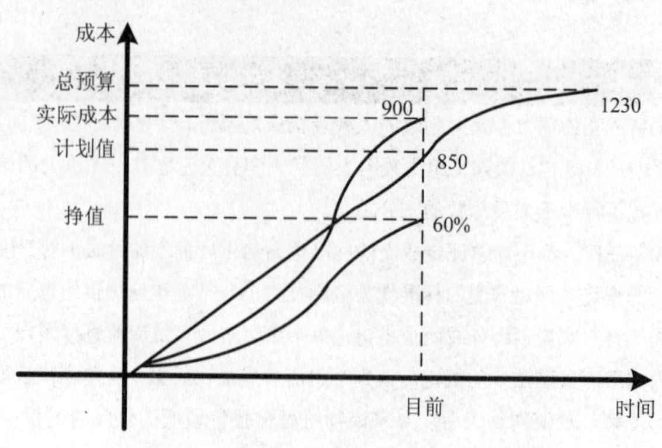

图 16-6　某信息系统项目的挣值曲线图

【问题 1】（3 分）

项目经理小雷通过图 16-6 告知项目组成员，当前该项目的 PV=___(1)___，EV=___(2)___，AC=___(3)___。

【问题 2】（4 分）

结合你的项目管理经验，请从进度和成本两方面评价此项目的当前执行绩效，并说明依据。

【问题 3】（2 分）

为了解决目前出现的问题，项目经理小雷可以采取哪些应对措施。

【问题 4】（4 分）

按目前的项目状况继续发展，则要完成剩余的工作还需要___(4)___万元，整个项目将超预算___(5)___万元。

【问题 5】（2 分）

若要求任务按期完成，项目经理小雷采取了赶工等措施，则该项目的剩余日平均工作量是原计划日平均工作量的___(6)___倍。（要求写出计算过程）

试题 2

阅读以下说明，根据要求回答问题 1～问题 3。（15 分）

【说明】

系统集成商 YL 公司成功中标某省农业厅的办公自动化（OA）系统项目，YL 公司任命老刘为项目经理。该项目是省农业厅为提高办公效率、实现无纸化办公、加快公文处理、公开招标采购的项目。该项目将由农业厅办公室负责总体业务需求，并将会集各处室和所属二级单位的需求，综合形成总体需求，由信息网络中心负责技术相关工作（如技术方案、项目实施协调等），并由办公室指派一名项目负责人。农业厅办公室的行政级别为副厅级，上有一名分管办公室与厅机关事务等工作的副厅长；农业厅信息网络中心的行政级别为正处级，上有一名分管信息网络中心、教育科技与装备等工作的副厅长。

【问题1】(9分)

项目经理老刘仔细识别并分析了该项目的相关项目干系人。其中，部分甲方项目干系人的分析情况如表16-3所示。请将表中（1）～（9）空缺处的内容填写完整。

表16-3 部分甲方项目干系人分析表

分析参考项	主管办公室的副厅长	甲方项目负责人	甲方办公室主任
组织关系	甲方高层领导	甲方项目经理	甲方中层领导
在项目中的角色	（1）	（2）	（3）
各自的实际情况	工作忙，经常在外出差，注重高效，MBA	汉语言文学专业本科，喜欢写作、交朋友，工作踏实	善于交际，但审批资源时喜欢深思熟虑，注重细节
对项目的重要程度	（4）	（5）	（6）
对项目的期望	希望项目成功，实现高效办公	希望能适当学到一些项目管理的知识，想借助项目的成功来减轻工作压力	想通过项目的成功实施增强办公室工作的运转效率
管理该关系的建议	（7）	（8）	（9）

【(1)～(6)空缺处的备选答案】

A. 较高　B. 中等　C. 较低
D. 最高　E. 审批项目的一些设备资源　F. 项目的组织协调者
G. 项目的可能反对者　H. 项目的有力支持者

【问题2】(3分)

通常，项目经理老刘在沟通管理计划编制过程中需要遵循的步骤是：

①确定干系人的__(10)__；

②描述信息收集和__(11)__；

③创建信息发送的档案，获得信息的__(12)__等。

【问题3】(3分)

结合你的项目管理经验，请帮助项目经理老刘分析阻碍其与甲方项目干系人之间进行有效沟通的可能因素。

试题3

阅读以下说明，根据要求回答问题1～问题3。(15分)

【说明】

近期，MT软件开发公司的项目经理老彭带领团队成员小陈、小王、小何、小吴承担了一个新软件项目的开发任务，其中有些大程序模块需要两人合作开发。项目开发初期，程序员小陈和小何凭借出色的编程技术很快就完成了各自负责的模块。当两人协作开发同一模块时，小陈需要更改源文件，但不知道哪个是最新的，就算是最新的版本，也不知道小何改动了哪些地方，对自己所负责的程序部分将会产生什么影响。好不容易协商好两人的版本保持一致的办法，但问题又出现了。小何的计算机突然中了网络病毒，造成整个硬盘上的程序和文档全部丢失。由于小何之前没有将程序和文档备份到其他计算机上，因此造成所有已完成的程序模块不得不重新编写代码，使得项目的进度停滞不前。好在小何还记得怎么实现这些程序模块，在连续熬了3个通宵之后，疲惫的小何总算把丢失的程序补上了。

老彭吸取了教训，要求大家对每天完成的项目文档和程序都进行备份，如果出现了什么问题，可以从备份文件调用出来重新开发。不久，小陈设计了一种新的算法，在经过几次测试之后，认为自己采用新的算法改进了原来程序的运行效率，于是用改进后的版本替换了原来的版本。但随着项目开发进程的深入，小陈发现这种方法并不可行，需要重新恢复原来版本。但是由于每天采用的是覆盖式备份方法，原有版本早已被覆盖掉，根本没有办法恢复。无奈的小陈只得从头开始，再按原来的算法重新编写程序模块。

项目在整体开发进度被延误了近半个月之后，勉强可以上线试运行。但试运行的第 2 天，用户就反映系统无法正常运行。老彭赶到现场花了半天时间查到了问题所在，由于版本的备份命名出现混淆，在打包程序时，将存在错误的程序误当成正确的程序进行了组装，使得最后运行的系统出现了大问题。这一切都让老彭感到无助与苦恼。

【问题 1】（6 分）

结合你的项目管理经验，围绕项目配置管理，请帮助项目经理老彭简要分析产生以上现象的主要原因是什么？

____

____

【问题 2】（3 分）

可将变更管理与配置管理视为相关联的两套机制，____（1）____由项目交付（或基准配置调整）时，由____（2）____调用。如果把项目整体的交付物视为项目的____（3）____，配置管理可视为对项目完整性管理的一套系统，当用于项目基准调整时，变更管理可视为其一部分。

____

____

【问题 3】（6 分）

为了避免以后出现类似情况，请简要叙述 MT 公司可以采取哪些有效的补救措施？

____

____

试题 4

阅读以下说明，根据要求回答问题 1～问题 3。（15 分）

【说明】

老阮是系统集成商 HG 公司的一名项目经理，目前正在 Z 省 FJ 大学负责一个数字化校园应用系统的开发项目。他认真分析了项目的技术特点，并很快组建了自己的项目团队。老阮对自己的团队很满意，因为这些成员对该项目所采用的技术都很熟悉，且他们都有一定的开发经验。在项目开始的第一个月，项目团队给出了一个粗略的进度计划，估计项目的开发周期为 10～13 个月。两个星期后，产品需求已经确定并得到了批准，老阮制定了一个 10 个月期限的初步进度表，项目团队成员对这 10 个月的进度计划也相当乐观，因为项目的目标已经确定，并且开始书写需求规格说明书，概要设计也已经开始。

老阮认为，项目的详细进度表在半个月之内就可以提交，因为他以前曾做过一个类似的项目，不用花费太多的时间去制订这个进度表。在接下来的 8 天里，他努力地制定详细的进度计划，并让团队成员直接去做一些他们"应该做的"设计、开发等工作。老阮依据每个人员的最高生产效率和最佳的开发状态来编制计划。经过几天的努力，老阮给出了详细进度表的草稿，并直接交付审核。相关评审人员经过评审，给出了以下意见：

（1）该计划进度安排很紧张，没有任何多余时间，应引起高度重视。

（2）这对于用户来说是一个"最合适的"进度计划。

该进度计划还是被通过并形成了该项目的正式进度计划。当项目团队成员认真分析完这份进度计划后，认为进度太紧张，任务可能无法完成。为了缓解项目团队成员的抱怨，在报请上级主管批准后，老阮将进度表中的计划工期延长了 3 个星期。

【问题 1】（6 分）

结合你的项目管理经验，请简要分析项目经理老阮在进度管理方面存在哪些主要问题。

【问题 2】（3 分）

在进度管理的各项过程中，＿（1）＿用于明确各活动之间的顺序等相互依赖关系，并形成文件。

项目经理老阮制定进度计划可以采用的主要方法、技术和工具有＿（2）＿；进行项目进度控制时可以采用的主要方法、技术和工具不包括＿（3）＿。（请从以下选项中选出相应的编号，不定项选择）

（2）A．历时压缩　B．绩效测量　C．计划评审技术
　　 D．控制图　E．因果图　F．排列图

（3）A．跟踪甘特图　B．资源平衡　C．进度报告
　　 D．多方案分析　E．假设情景分析　F．决策树分析

【问题 3】（6 分）

结合你的项目管理经验，从管理层面分析可能影响老阮项目进度的主要因素。

试题 5

阅读以下说明，根据要求回答问题 1～问题 3。（15 分）

【说明】

系统集成商 DF 公司组织结构属于平衡矩阵结构，该公司的项目经理小唐正在接手公司售后部门转来的一个项目，要为某客户的企业管理软件实施重大升级。小唐的项目组由 7 个人组成，项目组中只有资深技术人员老赵参加过该软件的开发，主要负责研发该软件最难的核心模块。根据 DF 公司与客户达成的协议，需要在 30 天之内升级完成老赵原来开发过的核心模块。

员工老赵隶属于研发部，由于他在日常工作中经常迟到早退，经研发部周经理口头批评后仍没有改正，周经理萌生了解雇此人的想法。但是老赵的离职会严重影响项目的工期，因此小唐提醒老赵要遵守公司的有关规定，并与周经理协商，希望给老赵一个机会，但老赵仍然我行我素。项目开始不久，周经理口头告诉小唐要解雇老赵，为此，小唐感到很为难。

【问题 1】（6 分）

结合你的项目管理经验，从项目管理的角度，请简要分析造成小唐项目经理为难的主要原因。

【问题 2】（3 分）

小唐作为一名项目经理，在该项目中要承担＿（1）＿双重角色，这些角色的工作职责包括了项目的计划、＿（2）＿。

权力（Power）是指一个人影响他人、使他们去做你想让他们做的事的能力。在本案例中，项目经理小唐最可能使用＿（3）＿去有效地影响项目组成员老赵。（请从以下选项中选出相应的编号，双项选择题）

（3）A．专家权力　　B．强制权力　　C．奖励权力
D．惩罚权力　　E．正式权力　　F．潜示权力

【问题 3】（6 分）

结合你的项目管理经验，请简要说明面对项目目前困境项目经理小唐应如何妥善处理。

16.2.2 要点解析

试题 1 要点解析

【问题 1】（3 分）

依题意，由图 16-6 中所标注的各参数及其数值可知，当前该项目的实际成本 AC=900 万元，计划值 PV=850 万元，项目总预算 BAC=1230 万元。

结合题干关键信息“到目前为止实际完成了总工作量的 60%”可得，当前该项目的挣值 EV=1230×60%万元= 738 万元。该计算过程需要注意的是，当前该项目的挣值是“总工作量”的 60%，而不是“计划值”的 60%。

【问题 2】（4 分）

基于成本绩效指数（CPI）和进度绩效指数（SPI）的基本定义，结合【问题 1】求解得出的各参数值，可得：

CPI = EV/AC = 738/900 = 0.820 < 1.0，表明当前该项目资金使用效率较低，成本超支。

SPI = EV/PV = 738/850 = 0. 868 < 1.0，表明当前该项目进度效率较低，进度滞后。

【问题 3】（2 分）

由于当前该项目的 AC>PV>EV，即 900 万元 > 850 万元 > 738 万元，因此为了保证这一项目成本目标和进度目标的实现，项目经理小雷可以采取的调整措施有：①提高工作效率，例如用工作效率高的人员更换一批工作效率低的人员等；②加班（或赶工）；③在防范风险的前提下并行施工（快速跟进）；④加强成本监控等。其中，“赶工”措施可由本试题的【问题 5】题干中直接得知。

【问题 4】（4 分）

用于预测项目完工成本的累加 CPI（CPI^C）等于阶段挣值的总和（EV^C）除以单项实际成本的总和（AC^C），即 $CPI^C = EV^C/AC^C$。

ETC 是指完成一个计划活动、工作包和控制账目或其他 WBS 组件中的剩余工作所需的估算。若项目按目前的状况继续发展，即当前的偏差被看作是可代表未来偏差的典型偏差，采用基于典型的偏差计算 ETC，即 ETC 等于 BAC 减去累加 EV^C 后除以累加成本执行（绩效）指数（CPI^C）：ETC=（BAC - EV^C）/CPI^C。

完工估算（EAC）是根据项目绩效和定性风险分析确定的最可能的总体估算值，即 EAC=AC^C+ETC。

依题意，BAC=1230 万元，EV^C=738 万元，CPI^C =0.82，则 ETC=（BAC - EV^C）/CPI^C =（1230 - 738）/ 0.82 = 600 万元。

由于 AC^C=900 万元，因此 EAC=AC^C+ETC=900+600 万元=1500 万元。

整个项目将超预算 270 万元，即 1500−1230=270 万元。

【问题 5】（2 分）

项目资金的使用情况在一定程度上反映了当前项目的进展情况，因此可以用某个项目剩余日的开

支与原计划日的开支之比来间接反映剩余日平均工作量与原计划日平均工作量的比率关系。

若项目经理小雷采取赶工措施，使得该项目按期完成，则该项目的剩余日平均工作量是原计划日平均工作量的 1.295 倍，即 1230×（1-60%）/（1230－850）= 1.295。

试题 2 要点解析

【问题 1】(9 分)

仔细分析题干给出的说明，可画出一种可能的与该项目相干的甲方项目干系人结构图，如图 16-7 所示。

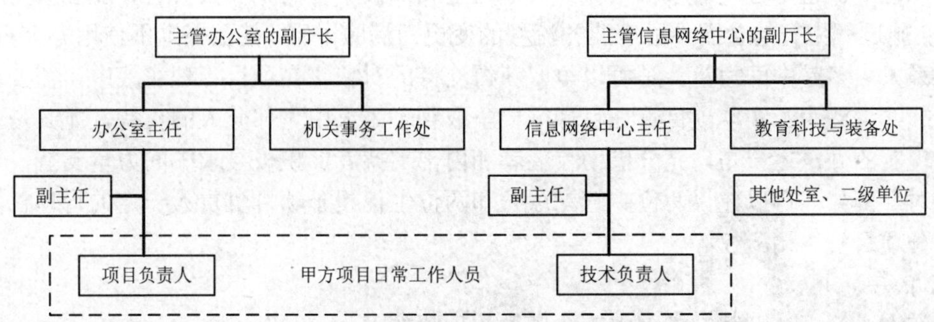

图 16-7 甲方项目干系人结构图

从图 16-7 中可以看出，项目涉及的干系人比较多。主管办公室工作的副厅长分管办公室与机关事务科，办公室主任又有副主任作为助手，项目负责人（也称为甲方项目经理）是办公室的工作人员，并且是业务需求负责人；信息网络中心作为一个正处级部门，由一名副厅长分管，信息网络中心还设有副主任，技术负责人是信息网络中心的技术工作人员。甲方项目的日常工作人员有两名：办公室的业务需求负责人和信息网络中心的技术负责人。甲方项目组工作人员主要来自于两个部门，需要协调，办公室的行政级别比信息网络中心高半级，因此在项目实施时，项目负责人的协调可能会受到行政级别的影响。

按照一般项目的干系人分类方法，项目的甲方干系人主要有：出资人、决策者、辅助决策者、采购者、业务负责人、业务人员、技术负责人、技术人员和使用者等。他们的不同身份会因甲方组织的情况和项目的不同，而对项目产生不同程度的影响。在本案例中，主管办公室的副厅长虽然平时很少参与项目，但对项目具有重大决策权，并在必要时需要他的支持，因此是最为重要的干系人。

项目负责人来自于办公室，提出业务需求并验证需求是否实现；技术负责人来自于信息网络中心，是技术人员；这两个人参与项目的日常运作，是与项目经理老刘交流最多的干系人，较为重要。

信息网络中心主任、副主任，办公室主任、副主任属于分管工作领导，有一定的项目决策权，但不参与日常运作，因此其重要程度中等。

其他处室、二级单位的相关工作人员平时很少参与项目，仅仅是提出少量的需求，以及参与项目上线的部分工作，因此其重要程度较低。

以上重要程度顺序并不是唯一的，项目经理老刘需要根据具体的项目和情况考虑排序情况。不同的人可能会得出不同的顺序，最后管理的重点也就不同了，这就更说明这一步分析的重要性。

通常，对比较重要的干系人，要对其全部需求做比较详细的分析，以便能更好地获得他们的支持。例如，本案例中最重要的主管办公室的副厅长，他是项目的最初发起人，想通过新建设的办公自动化系统优化单位的办公流程，提高办事效率，但他并没有对系统建设提出具体的需求。此时，项目经理老刘就可以引导，尽量细化，也可以在适当的时机向他汇报项目的进展，以取得其对项目工作的支持。技术负责人是一名技术人员，他关心更多的可能是技术性细节，而不是具体的业务。项目负责人是业务需求的提出者和验证者，会积极努力地推动这个项目走向成功。但也可能因为部门之间的关系以及他并不太懂 IT 技术的问题，在推动项目一事上力不从心，因此项目经理应该适时地帮助他，而不是听之任之。例如，在需求的探讨上多鼓励技术负责人的参与，在技术方案上多征求一些技术负责人的意见，在项目实施时建议他与业务部门打成一片等。

需要注意的是，有些干系人虽然并不重要，对推进项目也起不到什么实质性的作用，但项目经理不能忽略他们的一些需求。他们一旦对项目起反作用，利用在一些重要干系人身边并影响其对项目的判断，后果也会比较严重。因此，项目经理老刘在分析重要项目干系人的同时，一定也不要忽略了一些不怎么重要的干系人的可能影响。

在该办公自动化（OA）系统项目中，完全支持项目的有主管办公室的副厅长和项目负责人。技术负责人通常会比较支持工作，但由于办公室与信息网络中心的部门工作关系，他不一定会服从项目负责人的协调，但一般也不会反对项目工作。其他处室和二级单位的工作人员有可能会成为项目的反对者，在项目实施过程中有的会因不适应业务流程的变更而满腹牢骚，甚至根本不使用办公自动化系统。其他一些干系人大多是中间力量，是可以争取获得支持的对象。在项目管理实战中，需要建立起项目管理的统一战线，即为了实现项目管理目标需要争取到干系人中大部分人的支持，尤其是中间力量的支持。比较现实的做法之一是，充分借助首倡者和内部支持者、积极寻求中间力量支持、让不支持者至少不要反对。例如，可以建议两位主管副厅长和两位主任授予项目负责人一定的管理权限，如绩效考核权、部分项目资金调配权等。

【问题 2】（3 分）

通常，在沟通管理计划编制过程中需要遵循的步骤如下：

①确定干系人的沟通信息需求，即哪些人需要沟通、谁需要什么信息、什么时候需要，以及如何把信息发送出去；

②描述信息收集和文件归档的结构；

③发送信息和重要信息的格式，即创建信息发送的档案和获得信息的访问方法。

通常，沟通计划编制的第一步是干系人分析，得出项目中沟通的需求和方式，进而形成较为准确的沟通需求表，然后再针对需求进行计划编制。确认干系人的信息需求和确定满足需求的恰当方式是项目获得成功的重要因素。

【问题 3】（3 分）

良好的沟通可以形成一个相互信任的环境，有助于项目的成功。良好的沟通能力是项目经理在日常工作中必须具备的软技能。通常，阻碍项目双方有效沟通的因素有：①沟通双方的物理距离；②沟通的环境因素；③缺乏清晰的沟通渠道；④复杂的组织结构；⑤复杂的技术术语；⑥有害的态度；⑦知识经验水平的限制；⑧信息量的多少等。

试题 3 要点解析

【问题 1】（6 分）

纵观整个案例说明可知，在一个稍有规模的软件开发团队中，由于开发者比较多，并且开发的模块比较多，很容易出现以下情况：当两个人开发同一个模块时，出现了代码冲突；模块更新后，接口手册、用户手册等没有同步更新；多个版本的代码混成一团，不知道哪个版本是稳定版，哪个版本是测试版；不知道一个新版本解决了什么问题，导致其他开发人员不敢用这些新版本等。为了避免个人开发成果被覆盖，很多人早期采用手工管理版本的方式，例如当一个新版本产生时用当时的日期来命名文件夹，然后再复制一下，以后的修改在复制的文件夹内进行，这样上一个版本就被保存下来了，周而复始，不同的版本不会被覆盖。虽然这种方式可以从某种程度上解决版本的回溯问题，但它存在的缺点是显而易见的：一方面，如果保留结果过于频繁，将会导致产生大量的有着重复内容的文件夹，从而占用庞大的磁盘物理空间，并且管理起来很麻烦；另一方面，如果保留旧版本的时间间隔太长，可能产生某些有用的老程序无法回溯。如果是团队开发软件，那么使用该简单方法将更难解决问题的本质了。大量的问题已经不再是单纯的技术问题，而是需要用一项专门的管理手段来进行处理。该管理手段直接的目的就是保持项目的稳定性（虽然也能间接提高质量），减少因上述原因引起的项目混乱而造成的负面影响。

认真分析项目经理老彭及其项目团队在项目开发过程中对所开发程序的版本控制方法，可以发现项目中存在的主要问题如下：

①没有意识到项目配置管理的重要性；

②没有一个规范的项目配置管理的流程；

③项目团队成员怕麻烦而不愿主动进行配置管理；

④没有选用有效的项目配置管理工具等。

【问题 2】（3 分）

变更管理与配置管理可视为相关联的两套机制，当变更管理由项目交付（或基准配置调整）时，由配置管理系统调用；变更管理最终应将对项目的调整结果反馈给配置管理系统，以确保项目执行与对项目的账目相一致。

如果把项目整体的交付物视做项目的配置项，配置管理可视为对项目完整性管理的一套系统，当用于项目基准调整时，变更管理可视为其一部分。

【问题 3】（6 分）

基于【问题 1】的分析过程，建议项目经理老彭及公司采用规范的项目配置管理，在以后的项目中严格按照配置管理的流程进行开发；同时加强公司员工在项目配置管理方面的观念意识，并进行一次比较全面的配置管理知识培训，从思想上认识配置管理的重要性；结合公司情况选取诸如 CVS 为项目配置管理的工具；积极与领导协商沟通，成立专门的配置管理队伍（或成立配置控制委员会），由技术总监负责，由资深高级程序员担任配置经理等。

试题 4 要点解析

【问题 1】（6 分）

依题意，对老阮的工作进行细致分析后，可发现老阮在进度管理方面存在的主要问题有：

（1）进度计划的编制人几乎是老阮一个依据原来的类似项目来完成的，没有让技术人员参与详细进度表的制定。老阮没有对实际项目进行活动的定义和排序，也没有有效地进行历时估算。

（2）没有对项目可用资源进行科学的评估。依据每个人员的最高生产效率和最佳开发状态来编制计划，而且没有充分考虑节假日和其他影响时间的因素。也没有注意项目成员工作的绩效和实时对项目进行动态监控。

（3）没有按照项目开发流程进行。在项目目标确定后，需求规格说明书还没有经过评审、批准，而概要设计就开始了。虽然老阮这样做是希望利用并行处理来缩短项目时间，但最终的结果是适得其反。

【问题 2】（3 分）

项目进度管理包括：①活动定义；②活动排序；③活动资源估算；④活动历时估算；⑤制定进度计划；⑥项目进度控制等过程。其中，活动排序用于明确各活动之间的顺序等相互依赖关系，并形成文件。

制定进度计划可以采用的主要工具、方法和技术有：①进度网络分析（或计划评审技术）；②关键路线法；③进度压缩（或历时压缩）；④假设情景分析；⑤资源平衡；⑥关键链法；⑦项目管理软件；⑧应用日历（包括项目日历和资源日历）；⑨调整时间提前与滞后量；⑩进度模型等。

项目进度控制可以采用的主要工具、方法和技术：①进度报告；②进度变更控制系统；③绩效衡量；④项目管理软件；⑤偏差分析；⑥进度比较横道图（或跟踪甘特图）；⑦资源平衡；⑧假设条件情景分析；⑨进度压缩；⑩制定进度的工具等。

【问题 3】（6 分）

要有效地进行进度控制，必须对影响进度的因素进行分析，事先或及时采取必要的措施，尽量缩小计划进度与实际进度的偏差，实现对项目的主动控制。影响项目进度的主要因素有很多，如技术因素、人为因素和资金因素等。在项目的规划、开发、实施中，人为因素是最重要的因素，技术因素归根结底也是人为因素。在管理层面上，常见的影响因素有以下几种：

（1）低估了项目实现的条件。主要表现在低估技术难度、低估协调复杂度、低估环境因素等方面。

①低估技术难度。低估技术难度实际上是高估人的能力，认为或希望项目会按照已经制定的乐观项目计划顺利地实施，而实际则不然。IT 项目的高技术特点本身说明其实施中会有很多技术的难度，除了需要高水平的技术人员来实施外，还要考虑为解决某些性能问题而进行科研攻关和项目实验。

②低估协调复杂度，即低估了多个项目团队参加项目时工作协调上的困难。由于我国的特殊人文背景和企业间业务关系处理的特殊性，IT 项目在实施过程中要对多方面的关系进行协调和处理。而 IT 项目团队内部，特别是软件项目团队内部，由于各成员均为某一领域或技术方向上的专家，比较强调个人的智慧和个性，这给项目工作协调带来更大的复杂度。当一个大项目由很多子项目组成时，不仅会增加相互之间充分沟通交流的困难，更会增加项目协调和进度控制上的困难。

③企业高级项目主管和项目经理也经常低估环境因素，这些环境因素包括用户环境、行业环境、组织环境、社会环境和经济环境。低估这些条件，既有主观的原因，也有客观的原因。对项目环境的了解程度不够，造成了没有做好充分的准备。

（2）项目参与者错误。主要表现在项目进度编制的错误、项目执行上的错误和管理上的缺漏等方面。

①项目进度编制的错误，即所制定的项目计划本身有问题，执行错误的计划肯定会产生错误。例如，对于软件项目，在需求分析、系统设计和系统实施等过程的进度计划上有问题，那么按照此计划执行肯定会有问题源源不断地涌现出来。

②项目执行上的错误。例如，项目主管领导或客户方对于项目的问题不关心，对于项目中一些问题的决策迟迟不下达，或敷衍了事，做出一个不切实际的决策，那肯定会严重影响项目的进度。

③管理上的缺漏。例如，对于一个软件项目，某些功能模块通过外包形式进行，如果没有认真对外包方进行相应的考虑，也没有对外包模块进行相应的质量、进度等管理，则会造成进度上的延误。

④团队成员中途离职等。在 IT 项目执行过程中，项目团队人员的中途离职会对项目控制产生很大的影响。

（3）未考虑不可预见事件发生造成的影响。假设、约束、风险等考虑“不周”会造成项目进度计划中未考虑一些不可预见的事件发生。例如，IT 项目可能会因为项目资源特别是人力资源缺乏、天灾人祸、项目团队成员临时有其他更紧急的任务造成人员流动等不可预见的事件，从而对项目的进度控制造成影响。

试题 5 要点解析

【问题 1】（6 分）

本题主要考查项目管理环境中组织结构的影响、项目干系人管理、人力资源管理等，即分析项目经理小唐在使用资深技术人员老赵时遇到挑战的主要原因，是一个比较综合的问题。

DF 公司组织结构属于平衡矩阵结构，该类型组织结构的缺点表现在以下几点：①项目团队成员可能会接受多重领导，即职能经理与项目经理等的领导，当他们的命令发生冲突时，会使项目团队成员无所适从；②如果项目经理与职能经理之间的力量不均衡（或者他们对各自成员的影响力不同），都会影响项目进度（或职能部门）的日常工作，且项目经理对成员的影响弱于部门经理；③项目经理权力受限，对项目团队成员的管理、考核、监控等有一定局限性；④对项目经理的能力要求较高，不仅要处理好资源分配、技术支持、进度安排等方面的问题，还要懂得如何与各职能部门进行协调和配合等。

由于项目经理小唐所接手的项目只是售后部门转来的升级某企业管理软件的项目，因此该项目的投资额可能不大、时间跨度较短（一个月之内升级完成）。由题干关键信息“DF 公司组织结构属于平衡矩阵结构”可知，项目经理小唐对项目团队成员的影响力可能要弱于部门经理，资源的决定权在很大程序上取决于职能经理。因此研发部周经理对项目人员的决定对于项目是否能够顺利结项影响很大，周经理也就成了重要的项目干系人，需要给予重点关注和管理。换而言之，项目的平衡矩阵组织结构导致项目组要实现项目目标，但对人力资源没有直接管理权，因而很难使项目达到目标要求，权责不对称是导致项目经理小唐为难的主要原因。

由题干关键信息"只有资深技术人员老赵参加过该软件的开发"可知，员工老赵是一个完成项目的关键干系人，本项目的顺利开展还要倚重于老赵。

由题干关键信息"老赵隶属于研发部，由于他在日常工作中经常迟到早退"、"小唐提醒老赵要遵守公司的有关规定……，但老赵仍然我行我素"、"研发部周经理口头告诉小唐要解雇老赵"可知，老赵本身的问题（迟到早退且我行我素），以及项目重要干系人的研发部周经理对员工老赵的要求与项目的目标工期之间形成冲突，也是项目经理小唐为难的主要原因之一。

【问题2】（3分）

作为一名项目经理，要同时承担项目管理者和项目领导者的角色，这些角色的工作包括了项目的计划、组织、协调、领导和控制。

权力（Power）是指一个人影响他人、使他们去做你想让他们做的事的能力。权力一般分为专家权力、奖励权力、正式权力、潜示权力和惩罚/强制权力等，如表16-4所示。其中，正式权力（Formal Power）也称为合法权力（Legitimate Power），指在高级管理层对项目经理正式授权的基础上，项目经理让员工进行工作的权力。专家权力（Expert Power）是指作为技术或项目管理方面的专家而产生的权力。别人愿意服从你，是因为你在某个领域有专业知识与专业技能。潜示权力（Referent Power）也称为参照性权力，是建立在个人潜示权的基础上的。例如，项目经理个人的性格魅力。

表16-4　项目经理的权力类型

权　力	权力来源	影响效果	对谁有效
专家权力	项目经理个人	最好	任何人
奖励权力	项目经理职位	最好	下属
正式权力	项目经理职位	一般	下属
潜示权力	项目经理个人	一般	任何人
惩罚/强制权力	项目经理职位	最坏	下属

在项目管理中，项目经理往往需要在正式权力不足的情况下，组织他人来完成工作任务，因此必须通过个人的人格魅力去影响他人，同时知道应该如何取得他人的合作，做好与相关人员的沟通交流，化解冲突情绪和行为，包括与老赵和研发部周经理沟通，在资源许可的情况下考虑一定的激励措施。

【问题3】（6分）

从本题的【说明】和【问题1】的要点解析中可以看出，DF公司不注重组织过程资产的积累，软件过程成熟度低，不能重复与成功旧项目相类似的新项目的成功；DF公司内部沟通不畅，没有搞清老赵的问题真正出在哪里；DF公司没有充分发挥激励机制，没有做好人才培养、传帮带等工作，以至于项目的成功与否依赖于某个人，而非一个组织。

面对项目目前的困境，项目经理小唐可以从以下几方面进行妥善处理：

（1）与员工老赵沟通，了解其行为的真正原因，劝诫其遵守公司规定，改善老赵的劳动纪律。

（2）加强项目团队建设活动，使老赵融入到项目团队之中，以组建一个分工协作且能互相补位的团队。

（3）与研发部周经理协商，争取其对本项目工作的支持（或与公司管理层沟通和协商，争取关键资源的保障机制）。

（4）结合项目组实际情况制定有效的项目绩效考核和奖惩制度，特别是建立项目团队工作激励制度。

（5）制定应对老赵流失的风险应对措施，如争取外部资源，以避免老赵对实现项目目标的不可替代性，或者引进与老赵技术相当的人员与老赵协同工作、加强文档和过程管理、改进技术方案、外包、与客户协商等。

16.2.3 参考答案

表 16-5 给出了考前密押试卷 2 试题 1～试题 5 的参考答案，供读者练习时参考，以便查缺补漏。读者也可依照所给出的评分标准得出测试分数，从而大致评估自己对这些知识点的掌握程度。

表 16-5 参考答案及评分标准表

试 题	问题与分值	参考答案及评分标准	自 评 分
1	【问题 1】(3 分)	(1) 850 万元　(2) 738 万元 (3) 900 万元 (每空 1 分)	
	【问题 2】(4 分)	当前项目成本超支，资金使用效率较低（1 分），依据：CPI=EV/AC=738/900=0.820<1.0（1 分）； 当前项目进度滞后，进度效率较低（1 分），依据：SPI=EV/PV=738/850=0.868<1.0（1 分）（答案意思相近即可）	
	【问题 3】(2 分)	①提高工作效率，例如用工作效率高的人员更换一批工作效率低的人员等； ②加班（或赶工）； ③在防范风险的前提下并行施工（快速跟进）； ④加强成本监控等（答题包含但不限于以上要点，列举出其中两个小点即可，每小点 1 分，答案类似即可）	
	【问题 4】(4 分)	(4) 600　(5) 270 (每空 2 分)	
	【问题 5】(2 分)	(6) 1230×（1−60%）/（1230−850）= 1.295（2 分）	
2	【问题 1】(9 分)	(1) H 或项目的有力支持者　(2) F 或项目的组织协调者 (3) E 或审批项目的一些设备资源　(4) D 或最高 (5) A 或较高　(6) B 或中等 (7) 每隔一段时间插空采取正式或非正式的时间汇报项目的进展情况，以取得支持 (8) 让他多参与到项目中来，多交流一些文字方面的内容 (9) 给他审批的表格的填写要仔细权衡考虑，在项目有所进展时可以邀请他参与一些娱乐活动 (每空 1 分，(7) ～ (9) 空答案类似即可)	
	【问题 2】(3 分)	(10) 沟通信息需求　(11) 文件归档的结构 (12) 访问方法 (每空 1 分)	
	【问题 3】(3 分)	①沟通双方的物理距离；　②沟通的环境因素； ③缺乏清晰的沟通渠道；　④复杂的组织结构； ⑤复杂的技术术语；　⑥有害的态度； ⑦知识经验水平的限制；　⑧信息量的多少 （答案包含但不限于以上要点，答出其中 6 个小点即可，每小点 0.5 分，答案类似即可）	
3	【问题 1】(6 分)	①MT 公司和老彭都没有意识到项目配置管理的重要性； ②没有一个规范的项目配置管理的流程； ③项目团队成员怕麻烦而不愿主动进行配置管理； ④没有选用有效的项目配置管理工具 （答题包含但不限于以上要点，答出其中 3 个小点即可，每小点 2 分，答案类似即可）	
	【问题 2】(3 分)	(1) 变更管理　(2) 配置管理系统 (3) 配置项 (每空 1 分)	
	【问题 3】(6 分)	①采用规范的项目配置管理，在以后的项目中严格按照配置管理的流程进行开发； ②加强公司员工在项目配置管理方面的观念意识，并进行一次比较全面的配置管理知识培训； ③结合公司情况选取 CVS 等作为项目配置管理的工具； ④成立配置控制委员会，由技术总监负责，由资深高级程序员担任配置经理 （答题包含但不限于以上要点，答出其中 3 个小点即可，每小点 2 分，答案类似即可）	

续表

<table>
<tr><th>试　题</th><th>问题与分值</th><th>参考答案及评分标准</th><th>自　评　分</th></tr>
<tr><td rowspan="3">4</td><td>【问题1】(6分)</td><td>①老阮凭借历史经验，没有对实际项目进行活动的定义和排序，也没有有效地进行历时估算；
②没有让项目组成员参与详细进度表的制定；
③没有对项目可用资源进行科学的评估，也没有注意项目成员工作的绩效和实时对项目进行动态监控；
④没有按照项目开发流程进行。例如需求规格说明书还没有经过评审、批准，概要设计就开始了（答案包含但不限于以上要点，答出其中3个小点即可，每小点2分，答案类似即可）</td><td></td></tr>
<tr><td>【问题2】(3分)</td><td>(1) 活动排序　(2) A、C
(3) D、F</td><td></td></tr>
<tr><td>【问题3】(6分)</td><td>①低估了项目实现的条件，如低估技术难度、低估协调复杂度、低估环境因素等；
②项目参与者本身的错误，如在项目进度编制上的错误、项目执行上的错误、管理上的缺漏和团队成员中途离职等；
③未考虑不可预见事件发生造成的影响，如人力资源缺乏、天灾人祸等不可预见的事件影响（答案包含但不限于以上要点，每小点2分，答案类似即可）</td><td></td></tr>
<tr><td rowspan="3">5</td><td>【问题1】(6分)</td><td>①在平衡矩阵型组织内，项目经理对资源的影响力平衡于部门经理，员工受多头领导，项目经理对员工难以进行监测、管理、考核；
②老赵本身的问题，迟到早退且我行我素；
③研发部周经理是重要的项目干系人，其解雇老赵的要求与该项目客户工期要求存在冲突（答案包含但不限于以上要点，每小点2分，答案类似即可）</td><td></td></tr>
<tr><td>【问题2】(3分)</td><td>(1) 项目管理者和项目领导者（1分）
(2) 组织、协调、领导和控制（1分）
(3) C、F（1分，多选、错选、少选均不得分）</td><td></td></tr>
<tr><td>【问题3】(6分)</td><td>①与老赵沟通以改善老赵的劳动纪律；
②加强项目团队建设活动，使老赵融入到项目团队之中；
③与研发部周经理协商如何保障项目顺利进行（或与公司管理层沟通和协商，争取关键资源的保障机制）；
④制定应对老赵流失的风险应对措施；
⑤建立项目团队的工作激励制度和绩效考核制度
（答案包含但不限于以上要点，答出其中3个小点即可，每小点2分，答案类似即可）</td><td></td></tr>
</table>

第 17 章 2010 年上半年真题透解

17.1 上午试卷

（考试时间 9:00—11:30，共 150 分钟）
请按下述要求正确填写答题卡

1．在答题卡的指定位置上正确写入你的姓名和准考证号，并用正规 2B 铅笔在你写入的准考证号下填涂准考证号。

2．本试卷的试题中共有 75 个空格，需要全部解答，每个空格 1 分，满分 75 分。

3．每个空格对应一个序号，有 A、B、C、D 4 个选项，请选择一个最恰当的选项作为解答，在答题卡相应序号下填涂该选项。

4．解答前务必阅读例题和答题卡上的例题填涂样式及填涂注意事项。解答时用正规 2B 铅笔正确填涂选项，如需修改，请用橡皮擦干净，否则会导致不能正确评分。

【例题】

2010 年上半年全国计算机技术与软件专业技术资格（水平）考试的日期是＿（88）＿月＿（89）＿日。

（88）A．4　　B．5　　C．6　　D．7

（89）A．19　　B．20　　C．21　　D．22

因为考试日期是“5 月 22 日”，故（88）选 B，（89）选 D，应在答题卡序号 88 下对 B 选项进行填涂，在序号 89 下对 D 选项进行填涂（参见答题卡）。

****

17.1.1 试题描述

试题 1

以下对信息系统集成的描述正确的是＿（1）＿。

（1）A．信息系统集成的根本出发点是实现各个分立子系统的整合

B．信息系统集成的最终交付物是若干分立的产品

C．信息系统集成的核心是软件

D．先进技术是信息系统集成项目成功实施的保障

试题 2

有 4 家系统集成企业计划于 2010 年 5 月申请计算机信息系统集成资质，其中：

甲公司计划申请一级资质，注册资本为3000万元，具有项目经理20名，高级项目经理8名，2010年1月通过ISO9001质量管理体系认证；

乙公司计划申请一级资质，注册资本为2000万元，具有项目经理20名，高级项目经理8名，2009年4月通过ISO9001质量管理体系认证；

丙公司计划申请四级资质，注册资本为500万元，具有项目经理5名，高级项目经理1名，2010年2月通过ISO9001质量管理体系认证；

丁公司计划申请四级资质，注册资本为500万元，具有项目经理5名，高级项目经理1名，没有通过ISO9001质量管理体系认证。

根据上述状况，公司__(2)__不符合基本的申报条件。

（2）A．甲　　B．乙　　C．丙　　D．丁

试题3

下面关于计算机信息系统集成资质的论述，__(3)__是不正确的。

（3）A．工业和信息化部对计算机信息系统集成认证工作进行行业管理

B．申请三、四级资质的单位应向经政府信息产业主管部门批准的资质认证机构提出认证申请

C．申请一、二级资质的单位应直接向工业和信息化部资质管理办公室提出认证申请

D．通过资质认证审批的各单位将获得由工业和信息化部统一印制的资质证书

试题4

省市信息产业主管部门负责对__(4)__信息系统集成资质进行审批和管理。

（4）A．一、二级　　B．三、四级

C．本行政区域内的一、二级　　D．本行政区域内的三、四级

试题5

与制造资源计划MRPⅡ相比，企业资源计划（ERP）大的特点是在制定计划时将__(5)__考虑在一起，延伸了管理范围。

（5）A．经销商　　B．整个供应链　　C．终端用户　　D．竞争对手

试题6

小张在某电子商务网站建立一家经营手工艺品的个人网络商铺，向网民提供自己手工制作的工艺品。这种电子商务模式为__(6)__。

（6）A．B2B　　B．B2C　　C．C2C　　D．G2C

试题7

与基于C/S架构的信息系统相比，基于B/S架构的信息系统__(7)__。

（7）A．具备更强的事务处理能力，易于实现复杂的业务流程

B．人机界面友好，具备更加快速的用户响应速度

C．更加容易部署和升级维护

D．具备更高的安全性

试题8

中间件是位于硬件、操作系统等平台和应用之间的通用服务。__(8)__位于客户和服务器之间，负责负载均衡、失效恢复等任务，以提高系统的整体性能。

（8）A．数据库访问中间件　　B．面向消息中间件

C．分布式对象中间件　　D．事务中间件

试题 9

以下关于软件测试的描述，___(9)___是正确的。

(9) A．系统测试应尽可能在实际运行使用环境下进行

B．软件测试是在编码阶段完成之后进行的一项活动

C．专业测试人员通常采用白盒测试法检查程序的功能是否符合用户需求

D．软件测试工作的好坏，取决于测试发现错误的数量

试题 10

软件的质量是指___(10)___。

(10) A．软件的功能性、可靠性、易用性、效率、可维护性、可移植性

B．软件的功能和性能

C．用户需求的满意度

D．软件特性的总和，以及满足规定和潜在用户需求的能力

试题 11

在软件生存周期中，将某种形式表示的软件转换成更高抽象形式表示的软件的活动属于___(11)___。

(11) A．逆向工程　　B．代码重构　　C．程序结构重构　　D．数据结构重构

试题 12

根据《软件文档管理指南》(GB/T 16680—1996)，以下关于文档评审的叙述，___(12)___是不正确的。

(12) A．需求评审进一步确认开发者和设计者已了解用户要求什么，以及用户从开发者一方了解某些限制和约束

B．在概要设计评审过程中主要详细评审每个系统组成部分的基本设计方法和测试计划，系统规格说明应根据概要设计评审的结果加以修改

C．设计评审产生的最终文档规定系统和程序将如何设计开发和测试，以满足一致同意的需求规格说明书

D．详细设计评审主要评审计算机程序、程序单元测试计划和集成测试计划

试题 13

根据《软件文档管理指南》(GB/T 16680—1996)，以下关于软件文档归类的叙述，___(13)___是不正确的。

(13) A．开发文档描述开发过程本身　　B．产品文档描述开发过程的产物

C．管理文档记录项目管理的信息　　D．过程文档描述项目实施的信息

试题 14

根据《软件工程-产品质量》(GB/T 16260.1—2006) 定义的质量模型，不属于功能性的质量特性是___(14)___。

(14) A．适应性　　B．适合性　　C．安全保密性　　D．互操作性

试题 15

W公司想要对本单位的内部网络和办公系统进行改造，希望通过招标选择承建商，为此，W公司进行了一系列活动。以下___(15)___活动不符合《中华人民共和国招标投标法》的要求。

(15) A．对此项目的承建方和监理方的招标工作，W公司计划由同一家招标代理机构负责招标，并计划在同一天开标

B．W 公司根据此项目的特点和需要编制了招标文件，并确定了提交投标文件的截止日期

C．有 4 家公司参加了投标，其中一家投标单位在截止日期之后提交投标文件，W 公司认为其违反了招标文件要求，没有接受该投标单位的投标文件

D．W 公司根据招标文件的要求，在 3 家投标单位中选择其中一家作为此项目的承建商，并只将结果通知了中标企业

试题 16

以下采用单一来源采购方式的活动，＿（16）＿是不恰当的。

（16）A．某政府部门为建立内部办公系统，已从一个供应商采购了 120 万元的网络设备，由于办公地点扩大，打算继续从原供应商采购 15 万元的设备

B．某地区发生自然灾害，当地民政部门需要紧急采购一批救灾物资

C．某地方主管部门需要采购一种市政设施，目前此种设施在国内仅有一家厂商生产

D．某政府机关为升级其内部办公系统，与原承建商签订了系统维护合同

试题 17

为了解决 C/S 模式中客户机负荷过重的问题，软件架构发展形成了＿（17）＿模式。

（17）A．三层 C/S　B．分层　C．B/S　D．知识库

试题 18

小王在公司局域网中用 Delphi 编写了客户端应用程序，其后台数据库使用 MS NT4+SQL Server，应用程序通过 ODBC 连接到后台数据库。此处的 ODBC 是＿（18）＿。

（18）A．中间件　B．WEB Service

C．COM 构件　D．WEB 容器

试题 19

＿（19）＿制定了无线局域网访问控制方法与物理层规范。

（19）A．IEEE 802.3　B．IEEE 802.11　C．IEEE 802.15　D．IEEE 802.16

试题 20

可以实现在 Internet 上任意两台计算机之间传输文件的协议是＿（20）＿。

（20）A．FTP　B．HTTP　C．SMTP　D．SNMP

试题 21

我国颁布的《大楼通信综合布线系统 YD/T 926》标准的适用范围是跨度距离不超过＿（21）＿米，办公总面积不超过 1000000 平方米的布线区域。

（21）A．500　B．1000　C．2000　D．3000

试题 22

根据《电子信息系统机房设计规范》，＿（22）＿的叙述是错误的。

（22）A．某机房内面积为 125 平方米，共设置了 3 个安全出口

B．机房内所有设备的金属外壳、各类金属管道、金属线槽、建筑物金属结构等必须进行等电位连结并接地

C．机房内的照明线路宜穿钢管暗敷或在吊顶内穿钢管明敷

D．为了保证通风，A 级电子信息系统机房应设置外窗

试题 23

SAN 存储技术的特点包括 （23） 。

①高度的可扩展性　　②复杂但体系化的存储管理方式

③优化的资源和服务共享　　④高度的可用性

（23）A．①③④　　B．①②④　　C．①②③　　D．②③④

试题 24

某机房部署了多级 UPS 和线路稳压器，是出于机房供电的 （24） 需要。

（24）A．分开供电和稳压供电　　B．稳压供电和电源保护

C．紧急供电和稳压供电　　D．不间断供电和安全供电

试题 25

以下关于计算机机房与设施安全管理的要求， （25） 是不正确的。

（25）A．计算机系统的设备和部件应有明显的标记，并应便于去除或重新标记

B．机房中应定期使用静电消除剂，以减少静电的产生

C．进入机房的工作人员，应更换不易产生静电的服装

D．禁止携带个人计算机等电子设备进入机房

试题 26

某企业应用系统为保证运行安全，只允许操作人员在规定的工作时间段内登录该系统进行业务操作，这种安全策略属于 （26） 层次。

（26）A．数据域安全　　B．功能性安全

C．资源访问安全　　D．系统级安全

试题 27

基于用户名和口令的用户入网访问控制可分为 （27） 3 个步骤。

（27）A．用户名的识别与验证、用户口令的识别与验证、用户账号的默认限制检查

B．用户名的识别与验证、用户口令的识别与验证、用户权限的识别与控制

C．用户身份识别与验证、用户口令的识别与验证、用户权限的识别与控制

D．用户账号的默认限制检查、用户口令的识别与验证、用户权限的识别与控制

试题 28

Web Service 技术适用于 （28） 应用。

①跨越防火墙　　②应用系统集成　　③单机应用程序

④B2B 应用　　⑤软件重用　　⑥局域网上的同构应用程序

（28）A．③④⑤⑥　　B．②④⑤⑥

C．①③④⑥　　D．①②④⑤

试题 29

以下关于 J2EE 应用服务器运行环境的叙述， （29） 是正确的。

（29）A．容器是构件的运行环境　　B．构件是应用服务器提供的各种功能接口

C．构件可以与系统资源进行交互　　D．服务是表示应用逻辑的代码

试题 30

以下关于数据仓库与数据库的叙述， （30） 是正确的。

（30）A. 数据仓库的数据高度结构化、复杂，适合操作计算；而数据库的数据结构比较简单，适合分析
B. 数据仓库的数据是历史的、归档的、处理过的数据；数据库的数据反映当前的数据
C. 数据仓库中的数据使用频率较高；数据库中的数据使用频率较低
D. 数据仓库中的数据是动态变化的，可以直接更新；数据库中的数据是静态的，不能直接更新

试题 31

发布项目章程，标志了项目的正式启动。以下围绕项目章程的叙述，___（31）___是不正确的。

（31）A. 制定项目章程的工具和技术包括专家判断
B. 项目章程要为项目经理提供授权，方便其使用组织资源进行项目活动
C. 项目章程应当由项目发起人发布
D. 项目经理应在制定项目章程后再任命

试题 32

在编制项目管理计划时，项目经理应遵循编制原则和要求，使项目计划符合项目实际管理的需要。以下关于项目管理计划的叙述，___（32）___是不正确的。

（32）A. 应由项目经理独立进行编制　　B. 可以是概括的
C. 项目管理计划可以逐步精确　　D. 让干系人参与项目计划的编制

试题 33

在项目实施过程中，项目经理通过项目周报中的项目进度分析图表发现机房施工进度有延期风险。项目经理立即组织相关人员进行分析，下达了关于改进措施的书面指令。该指令属于___（33）___。

（33）A. 检查措施　　B. 缺陷补救措施
C. 预防措施　　D. 纠正措施

试题 34

在项目管理中，采取___（34）___方法，对项目进度计划的实施进行全过程监督和控制是经济和合理的。

（34）A. 会议评审和 MONTE CARLO 分析　　B. 项目月报和旁站
C. 进度报告和旁站　　D. 挣值管理和会议评审

试题 35

一项新的国家标准出台，某项目经理意识到新标准中的某些规定将导致其目前负责的一个项目必须重新设定一项技术指标，该项目经理首先应该___（35）___。

（35）A. 撰写一份书面的变更请求
B. 召开一次变更控制委员会会议，讨论所面临的问题
C. 通知受到影响的项目干系人将采取新的项目计划
D. 修改项目计划和 WBS，以保证该项目产品符合新标准

试题 36

项目经理对某软件需求分析活动历时估算的结果是：该活动用时 2 周（假定每周工作时间是 5 天）。随后对其进行后备分析，确定的增加时间是 2 天。以下针对该项目后备分析结果的叙述，___（36）___是不正确的。

（36）A. 增加软件需求分析的应急时间是 2 天

B．增加软件需求分析的缓冲时间是该活动历时的 20%

C．增加软件需求分析的时间储备是 20%

D．增加软件需求分析的历时标准差是 2 天

试题 37

在工程网络计划中，工作 M 的最早开始时间为第 16 天，其持续时间为 5 天。该工作有三项紧后工作。他们的最早开始时间分别为第 25 天、第 27 天和第 30 天，最迟开始时间分别为第 28 天、第 29 天和第 30 天。则工作 M 的总时差为__（37）__天。

（37）A．5　　B．6　　C．7　　D．8

试题 38

以下关于关键路径法的叙述，__（38）__是不正确的。

（38）A．如果关键路径中的一个活动延迟，将会影响整个项目计划

B．关键路径包括所有项目进度控制点

C．如果有两个或两个以上的路径长度一样，则有可能存在多个关键路径

D．关键路径可随项目的进展而改变

试题 39

在软件开发项目实施过程中，由于进度需要，有时要采取快速跟进措施。__（39）__属于快速跟进范畴。

（39）A．压缩需求分析工作周期

B．在设计图纸全部完成前就开始现场施工准备工作

C．使用最好的工程师，加班加点尽快完成需求分析说明书的编制工作

D．同其他项目协调好关系以减少行政管理的磨擦

试题 40

某软件开发项目的实际进度已经大幅滞后于计划进度，__（40）__能够较为有效地缩短活动工期。

（40）A．请经验丰富的老程序员进行技术指导或协助完成工作

B．要求项目组成员每天加班 2～3 个小时进行赶工

C．招聘一批新的程序员到项目组中

D．购买最新版本的软件开发工具

试题 41

某公司最近在一家大型企业 OA 项目招标中胜出，小张被指定为该项目的项目经理。公司发布了项目章程，小张依据该章程等项目资料编制了由项目目标、可交付成果、项目边界及成本和质量测量指标等内容组成的__（41）__。

（41）A．项目工作说明书　　B．范围管理计划

C．范围说明书　　D．WBS

试题 42

下面关于项目范围确认的描述，__（42）__是正确的。

（42）A．范围确认是一项对项目范围说明书进行评审的活动

B．范围确认活动通常由项目组和质量管理员参与执行即可

C．范围确认过程中可能会产生变更申请

D．范围确认属于一项质量控制活动

试题 43

下列关于资源平衡的描述，__(43)__是正确的。

(43) A．资源平衡通常用于已经利用关键链法分析过的进度模型之中
B．进行资源平衡的前提是不能改变原关键路线
C．使用按资源分配倒排进度法不一定能制定出最优项目进度表
D．资源平衡的结果通常是使项目的预计持续时间比项目初步进度表短

试题 44

某企业今年用于信息系统安全工程师的培训费用为 5 万元，其中有 8000 元计入 A 项目成本，该成本属于 A 项目的__(44)__。

(44) A．可变成本　　B．沉没成本
C．实际成本（AC）　　D．间接成本

试题 45

当项目进行到某阶段时，项目经理进行了绩效分析，计算出 CPI 值为 0.91。这表示__(45)__。

(45) A．项目的每 91 元人民币投资中可创造相当于 100 元的价值
B．当项目完成时将会花费投资额的 91%
C．项目仅进展到计划进度的 91%
D．项目的每 100 元人民币投资中只创造相当于 91 元的价值

试题 46

图 17-1 是一项布线工程计划和实际完成的示意图，2009 年 3 月 23 日的 PV、EV、AC 分别是__(46)__。

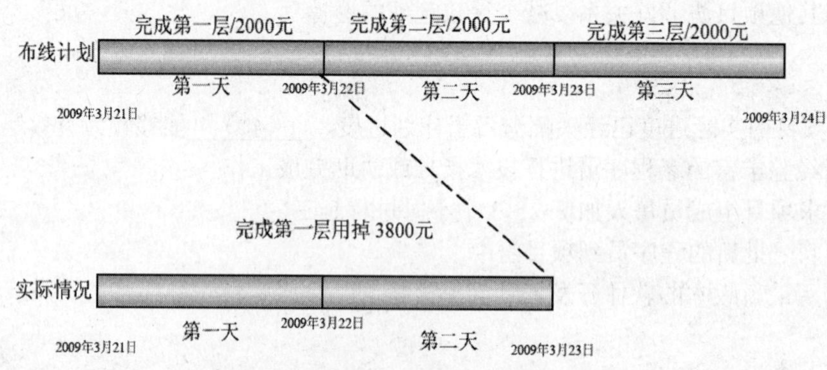

图 17-1　某项布线工程计划和实际完成示意图

(46) A．PV=4000 元、EV=2000 元、AC=3800 元
B．PV=4000 元、EV=3800 元、AC=2000 元
C．PV=3800 元、EV=4000 元、AC=2000 元
D．PV=3800 元、EV=3800 元、AC=2000 元

试题 47

在项目人力资源计划编制中，一般会涉及组织结构图和职位描述。其中，根据组织现有的部门、单位或团队进行分解，把工作包和项目的活动列在负责部门下面的图采用的是__(47)__。

(47) A．工作分解结构（WBS）　　B．组织分解结构（OBS）
C．资源分解结构（RBS）　　D．责任分配矩阵（RAM）

试题 48

在组建项目团队时，人力资源要满足项目要求。以下说法，＿（48）＿是不妥当的。

（48）A．对关键岗位要有技能标准，人员达标后方可聘用

B．与技能标准有差距的员工进行培训，合格后可聘用

C．只要项目经理对团队成员认可就可以

D．在组建团队时要考虑能力、经验、兴趣和成本等人员因素

试题 49

项目经理管理项目团队有时需要解决冲突，＿（49）＿属于解决冲突的范畴。

（49）A．强制、妥协、撤退　　B．强制、求同存异、观察

C．妥协、求同存异、增加权威　　D．妥协、撤退、预防

试题 50

某承建单位准备把机房项目中的消防系统工程分包出去，并准备了详细的设计图纸和各项说明。该项目工程包括：火灾自动报警、广播、火灾早期报警灭火等。该工程宜采用＿（50）＿。

（50）A．单价合同　　B．成本加酬金合同

C．总价合同　　D．委托合同

试题 51

小王为本公司草拟了一份计算机设备采购合同，其中写到"乙方需按通常的行业标准提供技术支持服务"。经理审阅后要求小王修改，原因是＿（51）＿。

（51）A．文字表达不通顺　　B．格式不符合国家或行业标准的要求

C．对合同标的的描述不够清晰、准确　　D．术语使用不当

试题 52

组织项目招标要按照《中华人民共和国招标投标法》进行。以下叙述中，＿（52）＿是不正确的。

（52）A．公开招标和邀请招标都是常用的招标方式

B．公开招标是指招标人以招标公告方式邀请一定范围的法人或者其他组织投标

C．邀请招标是指招标人以投标邀请书的方式邀请特定的法人或者其他组织投标

D．招标人是依照本法规定提出招标项目、进行招标的法人或者其他组织

试题 53

系统集成商与建设方在一个 ERP 项目的谈判过程中，建设方提出如下要求：系统初验时间为 2010 年 6 月底（付款 50%）；正式验收时间为 2010 年 10 月底（累计付款 80%）；系统运行服务期限为一年（可能累计付款 100%）；并希望长期提供应用软件技术支持。系统集成商在起草项目建设合同时，合同期限设定到＿（53）＿。

（53）A．2010 年 10 月底　　B．2011 年 6 月底

C．2011 年 10 月底　　D．长期

试题 54

某软件开发项目合同规定，需求分析要经过客户确认后方可进行软件设计。但建设单位以客户代表出国、其他人员不知情为由拒绝签字，造成进度延期。软件开发单位进行索赔一般按＿（54）＿顺序较妥当。

①由该项目的监理方进行调解　②由经济合同仲裁委员会仲裁　③由有关政府主管机构仲裁

（54）A．①②③　　B．①③②　　C．③①②　　D．②①③

试题 55

按照索赔程序，索赔方要在索赔通知书发出后 (55) 内，向监理方提出延长工期和（或）补偿经济损失的索赔报告及有关资料。

（55）A．2 周　　B．28 天　　C．30 天　　D．3 周

试题 56

某项工程需在室外进行线缆铺设，但由于连续大雨造成承建方一直无法施工，开工日期比计划晚了 2 周（合同约定持续 1 周以内的天气异常不属于反常天气），给承建方造成一定的经济损失。承建方若寻求补偿，应当 (56) 。

（56）A．要求延长工期补偿　　B．要求费用补偿

C．要求延长工期补偿、费用补偿　　D．自己克服

试题 57

某公司正在计划实施一项用于公司内部的办公自动化系统项目，由于该系统的实施涉及公司很多内部人员，因此项目经理打算制定一个项目沟通管理计划，他应采取的第一个工作步骤是 (57) 。

（57）A．设计一份日程表，标记进行每种沟通的时间

B．分析所有项目干系人的信息需求

C．构建一个文档库并保存所有的项目文件

D．描述准备发布的信息

试题 58

召开会议就某一事项进行讨论是有效的项目沟通方法之一，确保会议成功的措施包括提前确定会议目的、按时开始会议等， (58) 不是确保会议成功的措施。

（58）A．项目经理在会议召开前一天，将会议议程通过电子邮件发给参会人员

B．在技术方案的评审会议中，某专家的发言时间超时严重，会议主持人对会议进程进行控制

C．在某系统验收会上，为了避免专家组意见太发散，项目经理要求会议主持人给出结论性意见

D．项目经理指定文档管理员负责会议记录

试题 59

某项目组的小组长王某和程序员李某在讨论确定一个功能模块的技术解决方案时发生激烈争执，此时作为项目经理应该首先采用 (59) 的方法来解决这一冲突。

（59）A．请两人先冷静下来，淡化争议，然后在讨论问题时求同存异

B．帮助两人分析对错，然后解决问题

C．要求李某服从小组长王某的意见

D．请两人把当前问题搁置起来，避免争吵

试题 60

以下关于采购工作说明书的叙述， (60) 是错误的。

（60）A．采购说明书与项目范围基准没有关系

B．采购工作说明书与项目的工作说明书不同

C．应在编制采购计划的过程中编写采购工作说明书

D．采购工作说明书定义了与项目合同相关的范围

试题 61

某项目建设内容包括机房的升级改造、应用系统的开发及系统的集成等。招标人于 2010 年 3 月 25 日在某国家级报刊上发布了招标公告，并规定 4 月 20 日上午 9 时为投标截止时间和开标时间。系统集成单位 A、B、C 购买了招标文件。在 4 月 10 日，招标人发现已发售的招标文件中某技术指标存在问题，需要进行澄清，于是在 4 月 12 日以书面形式通知 A、B、C 三家单位。根据《中华人民共和国招标投标法》，投标文件截止日期和开标日期应该不早于 (61) 。

(61) A．5 月 5 日　B．4 月 22 日　C．4 月 25 日　D．4 月 27 日

试题 62

在评标过程中， (62) 是不符合招标投标法要求的。

(62) A．评标委员会委员由 5 人组成，其中招标人代表 2 人，经济、技术专家 3 人

B．评标委员会认为 A 投标单位的投标文件中针对某项技术的阐述不够清晰，要求 A 单位予以澄清

C．某单位的投标文件中某分项工程的报价存在个别漏项，评标委员会认为个别漏项属于细微偏差，投标标书有效

D．某单位虽然按招标文件要求编制了投标文件，但是个别页面没有编制页码，评标委员会认为投标标书有效

试题 63

某项采购已经到了合同收尾阶段，为了总结这次采购过程中的经验教训，以供公司内的其他项目参考借鉴，公司应组织 (63) 。

(63) A．业绩报告　B．采购评估　C．项目审查　D．采购审计

试题 64

以下关于文档管理的描述， (64) 是正确的。

(64) A．程序源代码清单不属于文档

B．文档按项目周期角度可以分为开发文档和管理文档两大类

C．文档按重要性和质量要求可以分为正式文档和非正式文档

D．《软件文档管理指南》明确了软件项目文档的具体分类

试题 65

配置识别是软件项目管理中的一项重要工作，其工作内容不包括 (65) 。

(65) A．确定需要纳入配置管理的配置项　B．确定配置项的获取时间和所有者

C．为识别的配置项分配唯一的标识　D．对识别的配置项进行审计

试题 66

某开发项目配置管理计划中定义了 3 条基线，分别是需求基线、设计基线和产品基线。 (66) 应该是需求基线、设计基线和产品基线均包含的内容。

(66) A．需求规格说明书　B．详细设计说明书

C．用户手册　D．概要设计说明书

试题 67

质量管理人员在安排时间进度时，为了能够从全局出发、抓住关键路径、统筹安排、集中力量，从而达到按时或提前完成计划的目标，可以使用 (67) 。

(67) A．活动网络图　B．因果图　C．优先矩阵图　D．检查表

试题 68

排列图（帕累托图）可以用来进行质量控制是因为＿（68）＿。

（68）A．它按缺陷的数量多少画出一条曲线，反映了缺陷的变化趋势

B．它将缺陷数量从大到小进行排列，使人们关注数量最多的缺陷

C．它将引起缺陷的原因从大到小进行排列，项目团队应关注造成最多缺陷的原因

D．它反映了按时间顺序抽取的样本的数值点，能够清晰地表达过程实现的状态

试题 69

CMMI 所追求的过程改进目标不包括＿（69）＿。

（69）A．保证产品或服务质量　　B．项目时间控制

C．所有过程都必须文档化　　D．项目成本最低

试题 70

项目经理在进行项目质量规划时应设计出符合项目要求的质量管理流程和标准，由此而产生的质量成本属于＿（70）＿。

（70）A．纠错成本　　B．预防成本　　C．评估成本　　D．缺陷成本

试题 71

Project ＿（71）＿ is an uncertain event or condition that，if it occurs,has a positive or a negative effect on at least one project objective,such as time,cost,scope,or quality.

（71）A．risk　　B．problem　　C．result　　D．data

试题 72

Categories of risk response are ＿（72）＿.

（72）A．Identification,quantification,response development,and response control

B．Marketing,technical,financial,and human

C．Avoidance,retention,control,and deflection

D．Avoidance,mitigation,acceptance,and Transferring

试题 73

＿（73）＿ is the appication of planned,systematic quality activities to ensure that the project will employ all processes needed to meet requirements.

（73）A．Quality assurance（QA）　　B．Quality planning

C．Quality control（QC）　　D．Quality costs

试题 74

＿（74）＿ is primarily concerned with defining and controlling what is and is not included in the project.

（74）A．Project Time Management　　B．Project Cost Management

C．Project Scope management　　D．Project Communications Management

试题 75

A project manager believes that modifying the scope of the project may provide added value service for the customer．The project manager should＿（75）＿.

（75）A. assign change tasks to projeet members
B. call a meeting of the configuration control board
C. change the scope baseline
D. postpone the modification until a separate enhancement project is funded after this project is completed according to the original baseline

17.1.2 要点解析

（1）C。**要点解析**：信息系统集成具有的显著特点：①要以满足用户需求为根本出发点；②不只是设备选择和供应，更重要的是，它是具有高技术含量的工程过程，要面向用户需求提供全面解决方案，其核心是软件；③其最终交付物是一个完整的系统而不是一个分立的产品；④包括技术、管理和商务等各项工作，是一项综合性的系统工程。

技术是系统集成工作的核心，管理和商务活动是系统集成项目成功实施的保障。

（2）A。**要点解析**：根据 2003 年 10 月工业和信息化部颁布的《关于发布计算机信息系统集成资质等级评定条件（修订版）的通知》（信部规[2003]440 号文）规定，对于申请一级系统集成资质的企业，要求其注册资本在 2000 万元以上；项目经理人数不少于 25 名，其中高级项目经理不少于 8 名；已建立质量管理体系，通过认证并运行一年以上。据此，甲公司于 2010 年 1 月通过 ISO9001 质量管理体系认证，在这一条款上则需要等到 2011 年 2 月才能符合基本的申报条件。而乙公司符合申请一级资质的基本申报条件。

对于申请四级系统集成资质的企业，要求其注册资本在 30 万元以上；项目经理人数不少于 3 名；有企业质量管理体系，并有效实施。据此，丙公司符合申请四级资质的基本申报条件；虽然丁公司没有通过 ISO9001 质量管理体系认证，但只要该公司有自己的企业质量管理体系，并有效实施，也符合申请四级资质的基本申报条件。

（3）C。**要点解析**：通常，对于系统集成企业的资质，进行认证和审批的工作程序是：（1）资质评审：①企业向相应的评审机构提出评审申请；②评审申请的受理和资料审查；③对申请单位进行现场审查；④出具评审报告等；（2）资质审批：①审批申请；②审批等。其中，工业和信息化部授权的资质评审机构可以受理申请一、二、三、四级资质的评审；各省（市）信息产业主管部门授权的资质评审机构可以受理本行政区域内申请三、四级资质的评审；未设置评审机构的可委托工业和信息化部授权的或其他省市授权的评审机构评审。对于一、二级资质申请，由各省（市）信息产业主管部门初审，报工业和信息化部审批。对于三、四级资质申请，由各省（市）信息产业主管部门审批，报工业和信息化部备案。据此，选项 C 的说法有误。

（4）D。**要点解析**：工业和信息化部授权的资质评审机构可以受理申请一、二、三、四级资质的评审；各省（市）信息产业主管部门授权的资质评审机构可以受理本行政区域内申请三、四级资质的评审；未设置评审机构的可委托工业和信息化部授权的或其他省（市）授权的评审机构评审。

（5）B。**要点解析**：在资源管理范围方面，MRPⅡ主要侧重对本企业内部人、财、物等资源的管理。ERP 系统在 MRPⅡ的基础上扩展了管理范围，将客户需求和企业内部的制造活动，以及供应商的制造资源整合在一起，形成一个完整的供应链并对供应链上所有环节（如订单、采购、库存、计划、生产制造、质量控制、运输、分销、服务与维护、财务管理、人事管理、实验室管理、项目管理、配方管理等）进行有效管理。

（6）C。**要点解析**：电子商务按照交易对象可以分为 4 种模式，即企业对企业（B2B）、企业对消费者（B2C）、消费者对消费者（C2C）、政府对企业（G2B）。其中，C2C（Consumer To Consumer）是个人与个人之间的电子商务，是用户对用户的电子商务模式。C2C 商务平台是通过为买卖双方提供一个在线交易平台，使卖方可以主动提供商品进行网上拍卖，而买方可以自行选择商品进行竞价。淘宝网是 C2C 模式的典型平台。依题意，小张所采用的电子商务模式为 C2C 模式。

（7）C。**要点解析**：浏览器/服务器（B/S）架构模式的具体结构是：浏览器—Web 服务器—数据库服务器。与 C/S 架构模式相比，客户端采用 WWW 浏览器，应用服务器采用 Web 服务器。B/S 架构风格主要是利用不断成熟的 WWW 浏览器技术，结合浏览器的多种脚本语言，用通用浏览器实现原来需要复杂专用软件才能实现的强大功能，并节约了开发成本。除了数据库服务器外，应用程序以网页形式存放于 Web 服务器上，用户在运行某个应用程序时只需在客户端上的浏览器中输入相应的网址（URL），调用 Web 服务器上的应用程序并对数据库进行操作完成相应的数据处理工作即可，最后结果通过浏览器显示给用户。

基于 B/S 架构风格的软件，系统的安装、修改和维护全在服务器端解决，用户在使用系统时，仅仅需要一个浏览器就可以运行全部的模块功能，易于系统的升级和维护；可以应用在广域网上，方便了信息的全球传输、查询和发布；可跨平台操作，无须开发客户端软件，客户端只需通过浏览器就可以实现大部分的软件功能；通过 JDBC 等数据库连接接口，提高了动态交互性和服务器的通用性与可移植性；具有良好的开放性和可扩充性。

（8）D。**要点解析**：中间件是位于硬件、操作系统等平台和应用之间的通用服务，这些服务具有标准的程序接口和协议。通常，将中间件分为数据库访问中间件、面向消息中间件、事务中间件、远程过程调用中间件、分布式对象中间件等几类。其中，事务中间件（也称为事务处理监控程序 TPM）位于客户器和服务器之间，用于完成事务管理与协调、负载平衡、失效恢复等任务，以提高系统的整体性能。典型的产品如 BEA 公司的 Tuxedo。

（9）A。**要点解析**：系统测试是基于系统整体需求说明书的黑盒类测试，应覆盖系统所有联合的部件。系统测试是针对整个产品系统进行的测试，目的是验证系统是否满足需求规格的定义，找出与需求规格不相符合或与之矛盾的地方。

系统测试的对象不仅包括需要测试的产品系统的软件，还要包含软件所依赖的硬件、外设，甚至某些数据、某些支持软件及其接口等。因此，必须将系统中的软件与各种依赖的资源结合起来，尽可能地在系统实际运行环境下进行测试。

软件测试活动不仅包含对代码、对设计、对功能、对需求的测试，还包括测试计划的制定。测试计划的制定是在编码之前完成的。

（10）D。**要点解析**：软件“产品评价”国际标准 ISO14598 和我国国家标准 GB/T 16260. 1—2006《软件工程产品质量第 1 部分：质量模型》给出的“软件质量”的定义是：软件特性的总和，软件满足规定或潜在用户需求的能力。其中，定义的软件质量包括内部质量（开发过程内）、外部质量（开发过程外）和使用质量（用户的质量观）3 个部分。

软件质量特性是软件质量的构成因素，是软件产品内在的或固有的属性，包括软件的功能性、可靠性、易用性、效率、可维护性和可移植性等。每一个软件质量特性又由若干个软件质量子特性组成。

（11）A。**要点解析**：软件的逆向工程（Reverse Engineering）通过对源代码进行静态分析得到系统规范和设计信息，并且提取出工程信息，例如模块和变量表、交叉引用表、数据接口表、测试路径等。它是分析程序、在高于源代码的抽象层次上表示程序的过程。逆向工程的研究对象是现存软件系统，而不是需求。另外，逆向工程本身并不会改变目标系统，也不会基于被逆向的系统创建一个新系统，它只是一个检查的过程，不是一个改变或复制的过程。

重构是指保持系统外部行为（功能和语义），在同一抽象层次上改变表示形式。再工程工具用来支持重构一个功能和性能更为完善的软件系统。目前的再工程工具主要集中在代码重构、程序结构重构和数据结构重构等方面。代码重构的目标是生成可提供相同功能的设计，但是该设计比原程序有更高的质量。

（12）D。**要点解析**：根据《软件文档管理指南》（GB/T 16680—1996）规定，设计评审通常安排两个主要的设计评审，即概要设计评审和详细设计评审。详细设计评审主要评审计算机程序和程序单元测试计划，而集成测试计划则是概要设计评审的对象之一。

（13）D。**要点解析**：《软件文档管理指南 GB/T 16680-1996》软件文档归入以下 3 种类型：①开发文档，描述开发过程本身；②产品文档，描述开发过程的产物；③管理文档，记录项目管理的信息。GB/T 16680-1996 标准中并未涉及过程文档的概念。

（14）A。**要点解析**：根据《GB/T 16260-1996（idt ISO/IEC9126:1991）信息技术 软件产品评价 质量特性及其使用指南》规定，软件的质量特性包括功能性、可靠性、易用性、效率、可维护性和可移植性 6 个方面，每个方面都包含若干个子特性，如表 17-1 所示。

表 17-1　软件的质量特性

质量特性	说　明	子 特 性
功能性	与一组功能及其指定的性质有关的一组属性，这里的“功能”是指满足明确或隐含需求的那些功能	适合性、准确性、互操作性、安全保密性、功能性的依从性
可靠性	与在规定的一段时间和条件下软件维持其性能水平的能力有关的一组属性	成熟性、容错性、易恢复性、可靠性的依从性
易用性	与一组规定或潜在的用户为使用软件所需做的努力和对该使用所做的与评价有关的一组属性	易理解性、易学性、易操作性、吸引性、易用性的依从性
效率	与在规定的条件下软件的性能水平与所使用资源量之间关系有关的一组属性	时间特性、资源特性、效率依从性
可维护性	与进行指定的修改所需的努力有关的一组属性	易分析性、易改变性、稳定性、易测试性、可维护性的依从性
可移植性	与软件可从某一环境转移到另一环境的能力有关的一组属性	适应性、易安装性、共存性、易替换性、可移植性的依从性

本试题中，选项 A 的“适应性”属于可移植性质量特性，而其他 3 个选项的子特性均属于功能性质量特性。

（15）D。**要点解析**：根据《中华人民共和国招标投标法》第四十五条规定：中标人确定后，招标人应当向中标人发出中标通知书，并同时将中标结果通知所有未中标的投标人。

据此，选项 D 中 W 公司只将中标结果通知中标企业的做法是不符合法律要求的。

（16）A。**要点解析**：根据《中华人民共和国政府采购法》第三十一条规定：符合下列情形之一的货物或者服务，可以依照本法采用单一来源方式采购：（一）只能从唯一供应商处采购的；（二）发生了不可预见的紧急情况不能从其他供应商处采购的；（三）必须保证原有采购项目一致性或者服务配套的要求，需要继续从原供应商处添购，且添购资金总额不超过原合同采购金额百分之十的。

由于 $15\div120=12.5\%>10\%$，因此选项 A 是不恰当的，即该政府部门的采购做法不符合单一来源采购方式的相关要求。

（17）C。**要点解析**：客户机/服务器（C/S）架构风格是基于资源不对等且实现共享而提出的，它将应用一分为二，服务器负责数据管理，客户机完成与用户的交互任务。C/S 架构风格具有强大的数据操作和事务处理能力，模型思想简单，易于人们理解和接受。但随着企业规模的日益扩大，软件的复杂程度不断提高，C/S 架构风格逐渐暴露了以下缺点：

①客户机与服务器的通信依赖于网络，可能成为整个系统运作的瓶颈。

②服务器的负荷过重，难以管理大量的客户机，系统的性能受到很大的影响。

③部署和维护成本较高。基于该架构风格开发的应用系统存在灵活性差、维护工作量大、升级困难等缺陷，并且每台客户机都需要安装客户端程序，无法实现快速部署和安装，具有较大的局限性。若要对采用 C/S 架构风格的软件升级，则需要开发人员到现场为每台客户机的软件升级和维护。

④采用单一服务器且以局域网为中心，难以将应用扩展至广域网或 Internet 环境中。

⑤客户机程序直接访问数据库服务器，使数据库的安全性受到威胁。

⑥开发成本较高。C/S 架构风格对客户端软硬件配置要求较高，尤其是软件的不断升级，对硬件的要求不断提高，增加了整个系统的成本，且客户端变得越来越臃肿。

⑦客户端程序设计复杂。采用C/S架构风格进行软件开发，大部分工作量放在客户端的程序设计上，客户端显得十分庞大。对软件进行一个小小的改动（例如只改动一个变量），则每一个客户端都必须更新。

⑧信息内容和形式单一。因为传统应用一般为事务处理，界面基本遵循数据库的字段解释，在开发之初就已确定，而且不能随时截取办公信息和档案等外部信息，用户获得的只是单纯的字符和数字，既枯燥又死板。

⑨用户界面风格不一，使用复杂，不利于大范围推广使用。

⑩软件移植和数据集成困难。采用不同开发工具或平台开发的软件一般互不兼容，不能或很难移植到其他平台上运行。

为了解决C/S模式中客户端负荷过重的问题，发展形成了浏览器/服务器（Browser/Server，B/S）模式。利用Web浏览器技术，结合浏览器的多种脚本语言，使用通用浏览器来实现原本需要复杂专用软件才能实现的强大功能，并节约了开发成本和运维管理成本。

为了解决C/S模式中的服务器端问题，发展形成了三层（多层）C/S模式及多层应用架构。

（18）A。**要点解析**：数据库访问中间件通过一个抽象层访问数据库，从而允许使用相同或相似的代码访问不同的数据库资源。其典型的技术有Windows平台的ODBC和Java平台的JDBC等。

开放数据库互连（Open Database Connectivity，ODBC）是微软公司提出的数据库访问接口标准。它定义了访问数据库的API（应用程序编程接口）规范。这些API利用SQL来完成其大部分任务。ODBC本身也提供了对SQL语言的支持，用户可以直接将SQL语句送给ODBC。这些API独立于不同厂商的DBMS（数据库管理系统），也独立于具体的编程语言（通常使用C语言缩写）。ODBC规范后来被X/OPEN和ISO/IEC采纳，作为SQL标准的一部分。

JDBC（Java Data Base Connectivity, Java数据库连接）是一种用于执行SQL语句的Java API，由一组用Java语言编写的类和接口组成，可以为多种关系数据库提供统一访问。JDBC提供了一种基准，据此可以构建更高级的工具和接口，使数据库开发人员能够编写数据库应用程序。

Web服务（Web Service）定义了一种松散的、粗粒度的分布计算模式。

组件对象模型（COM）是一个开放的组件标准，有很强的扩充和扩展能力。COM把组件的概念融入到Windows应用中。

Web容器实际上是一个服务程序，给处于其中的应用程序组件提供一个环境，使组件直接和容器中的服务接口交互，从而不必关注其他系统问题。

（19）B。**要点解析**：IEEE 802.11标准制定了无线局域网访问控制方法与物理层规范；IEEE 802.3标准描述了以太网物理层和数据链路层的介质访问控制（MAC）子层的实现方法；IEEE 802.15标准是一种无线个人局域网（WPANs）标准；IEEE 802.16标准是一种宽带无线城域网（MAN）标准。

（20）A。**要点解析**：在Internet中，实现文件传输服务的协议是FTP（文件传输协议）；用于实现因特网中的WWW服务的协议是HTTP（超文本传输协议）；用于实现因特网中的电子邮件发送功能的协议是SMTP（简单邮件传输协议）；用于对网络设备的各种参数进行监控与管理的协议是SNMP（简单网络管理协议）。

（21）D。**要点解析**：我国于2009年颁布的通信行业标准之《大楼通信综合布线系统YD/T926》标准的第1部分“总规范”的第1部分“范围”中规定：“本部分适用于跨距不超过3000m，办公总面积不超过1000000m^{2}的布线区域，区域内的人员为50～50000人。当布线区域超出上述范围时，也可以参考使用本部分”。

（22）D。**要点解析**：根据《电子信息系统机房设计规范》（GB 50174-2008）第6.4.6条款规定，A级和B级电子信息系统机房的主机房不宜设置外窗。当主机房设有外窗时，应采用双层固定窗，并应有良好的气密性。当不间断电源系统的电池室设有外窗时，应避免阳光直射。

这一条款是从安全、节能和防尘三个方面考虑的。A级或B级电子信息系统机房中的服务器机房、网络机房、存储机房等日常无人工作的区域不宜设置外窗，从节能的角度来讲，不设置外窗可以避免通过外窗进入的太阳辐射热及避免通过外窗将机房内的冷量散失，从而减少空调消耗量，达到节能的目的。

（23）A。**要点解析：** 直接连接存储（DAS）、网络连接存储（NAS）、存储区域网络（SAN）是现有存储的三大模式。SAN是采用高速的光纤通道作为传输介质的网络存储技术。它将存储系统网络化，实现了高速共享存储以及块级数据访问的目的。SAN目前主要用于以太网和光纤通道两类环境中，即FC SAN和IP SAN。其中，FC SAN使用数据传输协议中的Fiber Channel（FC），IP SAN使用TCP/IP协议。

SAN存储技术的优势在于：强大的可扩展性、简化的存储管理、优化的资源和服务共享、高可用性及低廉的长期管理成本、多种存储设备的集中和新架构支撑下的新型数据应用方式等。

（24）C。**要点解析：** 在电子信息系统机房建设中，根据机房安全保护的不同要求，机房供电、配电类型及其说明如表17-2所示。

表 17-2　机房供电、配电类型及其说明

类　型	说　明
①分开供电	机房供电系统应将计算机系统供电与其他供电分开，并配备应急照明装置
②紧急供电	配置抗电压不足的基本设备、改进设备或更强设备，如基本UPS、改进UPS、多级UPS和应急电源（发电机组）等
③稳压供电	采用线路稳压器，防止电压波动对计算机系统的影响
④电源保护	设置电源保护装置，如金属氧化物可变电阻、二极管、气体放电管、滤波器、电压调整变压器和浪涌滤波器等，防止/减少电源发生故障
⑤不间断供电	采用不间断供电电源，防止电压波动、电器干扰和断电等对计算机系统的不良影响
⑥备用供电	建立备用的供电系统，以备常用供电系统停电时启用，完成对运行系统必要的保留
⑦电器噪声防护	采取有效措施，减少机房中电器噪声干扰，保证计算机系统正常运行
⑧突发事件防护	采取有效措施，防止/减少供电中断、异常状态供电（指连续电压过载或低电压）、电压瞬变、噪声（电磁干扰）及由于雷击等引起的设备突然失效事件的发生

由表17-2可知，部署多级UPS和线路稳压器是分别出于机房紧急供电和稳压供电的需求。

（25）A。**要点解析：** 根据《信息安全技术信息系统安全等级保护基本要求》中的相关规定，不管哪一级安全保护能力在“物理安全”的“防盗窃和防破坏”条款中均规定：“a）应将主要设备放置在机房内；b）应将设备或主要部件进行固定，并设置明显的不易除去的标记。”据此，选项A的说法有误。

（26）D。**要点解析：** 应用系统运行安全和保密层次按粒度从粗到细的排序是：系统级安全、资源访问安全、功能性安全、数据域安全。其中，系统级安全策略包括：①敏感系统的隔离；②访问IP地址段的限制；③登录时间段的限制；④会话时间的限制；⑤连接数的限制；⑥特定时间段内登录次数的限制；⑦远程访问控制等。

若某企业应用系统为保证运行安全，只允许操作人员在规定的工作时间段内登录该系统进行业务操作，这种安全策略属于系统级安全层次。

（27）A。**要点解析：** 访问控制（Access Control）就是在身份认证的基础上，依据授权对提出的资源访问请求加以控制。访问控制是网络安全防范和保护的主要策略，它可以限制对关键资源的访问，防止非法用户的侵入或因合法用户的不慎操作所造成的破坏。入网访问控制、网络权限控制、目录级控制及属性控制等是访问控制的常见技术。其中，基于用户名和口令的用户入网访问控制分为3个步骤：①用户名的识别与验证，②用户口令的识别与验证，③用户账号的默认限制检查。通常，用户账号只允许系统管理员才能建立。口令控制应该包括最小口令长度、强制修改口令的时间间隔、口令的唯一性、口令过期失效后允许入网的宽限次数等。网络应能控制用户登录入网的站点（IP 地址）、限制用户入网的时间、限制用户入网的工作站数量。当用户对交费网络的访问“资费”用尽时，网络还应能对用户的账号加以限制，用户此时无法进入网络访问网络资源。网络信息系统应对所有用户的访问进行审计。

（28）D。**要点解析**：Web Service 定义了一种松散的、粗粒度的分布计算模式，使用标准的 HTTP/HTTPS 协议传送 XML 表示及封装的内容。从本质上来说，Web Service 是利用一组标准实现的服务。

Web Service 的主要目标是跨平台的互操作性。当需要跨越防火墙、应用程序集成、B2B 集成应用和软件重用时适合使用 Web Services。通常，以下情况不适合使用 Web Service：①单机应用程序（使用本地 API 即可）；②局域网上的同构应用程序（直接通过 TCP 等协议调用会更有效）等。

（29）A。**要点解析**：J2EE 应用服务器运行环境包括构件（Component）、容器（Container）及服务（Services）3 部分。构件是表示应用逻辑的代码；容器是构件的运行环境；服务则是应用服务器提供的各种功能接口，可以和系统资源进行交互。

（30）B。**要点解析**：数据库技术以数据库为中心，进行事务处理、批处理、决策分析等各种数据处理工作，主要有操作型处理和分析型处理两类。操作型处理（也称为事务处理）是指对联机数据库的日常操作，通常是对数据库中记录的查询和修改，主要为企业的特定应用服务，强调处理的响应时间、数据的安全性和完整性等；分析型处理则用于管理人员的决策分析，经常要访问大量的历史数据。操作型数据库中的数据通常是实时更新的，数据根据需要及时发生变化以反映当前的状态。数据仓库是一个面向主题的、集成的、相对稳定的、反映历史变化的数据集合，用于支持决策分析。数据仓库是对多个异构数据源（包括历史数据）的有效集成，集成后按主题重组，且存放在数据仓库中的数据一般不再修改。据此，选项 A 和选项 D 的说法有误，选项 B 的说法正确。

数据库和数据仓库中数据的使用频率要视具体的应用情况、应用环境、应用条件等而定，并不能笼统地区分出两者的高低。据此，选项 C 的说法有误。

（31）D。**要点解析**：项目启动是指项目立项之后，以书面的、正式的形式肯定项目的成立与存在，同时以书面正式形式为项目经理进行授权。

项目章程是正式批准一个项目的文档，或者是批准现行项目是否进入下一阶段的文档。项目章程应当由项目组织以外的项目发起人发布，若项目为本组织开发也可由投资人发布。发布人在组织内的级别应能批准项目，并有相应的为项目提供所需资金的权力。项目章程为项目经理使用组织资源进行项目活动提供了授权。

综上所述可知，项目经理最好在项目前期就得到任命和参与项目，以便对项目有较深入的了解，并参与制定项目章程。据此，选项 D 的说法有误。

制定项目章程（项目启动）所需的工具、方法和技术有：①项目管理方法论；②项目管理信息系统；③专家判断等。项目章程是项目的一个正式文档，在批准发布之前应由专家进行评审（专家判断），以确保其内容满足项目要求。

（32）A。**要点解析**：在编制项目管理计划时，项目经理应遵循的编制原则和要求主要有：①目标的统一管理，即全局性原则；②方案的统一管理；③过程的统一管理，即全过程原则；④技术工作与管理工作的统一协调；⑤计划的统一管理；⑥人员与资源的统一组织与管理；⑦各干系人的参与；⑧逐步精确等。其中，“各干系人的参与”是指各干系人（尤其是后续实施人员）参与项目管理计划的制定过程，从而使他们了解计划的来龙去脉，提高他们在项目实施过程中对计划的把握与理解。同时，由于他们的参与包含了他们对项目计划的承诺，因此可以提高他们执行项目计划的自觉性。可见，选项 A 的“由项目经理独立进行编制”不符合其中的“各干系人的参与”原则，即选项 A 的说法有误。

项目管理计划的编制过程是一个渐进明细、逐步细化的过程。通常，近期的计划制定得详细些，远期的计划制定得概要一些，随着时间的推移，项目计划在不断地细化。据此，选项 B 的说法正确。

（33）C。**要点解析**：预防措施是指为消除潜在不合格或其他潜在不期望情况的原因，降低项目风险发生的可能性而需要的措施。依题意，在项目实施过程中，项目经理通过项目周报中的项目进度分析图表发现机房施工进度有延期风险，经分析后下达了关于改进措施的书面指令。该场景属于在不合格或不期望情况尚未发生的情况，因此该指令属于预防措施。

检查措施是对产品或工作制定的检查方法或措施。

缺陷补救措施（缺陷修复）是对在质量审查和审核过程中发现的缺陷而制定的修复和消除影响的措施。

纠正措施是为了消除已发现的不合格或其他不期望情况的原因而采取的措施。

（34）D。**要点解析：**会议是项目干系人之间常用的沟通方式，与会者能够建立彼此相互了解的关系，相互回应，并且期待能经由沟通的行为与过程相互接纳以及达成共识。进度控制工作包含了大量的组织和协调工作，而会议是组织和协调的重要手段。应进行有关进度控制会议的组织设计，以明确会议的类型、各类会议的主持人及参加单位和人员、各类会议的召开时间、各类会议文件的整理、分发和确认等。

挣值管理方法提供了一种基于过去的实施结果来预测未来绩效的手段，是对项目进度计划实施进行全过程监控的方法之一。

在项目管理中，通过进度报告、挣值分析与判断、会议评审等收集数据，以及对数据进行判断分析等方法，对项目进度计划实施进行全过程监督和控制是经济和合理的。

蒙特卡罗（Monte Carlo）分析也称为随机模拟法，其基本思路是首先建立一个概率模型或随机过程，使其参数等于问题的解，然后通过对模型或过程的观察计算所求参数的统计特征，最后给出所求问题的近似值，解的精度可以用估计值的标准误差表示。Monte Carlo分析通常用于风险的定量分析。

通常，旁站是指监理人员在施工现场对某些关键部位或关键工序的实施全过程现场跟班的监督活动。旁站是监理人员控制工程质量、保证项目目标实现必不可少的重要手段。旁站往往是出现问题后难以处理的关键过程或关键工序（例如网络综合布线等隐蔽性工程）。

（35）A。**要点解析：**项目变更是指在信息系统项目的实施过程中，由于项目环境或者其他原因而对项目产品的功能、性能、架构、技术指标、集成方法、项目的范围基准、进度基准和成本基准等方面做出的改变。按变更所发生的空间，可分为内部环境变更和外部环境变更等。例如，某项目由于国家标准或行业标准变化而导致变更，这属于外部环境变更。

通常，变更控制过程是：①受理变更申请；②变更的整体影响分析；③接受或拒绝变更；④执行变更；⑤变更结果跟踪与审核等。

变更请求是实施变更控制的起始一步，也是必不可少的一步。依题意，该项目经理首先应该撰写一份书面的变更请求。选项B的“召开一次变更控制委员会会议，讨论所面临的问题”属于变更的整体影响分析；选项C的“通知受到影响的项目干系人将采取新的项目计划”属于接受变更后执行变更；选项D的“修改项目计划和WBS，以保证该项目产品符合新标准”属于执行变更和变更结果跟踪。

（36）D。**要点解析：**后备分析（或预留时间）是活动历时估算所需的工具、方法和技术之一。后备分析是指在总的项目进度表中以“应急时间”、“时间储备”或“缓冲时间”为名称增加一些时间。这一时间可取活动持续时间估算值的某一百分比，或某一固定长短的时间，或根据定量风险分析的结果来确定。

依题意，假定每周工作时间是5天，某软件需求分析活动用时2周（即活动持续时间为 $2\times5=10$ 天），进行后备分析时所增加的时间是2天，则说明给该活动的时间储备是 $2\div10=20\%$。换而言之，增加软件需求分析的缓冲时间是该活动历时的20%。

通常，在使用三点估算法估算某个活动的历时时，才会使用“标准差（即均方差）”概念。

（37）C。**要点解析：**某项活动的最早开始时间（ES）是指在其所有紧前工作全部开始后，本工作有可能开始的最早时刻；活动的最早完成时间（EF）是指在其所有紧前工作全部完成后，本工作有可能完成的最早时刻；活动的最迟开始时间（LS）是指不影响整个任务按期完成的前提下，本工作必须开始的最迟时刻；活动的最迟完成时间（LF）是指在不影响整个任务按期完成的前提下，本工作必须完成的最迟时刻；活动的总时差（TF）是指在不影响总工期的前提下，本工作可以利用的机动时间。

若活动持续时间为DU，则每个任务的各个计算参数之间的关系如下：ES+DU=EF，LS+DU=LF，TF=LF−EF=LF−ES−DU。

依题意，工作M的DU为5天，ES为第16天，因此其EF= ES+DU=16+5=21，即第21天。

由于工作A的三项紧后工作的最迟开始时间分别为第28天、第29天和第30天，根据活动之间的逻辑关系可知，工作M的LF为三者之中的最小值（即第28天）。因此，工作M 的TF= LF−EF= 28−21=7天。

（38）B。**要点解析**：关键路径是一个相关任务序列，该序列的工期具有最大总和的特性。关键路径决定了项目最早可能完成的时间。由于处于关键路径中的所有活动的自由浮动时间为 0，因此关键路径中的一个活动延迟N天，则整个项目的进度计划也将被延迟N天，即会影响到整个项目的进度计划。

同理，随着项目的进展，若关键路径中的某个活动发生进度延迟或者与后序活动之间的逻辑关系被变更等，则这些变化因素将可能会影响后序活动相互之间的逻辑关系，导致从该活动开始重新计算的各条路径长度值发生变化，即导致从该活动之后的关键路径发生改变。

若两个或两个以上的路径长度（即路径上所有活动的总工期）一样，由于这些长度一样的路径可能只是项目的普通路径，而不是项目的关键路径，因此有可能（注意：不是“一定”）在一张网络计划图中存在多个关键路径。

里程碑（Mile Stone）即控制点，是指完成阶段性工作的标志，是项目生命周期时间轴上的一个时刻。在该时刻应对项目进行特别关注和控制，通常指一个主要可交付成果的完成，也可以没有交付物而仅仅是控制。里程碑显示了项目为达到最终目标而必须经过的条件或状态序列，描述了在每一阶段要达到什么状态。关键路径并不一定包含全部项目活动，因此从逻辑上而言，关键路径不一定包括所有项目进度控制点。

（39）B。**要点解析**：进度压缩是指在不改变项目范围、进度制约条件、强加日期或其他进度目标的前提下缩短项目的进度时间。赶工、快速跟进是常见的两种进度压缩技术。其中，赶工是一种通过分配更多的资源，达到以成本的最低增加进行最大限度的进度压缩的目的；快速跟进是指并行或重叠执行原来计划串行执行的活动。依题意，只有选项B中出现了两个活动，即“设计图纸”和“现场施工准备”，并且两者之间采用同时工作的方式，因此这种做法属于快速跟进范畴。

选项A的“压缩需求分析工作周期”，以及选项C的“使用最好的工程师，加班加点尽快完成需求分析说明书编制工作”均属于赶工的做法。而选项D的“同其他项目协调好关系以减少行政管理的磨擦”能够间接防止进度被拖延，而非实质性推进项目进度，因此既不属于赶工，也不快速跟进。

（40）A。**要点解析**：通常用于缩短活动工期的方法有：①指派经验更丰富的人去完成或帮助完成项目工作；②投入更多的资源以加速活动进程；③减小活动范围或降低活动要求；④在防范风险前提下，部分工作并行跟进以压缩工期；⑤临时加班或赶工，但加班的时间不宜过长；⑥通过改进方法或技术提高生产效率；⑦加强沟通和监控；⑧加强对交付物、阶段工作的及时检查和控制，避免后期出现返工现象等。

依题意，某软件开发项目的实际进度已经大幅滞后于计划进度，则请经验丰富的老程序员进行技术指导或协助完成工作，是一种能够有效地缩短活动工期的做法。

而选项B的“要求项目组成员每天加班2～3个小时进行赶工”，相对于每天正常上班时间8小时而言，加班的时间达到或超过了25%，并且是“每天”都要加班，易导致开发人员心理压力增大、工作效率降低。在没有找出造成进度拖延的原因而进行赶工，显然这不会有明显的效果，这不是一种有效地缩短活动工期的做法。

对于选项C的“招聘一批新的程序员到项目组中”，该新团队成员和原有成员之间不熟悉，对项目目标不清晰，因此将导致项目团队建设从形成阶段重新开始；同时还需求对新成员进行培训，培训后的工作效率通常不会比老员工效率高。对于选项D的“购买最新版本的软件开发工具”，可能因为软件开发工具界面等因素的变化导致团队成员需要重新熟悉这种开发工具。显然选项C和选项D的做法，都不能有效地缩短活动工期。

(41) C。**要点解析**：项目范围说明书是对项目的定义，它包括的直接内容（或引用内容）有：①项目的目标；②产品范围描述；③项目的可交付物；④项目边界；⑤产品验收标准；⑥项目的约束条件；⑦项目的假定等。

依题意，项目经理小张依据项目章程等项目资料编制了范围说明书，并在该说明书中说明项目目标、可交付成果、项目边界，以及成本和质量测量指标等内容。

项目工作说明书是采购产品、服务或项目之前应准备好的一份文档，它由项目范围说明书、项目工作分解结构和字典组成。工作说明书应相当详细地规定采购项目，以便潜在的卖方确定他们是否有能力提供这些项目。

范围管理计划是一个计划工具，用于描述该团队如何定义项目范围、如何制定详细的范围说明书、如何定义和编制 WBS，以及如何验证和控制范围。

WBS 和 WBS 词典是对项目的工作进行分解的交付物。

(42) C。**要点解析**：项目范围确认是客户等项目干系人正式验收并接受已完成项目可交付物的过程。该过程也称为范围核实过程。项目范围确认包括审查项目可交付物，以保证每一交付物令人满意地完成。据此，选项 A 的说法有误。

项目范围确认的可交付物（或输出）有：①可接受的项目可交付物和工作；②变更申请；③更新的 WBS 和 WBS 字典；④推荐的纠正措施等。范围确认过程中产生的变更申请，一般包括对缺陷的修复要求。据此，选项 C 的说法正确。

在确认项目范围时，项目管理团队必须向客户方出示能够明确说明项目（或项目阶段）成果的文件，如项目管理文件（计划、控制、沟通等）、需求说明书、技术文件、竣工图纸等。通常，项目范围确认活动由项目管理团队和客户一起完成。据此，选项 B 的说法有误。

范围确认与质量控制不同，范围确认是有关工作结果的接受问题，而质量控制是有关工作结果正确与否。项目范围确认应该贯穿项目的始终，质量控制一般在范围确认之前完成，当然也可并行进行。据此，选项 D 的说法有误。

(43) C。**要点解析**：项目的进度管理需要兼顾时间和资源这两个因素，在分析项目进度计划的时候，要考虑资源使用的有效性，而人力资源是最主要的资源（并且一般会受到约束），一旦项目成员被分配到项目中，项目经理可以应用资源负荷和资源平衡两种方法最有效地调度团队成员。

资源负荷是指在特定的时间内现有的进度计划所需要的各种资源的数量。如果在特定的时间内分配给某项工作的资源超过了项目的可用资源，则称这种现象为资源超负荷。为了避免资源超负荷，可以修改进度表，充分利用项目活动的浮动时间，通过延迟项目任务来解决资源冲突，这种做法称为资源平衡。

资源平衡是一种进度网络分析技术，用于已经利用关键路线法分析过的进度模型之中。据此，选项 A 的说法有误。而选项 A 中的"关键链法"是一种进度网络分析技术，可以根据有限的资源对项目进度表进行调整。它结合了确定性与随机性办法。在开始时，利用进度模型中活动持续时间的非保守估算，根据给定的依赖关系与制约条件来绘制项目进度网络图，然后计算关键路线。在确定关键路线之后，将资源的有无与多寡情况考虑进去，确定资源制约进度表。这种资源制约进度表经常改变了关键路线。

拥有数量有限但关键的项目资源，资源可以从项目的结束日期反向倒排，可以制定出一个较好的项目进度表，但不一定能制定出最优项目进度表，即选项 C 的说法正确。

若一个项目中存在两条或多条关键路径，则可以在保持其中一条关键路径不变的情况下，改变其他关键路径中相关活动之间可以改变的逻辑排序关系来达到资源平衡。据此，选项 B 的说法有误。

资源平衡的结果经常是项目的预计持续时间比项目初步进度表长，即选项 D 的说法有误。

(44) D。**要点解析**：项目成本的类型主要包括：①直接成本；②间接成本；③固定成本；④可变成本。其中，直接成本是指直接可以归属于项目工作的成本。例如项目团队差旅费、工资、项目使用的物料及设备使用费等。

间接成本是指来自一般管理费用科目或几个项目共同担负的项目成本所分摊给本项目的费用。例如税金、额外福利和保卫费用等。

固定成本是指不随生产量、工作量或时间的变化而变化的非重复成本。例如员工的基本工资、设备的折旧、保险费和不动产税等。

可变成本也称为变动成本，是指随着生产量、工作量或时间而变的成本。例如外购半成品、与销售量呈正比例变动的销售费用等。

沉没成本是指在过去已经花的费用。

根据“间接成本”的定义，若某企业今年用于信息系统安全工程师的培训费用为 5 万元，其中有 8000 元计入 A 项目成本，说明这是几个项目共同担负的项目成本所分摊给 A 项目的开支，则该成本属于 A 项目的间接成本。

（45）D。**要点解析：**成本绩效指数（CPI）是指每开支一个货币单位所带来的价值。依题意，若项目进行到某个阶段的 CPI 值为 0. 91，则表示该项目的每 100 元人民币投资中只创造相当于 91 元的价值。

（46）A。**要点解析：**在成本挣值技术中，计划值（PV）是到既定的时间点前计划完成活动（或 WBS 组件）工作的预算成本；挣值（EV）是在既定的时间段内实际完工工作的预算成本；实际成本（AC）是在既定的时间段内实际完成工作发生的实际总成本。

依题意，在图 17-1 中，该布线工程 2009 年 3 月 23 日的 PV=4000 元，EV=2000 元，、AC=3800 元。该工程项目的成本偏差 CV = EV-AC=2000 - 3800= -1800 元，进度偏差 SV = EV-PV =2000 - 4000= -2000 元。该工程项目的成本绩效指数 CPI = EV/AC = 2000/3800 ≈ 0.5263 < 1.0，表明资金使用效率较低，成本超支；进度绩效指数 SPI = EV/PV = 2000/4000 = 0.5 < 1.0 时，表明进度效率较低，进度滞后。

（47）B。**要点解析：**在项目人力资源计划编制过程中，工作分解结构（WBS）用于确定项目的范围，将项目可交付物分解成工作包，即可得到该项目的 WBS，也可以用 WBS 来描述不同层次的职责。

组织分解结构（OBS）与 WBS 形式上相似，但它不是根据项目的交付物进行分解，而是根据组织现有的部门、单位或团队进行分解，把项目的活动和工作包列在负责的部门下面。

资源分解结构（RBS）用于分解项目中各种类型的资源（例如材料和设备）。RBS 有助于跟踪项目成本，能够与组织的会计系统协调一致。

责任分配矩阵（RAM）用于表示需要完成的工作由哪个团队成员负责的矩阵，或需要完成的工作与哪个团队成员有关的矩阵。RAM 是最直观地反映团队成员个人与其承担的工作之间联系的方法。

（48）C。**要点解析：**组建项目团队过程是指通过调配、招聘等方式得到需要的项目人力资源的过程。项目管理团队确保所选择的人力资源可以达到项目的要求。通常，对关键岗位要有技能标准，人员达标后方可聘用；需要对与技能标准有差距的员工进行培训，合格后才可聘用。

环境和组织因素是项目团队组建的依据（输入）之一。在组建团队时要考虑以下一些潜在的因素：①能力：他（她）具有怎样的能力？②经验：是否曾经做过类似或相关的工作？做得如何？③兴趣：对本项目是否感有兴趣？④成本：将为每个团队成员支付多少费用（尤其是从组织外雇佣合同工时）？⑤可用性：在需要他们的时间段，能到位多少人员等。

选项 C 的“只要项目经理对团队成员认可就可以”，属于完全由项目经理个人好恶决定项目组成人员的做法，这是不符合科学管理潮流的。

（49）A。**要点解析：**项目经理管理项目团队有时需要解决冲突，冲突管理的 6 种常见方法是：①问题解决；②合作；③强制；④妥协；⑤求同存异；⑥撤退。

（50）C。**要点解析：**按项目付款方式划分，可将合同分为总价合同、单价合同和成本加酬金合同。其中，总价合同也称为固定价格合同，是指在合同中确定一个完成项目的总价，承包人据此完成项目全部合同内容的合同。总价合同适用于工程量不太大且能精确计算、工期较短、技术不太复杂、风险不大的项目，同时要求发包人必须准备详细全面的设计图纸和各项说明，以使承包人能准确计算工程量。据此，选项C是正确答案。

单价合同是指承包人在投标时，以招标文件就项目所列出的工作量表确定各部分项目工程费用的合同类型。此类合同的适用范围比较宽，其风险可以得到合理的分摊，并且能够鼓励承包人通过提高工资等手段从成本节约中提高利润。

成本加酬金合同是指由发包人向承包人支付工程项目的实际成本，并且按照事先约定的某一种方式支付酬金的合同类型。此类合同主要适用于需要立即开展工作的项目、风险大的项目、对项目内容及技术经济指标未确定的项目等。

委托合同是委托人和受委托人约定，由受委托人处理委托人事务的合同。

（51）C。**要点解析**：对合同内容（或条款）的描述务必要达到“准确、简练、清晰”的标准要求，切忌用语含混不清。例如，只在计算机设备采购合同中写明“乙方需按通常的行业标准提供技术支持服务”，其中“通常”、“行业标准”等用语都是十分含混的规定，容易引起歧义。对此应改进，以明确具体的技术支持服务条款或项目。

（52）B。**要点解析**：根据《中华人民共和国招标投标法》第八条规定：招标人是依照本法规定提出招标项目、进行招标的法人或者其他组织。

第十条规定：招标分为公开招标和邀请招标。公开招标，是指招标人以招标公告的方式邀请不特定的法人或者其他组织投标。邀请招标，是指招标人以投标邀请书的方式邀请特定的法人或者其他组织投标。

据此，选项B的说法有误。

（53）C。**要点解析**：合同期限是指合同起始至终止之间的时间，或者是合同关系当事人双方享有权利和履行义务的时间，即合同具有法律约束力的时段。它一般始于合同的生效之日，终于合同的终止之时。

依题意，建设方提出的付款条件是按照系统集成、系统售后服务阶段划分的。一年系统运行服务圆满完成后就意味着该项集成合同的结束，因此该ERP项目合同期限应该以项目累计付款100%时刻为控制点，即合同期限设定到2011年10月底比较恰当。至于建议方在售后服务期满后希望承建方长期提供应用软件技术支持，可以采用签订运维合同的方式。

（54）B。**要点解析**：索赔是指在工程承包合同履行过程中，当事人一方由于另一方未履行合同所规定的义务而遭受损失时，向另一方提出索赔要求的行为。

通常，在项目发生索赔事件后，一般先由监理工程师调解；若调解不成，则由政府建设主管机构进行调解；若仍调解不成，再由经济合同仲裁委员会进行调解或仲裁。

（55）B。**要点解析**：当出现索赔事项时，索赔方以书面的索赔通知书形式，在索赔通知书发出后的28天内，向监理工程师提出延长工期和（或）补偿经济损失的索赔报告及有关资料。索赔报告的内容主要有总论部分、根据部分、计算部分和证据部分。

（56）A。**要点解析**：由于异常恶劣气候是承建方不可预见的，连续大雨造成开工日期比计划晚了2周，达到了合同中特殊反常天气的约定条件，承建方可以提出要求延长工期补偿，但得不到费用补偿。只有对属于业主方面的原因而导致的工期拖延，承建方才可以提出要求延长工期补偿和费用补偿。

（57）B。**要点解析**：沟通计划编制，即确定项目干系人的信息和沟通需求：哪些人是项目干系人，他们对于该项目的收益水平和影响程度如何，谁需要什么样的信息，何时需要，以及应怎样分发给他们。

通常，沟通计划编制的第一步是分析所有项目干系人的信息需求（即哪些人需要沟通，谁需要什么信息，什么时候需要，以及如何把信息发送出去），得出项目中沟通的需求和方式，进而形成较为准确的沟通需求表，然后再针对需求进行计划编制。

（58）C。**要点解析**：便利的沟通会议是项目管理方法中的一种“软工具”。确保会议成功的措施包括：①事先制定一个会议制度；②提前确定会议目的和期望结果；③发布会议通知，以明确会议目的、时间、地点、类型、议程和议题、参加部门和人员等；④在会议之前将会议资料发给参会人员；⑤按时开始会议；⑥明确会议规则、指定主持人、明确主持人的职责，主持人要对会议进行有效控制；⑦会议后要总结，提练结论；⑧会议要有纪要；⑨做好会议的后勤工作等。

通常，在系统验收阶段，召开的项目总结会议的目的有：①了解项目全过程的工作情况以及相关团队或成员的绩效状况；②了解出现的问题并提出改进措施；③了解项目全过程中值得吸取的经验并进行总结；④对总结过后的文档进行讨论，通过后存入公司的知识库，从而形成企业的知识积累等。讨论会议的主要目的是让与会人员充分发表意见，按照程序形成结论，而不能提前给出结论性意见。据此，选项C的说法有误。

（59）A。**要点解析**：冲突管理的6种常见方法是：①问题解决；②合作；③强制；④妥协；⑤求同存异；⑥撤退。其中，求同存异的方法是指争执双方都关注他们一致同意的观点，而避免不同的观点。通常，求同存异要求保持一种友好的氛围，避免了解决冲突的根源，也就是让大家都冷静下来，先把工作做完。选项A是一种“求同存异”的冲突管理方法。

问题解决是指冲突各方一起积极地定义问题、收集问题的信息、制定且分析解决方案，直到选择一个最合适的方案来解决问题。如果能够找到一个合适的方法来解决问题，双方都会满意，此时为双赢（或多赢）。选项B是一种“问题解决”的冲突管理方法。

选项C是一种“强迫”的冲突管理方法。强迫就是专注于某一方的观点，而不管另一方的观点，最终可能导致一方赢一方失败。通常不推荐这样做，除非是没有办法的时候。

选项D是一种“撤退”的冲突管理方法。撤退就是把眼前的问题放下，等以后再处理这个问题。

由于王某和李某已经发生了激烈争执，因此应先平息两人的争执，让两人先冷静下来，淡化争议。因为是讨论问题，所以解决该冲突的核心还要求同存异。在不能求同存异的情况下，才能“要求李某服从小组长王某的意见”。“帮助两人分析对错，然后解决问题”必须先让两人冷静下来。如果项目经理对该技术领域不是很有权威，帮助分析对错往往无法切中要害，不能及时解决冲突和问题。

“请两人把当前问题搁置起来，避免争吵”可以解决冲突，但不能解决所讨论的问题，是一种比较不可取的方法。

（60）A。**要点解析**：对于所购买的产品、成果或服务来说，采购工作说明书（SOW）定义了与合同相关的部分项目范围。每个采购工作说明书来自于项目范围基准。据此，选项A的说法有误。

SOW与项目范围说明书之间的主要区别：SOW是对项目所提供产品或服务的叙述性描述，而项目范围说明书则通过明确项目应该完成的工作而确定项目的范围。

采购工作说明书（SOW）是编制采购计划的主要可交付物（或输出）之一。它是对项目所要提供的产品、成果或服务的描述。其包括的主要内容有：前言、服务范围、方法、假设、服务期限和工作量估计、双方角色和责任、交付资料、完成标准、顾问组人员、收费和付款方式、变更管理等。可见，SOW定义了与项目合同相关的范围。

（61）D。**要点解析**：《中华人民共和国招标投标法》第二十三条：招标人对已发出的招标文件进行必要的澄清或者修改的，应当在招标文件要求提交投标文件截止时间至少十五日前，以书面形式通知所有招标文件收受人。该澄清或者修改的内容为招标文件的组成部分。

依题意，招标人于是在4月12日就澄清内容以书面形式通知A、B、C三家投标单位，则相应的投标文件截止日期和开标日期应该不早于4月27日（即12+15=27）。

（62）A。**要点解析**：《中华人民共和国招标投标法》第三十七条：评标由招标人依法组建的评标委员会负责。依法必须进行招标的项目，其评标委员会由招标人的代表和有关技术、经济等方面的专家组成，成员人数为5人以上，其中技术、经济等方面的专家不得少于成员总数的2/3。

据此，当评标委员会委员由5人组成时，其中经济、技术专家至少要达到4人（$5\times2/3 \approx 3.333$，将计算结果向上取整数为4人），招标人代表为1人。因此，选项A的说法有误。

《中华人民共和国招标投标法》第三十九条：评标委员会可以要求投标人对投标文件中含义不明确的内容做必要的澄清或者说明，但是澄清或者说明不得超出投标文件的范围或者改变投标文件的实质性内容。

据此，选项B中评标委员会的做法正确。

投标文件中某分项工程的报价存在个别漏项，个别漏项属于细微偏差，投标单位可根据要求进行补正。该投标文件有效。

投标文件中个别页面没有编制页码，属于细微偏差，该投标文件有效。

（63）D。**要点解析**：采购审计是合同收尾的所需的工具和技术之一。采购审计的主要目的是找出本次采购成功的经验或失败的教训，以供公司内的其他项目参考借鉴。

通常，业绩报告、项目审查主要针对整个项目而不仅仅是采购过程。项目管理领域一般没有涉及"采购评估"这一名词。

（64）C。**要点解析**：《计算机软件产品开发文件编制指南》从重要性和质量要求方面将文档分为非正式文档和正式文档；从项目周期角度分为开发文档、产品文档、管理文档。据此，选项C的说法正确。

《软件文档管理指南GB/T16680-1996》将软件文档归入以下3种类别：①开发文档，描述开发过程本身；②产品文档，描述开发过程的产物；③管理文档，记录项目管理的信息。基本的开发文档包括可行性研究和项目任务书、需求规格说明、功能规格说明、设计规格说明（包括程序和数据规格说明）、开发计划、软件集成和测试计划、质量保证计划、标准、进度、安全和测试信息。基本的产品文档包括培训手册、参考手册和用户指南、软件支持手册、产品手册和信息广告。

（65）D。**要点解析**：配置识别是配置管理的基础性工作，是管理配置的前提。配置识别的工作内容包括：①识别配置项，即识别将置于配置管理之下的配置项和有关的工作产品；②为每个配置项指定唯一的标识号；③定义每个配置项的重要特征及识别其所有者；④识别组件、数据及产品获取点和准则；⑤建立和控制基线；⑥维护文件和组件的修订与产品版本之间的关系等。

选项D的"对识别的配置项进行审计"属于配置审计阶段的工作内容。

（66）A。**要点解析**：一组拥有唯一标识号的需求、设计、源代码文卷，以及相应的可执行代码、构造文卷和用户文档构成一条基线。软件需求是一个为解决特定问题而必须由被开发或被修改的软件展示的特性。通常要唯一地标识软件需求，才能在整个软件生命周期中进行软件配置控制。因此需求基线、设计基线和产品基线必须包括软件的需求，而通常使用需求规格说明书来表达软件需求。

（67）A。**要点解析**：活动网络图也称为箭条图法、矢线图法，是网络图在质量管理中的应用，是计划评审法在质量管理中的具体运用，是使质量管理的计划安排具有时间进度内容的一种方法。它可以从全局出发、抓住关键路径、统筹安排、集中力量，从而达到按时（或提前）完成计划的目标。

因果图也称为石川图或鱼骨图，用于说明各种要素如何与潜在的问题或结果相关联。它可以将各种事件和因素之间的关系用图解表示。因果图是利用"头脑风暴法"，集思广益，寻找影响质量、时间、成本等问题的潜在因素，然后用图形形式来表示的一种可行方法，以集中注意力搜寻产生问题的根源，并为收集数据指出方向。

矩阵图是指借助数学上矩阵的形式，把与问题有对应关系的各个因素列成一个矩阵图；然后根据矩阵图的特点进行分析，从中确定关键点（或着眼点）的方法。该种方法用于多因素分析时，可做到条理清楚、重点突出。

优先矩阵图也称为矩阵数据分析法，与矩阵图法类似，能清楚地列出关键数据的格子，将大量数据排列成阵列，便于看到和了解。与达到目的最优先考虑的选择或二者挑一的抉择有关系的数据，用一个简略的、双轴的相互关系图表示出来，相互关系的程度可以用符号或数值来代表。它是一种定理分析问题的方法。

检查表是一种简单的工具，经常是用水平的行和垂直的列来收集反应事实的数据，还可能包括说明、图解，便于改进。检查表的特点是容易记录数据，并能自动地分析这些数据。

（68）C。**要点解析**：排列图（或帕累托图）是按照发生频率大小顺序绘制的直方图，表示有多少结果是由已确认类型或范畴的原因所造成的。按等级排序的目的是指导如何采取主要纠正措施。项目团队应该先采取措施纠正造成最多数量缺陷的问题。

（69）C。**要点解析**：目前，流行的成熟度模型包括软件能力成熟度模型（CMM/CMMI）和国内的《SJ/T 11234－2001 软件过程能力评估模型》与《SJ/T 1135－2001 软件能力成熟度模型》两个标准。

CMMI 模型将成熟度分为 5 个等级，每个等级包含相应的过程域，每个过程域中设定了通用目标和特殊目标，每个目标由若干实践组成。CMMI 所要达到的过程改进目标：①保证产品或服务质量；②项目时间控制；③要用最低的成本。它未涉及"所有过程都必须文档化"。

（70）B。**要点解析**：质量成本是指为了达到产品或服务质量而进行的全部工作所发生的所有成本。质量成本分为预防成本、评估成本和缺陷成本等类型。其中，预防成本是指为保证产品符合需求条件，无产品缺陷而付出的成本，即为了使项目结果满足项目的质量要求而在项目结果产生之前所采取的相关活动的成本。依题意，项目经理在进行项目质量规划时，设计出符合项目要求的质量管理流程和标准，其目标在于制定措施，防止不合格的发生，由此而产生的质量成本属于预防成本。

评估成本是指为使工作符合要求目标而进行检查和检验评估所付出的成本，即项目结果产生之后，为了评估项目结果是否满足项目的质量要求进行测试活动所产生的成本。

纠错成本是为消除已发现的不合格所采取的措施而发生的成本。它与预防成本的区别在于：不合格是否发生，故也称之为缺陷成本。缺陷成本又可分为内部缺陷成本和外部缺陷成本。内部缺陷成本是指交货前弥补产品故障和失效而发生在公司内的费用；外部缺陷成本是指发生在公司外部的费用，通常是由顾客提出的要求。

（71）A。**参考译文**：项目风险（Risk）是一个不确定因素或条件，它一旦发生，可能对至少一个项目目标（如项目进度、项目成本、项目范围或项目质量）产生正面或负面的影响。

（72）D。**参考译文**：风险应对措施有回避（Avoidance）、减轻（Mitigation）、接受（Acceptance）和转移（Transferring）。

（73）A。**参考译文**：质量保证（Quality assurance）是通过对质量计划的系统实施，确保项目需要的相关过程达到预期要求的质量活动。

（74）C。**参考译文**：项目范围管理（Project Scope management）是最先定义和决定项目中包含哪些内容和确定边界的。

（75）D。**参考译文**：项目经理认为调整项目范围可以给客户提供增值的服务。项目经理应该暂缓修改，按照原先的基线执行，直至在改进项目会上得到客户的认可和增加相应资金。

17.1.3 参考答案

表 17-3 给出了本份上午试卷问题 1～问题 75 的参考答案，供读者练习时参考，以便查缺补漏。读者可按每空 1 分的评分标准得出测试分数，从而大致评估自己对这些知识点的掌握程度。

表 17-3 上午试卷参考答案

题号	1	2	3	4	5	6	7	8	9	10
答案	C	A	C	D	B	C	C	D	A	D
题号	11	12	13	14	15	16	17	18	19	20
答案	A	D	D	A	D	A	C	A	B	A
题号	21	22	23	24	25	26	27	28	29	30
答案	D	D	A	C	A	D	A	D	A	B

续表

题号	31	32	33	34	35	36	37	38	39	40
答案	D	A	C	D	A	D	C	B	B	A
题号	41	42	43	44	45	46	47	48	49	50
答案	C	C	C	D	D	A	B	C	A	C
题号	51	52	53	54	55	56	57	58	59	60
答案	C	B	C	B	B	A	B	C	A	A
题号	61	62	63	64	65	66	67	68	69	70
答案	D	A	D	C	D	A	A	C	C	B
题号	71	72	73	74	75					
答案	A	D	A	C	D					

17.2 下午试卷

（考试时间 13:30—15:00，共 90 分钟）

请按下述要求正确填写答题纸

1. 本试卷共5道题，全部是必答题，满分75分。
2. 在答题纸的指定位置填写你所在的省、自治区、直辖市、计划单列市的名称。
3. 在答题纸的指定位置填写准考证号、出生年月日和姓名。
4. 答题纸上除填写上述内容外只能写解答。
5. 解答时字迹务必清楚，字迹不清，将不评分。
6. 仿照下面例题，将解答写在答题纸的对应栏内。

【例题】

2010年上半年全国计算机技术与软件专业技术资格（水平）考试的日期是__（1）__月__（2）__日。因为正确的解答是“5月22日”，故在答题纸的对应栏内写上“5”和“22”（参见下表）。

例　题	解 答 栏
（1）	5
（2）	22

****

17.2.1 试题描述

试题1

阅读以下说明，根据要求回答问题1～问题3。（15分）

【说明】

某网络建设项目在商务谈判阶段，建设方和承建方鉴于以前有过合作经历，并且在合同谈判阶段双方都认为理解了对方的意图，因此签定的合同只简单规定了项目建设内容、项目金额、付款方式和交工时间。

在实施过程中，建设方提出一些新需求，对原有需求也做了一定的更改。承建方项目组经评估认为新需求可能会导致工期延迟和项目成本大幅增加，因此拒绝了建设方的要求，并让此项目的销售人员通知建设方。当销售人员告知建设方不能变更时，建设方对此非常不满意，认为承建方没有认真履行合同。

在初步验收时，建设方提出了很多问题，甚至将曾被拒绝的需求变更重新提出，双方交涉陷入僵局。建设方一直没有在验收清单上签字，最终导致项目进度延误，而建设方以未按时交工为由，要求承建方进行赔偿。

【问题1】（7分）

请在以下空白处填入恰当的内容。

（1）在该项目实施过程中，______、______与______工作没有做好。

①沟通管理　　②配置管理　　③质量管理

④范围管理　　⑤绩效管理　　⑥风险管理

（2）从合同管理角度分析可能导致不能验收的原因是：合同中缺少______、______、______等相关内容。

（3）对于建设方提出的新需求，项目组应______，以便双方更好地履行合同。

【问题2】（4分）

请在以下空白处填入恰当的内容。

从合同变更管理的角度来看，项目经理应当遵循的原则和方法如下：

（1）合同变更的处理原则是______。

（2）变更合同价款应按下列方法进行：

①首先确定______，然后确定变更合同价款。

②若合同中已有适用于项目变更的价格，则按合同已有的价格变更合同价款。

③若合同中只有类似于项目的变更价格，则可以参照类似价格变更合同价款。

④若合同中没有适用或类似项目变更的价格，则由______提出适当的变更价格，经______确认后执行。

【问题3】（4分）

为了使项目通过验收，请简要叙述作为承建方的项目经理，应该如何处理。

试题2

阅读以下说明，根据要求回答问题1～问题3。（15分）

【说明】

某系统集成公司选定李某作为系统集成项目A的项目经理。李某针对A项目制定了WBS，将整个项目分为10个任务，这10个任务的单项预算情况如表17-4所示。

表17-4　各任务的单项预算

序　号	工作活动	预算费用（PV）（万元）	序　号	工作活动	预算费用（PV）（万元）
1	任务1	3	6	任务6	4
2	任务2	3.5	7	任务7	6.4
3	任务3	2.4	8	任务8	3
4	任务4	5	9	任务9	2.5
5	任务5	4.5	10	任务10	1

到了第 4 个月月底的时候，按计划应该完成的任务是：1、2、3、4、6、7、8，但项目经理李某检查发现，实际完成的任务是：1、2、3、4、6、7，其他的工作都没有开始，此时统计出来花费的实际费用总和为 25 万元。

【问题 1】（6 分）

请计算此时项目的 PV、AC、EV（需写出计算过程）。

【问题 2】（4 分）

请计算此时项目的绩效指数 CPI 和 SPI（需写出公式）。

【问题 3】（5 分）

请分析该项目的成本、进度情况，并指出可以在哪些方面采取措施以保障项目的顺利进行。

试题 3

阅读以下说明，根据要求回答问题 1～问题 3。（15 分）

【说明】

王某是某管理平台开发项目的项目经理。王某在项目启动阶段确定了项目组的成员，并任命程序员李工兼任质量保证人员。李工认为项目工期较长，因此将项目的质量检查时间定为每月 1 次。项目在实施过程中不断遇到一些问题，具体如下：

事件 1：项目进入编码阶段，在编码工作进行了 1 个月的时候，李工按时进行了一次质量检查，发现某位开发人员负责的一个模块代码未按公司要求的编码规范编写，但是此时这个模块已基本开发完毕，如果重新修改势必影响下一阶段的测试工作。

事件 2：李工对这个开发人员开具了不符合项报告，但开发人员认为并不是自己的问题，而且修改代码会影响项目进度，双方一直未达成一致，因此代码也没有修改。

事件 3：在对此模块的代码走查过程中，由于可读性较差，不仅耗费了很多的时间，还发现了大量的错误。开发人员不得不对此模块重新修改，并按公司要求的编码规范进行修正，结果导致开发阶段的进度延误。

【问题 1】（5 分）

请指出这个项目在质量管理方面可能存在哪些问题？

【问题 2】（6 分）

质量控制的工具和技术包括哪 6 项？（请从以下选项中选出相应的编号）

A．同行评审　　B．挣值分析　　C．测试

D．控制图　　E．因果图　　F．流程图

G．成本效益分析　　H．甘特图　　I．帕累托图（排列图）

J．决策树分析　　K．波士顿矩阵图

【问题 3】(4 分)

作为此项目的质量保证人员，在整个项目中应该完成哪些工作？

试题 4

阅读以下说明，根据要求回答问题 1～问题 3。（15 分）

【说明】

老陆是某系统集成公司资深项目经理，在项目建设初期带领项目团队确定了项目范围。后因工作安排太忙，无暇顾及本项目，于是他要求：

（1）本项目各小组组长分别制定组成项目管理计划的子计划；

（2）本项目各小组组长各自监督其团队成员在整个项目建设过程中的子计划的执行情况；

（3）项目组成员坚决执行子计划，且原则上不允许修改。

在执行了 3 个月以后，项目经常出现各子项目间无法顺利衔接、需要大量工时进行返工等问题，目前项目进度已经远远滞后于预定计划。

【问题 1】(4 分)

请简要分析造成项目目前状况的原因。

【问题 2】(6 分)

请简要叙述项目整体管理计划中应包含哪些内容。

【问题 3】(5 分)

为了完成该项目，请从整体管理的角度，说明老陆和公司可采取哪些补救措施。

试题 5

阅读以下说明，根据要求回答问题 1 ~ 问题 3。（15 分）

【说明】

有多年开发经验的赵工被任命为某应用软件开发项目的项目经理，客户要求 10 个月完成项目。项目组包括开发、测试人员共 10 人，赵工兼任配置管理员的工作。

按照客户的初步需求，赵工估算了工作量，发现工期很紧。因此，赵工在了解客户的部分需求之后，就开始对这部分需求进行设计和开发工作。

在编码阶段，赵工发现需求文件还在不断修改，形成了多个版本，设计文件不知道该与哪一版本的需求文件对应，而代码更不知道对应哪一版本的需求和设计文件。同时，客户仍在不断提出新的需求，有些很细微的修改，开发人员随手就改掉了。

到了集成调试的时候，发现错误非常多。由于需求、设计和代码的版本对应不上，甚至搞不清楚是需求、设计还是编码的错误，眼看进度无法保证，项目团队成员失去了信心。

【问题 1】(5 分)

请从项目管理和配置管理的角度分析造成项目失控的原因。

【问题2】(5分)

配置管理的基本概念如图17-2左侧所示，图17-2右侧是有关概念的相关论述，请在图17-2中用直线将基本概念及对应的论述连接起来。

基本概念	相关论述
配置项	用于控制工作产品，包括存储媒体、规程和访问的工具
基线	是配置管理的前提，其组成可能包括交付客户的产品、内部工作产品、采购的产品或使用的工具等
配置管理系统	可看做是一个相对稳定的逻辑实体，其组成部分不能被任何人随意修改
配置状态报告	记录配置项有关的所有信息，存放受控的配置项
配置库	能够及时、准确地给出配置项的当前状况，加强配置管理工作

图17-2　配置管理的基本概念

【问题3】(5分)

请说明正常的配置管理工作包括哪些活动。

17.2.2　要点解析

试题1要点解析

请参见本书第13章13.3.2节。

试题2要点解析

请参见本书第7章7.3.2节。

试题3要点解析

请参见本书第8章8.3.3节。

试题4要点解析

请参见本书第4章4.3.3节。

试题5要点解析

请参见本书第14章14.3.1节。

17.2.3　参考答案

表17-5给出了本份下午试卷试题1～试题5的参考答案，供读者练习时参考，以便查缺补漏。读者也可依照所给出的评分标准得出测试分数，从而大致评估自己对这些知识点的掌握程度。

表 17-5 下午试卷参考答案及评分标准

试 题	问题与分值	参考答案及评分标准	自 评 分
1	【问题 1】（7 分）	（1）①沟通管理（1 分）、④范围管理（1 分）、⑥风险管理（1 分）（回答编号或术语都可以，顺序不限） （2）项目范围（或需求）（1 分）、验收标准（或验收步骤、或验收方法）（1 分）、违约责任及判定（1 分）（答案类似即可，顺序不限） （3）与建设方正式协商（或沟通）后，就项目的后续执行达成一致（1 分，答案类似即可，只要答出沟通和协商即可得分）	
	【问题 2】（4 分）	（1）公平合理（1 分） （2）①合同变更量清单（或合同变更范围、合同变更内容）（1 分） ④承包人（或承建单位）（1 分） 监理工程师（或业主、建设单位）（1 分）	
	【问题 3】（4 分）	①对双方的需求（项目范围）做一次全面的沟通和说明，达成一致，并记录下来，请建设方签字确认； ②就完成的工作与建设方沟通确认，并请建设方签字； ③就待完成的工作列出清单，以便完成时请建设方确认； ④就合同中的验收标准、步骤和方法与建设方协商一致； ⑤必要时可签署一份售后服务承诺书，将此项目周期内无法完成的任务做一个备忘录，承诺在后续的服务期内完成，先保证项目能按时验收； ⑥对于建设方提出的新需求，可与建设方协商进行合同变更，或签订补充合同； ⑦加强文档管理，明确要交付的文档清单，确保项目的文档完整、准确、版本一致； ⑧多跟客户进行融洽关系的沟通 （答案包含但不限于以上要点，答出其中 4 个小点即可，每小点 1 分，答案类似即可）	
2	【问题 1】（6 分）	PV= 30 + 35 + 24 + 50 + 40 + 64 + 30 = 273 万元（2 分） AC=250 万元（2 分） EV = 30 + 35 + 24 + 50 + 40 + 64 = 243 万元（2 分）	
	【问题 2】（4 分）	CPI = EV/AC = 243/250 = 0.972 < 1.0（2 分） SPI = EV/PV = 243/273 = 0.8901 < 1.0（2 分）	
	【问题 3】（5 分）	该项目成本超支（1 分），进度滞后（1 分） 措施：①提高工作效率，例如用工作效率高的人员更换一批工作效率低的人员等；②加班（或赶工），或在防范风险的前提下并行施工（快速跟进）；③加强成本监控等（答题包含但不限于以上要点，答案类似即可，每小点 1 分）	
3	【问题 1】（5 分）	①项目经理用人不恰当，李工没有质量保证经验； ②没有制定合理的质量管理计划，检查频率的设定有问题； ③应加强项目过程中的质量控制或检查（或质量检查的周期太长），不能等到工作产品完成后才检查； ④李工发现问题后的处理方式不对，与当事人协商后，如果无法达成一致，则要向项目经理或更高级别的领导汇报，而不能放任不管； ⑤对程序员在质量意识和质量管理方面的培训不足； ⑥在质量管理中，没有与合适的技术手段相结合 （答案包含但不限于以上要点，答出其中 5 个小点即可，每小点 1 分，答案类似即可）	
	【问题 2】（6 分）	A、C、D、E、F、I（各 1 分，错选、多选不得分，少选一项扣 1 分）	
	【问题 3】（4 分）	①在计划阶段制定质量管理计划和相应的质量标准。 ②按计划实施质量检查，检查是否按标准过程实施项目工作。注意项目过程中的质量检查，在每次进行检查之前准备检查清单（Checklist），并将质量管理相关情况予以记录。	

续表

试　题	问题与分值	参考答案及评分标准	自 评 分
3		③依据检查的情况和记录，分析问题、发现问题、与当事人协商进行解决。问题解决后要进行验证；如果无法与当事人达成一致，应报告项目经理或更高层领导，直至问题解决。 ④定期给项目干系人分发质量报告。 ⑤为项目组成员提供质量管理要求方面的培训或指导。 ⑥协调变更控制和变更管理，并帮助收集和分析软件度量信息等 （答案包含但不限于以上要点，答出其中4个小点即可，每小点1分，答案类似即可）	
4	【问题1】（4分）	①没有形成整体的项目管理计划； ②项目缺少整体的报告、评审和监控机制，各项目小组各自为政； ③项目缺少整体变更控制流程和机制； ④老陆对该项目所投入的精力不够，没有对该项目尽应有的管理责任 （答案包含但不限于以上要点，每小点1分，答案意思相近即可）	
	【问题2】（5分）	①所使用的项目管理过程； ②每个特定项目管理过程的实施程度； ③完成这些项目的工具和技术的描述； ④选择的项目的生命周期及相关的项目阶段； ⑤如何用选定的过程来管理具体的项目，包括过程之间的依赖与交互关系和基本的输入输出等； ⑥如何执行流程来完成项目目标； ⑦如何监督和控制变更； ⑧如何实施配置管理； ⑨如何维护项目绩效基线的完整性； ⑩与项目干系人进行沟通的要求和技术； ⑪为项目选择的生命周期模型，对于多阶段项目要包括所定义阶段是如何划分的； ⑫为了解决某些遗留问题和未定的决策，对于其内容、严重程度和紧迫程度进行的关键管理评审 （答案包含但不限于以上要点，每小点0.5分，答案意思相近即可）	
	【问题3】（5分）	①建立整体管理机制，老陆应分配更多的精力来进行项目管理，或由其他合适的人员来承担整体管理的工作； ②理清各子项目组目前的工作状态（如其工作进度、成本、资源配置等）； ③重新定义项目的整体管理计划，并与各子项目计划建立明确关联； ④按照计划要求，重新进行资源平衡； ⑤建立或加强项目的沟通、报告和监控机制； ⑥加强项目的整体变更控制 （答案包含但不限于以上要点，答出其中5个小点即可，每小点1分，答案类似即可）	
5	【问题1】（5分）	①赵工没有项目管理经验，不适合任项目经理的职位； ②项目经理兼任配置管理员，精力不够，顾此失彼，无法完成配置管理工作； ③赵工的项目范围管理有问题； ④该项目版本管理和发行管理没有做好； ⑤项目中没有建立基线，导致需求、设计、编码无法对应； ⑥该项目没有做好变更管理； ⑦赵工可能没有制定该项目的配置管理计划，也没有制定配置项的标识规则等 （答案包含但不限于以上要点，答出其中5个小点即可，每小点1分，答案类似即可）	
	【问题2】（5分）	如图17-3所示（每条箭线1分）	

续表

试　题	问题与分值	参考答案及评分标准	自　评　分
5	【问题 3】（5 分）	①制定配置管理计划；　②配置项识别； ③报告配置状态；　④进行配置审核； ⑤版本管理和发行管理；　⑥实施配置变更控制 （答案包含但不限于以上要点，错 1 个小点扣 1 分，最多扣 5 分，全对得 5 分，答案类似即可）	

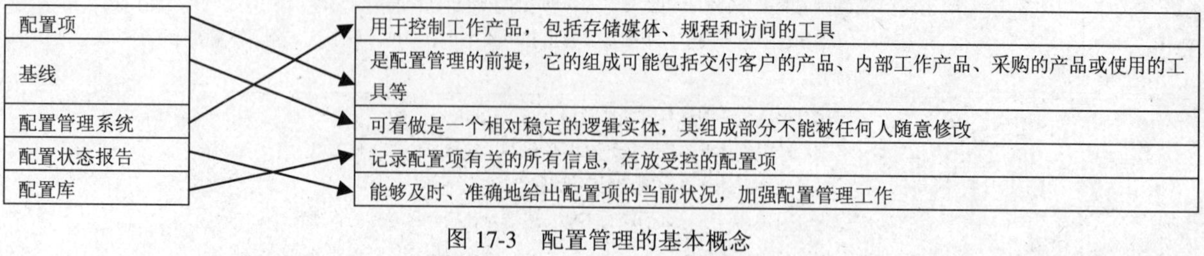

图 17-3　配置管理的基本概念

第 18 章

2010 年下半年真题透解

18.1 上午试卷

（考试时间 9:00—11:30，共 150 分钟）

请按下述要求正确填写答题卡

1．在答题卡的指定位置上正确写入你的姓名和准考证号，并用正规 2B 铅笔在你写入的准考证号下填涂准考证号。

2．本试卷的试题中共有 75 个空格，需要全部解答，每个空格 1 分，满分 75 分。

3．每个空格对应一个序号，有 A、B、C、D 4 个选项，请选择一个最恰当的选项作为解答，在答题卡相应序号下填涂该选项。

4．解答前务必阅读例题和答题卡上的例题填涂样式及填涂注意事项。解答时用正规 2B 铅笔正确填涂选项，如需修改，请用橡皮擦干净，否则会导致不能正确评分。

【例题】

2010 年下半年全国计算机技术与软件专业技术资格（水平）考试的日期是__（88）__月__（89）__日。

（88）A．12　　B．11　　C．10　　D．9

（89）A．10　　B．11　　C．12　　D．13

因为考试日期是“11 月 13 日”，故（88）选 B，（89）选 D，应在答题卡序号 88 下对 B 填涂，在序号 89 下对 D 填涂。

****

18.1.1 试题描述

试题 1

以下__（1）__不属于系统集成项目。

（1）A．不包含网络设备供货的局域网综合布线项目

B．某信息管理应用系统升级项目

C．某软件测试实验室为客户提供的测试服务项目

D．某省通信骨干网的优化设计项目

试题 2

关于计算机信息系统集成企业资质，下列说法错误的是__（2）__。

（2）A．计算机信息系统集成的资质是指从事计算机信息系统集成的综合能力，包括技术水平、管理水平、服务水平、质量保证能力、技术装备、系统建设质量、人员构成与素质、经营业绩、资产状况等要素

B．工业和信息化部负责计算机信息系统集成企业资质认证管理工作，包括指定和管理资质认证机构、发布管理办法和标准、审批和发布资质认证结果

C．企业已获得的系统集成企业资质证书在有效期满后默认延续

D．在国外注册的企业目前不能取得系统集成企业资质证书

试题 3

某计算机系统集成二级企业注册资金 2500 万元，从事软件开发与系统集成相关工作的人员共计 100 人，其中项目经理 15 名，高级项目经理 10 名。该企业计划明年申请计算机信息系统集成一级企业资质，为了符合评定条件，该企业在注册资金、质量管理体系或人员方面必须完成的工作是＿（3）＿。

（3）A．注册资金增资

B．增加从事软件开发与系统集成相关工作的人员数

C．增加高级项目经理人数

D．今年通过 CMMI 4 级评估

试题 4

计算机信息系统集成企业资质的三、四级证书应＿（4）＿。

（4）A．由工业和信息化部印制，由各省市系统集成企业资质主管部门颁发

B．由各省市系统集成企业资质主管部门印制，由工业和信息化部颁发

C．由工业和信息化部认定的部级资质评审机构印制和颁发

D．由工业和信息化部认定的地方资质评审机构印制和颁发

试题 5

信息系统工程监理要遵循“四控，三管，一协调”进行项目监理，下列＿（5）＿活动属于“三管”范畴。

（5）A．监理单位对系统性能进行测试验证

B．监理单位定期检查、记录工程的实际进度情况

C．监理单位应妥善保存开工令、停工令

D．监理单位主持的有建设单位与承建单位参加的监理例会、专题会议

试题 6

为了保证信息系统工程项目投资、质量、进度及效果各方面处于良好的可控状态，我国在信息系统项目管理探索过程中逐步形成了自己的信息系统服务管理体系，目前该体系中不包括＿（6）＿。

（6）A．信息系统工程监理单位资质管理

B．IT 基础设施库资质管理

C．信息系统项目经理资格管理

D．计算机信息系统集成单位资质管理

试题 7

在软件需求规格说明书中，有一个需求项的描述为：“探针应以最快的速度响应气压值的变化”。该需求项存在的主要问题是不具有＿（7）＿。

（7）A．可验证性　　B．可信性　　C．兼容性　　D．一致性

试题 8

UML中的用例和用例图的主要用途是描述系统的__（8）__。

（8）A. 功能需求　　B. 详细设计
C. 体系结构　　D. 内部接口

试题 9

程序员小张在某项目中编写了源代码文件X的0.1版（以下简称Xv0.1）。随后的开发中小张又修改了Xv0.1，得到文件X的1.0版（以下简称Xv1.0）。经过正式评审后，Xv1.0被纳入基线进行配置管理。下列后续活动中符合配置管理要求的是__（9）__。

（9）A. 文件Xv1.0进入基线后，配置管理员小李从配置库中删除了文件Xv0.1
B. 程序员小张被赋予相应的权限，可以直接读取受控库中的文件Xv1.0
C. 小张直接对Xv1.0进行了变更，之后通知了项目经理
D. 经过变更申请、变更评估并决定实施变更后，变更实施人完成了变更，随后立即发布了变更，在第一时间内将变更内容和结果通知所有相关人员

试题 10

某程序由相互关联的模块组成，测试人员按照测试需求对该程序进行了测试。出于修复缺陷的目的，程序中的某个旧模块被变更为一个新模块。关于后续测试，__（10）__是不正确的。

（10）A. 测试人员必须设计新的测试用例集，用来测试新模块
B. 测试人员必须设计新的测试用例集，用来测试模块的变更对程序其他部分的影响
C. 测试人员必须运行模块变更前原有测试用例集中仍能运行的所有测试用例，用来测试程序中没有受到变更影响的部分
D. 测试人员必须从模块变更前的原有测试用例集中排除所有不再适用的测试用例，增加新设计的测试用例，构成模块变更后程序的测试用例集

试题 11

在几种不同类型的软件维护中，通常情况下__（11）__所占的工作量最大。

（11）A. 更正性维护　　B. 适应性维护
C. 完善性维护　　D. 预防性维护

试题 12

根据《软件工程—产品质量第1部分：质量模型GB/T 16260.1—2006》，软件产品的使用质量是基于用户观点的软件产品用于指定的环境和使用周境（Contexts of use）时的质量，其中__（12）__不是软件产品使用质量的质量属性。

（12）A. 有效性　　B. 可信性　　C. 安全性　　D. 生产率

试题 13

根据《计算机软件需求说明编制指南GB/T 9385—1988》，关于软件需求规格说明的编制，__（13）__是不正确的做法。

（13）A. 软件需求规格说明由开发者和客户双方共同起草
B. 软件需求规格说明必须描述软件的功能、性能、强加于实现的设计限制、属性和外部接口
C. 软件需求规格说明中必须包含软件开发的成本、开发方法和验收过程等重要外部约束条件
D. 在软件需求规格说明中避免嵌入软件的设计信息，如把软件划分成若干模块、给每一个模块分配功能、描述模块间信息流和数据流及选择数据结构等

试题 14

关于知识产权，以下说法不正确的是 (14) 。

（14）A．知识产权具有一定的有效期限，超过法定期限后，会成为社会共同财富

B．著作权、专利权、商标权皆属于知识产权范畴

C．知识产权具有跨地域性，一旦在某国取得产权承认和保护，那么在域外将具有同等效力

D．发明、文学和艺术作品等智力创造，都可被认为是知识产权

试题 15

关于竞争性谈判，以下说法不恰当的是 (15) 。

（15）A．竞争性谈判公告必须在财政部门指定的政府采购信息发布媒体上发布，公告发布日至谈判文件递交截止日期的时间不得少于 20 个自然日

B．某地方政府采用公开招标采购视频点播系统，招标公告发布后仅两家供应商在指定日期前购买标书，经采购、财政部门认可，可改为竞争性谈判

C．某机关办公大楼为配合线路改造，需在两周内紧急采购一批 UPS 设备，因此可采用竞争性谈判的采购方式

D．需有 3 家以上具有资格的供应商参加谈判

试题 16

某省政府采用公开招标方式采购信息系统项目及服务，招标文件要求投标企业必须具备系统集成二级及其以上资质，提交证书复印件并加盖公章。开标当天共有 5 家企业在截止时间之前投递了标书。根据《中华人民共和国政府采购法》，如发生以下 (16) 情况，本次招标将作废标处理。

（16）A．有 3 家企业具备系统集成一级资质，有两家企业具备系统集成三级资质

B．有 3 家企业具备系统集成二级资质，有两家企业具备系统集成三级资质

C．5 家企业都具有系统集成二级资质，其中有两家企业的系统集成二级资质证书有效期满未延续换证

D．有 3 家企业具备系统集成三级资质，有两家企业具备系统集成二级资质

试题 17

“容器是一个构件，构件不一定是容器；一个容器可以包含一个或多个构件，一个构件只能包含在一个容器中”。根据上述描述，如果用 UML 类图对容器和构件之间的关系进行面向对象分析和建模，则容器类和构件类之间存在 (17) 关系。

①继承　②扩展　③聚集　④包含

（17）A．①②　B．②④

C．①④　D．①③

试题 18

在面向对象分析与设计技术中， (18) 是类的一个实例。

（18）A．对象　B．接口

C．构件　D．设计模式

试题 19

在没有路由的本地局域网中，以 Windows 操作系统为工作平台的主机可以同时安装 (19) 协议，其中，前者是至今应用最广的网络协议，后者有较快速的性能，适用于只有单个网络或桥接起来的网络。

（19）A．TCP/IP 和 SAP　B．TCP/IP 和 IPX/SPX

C．IPX/SPX 和 NETBEUI　D．TCP/IP 和 NETBEUI

试题 20

Internet 上的域名解析服务（DNS）完成域名与 IP 地址之间的翻译。执行域名服务的服务器被称为 DNS 服务器。小张在 Internet 的某主机上用 nslookup 命令查询“中国计算机技术职业资格网”的网站域名，所用的查询命令和得到的结果如下：

```
>nslookup www.rkb.gov.cn
Server: xd-cache-1.bjtelecom.net
Address:219.141.136.10
Non-authoritative answer:
Name:www.rkb.gov.cn
Address:59.151.5.241
```

根据上述查询结果，以下叙述中不正确的是＿（20）＿。

（20）A. 域名为“www. rkb. gov. cn”的主机 IP 地址为 59. 151. 5. 241

B. 域名为“xd-cache-1. bjtelecom. net”的服务器为上述查询提供域名服务

C. 域名为“xd-cache-1. bjtelecom. net”的 DNS 服务器的 IP 地址为 219. 141. 136. 10

D. 首选 DNS 服务器地址为 219. 141. 136. 10，候选 DNS 服务器地址为 59. 151. 5. 241

试题 21

关于单栋建筑中的综合布线，下列叙述中＿（21）＿是不正确的。

（21）A. 单栋建筑中的综合布线系统工程范围是指在整栋建筑内敷设的通信线路

B. 单栋建筑中的综合布线包括建筑物内敷设的管路、槽道系统、通信线缆、接续设备及其他辅助设施

C. 终端设备及其连接软线和插头等在使用前随时可以连接安装，一般不需要设计和施工

D. 综合布线系统的工程设计和安装施工是可以分别进行的

试题 22

某单位依据《电子信息系统机房设计规范 GB 50174—2008》设计该单位的机房，在该单位采取的下述方案中，＿（22）＿是不符合该规范的。

（22）A. 整个机房由主机房、辅助区、支持区和行政管理区 4 个功能区组成

B. 主机房内计划放置 15 台设备，设计使用面积为 65 平方米

C. 除主机房外，还设置了辅助区，辅助区面积是主机房面积的 10%

D. 主机房设置了设备搬运通道、设备之间的出口通道、设备的测试和维修通道

试题 23

某工作站的使用者在工作时突然发现该工作站不能连接网络，为了诊断网络故障，最恰当的做法是首先＿（23）＿。

（23）A. 查看该工作站网络接口硬件工作指示是否正常，例如查看网卡指示灯是否正常

B. 测试该工作站网络软件配置是否正常，例如测试工作站到自身的网络连通性

C. 测试本工作站到相邻网络设备的连通性，例如测试工作站到网关的连通性

D. 查看操作系统和网络配置软件的工作状态

试题 24

企业资源规划是由 MRP 逐步演变并结合计算机技术的快速发展而来的，大致经历了 MRP、闭环 MRP、MRPII 和 ERP 四个阶段，以下关于企业资源规划的论述不正确的是＿（24）＿。

（24）A. MRP 指的是物料需求计划，根据生产计划、物料清单、库存信息制定出相关的物资需求

B. MRPⅡ指的是制造资源计划，侧重于对本企业内部人、财、物等资源的管理

C．闭环 MRP 充分考虑现有生产能力约束，要求根据物料需求计划扩充生产能力

D．ERP 系统在 MRPⅡ的基础上扩展了管理范围，把客户需求与企业内部的制造活动以及供应商的制造资源整合在一起，形成一个完整的供应链管理

试题 25

客户关系管理系统（CRM）的基本功能应包括＿（25）＿。

（25）A．自动化的销售、客户服务和市场营销　B．电子商务和自动化的客户信息管理
C．电子商务、自动化的销售和市场营销　D．自动化的市场营销和售后服务

试题 26

某体育设备厂商已经建立覆盖全国的分销体系。为进一步拓展产品销售渠道，压缩销售各环节的成本，拟建立电子商务网站接受体育爱好者的直接订单，这种电子商务属于＿（26）＿模式。

（26）A．B2B　B．B2C
C．C2C　D．B2G

试题 27

2005 年，我国发布《国务院办公厅关于加快电子商务发展的若干意见》（国办发〔2005〕2 号），提出我国促进电子商务发展的系列举措。其中，提出的加快建立我国电子商务支撑体系的五方面内容是＿（27）＿。

（27）A．电子商务网站、信用、共享交换、支付、现代物流
B．信用、认证、支付、现代物流、标准
C．电子商务网站、信用、认证、现代物流、标准
D．信用、支付、共享交换、现代物流、标准

试题 28

Web 服务（Web Service）定义了一种松散的、粗粒度的分布式计算模式。Web 服务的提供者利用①描述 Web 服务，Web 服务的使用者通过②来发现服务，两者之间的通信采用③协议。以上①②③处依次应是＿（28）＿。

（28）A．①SOAP、②UDDI、③WSDL　B．①UML、②UDDI、③SMTP
C．①WSDL、②UDDI、③SOAP　D．①UML、②UDDI、③WSDL

试题 29

以下关于.NET 架构和 J2EE 架构的叙述，＿（29）＿是正确的。

（29）A．.NET 只适用于 Windows 操作系统平台上的软件开发
B．J2EE 只适用于非 Windows 操作系统平台上的软件开发
C．.NET 不支持 Java 语言编程
D．J2EE 中的 ASP．NET 采用编译方式运行

试题 30

工作流（Workflow）需要依靠＿（30）＿来实现，其主要功能是定义、执行和管理工作流，协调工作流执行过程中工作之间以及群体成员之间的信息交互。

（30）A．工作流管理系统　B．工作流引擎
C．任务管理工具　D．流程监控工具

试题31

我国颁布的《大楼通信综合布线系统 D/T926》的适用范围是跨度不超过3000米、建筑面积不超过___(31)___万平方米的布线区域。

(31) A. 50　　B. 200
C. 150　　D. 100

试题32

关于计算机机房安全保护方案的设计，以下说法错误的是___(32)___。

(32) A. 某机房在设计供电系统时将计算机供电系统与机房照明设备供电系统分开
B. 某机房通过各种手段保障计算机系统的供电，使得该机房的设备长期处于7×24小时连续运转状态
C. 某公司在设计计算机机房防盗系统时，在机房布置了封闭装置，当潜入者触动装置时，机房可以从内部自动封闭，使盗贼无法逃脱
D. 某机房采用焊接的方式设置安全防护地和屏蔽地

试题33

应用系统运行中涉及的安全和保密层次包括系统级安全、资源访问安全、功能性安全和数据域安全。以下关于这四个层次安全的叙述，错误的是___(33)___。

(33) A. 按粒度从粗到细排序为系统级安全、资源访问安全、功能性安全、数据域安全
B. 系统级安全是应用系统的第一道防线
C. 所有的应用系统都会涉及资源访问安全问题
D. 数据域安全可以细分为记录级数据域安全和字段级数据域安全

试题34

某公司接到通知，上级领导要在下午对该公司机房进行安全检查，为此公司做了以下安排：

①了解检查组人员数量及姓名，为其准备访客证件；
②安排专人陪同检查人员对机房安全进行检查；
③为了体现检查的公正，下午为领导安排了一个小时的自由查看时间；
④根据检查要求，在机房内临时设置一处吸烟区，明确规定检查期间机房内的其他区域严禁烟火。

上述安排符合《GB/T 20269—2006 信息安全技术信息系统安全管理要求》的做法是___(34)___。

(34) A. ③④　　B. ②③
C. ①②　　D. ②④

试题35和试题36

某工程建设项目中各工序历时如表18-1所示，则本项目最快完成时间为___(35)___周。同时，通过___(36)___可以缩短项目工期。

①压缩B工序时间　②压缩H工序时间　③同时开展H工序与A工序
④压缩F工序时间　⑤压缩G工序时间

表18-1 某项目各工序历时表

工序名称	紧前工序	持续时间（周）
A	——	1
B	A	2
C	A	3
D	B	2

续表

工序名称	紧前工序	持续时间（周）
E	B	2
F	C、D	4
G	E	4
H	B	5
I	G、H	4
J	F	3

（35）A．7　　B．9
C．12　　D．13

（36）A．①⑤　　B．①③
C．②⑤　　D．③④

试题 37

某项目有 5 个独立的子项目，小张和小李各自独立完成项目所需的时间如表 18-2 所示。

表 18-2　某项目各工序历时表

子 项 目	小 张	小 李
甲	6	5
乙	4	8
丙	——	7
丁	4	2
戊	3	2

则以下 4 种安排中＿（37）＿的工期最短。

（37）A．小张做甲和乙，小李做丙、丁和戊　　B．小张做乙，小李做甲、丙、丁和戊
C．小张做乙、丁和戊，小李做甲和丙　　D．小张做甲、乙和丁，小李做丙和戊

试题 38

某项目经理在对项目历时进行估算时，认为正常情况下完成项目需要 42 天，同时也分析了影响项目工期的因素，认为最快可以在 35 天内完成工作，而在最不利的条件下则需要 55 天完成任务。采用三点估算得到的工期是＿（38）＿天。

（38）A．42　　B．43
C．44　　D．55

试题 39

甲公司生产急需 5000 个零件，承包给乙工厂进行加工，每个零件的加工费预算为 20 元，计划两周（每周工作 5 天）完成。甲公司负责人在开工后第 9 天早上到乙工厂检查进度，发现已完成加工 3600 个零件，支付款项 81000 元。经计算，＿（39）＿。

（39）A．该项目的费用偏差为-18000 元　　B．该项目的进度偏差为-18000 元
C．该项目的 CPI 为 0.80　　D．该项目的 SPI 为 0.90

试题 40

某公司接到一栋大楼的布线任务，经过分析决定将大楼的四层布线任务分别交给甲、乙、丙、丁 4 个项目经理，每人负责一层布线任务，每层面积为 10000 平方米。布线任务由同一个施工队施工，该工程队有 5 个施工组。甲经过测算，预计每个施工组每天可以铺设完成 200 平方米，于是估计任务

完成时间为 10 天，甲带领施工队最终经过 14 天完成任务；乙在施工前咨询了工程队中有经验的成员，经过分析之后估算时间为 12 天，乙带领施工队最终经过 13 天完成；丙参考了甲、乙施工时的情况，估算施工时间为 15 天，丙最终用了 21 天完成任务；丁将前 3 个施工队的工期代入三点估算公式计算得到估计值为 15 天，最终丁带领施工队用了 15 天完成任务。以下说法正确的是 （40） 。

（40）A．甲采用的是参数估算法，参数估计不准确导致实际工期与预期有较大偏差
B．乙采用的是专家判断法，实际工期偏差只有 1 天与专家的经验有很大关系
C．丙采用的是类比估算法，由于此类工程不适合采用该方法，因此偏差最大
D．丁采用的是三点估算法，工期零偏差是因为该方法是估算工期的最佳方法

试题 41

围绕创建工作分解结构，关于表 18-3 的判断正确的是 （41） 。

表 18-3　某项目各工序历时表

编　号	任务名称	编　号	任务名称
1.	项目范围规划	1.4	获得核心资源
1.1	确定项目范围	1.5	项目范围规划完成
1.2	获得项目所需资金	2.	分析/软件需求
1.3	定义预备资源		

（41）A．该表只是一个文件的目录，不能作为 WBS 的表示形式
B．该表如果再往下继续分解才能作为 WBS
C．该表是一个列表形式的 WBS
D．该表是一个树形的 OBS

试题 42

在项目验收时，建设方代表要对项目范围进行确认。下列围绕范围确认的叙述，正确的是 （42） 。

（42）A．范围确认是确定交付物是否齐全，确认齐全后再进行质量验收
B．范围确认时，承建方要向建设方提交项目成果文件，如竣工图纸等
C．范围确认只能在系统终验时进行
D．范围确认和检查不同，不会用到诸如审查、产品评审、审计和走查等方法

试题 43

在项目结项后的项目审计中，审计人员要求项目经理提交 （43） 作为该项目的范围确认证据。

（43）A．系统的终验报告　　B．该项目的第三方测试报告
C．项目的监理报告　　D．该项目的项目总结报告

试题 44

（44） 不是系统集成项目的直接成本。

（44）A．进口设备报关费　　B．第三方测试费用
C．差旅费　　D．员工福利

试题 45

项目经理创建了某软件开发项目的 WBS 工作包，其中一个工作包举例如下：130（工作包编号，下同） 需求阶段；131 需求调研；132 需求分析；133 需求定义。通过成本估算，131 预计花费 3 万元；132 预计花费 2 万元；133 预计花费 2.5 万元。根据各工作包的成本估算，采用 （45） 方法能最终形成整个项目的预算。

（45）A．资金限制平衡　　B．准备金分析
C．成本参数估算　　D．成本汇总

试题 46

根据以下布线计划及完成进度表（见表 18-4），在 2010 年 6 月 2 日完工后对工程进度和费用进行预测，按此进度，完成尚需估算（ETC）为____（46）____。

表 18-4　某项目各工序历时表

区域	计划开始时间	计划结束时间	计划费用	实际开始时间	实际结束时间	实际完成费用
1 号区域	2010 年 6 月 1 日	2010 年 6 月 1 日	10000 元	2010 年 6 月 1 日	2010 年 6 月 2 日	18000 元
2 号区域	2010 年 6 月 2 日	2010 年 6 月 2 日	10000 元			
3 号区域	2010 年 6 月 3 日	2010 年 6 月 3 日	10000 元			

（46）A．18000 元　　B．36000 元
C．20000 元　　D．54000 元

试题 47

在信息系统试运行阶段，系统失效将对业务造成影响。针对该风险，如果采取“接受”的方式进行应对，应该____（47）____。

（47）A．签订一份保险合同，减轻中断带来的损失
B．找出造成系统中断的各种因素，利用帕累托分析减轻和消除主要因素
C．设置冗余系统
D．建立相应的应急储备

试题 48

围绕三点估算技术在风险评估中的应用，以下论述____（48）____是正确的。

（48）A．三点估算用于活动历时估算，不能用于风险评估
B．三点估算用于活动历时估算，不好判定能否用于风险评估
C．三点估算能评估时间与概率的关系，可以用于风险评估，不能用于活动历时估算
D．三点估算能评估时间与概率的关系，可以用于风险评估，属于定量分析

试题 49

图 18-1 是某项目成本风险的蒙特卡罗分析图。以下说法不正确的是____（49）____。

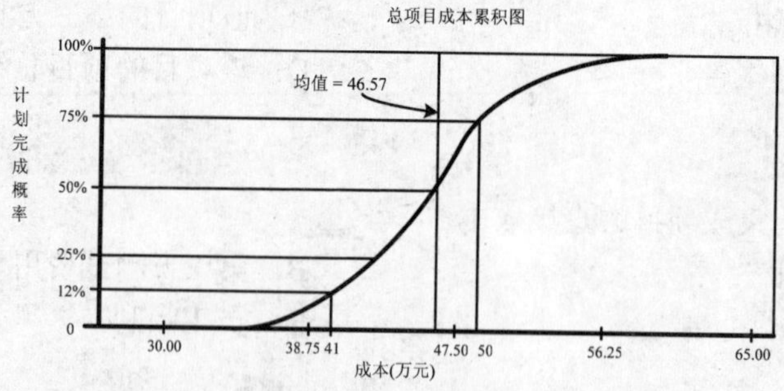

图 18-1　某项目成本风险的蒙特卡罗分析图

（49）A．蒙特卡罗分析法也称随机模拟法
B．该图用于风险分析时，可以支持定量分析
C．根据该图，41 万元完成的概率是 12%，如果要达到 75%的概率，需要增加 5.57 万元作为应急储备

D．该图显示，用 45 万元的成本也可能完成计划

试题 50

某机构将一大型信息系统集成项目分成 3 个包进行招标，共有 3 家承包商中标，发包人与承包商应签署 (50) 。

(50) A．技术转让合同　　B．单项项目承包合同
C．分包合同　　D．总承包合同

试题 51

根据合同法规定， (51) 不属于违约责任的承担方式。

(51) A．继续履行　　B．采取补救措施
C．支付约定违约金或定金　　D．终止合同

试题 52

小张草拟了一份信息系统定制开发合同，其中写明"合同签订后建设单位应在 7 个工作日内向承建单位支付 60%合同款；系统上线并运行稳定后，建设单位应在 7 个工作日内向承建单位支付 30%合同款"。上述条款中存在的主要问题为 (52) 。

(52) A．格式不符合行业标准的要求　　B．措辞不够书面化
C．条款描述不清晰、不准确　　D．名词术语不规范

试题 53

为保证合同订立的合法性，关于合同签订，以下说法不正确的是 (53) 。

(53) A．订立合同的当事人双方，应当具有相应的民事权利能力和民事行为能力
B．为保障双方利益，应在合同正文部分或附件中清晰规定质量验收标准，并可在合同签署生效后协议补充
C．对于项目完成后发生技术性问题的处理与维护，如果合同中没有相关条款，默认维护期限为一年
D．合同价款或者报酬等内容，在合同签署生效后，还可以进行协议补充

试题 54

下述关于项目合同索赔处理的叙述，不正确的是 (54) 。

(54) A．按业务性质分类，索赔可分为工程索赔和商务索赔
B．项目实施中的会议纪要和来往文件等不能作为索赔依据
C．建设单位向承建单位要求的赔偿称为反索赔
D．项目发生索赔事件后一般先由监理工程师调解

试题 55

在某信息系统集成项目实施期间，因建设单位指定的系统部署地点所处的大楼进行线路改造，导致项目停工一个月，由于建设单位未提前通知承建单位，导致双方在项目启动阶段协商通过的项目计划无法如期履行。根据我国有关规定，承建单位 (55) 。

(55) A．可申请延长工期补偿，也可申请费用补偿
B．可申请延长工期补偿，不可申请费用补偿
C．可申请费用补偿，不可申请延长工期补偿
D．无法取得补偿

试题 56

某机构信息系统集成项目进行到项目中期，建设单位单方面终止合作，承建单位于 2010 年 7 月 1 日发出索赔通知书，承建单位最迟应在___(56)___之前向监理方提出延长工期和（或）补偿经济损失的索赔报告及有关资料。

（56）A．2010 年 7 月 31 日　　B．2010 年 8 月 1 日
　　C．2010 年 7 月 29 日　　D．2010 年 7 月 16 日

试题 57

小张最近被任命为公司某信息系统开发项目的项目经理，正着手制定沟通管理计划，下列选项中___(57)___属于小张应该采取的主要活动。

①找到业主，了解业主的沟通需求　②明确文档的结构
③确定项目范围　④明确发送信息的格式

（57）A．①②③④　　B．①②④
　　C．①③④　　D．②③④

试题 58

在项目沟通管理过程中存在若干影响因素，其中潜在的技术影响因素包括___(58)___。

①对信息需求的迫切性　②资金是否到位　③预期的项目人员配备
④项目环境　⑤项目时间的长短

（58）A．①③④⑤　　B．①②③④
　　C．①②④⑤　　D．②③④⑤

试题 59

某公司正在编制项目干系人沟通的计划，以下选项中___(59)___属于干系人沟通计划的内容。

①干系人需要哪些信息　②各类项目文件的访问路径　③各类项目文件的内容
④各类项目文件的接受格式　⑤各类文件的访问权限

（59）A．①②③④⑤　　B．①②③④
　　C．①②④⑤　　D．②③④⑤

试题 60

某项目建设方没有聘请监理，承建方项目组在编制采购计划时可包括的内容有___(60)___。

①第三方系统测试服务　②设备租赁
③建设方按照进度计划提供的货物　④外部聘请的项目培训

（60）A．①②③　　B．②③④
　　C．①③④　　D．①②④

试题 61

在编制采购计划时，项目经理把一份“计算机的配置清单及相关的交付时间要求”提交给采购部。关于该文件与工作说明书的关系，以下表述___(61)___是正确的。

（61）A．虽然能满足采购需求，但它是物品清单而不是工作说明书
　　B．该清单不能作为工作说明书，不能满足采购验收需要
　　C．与工作说明书的主要内容相符
　　D．工作说明书由于很专业，应由供应商编制

试题 62

某市经济管理部门规划经济监测信息系统，由于该领域的专业性和复杂性，拟采取竞争性谈判的方式进行招标。该部门自行编制谈判文件并在该市政府采购信息网发布采购信息，谈判文件要求自谈判文件发出 12 天内提交投标文档、第 15 天进行竞争性谈判。谈判小组由建设方代表 1 人、监察部门 1 人、技术专家 5 人共同组成，并邀请 3 家有行业经验的 IT 厂商参与谈判。在此次竞争性谈判中存在的问题是＿（62）＿。

（62）A．该部门不应自行编制谈判文件，应委托中介机构编制

B．谈判文件发布后 12 日提交投标文件违反了“招投标类采购自招标文件发出之日起至投标人提交投标文件截止之日止，不得少于 20 天”的要求

C．应邀请 3 家以上（不含 3 家）IT 厂商参与谈判

D．谈判小组人员组成不合理

试题 63

某企业 ERP 项目拟采用公开招标方式选择系统集成商，2010 年 6 月 9 日上午 9 时，企业向通过资格预审的甲、乙、丙、丁、戊 5 家企业发出了投标邀请书，规定投标 截止时间为 2010 年 7 月 19 日下午 5 时。甲、乙、丙、戊 4 家企业在截止时间之前提交投标文件，但丁企业于 2010 年 7 月 20 日上午 9 时才送达投标文件。

在评标过程中，专家组确认：甲企业投标文件有项目经理签字并加盖公章，但无法定代表人签字；乙企业投标报价中的大写金额与小写金额不一致；丙企业投标报价低于标底和其他 4 家较多。以下论述不正确的是＿（63）＿。

（63）A．丁企业投标文件逾期，应不予接受

B．甲企业无法定代表人签字，做废标处理

C．丙企业报价不合理，做废标处理

D．此次公开招标依然符合投标人不少于 3 个的要求

试题 64

甲公司承担了某市政府门户网站建设项目，与该市信息中心签订了合同。在设计页面的过程中，经过多轮讨论和修改，页面在两周前终于得到了信息中心的认可，项目进入开发实施阶段。然而，信息中心本周提出，分管市领导看到页面设计后不是很满意，要求重新设计页面。但是，如果重新设计页面，可能会影响项目工期，无法保证网站按时上线。在这种情况下，项目经理最恰当的做法是＿（64）＿。

（64）A．坚持原设计方案，因为原页面已得到客户认可

B．让设计师加班加点，抓紧时间修改页面

C．向领导争取网站延期上线，重新设计页面

D．评估潜在的工期风险，再决定采取何种应对措施

试题 65

某公司最近承接了一个大型信息系统项目，项目整体压力较大，对这个项目中的变更可以使用＿（65）＿等方式提高效率。

①分优先级处理　②规范处理　③整批处理　④分批处理

（65）A．①②③　B．①②④

C．②③④　D．①③④

试题 66

合同变更控制系统规定合同修改的过程，包括＿（66）＿。

①文书工作　　②跟踪系统　　③争议解决程序　　④合同索赔处理

(66) A. ①②③　　B. ②③④
C. ①②④　　D. ①③④

试题 67

甲公司承担的某系统开发项目，在进入开发阶段后出现了一系列质量问题。为此，项目经理召集项目团队，列出问题，并分析问题产生的原因。结果发现，绝大多数的问题都是由几个原因造成的，项目组有针对性地采取了一些措施。这种方法属于___(67)___法。

(67) A. 因果图　　B. 控制图
C. 排列图　　D. 矩阵图

试题 68

在质量管理中可使用下列各图作为管理工具，这 4 种图按顺序号从小到大依次是___(68)___。

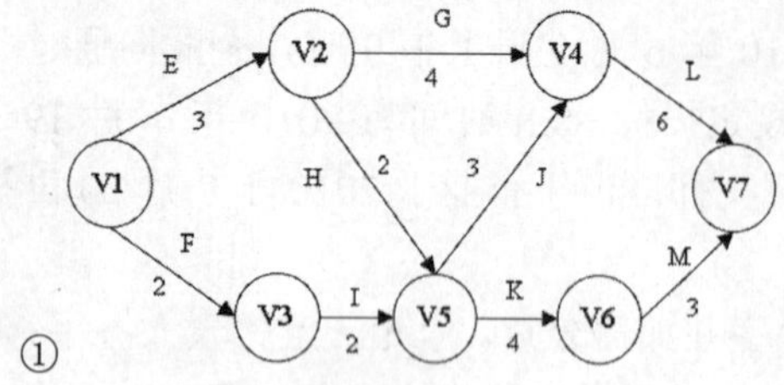

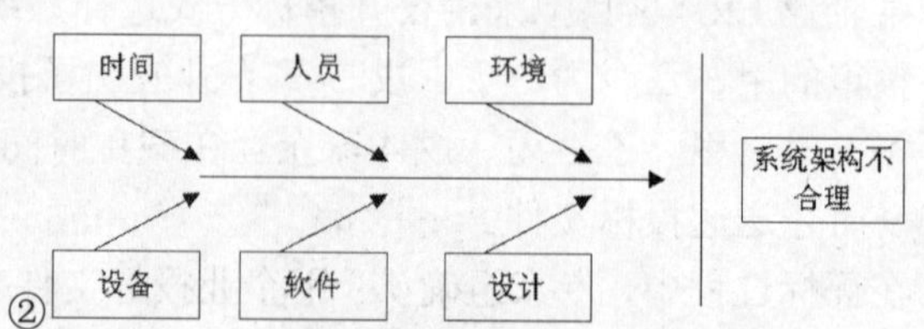

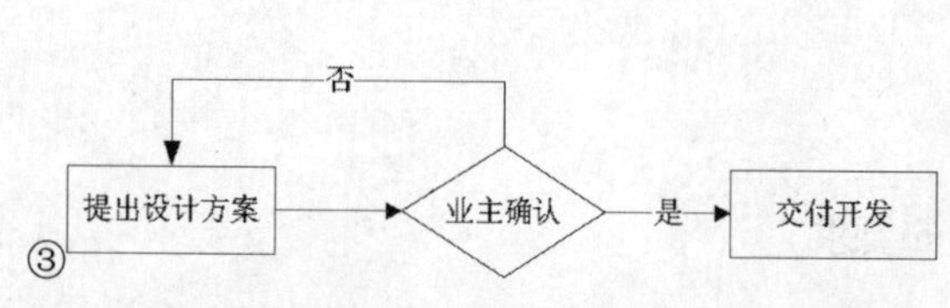

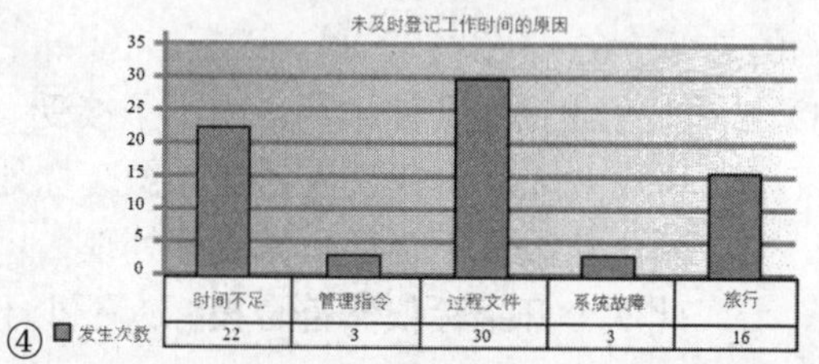

(68) A. 相互关系图、控制图、流程图、排列图
B. 网络活动图、因果图、流程图、直方图
C. 网络活动图、因果图、过程决策程序图、直方图
D. 相互关系图、控制图、过程决策程序图、排列图

试题 69

甲公司最近中标某市应急指挥系统建设，为保证项目质量，项目经理在明确系统功能和性能的过程中，以本省应急指挥系统为标杆，定期将该项目的功能和性能与之比较。该种方法属于___(69)___。

(69) A. 实验设计法　　B. 相互关系图法
C. 优先矩阵图法　　D. 基准比较法

试题 70

以下关于项目质量审计的叙述，___(70)___是不正确的。

(70) A. 质量审计是对其他质量管理活动的结构化和独立的评审方法
B. 质量审计可以内部完成，也可以委托第三方完成
C. 质量审计应该是预先计划的，不应该是随机的
D. 质量审计用于判断项目活动是否遵从于项目定义的过程

试题 71

OSI is a theoretical model that shows how any two different systems can communicate with each other.

Router, as a networking device, operate at the ___(71)___ layer of the OSI model.

（71）A．transport B．application
C．network D．physical

试题 72

Most of the host operating system provides a way for a system administrator to manually configure the IP information needed by a host. Automated configuration methods, such as ___(72)___, are required to solve the problem.

（72）A．IPsec B．DHCP
C．PPTP D．SOAP

试题 73

Business intelligence （BI） is the integrated application of data warehouse, data mining and ___(73)___.

（73）A．OLAP B．OLTP
C．MRPⅡ D．CMS

试题 74

Perform Quality Control is the process of monitoring and recording results of executing the Quality Plan activities to assess performance and recommend necessary changes.___(74)___ are the techniques and tools in performing quality control.

①Statistical sampling ②Run chart ③Control charts
④Critical Path Method ⑤Pareto chart ⑥Cause and effect diagrams

（74）A．①②③④ B．②③④⑤
C．①②③⑤⑥ D．①③④⑤⑥

试题 75

Plan Quality is the process of identifying quality requirements and standards for the project and product, and documenting how the project will demonstrate compliance.___(75)___ is a method that analyze all the costs incurred over the life of the product by investment in preventing nonconformance to requirements, appraising the product or service for conformance to requirement, and failing to meet requirements.

（75）A．Cost-Benefit analysis B．Control charts
C．Quality function deployment D．Cost of quality analysis

18.1.2 要点解析

（1）C。**要点解析**：系统集成项目是指将计算机软件、硬件、网络通信等技术和产品集成为能够满足用户特定需求的信息系统，包括总体策划、设计、开发、实施、服务及保障。

系统集成主要包括设备系统集成和应用系统集成。其中，设备系统集成又可分为智能建筑系统集成、计算机网络系统集成、安防系统集成等。某局域网综合布线项目属于智能建筑系统集成项目，某省通信骨干网的优化设计项目属于计算机网络系统集成项目，某信息管理应用系统升级项目属于应用系统集成项目。

选项 C 的“某软件测试实验室为客户提供的测试服务项目”，是一种服务型项目。该项目完成的是白盒测试（或黑盒测试、确认测试、……）等服务内容。

（2）C。**要点解析**：工业和信息化部于 1999 年 11 月发布《计算机信息系统集成资质管理办法（试行）》（信部规[1999] 1047 号文），后面陆续出台了一些细则及补充办法。1047 号文件为系统集成资质的管理从管理原则、管理体系和工作流程等方面提供了管理办法。

依据 1047 号文第十九条规定，在资质认证过程中不仅要对企业的软件开发和系统集成的人员队伍、环境设备、质保体系、服务体系、培训体系、软件成果及所占比例、注册资本及财务状况、营业规模及业绩、项目质量、单位信誉等各方面进行严格审查，还要进行每年一次自检、每两年一次年检和每 4 年一次换证等检查。

2007 年 1 月，工业和信息化部发出了“关于调整计算机信息系统集成资质证书有效期及换发新版资质证书的通知”。该通知规定“自 2007 年 1 月 1 日起，获得计算机信息系统集成资质的单位，其资质证书有效期由四年调整为三年，同时取消每两年一次的年检”。换而言之，自 2007 年 1 月 1 日起，系统集成企业资质证书的有效期为 3 年，届满 3 年应及时更换新证，换证时需由评审机构对申请单位进行评审，当评审结果达到原有等级条件时，其资质等级保持不变。

（3）B。**要点解析**：依据工业和信息化部于 2003 年 10 月发布的《关于发布计算机信息系统集成资质等级评定条件（修订版）的通知》（信部规[2003] 440 号文），申请一级资质的企业在“人才实力”方面应符合下列条件：

①从事软件开发与系统集成相关工作的人员不少于 150 人，且大学本科以上学历的人员所占比例不低于 80%；

②计算机信息系统集成项目经理人数不少于 25 名，其中高级项目经理人数不少于 8 名；

③培训体系健全，具有系统地对员工进行新知识、新技术及职业道德培训的计划，并能有效组织实施与考核；

④建立合理的人力资源管理与绩效考核制度，并能有效实施。

依题意，该企业具有计算机信息系统集成项目经理 25 名（即 15+10=25 名），其中高级项目经理 10 名（即 10>8），这两项已符合文件规定。但该企业从事软件开发与系统集成相关工作的人员共计 100 人，100＜150，因此该企业至少应该增加该项工作人员 50 名。

440 号文对申请一级资质的企业在“注册资金”方面规定：“企业产权关系明确，注册资金 2000 万元以上”。而该企业注册资金 2500 万元 ＞2000 万元，因此在此条目上已符合文件规定。

440 号文对申请一级资质的企业在“管理能力”方面规定：“1．已建立完备的企业质量管理体系，通过国家认可的第三方认证机构认证并有效运行一年以上；……”。而二级资质的企业在此条款上的要求是“1．已建立完备的企业质量管理体系，通过国家认可的第三方认证机构认证并有效运行一年以上；……”，因此该企业在此条目上已符合文件规定。

（4）A。**要点解析**：根据工业和信息化部于 2001 年 1 月发布的《计算机信息系统集成资质认证申报程序（试行）》（信部函[2001] 2 号文）第五条“三、四级资质的申报和审批”的第 4 款“颁发《资质证书》”规定：通过审批的单位由各省市颁发信息产业部统一印制的《资质证书》。

据此，计算机信息系统集成企业资质的三、四级证书应由工业和信息化部印制，由各省市系统集成企业资质主管部门颁发。

（5）C。**要点解析**：信息系统工程监理要遵循“四控，三管，一协调”进行项目监理。其中，“四控”是指质量控制、进度控制、投资控制和变更控制；“三管”是指合同管理、信息管理和安全管理；“一协调”是指在信息系统工程实施过程中协调有关单位及人员间的工作关系。

开工令、停工令属于信息管理中的主要文档，因此选项 C 的“监理单位应妥善保存开工令、停工令”属于信息系统工程的信息管理；选项 A 的“监理单位对系统性能进行测试验证”属于质量控制范畴；选项 B 的“监理单位定期检查、记录工程的实际进度情况”属于进度控制范畴；选项 D 的“监理单位主持的有建设单位与承建单位参加的监理例会、专题会议”属于“一协调”范畴。

（6）B。**要点解析**：目前，我国信息系统服务管理的主要内容有：①计算机信息系统集成单位资质管理；②信息系统项目经理资格管理；③信息系统工程监理单位资质管理；④信息系统工程监理人员资格管理。该体系中不包括 IT 基础设施库资质管理。

（7）A。**要点解析**：所有软件需求的一个基本特性就是可验证性，即软件需求分析人员和软件质量保证人员都必须保证，在现有的资源约束下，需求可以被验证。有时，验证某些软件需求可能很困难或者成本很高。例如，对于“探针应以最快的速度响应气压值的变化”的需求项，可能不具有可验证性。

（8）A。**要点解析**：在UML中，用例是对包括变量在内的一组动作序列的描述，系统执行这些动作，并产生传递特定参与者的价值的可观察结果。

用例图用于展现了一组用例、用户以及它们之间的关系，即从用户角度描述系统功能，并指出各功能的操作者。用例图主要的作用有3个：①获取需求；②指导测试；③可在整个过程中为其他工作流到指导作用。由此可见，用例图可用来描述系统的功能需求。

（9）B。**要点解析**：配置项是指硬件、软件或二者兼有的集合，为配置管理指定的，在配置管理过程中作为一个单独的实体对待。基线由一组配置项组成，这些配置项构成了一个相对稳定的逻辑实体。通常，基线中的配置项被“冻结”了，不能再被任何人随意修改（例如，删除、跟踪和控制变更等）。

所有配置项的操作权限应由配置管理员（CMO）严格管理，基本原则是：基线配置项向软件开发人员开放读取的权限；非基线配置项可以向项目经理（PM）、变更管理委员会（CCB）及相关人员开放。据此，选项B的做法正确，而选项A的做法有误。

通常，配置管理的变更控制流程是：①变更申请；②变更评估；③变更实施；④变更验证与确认；⑤变更的发布。依题意，当Xv1.0被纳入基线进行配置管理后，程序员小张若要对其进行变更，则需要填写变更申请表，并提交给CCB（或提交给项目经理，再转交给CCB）；接着CCB对变更进行影响评估，决定是否接受变更；然后CMO在测试库（或开发库）中开辟工作空间，以存放从受控库中取出的相关配置项，并分配权限给变更实施人员（即程序员小张）；小张完成变更并提交后，项目经理应组织其他人员完成单元测试/代码走查、评审等工作，并将变更与验证的结果提交给CCB审批；最后由CMO进行变更发布，即将变更内容和结果通知相关人员，并做好记录等工作。因为是基线版本变更，所以在必要时，CCB组长应召集CCB会议确认基线变更的结果。据此，选项C和选项D的做法都不对。

（10）C。**要点解析**：软件测试是针对一个程序的行为，在有限测试用例集合上动态验证是否达到预期的行为，需要选取适当的测试用例。依题意，出于修复缺陷的目的，程序中的某个旧模块被变更为一个新模块，此时测试人员必须运行模块变更前原有测试用例集中仍能运行的所有测试用例，用来测试程序中没有受到变更影响的部分。

（11）C。**要点解析**：按照每次进行维护的具体目标的不同，软件维护可分为完善性维护、适应性维护、更正性（纠错性）维护和预防性维护4种类型。每种软件维护类型的定义以及在整个维护工作量中所占的比例如表18-5所示。

表18-5　软件维护类型表

维护类型	定　义	比　例
完善性维护	为满足用户日益增长的需求，修改和加强现有系统的功能和性能的维护活动	50%～60%
适应性维护	为应用软件适应运行环境的变化而进行的维护活动	20%～25%
更正性维护	诊断和更正在软件测试期间未能发现的遗留错误的维护活动	20%～25%
预防性维护	为了改进软件未来的可维护性或可靠性，或者为了给未来的改进提供更好的基础而对软件进行修改的活动	5%～10%

由表18-5可知，通常情况下，完善性维护所占的工作量最大。

（12）B。**要点解析**：我国国家标准《软件工程产品质量第1部分：质量模型GB/T 16260. 1-2006》给出的“软件质量”的定义是：软件特性的总和，软件满足规定或潜在用户需求的能力。其中定义的软件质量包括内部质量（开发过程内）、外部质量（开发过程外）和使用质量（用户的质量观）3个部分。而“使用质量”的属性分类为 4 个特性，即有效性、生产率、安全性和满意度（不包括可信性），没有子特性，如表 18-6 所示。

表 18-6　软件产品使用质量的质量属性

属　性	说　明	例　子
有效性	评估的是在特定的使用周境中，用户执行任务时是否能够准确和完全地达到规定的目标。该度量只考虑已经完成目标的程度，而不考虑是如何达到目标的	任务有效性、任务完成量、出错频率
生产率	评估的是在特定的使用周境中用户消耗的与所达到的有效性相关的资源。虽然其他相关资源可能包含用户的工作量、材料或使用的财务成本，但最常见的资源是完成任务的时间	任务时间、任务效率、经济生产效率、生产比例、相对的用户效率
安全性	评估的是在特定的使用周境中对人、业务、软件、财产或环境产生伤害的风险级别，包括用户以及受使用影响的人的健康和安全，以及意想不到的生理或经济后果	用户健康和安全、使用该系统对人身安全的影响、经济损失、软件损坏
满意度	评估的是在特定的使用周境中用户对产品使用的态度。该度量受用户对软件产品属性的感知（例如可由外部度量所测得的）和用户对使用中的软件效率、生产率及安全性的感知的影响	满意度标度、满意度问卷、选用度

（13）C。**要点解析：**《计算机软件需求说明编制指南 GB/T 9385-1988》适用对象：①软件客户，以便精确地描述他们想获得什么样的产品；②软件开发者，以便准确地理解客户需要什么样的产品等。

软件需求规格说明能为成本计价和编制计划进度提供基础。它提供的对被开发软件产品的描述是计算机软件产品成本核算的基础，并且可以为各方的要价和付费提供依据；它对软件的清晰描述，有助于估计所必需的资源，并用做编制进度的依据。但它不一定包括软件开发方法和验收过程等重要外部约束条件。

（14）C。**要点解析：**知识产权国际条约主要规定了知识产权保护的基本原则、范围及最低保护标准等内容。其中，关于基本原则的规定，是知识产权保护国际公约中最基本、最重要的内容。

独立保护原则是指某成员国民就同一智力成果在其他缔约国（或地区）所获得的法律保护是互相独立的。知识产权在某成员方产生、被宣告无效或终止，并不必然导致该知识产权在其他成员方也产生、被宣告无效或终止。

这也是巴黎公约和 TRIPS 的共同规定：独立保护是指外国人在另一个国家所受到的保护只能适用该国的法律，按照该国法律规定的标准实施。据此，选项 C 的说法有误。

（15）A。**要点解析：**竞争性谈判是指采购人（或采购代理机构）直接邀请 3 家以上供应商就采购事宜进行谈判的方式。我国《政府采购法》第三十条条文规定：“符合下列情形之一的货物或者服务，可以依照本法采用竞争性谈判方式采购：(一)招标后没有供应商投标或者没有合格标的或者重新招标未能成立的；（二）技术复杂或者性质特殊，不能确定详细规格或者具体要求的；（三）采用招标所需时间不能满足用户紧急需要的；（四）不能事先计算出价格总额的。”据此，选项 C 的说法正确。

根据我国《政府采购货物和服务招标投标管理办法》（财政部第 18 号令）第四十三条规定：“投标截止时间结束后参加投标的供应商不足三家的或在评标期间出现符合专业条件的供应商或者对招标文件做出实质响应的供应商不足三家的情形的，经报政府采购监督管理部门批准，可以采用竞争性谈判采购方式。”据此，并结合《政府采购法》第三十条条文可知，选项 B 的说法正确。

我国《政府采购法》第三十五条条文规定：“货物和服务项目实行招标方式采购的，自招标文件开始发出之日起至投标人提交投标文件截止之日止，不得少于二十日。”而我国《招标投标法》第十条条文规定：“招标分为公开招标和邀请招标。”因此，《政府采购法》中并没有对竞争性谈判公告发布期限做出强制性的约束。据此，选项 A 的说法有误。

我国《政府采购法》第三十八条第（三）款条文规定：“（三）确定邀请参加谈判的供应商名单。谈判小组从符合相应资格条件的供应商名单中确定不少于三家的供应商参加谈判，并向其提供谈判文件。”据此，选项 D 的说法正确。

（16）D。**要点解析**：我国《政府采购法》第二十三条条文规定："采购人可以要求参加政府采购的供应商提供有关资质证明文件和业绩情况，并根据本法规定的供应商条件和采购项目对供应商的特定要求，对供应商的资格进行审查"。

我国《政府采购法》第三十六条条文规定："在招标采购中，出现下列情形之一的，应予废标：（一）符合专业条件的供应商或者对招标文件作实质响应的供应商不足三家的；（二）出现影响采购公正的违法、违规行为的；（三）投标人的报价均超过了采购预算，采购人不能支付的；（四）因重大变故，采购任务取消的。废标后，采购人应当将废标理由通知所有投标人"。

依题意，由于"招标文件要求投标企业必须具备系统集成二级及其以上资质"，因此出现"有3家企业具备系统集成三级资质，有两家企业具备系统集成二级资质"情况，即符合相应资质条件的供应商不足3家，则此次招标将作废标处理。

（17）D。**要点解析**：在UML规范中，类图用于描述系统的结构化设计，即用来表示概念模型，其最基本的元素是类或接口，表达了类、接口以及它们之间的静态结构和关系。通常，在类图上包含的关系有：①泛化（Generalization）关系（即继承关系的反关系），②实例（Realization），③关联（Association），④聚集（Aggregation），⑤组装（Composition），⑥依赖（Dependency）等。

继承（Inheritances）关系表示类之间的一般层次关系，使得某类对象可以沿用另外一类对象的特征和能力。通常，构件是表示应用逻辑的代码。依题意，"容器是一个构件，构件不一定是容器"，表明在UML类图中容器类与构件类之间存在继承关系。

关联（Association）关系表示类与类之间的连接，即一个类保存对另一个类实例的引用，并在需要的时候调用这个实例的方法。而聚集（Aggregation）关系是关联关系的一种特例，代表两个类之间的整体/局部关系。聚集暗示着整体在概念上处于比局部更高的一个级别，在实例图中不存在回路，即只能是一种单向关系。依题意，"一个容器可以包含一个或多个构件，一个构件只能包含在一个容器中"，表明容器类与构件类之间存在聚集关系。

用例（Use case）描述了一个与系统参与者进行交互、并由系统执行的动作序列。UML规范提供了用例之间包含（Include）、扩展（Extend）和泛化（Generalization）3种相关性的关系。其中，包含（Include或Uses）关系是从两个或两个以上的原始用例中提取公共行为，或发现能够使用一个构件来实现某一用例的部分功能。意味着所包含的用例将始终出现。

扩展（Extend）关系表示基础用例在延伸用例间的一个位置上，隐式合并了另一个用例的行为。基础用例可以单独存在，但是在一定的条件下，它的行为可以被另一个用例的行为延伸。它将较复杂的步骤提取成专门的用例，以便简化原始用例并扩展其功能的行为。它的出现是有条件的，并且每次并不一定出现。

（18）A。**要点解析**：在面向对象分析与设计技术中，类和对象的关系是：①每一个对象都是某一个类的实例；②类是生成对象的模板；③每一个类在某一时刻都有0个或更多的实例；④类是静态的，它们的存在、语义和关系在程序执行前就已经定义好了，对象是动态的，它们在程序执行时可以被创建和删除。

（19）D。**要点解析**：NetBIOS用户扩展接口协议（NETBEUI）是为IBM开发的非路由协议，用于携带NETBIOS通信。其最大的优点是，没有路由和网络层寻址功能，这也是它的最大缺点。因为它无须携带附加的网络地址（如IP地址等）和网络层头尾标识字符（如IP协议头等），所以使用它可以很快并很有效地组建起单个网络，或者整个环境都桥接起来的小型工作组网络。

传输控制协议/因特网互连协议（TCP/IP）是Internet最基本的协议、Internet国际互连网络的基础，定义了电子设备（例如计算机）如何连入因特网，以及数据如何在它们之间传输。它是至今应用最广的网络协议之一。

因特网分组交换协议/序列分组交换协议（IPX/SPX）主要由早期的Novell NetWare网络使用。IPX是NOVELL用于NerWare客户端服务器的协议群组，它避免了NETBEUI的弱点，具有完全的路由能力，可用于组建大中型企业网。但IPX的可扩展性受到高层广播通信和高开销的限制。SPX不支持组广播，所有数据包只能传送给单个的会话对象。目前，最新版本的 NetWare 操作系统运行在 TCP/IP 上。

IPX 服务通告协议（SAP）用于通告诸如网络服务器和打印服务器等网络资源设备的地址和所能提供的服务。

（20）D。**要点解析**：命令 nslookup 具有测试域名与其对应的 IP 地址之间相互解析的功能。依题意，小张在 Internet 的某主机上使用命令 nslookup www.rkb.gov.cn 查询“中国计算机技术职业资格网”的网站域名，在该命令所得到的结果中：“Server: xd-cache-1.bjtelecom.net”和“Address:219.141.136.10”分别给出了提供上述查询解释功能的 DNS 服务器的域名、IP 地址；“Non-authoritative answer:”信息表明此次查询是在本 DNS 服务器缓存区（Cache）中查找并找到的数据，即此次查询并没有涉及 Internet 中的其他 DNS 服务器；“Name:www.rkb.gov.cn”和“Address: 59.151.5.241”分别给出了“中国计算机技术职业资格网”的域名及其所在服务器的 IP 地址。据此，选项 D 中“候选 DNS 服务器地址为 59. 151. 5. 241”的说法有误。

（21）A。**要点解析**：综合布线系统（PDS）的范围应根据建筑工程项目范围来定，主要有单幢建筑和建筑群体两种范围。其中，单幢建筑中的 PDS 工程范围，一般指在整幢建筑内部敷设的通信线路，还应包括引出建筑物的通信线路。例如建筑物内敷设的管路、槽道系统、通信缆线、接续设备及其他辅助设施（如电缆竖井和专用的房间等）。此外，各种终端设备（如计算机、电话机、传真机等）及其连接软线和插头（如 RJ-45 头、RJ-11 头）等，在使用前可以随时连接安装，一般不需设计和施工。通常，PDS 的工程设计和安装施工是单独进行的，因此这两类工作应该与建筑工程中的有关环节密切联系和互相配合。

在项目管理领域，项目范围是指“为了完成具有规定特征和功能的产品、服务或成果，而必须完成的项目工作”。据此，选项 A 对“单幢建筑中的 PDS 工程范围”的叙述是不完整的，它还应包括“引出建筑物的通信线路”部分。

（22）C。**要点解析**：依据《电子信息系统机房设计规范 GB 50174-2008》第 4.2.1 条款规定，电子信息系统机房的组成应根据系统运行特点及设备具体要求确定，一般由主机房、辅助区、支持区和行政管理区等功能区组成。

第 4.2.2 条款规定，主机房的使用面积应根据电子信息设备的数量、外形尺寸和布置方式确定，并预留今后业务发展需要的使用面积。在电子信息设备外形尺寸不完全掌握，且电子信息设备尚未选型时，主机房的使用面积可按下式计算：A=KN。其中，K 为单台设备占用面积，可取 3.5～4.5（m^2/台）；N 为计算机主机房内所有设备的总台数。据此，对于选项 B 的“主机房内计划放置 15 台设备，设计使用面积 65 平米”，$65\ m^2 > K_{min}N = 3.5\times15 = 52.5\ m^2$，因此选项 B 的做法是符合规范的。

第 4.2.3 条款规定，辅助区的面积宜为主机房面积的 0.2～1 倍。据此，选项 C 的做法是不符合规范。

（23）A。**要点解析**：能够正确地维护网络尽量不出现故障，并确保出现故障之后能够迅速、准确地定位问题并排除故障，对网络维护人员和网络管理人员来说是一个挑战，这不仅要求他们对网络协议和技术有着深入的理解，更重要的是要建立一个系统化的故障排除思想并合理应用于实际工作中，以将一个复杂的问题隔离、分解或缩减排错范围，从而及时修复网络故障。

通常，在检查一台计算机（或工作站）无法连接网络时，应先检查网络的硬件连通性（如计算机与信息插座之间的连接线是否脱落、RJ-45 头的铜触点是否严重氧化、网卡指示灯是否正常等）；若硬件连通性正常，则可以使用类似 ping 命令等程序检查本地计算机网络软件配置是否正常（如测试计算机到自身的网络连通性，以判断网卡驱动程序是否正常工作等）；然后再进一步检查本地计算机与相邻网络设备（如网关、计算机等）的逻辑连通性（如测试计算机到网关的网络连通性等）。

（24）C。**要点解析**：20 世纪 60 年代的物料需求计划（MRP）聚焦于相关物资需求问题，根据主生产计划、物料清单、库存信息，制定出相关物资的需求时间表，从而即时采购所需物资，降低库存。MRP 能根据有关数据计算出相关物料需求的准确时间与数量，但其没有考虑到生产企业现有生产能力和采购有关条件的约束，也缺乏根据计划实施情况的反馈信息对计划进行调整的功能。

20世纪70年代，基本MRP系统进一步发展，把能力需求计划和计划的执行及控制功能也包括进来，形成一个环形回路，称为闭环MRP。闭环MRP的基本目标是满足客户和市场的需求。闭环MRP能力计划通常是通过图表的形式（如直方图）向计划人员报告，但是尚不能进行能力负荷的自动平衡，这个工作由计划人员人工完成。紧接着闭环MRP将客观生产活动进行的状况及时反馈到系统中，以便根据实际情况进行调整与控制，以使各种资源既能合理利用又能按期完成各项订单任务。闭环MRP不要求根据物料需求计划扩充生产能力。

20世纪80年代，制造资源计划（MRPⅡ）的基本思想是将企业作为一个有机整体，从整体最优的角度出发，通过运用科学方法对企业各种制造资源和产、供、销、财各个环节进行有效组织、管理和控制，从而使各部分充分发挥作用，整体协调发展。MRPⅡ包含了管理模式的变革和人员素质或行为变革，主要侧重对本企业内部人、财、物等资源的管理。

20世纪90年代，ERP系统在MRPⅡ的基础上扩展了管理范围，将客户需求和企业内部的制造活动以及供应商的制造资源整合在一起，形成一个完整的供应链并对供应链上所有环节（如订单、采购、库存、计划、生产制造、质量控制、运输、分销、服务与维护、财务管理、人事管理、实验室管理、项目管理和配方管理等）进行有效管理。

（25）A。**要点解析：**客户关系管理（CRM）系统是基于方法学、软件和因特网的以有组织方式帮助企业管理客户关系的信息系统。CRM系统至少需要包括的基本功能模块是：①自动化的销售；②自动化的市场营销；③自动化的客户服务等。

（26）B。**要点解析：**电子商务按照交易对象可以分为4种模式，即企业对企业（B2B）、企业对消费者（B2C）、消费者对消费者（C2C）、政府对企业（G2B）。依题意，该体育设备厂商是一家企业，而体育爱好者通常是消费个体，两者之间通过相关的电子商务网站建立销售关系，因此这是一种B2C的电子商务交易模式。

（27）B。**要点解析：**《国务院办公厅关于加快电子商务发展的若干意见》（国办发〔2005〕2号）文件中指出，应加快建立我国电子商务支撑体系的内容包括：政策法规体系、信用体系、安全认证体系、在线支付体系、现代物流体系和标准规范体系等。

（28）C。**要点解析：**在Web Service体系结构中，服务提供者（服务器）和服务请求者（客户端）是必需的，服务注册中心是可选的角色。Web服务的提供者利用服务描述语言（WSDL）描述Web服务，Web服务的使用者通过通用发现、说明和集成（UDDI）来发现服务，两者之间使用简单对象访问协议（SOAP）进行通信。

（29）C。**要点解析：**J2EE是由Sun公司主导、各厂商共同制定并得到广泛认可的工业标准，能进行跨操作系统平台上的软件开发。

微软的.NET是基于一组开放的因特网协议而推出的一系列产品、技术和服务。不能跨越异构操作系统平台进行软件开发。.NET支持使用多种语言进行开发，目前已经支持Visual Basic .NET、C++、C#和Jscript等语言，以及它们之间的深层次交互，暂不能支持Java语言直接编程。.NET还支持第三方的.NET编译器和开发工具，这意味着几乎市场上的编辑语言都有可能应用于.NET开发框架。

在.NET中，ASE.NET应用不再是解释脚本，而采用编译运行，再加上灵活的缓冲技术，从根本上提高了性能。

（30）A。**要点解析：**工作流（Workflow）就是工作流程的计算模型，即将工作流程中的工作如何前后组织在一起的逻辑和规则，在计算机中以恰当的模型进行表示并对其实施计算。

工作流（Workflow）需要依靠工作流管理系统（WfMS）来实现，其主要功能是定义、执行和管理工作流，协调工作流执行过程中工作之间及群体成员之间的信息交互。

（31）D。**要点解析：**我国于2009年颁布的通信行业标准之《大楼通信综合布线系统YD/T926》标准的第1部分“总规范”的第1部分“范围”中规定：“本部分适用于跨距不超过3000m，办公总面积不超过1000000 m^2的布线区域，区域内的人员为50～50000人。布线区域超出上述范围时，也可以参考使用本部分”。

（32）C。**要点解析**：依据《电子信息系统机房设计规范 GB 50174-2008》第 6. 3. 4 条款规定："面积大于 100 m^2 的主机房，安全出口应不少于两个，且应分散布置。面积不大于 100m^2 的主机房，可设置一个安全出口，并可通过其他相临房间的门进行疏散。门应向疏散方向开启，且应自动关闭，并应保证在任何情况下都能从机房内开启。走廊、楼梯间应畅通，并应有明显的疏散指示标志。"据此，选项 C 的设计方案有误。

（33）D。**要点解析**：应用系统运行安全和保密层次按粒度从粗到细的排序是：系统级安全、资源访问安全、功能性安全、数据域安全。系统级安全策略包括①敏感系统的隔离；②访问 IP 地址段的限制；③登录时间段的限制；④会话时间的限制；⑤连接数的限制；⑥特定时间段内登录次数的限制；⑦远程访问控制等。系统级安全是应用系统的第一道防护大门。

程序资源访问控制安全的粒度大小界于系统级安全和功能性安全两者之间，是最常见的应用系统安全问题，几乎所有的应用系统都会涉及这个安全问题。对程序资源的访问进行安全控制，在客户端上为用户提供与其权限相关的用户界面，仅出现与其权限相符的菜单和操作按钮；在服务端则对 URL 程序资源和业务服务类方法的调用进行访问控制。

数据域安全包括行级和字段级两个安全层次。行级数据域安全是指用户可以访问哪些业务记录，通常以用户所在单位为条件进行过滤。字段级数据域安全是指用户可以访问业务记录的哪些字段。

（34）C。**要点解析**：依据《信息安全技术信息系统安全管理要求 GB/T 20269-2006》规定，应建立门禁控制手段，任何进出机房的人员应经过门禁设施的监控和记录，应有防止绕过门禁设施的手段；进入机房的人员应佩戴相应证件；应明确机房安全管理的责任人，机房出入应有指定人员负责，未经允许的人员不准进入机房；获准进入机房的来访人员，其活动范围和操作行为应受限制，并有接待人员陪同；机房内严禁吸烟及带入火种和水源等。

据此，题意中"①了解检查组人员数量及姓名，为其准备访客证件"和"②安排专人陪同检查人员对机房安全进行检查"的做法是符合国家标准条文要求的，其他两项则不符合条文要求。

（35）D；（36）A。**要点解析**：依题意，基于表 18-1 中该工程项目各工序的持续时间及其紧前工序，可得到如图 18-2 所示的单代号网络计划图。

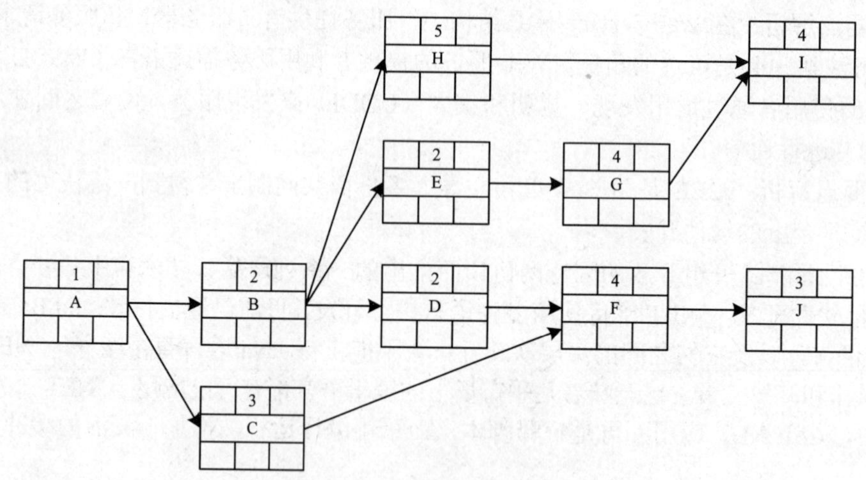

图 18-2　某工程项目的单代号网络计划图

在图 18-2 中共有 4 条路径。从第 0 周开始计算，路径 A→C→F→J 的项目工期=1+3+4+3=11 周；
路径 A→B→D→F→J 的项目工期=1+2+2+4+3=12 周；
路径 A→B→E→G→I 的项目工期=1+2+2+4+4=13 周；
路径 A→B→H→I 的项目工期=1+2+5+4=12 周。

关键路径是一个相关任务序列，该序列的工期具有最大总和的特性。由于 13 > 12 > 11，因此该工程项目的关键路径是 A→B→E→G→I，项目总工期为 13 周。关键路径决定了项目最早可能完成的时间，即该项目最快完成时间为 13 周。

要想缩短该工程项目的总工期，首先应该压缩关键路径上的某个或多个工序的历时。基于试题所给出的选项，工序 B 和工序 G 处于该项目的关键路径上，因此通过压缩工序 B 和（或）工序 G 时间可以缩短项目工期。如果只是压缩工序 H 或工序 F 时间，该项目的总工期仍为 13 周。

依图 18-2（或表 18-1）中工序 A 和工序 F 之间的逻辑依赖关系，在该项目中同时开展工序 A 和工序 F（即并行跟进）的做法是不对的，将会给项目后续工作带来风险。

（37）A。**要点解析**：此类试题的解答思路之一是，从 4 个选项出发，结合题意进行解答。对于选项 A 的安排，小张完成子项目甲和乙共需 6+4=10 个单位时间，小李完成子项目丙、丁和戊共需 7+2+2=11 个单位时间，项目工期为 11 个单位时间。

对于选项 B 的安排，小张完成子项目乙需 4 个单位时间，小李完成子项目甲、丙、丁和戊共需 5+7+2+2=16 个单位时间，项目工期为 16 个单位时间。

对于选项 C 的安排，小张完成子项目乙、丁和戊共需 4+4+3=11 个单位时间，小李完成子项目甲和丙共需 5+7=12 个单位时间，项目工期为 12 个单位时间。

对于选项 D 的安排，小张完成子项目甲、乙和丁共需 6+4+4=14 个单位时间，小李完成子项目丙和戊共需 7+2=9 个单位时间，项目工期为 14 个单位时间。

由于 $11 < 12 < 14 < 16$，因此选项 A 的人员任务安排的工期最短。

（38）B。**要点解析**：依题意，该项目最有可能的历时估算 Tm = 42 天，最乐观的历时估算 To = 35 天，最悲观的历时估算 Tp=55 天，则基于三点估算法，该项目工期的均值=（To+4Tm+Tp）/6=（35+4×42+55）/6=43 天。

（39）D。**要点解析**：依题意，该项目的完工预算 BAC = 5000×20=100000 元，在项目开工后第 9 个工作日早上（即项目已进行了 8 个工作日），项目的计划值 PV = 5000×20×（9−1）/（5×2）=80000 元，实际成本 AC=81000 元，挣值 EV=3600×20=72000 元，基于挣值分析技术可得：

该项目的进度偏差 SV=EV−PV=72000−80000=−8000 元，表示项目目前进度滞后（或拖延）；

费用偏差 CV=EV−AC=72000−81000=−9000 元，表示项目目前成本超支；

进度绩效指数 SPI=EV/PV=72000/80000=0.9，表明项目目前进度效率较低，进度滞后；

成本绩效指数 CPI=EV/AC=72000/81000≈0.889，表明项目目前资金使用效率较低，成本超支，项目成本绩效表现不好。

（40）B。**要点解析**：依题意，项目经理乙“在施工前咨询了工程队中有经验的成员”，由这些成员提供历时估算的参考信息，因此乙采用的是专家判断法。利用该方法估算的工期与实际工期之间的偏差与专家的经验有很大关系。

参数估算法是用欲完成工作的数量乘以生产率以作为估算活动历时的量化依据。项目经理甲所使用的计算式子是：$10000m^2$/（$200m^2$×5）=10 天。在实际施工时，由于估算值中难免存在误差，且影响活动持续时间的因素很多（如图纸参数的详略程度、气候因素、资源到位率因素、人员生产率因素等），因此不能简单地将甲所带领施工队的实际工期与计划工期相减来说明所使用的参数估算法不准确。

活动历时类比估算就是以从前类似计划活动的实际持续时间为根据，估算将来的计划活动的持续时间。当有关项目的详细信息数量有限时（如在项目的早期阶段），就经常使用这种方法估算项目的持续时间。单幢大楼综合布线工程属于工种比较单一、工艺不太复杂的项目，适合采用该类比估算法进行工期估算。但该估算法是基于历史信息和专家判断，因此其估算的计划工期具有不确定性和一定风险。

三点估算是是在确定最有可能的历时估算 Tm、最乐观的历时估算 To、最悲观的历时估算 Tp 3 种估算的基础上算出的均值（活动历时的均值=（To+4Tm+Tp）/6）。该平均估算值会比单一点的、最可能的估算值更为准确。因为是估算，所以难免会有误差。不能从项目经理丁某个工程项目的工期零偏差，简单地推导出三点估算法是此类综合布线工程项目的最佳工期估算方法。

（41）C。**要点解析**：常用的 WBS 表示形式主要有分级的树形结构和列表形式两种。依题意，表 18-3 采用了直观的缩进格式，类似于书籍的分级目录。它能反映出项目及其某一过程阶段的所有工作要素，易于装订成册，因此是一个列表缩进式 WBS 的示例。它通常应用于一些大型的、复杂的项目中。

分级的树形 WBS 类似于组织结构图，其层次清晰、直观、结构性很强，但不易于修改。通常应用于一些中小型的应用项目中。

（42）B。**要点解析**：项目范围确认（也称为范围核实）是客户等项目干系人正式验收并接受已完成的项目可交付物的过程。它包括审查项目可交付物以保证每一交付物令人满意地完成。范围确认与质量控制不同，范围确认是有关工作结果的接受问题，而质量控制是有关工作结果正确与否。项目范围确认应该贯穿项目的始终，质量控制一般在范围确认之前完成，当然也可并行进行。

如果项目在早期被终止，项目范围确认过程将记录其完成的情况。由此可见，“范围确认只能在系统终验时进行”的说法有误。

检查（或称为审查、产品评审、审计和走查）是范围确认的主要工具、方法和技术，通过测量、测试和验证等手段以确定工作和可交付物是否满足要求和产品的验收标准。

确认项目范围时，项目团队必须向建设方出示能够明确说明项目（或项目阶段）成果的文件，如项目管理文件（计划、控制、沟通等）、需求说明书、技术文件、竣工图纸等。

（43）A。**要点解析**：最终验收报告是建设方认可承建方的项目工作的最主要文件之一，是确认项目工作结束的重要标志性文档。它可作为该项目的范围确认证据，以提供给审计人员使用。

（44）D。**要点解析**：直接成本是指直接可以归属于项目工作的成本。例如项目团队差旅费、工资、项目使用的物料及设备使用费、进口设备报关费、第三方测试费用等。

间接成本是指来自一般管理费用科目或几个项目共同担负的项目成本所分摊给本项目的费用。例如税金、员工福利和保卫费用等。

（45）D。**要点解析**：成本预算指将单个活动或工作包的估算成本汇总，以确立衡量项目绩效情况的总体成本基准。项目成本预算可以使用的工具、方法和技术有：①成本汇总；②准备金分析（管理储备）；③参数估算；④资金限制平衡等。其中，成本汇总是指对计划活动的成本估算，根据 WBS 汇总到工作包，然后工作包的成本估算汇总到 WBS 中的更高一级（如控制账目），最终形成整个项目的预算。

依题意，该项目经理首先对每个工作包的成本进行了估算，通过成本汇总方法可得到整个项目的最终预算。

（46）B。**要点解析**：依题意，由表 18-4 中信息及数据可得，该综合布线工程的总预算 BAC=10000+10000+10000=30000 元。截止到 2010 年 6 月 2 日下午完工时的挣值 EV = 10000 元，实际成本 AC = 18000 元，计划值 PV=10000+10000=20000 元。基于挣值分析技术可得：

成本绩效指数 CPI=EV/AC=10000/18000≈0.556，表明项目目前资金使用效率较低，成本超支，项目成本绩效表现不好。

按此进度，即当前的偏差被看作是可代表未来偏差的典型偏差，基于预测技术可得：完工尚需估算 ETC=ETC=（BAC－EV^C）/CPI^C=（30000−10000）×18000/10000=36000 元。

该项目的预计完工成本 EAC=AC^C+（（BAC－EV）/CPI^C）=AC^C+ETC=18000+36000=54000 元。

（47）D。**要点解析**：接受风险策略可分为主动方式和被动方式。最常见的主动接受风险的方式是建立应急储备，应对已知或潜在的未知威胁或机会；被动地接受风险则不要求采取任何行动，将其留给项目团队，待风险发生时视情况进行处理即可，据此，本试题正确答案为选项 D。

通常，使用回避、转移和减轻 3 种策略应对可能对项目目标存在消极影响的风险或威胁。选项 A 的“签订一份保险合同”属于“转移”风险策略；选项 B 的“找出造成系统中断的各种因素，利用帕累托分析减轻和消除主要因素”属于“规避”风险策略；选项 C 的“设置冗余系统”属于“减轻”风险策略。

（48）D。**要点解析**：三点估算技术是以成本或持续时间的 3 个估算值分别表示乐观、最可能和悲观情况的一种分析技术。在活动或成本不确定时，用于提高成本或持续时间估算的准确性。

访谈技术利用经验和历史数据，对风险概率及其对项目目标的影响进行量化分析。所需收集的信息取决于所用的概率分布类型。例如，若采用三角分布，则需要收集最乐观、最可能和最悲观情况的信息；若采用正态分布，则需要收集均值和方差等信息。

综上所述，三点估算能评估时间（或成本）与概率的关系，可以用于定量风险分析。

（49）C。**要点解析**：蒙特卡罗分析也称为随机模拟法，是一种定量风险分析的工具、方法和技术。其基本思路是首先建立一个概率模型或随机过程，使其参数等于问题的解，然后通过对模型或过程的观察计算所求参数的统计特征，最后给出所求问题的近似值，解的精度可以用估计值的标准误差表示。图18-1显示了某项目成本风险的蒙特卡罗分析结果。从图18-1中可以看出，该项目在估算值41万元内完成的概率仅为12%，为了达到75%的成功概率需要50万元（即还需增加9万元作为应急储备，相当于还需41万元的21.95%作为应急储备）。

（50）B。**要点解析**：按信息系统范围划分，可将合同分为单项项目承包合同、总承包合同和分包合同。其中，当发包人将信息系统工程建设项目的不同工作任务分别发包给不同的承包人时，发包人与承包商应签署单项项目承包合同。该承包方式有利于吸引较多的承包人参与投标竞争，使发包人有更大的选择余地；也有利于发包人对建设工程的各个环节、各个阶段实施直接的监督管理。

总承包合同也称“交钥匙承包”，其适用场合是：发包人将信息系统工程建设项目从开始立项、论证、施工到竣工的全部任务，一并发包给一个具备资质的承包人。

分包合同适用场合是：总承建单位将其承包的某一部分或某几部分子项目，再发包给子承建单位。

（51）D。**要点解析**：合同法规定了4种违约责任的承担方式：①继续履行；②采取补救措施；③赔偿损失；④支付约定违约金或定金。

（52）C。**要点解析**：对合同内容（或条款）的描述务必要达到“准确、简练、清晰”的标准要求，切忌用语含混不清。例如，若只在信息系统定制开发合同中写明“合同签订后建设单位应在7个工作日内向承建单位支付60%合同款；系统上线并运行稳定后，建设单位应在7个工作日内向承建单位支付 30%合同款”，则其中“系统上线”、“运行稳定”等用语都是十分含混的规定，容易引起歧义。对此应进行改进，以明确具体的系统上线后运行的时间，例如将“系统上线并运行稳定后”修改为“整套系统上线当日起并无故障运行7个工作日后”等。

（53）C。**要点解析**：对于项目完成后发生技术性问题的处理与维护，如果是因为开发商的工作质量所造成的，则应当由开发商负责无偿地解决，一般期限是半年至一年；如果合同中没有相关条款，则视为企业所有的维护要求都要另行收费。

（54）B。**要点解析**：索赔必须以合同为依据。通常，索赔应依据以下内容：①国家有关的法律（如《合同法》）、法规和地方法规；②国家、部门和地方有关信息系统工程的标准、规范和文件；③本项目的实施合同文件，包括招标文件、合同文本及附件；④有关的凭证，包括来往文件、签证及更改通知、会议纪要、进度表、产品采购等；⑤其他相关文件，包括市场行情记录、各种会计核算资料等。

（55）A。**要点解析**：按照索赔的目的，可分为工期索赔和费用索赔。工期索赔就是要求业主延长施工时间，使原规定的工程竣工日期顺延，从而避免了违约罚金的发生；费用索赔就是要求业主或承包商双方补偿费用损失，进而调整合同价款。

依题意，由于建设单位未提前通知承建单位待建信息系统部署地点所处的大楼进行线路改造，导致项目停工一个月，这是属于业主方面的原因而导致拖延工期的现象，因此承建方可以提出要求延长工期补偿和费用补偿。

（56）C。**要点解析**：通常，项目合同索赔的处理流程是：①提出索赔要求；②提交索赔资料；③索赔答复；④索赔认可/索赔分歧；⑤提交最终索赔报告/仲裁与诉讼。以上各个阶段的处理周期均为28天。依题意，承建单位于2010年7月1日发出索赔通知书，最迟应在28天之内（即2010年7月29日之前）向监理方提出延长工期和（或）补偿经济损失的索赔报告及有关资料。

（57）B。**要点解析**：通常，沟通管理计划编制过程的步骤是：①确定干系人的沟通信息需求，即哪些人需要沟通，谁需要什么信息，什么时候需要，以及如何把信息发送出去；②描述信息收集和文件归档的结构；③明确发送信息和重要信息的格式，即创建信息发送的档案和获得信息的访问方法。

（58）A。**要点解析**：沟通技术是项目经理在沟通时需要采用的方式和需要考虑的限定条件。影响项目沟通的技术因素有：①对信息需求的紧迫性；②技术是否到位；③预期的项目人员配备；④项目时间的长短；⑤项目环境等。

（59）C。**要点解析**：干系人分析是沟通计划编制的第一步。在了解和调查干系人之后，即可以根据干系人的需求进行分析和应对，进而制定干系人沟通计划。通常，干系人沟通计划主要内容是：①干系人需要哪些信息，项目成员可以看到哪些信息，项目经理需要哪些信息，高层管理者需要哪些信息及客户需要哪些信息等；②各类项目文件的访问路径、访问权限及文件的接受格式等。

各类项目文件（如项目范围说明书、进度管理计划等）的具体内容属于项目管理计划所涵盖的范畴，不属于干系人沟通计划的内容，否则干系人沟通计划的内容就显得很庞大，且比项目管理计划还包含了很多的内容了。

（60）D。**要点解析**：依题意，某项目建设方没有聘请监理，承建方项目组在编制采购计划时可包括的内容有：①第三方系统测试服务；②设备租赁；③外部聘请的项目培训等。通常不包括建设方按照进度计划提供的货物等。

（61）B。**要点解析**：工作说明书（SOW）是对项目所要提供的产品、成果或服务的描述。内部的工作说明书也称为任务书。工作说明书包括的主要内容有：前言、服务范围、方法、假定、服务期限和工作量估计、双方角色和责任、交付资料、完成标准、顾问组人员、收费和付款方式、变更管理等。

依题意，编制采购计划时，项目经理所提交给采购部的“计算机的配置清单及相关的交付时间要求”材料不能作为工作说明书，不能满足采购验收需要。

（62）D。**要点解析**：我国《政府采购法》第三十八条第（一）款条文规定：“（一）成立谈判小组。谈判小组由采购人的代表和有关专家共3人以上组成，其中专家的人数不得少于成员总数的2/3”。

《政府采购法》第六十条条文规定：“政府采购监督管理部门不得设置集中采购机构，不得参与政府采购项目的采购活动。采购代理机构与行政机关不得存在隶属关系或者其他利益关系”。

综上所述，该谈判小组人员组成不符合《政府采购法》条文规定，不应包含监察部门的工作人员。

（63）C。**要点解析**：我国《招标投标法》第十六条条文规定：“招标人采用公开招标方式的，应当发布招标公告。依法必须进行招标的项目的招标公告，应当通过国家指定的报刊、信息网络或者其他媒介发布。招标公告应当载明招标人的名称和地址、招标项目的性质、数量、实施地点和时间，以及获取招标文件的办法等事项。”依题意，“企业向通过资格预审的甲、乙、丙、丁、戊5家企业发出了投标邀请书”的做法不妥，因为该做法属于邀请招标方式。

《招标投标法》第二十四条条文规定：“招标人应当确定投标人编制投标文件所需要的合理时间；但是，依法必须进行招标的项目，自招标文件开始发出之日起至投标提交投标文件截止之日止，最短不得少于二十日。”依题意，“2010年6月9日上午9时，……规定投标截止时间为2010年7月19日下午5时”的规定符合法律要求，因为正确的投标截止时间最早是2010年7月28日下午5时。就此，对于丁企业于2010年7月20日上午9时送达的投标文件，招标人应当拒收。

《招标投标法》第三十九条条文规定：“评标委员会可以要求投标人对投标文件中含义不明确的内容做必要的澄清或者说明，但是澄清或者说明不得超出投标文件的范围或者改变投标文件的实质性内容。”依题意，在评标过程中，若出现“乙企业投标报价中的大写金额与小写金额不一致”时，则专家组应该要求乙企业投标人对此进行择一澄清或者说明，即乙企业投标文件是有效的。

《招标投标法》第三十三条条文规定：“投标人不得以低于成本的报价竞标，也不得以他人名义投标或者以其他方式弄虚作假，骗取中标。”依题意，出现“丙企业投标报价低于标底和其他4家较多”情况，而投标报价与标底价格有较大差异不能作为判定是否为无效投标的依据，即丙企业投标文件是有效的。据此，选项C的说法有误。

通常，投标文件必须法定代表人签字、加盖企业法人印章并且密封。由于甲企业投标文件缺少法定代表人签字，因此该投标应做无效投标处理。

（64）D。**要点解析**：变更管理是项目整体管理的一部分，属于项目整体变更控制的范畴。通常，项目整体变更控制流程是：①受理变更申请；②变更的整体影响分析；③接收（或拒绝）变更；④执行变更；⑤变更结果追踪与审核等。依题意，面对此类变更，项目经理合适的处理方法之一是，响应变更提出者的要求，评估潜在的工期风险及其对项目的影响，最好能将要求由技术要求转化为资源需求，事先给出初步的应对解决方案，以供授权人决定采取何种应对措施。

（65）B。**要点解析**：变更管理的实质，是根据项目推进过程中越来越丰富的项目认知，不断调整项目的努力方向和资源配置，以最大程度地满足客户等相关干系人的需求，提升项目价值。依题意，在大型信息系统项目整体压力较大的情况下，面对项目中的变更，更需要强调变更的提出、处理应当规范化，可以使用分批处理、分优先级处理等方式提高效率。换而言之，此时项目经理应该积极与客户协商，争取采用分批处理策略，将相关功能模块重新排定优先次序然后再择需处理（即分优先级处理），对于每个功能模块的开发仍然按预定的规范流程进行处理。

（66）A。**要点解析**：合同变更控制系统规定合同修改的过程，包括：①文书工作、②跟踪系统、③争议解决程序、④批准变更所需的审批层次。合同变更控制系统应当与整体变更控制系统结合起来。

合同索赔是规范合同行为的一种约束力和保障措施，而不属于“合同修改”的过程。

（67）C。**要点解析**：排列图也称为帕累托图，其来自于帕累托定律，该定律认为绝大多数的问题或缺陷产生于相对有限的起因。这就是常说的80/20定律，即20%的原因造成80%的问题。排列图是一种柱状图，按事件发生的频率排序而成。它显示由于某种原因引起的缺陷数量或不一致的排列顺序，是找出影响项目产品或服务质量主要因素的方法。按等级排序的目的是指导项目团队首先采取措施纠正造成最多数量缺陷的问题。依题意，由题干关键信息“绝大多数的问题都是由几个原因造成的，项目组有针对性地采取了一些措施”可得，该项目经理采用的是排列图法。

因果图（也称为石川图或鱼骨图）能直观地反映出造成问题的各种可能的原因。该技术首先确定结果（质量问题），然后分析造成这种结果的原因。每个分支都代表着可能的差错原因，用于查明质量问题可能所在和设立相应检验点。它可以帮助项目团队事先估计可能会发生哪些质量问题，然后，帮助制定解决这些问题的途径和方法。

控制图也称为管理图、趋势图，是一种带控制界限的质量管理图形，用来区分引起的原因是偶然的还是系统的，可以提供系统原因存在的信息，从而判断项目实施过程是否处于受控状态。通过观察控制图上产品质量特性值的分布状况，分析和判断生产过程是否发生了异常，一旦发现异常就要及时采取必要的措施加以消除，使生产过程恢复稳定状态；也可以应用控制图来使生产过程达到统计控制的状态。

矩阵图是指借助数学上矩阵的形式，把与问题有对应关系的各个因素列成一个矩阵图；然后，根据矩阵图的特点进行分析，从中确定关键点（或着眼点）的方法。该种方法用于多因素分析时，可做到条理清楚、重点突出。矩阵图在质量管理中，可用于寻找新产品研制和老产品改进的着眼点，寻找产品质量问题产生的原因等方面。

（68）B。**要点解析**：依题意，试题所给出的用于质量管理的4种管理工具依次是：①网络活动图、②因果图、③流程图、④直方图。其中，网络活动图也称为箭条图法、矢线图法，是网络图在质量管理中的应用，是计划评审法在质量管理中的具体运用，它使得质量管理的计划安排具有了时间进度。

因果图的每个分支都代表着可能的差错原因，通过罗列各类问题原因，以帮助项目团队透过现象看本质、全局地分析问题，以设立相应检验点或制定解决这些问题的途径和方法等。

流程图是表示项目实施过程中各个管理环节进行顺序的简图。所有过程流程图都具有几项基本要素，即活动、决策点和过程顺序。它表明一个系统的各种要素之间的交互关系。将流程图应用于项目质量管理，能够帮助项目经理清楚地知道问题可能出在什么地方，从而确定可供选择的行动方案。

直方图也称为柱状图、质量分布图，用一系列高度不等的纵向条纹或线段表示数据分布的情况。通常使用横轴表示数据类型，纵轴表示分布情况。每一个纵向线段代表一个问题（或情况）的一个特征（或属性），其高度代表该特征（或属性）出现的相对频率，通过各个纵向线段所组成的图形来直观地表现产品质量特性的分布状态，以便判断其总体质量分布情况。

另外，选项中出现的其他质量管理图中，相互关系图也称为关系图法，是指用连线图来表示事物相互关系的一种方法。它能帮助找出各种影响因素之间的因果关系，便于统观全局、分析研究，以及拟定出解决问题的措施和计划。

过程决策程序图（PDPC）是在制订达到研制目标的计划阶段，对计划执行过程中可能出现的各种障碍及结果作出预测，并相应地提出多种应变计划的一种方法。在计划执行过程中遇到不利情况时，仍能有条不紊地按第二、第三或其他计划方案进行，以便达到预定的计划目标。它是针对为了达成目标的计划，尽量导向预期理想状态的一种手法。

控制图、排列图的相关解析请参见试题 67 的要点解析。

（69）D。**要点解析**：基准比较是指将项目的实际做法（或计划做法）与其他项目的实践相比较，从而产生改进的思路并提出度量绩效的标准。依题意，该项目经理以本省应急指挥系统为标杆，定期将当前项目的功能和性能与之比较的做法属于基准比较法。

实验设计法是一种统计方法，它帮助确定影响特定变量的因素，常用于项目产品的分析，以及用于解决成本与进度权衡的项目管理问题。相互关系图法是用连线图来表示事物相互关系的一种方法。

优先矩阵图也被认为是矩阵数据分析法，通过在矩阵图上填数据，形成一个分析数据的矩阵。它是一种定量分析问题的方法，往往需要借助计算机进行求解。

（70）C。**要点解析**：质量审计是对其他质量管理活动的结构化和独立的评审方法，用于判断项目活动的执行是否遵从于组织及项目定义的方针、过程和规程。质量审计的目标是：①识别在项目中使用的低效率以及无效果的政策、过程和规程；②采取纠正措施的努力，将会达到降低质量成本和提高客户或（组织内的）发起人对产品和服务的满意度的目的；③确认批准过的变更请求、纠正措施、缺陷修订以及预防措施的执行情况。

质量审计可以是预先计划的，也可以是随机的；可以由组织内部完成，也可以委托第三方完成。

（71）C。参考译文：开放系统互连参考模型 OSI 是一个规范两个不同系统可以进行任意数据通信的理论模型。路由器是一种运行在 OSI 参考模型网络（network）层的网络互连设备。

（72）B。参考译文：多数主机操作系统要求系统管理员为其手动配置一个 IP 地址信息。而使用自动配置方法（如动态主机配置协议 DHCP）能够有效地解决这一问题。

（73）A。参考译文：商业智能（BI）综合应用了数据仓库、数据挖掘、联机分析处理（OLAP）等技术。

（74）C。参考译文：实施质量控制是一个监测并记录执行质量计划活动的结果，从而评估绩效并建议必要变更的过程。执行质量控制的技术和工具包括：①统计抽样（Statistical sampling）；②趋势图（Run chart）；③控制图（Control charts）；⑤帕累托图（Pareto chart）；⑥因果图（Cause and effect diagrams）等，但不包括④关键路径法（Critical Path Method）。

（75）D。参考译文：质量计划编制是一个识别项目及其产品的质量要求和（或）标准，并书面描述项目如何达到这些要求和（或）标准的过程。质量成本分析（Cost of quality analysis）是制定质量计划的方法之一。质量成本包括在产品生命周期中为预防不符合要求，为评价产品或服务是否符合要求，以及因未达到要求而发生的所有成本。

18.1.3 参考答案

表 18-7 给出了本份上午试卷问题 1～问题 75 的参考答案，供读者练习时参考，以便查缺补漏。读者可按每空 1 分的评分标准得出测试分数，从而大致评估自己对这些知识点的掌握程度。

表18-7　上午试卷参考答案表

题号	1	2	3	4	5	6	7	8	9	10
答案	C	C	B	A	C	B	A	A	B	C
题号	11	12	13	14	15	16	17	18	19	20
答案	C	B	C	C	A	D	D	A	D	D
题号	21	22	23	24	25	26	27	28	29	30
答案	A	C	A	C	A	B	B	C	C	A
题号	31	32	33	34	35	36	37	38	39	40
答案	D	C	D	C	D	A	A	B	D	B
题号	41	42	43	44	45	46	47	48	49	50
答案	C	B	A	D	D	B	D	D	C	B
题号	51	52	53	54	55	56	57	58	59	60
答案	D	C	C	B	A	C	B	A	C	D
题号	61	62	63	64	65	66	67	68	69	70
答案	B	D	C	D	B	A	C	B	D	C
题号	71	72	73	74	75					
答案	C	B	A	C	D					

18.2 下午试卷

（考试时间 13:30—15:00，共 90 分钟）

请按下述要求正确填写答题纸

1．本试卷共5道题，全部是必答题，满分75分。
2．在答题纸的指定位置填写你所在的省、自治区、直辖市、计划单列市的名称。
3．在答题纸的指定位置填写准考证号、出生年月日和姓名。
4．答题纸上除填写上述内容外只能写解答。
5．解答时字迹务必清楚，字迹不清，将不评分。
6．仿照下面例题，将解答写在答题纸的对应栏内。

【例题】

2010年下半年全国计算机技术与软件专业技术资格（水平）考试的日期是＿（1）＿月＿（2）＿日。因为正确的解答是“11月13日”，故在答题纸的对应栏内写上“11”和“13”（参见下表）。

例　题	解答栏
（1）	11
（2）	13

****

18.2.1　试题描述

试题1

阅读以下说明，根据要求回答问题1～问题3。（15分）

【说明】

某信息系统集成公司（承建方）成功中标当地政府某部门（建设方）办公场所的一信息系统软件

升级改造项目。项目自2月初开始，工期为1年。承建方项目经理制定了相应的进度计划，将项目工期分为4个阶段：需求分析阶段计划8月底结束；设计阶段计划9月底结束；编码阶段计划11月底结束；安装、测试、调试和运行阶段计划次年2月初结束。

当年2月底，建设方通知承建方，6月至8月这3个月期间因某种原因，无法配合项目实施。经双方沟通后达成一致，项目仍按原合同约定的工期执行。

由于该项目的按时完成对承建方非常重要，在双方就合同达成一致后，承建方领导立刻对项目经理做出指示：①招聘新人，加快需求分析的进度，赶在6月之前完成需求分析；②6月至8月期间在本单位内部完成系统设计工作。

项目经理虽有不同意见，但还是根据领导的指示立即修改了进度管理计划并招募了新人，要求项目组按新计划执行，但项目进展缓慢。直到11月底项目组才刚刚完成需求分析和初步设计。

【问题1】（3分）

除案例中描写的具体事项外，承建方项目经理在进度管理方面可以采取哪些措施？

【供选择答案】（请从以下选项中选出相应的字母做答）：

A．开发抛弃型原型　　B．绩效评估　　C．偏差分析

D．编写项目进度报告　　E．确认项目范围　　F．发布新版项目章程

【问题2】（6分）

（1）基于你的经验，请指出承建方领导的指示中可能存在的风险，并简要叙述进行变更的主要步骤。

（2）请简述承建方项目经理得到领导指示之后如何控制相关变更。

【问题3】（6分）

针对项目现状，请简述项目经理可以采用的进度压缩技术，并分析利弊。

试题2

阅读以下说明，根据要求回答问题1～问题4。（15分）

【说明】

某项目经理将其负责的系统集成项目进行了工作分解，并对每个工作单元进行了成本估算，得到其计划成本。各任务同时开工，开工5天后项目经理对进度情况进行了考核，如表18-8所示。

表18-8　某项目执行情况分析表

任　务	计划工期（天）	计划成本（元/天）	已发生费用（元）	已完成工作量
甲	10	2000	16000	20%
乙	9	3000	13000	30%
丙	12	4000	27000	30%
丁	13	2000	19000	80%
戊	7	1800	10000	50%
合计			85000	

【问题1】（6分）

请计算该项目在第5天末的PV、EV值，并写出计算过程。

【问题2】（5分）

请从进度和成本两方面评价此项目的执行绩效如何，并说明依据。

【问题3】（2分）

为了解决目前出现的问题，项目经理可以采取哪些措施？

【问题4】（2分）

如果要求任务戊按期完成，项目经理采取赶工措施，那么任务戊的剩余日平均工作量是原计划日平均工作量的多少倍？

试题3

阅读以下说明，根据要求回答问题1～问题3。（15分）

【说明】

某市石油销售公司计划实施全市的加油卡联网收费系统项目。该石油销售公司选择了系统集成商M作为项目的承包方，M公司经石油销售公司同意，将系统中加油机具改造控制模块的设计和生产分包给专业从事自动控制设备生产的H公司。同时，M公司任命了有过项目管理经验的小刘作为此项目的项目经理。

小刘经过详细的需求调研，开始着手制定项目计划，在此过程中，他仔细考虑了项目中可能遇到的风险，整理出一张风险列表。经过分析整理，得到排在前三位的风险如下：

（1）项目进度要求严格，现有人员的技能可能无法实现进度要求；

（2）现有项目人员中有人员流动的风险；

（3）分包商可能不能按期交付机具控制模块，从而造成项目进度延误。

针对发现的风险，小刘在做进度计划的时候特意留出了20%的提前量，以防上述风险发生，并且将风险管理作为一项内容写进了项目管理计划。项目管理计划制定完成后，小刘通知了项目组成员，召开了第一次项目会议，将任务布置给大家。随后，大家按分配给自己的任务开展了工作。

第四个月底，项目经理小刘发现H公司尚未生产出联调所需要的机具样品。H公司于10天后提交了样品，但在联调测试过程中发现了较多的问题，H公司不得不多次返工。致使项目还没有进入大规模的安装实施阶段，20%的进度提前量就已经被用掉，此时，项目一旦发生任何问题将可能直接影响最终交工日期。

【问题1】（4分）

请从整体管理和风险管理的角度指出该项目的管理存在哪些问题。

【问题2】（3分）

项目经理小刘为了防范风险发生，预留了20%的进度提前量，在风险管理中称为___(1)___。

在风险管理的各项活动中，头脑风暴法可以用来进行___(2)___，风险概率及影响矩阵可用来进行___(3)___。

【问题3】(2分)

针对“项目进度要求严格，现有人员的技能可能无法实现进度要求”这条风险，请提出你的应对措施。

【问题4】(6分)

针对“分包商可能不能按期交付机具控制模块，从而造成项目进度延误”这条风险，结合案例，分别按避免、转移、减轻和应急响应4种策略提出具体应对措施。

试题4

阅读以下说明，根据要求回答问题1～问题3。(15分)

【说明】

某公司为当地一家书店开发图书资料垂直搜索引擎产品，双方详细约定了合同条款，包括合同金额、产品验收标准等。此项目是该公司独立承担的一个小型项目，项目经理小张兼任项目技术负责人。项目进行到设计阶段后，由于小张从未参与过垂直搜索引擎的产品开发，产品设计方案经过两次评审后仍未能通过。公司决定将小张从该项目组调离，由小李接任该项目的项目经理兼技术负责人。

小李仔细查阅了小张组织撰写的项目范围说明书和产品设计方案后，进行了修改。小李将原定从头开发的方案，修改为通过学习和重用开源代码来实现的方案。小李还相应地修改了小张组织编写的项目范围说明书，将其中按照项目生命周期分解得到的大型分级目录列表形式的WBS改为按照主要可交付物分解的树形结构图形式，减少了WBS的层次。小李提出的设计方案和项目范围说明书，得到了项目干系人的认可，通过了评审。

【问题1】(5分)

结合本案例，判断下列选项的正误(正确的选项填写“√”，错误的选项填写“×”)

(1) 项目范围控制需要按照项目整体变更控制过程来处理。( )

(2) 项目范围说明书通过了评审，标志着完成了项目范围确认工作。( )

(3) 小李修改了项目范围说明书，但原有的项目范围管理计划不需要变更。( )

(4) 小李编写的项目范围说明书中应该包括产品验收标准等重要合同条款。( )

(5) 通过评审后，新项目范围说明书将成为该项目的范围基准。( )

【问题2】(4分)

请分别简述小李和小张组织编写的范围说明书中WBS的表示形式的优缺点及适用场合。

【问题3】(6分)

结合项目现状，请简述在项目后续工作中小李应如何做好范围控制工作。

试题5

阅读以下说明，根据要求回答问题1～问题3。(15分)

【说明】

某公司的质量管理体系中的配置管理程序文件中有如下规定：

（1）由变更控制委员会（CCB）制定项目的配置管理计划；
（2）由配置管理员（CMO）创建配置管理环境；
（3）由 CCB 审核变更计划；
（4）项目中配置基线的变更经过变更申请、变更评估、变更实施后便可发布；
（5）CCB 组成人员不少于一人，主席由项目经理担任。

公司的项目均严格按控照程序文件的规定执行。在项目经理的一次例行检查中，发现项目软件产品的一个基线版本（版本号 V1.3）的两个相关联的源代码文件仍有遗留错误，便向 CMO 提出变更申请。CMO 批准后，项目经理指定上述源代码文件的开发人员甲、乙修改错误。甲修改第一个文件后将版本号定为 V1.4，直接在项目组内发布。次日，乙修改第二个文件后将版本号定为 V2.3，也在项目组内发布。

【问题 1】（6 分）

请结合案例，分析该公司的配置管理程序文件的规定及实际变更执行过程存在哪些问题？

【问题 2】（3 分）

请为案例中的每项工作职责指派一个你认为最合适的负责角色。（在表 18-9 相应的单元格中画“√”，每一列最多只能有一个单元格画“√”，多画、错画“√”不得分）

表 18-9　工作角色分配表

工作 负责人	编制配置管理计划	创建配置管理环境	审核变更计划	变更申请	变更实施	变更发布
CCB						
CMO						
项目经理						
开发人员						

【问题 3】（6 分）

请就配置管理，判断以下概念的正确性（正确的画“√”，错误的画“×”）：
（1）配置识别、变更控制、状态报告、配置审计是软件配置管理包含的主要活动。（ ）
（2）CCB 必须是常设机构，实际工作中需要设定专职人员。（ ）
（3）基线是软件生存期各个开发阶段末尾的特定点，不同于里程碑。（ ）
（4）动态配置库用于管理基线和控制基线的变更。（ ）
（5）版本管理是对项目中配置项基线的变更控制。（ ）
（6）配置项审计包括功能配置审计和物理配置审计。（ ）

18.2.2　要点解析

试题 1 要点解析

请参见本书第 6 章 6.3.4 节。

试题 2 要点解析

请参见本书第 7 章 7.3.3 节。

试题 3 要点解析

请参见本书第 11 章 11.3.1 节。

试题 4 要点解析

请参见本书第 5 章 5.3.2 节。

试题 5 要点解析

请参见本书第 14 章 14.3.2 节。

18.2.3 参考答案

表 18-10 给出了本份下午试卷试题 1～试题 5 的参考答案，供读者练习时参考，以便查缺补漏。读者也可依照所给出的评分标准得出测试分数，从而大致评估自己对这些知识点的掌握程度。

表 18-10 参考答案及评分标准表

试 题	问题与分值	参考答案及评分标准	自 评 分
1	【问题 1】（3 分）	B、C、D（3 分，错选、多选不得分，少选一项扣 1 分）	
	【问题 2】（6 分）	（1）可能存在的风险：①新人对本项目领域没有经验（或经验不足），生产率低，易出现开发质量问题，从而影响项目的整体生产率，并导致项目出现不可预期的问题； ②新成员加入将导致项目团队建设从形成期重新开始； ③新成员加入将导致需要更多的沟通成本和管理成本，并使得项目赶工措施的实施难度增大； ④闭门造车进行系统设计，容易出现不能满足用户需求的风险，从而导致项目返工 （答案包含但不限于以上要点，答出其中两个小点即可，每小点 1 分，答案类似即可） 变更管理的主要步骤：①受理变更申请；②变更的整体影响分析；③接收或拒绝变更；④执行变更；⑤变更结果追踪与审核等（2 分，答案类似即可） （2）①对每个指示进行影响评估，并将影响评估结果及其应对措施与该领导沟通、交流，争取该领导能给予当前项目更多优质的项目资源投入； ②修改项目进度计划，并将与领导沟通、确认的指示列入计划； ③重新计算项目进度，估计计划采取的这些应对措施的效果等 （答案包含但不限于以上要点，答出其中两个小点即可，每小点 1 分，答案类似即可）	
	【问题 3】（6 分）	①赶工（加班）（1 分）：能在尽量少增加费用的前提下最大限度地缩短项目工期（1 分），但需增加项目开支，容易导致开发人员心理压力增大、因疲劳而降低工作效率，使得开发过程出现更多的问题，从而影响项目的整体质量（1 分）； ②快速跟进（1 分）：能同时进行按先后顺序的阶段（或活动）（1 分），需要增加项目成本，并会增加项目风险（1 分）（答案包含但不限于以上要点，答案类似即可）	
2	【问题 1】（6 分）	PV=（2000+3000+4000+2000+1800）×5=64000 元（3 分） EV=（2000×20%+3000×30%+4000×30%+2000×80%+1800×50%）×5=（400+900+1200+1600+900）×5 =25000 元（3 分）	
	【问题 2】（5 分）	当前该项目资金使用效率较低，成本超支(2 分，答案意思相近即可)，依据：CPI = EV/AC = 25000/85000 = 0.2941 < 1.0（1 分）； 当前该项目进度效率较低，进度滞后（2 分，答案意思相近即可），依据：SPI = EV/PV = 25000/64000 = 0.3906 < 1.0（1 分）	
	【问题 3】（2 分）	①提高工作效率，例如用工作效率高的人员更换一批工作效率低的人员等； ②加班（或赶工），或在防范风险的前提下并行施工（快速跟进）； ③加强成本监控等 （答题包含但不限于以上要点，列举出其中两个小点即可，每小点 1 分，答案类似即可）	
	【问题 4】（2 分）	2.25 倍 （2 分）	

续表

试 题	问题与分值	参考答案及评分标准	自 评 分
3	【问题1】（4分）	①项目管理计划编制过程缺乏各干系人（尤其是项目组人员）的参与； ②小刘缺乏（或有但流于形式）分包项目的有效监控（或对该分包项目的监控周期过长）； ③小刘对已识别项目风险的影响结果认识不足，没有采取任何应对措施； ④小刘对该项目缺乏有效的整体变更控制； ⑤小刘对项目变更风险认识不足，没有及时有效地调整项目管理计划等； ⑥项目实施过程中未能与客户、分包商进行及时且有效的沟通（或未建立有效的沟通机制） （答案包含但不限于以上要点，列举出其中4个小点即可，每小点1分，答案类似即可）	
	【问题2】（3分）	（1）风险预警管理（或风险预留管理，或应急储备 ） （2）风险识别 （3）定性风险分析（每空1分）	
	【问题3】（2分）	①积极与公司高层领导沟通，争取指派经验更丰富的人去完成（或帮助完成）项目工作； ②招聘有过类似项目实施经验的人员； ③在防范风险的前提下将包含新技术、新方法的部分外包等 （答案包含但不限于以上要点，列举出其中1个小点即可，2分，答案类似即可）	
	【问题4】（6分）	①避免策略：积极与石油销售公司沟通，争取进行合同变更，从而将该控制模块的设计和生产从原合同中剔除。 ②转移策略：争取通过沟通使石油销售公司直接与H公司签订该控制模块设计和生产这一部分的相关合同；或者在分包合同中明确该风险的具体责任由H公司全部承担。 ③减轻策略：选择稳定可靠、信誉度高的分包商；或者在资金许可的情况下，再选择一家完成该控制模块设计和生产的分包商。 ④应急响应策略：预留进度的提前量，预留预算的应急储备金；同时在项目进行过程中，将风险管理纳入日常工作，建立风险预警机制 （答案包含但不限于以上要点，每小点1.5分，答案类似即可）	
4	【问题1】（5分）	（1） √　　（2） × （3） ×　　（4） √ （5） ×（每空1分）	
	【问题2】（4分）	小李：能够反映出项目所有的工作要素，易于装订成册，但其直观性较差（1分）。通常应用于大型、复杂的项目中（1分） 小张：层次清晰、直观、结构性很强，但不易于修改（1分）。通常应用于中小型的应用项目中（1分）（答案类似即可）	
	【问题3】（6分）	①定义项目范围变更的相关流程； ②确定项目范围变更是否已经发生； ③影响可能导致该项目范围变更的因素，并确保这些变更得到一致的认可； ④根据范围基准和测量得到的项目绩效等进行偏差分析，以确定有关变更的原因，确定是否需要纠正行动； ⑤当范围变更发生时，对实际的变更进行管理； ⑥使用配置管理系统等工具（或技术、方法）对相关项目交付物、文档的变化进行管理 （答案包含但不限于以上要点，每小点1分，答案类似即可）	
5	【问题1】（6分）	①“由变更控制委员会（CCB）制定项目的配置管理计划”的规定存在问题，通常该文档由项目经理（或配置专职人员）编制； ②“项目中配置基线的变更经过变更申请、变更评估、变更实施后便可发布”的规定中，遗漏了“变更验证与确认”工作环节； ③“CCB组成人员不少于一人”的规定不妥，小型项目的CCB可以只有1人，甚至只是兼职人员； ④项目经理向CMO提出变更申请的做法有误，该申请应该提交给CCB； ⑤CMO批准变更申请的做法是有误，应该是由CCB审批； ⑥变更申请批准后，CMO 没有在测试库（或开发库）中开辟工作空间，并分配权限给变更实施人等；	

续表

试题	问题与分值	参考答案及评分标准	自评分
5	【问题1】（6分）	⑦变更实施人（即甲、乙）完成变更后，直接进行变更发布的做法有误； ⑧开发人员乙的配置项版本标识的升级幅度太大 （答案包含但不限于以上要点，答出其中6个小点即可，每小点1分，答案类似即可）	
	【问题2】（3分）	见表18-11（每个"√"0.5分）	
	【问题3】（6分）	（1）（√） （2）（×） （3）（×） （4）（×） （5）（√） （6）（√）	

表 18-11 工作角色分配表

负责人 \ 工作	编制配置管理计划	创建配置管理环境	审核变更计划	变更申请	变更实施	变更发布
CCB			√			
CMO		√				√
项目经理	√			√		
开发人员					√	

附录A 答题卡及答题纸示例

A.1 上午试题答题卡示例

全国计算机技术与软件专业技术资格(水平)考试

上午试题答题卡

考生姓名

缺考	▭
作弊	▭

准考证号

[0]	[0]	[0]	[0]	[0]	[0]	[0]	[0]	[0]	[0]	[0]	[0]
[1]	[1]	[1]	[1]	[1]	[1]	[1]	[1]	[1]	[1]	[1]	[1]
[2]	[2]	[2]	[2]	[2]	[2]	[2]	[2]	[2]	[2]	[2]	[2]
[3]	[3]	[3]	[3]	[3]	[3]	[3]	[3]	[3]	[3]	[3]	[3]
[4]	[4]	[4]	[4]	[4]	[4]	[4]	[4]	[4]	[4]	[4]	[4]
[5]	[5]	[5]	[5]	[5]	[5]	[5]	[5]	[5]	[5]	[5]	[5]
[6]	[6]	[6]	[6]	[6]	[6]	[6]	[6]	[6]	[6]	[6]	[6]
[7]	[7]	[7]	[7]	[7]	[7]	[7]	[7]	[7]	[7]	[7]	[7]
[8]	[8]	[8]	[8]	[8]	[8]	[8]	[8]	[8]	[8]	[8]	[8]
[9]	[9]	[9]	[9]	[9]	[9]	[9]	[9]	[9]	[9]	[9]	[9]

1	2	3	4	5	6	7	8	9	10	11	12	13	14	15	16	17	18	19	20
[A]	[A]	[A]	[A]	[A]	[A]	[A]	[A]	[A]	[A]	[A]	[A]	[A]	[A]	[A]	[A]	[A]	[A]	[A]	[A]
[B]	[B]	[B]	[B]	[B]	[B]	[B]	[B]	[B]	[B]	[B]	[B]	[B]	[B]	[B]	[B]	[B]	[B]	[B]	[B]
[C]	[C]	[C]	[C]	[C]	[C]	[C]	[C]	[C]	[C]	[C]	[C]	[C]	[C]	[C]	[C]	[C]	[C]	[C]	[C]
[D]	[D]	[D]	[D]	[D]	[D]	[D]	[D]	[D]	[D]	[D]	[D]	[D]	[D]	[D]	[D]	[D]	[D]	[D]	[D]
21	**22**	**23**	**24**	**25**	**26**	**27**	**28**	**29**	**30**	**31**	**32**	**33**	**34**	**35**	**36**	**37**	**38**	**39**	**40**
[A]	[A]	[A]	[A]	[A]	[A]	[A]	[A]	[A]	[A]	[A]	[A]	[A]	[A]	[A]	[A]	[A]	[A]	[A]	[A]
[B]	[B]	[B]	[B]	[B]	[B]	[B]	[B]	[B]	[B]	[B]	[B]	[B]	[B]	[B]	[B]	[B]	[B]	[B]	[B]
[C]	[C]	[C]	[C]	[C]	[C]	[C]	[C]	[C]	[C]	[C]	[C]	[C]	[C]	[C]	[C]	[C]	[C]	[C]	[C]
[D]	[D]	[D]	[D]	[D]	[D]	[D]	[D]	[D]	[D]	[D]	[D]	[D]	[D]	[D]	[D]	[D]	[D]	[D]	[D]
41	**42**	**43**	**44**	**45**	**46**	**47**	**48**	**49**	**50**	**51**	**52**	**53**	**54**	**55**	**56**	**57**	**58**	**59**	**60**
[A]	[A]	[A]	[A]	[A]	[A]	[A]	[A]	[A]	[A]	[A]	[A]	[A]	[A]	[A]	[A]	[A]	[A]	[A]	[A]
[B]	[B]	[B]	[B]	[B]	[B]	[B]	[B]	[B]	[B]	[B]	[B]	[B]	[B]	[B]	[B]	[B]	[B]	[B]	[B]
[C]	[C]	[C]	[C]	[C]	[C]	[C]	[C]	[C]	[C]	[C]	[C]	[C]	[C]	[C]	[C]	[C]	[C]	[C]	[C]
[D]	[D]	[D]	[D]	[D]	[D]	[D]	[D]	[D]	[D]	[D]	[D]	[D]	[D]	[D]	[D]	[D]	[D]	[D]	[D]
61	**62**	**63**	**64**	**65**	**66**	**67**	**68**	**69**	**70**	**71**	**72**	**73**	**74**	**75**	**76**	**77**	**78**	**79**	**80**
[A]	[A]	[A]	[A]	[A]	[A]	[A]	[A]	[A]	[A]	[A]	[A]	[A]	[A]	[A]	[A]	[A]	[A]	[A]	[A]
[B]	[B]	[B]	[B]	[B]	[B]	[B]	[B]	[B]	[B]	[B]	[B]	[B]	[B]	[B]	[B]	[B]	[B]	[B]	[B]
[C]	[C]	[C]	[C]	[C]	[C]	[C]	[C]	[C]	[C]	[C]	[C]	[C]	[C]	[C]	[C]	[C]	[C]	[C]	[C]
[D]	[D]	[D]	[D]	[D]	[D]	[D]	[D]	[D]	[D]	[D]	[D]	[D]	[D]	[D]	[D]	[D]	[D]	[D]	[D]

填涂注意事项

用2B铅笔按右边样式填涂 ▬

不允许这样填涂 ⊠ ⊠ ⊟ ⊡

修改要用橡皮擦干净

例题解答的填涂样式 ⟶

86	87	88	89	90
[A]	[A]	[A]	[A]	[A]
[B]	[B]	▬	[B]	[B]
[C]	[C]	[C]	[C]	[C]
[D]	[D]	[D]	▬	[D]

A.2 下午试卷答题纸示例

试 题 1	解 答 栏				得 分
问题 1					
问题 2					
问题 3					
评阅人		校阅人		小 计	

试 题 2	解 答 栏				得 分
问题 1					
问题 2					
问题 3					
问题 4					
评阅人		校阅人		小 计	

试 题 3	解 答 栏				得 分
问题 1					
问题 2					
问题 3					
评阅人		校阅人		小 计	

试 题 4	解 答 栏				得 分
问题 1					
问题 2					
问题 3					
问题 4					
评阅人		校阅人		小 计	

试 题 5	解 答 栏				得 分
问题 1					
问题 2					
问题 3					
评阅人		校阅人		小 计	

参 考 文 献

1．主要参考书籍

[1] 全国计算机专业技术资格考试办公室. 系统集成项目管理工程师考试大纲. 北京：清华大学出版社，2009.1

[2] 柳纯录. 系统集成项目管理工程师教程. 北京：清华大学出版社，2009.3

[3] 全国计算机技术与软件专业技术资格（水平）考试办公室. 2009 年上半年～2010 年下半年系统集成项目管理工程师考试试题

[4] 全国计算机技术与软件专业技术资格（水平）考试办公室. 系统集成项目管理工程师历年试题分析与解答（2010 最新版）. 北京：清华大学出版社，2010.5

[5] 柳纯录. 信息系统项目管理师教程（第 2 版）. 北京：清华大学出版社，2009.4

[6] 全国计算机技术与软件专业技术资格（水平）考试办公室. 2005 年上半年～2010 年下半年信息系统项目管理师考试试题

[7] 全国计算机技术与软件专业技术资格（水平）考试办公室. 信息系统项目管理师历年试题分析与解答（2010 最新版）. 北京：清华大学出版社，2010.5

[8] 王如龙等. IT 项目管理——从理论到实践. 北京：清华大学出版社，2008.9

[9] 覃征等. 软件工程与管理. 北京：清华大学出版社，2005.6

[10] 郭春柱. 系统集成项目管理工程师考试考前冲刺预测试卷及考点解析. 北京：电子工业出版社，2010.2

[11] 郭春柱. 系统集成项目管理工程师备考宝典—考点梳理、真题精解与强化训练. 陕西：西安交通大学出版社，2010.5

[12] 郭春柱. 信息系统项目管理师考试考前冲刺预测试卷及考点解析. 北京：电子工业出版社，2009.10

2．主要参考网站

[1] http://www.ceiaec.org

[2] http://www.rkb.gov.cn

[3] http://www.mypm.net

[4] http://www.project.net.cn

[5] http://www.cpmchina.com

[6] http://www.51cto.com

[7] http://296525818.blog.51cto.com

[8] http://blog.sina.com.cn/gcz818

反侵权盗版声明